BASTEI
LÜBBE

# GORDON THOMAS

# DIE GIFTSPUR

## Thriller

Ins Deutsche übertragen
von Michael Kubiak

BASTEI LÜBBE

BASTEI-LÜBBE-TASCHENBUCH
Band 13 923

Erste Auflage: Januar 1998
Zweite Auflage: April 1998


Deutsche Lizenausgabe 1998 by
Bastei-Verlag Gustav H. Lübbe GmbH & Co.,
Bergisch Gladbach
Originatitel: Poisoned Sky
Titelbild undUmschlaggestaltung:
Karl Kochlowski
Satz: KCS GmbH, Buchholz / Hamburg
Druck und Verarbeitung:
Brodard & Taupin, La Flèche
Printed in France
ISBN 3-404-13923-2

Der Preis dieses Bandes versteht sich einschließlich der gesetzlichen Mehrwertsteuer.

Mein besonderer Dank gilt Hilary Hale, fürs Lektorieren im besten Sinne des Wortes – kein Autor hätte sich mehr wünschen können; Greenpeace, die für einiges an Inspiration und für viele Antworten sorgten; David Jensen, der gewährleistete, daß Air Force One vom Zeichentisch meiner Phantasie zu einem realistischen Flugzeug der Zukunft umgesetzt wurde; Ruth Boswell und Gregory Stewart, die, jeder auf eigene unverwechselbare Weise, in der Zeit, die als Jordan-Episode bekannt wurde, für grundlegende Unterstützung sorgten – dieses Buch wäre sicherlich sehr viel schlechter geworden, wenn sie nicht mitgeholfen hätten, es weiterzutreiben; Zvi Spielmann, dessen Zuspruch und Freundschaft einfach unschätzbar waren und immer noch sind; Noel Walsh, dessen medizinisches Können so vieles möglich gemacht hat; Dermot O'Leary, für seinen weisen Rat und sein sicheres Urteil; Sean Canberry, der weitaus mehr herlieh als nur seinen Namen; John Chapman, ein Verbündeter in jeder Hinsicht; Brinsley und Dorothy Hutson, weil sie die Stellung in einer Weise hielten, mit der niemand gerechnet hatte; Al White, der Mortons Werdegang stets im Auge behielt; Carolyn Dempsey – sie sorgte für die Umwandlung meiner nahezu unleserlichen handschriftlichen Ergüsse in makellose Manuskriptform, und dies mit unermüdlichem Fleiß, der gelegentlich atemberaubende Formen annahm.

Und an Edith, wie immer.

# EINS

In der Sicherheit des Tunnels krempelte Bodor den Ärmel seines teuren grauen Jacketts hoch und suchte die Vene, damit das Kokain seine Wirkung entfalten konnte. Er bemühte sich, nichts zu überhasten, hatte er doch festgestellt, daß die Wirkung um so intensiver war, je länger er wartete.

Seine Nase identifizierte weiterhin Gerüche: die Feuchtigkeit, den Schimmel auf dem Mörtel und, näher bei ihm, den angenehmen Geruch von Mottenkugeln, der ihn daran erinnerte, wie lange es her war, seit er das letzte Mal die Jacke getragen hatte. Ihr fremdartiger Schnitt identifizierte ihn als jemanden, der reisen durfte, also eine Persönlichkeit auf dem Höhepunkt ihrer beruflichen Karriere. Er hatte die Jacke als Ehrengast der Herren der Alten Ordnung im Kreml getragen und später als Gast ihrer Nachfolger, die sich kurzfristig im Moskauer Weißen Haus etabliert hatten.

Wie so vieles andere waren sie verschwunden, mit der gleichen Schnelligkeit verweht, wie das Kokain sich in seinem Körper verteilen würde. Als Wissenschaftler kannte er all seine pharmakologischen Wege und wußte, daß diese eine Injektion ihm wieder ein Gefühl der Macht verleihen würde. Der Fähigkeit, alles tun zu können. Genauso wie in der alten Zeit.

Damals war sein Name – Sergej Michailowitsch Bodor – mit einer Ehrfurcht ausgesprochen worden, die einem der jüngsten führenden kommunistischen Wissenschaftler gebührte. Er war das jüngste Mitglied der Akademie der Wissenschaften und hatte so viele Ehrenmedaillen und Preise erhalten, daß er in seiner Datscha einen besonderen Raum hatte anbauen lassen müssen, um sie alle ausstellen zu können.

Nun, in diesem feuchten und kalten Tunnel, war er nicht mehr als ein gemeiner Dieb.

Der Arrangeur hatte mitgeteilt, daß um diese Uhrzeit niemand im Gebäude wäre. Aber ziehen Sie sich, nur für alle Fälle, Ihre besten Kleider an. Russen hatten immer noch einen besonderen Respekt vor der Art und Weise, wie jemand sich kleidete.

Am liebsten imitierten sie amerikanische Gewohnheiten: Sie aßen Hamburger, tranken Coca Cola und trugen auffällige Kleidung. Sogar die organisierten Kriminellen nannten sich selbst die *mafija*. Er hatte die Möglichkeit verworfen, daß der Arrangeur für eine dieser Banden arbeitete. Aber für irgend jemanden war er tätig. Das erkannte man an der Art und Weise, wie er die Dinge organisierte. In einer der Jackentaschen steckte Bodors neuer schwedischer Paß mit seinem Ausreisevisum, einer abgestempelten Zollerklärung, einem Bündel Dollarnoten und Kronen-Reiseschecks sowie eine Kollektion von Papieren, die bewiesen, daß er in Stockholm wohnte – in einer Stadt, die er noch nie besucht hatte. Man mußte schon einer umfangreichen Organisation angehören, um all das vorzubereiten.

Obgleich der Arrangeur redete wie ein echter Moskowiter und sein Benehmen auf jemanden hinwies, der seine Zeit mit der Bearbeitung umfangreichen Papierkriegs in irgendeiner obskuren Regierungsabteilung verbracht hatte, war das sicher nicht in Moskau gewesen. Er war davon genauso überzeugt wie von der Tatsache, daß der Arrangeur kein Russe war.

Bodor inspizierte seinen Arm aufmerksam in der Tunnelbeleuchtung. Die Haut war mit Einstichnarben übersät. Er begann, die Hand im schnellen Wechsel zur Faust zu ballen und wieder zu entspannen, damit die Venen deutlicher hervortraten, während seine Gedanken auf die Reise gingen …

*Bodor hatte mit dem Injizieren nach der Dritten Russischen Revolution angefangen. Die Leute hatten diese blöde Angewohnheit, sich gegenseitig zu erzählen, wo sie an jenem Okto-*

*berabend im Jahr 1993 gewesen waren, als es losgegangen war. Wie die im Westen, die immer noch darauf beharrten, genau zu wissen, was sie getan hatten, als der amerikanische Präsident, Kennedy, ermordet worden war.*

*Sogar schon vor der Revolution hatte er sich nicht vorgegaukelt, daß er in Mütterchen Rußland eine Zukunft hatte. Zuerst hatten Gorbatschow und nach ihm Jelzin die Nation geschwächt. Die Vertreter der Neuen Ordnung hatten den Prozeß abgeschlossen und das Land zu ausgebrannt zurückgelassen, um seine letzte Waffe nützlich einzusetzen. Dazu brauchte man einen neuen Stalin.*

*Die Idee war ihm im letzten Jahr des sowjetischen Kommunismus, dem herrlichen letzten Jahr, wie er nun erkannte, gekommen, als er die Vereinigten Staaten besucht und einen typischen Los-Angeles-Smog erlebt hatte. An jenen zwei Tagen in seinem Cityhotel hatte er die Folgen einer unbekümmerten Vernachlässigung des Umweltschutzes begutachten können. In einem halben Dutzend anderer amerikanischer Städte hatte er die gleichen durch Autoabgase und Industrieabfälle hervorgerufenen Schäden beobachtet. Es mußte doch eine Möglichkeit geben, dies militärisch auszunutzen.*

*Während des langen Heimflugs nach Moskau hatte er seine ersten Ideen skizziert. Ein halbes Jahr später wurden sie zu Formeln, die auf der chemischen Reaktion von Ozon in der oberen Stratosphäre basierten. Er hatte dann die Formeln zu Konstruktionsplänen weiterentwickelt. Ein Jahr später gab es das erste grobe Modell einer Ozonschichtbombe. Prototypen wurden ständig verbessert. Am Ende wurde die OSB, die nicht größer war als ein konventionelles Artilleriegeschoß, in eine nicht ortbare Hülle aus einer neuen Art von Kunststoff gepackt, den seine Chemiker entwickelt hatten. Sogar der kleine Nuklearzünder war nicht aufzuspüren.*

*Für ein weiteres Jahr führte er Laborversuche mit Tierkadavern durch. Was er von den Toten lernte, versetzte ihn in die Lage, seinen eigenen Praxistest an den Lebenden vorzunehmen. Die ahnungslose Mannschaft eines sowjetischen Bombers zu benutzen hatte der persönlichen Genehmigung des Luftwaffen-*

*chefs bedurft. Zum Glück war dieser ein General mit altmodischen Prioritäten. Die letzte Funkmeldung des Piloten besagte, daß die Maschine in einen elektrischen Sturm geraten sei – die idealen Umstände, um die OSB zu testen.*

*Die von Nikita Vassilej vorgenommene Autopsie ergab, daß die gesamte Mannschaft heftige innere Blutungen erlitten hatte. Mittlerweile befand er sich selbst im letzten AIDS-Stadium und war von dem Gedanken besessen, welche der Infektionen, für die er auf Grund seiner Krankheit besonders anfällig war, ihn am Ende töten würde. Wie sich herausstellte, war es eine Lungenentzündung. Rückblickend betrachtet, war Vassilejs Tod ein Vorbote späterer fataler Entwicklungen.*

*Im Kreml hatte sich eine ekelhafte Beschwichtigungshaltung gegenüber dem Westen breitgemacht. Bodors Bitte, seine Arbeit fortsetzen zu dürfen, wurde kühl abgewiesen. Die Vertreter der Neuen Ordnung erklärten, es wäre absolut zwingend, alles zu zerstören, was ihre Pläne gefährdete. Sein geheimes Forschungszentrum wurde wie so vieles andere einfach abgerissen und dem Erdboden gleichgemacht. Für immer vernichtet waren damit fünf Jahre Arbeit, die, so war er überzeugt, das Gleichgewicht der Kräfte erneut in die russische Richtung verschoben hätte. Alles, was übriggeblieben war, waren seine frühen Entwürfe. Das Versteck, das er für sie ausgewählt hatte, garantierte ihren Erhalt.*

*An diesem Abend hatte er zum erstenmal injiziert. Das Kokain verhalf ihm zu neuer Klarheit. Erneut für eine Regierung zu arbeiten hieße, eine weitere Enttäuschung zu riskieren. Politische Herren hatten ihre eigenen Pläne: Er war nur so lange nützlich gewesen, wie er ihren Zwecken gedient hatte.*

*Beim nächsten Mal, als er gespritzt hatte, war ihm die Tatsache des Verrats an ihm noch deutlicher geworden, nur wurde die Erkenntnis diesmal von der geflüsterten Ermahnung begleitet, Geduld zu haben, zu warten. Daß irgendwo irgendwer existierte, der ihn brauchte, der seine Arbeit zu würdigen wüßte. Als die Wirkung der Droge wieder nachließ, legte sich die Furcht, daß er allmählich verrückt wurde, wie ein dunkler Schatten auf ihn. Er hatte alles über durch Kokain hervorgeru-*

*fene Erfahrungen gelesen und begriff, daß dies ein ganz normaler Nebeneffekt war.*

*Von da an plante er mit peinlicher Sorgfalt. Er fütterte die Gerüchteküchen von Moskau mit Andeutungen, daß er an der Entwicklung einer revolutionären neuen Waffe gearbeitet hätte. Die wenigen Details hatten ausgereicht, Neugier, vielleicht sogar Skepsis hervorzurufen. Er wollte, daß niemand genau wußte, wie weit er vorangekommen war oder in welchem Stadium er sich befand. Es hieß, er hätte das Land mit unbekanntem Ziel verlassen. Daß er einen Zusammenbruch erlitten hätte und sich in einem Privatsanatorium an einem unbekannten Ort aufhielt. Daß er gestorben wäre und an einem unbekannten Ort beerdigt worden wäre. Alles weitere ergab sich von selbst, und es herrschte schließlich eine allgemeine Unsicherheit und Verwirrung. Genau das, was er sich gewünscht hatte.*

*Unter größter Geheimhaltung kehrte er in das Dorf seiner Geburt weit hinter dem Ural zurück. Und wartete ab. Regelmäßige Injektionen vermittelten ihm das Gefühl der Sicherheit, daß seine Geduld am Ende belohnt würde. Dann, als sein Vorrat zur Neige ging und die Notwendigkeit einer Reise nach Moskau, um Nachschub zu besorgen, täglich näher rückte, hatte plötzlich der Fremde vor seiner Tür gestanden. Der Mann hatte die Küche mit dem festgestampften Lehmboden betreten und erklärt, es wäre so gut, endlich hergekommen zu sein. Als wäre es das Selbstverständlichste von der Welt, fügte er hinzu, daß die Leute ihn den Arrangeur nannten. Sein Gesicht wäre durchaus freundlich gewesen, hätte es da nicht seine Augen gegeben – zwei kleine schwarze Perlen, die etwas Reptilienhaftes ausstrahlten. Aber Bodor hatte sofort gespürt, daß er es mit jemandem zu tun hatte, der Einfluß, der Macht besaß.*

*Sie hatten sich die ganze Nacht hindurch unterhalten, und als der Morgen graute, war beiden klar, daß sie einander prächtig verstanden. Sie waren beide Einzelgänger und hegten eine tiefe Abneigung gegenüber dem, was sie »Pack« nannten. Von seinem neuen Bekannten ermutigt, machte er seinem Zorn über die Neue Ordnung Luft. Der Arrangeur lauschte, die Augen vom übermäßigen Weingenuß blutunterlaufen. Schließlich meinte er, daß gerechtfertigte Wut durchaus in etwas Nützliches umgewandelt werden könne.*

*In den darauffolgenden Wochen hatten sie in mehreren jener geheimen Etablissements im Bereich des Schwarzmarkts gespeist, wo man für Geld alles finden konnte. Anschließend kümmerte sich immer eine andere Frau um seine anderweitigen Bedürfnisse. Es war ein Zeichen für die sorgfältigen Recherchen des Arrangeurs, daß er Bodors sexuelle Vorlieben kannte und für ihre Befriedigung sorgte.*

*Aber als der Arrangeur ihm das erste Angebot machte, achtete er darauf, es nicht zu bereitwillig anzunehmen. In der dunklen Schattenwelt, in der er schon so lange lebte, hatte die Erfahrung ihn gründlich gelehrt, alle Hindernisse und Fallen zu umgehen, die seine Beförderung hätten verzögern, die ihn in einem Arbeitslager hätten landen lassen oder ihm zu einer Überweisung in eine jener psychiatrischen Anstalten hätten verhelfen können, in denen schon so manche seiner Kollegen verschwunden waren. Der Arrangeur kehrte mit einem weiteren Angebot zurück. Bodor begutachtete es kühl und handelte eine weitere beträchtliche Steigerung heraus. Für einen winzigen Moment schien es, als hätte den Arrangeur die Altersweisheit überkommen, als könnte er einen Blick in die Zukunft werfen. Er hatte dort gesessen, hatte das Glas Pflaumenschnaps in seiner Hand gedreht und mit dunklen Augen ins Leere gestarrt.*

*»Alle werden über Ihre Entscheidung hocherfreut sein. Lassen Sie mich der erste sein, der Ihnen dazu gratuliert«, hatte der Arrangeur erklärt.*

*Es hatte geklungen wie eine schon lange vorbereitete Danksagung.*

*Der Arrangeur hatte seine Zuverlässigkeit unter Beweis gestellt, indem er einen namhaften Betrag auf ein für ihn in Zürich eröffnetes Bankkonto einzahlte. Es war genug, um Bodors Drogenkonsum zu finanzieren.*

Bodor blickte über die Schulter zur Tunnelbiegung. Nichts. Sogar die Ratten waren hier ausgerottet worden. Heutzutage verzehrten die Hungernden eben alles. Das Klappern seiner Lederschuhe auf dem Zement klang in seinen Ohren überlaut. Als er unter der nächsten der trüben Glühbirnen an der Decke stehenblieb, war nichts zu hören als absolute Stille.

Beruhigt suchte er in seiner Tasche nach der Nadel in ihrem Futteral und dem gefüllten Injektionszylinder. Seine Bewegungen wiederholten sich als Schattenspiel an der Tunnelwand. Er schaute auf die Uhr. Zwanzig vor drei. Die Spritze zitterte in seiner Hand. Es war in dieser Leichenhalle für die unbekannten Toten kälter, als er es in Erinnerung hatte. Er und der Arrangeur waren noch einmal die letzten Phasen des Plans durchgegangen, wozu sie mit der Metro über die Moskwa in die Leninberge gefahren waren. Auf den Wegen hatte es von *churki* gewimmelt, von Sumpfleuten, wie die Nordrussen jene aus dem Süden abfällig nannten.

Der Arrangeur hatte ihm eine letzte Ermahnung mitgegeben. »Vergewissern Sie sich, daß Ihr Paket intakt ist. Wenn daran herumgefummelt wurde, lassen Sie es sofort liegen. Wenn alles in Ordnung ist, dann bringen Sie das Paket mit. Danach gibt es für Sie nichts mehr zu tun. Von da an wird Ihnen alles abgenommen.«

Erneut hatte der Arrangeur geklungen, als wäre das, was er sagte, keinerlei Zufällen unterworfen.

Bodor erschauerte wieder. Er konnte nicht länger warten. Er holte die Nadel aus dem Futteral, stach sie in eine Vene und drückte den Kolben hinunter.

Vor seinem geistigen Auge konnte er sehen, wie die Kokainmoleküle durch seinen Blutkreislauf wirbelten und die Cholinesterasen und die Plasmaenzyme überwanden, die die erste Verteidigungslinie darstellten, die sein Immunsystem errichtete. Indem sie verzweifelt versuchten, die eindringenden Moleküle zwecks schnellerer Vernichtung in winzige physiologische Fragmente zu zerlegen, verbrauchten die Cholinesterasen ihre eigene Energie, wurden schwach und kapitulierten. Noch während er die Injektion beendete, rasten die Moleküle in seine rechte Herzhälfte, durch die Lungen und zurück in den Kreislauf. Die pharmakologische Wirkung der Droge löste alle möglichen chemischen Alarmsignale in seinem Körper aus, während das Kokain durch die Halsarterien sprudelte und die Blut-Gehirn-Barriere übersprang. Er hatte dafür gesorgt, daß die Injektion dafür ausreichte.

Während er die Injektionsspritze mit seinem Fuß zertrat, begann das Kokain sein angenehmes Werk. Ganze Nervenkreise unterwarfen sich seinem Zauber. Ein Teil seines Gehirns versuchte noch immer, sich gegen die chemischen Invasoren zu wehren. Aber die Droge besiegte bald alles, womit sie in Berührung kam. Jeder Sieg erzeugte einen weiteren Erregungsimpuls in seinem Zentralnervensystem. Erneut glaubte er daran, daß alles möglich war, während er durch den Tunnel zum Fahrstuhl schritt, der ansonsten die Leichen transportierte, und in den vierten Stock hinauffuhr.

Als er den kurzen Korridor betrat, hielt er inne. Er machte ein paar tiefe Atemzüge und zwang seinen Geist zur Ruhe. Nach und nach bekam er die Gedanken und Empfindungen, die vor einigen Sekunden noch zu schnell durch seinen Geist gehuscht waren, als daß er sie hätte festhalten können, unter Kontrolle. Es war alles eine Frage der Berechnung. Nur soviel und nicht mehr. Gerade genug, um dieses berauschende Gefühl zu erhalten.

Er schaute noch einmal auf die Uhr. Er war pünktlich. Der Arrangeur hatte betont, daß es absolut wichtig wäre, den Zeitplan genau einzuhalten. In diesem Moment mußte er in den Kalnin Prospekt einbiegen.

Bodor ging langsam durch den Korridor zur soliden Stahltür. Er fischte einen Schlüssel aus der Tasche, der sich seit seinem Verrat in seinem Besitz befand. Er öffnete die Tür. Die Soffittenbeleuchtung an der Decke flammte automatisch auf, und er blinzelte, um seine Augen an die Helligkeit zu gewöhnen. Der Raum war gefüllt mit Stahlcontainern, die zur besseren Manövrierbarkeit auf Rollen standen. Jeder besaß außerdem einen Temperaturregler und war mit einer roten Nummer beschriftet. Der Container, auf den er es abgesehen hatte, trug die Nummer 17. Der Temperaturregler war – wie bei allen anderen – auf -190° C eingestellt. Bei dieser Temperatur erstarrte jegliche biologische Aktivität.

Er betrat die Nische, in der Schutzkleidung bereithing. In dem einteiligen Anzug und mit dem geschlossenen Visier sah er aus wie ein Feuerwehrmann, der im Begriff ist, sich in ein chemisches Feuer zu stürzen. Von einer Werkzeugtafel nahm er einen Ratschenschlüssel und kehrte zu dem Container zurück. Er führte den Schlüssel in die Öffnung im Deckel ein. Ein Zischen erklang, als sich das Vakuum innerhalb des Containers füllte, und der Deckel schwenkte lautlos an seinen Scharnieren auf.

Eine kleine Wolke flüssigen Stickstoffs hüllte ihn ein. Als die Wolke sich verzog, fiel sein Blick auf den Leichensack, der mit einer dicken Eisschicht bedeckt auf einem Stahltablett lag. Mit der behandschuhten Hand drückte er auf einen Knopf, und der Sack wurde von einem hydraulischen Lift angehoben.

Der Sack war durch ein bereiftes Netz gesichert. An jedem Gurt befand sich ein Druckknopf. Er drückte darauf, und die Gurte schnappten mit dem Geräusch berstenden Eises auf. Er zog an einem Schalthebel am Sack, und sein Reißverschluß öffnete sich langsam.

Der Körper einer nackten jungen Frau kam zum Vorschein, bleich, die hellblauen Augen mit Rauhreif bedeckt, der sich auch in ihrem hellblonden welligen Haar festgesetzt hatte. Sie sah genauso frisch verstorben aus wie beim letzten Mal, als er ihren Sarg geöffnet hatte.

Seine Hand tastete unter ihr Gesäß und zog den Umschlag in seiner dicken Plastikhülle hervor. Als er sah, daß das Siegel des Päckchens unversehrt war, lachte er vor Erleichterung gedämpft auf. Nachdem er das Päckchen in der Tasche verstaut hatte, ließ er den Leichensack wieder an seinen alten Platz zurückfahren.

Sobald er den Deckel wieder zugeschraubt hatte, holte er einen der Zylinder vom anderen Ende des Raums und verband seinen Leitungsschlauch mit dem Ventil an der Seitenwand des Containers. Ein scharfes Zischen ertönte, als der Vorrat an flüssigem Stickstoff im Container wieder aufgefüllt wurde. Er brachte den Zylinder zurück und versah ihn mit seiner Schutzhülle. An der Tür schaute er sich noch einmal um. Nichts deutete auf seinen Besuch hin. Er verriegelte die Tür und ließ den Schlüssel in seine Tasche gleiten.

Bodor fuhr mit dem Lift in den Tunnel zurück und begab sich zum Ausgang des Gebäudes. Er schaute auf die Uhr. Zwei Uhr neunundfünfzig. Er öffnete die Tür und stieg die Treppe zur Straße hinauf. Sekunden später bog der Schiguli um eine Ecke und näherte sich.

»Erfolgreich?« fragte der Arrangeur und hielt für ihn die Tür auf. Er hatte die weiche Stimme eines rhetorisch geschulten Mannes.

»Ja.«

»Hervorragend.« Der Arrangeur hätte mit dem gleichen Tonfall auch ein Gericht in einem der Restaurants loben können, in denen sie schon mal gespeist hatten.

Der Wagen setzte sich wieder in Bewegung.

Vom Eingang eines heruntergekommenen Hauses aus vorrevolutionärer Zeit verfolgte eine Frau, die wie eine *babuschka* gekleidet war, mit scharfen Augen die Rücklichter. Es war zu dunkel gewesen, um den Fahrer zu erkennen. Aber was den Fahrgast betraf, so gab es keinen Zweifel.

Sergej Michailowitsch Bodor.

Mischa Kalenko gestattete sich ein knappes Lächeln. Sie hatte es eigentlich nie hundertprozentig geglaubt, als man sich erzählte, daß er entweder gestorben oder in ein

Sanatorium eingewiesen worden oder außer Landes geflohen wäre. Aus dem Westen waren sie hergekommen und hatten ihn gesucht: die Kopfjäger mit ihren Verträgen, in denen sie ihm das Blaue vom Himmel versprachen, und die Spionage- und Geheimdienstkommandos, die als Geschäftsleute aufgetreten waren. Die Araber, die Afrikaner, die Asiaten. Sie waren alle hergekommen und mit leeren Händen wieder abgezogen. Sergej Michailowitsch war verschwunden, als hätte er niemals existiert. Aber sie hatte die Suche niemals aufgegeben. Und nun war er plötzlich da, mitten in der Nacht aufgetaucht aus einem Totenhaus und mit einem Wagen wegfahrend, wie ihn heutzutage nur die Reichen oder Mächtigen benutzen.

Wohin wurde Sergej Michailowitsch gebracht? Und von wem? Er war eindeutig nicht der Gefangene des Fahrers gewesen. Außerdem hätte die staatliche Spionageabwehr sicherlich ein Kommando losgeschickt, um eine so wichtige Persönlichkeit zu verhaften. Der Schiguli machte einen offiziellen Eindruck. Aber welchen? Ausländische Diplomaten benutzten Importfahrzeuge. Die *mafija* hatte eine Schwäche für Mercedes. Aber der Schiguli war ein Wagen, in dem man sehr angenehm lange Strecken zurücklegen konnte. Bis zur Grenze? Davon gab es einige. Fast genauso viele wie ihre unbeantworteten Fragen.

In der Vergangenheit hatte der Angestellte des Leichenschauhauses sie stets über Leichen informiert, die er für besonders interessant hielt, was sich jedoch in keinem Fall bewahrheitet hatte. Aber sie war eine geduldige Frau und bezahlte ihn immer angemessen. Diesmal hatte er sich gemeldet und ihr mitgeteilt, jemand benutze die Einrichtung als Tresor. Er wüßte nicht wer und könnte es nicht riskieren, das Päckchen aus dem Container zu holen.

Seitdem war sie jeden Abend hergekommen, um Wache zu halten, nachdem sie entschieden hatte, daß derjenige, der das Päckchen dort hinterlegt hatte, irgendwann nach Einbruch der Dunkelheit erscheinen würde, um es wieder an sich zu nehmen. Während sie wartete, hatte sie sich noch eine weitere Frage gestellt: Was konnte so wichtig sein, daß es an einem solchen Ort aufbewahrt wurde?

Indem sie sich aufraffte, schlurfte Mischa die Straße hinunter, wobei sie den fadenscheinigen Mantel um ihren Körper zusammenzog. In Gedanken begann sie schon mit der Formulierung der Nachricht, die sie an David Morton schicken würde.

## ZWEI

Es war schon später Vormittag, als der Präsident der Vereinigten Staaten in Begleitung eines Jungen auf den Rasen des Weißen Hauses hinaustrat. Ein Fototermin fürs Fernsehen und für Pressefotografen war angesetzt worden. Der Junge hatte den Sieg in einem nationalen Wissenschaftswettbewerb errungen.

Der Präsident war ein stattlicher Mann mit dem wachsamen Gesichtsausdruck von jemand, der ein ziemlich hartes Leben geführt hatte und es noch immer geschafft hatte, Sieger zu bleiben. Die meisten seiner Fachkollegen waren sich darin einig, daß er wahrscheinlich der beste lebende Rechtsanwalt war, den seine Zunft an die Politik verloren hatte.

Er war siebenundfünfzig Jahre alt und seit fünf Jahren Witwer. Er hatte eine Kommilitonin aus seiner Studienzeit geheiratet, die während seiner ersten Amtszeit gestorben war. Sie hatte sich allein auf eine Angeltour begeben, die sie schon seit Monaten geplant hatten und die er wegen eines unerwarteten Gerichtstermins hatte absagen müssen. Sie war auf einem Felsen ausgerutscht und in einem reißenden Fluß ertrunken.

Ihr einziger Sohn war im Golfkrieg gefallen.

Eine weitverbreitete Theorie besagte, daß er sich um die Präsidentschaft auch deshalb beworben hatte, um seine

Trauer zu überwinden. Sicherlich waren bei seinem Erdrutschsieg auch enorm viele Sympathiestimmen zusammengekommen. Aber im Gegensatz zu seinen Vorgängern hatte er keinen echten, engen Vertrauten. Niemanden, der ihm nahe genug stand, um an den Visionen teilzuhaben, die er in jenen Nächten entwickelt hatte, in denen er nicht schlafen konnte, weil die Vergangenheit sich wieder meldete. Was er entwickelt hatte, sollte sowohl ein Andenken an seine Frau und seinen Sohn darstellen wie auch eine Idee, die im wahrsten Sinne des Wortes die Welt verändern sollte, aus der sie so brutal herausgerissen worden waren.

»Mr. President! Bitte schauen Sie mal hierher!« rief ein Kameramann.

Der Präsident gehorchte, schüttelte dem Jungen ein letztes Mal die Hand, immer noch lächelnd, und kehrte ins Weiße Haus zurück.

Allein im Oval Office saß er zusammengekauert hinter seinem Schreibtisch und studierte noch einmal das einzelne Dokument, das die Quintessenz von Monaten diplomatischer Aktivitäten und Wochen persönlicher Telefongespräche enthielt.

Das Papier lieferte die Grundlagen eines Plans für die Führer der anderen großen Industrienationen, mit ihm zusammen einen radikalen Wandel in der weltweiten Umweltpolitik einzuleiten. Dazu gehörte ein konsequenter Stopp der verheerenden Zerstörung des Regenwaldes, die unbarmherzige Vertreibung von Eingeborenenstämmen und alle anderen ökologischen Bedrohungen.

Das einzigartige Frustrierende war, daß die Lösungen so offensichtlich waren. Aber es war nicht zu leugnen, daß die Durchführung grundlegende Veränderungen im menschlichen Verhalten notwendig machte – speziell im Bereich der Zusammenarbeit zwischen den Nationalstaaten.

Als er zum erstenmal seine Ideen formuliert hatte, hatte er gleichzeitig eine Handvoll seiner vertrauenswürdigsten Berater ausgesandt, damit sie mit der Führung sorgfältig ausgewählter Nationen über deren Unterstützung berieten. Anfangs wurden sie aus Zweifel, Mißtrauen oder Arroganz abgewiesen. Die Franzosen betrachteten den ganzen Plan als zynische PR-Aktion, die dem Präsidenten zu einem neuen Beliebtheitshoch verhelfen sollte; die Italiener waren gerade intensiv mit einem neuen Bestechungsskandal beschäftigt, und die Briten bereiteten sich auf neue heftige Auseinandersetzungen mit ihren europäischen Partnern vor. Mehrere Staatsoberhäupter waren zu intensiv in interne Machtkämpfe verwickelt, um sich die Argumente aufmerksam anzuhören. Jeder machte die Amerikaner darauf aufmerksam, daß sie mit ihrem Vorhaben die westlichen Staatslenker für jede Terroristengruppierung auf der Welt zur Jagd freigaben.

Nachdem der Präsident von den ersten Reaktionen auf seinen Plan unterrichtet worden war, hatte er die persönliche Kontrolle über die Mission übernommen. Nach und nach überzeugten seine Ernsthaftigkeit und sein fester Glaube an sein Anliegen die Mehrheit jener, die zuerst angesprochen worden waren, daß sie sich eigentlich der Strategie des Präsidenten anschließen sollten. Während seine Helfer sich um die Koordinierung der überaus komplizierten Logistik kümmerten, konzentrierte der Präsident sich darauf, die wenigen noch zögernden Parteien zu überzeugen und in sein Lager zu ziehen. Sich durchaus der Tatsache bewußt, daß viele seiner Minister- und Präsidentenkollegen sich persönliche Vorteile aus ihrem Bündnis mit ihm erhofften, hörte er geduldig zu, diskutierte und argumentierte und spielte gelegentlich sogar den unterwürfigen Bittsteller oder geriet regelrecht in Wut und tobte.

Seine Botschaft an sie war stets die gleiche. »Was wir gemeinsam erreichen können, ist in der bisherigen Menschheitsgeschichte ohne Beispiel. Das ist unsere Herausforderung. Unser Vermächtnis könnte sein, daß wir das einzige wichtige Problem der Gegenwart gelöst haben.«

Sein Plan sah vor, daß sie mit ihm in seinem neuen Präsidentenjet um die Welt fliegen sollten. In den sieben Tagen, die sie gemeinsam unterwegs wären, würden sie andere Nationen dazu zu bewegen versuchen, ihre eigene Ökologie mit dem industriellen Fortschritt in Einklang zu bringen. Die Staaten Afrikas und Asiens müßten zum Beispiel ihre Nachfrage nach Luxusgütern zurückschrauben, bis sie ein Konzept entwickelt hätten, wie sie mit den umweltschädlichen Abfällen verfahren könnten, die durch diese Güter entstünden.

Andere Staaten, deren nationale Wirtschaft vom Fischfang abhing, müßten sich auf strikte Beschränkungen der Fangquoten einigen, um das ökologische Gleichgewicht des Meeres zu erhalten oder wiederherzustellen. Ölproduzierende Länder müßten einen prozentualen Anteil ihres Profits pro Barrel Rohöl beiseite legen, um die eigene Umwelt zu verbessern. Die Lagerung von Atommüll müßte gründlich überdacht werden, auch wenn es zur Folge hätte, daß einige Nationen daraufhin ihre Abhängigkeit von Atomkraftwerken reduzieren müßten. Während dieser sieben Tage würde über diese und viele andere Themen verhandelt. Die Technologie, um die notwendigen Veränderungen herbeizuführen, war vorhanden. Er mußte dafür sorgen, daß auch der Wille da war, sie zu benutzen.

Am Ende hatten alle Bitten und diplomatischen Manöver den gewünschten Erfolg, und er konnte seinem kühnen, erfindungsreichen Plan einen Namen geben: Operation Earth Saver.

Sie würde in genau drei Wochen beginnen.

Während er das Papier beiseite legte, fragte er sich, wie Ignatius Bailey wohl reagieren würde. Mehr noch als jede Regierung, die eigene Administration eingeschlossen, verfügte der mächtigste Wirtschaftstycoon der Welt über die Mittel, um über Erfolg oder Mißerfolg von Earth Saver zu entscheiden.

Unter dem strahlenden Himmel von East Anglia trieben rundliche Schatten über die Landschaft. Die fünfzig Ballons nahmen teil an einem Rennen von England nach Holland. Unter den Zuschauern befand sich auch eine in einen Mantel gehüllte Gestalt. Nach seiner Ankunft aus Moskau auf dem Flughafen war er mit dem Wagen aus London hierher gekommen. Sobald der letzte Ballon die Küste hinter sich gelassen hatte, rief er aus einer Telefonzelle in der Nähe des Startplatzes eine Bohrinsel in der Nordsee an. Als am anderen Ende abgenommen wurde, zählte er halblaut fünfzehn Sekunden ab und legte dann auf. Durch die Pause sollte mitgeteilt werden, daß der Ballon, an dem er interessiert war, sicher seinen Flug begonnen hatte. Von früheren Gelegenheiten wußte er, daß es in diesem frühen Stadium besonders wichtig war, auf die Einhaltung der Sicherheitsmaßnahmen zu achten.

Er fuhr zurück nach Heathrow und kam rechtzeitig zum Start seiner Maschine nach München. Von dort würde er mit einem Wagen zu einem völlig anderen sportlichen Ereignis fahren. Die Vielfalt seiner Aktivitäten gefiel dem Arrangeur sehr.

## DREI

In der Stahlkammer drehte David Morton am Verschlußrad, um das Schott wasserdicht zu verriegeln. Die Luft roch schwach nach Schmiermittel und nach etwas anderem. Sein ganzes Training, bei totaler Dunkelheit klaustrophobischen Anfällen zu widerstehen, konnte die Angst nicht ganz vertreiben. Wenn man sie nicht empfand, sollte man eigentlich nicht an diesem Ort sein. Nur ein Narr redete sich ein, in einem solchen Moment kein bißchen Angst zu verspüren.

Mit der Angst zu leben war eine Lektion, die er schon

früh gelernt hatte, und zwar von dem Tag an, als er, immer noch ein Kind, gesehen hatte, wie seine Familie während eines, wie sich nachher herausstellte, der letzten stalinistischen Pogrome in Rußland getötet wurde. Später, als Teenager, gehörten er und seine jüngere Schwester Ruth zu den ersten, denen der Kreml gestattete, nach Israel auszuwandern. Dort, nachdem sie ihr Medizinstudium beendet hatte und in einem Kinderkrankenhaus arbeitete, war Ruth auf dem Nachhauseweg bei einem Bombenattentat ums Leben gekommen. Im selben Jahr hatte er sich dem Mossad angeschlossen. Fünf Jahre später wurde er zum Operationschef ernannt. Zu diesem Zeitpunkt wußte er schon mehr über Angst, als ein Mensch wissen sollte. Ein Jahr später, nach einigen geheimen Verhandlungen zwischen Tel Aviv und Washington, wurde er zur CIA abgeordnet. Für ein weiteres Jahr ließ er deren Agenten an seinen umfangreichen Erfahrungen teilhaben und machte sie mit Iran, Irak und später Bosnien vertraut. Für sie war Angst weiterhin eine tägliche Realität. Irgendwann im Laufe der Zeit hatte ein dankbarer Präsident der Vereinigten Staaten Morton in aller Stille die amerikanische Staatsbürgerschaft zuerkennen lassen. Morton hatte sofort begriffen, daß dies nur eine Art Vorbereitung auf den Job gewesen war, den er zur Zeit ausübte. Gegenüber den wenigen Menschen, die er an sich heranließ, äußerte er manchmal, daß seine Herkunft ihn zu einem idealen Kandidaten für jeden Reisepaß machte, der ihn als Weltbürger auswies.

Sein Finger legte sich auf den Knopf, der in den einteiligen Anzug eingebaut war, und die Lithiumbatterie aktivierte die Wärmemuster-Brille. Nachdem er auf Weitwinkelsicht geschaltet hatte, erinnerte seine Umgebung an ein futuristisches Mausoleum.

Er hatte etwas Raubtierhaftes an sich, hatte die ruhigen grauen Augen einer Katze und die schnellen Bewegungen, als er die Atemmaske über Nase und Mund stülpte. Sein blondes Haar und die klaren Linien seines Gesichts waren bereits unter dem Konturhelm verborgen. Für die Konstruktion und Fertigstellung seiner Kleidung hatte der Technische Dienst ein ganzes Jahr gebraucht.

Walter – Walter Bitburg, der Chefadministrator der Hammer Force – war bei den Kosten bleich geworden. Er hatte seine Pfeife hervorgeholt, sein jüngstes Theaterrequisit, und erneut zur Sparsamkeit aufgerufen. Walter fand immer irgendeine Möglichkeit, einen auf den Boden der Tatsachen zurückzuholen.

Die Hammer Force – nur Bitburg und die Buchhalter der Vereinten Nationen nannten sie mit ihrem offiziellen Titel Hard Attack Multinational Megaresponsibility Emergency Response Force – war von den Vereinten Nationen nach spektakulären Fehlschlägen in einer Reihe von globalen Unruheherden als erste nicht-politische internationale Informationen sammelnde Spezialtruppe mit höchster Einsatzfähigkeit gegründet worden. Morton war auf Grund des hohen Ansehens, das er in allen geheimdienstlichen Organisationen genoß, zu ihrem Direktor ernannt worden. Vorher hatte er jedoch seine Bedingungen genannt: daß er sich sein Team und die modernste Technik aussuchen durfte und daß er niemandem gegenüber Auskunft über irgendwelche Operationen und ihre Durchführung geben müßte.

Mortons Hände überprüften die verschiedenen Taschen, die in den Gürtel des einteiligen Anzugs eingearbeitet waren. Jede enthielt Druckluft für eine Minute. Er schaute nach, um sich zu vergewissern, daß der Notschalter sich in der Oberschenkeltasche nicht gelockert hatte. Darin befand sich die Walther PPK/S mit ihrem siebenschüssigen Magazin. Er wackelte mit den Füßen in den Stiefeln, die mit einer Flosse an der Ferse ausgestattet waren, damit man sich unter Wasser schneller vorwärtsbewegen konnte.

Die ganze Zeit über atmete er langsam, ein Ergebnis großer Selbstdisziplin und ausgiebigen Trainings. Er war ein Mensch, der keinerlei Gefühlsregung zeigte, der niemals überrumpelt werden konnte und der von jedem anderen das gleiche erwartete, was er auch selbst zu leisten imstande war. Und wenn jemand nicht Teil einer Lösung war, dann gehörte er zum jeweiligen Problem. Das war eine weitere Hilfe, um Unerwartetes erheblich einzuschränken.

Das Rauschen des in die Kammer einströmenden Wassers erklang ohne Vorankündigung, indem es durch die Öffnung schoß, wo sich soeben die Stahlwandung befunden hatte, und ihn nach hinten gegen eine Wand schleuderte. Untergetaucht schaffte er es irgendwie, in der geplatzten Kammer aufrecht zu stehen und auf den Druckausgleich zu warten. Dann schwamm er durch die Öffnung und strebte hinauf an die Oberfläche. Er bewegte sich langsam, wobei sein Aufstieg von Luftbläschen markiert wurde, die durch das Ventil seines Mundstücks entwichen. Als er hochblickte, zeigte ihm seine elektronische Infrarotbrille, daß sich die grüne Farbe des Wassers aufhellte. Sekunden später tauchte er auf.

Das Wasser war kabbelig und mit Nebel bedeckt. Er schaltete seine Brille auf Telesicht und suchte das Ufer ab. Rechts von ihm befanden sich zwei Wärmequellen. Bäume. Dahinter, kälter als die Vegetation, standen weitere Wärmequellen, diese jedoch erheblich voluminöser. Gebäude.

Morton begann in Richtung Küste zu schwimmen. Dabei hielt er mehrmals an, schaute sich um, orientierte sich. Als er sich in Ufernähe befand, streckte er sich mit dem Gesicht nach unten auf dem Wasser aus und ließ sich treiben wie ein totes Stück Holz. Vor langer Zeit hatte er alle wichtigen Überlebensregeln gelernt. Gemeinsam war ihnen ihre Einfachheit. Sie verlangten, daß er sich auf das besann und verließ, was sein eigener Körper schaffen konnte, was letztendlich durch das bestimmt wurde, wer und was er war.

Als er Sandberührung hatte, huschte er schnell und lautlos ins Unterholz. Er nahm die Atemmaske ab, schaltete die Brille wieder auf Weitwinkelsicht und holte die Pistole aus dem Futteral. Erneut wog er die Walther in der Hand und betastete den kleinen Dorn am Ende des Magazins. Dieser Dorn sollte das genaue Zielen erleichtern.

Mit der Pistole in der Faust schlich Morton durch das Unterholz. Er ging ein Stück, dann blieb er stehen. Ging weiter. Er erreichte das erste Gebäude, überprüfte es mit der Wärmemuster-Brille. Kalt.

Die Straße schien verlassen. Aber anders als beim letzten Mal. Dort, wo die Kirche gestanden hatte, klaffte nun eine Lücke, und die Schule schien viel näher zu sein, als er in Erinnerung hatte. Vielleicht war es aber auch nur eine Folge des Nebels. Weiter die Straße hinunter wurde er undurchdringlich.

Er ließ sich Zeit. Alles schien sich aus seinem Geist zurückzuziehen, während er absolut still stand, lauschte und seine Blicke schweifen ließ und mit Augen und Nase einen ganzen Strom an Informationen in sich aufnahm.

Sie würden bald erscheinen. Jedesmal hätte er nur eine einzige Chance. Und keine zweite.

Obgleich er damit gerechnet hatte, überraschte der erste ihn, als er sich hinter einer Mülltonne aufrichtete. Die Gestalt trug eine Tarnjacke und eine Balaklava. Seine Hände rutschten aus den Taschen. Nur ein Sekundenbruchteil Zeit, um eine Entscheidung zu treffen. Die Pistole, die plötzlich in der Hand des Mannes lag, gab den Ausschlag.

Mit einer einzigen fließenden Bewegung kauerte Morton sich zusammen, visierte und feuerte zweimal. Ein Teil seines Gehirns registrierte, daß die Schüsse so kurz hintereinander fielen, daß sie klangen wie ein einziger Schuß. Die Gestalt drehte sich unter dem Einschlag der Kugeln. Er hörte das Klirren der Patronenhülsen auf dem Asphalt, als die Walther sie automatisch auswarf. Mittlerweile bewegte er sich schon weiter vorwärts, überstrich beide Straßenseiten mit einer ausholenden Geste. Dabei hatte er den Arm ausgestreckt und die Pistole in lockerem, aber sicherem Griff.

Er war gerade am Krankenhaus vorbeigegangen – es war durch ein leuchtendes rotes Kreuz gekennzeichnet –, als die Tür aufgestoßen wurde. Eine zweite Gestalt, eine Uzi an der Hüfte im Anschlag, erschien. Es war eine Frau. Sie trug eine Bluse und einen kurzen Rock und dazu passende grüne Stöckelschuhe. Nach der Farbe würde man sich später bei ihm erkundigen. Auch noch alle möglichen weiteren Fragen würden ihm nachher gestellt. Er wirbelte herum und schoß dreimal in ihren Körper. Auch diesmal waren die Schüsse kaum voneinander zu unterscheiden.

Fünf weg. Zwei waren noch übrig.

Er ging langsam die Straße hinunter, drehte sich dabei hin und her und blieb stets in Bewegung. Sein Atem beschleunigte sich.

Auf der anderen Straßenseite wurde lärmend ein Fenster hochgeschoben. Er warf sich nach links, wobei er mit der Hüfte auf den Bordstein prallte. Ein Zischen ertönte, als die Tasche mit seinem letzten Luftvorrat platzte.

Sich immer noch über den Boden rollend, riß er die Pistole hoch, um zu zielen. Seine Blicke bohrten sich in den wallenden Nebel, suchten die Gestalt im Fenster. Sein Finger krümmte sich um den Abzugshebel. Und erstarrte. Ein Kindergesicht erschien im Visier.

Morton erhob sich schnell. Während er sich duckte und zurückzog, tauchten zwei weitere Schützen aus ihren Erdlöchern auf. Junge, tote Gesichter. Pistolen. Er feuerte zweimal und traf beide in die Brust.

Plötzlich – in absoluter Übermacht – kamen sie von Dächern herunter und aus Hauseingängen.

Er hatte die Arme herabsinken lassen und hielt immer noch die leergeschossene Walther im Kombatgriff. Vier Treffer bei sieben Schüssen. Er ging die Straße hinunter und ignorierte die stummen Gestalten.

Irgendwo über den Gebäuden krächzte ein Lautsprecher. »Das gleiche Ergebnis wie beim letzten Mal.«

Big Mike war sehr sparsam mit Lob, er war durch und durch Soldat. Er saß oben im Kontrollraum, von wo aus die Ziele gesteuert wurden, und studierte den Computerausdruck.

»Ich hätte an sie keine drei vergeudet, Mike.«

»Sie hatte eine Uzi. Es ist besser, auf Nummer Sicher zu gehen, ehe es einem am Ende leid tut.«

Das ungehaltene Knurren aus dem Lautsprecher ließ Morton das Gesicht zu einem Lächeln verziehen. »Sie trug übrigens grüne Schuhe. Und das Kind im Fenster war ein Mädchen.«

Einen Moment später erschien Big Mike aus einem der Hauseingänge am Ende der Straße. Selbst auf diese Entfernung sah er aus wie ein kleiner Riese in Tarnkleidung und Kampfstiefeln. Viele meinten scherzhaft, daß er sogar darin schlief. Alle sechs Monate kam das aktive Personal hierher, um die Fähigkeiten unter seinen wachsamen Augen zu vervollkommnen.

Das Geräusch surrender Maschinen deutete an, daß die Zielscheiben wieder in ihre Gehäuse zurückgefahren wurden, während Morton auf ihn zuging.

Er hatte Big Mike gegen Ende des Golfkriegs kennengelernt und ihn in diesen höhlenartigen Keller des Hammer Force-Hauptquartiers mitgenommen. In dem Gebäude waren früher die Schweizer Goldreserven gelagert worden. Am nördlichen und nicht so eleganten Ufer des Genfer Sees gelegen, wurden die zwei Hektar von den raffiniertesten elektronischen Anlagen geschützt, die Big Mike hatte entwerfen können. Danach hatte Morton ihm erklärt, er könnte darüber hinaus alles anschaffen, was er für nötig hielt. Big Mike nahm ihn aus dem gleichen Grund beim Wort, aus dem Katholiken ihre Kirchen verschönen.

Das Ergebnis war die höchstentwickelte, raffinierteste überdachte Trainingskampfbahn der Welt. Sie war so groß wie ein Footballfeld und konnte Sandstürme, Schneestürme, Hochwasser oder eine Gewaltdemonstration simulieren. Die Kammer, aus der Morton sich befreit hatte, war der Notausstieg aus einem Polaris-U-Boot. Daß für die Anschaffung und den Einbau eine Viertelmillion Dollars ausgegeben worden waren, hatte Big Mike nicht eine Minute seines Schlafs gekostet.

»Wie hat der Anzug funktioniert?« fragte Big Mike.

»Ganz prima.«

»Gut. Ich bestelle dann ein Dutzend davon. Dann kann man auch gleich die Unterwassercrew von den verdeckten Einsätzen damit vertraut machen. Und die Walther?«

Morton balancierte die Pistole in einer Hand. »Für mich ist sie zu leicht.«

»Da wird der Waffenmeister aber enttäuscht sein. Er hätte mit seiner alten Firma ein gutes Geschäft machen können.«

Morton lächelte beinahe. »Laß das ja nicht Walter zu Ohren kommen. Er fängt dann gleich wieder mit seinem vierteljährlichen Sparsamkeitsapell an.«

Big Mike schaute sich voller Stolz um. »Du solltest ihn mal hier herunter schicken. Ich würde ihm dann zeigen, was man für Geld alles kriegen kann.« Er deutete auf eine echt aussehende Felswand am anderen Ende des Übungsgeländes. Sie war mit Seilen und Haken ausgestattet. »Ich würde gerne einen dieser neuen Eisbereiter einbauen, damit man auf halbem Weg plötzlich in der Arktis landet. Das dürfte ganz schön den Geist anregen.«

Morton schüttelte den Kopf. »Warte lieber, bis Walter seine Bücher ausgeglichen hat.«

Big Mike stieß ein ungehaltenes Knurren aus. »Es liegt kein Nutzen darin, wenn man an grundlegenden Dingen spart. Das weißt du doch so gut wie ich.«

»Natürlich. Aber warte trotzdem damit bis zum nächsten Vierteljahr.«

Über ihnen verschluckten die Absauger im Dach soeben die letzten Schwaden des künstlichen Nebels, als der Lautsprecher knisterte. »David, falls du noch unten bist – ich muß dich sprechen.«

Der Verstärker ließ Danny Nagiers Stimme viel rauher als üblich klingen.

Danny hatte zusammen mit Morton länger als jeder

andere in der Hammer Force gedient, und zwar an all jenen Orten, wo die Gassen keine Namen haben und der Tod einen in vielfältiger Form ereilt. Danny leitete die Aufklärungsabteilung.

»Du kannst mein Handy haben«, bot Mike an und fischte das Mobiltelefon aus einer Jackentasche.

Morton tastete Dannys Nummer ein, während der Ausbilder weiter durch die Straße schlenderte und sich davon überzeugte, daß die Schießscheiben alle in ihre Verstecke zurückgeholt worden waren.

»Was ist los, Danny?«

»Mischa hat gemeldet, sie hätte Bodor gesichtet. Sie will sich so bald wie möglich mit dir in Krakau treffen.«

Seit einem Jahr kamen Gerüchte aus Rußland, daß das anerkannte Genie der sowjetischen Kriegswissenschaft an etwas ganz Besonderem gearbeitet hätte, ehe das System zusammenbrach. Mehrere westliche Geheimdienste hatten ihn gesucht. Alles, was sie hatten in Erfahrung bringen können, war, wo Bodor früher gearbeitet hatte – nun ein Trümmerhaufen auf der anderen Seite des Ural.

Alle hatten gemeint, Bodor wäre nicht mehr von Bedeutung. Mütterchen Rußland spielte nicht mehr in der rüstungstechnischen Oberliga mit.

»Warum in Krakau?« fragte Danny.

»Wegen Auschwitz. Sie pilgert jedes Jahr dorthin.«

Danny hätte es beinahe vergessen. »Sie verläßt Moskau mit dem Nachmittagszug.«

»Ich hole sie am Hauptbahnhof ab«, sagte Morton.

Mischa haßte es zu fliegen. Aber sie war nun mal seine beste Agentin vor Ort und arbeitete weiterhin für ihn, denn sie hatte von Anfang an genau begriffen, was er von ihr wollte.

Morton begab sich zu den Umkleideräumen. Obgleich er ungewöhnlich lange in der kochendheißen Dusche ausharrte, konnte er nicht das eisige Frösteln bei der Vorstellung verdrängen, daß, wenn Bodor am Leben war, das gleiche auch für seine Waffe galt.

# VIER

Für einen flüchtigen Moment schüttelte George Manders erleichtert den Kopf. Dieser Wind, der über die weite Fläche der Fens von East Anglia wehte, würde auch den letzten Rest Nervengas vertreiben.

In der Nähe des Lochs im Sturmzaun lagen fünf Körper auf dem Erdboden, die Gesichter gerötet und verzerrt. Pringle, der MoD-Pathologe, hatte darauf bestanden, daß sie nicht entfernt werden dürften, bevor er die Untersuchung der sechsten Leiche abgeschlossen hätte. Er machte das in dem Zelt, das er von Porton Down, der Abteilung für chemische Kriegsführung, mitgebracht hatte.

Hochgewachsen und breitschultrig, das Haar so straff zurückgekämmt, daß es aussah wie ein grauer Helm, der sich geradezu königlich über Manders' teurem Kragen kräuselte, hatte er ein Gesicht, das eine Münze hätte zieren können. George Manders war der Chef der E Division, der Antiterroreinheit des MI5.

Er hielt sein Gesicht weiterhin in den Wind, blickte bis hinter die Leichen und konzentrierte sich auf die Hügel. Sie sahen aus, als hätte ein riesiger Maulwurf sie aufgehäufelt. Die Buckel – Bunker – waren größer, als er erwartet hatte – etwa so hoch wie ein Bungalow. Während des Helikopterflugs von London hierher hatte er sich über die Sicherheitsanlagen informiert: der Zaun mit einem Hochspannungskabel verstärkt; Bodensensoren, die mit einer Überwachungsstation verbunden waren; Bunker aus meterdickem stahlverstärkten Beton; Türen, die gegen eine Menge Semtex standhalten konnten, die ein ganzes Bürogebäude in Schutt und Asche legen würde, und Schlösser mit Zahlenkombinationen, die sich alle zwölf Stunden änderten.

Dennoch war eine dieser Türen geöffnet worden. Nicht aufgebrochen. Ganz einfach geöffnet.

Die Soldaten in der Monitorstation beteuerten, daß sie

nichts Verdächtiges gesehen hätten. Als sie endlich erkannten, daß es ein Problem geben könnte, hatte es zwei weitere Minuten gedauert, um den Hilfstrupp in Marsch zu setzen. Und drei weitere Minuten waren nötig, um den geöffneten Bunker zu erreichen und festzustellen, daß die nuklearen Zündmechanismen gestohlen worden waren.

Manders wußte nun, daß jeder Zünder an einer Bombe angebracht werden konnte, die nicht größer war als das Geschoß, das seinen Großvater in einem Schützengraben in Flandern getötet hatte. Nur hätte die Granate mit diesem Mechanismus die gesamte Frontlinie ausradiert. Sechs Zünder fehlten.

Wer wollte seine eigene Version des Weltuntergangs in Szene setzen? Die Person, die das Wort »Greenpeace« auf die Innenseite der Bunkertür geschrieben hatte? Es gab heutzutage in den Reihen der Umweltbewegungen einige wirklich verrückte Typen. Aber so verrückt nun auch wieder nicht. Und sie brauchten wohl kaum die Zünder, um einen Designer für Pelzmode oder eine Kosmetikfirma zu bombardieren, die Tiere für Forschungszwecke verwendete.

Die Heilige Nancy hatte ihre Binsenweisheiten beigesteuert. Seine Direktorin hatte sich über Funk gemeldet, während der Helikopter in Richtung Norfolk unterwegs war. »Sie haben einiges an Arbeit vor sich, George. Die Leute aus der Abteilung Wissenschaft und Technik gehen davon aus, daß zumindest einer der Diebe über einen hohen Grad an Erfahrung in diesem Bereich verfügte. Die Zünder waren mit Sprengkapseln verbunden gewesen, die jeden hätten töten müssen, der den Bunker betrat.«

Nur hatten sie das nicht getan.

Kochten die Jungs von jenseits der Irischen See nun, da der Frieden zu ihnen gekommen war, etwa ihr eigenes Süppchen? Möglich. Eine der europäischen Gruppen? Die neuen Roten Brigaden Deutschlands waren mit Ex-Stasi-Leuten aufgefüllt worden, die einen Nuklearzünder nicht vom anderen unterscheiden konnten. Die Italiener beherbergten die besten Hisbollah-Bombenspezialisten, da in Beirut Ruhe eingekehrt war. Die französische Unterwelt arbeitete mittlerweile mit ehemaligen SAS-Spezialisten. Die Japaner? Die moslemischen Fundamentalisten? Oder gar die neuen Diktatoren Afrikas, die ein wenig zusätzlichen Schutz brauchten?

Die Auswahl war beunruhigend.

Sicher war nur eines, nämlich daß dies ein terroristischer Akt war. Jemand hatte einen Trupp mit einem Einkaufszettel losgeschickt: sechs Zündmechanismen. Und jemand, der so etwas organisierte, hätte alles genauestens durchdacht.

Manders seufzte und drehte sich um und beobachtete das Geschehen. Man hatte bereits angefangen, sich am Tatort auf Dauer einzurichten. Ein Helikopterlandefeld war markiert worden. Spezialtrupps des militärischen Ermittlungsdienstes untersuchten den eigentlichen Tatort. In einiger Entfernung hatte die örtliche Polizei Straßensperren errichtet. Man mußte schließlich alles versuchen. Der Dekontaminierungstrupp schlüpfte aus den Schutzanzügen, ein weiteres Zeichen dafür, daß keine Gefahr mehr drohte. Es wurde Zeit, Pringle aufzusuchen.

Manders erreichte das Zelt, öffnete die Klappe und trat ein.

Ein zusammenklappbarer Autopsietisch stand mitten im Raum und wurde von zwei starken Lampen auf Stativen angestrahlt. Zwischen den Lampen standen Rollwagen mit Instrumenten. In der Luft lag ein schwacher Blutgeruch.

Der Pathologe war klein und rundlich und fast vollkommen kahl. Pringle lugte hinter seinem stählernen Brillengestell mit der Miene von jemand in die Welt, der wahrscheinlich schon auf der Schule gut im Auseinanderschneiden gewesen war. Seine beiden Assistentinnen überragten ihn beträchtlich. Beide Frauen waren hochgewachsen und ausgesprochen schlank, und ihre Gesichter zeigten keinerlei Gefühlsregung.

Pringle winkte ihm mit einer prallen Patschhand zu. »Kommen Sie ruhig her. Er tut ihnen nichts.«

Der Soldat lag nackt und mit dem Gesicht nach oben auf dem Tisch. Sein Oberkörper war vom Hals bis zur Schrittbeuge aufgeschnitten, und die Schädeldecke war aufgeklappt. Das Gehirn des Mannes sowie seine Lunge, Leber, sein Magen und seine Nieren lagen in großen rostfreien Stahlwannen, die an einer Seite des Tisches befestigt waren.

»Haben Sie herausgefunden, woran er gestorben ist?« fragte Manders.

»An Soman.« Der Pathologe kicherte verhalten. »Chemische Bezeichnung Methyplinacolyloxyfluorophoshineoxid. Ich denke, dieses Wort spricht niemand gerne und oft aus.«

Manders lächelte, und es wirkte eher überheblich als freundlich. »Dann erzählen Sie mir mal ein wenig von Soman.«

Pringle wandte sich an eine seiner Assistentinnen. »Sara, seine Leber, bitte. Könnten Sie mal das Notwendige tun?«

Die Frau holte ein glänzendes schwarz-rotes Organ aus einer Wanne und legte es auf ein Schneidebrett auf einem der Rollwagen.

»Sie müssen schon näher kommen, wenn Sie etwas riechen wollen«, sagte Pringle.

Manders trat an den Wagen heran. Die Assistentin nahm ein Skalpell und schnitt ein Stück von der Leber ab. Sie spießte das Stück mit der Messerspitze auf und hielt es Manders hin.

»Leicht fruchtig, nicht wahr? Ein wenig wie überreife Pfirsiche. Eigentlich ganz angenehm, wenn es das letzte ist, das man auf dieser Welt riecht«, sagte Pringle.

Die Assistentin legte die Scheibe wieder auf das Brett zurück.

Pringle sah die Frauen an. »Na schön, ihr zwei. Ihr könnt wieder an eure Handarbeit zurückkehren.«

Sie begannen an entgegengesetzten Enden die Bauchhöhle zuzunähen, während Pringle an Manders gewandt fortfuhr.

»Soman ist etwas, das wir den Deutschen verdanken können. Sie kamen damit während der letzten Kriegsmonate heraus. Hitler wollte ein Nervengift, um unseren Vormarsch ins Dritte Reich zu stoppen. Seine Chemiker probierten es in Auschwitz aus. Töteten damit tausend Gefangene in der halben Zeit, die ein reguläres Gas dafür brauchte. Die armen Teufel müssen geglaubt haben, sie befänden sich in der Nähe eines geheimen Obstgartens. Ehe das Zeug in die Massenproduktion gehen konnte, zerstörten wir zum Glück ihre chemischen Fabriken.«

Manders nickte. »Und wer stellt das Zeug heute her?«

Hinter ihm hatten die Assistentinnen leise zu singen begonnen.

»Es steht auf der verbotenen Liste. Die Sowjets hatten einen Vorrat. Wahrscheinlich genug, um die andere Hälfte der Welt zu vernichten.«

Manders veränderte leicht seine Haltung, damit er nicht mit ansehen mußte, wie eine der Assistentinnen das Gehirn des Soldaten in seine Höhlung zurückstopfte.

»Sie erklären, sie hätten das Zeug völlig vernichtet. Aber wie will man das beweisen?« fragte Pringle. Er schaute einen Moment lang den beiden Frauen bei ihrer Arbeit am Tisch zu, ehe er sich wieder an Manders wandte. »Das ist eine Sache, die ich noch immer nicht schaffe. Eine saubere Doppelnaht.« Er zuckte die Achseln. »Wenn Sie einen wahrscheinlichen Lieferanten brauchen, versuchen Sie es mit Bagdad.«

Manders schwieg. Mit den Zündern konnte Saddam Israel in einen Friedhof verwandeln. »Irgendein Hinweis, wie das Zeug in diesem Fall eingesetzt wurde?« fragte er.

»Dem Zustand der Lungen der Opfer nach zu urteilen, so gut wie sicher als ein Aerosol. Es brauchte nicht sehr viel zu sein. Soman ist unsichtbar. Und schnell. Wahrscheinlich waren sie schon alle tot, ehe sie den Boden berührten.«

»Wie setzt man das Zeug denn frei, ohne sich selbst umzubringen?«

Pringle zuckte die Achseln. »Ich stelle mir vor, man kann Schutzanzüge in jedem halbwegs gut bestückten Armeeladen finden.«

Die Zeltklappe wurde zurückgeschlagen, und ein Soldat schob den Kopf herein. Er sagte zu Manders: »Sie werden am Funkgerät des Hubschraubers verlangt. Aus der Downing Street.«

»Von allen umworben«, stellte Pringle fest. »Sogar von unserem erlauchten Premierminister.«

Als Manders gegangen war, stimmte Pringle mit einem angenehmen Bariton in den Gesang seiner Assistentinnen ein. Aber Manders hatte den Haß in Pringles Stimme bei der Erwähnung des Premierministers gehört.

Während er zum Helikopter eilte, sah Manders, wie die Suchtrupps sich vom Zaun entfernten und näher kamen. Einige benutzten Metalldetektoren. Er konnte auf die Entfernung ihren Mangel an Begeisterung spüren. Die Moral war in den Abteilungen, die von den Streitkräften noch übrig geblieben waren, noch nie tiefer abgesunken gewesen. Die Ursache war der Mann, zu dem er unterwegs war, um mit ihm zu reden: der Right Honourable Arnold Bostock, Premierminister und erster Schatzlord.

*Arnold Percival Bostocks erster Akt im Amt hatte darin bestanden, die drei Dienste in einem bisher noch nicht dagewesenen Maß zu reduzieren. Die Zeiten haben sich geändert, verkündete er in seinem vollen, zuversichtlichen Tonfall, der sein Markenzeichen war. Das letzte der großen Regimenter war zerschlagen worden; die Marine wurde auf eine Größe zurechtgestutzt, die es ihr gestattete, gemütlich zwischen der Isle of Wight und Portsmouth zu operieren. Die Luftwaffe war nur unbedeutend größer als die eines afrikanischen Staates.*

*Mittlerweile hatte die politische Landkarte von Großbritannien sich dramatisch verändert. Es begann, als eine Labour-*

*Regierung es schon wieder mal nicht schaffte, das Netz des Marxismus neuen Stils, der schon wieder die Partei verhexte, zu zerreißen. Die Konservativen erwiesen sich im Amt als nicht besser. Die Labour Party kehrte an die Macht zurück.*

*Während dieser Unruhen fungierte Bostock als Einpeitscher der Torys. Seine Rede vor dem Haus war maßvoll und belehrend; auf beiden Seiten der Dispatch Box klammerte man sich an eine Politik, deren Verfallsdatum längst verstrichen war. Der Wählerschaft wurde von Parlamentsmitgliedern geholfen, die der Selbstbedienung frönten. Dann, indem er seine Pause absolut perfekt zeitlich abstimmte, enthüllte er seine Absicht, eine neue Partei zu gründen. Indem er den Tumult ignorierte, verließ er ruhig und gelassen den Saal – und viele prophezeiten ihm, daß sie ihn wohl das letzte Mal an dieser Stelle gesehen hätten. Aber eine Handvoll reicher, unzufriedener Konservativer hatte sich entschlossen, die United Party zu finanzieren. Nach einem weiteren Zusammenbruch der Labour Party kehrten die Torys mit einer bescheidenen Mehrheit zurück. Die United Party hatte keinen einzigen Sitz errungen. Seine ehemaligen Kollegen sprachen von Bostock in der Vergangenheit – wenn sie überhaupt über ihn ein Wort verloren.*

*Nur wenige Monate im Amt, lähmte erneut ein Skandal die Regierung. Ein parlamentarischer Privatsekretär war dabei ertappt worden, wie er durch Insidergeschäfte mit Aktien öffentlicher Versorgungsbetriebe ein Vermögen aufhäufte. Die Leiche eines jungen Ministers wurde unter den Opfern eines Feuers in einem Pornokino in Soho entdeckt. Dann wurde enthüllt, daß zwei Angehörige des Kabinetts dem Haus zum Komplex der Kreditaufnahme der Regierung Lügen aufgetischt hatten. Ein am Boden zerstörter Premierminister, selbst ein anständiger Mann, bestimmte einen neuen Wahltermin, nachdem es ihm nicht gelungen war, die Nation davon zu überzeugen, daß der Konservatismus eine Garantie für hochmoralisches Verhalten wäre. Die Labour Party kehrte an die Regierung zurück. Aber nach über einem Jahr wurde der winzige Vorsprung durch den Tod und durch die Unfähigkeit aufgezehrt, unbedeutende Sitze zu halten. Die Labour Party bestimmte einen neuen Wahltermin.*

*Kandidaten der United Party wurden in jedem Wahlbezirk ins Rennen geschickt. Bostock war überall. Seine Wahlreden beherrschten die Nachrichten. Zuerst versuchten seine Gegner ihn zu ignorieren. Dann als unbedeutend abzutun. Und schließlich, als es zu spät war, den Kampf gegen ihn aufzunehmen. Dabei erschienen sie nur um so erschöpfter und geschlagener. Die United Party errang eine Mehrheit von dreiundneunzig Parlamentssitzen. Etwas Ähnliches hatte es in der gesamten englischen Politik noch nie gegeben.*

*Indem er einen populistischen Ton anschlug, versprach der Premierminister, England wieder zu seiner alten Größe zurückzuführen. Für jeden war etwas dabei. Es gab einen Zurück-zur-Kirche-Kreuzzug. Eine Kampagne, der Ehe mehr Schutz als bisher zu gewähren. Die Erhöhung der Mindeststrafe für Gewalt- und Sexualverbrechen auf zehn Jahre. Drogenhändlern sollte ein ähnliches Schicksal drohen. Verbrecher saßen ihre Strafen in Gefängnisschiffen ab, die weit vor der Küste ankerten. Seine Bemerkung, daß ihnen eine kleine Dosis Seekrankheit nur guttun würde, wurde für eine Weile zum geflügelten Wort. Und eine Nation, die sich nach Jahrzehnten ungehinderter Gewalt zunehmend eingeschüchtert fühlte, fragte: Warum nicht? Schließlich war alles mögliche ohne Erfolg versucht worden.*

*Aber den meisten Beifall erhielt er für sein Versprechen, die Abhängigkeit der Nation von der Atomkraft zu reduzieren. Sie wurde nicht nur immer teurer, sondern es hatte in den Kraftwerken auch sehr gefährliche Unfälle gegeben. Bostock versprach verstärkte Bemühungen zur Nutzung der Windenergie und den Bau von Gezeitenkraftwerken. Er wollte die in organischem Müll enthaltene Energie nutzen. Eine allgemeine Wiederaufforstung der Wälder vornehmen. Und letztendlich jede verfügbare Form erneuerbarer Energie nutzen, die erwiesenermaßen harmlos war.*

*Die Umweltschützer waren begeistert. Man träumte schon davon, daß Großbritannien sich zum neuen Grünen Jerusalem entwickelte. Und die Bereitschaft, dafür zu zahlen, würde in anderen Bereichen der öffentlichen Ausgaben erhebliche Kürzungen notwendig machen. Zuerst betroffen wären das Militär,*

*Englands NATO-Beitrag, die Zahlungen an die UN, die Entwicklungshilfe und alle anderen Bereiche, in denen die vorhergehenden Regierungen sich stets freigiebig gezeigt hatten.*

*Aber die kühne umweltorientierte Vision blieb im großen und ganzen ein Traum. Nur eine Handvoll Windräder produzierten genug Energie, um die Bedürfnisse einer Kleinstadt zu decken. Es gab nicht ein einziges funktionierendes Modell zur Nutzung der Gezeitenenergie. Die Umweltverschmutzung hatte weiterhin drastische Ausmaße. Die englischen Strände blieben weiterhin die dreckigsten von Europa. Und die Benzinfahrzeuge erzeugten mehr Kohlenmonoxid als jede andere Nation außer Rußland.*

*Vor kurzem hatten die Umweltschützer begonnen, Bostock öffentlich anzugreifen.*

Manders überlegte noch immer, ob jemand von ihnen für die Diebstähle verantwortlich sein könnte, während er den Helikopter bestieg, um den Anruf aus der Downing Street anzunehmen. Er griff nach dem Hörer und meldete sich.

Einen kurzen Moment später ertönte das leise Klicken, das bedeutete, daß die Verbindung hergestellt war, dann erklang die Stimme des Premierministers.

»Was ist da unten im Gange, Manders?« Der Zerhacker verlieh der Stimme des Premierministers ein leichtes Echo.

Manders erklärte es ihm auf die präzise, knappe Art des Militärs.

»Demnach haben Sie noch niemand bestimmten im Visier?« Die Worte hatten einen scharfen Unterton.

»Noch nicht, Premierminister, nein.«

Über ihm pfiff der Wind durch die Rotorblätter.

»Hören Sie, Mann«, sagte Bostock schließlich und benutzte das Wort »Mann« auf eine altmodische, hochmütige Art. »Wir können nicht zulassen, daß derjenige, der diese Dinger hat mitgehen lassen, ungehindert damit durch die Gegend rennt.« Der Premierminister schwieg, als wartete er auf eine Bestätigung seiner Worte.

»Nein, natürlich nicht, Premierminister. Aber es ist noch ziemlich früh.«

Durch das Kanzelfenster beobachtete Manders, wie die Soldaten auf den Feldern ausschwärmten. Er verspürte ein leichtes nervöses Flattern in der Magengegend. Könnten diese gestohlenen Zünder vielleicht der erste Schritt zum Eintritt des Unvorstellbaren sein? Eine Gegenoffensive all jener, die unter Bostocks Etatkürzungen am meisten gelitten hatten: einer Gruppe Soldaten, die ins Lager der Terroristen übergewechselt waren? Absurd, absolut verdammt absurd. Man lebte schließlich immer noch in Großbritannien und nicht in einer Bananenrepublik.

»Sie haben keine Tage Zeit, Manders. Falls es Ihnen eine Hilfe ist – der Verteidigungsminister meint, daß der Dieb der Apparate die Absicht haben könnte, sie zu exportieren.«

Manders zwang sich, höflich zu reagieren. »Das ist eine Möglichkeit, sicher.«

Mittlerweile hatte Bostock sicherlich längst Informationen von seinem Inneren Kreis erhalten. Jeder Premierminister hatte so etwas. »Sie werden Hilfe brauchen.«

Manders spürte, daß Bostock seine Einwilligung haben wollte, ehe er genau wußte, zu was er um seine Einwilligung gebeten werden sollte.

»Woran denken Sie, Premierminister?«

Als Bostock wieder das Wort ergriff, klang es, als hätte er nicht mehr viel Zeit. »Die Hammer Force. Sie sollen die Angelegenheit regeln. Deshalb gibt es sie schließlich. Wir alle halten das für das vernünftigste.«

Manders unternahm gar nicht erst den Versuch, diesem Gedanken zu widersprechen. Dies mußte mit dem Gerücht in Zusammenhang stehen, das ihm am Vorabend in Whitehall zu Ohren gekommen war: daß Bostock etwas vorhatte, um die Umweltschützer zurückzugewinnen, daher wollte er ihnen so wenig wie möglich auf die Zehen treten. Und dazu würde es sicherlich irgendwann kommen, wenn die Maßnahmen erst einmal angelaufen waren. Das könnte Bostock zum Ziel eines allgemeinen Unmuts machen. Dann sollte schon lieber jemand von draußen den Sündenbock spielen.

»Auf diese Art und Weise brauchen Sie nicht die gesamte Last zu tragen, Manders. Wenn die Hammer Force Erfolg hat, werden auch Sie mit Lob überschüttet, dafür werde ich schon sorgen. Aber sollen sie nur die Dreckarbeit machen. Sie können weiterhin Ihre Rolle spielen. Aber es ist nicht nötig, ganz vorne zu stehen.«

Manders schaute aus dem Fenster. Eine Gruppe Soldaten verschwand in einer Baumgruppe. Schon vor langer Zeit hatte er gelernt, daß Ermittlungen, ebenso wie Schlachten, niemals gewonnen, sondern immer verloren wurden.

Im Bergland Sardiniens, in einem Haus, das am Ende der Welt zu stehen schien, traf ein dunkelhäutiger Mann, ein Sarde mit schütterem schwarzem Haar, das ihm ständig in die Augen fiel und ihn den Kopf gelegentlich nervös nach hinten werfen ließ, letzte Vorbereitungen.

Seit seiner Ankunft hatte er Brennholz neben dem offenen Kamin aufgeschichtet und den Kühlschrank mit Lebensmitteln gefüllt. Nun machte er gerade das letzte von drei Betten. Während er arbeitete, summte er leise eine Melodie vor sich hin und vermittelte den Eindruck eines zufriedenen Menschen, der seinen Platz in der Welt kannte.

Nach dem Bettenmachen ging er über die Treppe hinunter ins Parterre. Dort befanden sich mehrere Flecken auf dem Steinfußboden, aber es ließ sich nicht mehr feststellen, woher sie rührten. Auf jeden Fall verschob er den großen Wohnzimmerteppich aus Ziegenfell dergestalt, daß sie zugedeckt wurden.

Er schaute aus dem Fenster. Die Felswände schienen

das Haus erdrücken zu wollen. In der Stunde, die er sich nun schon hier aufhielt, war Wind aufgekommen, der an den Fenstern und den Dachpfannen rüttelte. Es klang wie die Warnung von etwas Bösem. Bald würde der erste Schnee fallen.

Nachdem er die Haustür hinter sich geschlossen hatte, machte er sich nicht die Mühe, sie zu verriegeln. Er wußte, daß das Haus so versteckt lag, daß kein zufälliger Besucher darauf stoßen und kein Inselbewohner es jemals wagen würde, hierherzukommen.

Das Haus existierte nur zu einem einzigen Zweck.

## FÜNF

Während des Fluges von Warschau saß Morton neben einer alten Frau, die in mehrere Schals und Kopftücher eingewickelt war und ständig ihren Rosenkranz durch die Finger gleiten ließ wie jemand, für den die Regeln seines Lebens schon vor seiner Geburt festgelegt worden waren. Er staunte wieder einmal darüber, daß auch ein Leben, genauso wie vorgestanzter Pappkarton, bestimmte zuverlässige Falznähte aufwies, nach denen es verlief.

In seinem eigenen Gewerbe verbarg man seine Gewohnheiten und drückte sich betont vage über seine Aufgaben aus. Man schöpfte seine Kraft aus Tarnung, war stolz auf das Rätsel, das einen umgab. Jemand hatte mal geschrieben, daß es genauso wäre, als lebte man ständig in einem Beichtstuhl. Natürlich war das die Beschreibung eines Außenstehenden, und sie trug nicht der gesunden Skepsis Rechnung, die zu dem Job gehörte. Oder den Zweifeln, die sich ständig wie ein schlechtes Gewissen bemerkbar machten. Nicht daß man viel davon gebraucht hätte. Geheimdienstarbeit war keine Berufung – dennoch war sie manchmal genauso rätselhaft wie die einzelnen

Teile der Eucharistie. Und genauso wie die Priesterschaft entwickelte man ein unendliches Verständnis, das einem gestattete, in einem engen Sessel zu sitzen und einer alten Frau dabeizuzuhören, wie sie murmelnd den Rosenkranz betete.

Er sah, daß die Flugbegleiterin, blond und mit energischem Kinn, ihn prüfend beobachtete. Eine weitere dieser sexuell auf Beutejagd befindlichen Frauen, die mittlerweile in den Maschinen osteuropäischer Fluggesellschaften anzutreffen waren. Sie schienen von einem Geist der Piraterie beseelt zu sein und betrachteten es als Sieg, wenn sie einen Mann ausländischer Herkunft als Geisel nahmen. Erneut unternahm sie ihren Rundgang, vergewisserte sich, daß die Sicherheitsgurte für die bevorstehende Landung vorschriftsmäßig angelegt waren, und blieb neben Mortons Sitz stehen.

»Haben Sie in Krakau geschäftlich zu tun?« Sie redete deutsch und schlug einen überlegenen, wissenden Ton an.

»Nein, ich mache dort Urlaub.« Er log auf englisch.

»In Krakau? Im Winter?« Sie tat so, als wäre sie entsetzt, wobei ihr Englisch den Intensivkurs an der Schule der Fluggesellschaft verriet. »Um diese Jahreszeit gibt es dort nichts zu sehen. Da ist es am besten, sich im Haus aufzuhalten. Die Wärme und einen kleinen Wodka zu genießen.«

»Um diese Jahreszeit gibt es keine Touristen in den Kirchen.« Er sprach weiterhin Englisch.

Die alte Frau schaute schnell weg, als flößte die fremde Sprache ihr Angst ein.

»Kirchen?« wiederholte die Stewardess, während ihr Lächeln allmählich verflog. »Sie kommen nach Krakau, um Kirchen zu besichtigen?«

Morton hob den Kopf und schaute ihr direkt in die Augen. »Kirchen. Ikonen. Altäre. Gräber und Grabsteine«, zählte er fröhlich auf.

»Ist das Ihr Ernst?« Ihr Lächeln hatte sich fast vollständig verflüchtigt.

»O ja. Und wie.«

Sie schaute sich um und schaffte es nicht, ihre Enttäuschung vollständig zu kaschieren. »Das glaube ich Ihnen nicht«, sagte sie, zog einen Schmollmund und unternahm einen letzten Versuch.

»Es stimmt aber.«

»Sind Sie ein Priester?«

Mortons Lächeln reichte aus, um ihr den Eindruck zu vermitteln, daß sie ins Schwarze getroffen hatte. Wir werden geboren, und wir sterben. Und irgendwo auf diesem Weg erlernen einige von uns die Kunst, jemandem durch winzigste Gesten alles mögliche einzureden.

»Dann wünsche ich Ihnen einen angenehmen Aufenthalt, Pater.« Sie setzte ihren Rundgang fort, wobei ihr fehlgeschlagener Annäherungsversuch sie einem anderen Passagier unwirsch befehlen ließ, er solle gefälligst die Lehne seines Sessels aufrichten und arretieren.

Morton schloß die Augen und versuchte Mischas Nachricht mit dem in Zusammenhang zu bringen, was er mittlerweile über Bodor wußte.

Das von der Abteilung für psychologische Bewertung erstellte Profil holte weit aus, um den Menschen hinter dem Wissenschaftler zu erklären. Eine Persönlichkeit, die von Mißtrauen und Ausdauer getrieben wurde. Die Computergrafik hatte ihr unerreichtes Können unter Beweis gestellt. Indem sie ein Paßfoto, das die amerikanischen Einwanderungsbehörden hergestellt hatten, als Bodor einmal die Vereinigten Staaten besuchte, als Grundlage nahmen, benutzten die Techniker ihre Bildschirme, um Bodor altern zu lassen und ein Bild von ihm zu erhalten, wie er heute aussehen würde. Sie verschmälerten sein Gesicht, ließen die Nase etwas breiter werden und die Augen, die beinahe halbmondförmig waren, noch ein wenig tiefer in ihre Höhlen sinken. Sein Haar würde den ersten rauhreifartigen Grauschimmer besitzen, und seine Haut wäre so rauh und feucht wie die eines Alligators.

Lester Finel hatte seine Computer mit allen bekannten

Gerüchten darüber gefüttert, woran Bodor angeblich gearbeitet hatte. Es lief auf ein Projekt hinaus. Irgend etwas, um damit die Atmosphäre zu beeinflussen. Chantal – Chantal Bouquet, die die Abteilung Auslandsnachrichtendienste leitete – faßte die Beurteilungen von CIA, MI6, BND und dem französischen DGSE zusammen. Niemand hatte mehr als nur eine vage Vorstellung davon, woran Bodor genau gearbeitet hatte.

Über die Kabinensprechanlage gab die Stewardess bekannt, daß sie in Kürze landen würden.

Die Luft in der Ankunftshalle roch säuerlich und feucht. Sie erinnerte Morton an kaltes Kohlwasser, während er durch die Halle wanderte. Obgleich er barhäuptig war, überragte er die meisten der mit Pelzmützen bedeckten Köpfe.

Der Teppichstreifen vor dem Schalter der Autovermietung war so grau wie eine tote Makrele und voller Schimmelflecken. Der Angestellte war bleich und hatte einen Schnurrbart, der an eine ausgefranste Zahnbürste erinnerte. Er musterte Morton mit abgrundtiefer Verachtung, eine Einstellung, die über die Nationalität hinausging und zurückreichte über die Jahrhunderte und ihren Ursprung wahrscheinlich in einer vererbten Erinnerung an die Zeit hatte, als die ersten Eindringlinge aus den weiten Steppen aufgetaucht waren.

»Ihr Name?« fragte er.

»Morton.«

Der Angestellte warf einen Blick auf eine Liste und schaute hoch. »Sie kommen zu spät. Ihre Maschine sollte schon vor über einer Stunde gelandet sein.«

»Wir sind in Warschau mit Verspätung gestartet.«

»Wir reservieren keinen Wagen bis eine Stunde nach Abholzeit.« Wie die meisten Tyrannen war der Angestellte ziemlich klein von Wuchs.

»Ich nehme, was Sie mir anbieten können.« Es war wirklich egal.

»Wie zahlen Sie?«

»Bar.« Niemals eine Spur auf Papier hinterlassen.

»Wollen Sie eine zusätzliche Versicherung abschließen?«

»Nein.«

»Die Straßen sind gefährlich.«

»Ich komme schon zurecht.« In seinem Gewerbe brauchte man keine Lebensversicherung.

»Der Wagen, den wir noch frei haben, ist teurer als der, den Sie reserviert hatten.«

»Gut.«

Der Angestellte blickte über die Theke, dann stürzte er sich mit einem Eifer in den Papierkram, als hätte er in diesen Augen plötzlich etwas entdeckt, was vorher noch nicht dagewesen war.

Eine halbe Stunde später fuhr Morton durch eine langgestreckte heruntergekommene Krakauer Straße. Die Fenster der Ladenfronten und der Wohnungen waren blind von Schmutz, und das Mauerwerk war für immer geschwärzt nach all den Jahren, in denen die Stadt ihre Energie aus der Kohle bezog. Wolken, grau und leblos wie Eisenschrott, warnten vor weiteren Schneefällen.

Seine Hände vollführten die notwendigen Griffe zum Schalten und Lenken, als wäre er früher mal ein Ralleyfahrer gewesen. Er rollte in Richtung Westen und passierte mehrere Dörfer, die so klein waren, daß er, als er vorschriftsmäßig das Tempo drosselte, schon wieder auf freier Strecke war. Die Straße verengte sich, und er mußte wegen des landwirtschaftlichen Verkehrs langsam fahren. Massige Männer in Steppjacken saßen hoch oben auf Wagen, die von wuchtigen Zugpferden gezogen wurden und aus Scheunen herauskamen, deren Dächer durchhingen, als ob seit Jahrhunderten eine große Last auf ihnen ruhte. Die graue Wolkendecke riß auf, und eine bleiche Sonne schickte ihre Strahlen zur Erde, als er in eine kleine Stadt kam.

Es war nichts davon zu sehen, als er die Hauptstraße hinunterfuhr, daß die Straße für immer und ewig mit ihrem eigenen Kainsmal gezeichnet war – wie auch alle anderen Straßen. Bis zum Ende aller Zeiten würde man sich an diesen Ort auf Grund seines Namens erinnern, den er trug: Auschwitz.

Morton stoppte, um eine Gruppe Schulkinder die Straße überqueren zu lassen. Sie musterten seinen Wagen, plötzlich stumm und wachsam, und ärgerten sich über diesen Eindringling. Er fuhr am Bahnhof vorbei, der mit neuen Ziegeln ausgebessert worden war. Früher war er der wichtigste Knotenpunkt der Endlösung gewesen.

Außerhalb der Stadt bog er in eine Landstraße ein. Der Schnee fiel in großen, schweren Flocken und blieb auf dem gefrorenen Erdboden liegen, als könnte er, indem er ihn bedeckte, wenigstens für kurze Zeit verbergen, was am Ende der Landstraße geschehen war. Aus Respekt fuhr er langsam. Aus der Düsternis tauchten mit Ziegeln und Schiefer gedeckte Hausdächer zu beiden Seiten eines Mittelturms mit gewölbtem Durchgang auf. Das Todestor, das nach Auschwitz hineinführte.

Er parkte dort, wo die Landstraße ein Eisenbahngleis kreuzte, ging weiter bis zum Gleis und wischte Schnee von einer Schwelle. Das Holz war trotz der Jahre endlosen Verkehrs kaum abgenutzt. Die Stahlanker verbanden noch immer die Schwellen mit den Schienen. Für einen kurzen Moment stand er da und dachte, daß an dieser Dauerhaftigkeit etwas noch Schlimmeres war als all das Gemetzel, das innerhalb der Tore stattgefunden hatte.

»David, ich bin hier drüben.«

Er drehte sich um, und im Torbogen erblickte er Mischa. Zierlich, mit einem langen Mantel bekleidet, der bis über ihre Stiefelschäfte reichte, das Haar unter einer Pelzmütze verborgen, war sie eine Frau in den Sechzigern mit einem schmalen Gesicht und schwarzen Augen, in denen eine helle Intelligenz funkelte.

»Hallo«, sagte er auf russisch und küßte sie schnell auf beide Wangen. »War die Reise gut?«

»Ich habe schon Besseres erlebt.« Trotziger Humor funkelte in ihren braunen Augen.

Für einen Moment standen sie reglos da und blickten auf das Tor.

»Komm«, sagte Mischa unvermittelt. »Wir können gehen, während wir uns unterhalten. Und ich glaube, wir sollten lieber Englisch reden. Viele Wächter verstehen Russisch.«

»Hier gibt es Wächter?« fragte er auf englisch.

»Polen. Sie tragen schwarze Uniformen wie die SS früher. Offiziell sollen sie die Anlage schützen.«

»Wovor?« Der überraschte Unterton blieb in seiner Stimme.

Sie warf ihm einen flüchtigen Blick zu. »Vor Dieben. Sie kommen nachts mit Metallsuchgeräten her und wühlen in den Aschegruben herum. Einige Juden, die genau wußten, was geschehen würde, verschluckten ihren Schmuck und ihre Juwelen, ehe sie in die Gaskammern gingen, damit sie nicht den Nazis in die Hände fielen.« Sie sagte es leise und ohne eine Gefühlsregung.

Sie erreichten die berüchtigte Rampe, wo Mengele seine Selektionen vorgenommen hatte. Er war eine Art Torhüter zwischen den Welten der Toten und der Lebendigen gewesen. Morton hatte irgendwo gelesen, daß bis zu zweitausend pro Stunde hier eintrafen. In zwei Monaten, im Jahr 1944, war ungefähr eine halbe Million vergast worden, so viele, daß sogar die gewöhnlich sehr leistungsfähigen Krematorien gar nicht mitkamen.

Mischa umklammerte krampfhaft den Griff ihrer Reisetasche. Genauso, dachte Morton, mußte sie sich an die Hand von jemand geklammert haben, als der Zug hier einlief. Sie blieb einen Moment länger stehen, in sehr private Gedanken versunken. Als sie wieder redete, geschah es fast gegen ihren Willen. »Weißt du, woran ich mich am deutlichsten erinnere, David? Es war das Pfeifen der Lokomotive. Das war das entsetzlichste Geräusch von allen.«

Morton sagte nichts. Er hatte vor langer Zeit gelernt zu erkennen, wann Worte nötig waren und wann Schweigen besser war.

Die Schneeflocken umtanzten sie, während Mischa vorausging und die Rampe verließ.

Sie gingen schweigend an den Baracken vorbei, in denen die Opfer gewartet hatten, und an den Krematorien, auf deren Öfen immer noch der Name der Erfurter Fabrik zu lesen war. Dann besuchten sie die Säle voller Menschenhaar und Prothesen. Als sie einen Raum erreichten, in dem Koffer aufgestapelt waren, ergriff Mischa wieder das Wort.

»Die Nazis sagten, jeder von uns müßte seine wertvollsten Besitztümer in einen Koffer packen. Viele Leute füllten ihre Koffer mit Goldmünzen und Edelsteinen. Ich habe nur Kleider mitgebracht.«

Ihre Worte, sparsam und tonlos, hatten die Unausweichlichkeit einer Katharsis. Während sie redete, hielt er sich ein wenig näher bei ihr, als wollte er sie vor weiterem Schmerz beschützen.

»Mischa, hilft es dir, wenn du herkommst?« fragte Morton leise.

Sie schaute zu ihm hoch. »O ja. Dadurch erhält alles, was ich tue, erst seinen richtigen Sinn.«

Während sie sich der nächsten Baracke näherten, erschien ein Wächter, starrte sie kurz an und marschierte davon, wobei seine Stiefel eine Spur hinterließen, die der Schnee schnell wieder zudeckte. Sie betraten das Gebäude. In dem niedrigen Raum standen Regale voller leerer Dosen.

»In jeder Dose waren genug Kristalle, um tausend Menschen zu töten, David. Ich sehe noch immer die Ungeduld der Wachen vor mir, die die Kristalle in die Gaskammern schütteten. Als hätten sie es eilig, zum Kaffeetrinken nach Hause zu kommen. Um mit ihren Kindern zu spielen. Um zu leben wie Tausende andere. Wie waren sie dazu fähig?«

»Ich glaube, diese Frage werden wir uns bis an unser Lebensende stellen. Und wir werden niemals eine erschöpfende Antwort darauf erhalten, weil es wahrscheinlich keine gibt, die man auch verstehen würde«, sagte Morton.

Er hatte zahllose Versuche gelesen, die Psychologie des Völkermords verständlich, begreifbar zu machen. Kein Versuch hatte ihn überzeugt, und die geäußerten Ideen erschienen in diesem Raum geradezu blasphemisch. Diese rostigen Dosen wirkten so unendlich banal und erinnerten daran, daß die durchschnittlichsten, unauffälligsten Menschen die schlimmsten Taten vollbringen können.

Nach einer Weile drehte Mischa sich halb zu ihm um. »Jedesmal frage ich mich, waren sie Tiere, als sie ihre schrecklichen Taten begingen? Oder waren sie menschliche Wesen?«

In dieser Hinsicht hatte er keine Zweifel. »Was sie taten, war teuflisch, aber sie waren keine Teufel. Das macht das Ganze so schwer verständlich; daß sie Menschen waren.«

Sie verschränkte die Arme vor der Brust, als wollte sie sich selbst umarmen. Erneut erkannte er, wie wichtig es für sie war, einfach dort zu sein und zu wissen, daß sie eine lebende Zeugin dieses furchtbaren Geschehens war.

Als sie hinausgingen, hatte der Schneefall ein wenig nachgelassen. Sie wischte sich die Schneeflocken vom Mantel. Es war die Reflexhandlung einer Frau, die gelernt hatte, ihre eigenen Gefühle stets unter Kontrolle zu haben.

»Und nun zu Bodor«, sagte sie schließlich.

»Fangen wir mit dem an, was du in Moskau gesehen hast«, schlug Morton vor, »als Bodor aus der Leichenhalle herauskam.«

Sie gingen eine Straße hinunter, die mit einer Reihe verfallener Wachtürme gesäumt war. Während Mischa erzählte, hörte Morton ihr zu, ohne sie zu unterbrechen. Dann holte er aus der Tasche das Foto, das die Computergrafik hergestellt hatte.

Sie studierte es eine Weile. »Es kommt ihm sehr nahe. Er dürfte im Augenblick nur im Gesicht ein wenig schmaler sein.«

»Zum Paket. Gibt es darüber irgend etwas Neues?«

Sie schüttelte den Kopf. »Nichts, David. Aber weißt du, was ich denke? Es könnte etwas mit der Waffe zu tun haben, an der Bodor gearbeitet hat. Konstruktionszeichnungen, vielleicht. Oder irgendwelche Daten. Etwas in dieser Richtung.«

»Was ist mit Bodors Leuten passiert?«

Mischa zuckte die Achseln. »Er ist natürlich verschwunden, ehe sein Forschungskomplex niedergerissen wurde, aber sie wurden zusammengetrieben und in eins dieser Lager draußen in der Steppe gesteckt, während die Vertreter der Neuen Ordnung überlegten, was mit ihnen geschehen sollte. Die meisten wurden freigelassen und arbeiten seitdem an irgendwelchen nicht-militärischen Projekten mit. Sie kamen in Krankenhauslabors, wo sie jetzt wahrscheinlich Blutanalysen durchführen oder Speichelproben sammeln. Dies und anderes. Ein paar haben es geschafft, aus dem Land zu verschwinden. Sie können überallhin gegangen sein.«

Er fragte mit der Beharrlichkeit eines Archäologen, der versucht, die äußere Erscheinung einer schon lange ausgestorbenen Kreatur aus ein paar Knochensplittern zu rekonstruieren, welche Arbeiten sie für Bodor geleistet hatten.

»Das läßt sich nicht eindeutig bestimmen. Einige waren Klimatologen. Dann gab es das übliche Spektrum von Physikern und Chemikern. Sowie einen Pathologen, Nikita Vassilej, der von Anfang an für Bodor gearbeitet hatte. Was er in dieser Truppe zu suchen hatte, kann man nur vermuten. Aber daß er jemanden von Vassilejs Ruf in seinem Team hatte, bedeutete, daß Bodor sich mit etwas überaus Wichtigem beschäftigt hat. Vassilej ist immerhin mal im Rahmen des Kosmonautenprogramms tätig gewesen.«

»Wo ist er jetzt?«

»Tot. HIV-Positiv. Damals wurde die Angelegenheit unter Verschluß gehalten. Niemand wollte zugeben, wie akut das Problem war. AIDS war schließlich eine westliche Krankheit. Jetzt wissen wir natürlich Bescheid«, sagte Mischa düster.

»Was hat Vassilej innerhalb des Raumfahrtprogramms getan?«

»Das habe ich herauszufinden versucht. Aber auch dieses Material hat den gleichen Weg genommen wie Bodors Forschungsunterlagen. Wenn ich raten müßte, würde ich sagen, daß Vassilej sich mit den Auswirkungen des Weltraums auf den menschlichen Organismus befaßt hat.«

Morton sah sie an und versuchte ihrem Gedankengang zu folgen. Vom Dach eines der Wachtürme rutschte eine kleine Schneelawine herunter, während sie daran vorbeigingen. »Was ist mit dem Wagen, den du beobachtet hast? Wissen wir, wohin er Bodor gebracht hat?«

»Zum Moskauer Zentralbahnhof. Dort bestieg Bodor den Roten Express nach St. Petersburg. Der Schlafwagen ist eigentlich immer auf mehrere Wochen im voraus ausgebucht, daher dürfte es eine Menge an Planung und Bestechung gekostet haben, um ihm zu einem Platz in dem Zug zu verhelfen.« Sie zuckte die Achseln. »Ich konnte Sergej Andrejewitsch Malenko erst kurz vor Ankunft des Zuges erreichen.«

Malenko arbeitete als leitender Detektiv bei der Zentralen Ermittlungsbehörde von St. Petersburg. Er war der erste Helfer, den Mischa mit Mortons Erlaubnis engagieren durfte.

»Hatte er Glück?«

Erneut schlang sie sich die Arme um die Brust. »Der Zug hat über fünfhundert Passagiere. Aber mit Hilfe der Informationen, die ich ihm geben konnte, fand Sergej Andrejewitsch einen Taxifahrer, der jemanden, auf den Bodors Beschreibung zutraf, nach Zelenogorsk gefahren hat. Das liegt etwa fünfzig Kilometer nordwestlich von St. Petersburg. Der Fahrer konnte sich deshalb so gut an Bodor erinnern, weil er mit harter Währung bezahlt hat.«

Sie gelangten an ein verrostetes Tor, das in ein Wäldchen führte. Mischa öffnete das Tor, während sie fortfuhr: »Zelenogorsk liegt am Finnischen Meerbusen. Dort könnte Bodor von einem Schiff abgeholt worden sein. Auf ähnliche Art und Weise schafft die *mafija* die Drogen ins Land. Ihn rauszubringen, dürfte für sie kein Problem sein.«

Er sah sie fragend an. »Meinst du, sie waren es?«

Sie schüttelte skeptisch den Kopf. »Nein. Irgendwie passen Bodor und die *mafija* nicht zusammen.«

Sie erreichten den Rand des Wäldchens. Dahinter erstreckte sich ein tiefer Graben, der so breit war, daß man ihn schon eher als Tümpel bezeichnen konnte, und dann folgte ein kleiner See, dessen Oberfläche von einer Eisschicht bedeckt war. Mischa schloß für einen kurzen Moment die Augen. Als sie weiterredete, war ihre Stimme erneut völlig emotionslos. »Erinnerst du dich, was die Dichterin Anna Achmatowa geschrieben hat, David? Daß die russische Erde Blut liebt? Das ist jedoch polnische Erde, und die hat eine Vorliebe für Asche.«

Für einen Moment hing diese Bemerkung da, während er ahnte, wie sie durch eine ihrer imaginären Landschaften streifte, ehe sie weiterredete.

»Dies war einer der Verbrennungsgräben, den die Wächter benutzten, als die Krematorien die Leichenflut nicht mehr bewältigen konnten. Die Leichen wurden hierher geschafft und aufgestapelt wie hinduistische Scheiterhaufen. Anschließend wurde die Asche ins Wasser geschaufelt. Deshalb gibt es hier keine Fische. Nichts, nicht einmal Unkraut, wächst hier. In menschlicher Asche gedeiht nun mal nichts.«

Sie blickten schweigend hinaus auf den See, unter dessen Eisdecke die Überreste von Stadtbevölkerungen, Generationen, eines ganzen Kontinents verborgen waren.

»Warum?« fragte sie und legte eine Hand auf die Stirn. »Warum? Immer wieder frage ich mich, warum ich verschont wurde und sie nicht.«

Morton überlegte einige Sekunden lang, ehe er darauf antwortete. »Diese Fragen stellen sich alle Überlebenden, Mischa. Das gehört wohl zu der Qual, die manchmal mit dem Überleben einhergeht. Ohne Schmerzen kann es keine Heilung geben.«

Dann entgegnete sie sehr leise: »Vielen Dank, daß du versuchst zu verstehen.«

»Vielen Dank, daß du mir dies hier gezeigt hast, Mischa.«

Für einen Moment erwartete er, daß sie die Arme nach ihm ausstrecken würde. Er wußte nicht, was sie davon abhielt. Erziehung, vielleicht, oder ganz persönliche Gründe. Sie sah ihn beschwörend an.

»So etwas darf nie wieder geschehen, David.«

»Das ist nur ein weiterer Grund, weshalb ich unbedingt wissen muß, was Bodor vorhatte. Das Böse hat mit dem hier nicht aufgehört zu existieren, Mischa.«

Er ging durch das Tor des Todes voraus nach draußen.

Im Wagen drang ein leises, anhaltendes Piepen aus seiner Reisetasche auf dem Rücksitz. Er öffnete die Tasche und holte einen kleinen schwarzen Kasten mit einem rechteckigen Display und zwei Knöpfen heraus. Er drückte auf den einen Knopf, um das Piepen zu beenden, dann auf den anderen. Die Nachricht von Danny enthielt in knappster Form Details über den Diebstahl der Atomzünder. Morton löschte den Displayinhalt und deponierte den schwarzen Kasten wieder in der Reisetasche.

Während Mischa auf dem Beifahrersitz schwieg und ihren Gedanken nachhing, lenkte Morton den Wagen über die Landstraße zurück, und es dauerte nicht lange, da versank das Grauen von Auschwitz hinter ihnen im Schneetreiben. Er fragte sich unwillkürlich, welche neuen Schrecken die Zukunft bringen würde und ob einige Antworten in einer kleinen Stadt an der Ostküste Irlands gefunden werden könnten.

Spätabends arbeitete der Präsident an der Rede, die er vor den Staatenlenkern der Welt halten wollte, wenn sie in Washington zusammenkämen. Sie sollte die Versammlung auf die Operation Earth Saver einstimmen. Er arbeitete im kleinen Büro – einer verkleinerten Version des Oval Office –, das direkt neben seinem Schlafzimmer lag. Nur wenige wußten, daß im Weißen Haus zwei runde Zimmer existierten.

Die Umgebung sagte seinem Sinn für Geschichte zu. In diesem Arbeitszimmer hatte Franklin Delano Roosevelt nach Pearl Harbor seine Kriegserklärung gegen Japan formuliert. Hier hatte John F. Kennedy den Russen wegen Kuba den Fehdehandschuh hingeworfen. Und, so rief er sich wehmütig in Erinnerung, hier war es auch gewesen, daß Richard Nixon nach Watergate seine Rücktrittsrede geschrieben hatte.

Würde er genauso wie Roosevelt und Kennedy am Ende triumphieren, oder erwartete ihn das gleiche schändliche Schicksal wie Nixon? Was er vorschlug, war sicherlich ziemlich radikal und bisher noch niemals auch nur ausgesprochen worden. Aber wenn die Vereinigten Staaten nicht durch ihr Beispiel vorangehen wollten, welches Recht hatte er dann, andere aufzufordern, ihm zu folgen?

Er fuhr fort, den Redetext in den Recorder auf dem Rauchtisch neben seinem mit Chintz bezogenen Polstersessel zu diktieren.

»Die Kosten, um sich gegen vorhergesagte klimatische Veränderungen in den USA zu versichern, werden auf vierzig Milliarden Dollar jährlich geschätzt. So enorm diese Summe auch ist, so beträgt sie doch nicht mehr als zwei Prozent des Betrages, den die Amerikaner bereits für Versicherungen aller Art ausgeben. Da jedoch nicht alle Amerikaner diesen zusätzlichen Beitrag leisten können, werde ich dem Kongreß vorschlagen, diesen Betrag durch eine Sondersteuer von 75 Cents auf jedes Barrel Benzin, das in diesem Land verbraucht wird, einzusammeln – und daß diese Sondersteuer aus den Gewinnen der Ölfirmen bezahlt werden soll ...«

Er hielt inne und hörte bereits die lautstarken Proteste aus den Vorstandsetagen der Ölgesellschaften. Doch dann fuhr er mit derselben, ruhigen Stimme fort, alles weitere in prägnante Worte zu kleiden, worüber er in den vergangenen Wochen nachgedacht hatte.

»Während diese Nation sich dafür stark gemacht hatte, daß alle Motorfahrzeuge mit den modernsten Abgaskontrollen ausgerüstet werden sollen, sind darüber hinaus weitere Maßnahmen notwendig. Daher werde ich den Kongress bitten, per Gesetz neue Grenzwerte für die Treibstoffausnutzung in allen in der Zukunft gebauten Fahrzeugen festzulegen. Das dürfte die derzeitige Rate der Luftverschmutzung um weitere dreißig Prozent senken. Allen Fahrzeugen, die diesen neuen Grenzwert nicht erreichen, soll eine Steuer auferlegt werden ...«

Detroit würde ihm einen erbitterten Kampf liefern. Das gleiche würden dessen Lobbyisten auf dem Capitol Hill tun. Aber er war nun schon zu weit vorgeprescht, um einer Konfrontation mit einem Kongress auszuweichen, der, indem er sich auf die Wahrung alter Traditionen berief, zu lange um die Erhaltung veralteter Ideen gekämpft hatte.

Er begann seinen nächsten Gedanken zu formulieren. »Auf dem Spiel steht die Zukunft der Atmosphäre ... der Luft, die wir atmen. Wir stehen im Augenblick vor einem globalen Problem, wie es noch nie eins gegeben hat ... einem Problem, das weder Beschränkungen noch Grenzen kennt ...«

Er drückte auf die Pausentaste, während er einen früheren Gedanken aufgriff. Würde Ignatius Bailey ihm zustimmen? Würde er ihre früheren Differenzen auf Eis legen und sich mit ihm zur Schaffung einer neuen und besseren Zukunft verbünden, einer Zukunft nicht nur für die USA, sondern für die ganze Welt? Der Präsident war ein ausreichend erfahrener Politiker, um zu erkennen, wie trügerisch es wäre, Bailey schon vorher ausrechnen zu wollen. Er hatte jedermann in Washington überrascht, indem er nicht auf die entschiedenen, aber fairen Maßnahmen der Regierung gegen eine Reihe von Meridian-Tochterfirmen, die am umweltmäßig recht zweifelhaften Ende des Marktes operierten, reagierte.

Aber der Präsident wußte, daß es immer wieder Tage gab, an denen er aufwachte und andere Bereiche seines

Amtes nicht seine umgehende Aufmerksamkeit verlangten, und er sich fragen konnte, ob Bailey nicht nur einfach seine Zeit absaß und abwartete. Niemand konnte das wissen. Bailey war sich selbst Gesetz. Das war es, was ihn zu einem furchtbaren Feind und andererseits zu einem wertvollen Verbündeten für das Programm Earth Saver machte.

Während er den Kopf fast ungeduldig schüttelte, als ob diese Geste irgendwelche unangenehmen Gedanken vertreiben könnte, drückte der Präsident auf die Taste, die ihm erlaubte, seinen nächsten Gedanken festzuhalten.

»… meine Freunde, Sie werden das wahre Ausmaß des Problems erkennen, während wir mit einem Flugzeug unterwegs sind, das, so wurde mir versichert, derzeit die umwelttechnisch harmloseste Flugmaschine ist …«

## SECHS

Als er auf dem Flugfeld der Boeing-Zentrale in Seattle aus dem Firmenwagen stieg, schaute Edwin Scott Patterson instinktiv zum Himmel. Sieben Zehntel Kumulus. Aber die Wolkendecke dürfte bis zum Mittag längst verschwunden sein, was auch auf ihn zuträfe.

Das elegante Hilfsmittel dazu ragte vor ihm auf. Das neue Flaggschiff des Präsidenten der Vereinigten Staaten trug den eindrucksvollsten Namen der Luftfahrt: Air Force One. Patterson war ihr Pilot.

Auch ohne das Emblem auf der rechten Brusttasche seines Overalls und die darüber eingestickten silbernen Schwingen hätte er für jeden Künstler als Modell für die klassischen Züge eines Flugzeugpiloten dienen können: militärisch kurzgeschnittene Frisur, sonnengebräunte schmale, fast hagere Gesichtszüge und ein markantes Kinn, das auf seine besondere Verantwortung hinwies.

Nicht einmal die Wolkendecke konnte den schimmernden Glanz der Aluminiumhaut des Flugzeugs mindern. Sie war mit mehreren Schichten eines Spezialwachses poliert worden und verlieh dem schneeweißen Rumpf, der auf beiden Seiten die blaue Aufschrift *United States of America* trug, blendende Strahlkraft. Die Strahltriebwerke schwiegen, aber an der enormen Kraft jeder Turbine konnte kein Zweifel bestehen. Die Stabilisierungsflosse mit ihrem blauen Streifen an der Vorderkante trug als Erkennungszeichen ein Sternenbanner von der Größe einer Nachtclubtanzfläche. Unter der Flagge waren die Zahlen zu lesen, die eine alte Tradition verkörperten: 26 000. Die Legende berichtete, daß dies die Lieblingswürfelzahl Präsident Kennedys gewesen wäre. Sicher war jedoch, daß er es war, der verfügt hatte, daß das persönliche Flugzeug des Präsidenten die Bezeichnung Air Force One tragen sollte.

Patterson umrundete langsam den Abstellplatz. Sein Dienst für den Chef – wie jeder Angehörige der Flugzeugbesatzung den jeweils amtierenden Präsidenten bezeichnete – verlangte von ihm auch diese Inspektion vor jedem Flug. Obgleich Patterson seinen Rundgang in einem eher gemütlichen Spaziertempo absolvierte, entging seinen Augen absolut nichts.

Vor einer Woche hatte sein Konterfei im Rahmen der unausweichlichen Publicity um das neue Flugzeug die Titelseite des *Time*-Magazins geziert. In der Titelstory hatte es geheißen, daß Air Force One unter dem Kommando von jemandem verbliebe, der das perfekte Beispiel für das alte Sprichwort wäre, daß es alte und kalte Piloten gäbe, aber so gut wie keine alten, kalten Piloten.

Alte sowieso nicht, dachte er bitter. Mit achtundvierzig Jahren war er statistisch schon viel zu alt für einen Flugzeugführer, aber er hatte unmißverständlich klargemacht, daß er seinen Dienst quittieren würde, wenn er nicht weiterhin Air Force One fliegen dürfte. Diese Entscheidung bedeutete einen weiteren Rückschlag für seine Ehe. Das hatte er am gleichen Abend erkannt, nachdem er Bron über seine Absicht informiert und seine Hoffnung geäußert hatte, daß sie sein Bedürfnis, weiter zu fliegen, verstehen würde.

*Das Schweigen zwischen ihnen war wie ein angehaltener Atem.*

*»Das kannst du nicht tun«, sagte Bron schließlich. »Was soll ich denn tun? Hier herumsitzen und auf deine Postkarten warten, falls ich überhaupt das Glück habe, mal eine zu bekommen, während du durch die Weltgeschichte fliegst?« Ihre Stimme füllte die Küche mit einem Zorn, den er noch nie zuvor gehört hatte.*

*Er bemühte sich um eine feste Stimme. »Der Pilot des Präsidenten zu sein ist das höchste Ziel jedes Piloten, Bron. Neben dir ist es alles, was ich mir je gewünscht habe. Und es wird ja nicht für immer sein. Wenn ich abtrete, werde ich mir jeden beliebigen Schreibtischjob aussuchen können. Dann haben wir soviel Zeit zusammen, wie du willst.« Er versuchte, es ins Scherzhafte zu ziehen. »Wahrscheinlich wird es dir schon bald zuviel, mich die ganze Zeit zu Hause herumhängen zu sehen.«*

*Sie schien sich in sich selbst verkrochen zu haben, als sie wieder das Wort ergriff. »Dann mach es so, wie du es dir vorstellst. Das tust du ja sowieso immer.«*

*Er machte einen Schritt auf sie zu, und sie verließ das Zimmer, ohne ihn noch einmal anzusehen.*

*Seitdem waren ihre Anklagen noch bitterer geworden. Bei diesen Gelegenheiten betrachtete er sie hilflos und fragte sich, was Bron innerlich verzehrte, was es war, das diesen tiefblauen Augen einen Ausdruck tiefster innerer Unzufriedenheit verlieh, die, wie er nun erkannte, schon immer vorhanden gewesen sein mußte.*

*Sie hatten sich in London kennengelernt, wohin er gefahren war, als er in seinem Luftwaffenstützpunkt in Norfolk Wochenendurlaub erhalten hatte. Der Golfkrieg war soeben zu Ende gegangen, und eine amerikanische Uniform war ein Symbol für einen gerechten Krieg, der gewöhnlich gewonnen wurde. Er hatte eine Party besucht, die sich als der übliche Mischmasch aus Gästen und billigem Essen entpuppte, an den er sich während seiner noch kurzen Zeit in England schon gewöhnt hatte. Aber sie war ihm von Anfang als etwas ganz anderes erschienen als das, was er bisher kennengelernt hatte – voller Ideen, ständig in Bewegung und angetrieben von einer unerschöpflichen Energie. Sie hatte ihm erklärt, sie wäre Schauspielerin. Tagsüber arbeitete sie beim Fernsehen, und abends stünde sie auf der Bühne. Ihre Stimme hatte einen eindringlichen Klang, mit dem sie bestimmte Worte betonte. Sie sei Waliserin, hatte sie gemeint. Bron sei die Kurzform für Bronwen. Bronwen Jones aus einem Dorf, dessen Namen er nicht aussprechen konnte.*

*Nachdem er ihr einen Drink besorgt hatte, überraschte sie ihn. »Bringen Sie mich nach Hause.«*

*»Nach Wales?«*

*»Nein, ins Bett.« Aus ihrem Munde klang es, als wäre es das Natürlichste, Selbstverständlichste, was sie tun konnten.*

*Brons Apartment in einer Seitenstraße der Fulham Road war weitaus gediegener eingerichtet, als er erwartet hatte. Tierfelle lagen auf einem teuren Parkettboden, und es gab einen offenen Kamin und ein Panoramafenster mit Blick auf die Dächer von London. Die Möbel stellten eine Mixtur asiatischer Kulturen dar: indische Messingtische, thailändische Hocker und lebhaft bunte burmesische Kunstdrucke an den Wänden. Die Lampen befanden sich dicht über dem Fußboden. Es sah aus wie eine Bühnendekoration.*

*Ohne Vorspiel zog sie sich aus und führte ihn zu einem Futon in einer Ecke des Wohnzimmers. Dort schaute sie ihm zu, wie er sich seiner Kleider entledigte. Für eine Weile lagen sie engumschlungen da, berührten einander, forschten, suchten, entdeckten, lernten und gaben Laute von sich, die nichts mit Worten gemein hatten. Sie schienen jenseits von Zeit und Raum zu existieren. Dann begannen ihr Bauch und ihre Hüften sich zu bewegen, ihn an sie zu ziehen, als müßte sie mit ihrer Haut unbedingt soviel wie möglich von seiner berühren. Sie paßte ihren Rhythmus dem seinen an und signalisierte jeden Wechsel ohne Worte. Plötzlich begann sie sich schneller zu bewegen, bei-*

*nahe mit verzweifelter Heftigkeit, und ihr Atem raste, und aus ihrer Kehle drang ein tierhaftes Knurren.*

*Anschließend lagen sie einige Zeit reglos nebeneinander. Dann spielten sie Backgammon und tranken Wein.*

*»Erzähl mir von dir, Edwin.«*

*Er fing an, von seiner gescheiterten ersten Ehe zu sprechen. »Die klassische Studentenliebe. Sie hielt nach unserem Studienabschluß noch ein Jahr.«*

*»Kinder?«*

*»Nein, Gott sei Dank.«*

*Sie betrachtete ihn lange. »Und danach?«*

*»Nichts Ernstes. Du weißt schon, Schiffe in der Nacht, die aneinander vorbeifahren.«*

*»Oder in deinem Fall Flugzeuge.«*

*»So ähnlich.«*

*Sie stützte sich auf einen Ellbogen, so daß sie auf ihn hinunterschaute. »Ist es das, was dich in Gang hält? Fliegen?«*

*Er nickte.*

*Sie musterte ihn weiterhin eingehend. »Und was hast du als Gegenleistung zu bieten?«*

*Weil er ein wenig beschwipst war, gab er auch eine leicht beschwipste Antwort. »Alles. Alles, was ich habe. Alles, was ich geben kann. Einfach alles.«*

*»Das ist aber eine ganze Menge, Edwin.«*

*Sie küßte ihn, und diesmal war in ihrem Liebesspiel nichts Gehetztes, Aggressives mehr.*

*Einen Monat später kam er zu ihr, um sie abzuholen, weil er mit ihr essen gehen wollte. Mittlerweile hatte er seinen eigenen Schlüssel zu ihrer Wohnung, und er fand sie, als er die Tür öffnete, als Silhouette vor dem Wohnzimmerfenster, die Lichter der Stadt hinter ihr.*

*»Wohin soll ich dich heute entführen, Bron? In Chelsea hat gerade ein ganz neuer Laden aufgemacht. Sie servieren dort echte texanische Steaks. Wahrscheinlich reicht eins für uns beide, um satt zu werden.«*

*Sie wartete einen kurzen Moment, ehe sie antwortete. »Ich esse bereits für zwei, Edwin.«*

*Er starrte sie an. »Was sagst du da?«*

*»Ich bin schwanger.« Ihre Stimme klang noch immer gleichmütig, flach, ruhig.*

*Er sah sie mit einem Ausdruck ungläubiger Bestürzung an. »Bist du absolut sicher.«*

*»Ja. Sehr sogar.«*

*»Aber ich dachte ... es wäre alles okay.«*

*»Das dachte ich auch.«*

*Er straffte die Schultern. »Und was tun wir jetzt?«*

*Sie gab sich einen unmerklichen Ruck, hielt sich betont gerade. »Du brauchst nichts zu tun.«*

*Er schwieg einen Moment lang. »Da bist aber immer noch du, Bron. Was ist mit dir?« fragte er sanft.*

*»Ich tue das, was jeder in dieser Situation tut. Ich lasse es abtreiben.«*

*»Nein.« Seine Stimme hatte einen unmißverständlich scharfen Unterton. »Das will ich nicht.«*

*Sie lächelte beinahe. »Es ist jetzt ein wenig spät, um darüber zu diskutieren, Edwin. Und als du mit mir geschlafen hast, hatte ich nicht gerade den Eindruck, als würde es dich interessieren, was der Papst dazu sagen würde.«*

*»Ich will trotzdem nicht, daß du eine Abtreibung machen läßt. Laß uns heiraten.«*

*Von dort, wo er stand, hatte ihr Gesicht nur einen wachsamen Ausdruck.*

*»Ist es das, was du wirklich willst?« wollte sie schließlich wissen und trat vom Fenster weg ins Zimmer.*

*»Ich würde dich sehr gerne heiraten, Bron.«*

*Sie drehte sich um und blickte über die Dächer, ehe sie erwiderte: »Okay, wenn du es wirklich willst.«*

*Drei Wochen später wurden sie in der Kapelle des Luftwaffenstützpunktes getraut. Einen Monat danach war Bron nach London gefahren, während er anläßlich eines Flugtrainings in die Vereinigten Staaten zurückgekehrt war. Als er wieder in England eintraf, teilte sie ihm mit, daß ihre Schwangerschaft abgebrochen worden sei.*

*Eine schwarze Woge spülte über ihn hinweg. Während er ihr*

*beschwörend in die Augen schaute, hatte er gefragt, warum, verdammt noch mal, warum? Plötzlich drang ein schrilles Wimmern aus ihrer Kehle, und ihre Augen verdrehten sich, so daß nur noch das Weiße zu sehen war, und ihr Kopf wackelte hin und her, als wollte sie etwas heftig verneinen. Er versuchte sie festzuhalten, sie zu beruhigen, aber sie wand sich und zappelte wie ein Fisch, und ihr Atem ging in heftigen, explosionsartigen Stößen, als versuchte sie die Luft anzuhalten, bis ihre Lungen platzten. In diesem Zustand hatten sie für unbestimmte Zeit verharrt, bis sie sich allmählich entspannte. Dann hatte sie ihn angeschaut und mit absolut ruhiger, kontrollierter Stimme erklärt, es täte ihr aufrichtig leid. Er hatte die Augen geschlossen, und er hatte allen Mut zusammengerafft, während er nach Worten suchte, um ihr zu versichern, daß alles gut würde. Er hatte sich verzweifelt an diesen Wunsch geklammert.*

*Einen Monat später wurde er auf einen Luftwaffenstützpunkt in Deutschland versetzt. Er gehörte nun zu dem UN-Kommando, das Hilfsflüge nach Bosnien unternahm. Bron hatte ihn dorthin begleitet und teilte seine Offizierswohnung mit ihm.*

*Eines Morgens hatte er sich von ihr am Küchentisch verabschiedet. Als er später nach Hause kam, saß sie noch immer dort, hielt die Kaffeetasse in beiden Händen und hatte rotgeweinte Augen. Sie lächelte ihn mühsam an und erklärte, sie hätte jeden Monat um diese Zeit besonders nahe am Wasser gebaut. Bei einer anderen Gelegenheit kehrte er von einem Nachtflug zurück und traf sie in dem Bademantel an, den sie am Tag vorher angezogen hatte. Bei dieser Gelegenheit hatte sie ihn auch angeschrien, sie könnte dieses Leben nicht mehr ertragen. Dann, während er glaubte, vor hilfloser Verzweiflung ersticken zu müssen, fing sie wieder an zu weinen.*

*»Wie kann ich dir helfen, Bron?« fragte er sie vorsichtig.*

*»Ich erhol mich schon wieder«, erklärte sie und lächelte plötzlich trotz ihrer Tränen.*

*Diese Ausbrüche schienen ihren Ursprung tief in ihr zu haben. Ihr Verhalten hatte ihn verwirrt, und das um so mehr, als es Zeiten gab, in denen sie wieder so wie früher war. Vielleicht, so überlegte er, brauchte sie eine Abwechslung und sollte wieder in ihren alten Beruf zurückkehren. Er erkundigte sich. Auf dem Stützpunkt gab es eine Theatergruppe. Deren Mitglieder waren sofort bereit, sie aufzunehmen. Sie könnte vielleicht sogar beim Deutschen Fernsehen einen Job finden, meinte er.*

*Bron schrie ihn nur an. »Wie kann ich in einer verdammten Sprache spielen, die ich nicht richtig beherrsche? Ich kann ja noch nicht mal die Straßenschilder in Deutschland verstehen! Und wenn du glaubst, daß ich mich mit ein paar Offiziersfrauen auf eine Bühne stelle, dann kannst du das verdammt noch mal auch gleich vergessen!«*

*Sie schimpfte und tobte noch einige Zeit, bis sie völlig erschöpft war und sich, zum erstenmal, für die Nacht ins Gästezimmer zurückzog. Er verbrachte die restliche Nacht eingesponnen in sein eigenes Elend in ihrem gemeinsamen Bett.*

*Er hatte gehofft, daß ihr Umzug nach Washington, um den Job als Pilot des Präsidenten anzutreten, es für Bron ein wenig einfacher machen würde. Daß sie seinen Stolz auf diesen Job vielleicht teilte. Statt dessen hatte sie ihn wütend angefaucht: »Das Problem ist, daß du immer noch nur ein besonders angesehener Chauffeur für jemanden bist, der uns noch nicht mal ins Weiße Haus einlädt! Soviel hält er von dir, Edwin!«*

*Er versuchte ihr zu erklären, daß er, auch wenn er der Pilot des Präsidenten wäre, trotzdem nicht auf der Gästeliste des Chefs erscheinen würde – geschweige denn, daß seine Frau von der First Lady zu einem nachmittäglichen Kaffeeklatsch eingeladen würde. Und es stimmte: Er befand sich in ständiger Bereitschaft. Aber das war nun mal der Job. Zu jeder Tages- und Nachtzeit mußte er bereit sein, innerhalb von sechzig Minuten zu starten und den Chef überallhin zu fliegen.*

*Er umarmte sie, küßte sie und flüsterte ihr ins Ohr, daß er sie liebte. Dabei hörte er ihr Schluchzen, sah die Tränen, die sie blendeten, und er empfand eine so tiefe, schmerzliche Traurigkeit, daß er glaubte, sein Geist und sein Herz würden davon überfließen.*

*Der Schmerz, den er in diesem Moment verspürte, war dem ähnlich, den er bei seinem ersten Einsatz über Sarajevo erfahren hatte. In 44.000 Fuß Höhe war die Sauerstoffleitung seiner*

*Atemmaske geplatzt, und ihm war schlecht geworden und er war völlig benommen. Reflexartig war er auf geringere Flughöhe hinuntergegangen, und der Anfall war vorübergegangen. Nach der Landung hatte er in seinem Urin Blut festgestellt.*

*Ein russischer Arzt, der dem UNH-Kommando zugeteilt worden war, hatte ihm eine Blutprobe entnommen, seinen Urin untersucht und eine Reihe von Belastungstests durchgeführt. Anschließend hatte er erklärt, daß Porphyrie eine seltene Krankheit sei, die durch den Zusammenbruch des Hämoglobins im Blut verursacht würde. Es bestünde, fuhr der Arzt fort, jedoch kein Grund zu erhöhter Besorgnis. Neuartige Steroide in Verbindung mit konzentrierten Eiseninjektionen würden weiteren Anfällen vorbeugen und das Immunsystem stärken. Nachdem er ihm ein ganzes Sortiment von Medikamenten zusammengestellt hatte, konnte er noch mit einem letzten Trost dienen.*

*»Während Sie sich einerseits genau im Auge behalten müssen, ist es vor allem wichtig, daß Sie sich deswegen keine Sorgen machen sollten. Nehmen Sie Ihre Medikamente und fliegen Sie nicht, wenn Sie übermüdet sind oder für längere Zeit unter erhöhtem Stress gestanden haben.«*

*Seitdem hatte er mehre Höhentestflüge in der neuen Air Force One absolviert. Vor jedem dieser Starts hatte er den Inhalt einer der Ampullen geschluckt, die der Arzt ihm verschrieben hatte. Jeder Flug war ohne Zwischenfall verlaufen. Vor einem Monat war der Medizinvorrat zu Ende gegangen. Am nächsten Tag war er zu einem Flug gestartet, der ihn bis in eine Höhe von neun Meilen über der Erde führte. Er war ebenfalls ohne Zwischenfall verlaufen.Offenbar war sein Immunsystem, so wie der Arzt es prophezeit hatte, vollkommen wiederhergestellt.*

»Der Sprit ist okay.« Die Stimme von William Kerr, dem Flugingenieur, holte Patterson in die Gegenwart zurück.

Mit seinen leicht verhangenen Augen und einem immer weiter zurückweichenden Haaransatz, der seine Stirn mittlerweile bis zur Mitte seines mit Sommersprossen übersäten Schädels reichen ließ, sah Kerr aus wie ein

Automechaniker in irgendeiner Provinzwerkstatt. Dabei war er der erste gewesen, den Patterson angefordert hatte, als er die Crew für die neue Air Force One zusammenstellte. Er war mit Kerr im Golfkrieg und in Bosnien geflogen. Man erfuhr alles über die Fähigkeiten eines Mannes an Orten und bei Gelegenheiten wie diesen.

Vor kurzem hatte Kerr eine Gallone Jettreibstoff analysiert, die er direkt einem Tankwagen entnommen hatte. Während eines der Testflüge hatte er eine gesamte Lieferung zurückgehen lassen, weil auf dem Boden des Meßglases winzige Sedimentspuren zurückgeblieben waren.

»Dann laß sie mal die Pumpen anschmeißen, Bill«, befahl Patterson.

Mit Overalls bekleidete Techniker überprüften die frisch eingefüllte Hydraulikflüssigkeit. Sie untersuchten die Reifen auf Abnutzung und Luftdruck. Sie kontrollierten die Düsentriebwerke und vergewisserten sich, daß kein Fremdkörper durch die Luftansaugöffnungen eingedrungen waren. Prüfen und immer wieder prüfen lautete das Motto von jedem, der mit Air Force One etwas zu tun hatte.

Fast doppelt so groß wie der ehrwürdige Jumbojet, war Air Force One das erste dreistöckige, überlange Flugzeug, das fast die halbe Erdkugel umkreisen konnte, ohne tanken zu müssen – dreihundertfünfzig Tonnen chromblitzende Technik gepaart mit einem Komfort, der dem Vergleich mit jedem Luxushotel standhielt. Eine Kabinenmannschaft von fünfunddreißig Personen gewährleistete den hohen Standard der Gästebetreuung. Dabei war die Mannschaft im Cockpit nicht größer als die einer herkömmlichen 747.

Während Patterson unter dem Heckleitwerk hindurchging, blickte ein kleinwüchsiger Mann von seinem Klemmbrett hoch. Sergeant Tom Sutter, der Chef der Crew, kannte die Checkliste auswendig, aber er bleute seinen Männern unermüdlich ein, daß man niemals seinem Gedächtnis trauen dürfe.

»Ich denke, daß die Wachspolitur die Maschine mindestens sieben Meilen schneller gemacht hat«, meinte Sutter grinsend. Eine gute Politur verminderte die Luftreibung und brachte mehr Tempo.

Patterson blickte auf die Uhr. Zwanzig nach zehn. Er hatte sie stets auf Washingtonzeit eingestellt, ganz gleich, wo er sich gerade aufhielt. Er könnte es immer noch schaffen, am Nachmittag zu Hause zu sein, wenn er den Jetstream nutzte, der um diese Jahreszeit über dem Kontinent wehte. Er hatte gerade noch genügend Zeit zum Duschen und Umziehen, ehe er zur Einsatzbesprechung im Weißen Haus erscheinen mußte. Er hatte noch immer nicht die geringste Ahnung, weshalb sie angesetzt worden war. Er wußte nur, daß es um einen Flug mit dem Chef ging.

Zwölfhundert Meilen weiter südlich stieg eine 747-Frachtmaschine vom Ontario Airport in Südkalifornien in den Himmel, flog über das Uplands Holiday Inn hinweg und ging auf nördlichen Kurs für den elfstündigen Flug nach Rom.

Die Ladeliste enthielt als einzigen Posten einen Höhenballon und seine Gondel. Aus den Begleitpapieren ging hervor, daß er an einen Freizeitpark in Italien verkauft worden war. Der Zollbeamte, der die Frachtpapiere abfertigte, hatte einen namhaften Geldbetrag erhalten, damit er keine neugierigen Fragen stellte.

Die 747 gehörte der Speditionsfirma Global Transport mit Sitz in Galveston, Texas. Ballon und Gondel waren von der Free Flight Corporation in Bakersfield, Kalifornien, gebaut worden. Beide Firmen waren Töchter von Meridian International.

Der Freizeitpark existierte nicht.

# SIEBEN

Das siebenundsechzigste Stockwerk des Meridian Building, ein pyramidenförmiger Turm in den Außenbezirken der Stadt im mittleren Westen der Vereinigten Staaten, woher es seinen Namen hatte, war die Chefetage der Weltzentrale von Meridian International. Eine Ecksuite war für den Präsidenten und Chef der Unternehmensleitung, Ignatius Bailey, reserviert.

Um diese Zeit – es war kurz vor drei Uhr morgens – lag die Suite in tiefer Dunkelheit und ließ nicht vermuten, daß von hier aus eine Organisation gelenkt wurde, die auf die eine oder andere Art und Weise mit jedem fünfzehnten Menschen auf der Erde in Geschäftsverbindung stand.

Sie benutzten ihre Autobusse, Fluggesellschaften, Kreuzfahrtschiffe, Banken, Freizeitzentren, Vergnügungsparks, Hotels und Konferenzzentren. Sie schalteten ihre Fernsehkanäle ein und hörten ihre Rundfunksender. Zig Millionen lasen täglich die Zeitungen und Bücher, die unter dem Meridian-Imprint erschienen, verzehrten die Lebensmittel, die von Meridian produziert wurden, und tranken den Wein, der von dem Konzern gekeltert wurde. Anschließend schluckten sie dankbar die von Meridian entwickelten Medikamente gegen Kater und Kopfschmerzen. Sie trugen Kleidung aus den Meridian Modestudios, benutzten die aktuellsten Parfüms und Aftershaves aus den chemischen Labors von Meridian. Und häufig bezahlten sie all das mit einer oder mehr Kreditkarten der dreiundvierzig Unternehmen, die von Meridian kontrolliert wurden.

Die besonnenen Zeitgenossen schlossen Lebensversicherungen mit Meridian-Versicherungsmaklern ab, und jedes Jahr verkauften und vermieteten Immobilienagenten von Meridian Häuser und Wohnungen an mehrere Millionen Menschen auf der ganzen Welt. Allen wurde routinemäßig empfohlen, sich für eins der von Meridian entwickelten Krankenversicherungsprogramme zu entscheiden. Falls jemand ein Krankenhaus aufsuchen mußte, bestand die große Chance, daß er mit einer von bei Meridian hergestellten chirurgischen oder diagnostischen Apparatur in Berührung kam.

Vom Säuglingsalter bis zum Studienabschluß wurden die Kinder von Erziehungssystemen unterwiesen, die von Meridian entwickelt worden waren, und spielten mit einer Vielzahl von bei Meridian hergestellten Sportgeräten. Mit zunehmend jüngeren Jahren praktizierten sie Safe Sex, indem sie eine breite Palette von Kontrazeptiva benutzten, die aus den pharmazeutischen Fabriken von Meridian stammten. Wenn sie ihr Studium beendeten, waren die Erwachsenen von morgen bereits Vollmitglieder der stetig expandierenden Meridian-Konsumentenfamilie und benutzten regelmäßig Produkte, die von über zweitausend Firmengruppen und Gesellschaften hergestellt wurden, die Meridian zu hundert Prozent gehörten. Ein weltweit operierendes Arbeitsheer betrieb sie, das größer war als das so mancher Nation. Meridian-Aktien standen an über tausend Börsen an erster Stelle. Die jährlich erzielten Gewinne waren umfangreicher als die von Shell und Exxon – zusammen.

Letztendlich wurde die Entscheidung, wie dieser Zustand zu erhalten war, in dieser Bürosuite getroffen. Selbst jetzt, fünfzehn Sekunden nach drei auf der elektronischen Uhr über der elektronischen Landkarte an der Wand, herrschte in dem dunklen Büro eine Atmosphäre von verhaltener Macht.

Zwanzig Sekunden nach der vollen Stunde blinkte ein winziger Lichtpunkt auf der Karte. Der Computer gab ein Summen von sich, das so leise war, daß es selbst in der fast vollkommenen Stille des Büros kaum zu hören war. Die Übertragungszeit betrug drei Sekunden, in denen sechsunddreißig Zahlenblöcke empfangen wurden.

Der Computer brauchte vierzehn Sekunden, um die Zahlen in verständliche Sprache zu übersetzen, eine

Kenn-Nummer hinzuzufügen, sich selbst den Befehl zu geben, keine Sicherungskopien anzufertigen und die Nachricht zum Modem auf dem Schreibtisch des Partners zu übertragen.

Vierzig Sekunden nach drei leuchtete in einer Ecke des Bildschirms das Signallicht auf. Es dauerte noch drei Stunden, ehe Ignatius Bailey die Bürosuite betrat und zur Kenntnis nahm, daß die gestohlenen nuklearen Zünder England verlassen hatten.

Morton flog über München zurück nach Genf und wechselte den Paß ebenso wie das Flugzeug. Nach der Atmosphäre des Trainingscamps schien die Zentrale der Hammer Force vor Leben geradezu zu sprühen, obgleich es bereits spätabends und auf den Korridoren Ruhe eingekehrt war. An der Ostküste wäre es sicherlich noch ruhiger, dachte er, während er Sharon McCabes Nummer wählte. Ihre Freundschaft hatte sogar längere Perioden überlebt, in denen sie keinen Kontakt miteinander gehabt hatten. Sie hatten sich während einer Konferenz in London kennengelernt, in der über Hilfsmaßnahmen für Rußland beraten wurde. Er war von ihrem perfekten Russisch beeindruckt gewesen und hatte herausbekommen, daß sie die führende Expertin für sowjetisches Staatswesen bei der *Defence Review* war. Die Zeitschrift war damals wie heute führend auf ihrem Gebiet und wurde von allem gelesen, was Rang und Namen hatte. Sie hatte durchblicken lassen, daß sie wußte, wer er war und was er tat. Während des Abendessens machte sie ihm auf ihre typische direkte Art klar, daß sie ihm nützlich sein könnte – solange er nicht von ihr verlangte, ihre Zeitung oder ihre Kontakte zu verraten. Er hatte sich sofort mit ihren Bedingungen einverstanden erklärt, und sie hatte ihm von Zeit zu Zeit Hintergrundinformationen geliefert. Ebenso wie seine Position sich in der ungewissen Welt täglicher Intrigen änderte, so änderten sich auch ihre Informationen.

Sehr oft waren es lediglich Bestätigungen von Sachverhalten, die ihm längst bekannt waren, allerdings stammten sie aus anderen Quellen. Viel wichtiger war jedoch, daß sie ihn niemals getäuscht hatte. Im Laufe der Zeit war sie eine der wenigen Außenstehenden geworden, denen er vorbehaltlos vertraute, auch wenn mittlerweile ihr Journalismus von der fast langweiligen Ehrbarkeit der *Defence Review* weit entfernt war.

Der Umschwung begann, als Sharon nach Irland kam, um sich von einer Fast-Heirat zu erholen. Sie zog in dieses Haus, das ihren verstorbenen Eltern gehört hatte und laut Testament zusammen mit einem namhaften Betrag nun ihr gehörte. Zwei Tage nach ihrer Ankunft war sie in die Berge in der Umgebung von Wicklow geritten. Das Pferd hatte sich aufgebäumt und Sharon abgeworfen, wobei sie sich das Genick brach. Danach hatte sie ein Jahr in verschiedenen Krankenhäusern in Dublin gelegen.

Er hatte sie besucht, so bald er konnte. Mittlerweile hatte sie die Tatsache ihrer Querschnittslähmung unterhalb des letzten Halswirbels akzeptiert. Sie hatte ihn angelächelt und gemeint, daß die Diagnose der Ärzte auch noch eine weitere Angelegenheit geklärt hätte: Sie dächte nämlich schon seit längerer Zeit daran, daß sich etwas verändern müsse. Sie hätte sich lange genug in der Cocktailszene Whitehalls herumgetrieben, wo die jeweiligen Regierungsvertreter Geheimnisse als Gegenleistung dafür anboten, daß der Ruf eines anderen auf hinterhältige Weise in den Schmutz gezogen würde. Sie hatte ihm verraten, was sie tun wollte: ein monatliches Mitteilungsblatt für all jene herausgeben, die sich für Themen des Umweltschutzes interessieren, ohne politische Rücksicht zu nehmen, wie andere Publikationen es gelegentlich taten. Mittlerweile wurde *Science Watch* von Regierungen und den verschiedensten Umweltschutzorganisationen ernst genommen und geachtet.

Während er dem Rufzeichen lauschte, stellte Morton sie sich in ihrem Heim vor, wo mehrere kleine Zimmer im

Parterre in einen einzigen großen Raum umgebaut worden waren, an dessen Wänden Regale mit mehr Büchern standen, als man in manchen Stadtbibliotheken finden konnte. Am Ende des Raums befand sich ein Gestell mit einer Reihe Monitore und davor eine Liege mit einem Körperlift und einem Gerätewagen voller Schläuche und Flaschen.

Sie selbst säße in einem Rollstuhl, der am Kamin stand. Sogar an warmen Tagen könnte es vorkommen, daß sie fror, hatte der Arzt ihr erklärt. Ihre Hände lägen reglos in ihrem Schoß, die Füße stünden wie abgestorben auf den stählernen Fußrasten des Rollstuhls. Am Rollstuhl war ein großes Tablett befestigt, auf dem eine Computertastatur sowie eine Anzahl Mundstäbchen lagen, die in kleinen Plastikkugeln endeten. Eine Kombination aus Kopfhörer und Mikrofon, wie Telefonistinnen sie häufig benutzen, umrahmte ihre ebenmäßigen Gesichtszüge.

»David!« rief sie, als er sich meldete. »Es tut so gut, dich zu hören, auch wenn das Telefon nur ein armseliger Ersatz für deinen Anblick ist.«

»Ich komme ganz bestimmt bald zu dir. Wie sorgt Brin für dich?«

Brin hatte sich bis zu ihrem Tod um Sharons Eltern gekümmert und war ganz selbstverständlich für ihre Tochter in die gleiche Rolle geschlüpft. Als Morton ihn kennengelernt hatte, stellte Sharon ihn als ihr wandelndes Branchentelefonbuch vor. »Er nimmt mir sämtliche Gänge ab und erledigt alles, was ich nicht selbst erledigen kann.«

Nun lachte sie unbeschwert. »Er sagt, er liebt mich, David.«

Morton verspürte ein seltsames Ziehen in der Magengegend. »Und du? Liebst du ihn?«

»Aufgrund meiner augenblicklichen Lage sind solche Gefühle gewissen Einschränkungen unterworfen.« Für einen kurzen Moment wurde es in der Leitung still. »Nun, David, was ist das Problem?«

»Bodor.«

»Was hat Bodor denn getan?«

»Er ist verschwunden und plötzlich wieder aufgetaucht.« Er berichtete ihr von Mischas Beobachtung.

Sharon seufzte. »Die meisten Leute meinen, Bodor sei verrückt, David. Brillant, aber irre. Im Laufe der letzten Jahre wurde er …« Sie hielt inne. »Das ist der Punkt. Niemand weiß, was er wurde. Aber als er noch in der Öffentlichkeit auftrat und Konferenzen im Westen besuchte, da schien er irgendwie seiner Zeit weit voraus zu sein. Es wundert mich, daß die Amerikaner oder die Briten nie versucht haben, ihn zu sich zu holen. Aber ich vermute, er war seinem System viel zu treu ergeben, um sich kaufen zu lassen. Und seine politischen Herren haben ihn sicherlich mit angemessener Hochachtung behandelt. Was er wollte, bekam er. Ich erinnere mich, daß er einmal die Vereinigten Staaten besuchte und dabei die Privatmaschine des Parteivorsitzenden benutzen durfte. Wenn er nach London oder Paris kam, verfügte er über ein Taschengeld in harter Währung, bei dem seinen Gastgebern die Augen tränten. Und er wußte auch, wie man das Geld ausgab. Kleidung, Schmuck, Frauen. Er kaufte alles.«

Morton fragte, woran Bodor gearbeitet hatte.

Für einige Sekunden war es still, ehe Sharon antwortete. »Atmosphärischer Niederschlag und alle Begleiterscheinungen. Polare Oberflächenerwärmung. Abkühlung über dem Äquator. Er war immer hart am Ball und stets bereit, eine Idee weiterzuspinnen. Damals wurden die ersten Stimmen laut, die meinten, er wäre verrückt. Aber er ackerte weiter.

An einem Tag war er noch der funkelnde Stern am Firmament der sowjetischen Wissenschaft, und am nächsten Tag war er verschwunden. Es hieß, er hätte die Idee für eine phantastische neue Waffe gehabt und daß seine Brötchengeber ihn an einen sicheren Ort gebracht hätten, damit er dort die Entwicklungsarbeit aufnimmt. Als ich zur *Defence Review* kam, wurde noch immer darüber gesprochen. Als in Moskau alles zusammenbrach, wurden schnell andere, schlimmere, Gerüchte laut. Daß Bodor tot sei. Oder endlich in einer der zahlreichen Irrenanstalten gelandet wäre. Oder irgendwohin geflohen wäre, wo niemand ihn fände. Dann, nach einer Weile, verstummten die Gerüchte.«

»Ich weiß«, sagte Morton.

»Ich schicke dir einiges Material per Modem. Warte einen Moment.« Er hörte das Geräusch von Computertasten, und innerhalb weniger Sekunden erschien der Text auf seinem Computerschirm.

Morton las die kurze Schilderung eines Zwischenfalls mit einem sowjetischen Bomber. Er war in Zentralrußland abgestürzt, und alle Insassen waren ums Leben gekommen. Unter dem Bericht erschien eine Zusammenfassung der Autopsieberichte der Mannschaftsangehörigen. Alle waren laut dem Arzt, der die Autopsien vorgenommen hatte, an Gehirnblutung gestorben. Sein Name wurde mit Professor Nikita Vassilej angegeben.

»Kennst du Vassilej?« fragte Morton.

»Nur vom Hörensagen, und nur seinen Ruf. Er verschwand etwa zur gleichen Zeit wie Bodor von der Bildfläche.«

Er erinnerte sich an das, was Mischa gesagt hatte. »Meinst du, es gibt da eine Verbindung?«

»Du meinst, ob Bodor für den Flugzeugabsturz verantwortlich war? Oder daß jedem das Gehirn gegrillt wurde?« fragte sie schnell.

»Wäre das möglich?« fragte Morton genauso vorsichtig.

»Vor ein paar Monaten erhielt ich von einem russischen Journalisten ein Fax. Er erzählte, er hätte in der Zeit, in der Bodor und Vassilej untergetaucht waren, bei der *Prawda* gearbeitet. Mal sehen, ob ich das Fax noch finde.«

Ein weiteres Dokument erschien auf seinem Bildschirm. Dieses war in kyrillischer Schrift abgefaßt.

»Wie ist dein Russisch, David?«

»Wahrscheinlich nicht so gut wie deins.«

Sie lachte. »Das bezweifle ich.«

Die Nachricht begann sehr formell und erklärte dann, daß ihr Autor Nikolaj Newskij an einer Konferenz in Kiew teilgenommen hätte, wo einer von Vassilejs Assistenten einen Aufsatz verlesen hätte.

»Diese Konferenzen waren ausschließlich für die Treuesten der Treuen reserviert, David.« Dann fügte sie schnell hinzu: »Entschuldige – ich erkläre dir etwas, was du längst weißt.«

»Es ist immer gut, wenn die Erinnerung aufgefrischt wird«, meinte Morton. »Mal sehen, was laut Newskij weiterhin bei der Konferenz geschah.«

Der Aufsatz des Assistenten hatte sich mit den Auswirkungen auf den menschlichen Organismus befaßt, die durch plötzliche klimatische Veränderungen in der oberen Stratosphäre verursacht werden. Newskij meinte, der Pathologe hätte recht offen eingestanden, daß es für viele dieser Erscheinungen noch keine eindeutigen Erklärungen gäbe.

Morton rieb sich die Augen, nachdem er den russischen Text gelesen hatte. »Weshalb hat Newskij dir so einen Bericht geschickt? Immerhin haben sie früher Leute erschossen, die weitaus weniger verraten haben.«

»Newskij war offensichtlich auf Jobsuche. Du würdest dich wundern, wie viele Journalisten von dort mir Material geschickt haben. Wenn sie es schaffen, daß ich irgend etwas davon veröffentliche, betrachten sie es als Empfehlung für einen neuen Job.«

»Hast du Newskijs Information veröffentlicht?«

»Nein. Sie war zu dürftig. Ich pflege etwas erst dann in den Druck zu geben, wenn ich die ganze Geschichte präsentieren kann. Auf diese Weise nehmen die Leute es ernst, wenn ich etwas bringe.«

»Hast du irgendeine Idee, wo Newskij sich zur Zeit aufhält?« fragte Morton.

Sie lachte. »Diese Information habe ich nicht. Aber man kann wohl mit Sicherheit davon ausgehen, daß er nicht bei Bodor ist. Der haßt nämlich Journalisten.«

# ACHT

Im Lichtschein der Flamme seines Feuerzeugs sah Bodor, daß das Gesicht von Muktar, seinem Führer, bleicher war und daß die zerfurchte Haut vor Schweiß glänzte.

Der Zustand des Kurden hatte sich verschlechtert, nachdem sie am Vortag die Vorberge hinter sich gelassen hatten und ins Hochgebirge von Nordirak vorgedrungen waren. Als sie die Höhle erreichten, spuckte er Blut und aß kaum etwas von ihrer Verpflegung, einem Rest scharfem *piti*.

In dieser Höhe gab es nichts, womit sie ein Feuer hätten anzünden können, und sie hatten sich aneinandergedrängt. Sein eigener unruhiger Schlaf wurde von langen, quälenden Hustenanfällen gestört, bei deren Klang Bodor das Gefühl hatte, es würde ihm die eigene Brust zerreißen.

Nun sah der Kurde viel schlechter aus als beim letzten Mal, als er nach ihm geschaut hatte. Der alte Mann hatte sich in seiner zusammengekauerten Haltung kaum bewegt, und die Vorderseite seines Mantels war mit eitrigem Schleim beschmiert. Bodor ließ das Feuerzeug verlöschen.

»Es geht bald vorbei«, sagte Muktar matt.

Es war die Krankheit, die viele befiel, die in diesen Bergen lebten. Sie nannten sie *gomla*, und sie konnte die Lunge quälen, bis man zu schwach war, um sich zu bewegen. In den vergangenen Wochen hatte er mehrere Märsche unternommen, so daß sein Körper keine Zeit gehabt hatte, sich zu erholen. Während er sich den Schleim von den Lippen wischte, sagte er sich, daß keiner der Märsche so lukrativ gewesen war wie dieser. Dafür, daß er diesen Ungläubigen führte, sollte er tausend amerikanische Dollars erhalten.

Die Frau, mit der er in Baku verhandelt hatte, hatte nach Anis gerochen. Sie hatten in einem Café in der Alten Stadt gesessen, in dem es von Huren wimmelte. Da er irgendwie gespürt hatte, daß er handeln konnte, hatte er die Hälfte der Summe als Vorauszahlung verlangt. Sie war zu einem anderen Tisch gegangen und hatte mit einem Mann gesprochen, den sie Salim nannte. Er hatte nur die Achseln gezuckt, und die Frau war zurückgekommen und hatte aus den Falten ihres Kleides ein Bündel Dollarscheine hervorgeholt, die Hälfte des Betrags abgezählt und ihm übergeben. Er hatte schon aufstehen und gehen wollen, als sie ihn gefragt hatte, ob er einen Whisky trinken wolle. Er hatte so höflich wie möglich abgelehnt, da er niemanden beleidigen wollte, der ihm dazu verhalf, sich seinen einzigen großen Wunsch zu erfüllen. Das Geld würde seiner unverheirateten Tochter zu einer Mitgift verhelfen, die sie derart attraktiv erscheinen ließe, daß ein Freier über ihr vorgerücktes Alter hinwegschauen würde.

Aber das würde er niemals diesem Ungläubigen verraten. Während er sich kleidete, so aussah und sich verhielt wie ein Angehöriger des Glaubens, hatte er beobachtet, wie der Mann zu beten pflegte. Obgleich er sich vorschriftsmäßig hinkniete und die Hände vors Gesicht schlug, sich verbeugte und erneut die Hände aufs Gesicht legte, tat er es ohne Begeisterung. Und ganz gewiß besaß er auch keinen Koran und konnte ihn nicht lesen, falls er einen besaß. Der Ungläubige rezitierte die Suren, ohne einen Gedanken an ihre wahre Bedeutung zu verschwenden. Nun, in der Dunkelheit, konnte er seine Angst spüren.

Bodor raffte seinen Mantel zusammen. Wenn der Kurde sterben sollte, dann würde er auf keinen Fall alleine aus den Bergen hinaus finden. Dann wäre es nur eine Frage der Zeit, bis auch er sich dieser unbarmherzigen Landschaft würde ergeben müssen. Er hatte genug gesehen, um zu wissen, daß es in diesen Bergen von Gefahren wimmelte: Sie könnten ihn blitzschnell töten, sei es mit einem Biß von einem der Skorpione oder langsam, durch eine Blutvergiftung, indem er sich an einem der Dornenbüsche verletzte, vor denen der Kurde ihn gewarnt hatte. Oder er konnte an Durst, Hunger, Hitze oder Kälte sterben. Die einzige Entscheidung, die ihm noch vorbehalten blieb, war die Wahl seiner Todesart.

Indem er das Kratzen des grobgewebten Kamelhaarmantels auf seiner Haut ignorierte, kroch Bodor hinüber zu seinem Koffer. Darin befanden sich seine wertvollen Skizzen und, eingewickelt in seinen Anzug, die letzte von mehreren Flaschen Wodka, die er in Baku, seiner letzten Zwischenstation auf dieser langen Reise, gekauft hatte.

*Sobald das Taxi ihn in Zelenogorsk abgesetzt hatte, war ein Wagen aus einer Nebenstraße aufgetaucht. Die Frau hatte ihn nach Wologda gebracht. Während der Fahrt hatte sie kein Wort gesprochen und die ganze Zeit geraucht. Am städtischen Flugplatz hatte sie ihm einen großen Papierumschlag gereicht. Er enthielt sein Flugticket für den Flug nach Baku am Kaspischen Meer und eine mit Kokain gefüllte Spritze. Er hatte sich selbst auf der Flughafentoilette eine Injektion gesetzt, die leere Spritze weggespült und erneut die vertraute Erregung verspürt, als die Droge durch seinen Körper kreiste. Erneut staunte er über die Gründlichkeit des Arrangeurs.*

*In Baku, einer Stadt so alt wie die Seidenstraße, war er von einem Angehörigen der örtlichen Miliz in Uniform erwartet worden, der ihn zu einem Haus innerhalb der mittelalterlichen Stadtmauern brachte. Er wurde in ein Zimmer geführt, und ihm wurde Kaffee angeboten. Ein kleiner Mann mit selbstsicherem Auftreten war mit einem Koffer erschienen und hatte ihn eingehend und mit skeptischer Miene gemustert. Der Mann holte aus dem Koffer Schminkutensilien hervor.*

*»Setzen Sie sich, bitte«, verlangte er im breiten regionalen Akzent.*

*Im Verlauf mehrerer Stunden veränderte er Bodors Gesicht, färbte es dunkler, machte die Augenbrauen buschiger und verlieh seinen Zähnen mit Hilfe einer Paste ein vergilbtes Aussehen. Als nächstes klebte er ihm einen zerzausten Bart an, ehe er ihm zeigte, wie er die Kontaktlinsen einsetzen mußte, die seine Augen dunkelbraun erscheinen ließen. Mit seinem Werk zufrie-*

*den, bat er Bodor, sein teures Jackett und seine maßgeschneiderten Schuhe auszuziehen, und holte aus dem Koffer eine bunt bestickte Winter-farwa und die dazugehörige zum Überziehen gedachte aba. Ein Paar solider Bergschuhe vervollständigte die Ausrüstung. Der Mann forderte Bodor nach dem Ankleiden auf, einen Blick in einen Spiegel zu werfen. Er war überrascht über die Veränderung. Seine äußere Erscheinung unterschied sich überhaupt nicht vom Aussehen der zahlreichen Händler in den Straßen Bakus. Der Mann inspizierte ihn sorgfältig, ehe er sein Urteil abgab.*

*»Da Sie jetzt aussehen wie ein Gläubiger, müssen Sie außerdem lernen, genauso zu beten und zu essen. Obgleich es unwahrscheinlich ist, daß Sie in den Bergen jemandem begegnen, denn Ihr Führer ist in dieser Hinsicht sehr erfahren und geschickt, ist es immer klug, auf alle Eventualitäten vorbereitet zu sein.« Der Mann schaute zur Seite. »Aber das werden Sie sicherlich schon längst selbst festgestellt haben.«*

*Erneut hatte Bodor das Gefühl, sich in den Händen einer unendlich mächtigen Organisation zu befinden.*

*Sein Helfer holte aus dem Koffer einen Gebetsteppich und einen Kassettenrecorder. Nachdem er ihm gezeigt hatte, wie man sich vorschriftsmäßig auf den Teppich kniet, schaltete der Mann den Rekorder ein. Die zeitlosen Worte des Gebetsrufs begannen den Raum zu füllen: Allah Akbar, Allah Akbar … Gott ist groß.*

*Für den Rest der Nacht hatte er die rituellen Antworten geübt und gelernt zu essen wie ein Bergbewohner, indem er die rechte Hand in verschiedene scharf gewürzte Speisen tauchte und schmatzend kaute.*

*Bei Tagesanbruch äußerte sein Lehrer sich zufrieden. Aus der Tasche holte er eine keimfrei eingeschweißte Spritze, eine Kollektion ebenfalls eingeschweißter Injektionsnadeln und mehrere Ampullen.*

*»Ich denke, Sie wissen, wann und wie Sie dies benutzen«, sagte der Mann mit gleichmütiger Stimme und reichte ihm die Utensilien. »Wahrscheinlich wollen Sie jetzt eine nehmen, um sich auf den Marsch durch die Berge vorzubereiten.«*

*Unter den gleichgültigen Blicken des Mannes injizierte Bo-*

*dor den Inhalt einer Ampulle in eine antekubitale Vene. Das euphorische Gefühl war unvergleichlich, aber es war verflogen, als Muktar erschien.*

*Sein Lehrer und der Kurde unterhielten sich in ihrer eigenen Sprache. Der alte Mann hatte ihn mit kaum verhohlener Abneigung betrachtet. Auf dem Weg durch Baku hatten sie an einer Teestube haltgemacht, wo Bodor mehrere Flaschen Wodka gekauft und sie zu seinen Kleidern und Konstruktionszeichnungen in den Koffer gepackt hatte.*

*Sie waren nach Täbris in Iran geflogen. Von dort waren sie nach Rezaijeh in der Nähe des Gebirges, das Kurdistan von Irak trennt, weitergeflogen. Niemand hatte sie mit seiner Neugier belästigt.*

*Aber während sie immer höher stiegen, hatte der Kurde mehrmals mißbilligend den Kopf geschüttelt, wenn er sich während der Pausen ein paar Schlucke Wodka erlaubte. Einmal, als er Anstalten machte, eine leere Flasche wegzuwerfen, hatte der alte Mann sie ihm entrissen und mit wütender Miene unter einem Steinhaufen versteckt.*

Nachdem er die letzte Flasche aus dem Koffer geholt hatte, kroch Bodor zu Muktar hinüber und schraubte den Verschluß ab. Er setzte sie an die Lippen des Kurden, der nur noch rasselnd atmen konnte.

»Da, trink, alter Mann. Das ist gut für deine Krankheit.«

Muktar schüttelte den Kopf. »Der Prophet sagt, Alkohol ist eine Sünde.«

»Der Prophet sagt auch, daß es eine Sünde ist, sinnlos zu sterben«, sagte Bodor schnell.

»Sie haben den Koran gelesen?« fragte Muktar schwach.

»Ja. Ja, und es heißt darin auch, daß kein Mensch das Recht hat, Dinge zurückzuweisen, die sein Leben erhalten.«

»An dieses Gebot kann ich mich nicht erinnern.«

Bodor gab sich Mühe, daß seine Ungeduld sich nicht in seiner Stimme bemerkbar machte. »Es existiert jedoch.«

Er schnippte das Feuerzeug an und hielt die Flamme dicht an Muktars Gesicht. Die Lippen des Kurden zitterten.

»Trink«, befahl Bodor. »Dann kannst du weitergehen. Allzu weit dürften wir es ja nicht mehr haben.«

Muktar nickte. »Wir sind bald da. Aber ich darf keinen Alkohol trinken.«

Die Dunkelheit außerhalb des Höhleneingangs hellte sich allmählich auf. Schon bald würden Felsen und Büsche wieder ihre vertrauten Formen annehmen, desgleichen die Bäume mit ihren Ästen, die vom ständig wehenden Wind abgewandt waren. Für sie gab es keinen Schutz.

»Bitte, trink, alter Mann«, bat Bodor. Er hielt die Flaschenöffung an die Lippen des alten Mannes.

Muktars Mund bebte und blieb geschlossen.

»Der Prophet würde es verstehen«, drängte Bodor.

Langsam, fast unmerklich, teilten Muktars Lippen sich schließlich, und er begann zu trinken.

»Möge Allah mir verzeihen«, murmelte er heiser.

»Deine Stimme klingt schon viel kräftiger«, stellte Bodor fest. »Meinst du, du kannst jetzt weitergehen?«

»Vorher muß ich beten.«

»Dann beeil dich.«

»Wollen Sie denn nicht auch beten?« erkundigte Muktar sich mit brüchiger Stimme und fragte sich dabei, ob der Prophet es ihm wohl jemals verzeihen würde, daß er dieses warme Gefühl in seinem Körper ausgiebig genoß.

»Ich habe schon gebetet.«

»*Allah akbar*«, murmelte der alte Mann und versenkte sich in seine Andacht.

Bodor schaute durch den Höhleneingang hinaus, wo das Licht sich auf eine unendliche Zahl von Bergen und Tälern ergoß, von ihnen reflektiert und in den Himmel zurückgeworfen wurde und die Welt neu erschuf. Nachdem Muktar seine Gebete beendet hatte, traten sie vor die Höhle, wo die Einsamkeit dieser Bergwüste durch die Ankunft eines neuen Tages wohltuend gemildert wurde.

Bodor drehte sich zu dem Kurden um. »Du siehst schon viel besser aus.«

Muktar nickte; er fühlte sich auch besser. »Sind Sie ein Doktor?« fragte mit dem respektvollen Tonfall von jemand, der sich niemals einen leisten könnte. »Geben Sie sich deshalb eine Spritze?«

»Frag nicht soviel, alter Mann«, sagte Bodor ungehalten. Im Laufe der Nacht hatte er die letzte Ampulle Kokain verbraucht.

Er ergriff seinen Koffer und folgte Muktar hinauf in die Berge, die sie erneut ganz und gar verschluckten. Von Zeit zu Zeit legten sie eine kurze Rast ein, um zu Atem zu kommen.

Während ihres Aufstiegs spürte Muktar, wie der Schmerz in seinen Lungen mehr und mehr nachließ. Er wußte, daß es zum Teil daran lag, daß dies seine Heimat war und daß das Gefühl der Macht, die ihm diese Erkenntnis verlieh, fast genauso berauschend war wie der Alkohol, den der Ungläubige ihm aufgezwungen hatte. Er hatte gebetet, daß ihm dieser Fehltritt verziehen würde, obgleich er begriffen hatte, daß das Getränk ihm geholfen hatte. Je höher sie vordrangen, desto deutlicher hatte er das Unbehagen des Ungläubigen gespürt. Und es stimmte schon, die Berge konnten sehr furchteinflößend sein. Von Zeit zu Zeit, wenn sie sich wieder mal mühsam ihren Weg zwischen mächtigen Felsblöcken suchen mußten, hatte der Ungläubige sich erkundigt, wie weit es noch wäre. Seine Stimme hatte dabei geklungen, als wollte er sagen: »Laß mich bitte hier oben nicht allein zurück.«

Während jeder Rast kontrollierte Muktar den Himmel und suchte sorgfältig den Horizont ab. Sie waren etwa eine Stunde lang bergauf gewandert, als er erneut stehenblieb. Eine gespenstische Stille herrschte. Kein Lüftchen rührte sich, und die Temperatur war gestiegen. Obgleich keine Wolke am Himmel zu sehen war, hatte er eine ungesunde, rötlich-gelbe Farbe angenommen, den Schleimbrocken nicht unähnlich, die Muktar ausgehustet hatte.

»Wir müssen irgendwo Schutz suchen«, sagte Muktar plötzlich. Er wußte genau, was ihnen bevorstand.

»Was ist los? Stimmt etwas nicht?« fragte Bodor irritiert.

Muktar deutete dorthin, wo der Himmel sich dunkelrot gefärbt hatte. »Ein Sandsturm ist im Anmarsch, und zwar ein ziemlich heftiger.« Die Anzeichen waren ihm so vertraut wie Straßen einem Stadtbewohner.

»Wir können doch noch ein Stück weitergehen«, verlangte Bodor ungeduldig, während seine Augen schnell den Himmel absuchten.

Aber Muktars Augen hatten bereits den Ausdruck eines Mannes, der aufgeregt Schutz suchte. »Sind Sie schon mal in einen Sandsturm geraten?« fragte er heiser.

»Nein. Aber ich habe im Ural gesehen, wie der Regen ganze Dörfer weggeschwemmt hat.«

Muktar entblößte die Zähne. »Hier verschwindet die ganze Welt. Wir müssen uns verkriechen.«

Bodor streckte den Arm aus und deutete mit einem Finger voraus. »Nein! Wir sind in unmittelbarer Nähe des Treffpunkts. Wir gehen weiter!«

Muktar blickte zum Himmel. Die Dunkelheit breitete sich aus wie ein großer Fleck. Er drehte sich zu dem Ungläubigen um und sah den entschlossenen Blick, der zu einer Stimme gehörte, in der eine unmißverständliche Drohung mitgeschwungen hatte. »Na schön. Wir wandern weiter, so lange es geht.«

Sie zogen weiter hinauf zu Gipfeln, die leuchteten, als würden sie von Feuer umwabert. Plötzlich pfiff ein eisiger Windstoß durch einen Paß direkt vor ihnen, dessen Gewalt so enorm war, daß er sie beinahe von den Füßen riß.

»Wir müssen in Deckung gehen ...«

Die restlichen Worte Muktars gingen im Gebrüll des Windes unter, der sich im gleichen Moment zu einem Sturm steigerte. Dann, eine Sekunde später, überfiel sie die ungeheure Wucht des Sandsturms, zwang sie erst in die Knie und dann vollends auf den Bauch.

Irgendwie schaffte Bodor es, seinen Koffer festzuhalten. Geblendet und würgend kroch er hinter Muktar her zu einem Felsvorsprung. Die Gesichter gegen den Granit pressend, kauerten sie sich zum Schutz dicht nebeneinander. Bodor hatte es geschafft, den Koffer zwischen sich und den Felsen zu schieben. Mit beiden Händen umklammerte er den Griff, damit das Gepäckstück nicht fortgerissen wurde.

Der Felsvorsprung wirkte wie ein Schutzschild und lenkte die Hauptwucht des Sturms von ihnen ab. Der Lärm, den er erzeugte, erinnerte Bodor an einen Raketenangriff, den er einmal in Afghanistan erlebt hatte. Es war das gleiche ständige Knistern und Knattern sich entladender Elektrizität, begleitet von wuchtigen Donnerschlägen, die von den Bergen ringsum widerhallten. Dann war da nur noch der ohrenbetäubend laute Tanz der riesigen Sandhosen, die hochwirbelten und dann in sich zusammenfielen, ehe sie wieder aufsprangen und sich zu einer einzigen Sturmfront vereinigten. Sie raste mit vernichtender Gewalt über sie hinweg. Buschwerk, Geröll, Felsblöcke wurden hochgerissen, als Erde und Himmel zu tobender, vernichtender Dunkelheit verschmolzen, die keinen Anfang und kein Ende zu haben schien.

Wie lange sie in dieser Position verharrten, konnte Muktar nicht sagen. Den Ungläubigen konnte er neben sich eher fühlen als sehen. Vor einem kurzen Moment hatte er sich noch an seinen Koffer geklammert, die Augen verdreht, während der Wind sein Gesicht verzerrte. Nun war er nicht mehr da.

Der Ungläubige mußte in Panik geraten sein und sich entfernt haben, um einen anderen Schutz zu suchen, aber den gab es nicht. Normalerweise hätte er jeden, der so eindeutig verrückt war, seinem eigenen Schicksal überlassen. So eine Person hatte einfach kein Recht zu leben. Aber lebendig war dieser Ungläubige ein Vermögen wert.

Muktar raffte sich auf und wurde sofort vom Sturm hin und her gezerrt. Sein Mantel wurde ihm beinahe vom Körper gerissen. Er ging auf alle viere hinunter und begann durch den rasenden Sturm zu kriechen.

Der Sand drohte ihm die Augen aus den Höhlen und die Zähne aus dem Mund zu reißen. Er hatte keine Ahnung, wie weit oder in welche Richtung der Ungläubige sich entfernt hatte. Aber in den Sekunden vor dem Losbrechen des Sturms hatte er beobachtet, wie er zu einem Steinhaufen hinübergeschaut hatte. Es schien eine halbe Ewigkeit zu dauern, bis Muktar ihn erreichte. Der Ungläubige war nicht dort. Erschöpft blieb Muktar auf dem Bauch liegen, raffte die *farwa* um sich zusammen, damit der Mantel sich nicht ständig aufblähte und ihn vom Boden hochzureißen drohte.

Während er die Lippen in dem vergeblichen Bemühen zusammenpreßte, den Sand am Eindringen in seinen Mund zu hindern, kroch er weiter. Dabei scheuerte er sich Hände und Knie auf dem felsigen Grund blutig. Sandwolken peitschten ihm ins Gesicht. Schmerzen zerrten an seinen Muskeln, Schmerzen, die nicht nachlassen wollten.

Plötzlich gewahrte er zu seiner Linken einen schwärzeren Schatten in der herrschenden Dunkelheit. Es war der Ungläubige mit seinem Koffer, nur wenige Schritte von der Stelle entfernt, wo der Felswall in eine Schlucht abfiel. Der Wind hatte seinen Bart weggeblasen und die Farbe in seinem Gesicht fleckig werden lassen.

Bodor spürte, wie seine Füße auf dem Untergrund wegrutschten und der Wind ihn immer näher zur Kante der Schlucht drückte. Er stemmte die Absätze seiner Schuhe in den Boden, um besseren Halt zu finden. Aber er rutschte unaufhaltsam weiter. Er öffnete den Mund, um zu schreien, doch die Worte wurden ihm von den Lippen gerissen. Dann spürte er, wie etwas seinen Arm packte.

Muktar hatte seine *ghotra* abgenommen und benutzte das Kopftuch, um sich mit dem Ungläubigen zusammenzubinden. Das Tuch war stark genug, um das Gewicht eines Menschen zu halten. Sobald er es dem Ungläubigen ums Handgelenk geschlungen hatte, verkeilte er sich zwischen zwei Felsblöcken, so daß sein eigener Körper einen Windschutz bildete.

So blieben sie liegen, während der Sturm mit unverminderter Wucht weitertobte und Sandmassen über sie hinwegtrieb. Dann schlief der Sturm genauso unvermittelt ein, wie er begonnen hatte. Stille kehrte ein, und ringsum ragten die Berge ruhig und scheinbar unverändert auf, als hätten sie nicht noch vor wenigen Sekunden dem Wüten elementarer Naturgewalten standgehalten.

Sie blieben noch einige Sekunden lang liegen, die Köpfe nur wenige Zentimeter voneinander entfernt, und schauten einander in die Augen.

»Es ist jetzt vorbei«, meinte Muktar schließlich und band seine *ghotra* los.

Langsam, mühevoll richtete Bodor sich auf. Seine Hand umklammerte den Koffergriff so krampfhaft, daß seine Finger mit dem Metall verschmolzen zu sein schienen.

»Danke, alter Mann«, sagte er und entfernte sich von der Schlucht.

Muktar brachte ein Lächeln zustande. »Der Prophet sagt, das beste Leben, das man retten kann, ist das Leben eines Verrückten. Danach ist er vielleicht nicht mehr verrückt.«

Er drehte sich um und nahm die letzte Etappe ihrer Wanderung in Angriff. Mit gesenktem Kopf ging er vor Bodor her, wobei seine Füße sich durch frisch angewehte Sandhügel wühlten. Bodor war wie in Trance. Seine Beine bewegten sich wie in einem automatischen Reflex, als hätte er schon vor längerer Zeit die Schmerzbarriere überschritten. Ihr Weg führte sie in immer höhere Regionen des Gebirges.

Unter einem Überhang blieben sie schließlich stehen, und Muktar deutete nach vorne. Unter ihnen erstreckte sich ein weit geschwungenes Flußtal. Die Senke wurde von einer dicken Rolle Stacheldraht in der Mitte unterteilt, die sich zu beiden Seiten davonschlängelte. An einigen Stellen waren Lücken in dem Stacheldrahtgeflecht zu erkennen.

»Die irakische Grenze«, sagte Muktar.

Auf der anderen Seite, in nächster Nähe einer Lücke, parkte ein Armeelastwagen. Daneben stand eine khakibekleidete Gestalt und suchte die Berge mit einem Feldstecher ab. Plötzlich straffte der Mann sich.

Muktar drehte sich zu Bodor um und entblößte erneut die Zähne in einem Grinsen. »Er hat uns gesehen.«

Schweigend suchten sie sich ihren Weg unter den aufmerksamen Blicken des Iraki durch das unwegsame Gelände. Als sie das Wadi erreichten, kam der Untergrund Bodor vor, als wäre er weich wie eine Matratze. Der Lastwagen rollte durch die Zaunlücke. Die uniformierte Gestalt, die aus dem Führerhaus kletterte, war ein Offizier.

»Willkommen im Irak, Genosse Bodor«, sagte er in reinstem Russisch.

Er streckte die Hand aus, und zum erstenmal, seit er Baku verlassen hatte, gab Bodor den Koffer aus der Hand.

Ohne Muktar zu beachten, deutete der Offizier mit einem Kopfnicken auf den Lastwagen. »Sie finden hinten eine frische Uniform, Genosse Bodor, aber Sie können sich später umziehen. Im Augenblick ist es besser, wenn wir von hier verschwinden, ehe jemand mißtrauisch wird. Die Amerikaner haben hier oben Beobachtungstrupps stationiert, die mit Ihren kurdischen Freunden zusammenarbeiten.«

Bodor nickte. Der Arrangeur hatte ihn davor gewarnt.

Muktar hielt sich in einiger Entfernung und fragte sich, wann er sich wohl empfehlen könnte, ohne unhöflich zu wirken. Er hatte für die Irakis nicht viel übrig. Sie konnten sehr überheblich sein, wenn ihnen danach zumute war – wie zum Beispiel dieser Soldat, der ihn völlig ignorierte. Und je eher er wieder auf der anderen Seite des Gebirges wäre, desto eher könnte er den Rest seiner Bezahlung verlangen. Vor seinem geistigen Auge sah er bereits die Hochzeit seiner Tochter, das schönste und prächtigste Fest, das je im Dorf gefeiert worden wäre. Dann würde er sich zur Ruhe setzen, und er brauchte keine *gomla*-Anfälle mehr zu ertragen. Er würde genauso geruhsam leben wie die anderen Alten des Dorfs. Er wurde unruhig, denn der Ungläubige sagte etwas zu dem Iraki.

Dabei deutete Bodor auf die Pistole des Offiziers. »Geben Sie mir die Waffe.«

Als der Offizier der Aufforderung gefolgt war, drehte Bodor sich um, richtete die Pistole auf Muktar und feuerte zwei Schüsse in kurzer Folge ab. Beide Kugeln drangen in die Stirn des Kurden und zerrissen seinen Hinterkopf. Für einen kurzen Moment blieb Muktar aufrecht stehen. Er hatte den Mund weit geöffnet, als hätte er protestieren wollen, dies sei keine Art und Weise, jemanden zu behandeln, der einem das Leben gerettet hatte. Dann sackte er zusammen, und eine Blutpfütze entstand um seinen Kopf. Als Bodor die Pistole zurückgab, war die Flüssigkeit bereits im Sand des Flußbettes versickert.

Die letzte Instruktion des Arrangeurs hatte verlangt, daß der Führer getötet werden sollte. Es durfte keine Spur geben, die man hätte verfolgen können.

Während sie in den Lastwagen stiegen und den Koffer zwischen sich auf der Sitzbank deponierten, ergriff der Offizier wieder das Wort. »Ihre Geschenke sind wohlbehalten eingetroffen.«

Bodor nickte knapp. Ohne die nuklearen Zündmechanismen, um deren Lieferung er den Arrangeur gebeten hatte, würde er die Ozonschichtbombe nicht bauen können.

## NEUN

Manders hatte beschlossen, mit Morton bei Simpson's auf dem Strand zu Mittag zu essen. Während sie dem Chefkellner durch den gut besetzten Speisesaal folgten, winkte Manders einer Frau in einem Tweedkostüm zu, das ihre

Figur verhüllte. Sie lächelte freundlich zurück, ehe sie sich wieder ihrem Tischgenossen zuwandte, einem eleganten Mann Anfang Sechzig mit wettergegerbtem Gesicht.

Als sie den Tisch passiert hatten, murmelte Manders: »Die *Heilige Nancy* nimmt ihre Pflichten bei unserem wenig geschätzten Verteidigungsminister wahr. Dem Genie, das unserem Premierminister ins Ohr geflüstert hat, diese Zünder wären außer Landes gebracht worden.«

»Natürlich«, sagte Morton gleichmütig. Falls er etwas hinzuzufügen hatte, so sparte er es sich.

*Morton verbrachte die Nacht in seiner Bürosuite in Genf und wachte wie gewöhnlich um fünf Uhr morgens auf. Nachdem er die Beine aus dem Bett geschwungen hatte, bückte er sich und stützte beide Hände flach auf den Teppich und drückte nach unten, wobei er den Blutkreislauf in seiner Wirbelsäule anregte und seine Achillessehnen streckte. Dabei konzentrierte er sich auf seine Atmung und leerte seinen Geist vollständig von jeglichen Gedanken. Als nächstes folgten seine Übungen – von denen jede seine Muskeln aufs äußerste anspannte –, um ein totales physisches Gleichgewicht herzustellen und ihm vollständige Kontrolle über seinen Körper zu schenken. Schließlich begann er mit seinem Karatetraining. Im gleichen Moment füllte das Zimmer sich mit unsichtbaren Gegnern. Einen schaltete er mit einem aus dem Sprung geführten Tritt gegen die Kehle aus. Einen anderen fällte er mit einem Ellbogenstoß gegen die Nase. Ein dritter brach unter einem Kopfstoß gegen sein Kinn zusammen. Jeder Schlag, Tritt und Stoß wurde ohne beschleunigten Atem, ohne Schweißentwicklung und mit einem Minimum an Aktion ausgeführt. Die eigentliche Anstrengung betraf seinen Geist, indem er sich ständig bewußt machte, daß alles, was er tat, ihn auch mental in Spitzenform halten sollte. Zehn Minuten später beendete er die Übungsfolge, schloß die Augen und machte einige tiefe Atemzüge durch die Nase. Nachdem er sich rasiert, geduscht und angekleidet hatte, nahm er den Hörer des Telefons auf seinem Nachttisch ab, um Manders in*

*London anzurufen und ihm anzukündigen, daß er ihn umgehend aufsuchen wolle.*

*In Heathrow wartete ein Beamter der Special Branch auf dem Flugfeld. Er transportierte ihn mit dem Wagen auf kürzestem Weg weiter. In Northolt stieg er in einen Helikopter der RAF und flog nach Norfolk.*

*Ein Blick auf den Stützpunkt verriet ihm, daß die Reise vergeblich gewesen war. Alles war wieder in seinen ursprünglichen normalen Zustand versetzt worden. Er flog nach Aldermaston, das britische Entwicklungszentrum für Atomwaffen. Es dauerte eine Weile, bis der Direktor der Einrichtung sich beruhigt hatte und zugab, daß die Zünder zwar in Aldermaston in die Bomben eingesetzt würden, jedoch von Nuclear Components im Silicon Valley in Kalifornien kämen.*

*»Natürlich gehen wir damit nicht hausieren. Sie wissen ja selbst, wie empfindlich Politiker in diesen Dingen sein können«, sagte der Direktor.*

*Nachdem er Aldermaston verlassen hatte, sprach Morton über das Helikoptertelefon mit Lester Finel in Genf und bat ihn, Nuclear Components zu überprüfen.*

*Manders wartete in Northolt auf dem Flugfeld. Während der Fahrt nach London ließ Morton sich von ihm ins Bild setzen und bedankte sich bei ihm. Dann, mit derselben ruhigen Stimme fügte er hinzu, daß das, was im Rahmen der Ermittlung geschehen war, nicht ihm anzulasten sei. Beide wußten, daß dies Mortons Art war, sich zu entschuldigen. Plötzlich winkte Manders großzügig ab, lächelte und meinte, das sei kein Problem. Überhaupt nicht.*

*Seitdem achtete Morton sorgfältig darauf, daß seine Ermittlungen derart zurückhaltend angestellt wurden, daß niemand jemals auf die Idee kommen konnte, er wäre Manders' Nachfolger.*

*Von Zeit zu Zeit hatte er sich auf anderen Wegen als der Engländer Informationen zu besorgen versucht. Dabei hatte er von der Ballonwettfahrt von England nach Holland gehört. Ein weiterer kleiner Erkundungstrip lieferte ihm Erkenntnisse über die zum damaligen Zeitpunkt herrschenden Wetterverhältnisse über der Nordsee. Beinahe zufällig, wenn auch nicht ganz, bekam er heraus, daß einen der Ballons ein Malheur ereilt hatte, daß seine Besatzung jedoch gerettet worden war. All dieses meldete er im Laufe mehrerer Telefongespräche mit Genf, die er von verschiedenen Telefonzellen aus führte, an Chantal Bouquet weiter.*

*Er hatte seine bisherigen Erkenntnisse noch nicht mit Manders geteilt. Dazu war es noch zu früh. Jedesmal, wenn er mit ihm zusammentraf, dann nur, um weitere Routineberichte zu erhalten.*

*Die üblichen Für und Wider seien gegeneinander abgewogen und eingehend untersucht worden. Eine Gruppe von militanten Tierschützern wurde von der Special Branch infiltriert und festgesetzt, ehe sie ein Labor überfallen konnten, in dem Hundehirne zur Verwendung in der Kosmetikindustrie gewonnen wurden. Ein französischer Gangsterboß wurde bei einer opulenten Reistafel im feinsten indonesischen Restaurant von Manchester verhaftet, während er dort mit einer Gruppe von SAS-Veteranen, die er soeben angeworben hatte, seinen Geburtstag feierte. Ein unter panamesischer Flagge fahrender Frachtdampfer, der von Liverpool aus in See stechen wollte, wurde durchsucht: In einem Container mit der Aufschrift ›Diplomatisches Eigentum der Regierung der Republik Jemen‹ befanden sich ein halbes Dutzend Mädchen, allesamt betäubt. Eine Razzia in einer Fischfabrik in Glasgow führte zur Beschlagnahme einer Heroinlieferung im Verkaufswert von zehn Millionen Pfund. Es waren eine ganze Menge Erfolge zu verzeichnen, aber nicht der, der zählte. Manders hatte mit einem Ausdruck wütender Enttäuschung den Kopf geschüttelt. Morton hatte gewußt, mit was für einem Menschen er es zu tun hatte, und sich darauf eingestellt, wozu auch gehörte, daß er dankbar die Einladung zum Mittagessen bei Simpson's angenommen hatte.*

Sobald sie im hinteren Teil des Restaurants Platz genommen hatten, schickte Manders einen letzten Blick zu den Tischen am anderen Ende.

»Nur ein paar Sechser sind heute zur Fütterung erschienen«, stellte er fest und wandte sich wieder zu Morton um. »Zweifellos werden sie in dieser Sache, wie unsere amerikanischen Vettern zu sagen pflegen, abwarten, um zu sehen, wie der Keks zerbröselt. Ein schrecklicher Ausdruck, finden Sie nicht?«

Morton zeigte sein nichtssagendes Verlegenheitslächeln. Er hatte gegen die Ausdrucksweise der Amerikaner eigentlich nichts einzuwenden. Nachdem der Oberkellner die Speisekarten verteilt hatte, wartete er mit einer Miene am Tisch, wie Kellner sie zu kultivieren pflegen, um auf Kunden noch vor der Verteilung von Trinkgeldern einen positiven Eindruck zu hinterlassen.

»Ich kann die Nierenpastete oder auch das frisch zubereitete Beef Tartar vom Wagen empfehlen«, sagte Manders, ohne einen Blick auf die Speisekarte geworfen zu haben. Er wandte sich an den Kellner. »Und die übliche Flasche Rotwein dazu, Hubert.«

»Natürlich, Mr. Manders.«

Der Kellner schaute Morton fragend an.

»Ich nehme das Tartarbeefsteak. Und ein Glas Ballygowan«, bestellte Morton.

»Mit oder ohne Kohlensäure, Sir?«

»Mit. Und mit einer Scheibe Zitrone.«

Als der Kellner sich entfernt hatte, meinte Manders mit gedämpfter Stimme: »Das ist nicht das Lent, alter Junge.«

Morton verzog das Gesicht, als wäre es ihm bis zu diesem Moment gar nicht aufgefallen. »Wenn Sie mich fragen, dann ist es hier mindestens genauso gut.«

»Oh, ich verstehe. Ja, natürlich.«

Eine Stunde später hatte Manders seine Flasche Burgunder geleert, und sie hatten den Kaffee vor sich stehen. Er hatte sich außerdem einen Cognac bestellt. Er balancierte das Glas in einer Hand, als dächte er darüber nach, ob er es noch einmal nachfüllen lassen sollte, ehe er es abstellte und sein Gegenüber ansah.

»Wir überwachen noch immer jeden Flug- und Seehafen. Desgleichen alle Privatflugplätze. Die Jungs in Blau haben derart viele Stichproben bei der reisenden Öffentlichkeit vorgenommen, daß dem Innenminister schon jetzt über tausend Beschwerden vorliegen. Die Special Branch hat sich die Familien der toten Soldaten vorgenommen, und meine Leute unterziehen die überlebenden Männer einer ähnlichen Überprüfung. Wir durchleuchten die üblichen Waffenhändler und treten unseren fragwürdigeren Kunden und Bankiers auf die Zehen. Praktisch jedem, der, wenn der Preis richtig ist, nach den Zündern greifen würde. Aber nicht einmal die Spur einer Spur.«

»Und wie steht es mit einem möglichen Insider?« fragte Morton.

»Irgendeine unzufriedene Gruppe ehemaliger Soldaten oder Geheimdienstmänner?« Manders schüttelte den Kopf. »Wir haben auch alle Protestbewegungen, Tier- und Umweltschützer ausgeklammert. Außerdem haben wir sämtliche Läden für Armeeartikel überprüft. Nicht einer hat in den vergangenen Monaten NCB-Anzüge verkauft.«

»Das Nervengas?« fragte Morton, als ginge er alle Möglichkeiten an Hand einer Checkliste durch.

»Porton Down besitzt ein paar Unzen Soman zu Forschungszwecken. Es ist noch alles da. Daher wurde diese Ladung offenbar importiert. Wir gehen sämtliche Frachtpapiere in den See- und Flughäfen durch und halten Ausschau nach Angaben, die auf mögliche Verbindungen mit Rußland, dem Irak oder dem Iran hinweisen. Aber niemand wird unruhig oder reagiert irgendwie auffällig. Wie wir beide wissen, haben sie alle eine lebenslange Erfahrung im Versteckspiel.«

Manders wurde mit einem bewundernden und seltsam wissenden Lächeln Mortons belohnt.

»Können wir noch einmal auf das zurückkommen, was Sie vorhin gesagt haben«, bat Morton, »nämlich daß der Premierminister irgend etwas plant, um die Umweltschützer zufriedenzustellen?«

»Das ist wohl nur ein Gerücht, fürchte ich. Aber es

könnte sich leicht selbstständig machen und weite Kreise ziehen. Heute morgen hörte ich, daß der PM seinen Pressechef gebeten hat, mit CNN Verbindung aufzunehmen. Das bedeutet gewöhnlich, daß Bostock irgend etwas von internationaler Bedeutung verkünden will.«

»Weshalb benutzt er nicht die BBC?«

Manders lächelte säuerlich. »Die haßt er zutiefst. Das rührt noch aus der Zeit, als die BBC irrtümlich seine Abwahl bekanntgab. Er liebt es geradezu, den Leuten auf ewig ihre Fehler unter die Nase zu reiben.«

Der Verteidigungsminister und die *Heilige Nancy* brachen auf und durchquerten den Saal unter einigem Aufsehen. Der Kellner erschien mit einer Flasche, und Manders nickte. Der Kellner schenkte ein und zog sich zurück. Manders trank einen Schluck von dem Cognac und wischte sich sofort mit der Serviette den Mund ab, als wollte er sich von irgendeiner Schuld befreien.

»Wie kommt denn der Premierminister mit den Umweltschützern zurecht?« fragte Morton.

Manders trank einen weiteren Schluck, ehe er sich über den Tisch beugte. »Er weiß genau, wie er die Leute auf seine Seite zieht. Aber vor kurzem hat die Feld-, Wald- und Wiesenbrigade angefangen, ihn zu beschuldigen, sein Versprechen nicht einhalten zu wollen, daß er aus diesem Land einen Agrarstaat machen will. Und er stattet unseren restlichen Großindustriellen Höflichkeitsbesuche ab und erzählt ihnen, er wünsche sich, daß dieses Land wieder zu den Zeiten zurückkehrt, als ihre Fabriken überall in der Landschaft herumstanden. Soweit wird es natürlich nie mehr kommen.«

Seinem Lächeln nach zu urteilen, schien Morton derselben Meinung zu sein.

Am späten Nachmittag schwebte die Frachtmaschine der Jordanian Airlines aus Rom niedrig über die verwüstete, verbrannte Landschaft ein, um auf dem Flughafen von

Amman zu landen. Die Luft flimmerte über dem Asphalt, und das Flugzeug schien in der pulsierenden Hitze zu tanzen und zu schlingern. Etwa auf halber Strecke der Landebahn brüllten die Triebwerke auf, als sie auf Schubumkehr geschaltet wurden.

Das Flugzeug rollte zu einem abgelegenen Teil des Flugfeldes und blieb dort stehen. Als die Dunkelheit mit der üblichen Heftigkeit und gewohnt schnell hereinbrach, fuhren ein Gabelstapler und ein Lastwagen mit geschlossenem Kastenaufbau auf das Flugzeug zu. Der Gabelstapler holte zwei große Container aus dem Frachtraum der Maschine und lud sie in den Lastwagen. Danach versiegelte ein jordanischer Zollbeamter die Schlösser des Lastwagens. Der Lastwagen verließ den Flughafen durch ein bewachtes Tor, das von den hell erleuchteten Hauptgebäuden ziemlich weit entfernt war, und fuhr nach Osten in Richtung Wüste. Nach einer halben Stunde erreichte er den Grenzübergang nach Irak. Posten bei beiden Grenzstationen winkten den Fahrer durch. Der Lastwagen verschwand in der Nacht und rollte durch die Wüste, um den Heißluftballon und die Gondel abzuliefern, die am Vortag Kalifornien verlassen hatten.

# ZEHN

Ein Sensor, der in der Nähe des Wadis installiert war, wo Muktar getötet worden war, hatte die von Bodor abgefeuerten zwei Schüsse auf Band aufgezeichnet. Der Sensor gehörte der NSA, der National Security Agency, dem wichtigsten elektronischen Ohr der Vereinigten Staaten, mit denen sie in die Welt hineinhorchten.

Nach dem Zusammenbruch der Sowjetunion, durch den eine Vielzahl von amerikanischen Geheimdienstaktivitäten umstrukturiert werden mußten, hielt die NSA sich an ihren ursprünglichen Auftrag. Von Fort George G. Meade in Maryland aus steuerte die Agentur weiterhin sämtliche Lauschaktionen, Satellitenbeobachtungen und kryptographischen Maßnahmen.

Der Sensor übermittelte die Bandaufnahme an einen Satelliten, der genau über dem Schwarzen Meer am Himmel stand. Einer seiner Bordcomputer ermittelte innerhalb weniger Millisekunden mehrere wichtige Details. Die Schüsse waren in einer Entfernung von 1,5 bis 1,7 Meilen süd-süd-westlich des Sensors abgefeuert worden. Die Echolänge wies auf große Bodennähe in beträchtlicher Meereshöhe hin. Die benutzte Waffe war eine Pistole gewesen. Diese Informationen wurden zu einem Computer der neuen, extrem schnellen Generation in Fort Meade übertragen.

Groß wie ein Einfamilienhaus und unterirdisch in den Bergen von Maryland gelegen, befand sich die Computerzentrale in der Nähe der Landebahn, die Air Force One nach ihrem Flug von Seattle zur Andrews Air Base benutzt hatte. Der Computer analysierte die Daten, um zu entscheiden, welche anderen Computer innerhalb des amerikanischen Spionagenetzes sie zu sehen bekommen sollten. Zwei wurden ausgewählt.

Einer war ein Computer in der Defense Intelligence Agency in der Boling Air Force Basis auf der Washingtoner Seite des Potomac. Seine Datenbanken entschieden, daß die beiden Pistolenschüsse keinerlei Reaktion von irgend jemand innerhalb der Agentur erforderlich machten. Die NSA-Sendung wurde an die LIBFIL, die riesige elektronische Bibliothek in Boling, weitergeleitet.

Der zweite Computer war einer von insgesamt fünfundsiebzig, die die Central Intelligence Agency augenblicklich benutzte. Sein Speicher fand Daten, die er fast ein Jahr zuvor erhalten hatte, nachdem ein Angehöriger der Agentur bei der Reparatur eines anderen Sensors ertappt worden und an Ort und Stelle von Mitgliedern des Da'Irat al Mukhabarat al-Amah, oder kurz GID, der bedeutendsten Spionageorganisation des Irak, erschossen worden war. CIA-Computer waren nun darauf programmiert, Schüsse aufzuzeichnen, die in der Nähe von Sensoren entlang der irakischen Grenze abgefeuert wurden.

Der Computer übermittelte Details über die beiden Schüsse an William Gates, den Operationsdirektor, der gerade außer Haus war, als die Nachricht auf seinem persönlichen Terminal erschien. Die Daten wurden außerdem per Satellitenverbindung direkt in das Computersystem in der Zentrale der Hammer Force in Genf eingespeist. All diese Informationen waren Teil der Datenflut, die zwischen den verschiedenen Agenturen ständig ausgetauscht wurden.

Schließlich wurde eine Kopie der Nachricht per verschlüsseltem Telefax auch an die CIA-Station in Istanbul geschickt, die für die Gegend, in der die Schüsse abgefeuert worden waren, direkt zuständig war. Dort wäre die Angelegenheit bestens aufgehoben gewesen, wenn der Stationschef nicht Ken Adams gewesen und in der Türkei nicht der Frühling angebrochen wäre und wenn er nicht von gleichnamigen lustvollen Gefühlen heimgesucht worden wäre.

Die Nachricht erwartete Adams bereits, als er sein Büro im hinteren Teil der Kanzlei der Vereinigten Staaten in der Innenstadt von Istanbul betrat. Adams befand sich in den mittleren Jahren, war auf eine raubvogelhafte Art attraktiv und besaß einen imposanten Brustkasten, den die meisten Männer in dieser Region mit Respekt betrachteten.

Dies war die erste Sendung seit einer Woche, die von Langley kam. Dies war nur eine weitere Erinnerung daran, daß der Posten in Istanbul trotz des Glanzes und der Pracht, die der Stadt zumeist zugeordnet wurden, rein geheimdienstmäßig am Arsch der Welt lag. Mata Hari mochte durchaus ihr Geschäft im Pesa Palas Hotel ein Stück die Straße hinunter betrieben haben, aber sie hätte heutzutage dort wohl kaum irgendeine bedeutsame Information aufschnappen können.

Er las die Nachricht ein zweites Mal und schüttelte den Kopf. Was zum Teufel war in Langley los, daß sie sich mit einem solchen Quatsch aufhielten? Irgend jemand hatte zwei Schüsse abgefeuert. Na und? Drehten die Leute in Bagdad etwa schon wieder mal durch? Mein Gott! Das war das Problem mit diesen Arschlöchern. Sie brachten einen dazu, daß man rund um die Uhr seinem eigenen Schwanz nachjagte. Das war Teil der gleichen beschissenen Mentalität, die dafür gesorgt hatte, daß er auf diesen Posten abgeschoben worden war, anstatt einer der zwei Stationen als Chef zugeteilt zu werden, die ein erfahrener Offizier rechtmäßig verdiente. Er hatte in Beirut, Kuwait und Sarajevo gearbeitet und hatte sich Hoffnungen auf London oder Paris gemacht. Statt dessen hatten sie ihm Istanbul gegeben. Er wußte weshalb. Er paßte nicht mehr zum neuen Langley. Er war immer noch ein Aktivist, ein Veteran jeder Geheimdienstschlacht, seit der Kalte Krieg sich in seiner heißen Phase befand. Ein Mann aus der vordersten Front, der seine Abneigung gegen überqualifizierte Schreibtischhengste offen zeigte. Er hatte ihnen erklärt, daß er sich niemals ändern könnte. Sie hatten nur höflich gelächelt und sich wieder über ihre elektronischen Tastaturen gebeugt.

Er schloß die Stahljalousie auf, die die Wandkarte verdeckte. Die Koordinaten der Computernachricht bezeichneten einen Ort zwischen nichts und nirgendwo an der irakischen Grenze. Plötzlich lächelte er. Baku bot sich als logischer Ausgangsort für weitere Maßnahmen an. Eine lausige Reise mit zwei Zwischenstationen, an denen er stundenlang Aufenthalt hätte. Aber er wäre, wenn nötig, den Weg auf allen vieren gekrochen, nur um sicherzugehen, daß er nicht da wäre, wenn Betty zurückkäme.

Sobald ihm schließlich klargeworden war, daß sie der Typ Ehefrau war, der besser einen Bankier geheiratet hätte, dazu noch einen mit einem umfangreichen Privatvermögen, war es mit ihrer Beziehung bergab gegangen.

Nun verabscheute Betty ihn und seine Arbeit mit der gleichen haßerfüllten Intensität. Vor zwei Monaten war sie mit Freunden nach Aspen zum Skilaufen gereist. Bis gestern hatte er nichts von ihr gehört. Sie hatte angerufen, um Bescheid zu sagen, er solle einen Wagen des Konsulats schicken, um sie vom Flughafen in Istanbul abzuholen und um zu gewährleisten, daß sie nicht die langwierige Zollkontrolle über sich ergehen lassen mußte.

Aber der beste Grund für eine Reise nach Baku war Madame Lutke. Er hatte sie vor einem Jahr kennengelernt. Sie hatten zusammen zu Abend gegessen, dann hatten sie in ihrem Apartment in der Alten Stadt miteinander geschlafen. Er hatte sich nie für ihren Vornamen interessiert, sondern nur stets darauf geachtet, das Kondom zu benutzen, das sie fürsorglich auf dem Nachttisch bereitlegte. Genauso wie er hatte Madame Lutke ihre festen altmodischen Grundsätze. Zunehmend besser gelaunt, begann Adams seine Reise in den Osten zu planen. Zuerst schickte er ein verschlüsseltes Telegramm nach Langley und teilte darin mit, daß er für etwa eine Woche in der Station nicht zur Verfügung stünde. Dann buchte er einen Flug nach Baku.

Nach dem Mittagessen mit Manders fuhr Morton direkt nach Heathrow, da er erkannte, daß seine Geschäfte in England so gut wie beendet waren. Um sie abzuschließen, hatte er Manders gebeten, dafür zu sorgen, daß ihm im Flughafen ein Büro zur Verfügung gestellt wurde.

Der Raum befand sich im oberen Stockwerk von Terminal Drei, ein fensterloser Kasten mit Wänden, die mit einer Stofftapete bedeckt waren, und Stühlen mit lederbezogenen Rückenlehnen, die gleichmäßig um einen ovalen Tisch arrangiert waren. Auf einem Sideboard befanden sich ein Telefon und ein Faxgerät. Der Angehörige der Special Branch, der ihn zu dem Raum geführt hatte, meinte, daß dieses Zimmer gewöhnlich dazu benutzt würde, um verdächtige Flugpassagiere zu verhören.

Morton benutzte das Telefon, um den British Balloon and Airship Club in Leicester anzurufen. Eine hilfsbereite Stimme erklärte, es wäre ihr ein Vergnügen, ihm die Namen der Ballonfahrer zu nennen, die an dem Wettrennen von Norfolk nach Holland teilgenommen hatten. Kurz darauf gingen die Namen und sonstigen Einzelheiten auf dem Faxgerät ein. Fünfzig Ballons, die aus neun Ländern ausgewählt worden waren, hatten an dem Rennen teilgenommen. Die Namen der Mannschaften sagten ihm gar nichts. Hinter einem holländischen Teilnehmer stand die Bemerkung: »Nicht am Zielort eingetroffen – ins Meer gestürzt.« Er schrieb einige Instruktionen auf und schickte diese als Fax an Chantal Bouquet. Kurz darauf kehrte der Special-Branch-Beamte zurück, um ihn zu seiner Maschine nach Genf zu bringen.

# ELF

Mit langbeinigen, aggressiven Schritten, den Blick nach vorne gerichtet und weder nach rechts noch nach links blickend, so daß die Scheinwerfer der Fernsehkameras zu einer einzigen Lichtflut verschmolzen, eilte Zita Marcello durch den Korridor des Gerichtsgebäudes in Garmisch-Partenkirchen in Bayern. Sie wußte, daß die Schar der Medienvertreter, die sie umdrängte, durchaus Vergleiche anstellte.

*Carlo Marcello*. Der Geschäftemacher, der sich für eine Milliarde Dollar und einen Fünfjahresvertrag, der ihm garantierte, Chef von Marcello Enterprises zu bleiben, an Meridian International verkauft hatte. Die Firma lieferte auch weiterhin jedem Haushalt zwischen London und Leipzig Billigprodukte aus der Dritten Welt: Kleider, Möbel, Lebensmittel, Spielwaren, Zigaretten und Schuhe.

*Carlo Marcello*: stets mit einem Anzug aus *Gentleman's*

*Quarterly* bekleidet. Jedes pfeffer-und-salz-farbene Haar sorgfältig gestutzt und frisiert, da er sowohl im Schlafzimmer wie auch im Sitzungssaal zu Hause war. Stets einen Scherz für seine Geschäftspartner auf den Lippen. Und stets mit dem jeweiligen Fotomodell des Monats an seiner Seite.

*Carlo Marcello*: seit sechs Jahren Witwer, nachdem seine Frau sich erschossen hatte. Der einzige Weg, wie sie sich für seine ständigen und vernichtenden Lügen und Seitensprünge rächen konnte, bestand darin, sich eine Gewehrmündung in den Mund zu stecken und mit einem Zeh den Abzug zu betätigen.

*Carlo Marcello*: der Mann, den sie haßte und wegen allem, was er bedeutete und darstellte, verabscheute. Und wegen allem, was er ihr angetan hatte.

*Carlo Marcello*: ihr Vater.

Durch den Lärm hörte Zita die sattsam bekannten Fragen.

»Wie wird Ihr Vater Ihrer Meinung nach auf das reagieren, was Sie getan haben?«

»Hassen Sie ihn, weil Sie diese Gesellschaft ablehnen?«

»Sind Sie eine Anarchistin?«

»Werden Sie den Rat des Richters befolgen und sich in psychiatrische Behandlung begeben?«

»Weshalb wollen Sie die Welt verändern?«

»Was werden Sie jetzt tun?«

Sie zwang sich, weiterhin starr geradeaus zu blicken und alle zu ignorieren.

Die drei Polizisten, die Zita umringten, unternahmen den halbherzigen Versuch, die Reporter mit ihren Mikrofonen, die Fotografen mit ihren Blitzlichtern und die Kameramänner mit ihren Minicams auf den Schultern zurückzudrängen. Letztere gingen rückwärts vor ihr her, um ihren Weg zum Gebäudeausgang zu filmen.

Der jüngste der Polizisten, Ludwig, der mit dem massigen Hals und einer geradezu kindlich beflissenen Art, wie man sie oft bei überdurchschnittlich kräftigen Männern in der Gegenwart von Frauen beobachten kann, schickte ihr einen kurzen Blick von der Seite.

Das gleiche hatte er auch am Abend vorher getan, als er in ihr Hotelzimmer gekommen war, um, wie er erklärte, eine ihrer Aussagen zu überprüfen. Es war schon spät gewesen, und sie hatte bereits ihren Pyjama angezogen. Sobald sie das Schriftstück – unkorrigiert – zurückgegeben hatte, wußte sie, daß die Aussage nicht der wahre Grund seines Besuchs war. Sie war auf den Hotelbalkon hinausgegangen und hatte sich nach vorne gebeugt, um die Ellbogen auf das Geländer zu stützen. Dabei hatte sie genau gewußt, daß er sie beobachtete, und sie hatte auch die seltsame Hitze, den sehnsuchtsvollen Schmerz verspürt, der plötzlich durch ihren Körper gezuckt war. Und dann waren die vertrauten Bilder wiederaufgetaucht.

*Von hinten fragte Ludwig sie, ob ihr der Ausblick gefalle. Sie gab keine Antwort, und er kam näher, schob das Gummiband ihrer Pyjamahose nach unten, bis es sich um ihre Oberschenkel spannte, und fuhr mit den Fingern sanft zwischen ihren Beinen hin und her. Sie schloß die Augen, und die Bilder in ihrem Geist wurden deutlicher, flossen ineinander, bis nur noch ein einziges Bild übrig war: das ihres Vaters.*

*Sie bewegte unbeholfen die Füße, um die Beine etwas mehr zu spreizen, und spürte, wie Ludwig sich gegen ihr Gesäß drängte und leise stöhnte.*

*Sie stieß einen kurzen Befehl hervor. »Tu mir weh!«*

*Schmerzen machten es ihr einfacher zu hassen. Ludwig umklammerte ihre Taille, drückte die Handkanten rücksichtslos in ihre Hüften. Sie spannte die Muskeln an, um den Schmerz zu verstärken.*

*»Mehr! Quäle mich!« Die Scham wegen ihrer Bitte war Teil des Schmerzes.*

*Sie spürte, wie er in sie eindrang, seinen Kopf mit dem Stiernacken auf ihre Schulter legte und dabei vom Balkon hinabschaute.*

*Für einen kurzen Moment riß eine nicht faßbare Empfindung ihren Körper mit sich, und ihre Hände krampften sich um das Balkongeländer, als sie genoß, was mit ihr geschah. Dann ließ die Schande dieser Situation sie innerlich aufschreien. Aber die Tränen drangen nicht bis zu ihren Augen vor. Ihr Vater hatte gemeint, sie dürfe sie niemals vergießen, als er, nachher, ihr Haar streichelte und beteuerte, daß er sie wirklich liebe. Und der Haß, den sie für ihn empfand, wurde mit jeder Bewegung Ludwigs aufs neue angefacht.*

Hier im Gerichtsflur spürte sie die Feindseligkeit seiner Kollegen. Sie hatten sie verhaftet, nachdem sie mit ihrem Heißluftballon die Zugspitze, die die Kulisse dieses bedeutendsten deutschen Wintersportortes bildete, überflogen hatte. An die hunderttausend Zuschauer im olympischen Skistadion sowie rund zwanzig Millionen Fernsehzuschauer in ganz Europa hatten ihren Flug verfolgen können. Direkt über den Tischen der Sprungschanzen hatte sie die umweltmäßig harmlose, aber nicht zu entfernende grüne Farbe ausgeschüttet. Das Eis hatte die Farbe einer Alpenwiese angenommen, und die Skieuropameisterschaften, die von Marcello Enterprises gesponsert wurden, mußten abgebrochen werden. Sie war dann weiter über Garmisch-Partenkirchen hinweggefahren, hatte geschickt eine Kollision mit dem spitzen hohen Turm der alten Kirche vermieden und war schließlich gelandet, um von Ludwig und seinen Kollegen in Empfang genommen zu werden. Der älteste Polizist, ein kleiner, drahtiger Mann, hatte sie dauernd mit Fragen nach ihrem Motiv bestürmt. Sie hatte für ihn die Worte Kants zitiert, daß nur diejenigen, die überzeugt sind, sie seien die Krone der Schöpfung, verstehen würden, was sie zu dieser Tat getrieben hatte. Der Polizist hatte nur verwirrt und ungehalten den Kopf geschüttelt.

Nun, während sie das Durcheinander der Fragen umschwirrte, die zu beantworten sie sich weiterhin weigerte, ahnte sie, was diese Reporter dachten: Weshalb hatte sie, die mit allen Vorteilen, die das Leben bieten konnte, gesegnet war, diese für ein Leben eingetauscht, in dem sie, schon wieder einmal, mit dem Gericht in Konflikt geraten war? Diesmal war sie um eine halbe Million D-Mark, ihre Geldstrafe, ärmer. Ihr Ballon war beschlagnahmt worden, und der Richter hatte sie gewarnt, falls sie noch einmal den deutschen Luftraum verletzte, würde sie die zur Bewährung ausgesetzte dreijährige Gefängnisstrafe antreten müssen.

Sollten sie doch schreiben, was sie wollten. Sie hatte schon lange aufgehört zu erläutern, daß irgend jemand sich gegen das wehren mußte, was der Mutter Erde angetan wurde. Wie viele dieser Reporter hatten auch nur eine vage Ahnung von ihrer absoluten inneren Gewißheit, daß die einzige Hoffnung darin bestand, die Erde wieder ergrünen zu lassen und gegen all jene zu kämpfen, die wie ihr Vater, ihre Profite damit erzielten, daß sie die Regenwälder vernichteten und die Erde und die Meere vergifteten? Als sie versucht hatte, ihre Ansichten vorzustellen, hatte der Richter ihr das Wort entzogen und dem Staatsanwalt gestattet, sich über sie lustig zu machen. In zahlreichen Gerichtssälen Europas und Nordamerikas hatte sie ähnliche Reaktionen nach anderen schlagzeilenträchtigen Protestaktionen erlebt.

Angefangen hatte es nach jenem bedeutsamen Tag vor vier Jahren, ihrem dreiundzwanzigsten Geburtstag, als sie mit einem Heißluftballon den Mount Everest überflog, dann auf dem Gipfel gelandet war und eine Greenpeace-Fahne aufgestellt hatte. Aber sie hatte damals schon erkannt, daß militantere Aktionen nötig waren, um diejenigen aufzuhalten, die die Welt zerstörten. Seitdem hatte sie gegen ihre Fabriken, ihre Walfangflotten, ihre Holzfällercamps und Tagebaueinrichtungen gekämpft. Da ihre Protestaktionen zunehmend feindliche Reaktionen hervorriefen, hatte Greenpeace ihr die Unterstützung entzogen. Nun war sie eine Protestlerin ohne Helfer.

Obgleich sie aus schmerzlichen Erfahrungen gelernt hatte, sich hinter einer eisigen, abweisenden Fassade zu verstecken, barg sie in sich einen unendlichen Schmerz, nämlich das Wissen, daß sie schrecklich gelitten hatte. Das Gesetz stempelte sie zur Kriminellen, aber das Gesetz verzieh nicht und kannte keine Fürsorge – und es war selbst eines weitaus schlimmeren Verbrechens schuldig, als sie es je begangen hatte. Des Verbrechens, nichts zum Schutz von Mutter Erde unternommen zu haben. Irgendwann hatte die Gesellschaft die Orientierung verloren, und sie wollte nichts mit denen zu tun haben, die dafür die Verantwortung trugen. Sie würde sie weiterhin stören, ihnen weh tun, ihnen schaden, bis sie zur Vernunft kämen. Je strenger sie bestraft wurde, desto entschlossener würde sie sich wehren.

Eine blonde Fernsehreporterin drängte sich zwischen die Polizeieskorte und stellte sich Zita direkt in den Weg. »Ihr Vater meint, er hätte Verständnis für Ihre Sorgen um die Umwelt, aber daß Ihre Methoden nicht geeignet seien, darauf aufmerksam zu machen.« Sie mußte schreien, um bei dem Lärm gehört zu werden.

Zita schaute sie an, wobei der Anflug eines amüsierten Lächelns ihre strengen Gesichtszüge ein wenig entspannte. »Das ist unmöglich«, erwiderte sie ruhig.

»Unmöglich? Ihr Vater hat es erklärt!« rief die Reporterin.

»Mein Vater ist tot.«

»Tot? Was meinen Sie damit?« Die Reporterin schien nicht genau zu wissen, wie sie in der plötzlich einsetzenden Stille fortfahren sollte.

Zita blickte direkt in die Kamera. »Für mich ist er gestorben, als er erklärte, daß es die vordringliche Pflicht eines jeden Firmenangestellten ist, sich mit Herz und Seele dafür einzusetzen, einen möglichst hohen Gewinn zu erzielen.«

Sie setzte ihren Weg durch den Flur fort, während eine neue Lawine Fragen auf sie herabprasselte.

»Sind Sie so verrückt, wie der Richter anzunehmen scheint?« rief ein Reporter.

»Ist Ihnen klar, wie viele Menschen Sie durch Ihre Protestaktion um ihre Arbeit gebracht haben? Wieviel Freude und Vergnügen Sie anderen verdorben haben?«

»Werden Sie einen neuen Ballon kaufen?«

»Werden Sie wieder Ballonfahrten unternehmen?«

»Gegen wen richtet sich Ihre nächste Aktion?«

Während sie sich dem Ausgang näherte, raffte sie ihren Trenchcoat um sich zusammen. Draußen wartete die Menschenmenge, die, wie sie meinte, aus keinem anderen Grund gekommen war, weil sie sie von den Titelseiten diverser Illustrierten kannte und weil sie wahrscheinlich erneut die Titel der Magazine schmücken und im Fernsehen auftreten würde.

»Haben Sie eine Fahrgelegenheit?« erkundigte Ludwig sich.

»Nein, ich gehe zu Fuß zum Hotel«, erwiderte Zita.

Die Medienvertreter schoben sie aus dem Gerichtsgebäude hinaus und auf die breite Treppe. Die ersten Unmutsäußerungen unter den Gaffern waren zu hören.

Zita achtete weiterhin nicht auf die Blitzlichter, die sie immer wieder blendeten, sondern verfolgte entschlossen ihren Weg und schien trotzdem das Geschehen halbwegs unter Kontrolle zu haben. Indem sie den Polizisten mit einer Geste andeutete, sie sollten ihr Platz machen, ging sie auf die Schaulustigen zu und blieb dicht vor ihnen stehen. »Wenn Sie mich tätlich angreifen wollen, dann kann ich Sie nicht daran hindern. Aber fragen Sie sich eins – weshalb wollen Sie mir schaden, wenn Ihnen in vielfältiger Hinsicht selbst geschadet wird?«

Als sie sich anschickte, die Treppenstufen hinunterzueilen, wichen die Gaffer plötzlich auseinander und machten ihr Platz.

Hinter ihr begann die Fernsehreporterin, ihren Kommentar in die Kamera zu sprechen. »Zita Marcello hat ähnliches schon früher getan ... sehr oft sogar ... hat sie eine größere Menschenmenge zum Schweigen gebracht ... Zyniker meinen, das gehöre nun mal zu ihrer Rolle als selbsternannte moderne Jeanne d'Arc ... in der sie sogar den Eindruck erweckt, als wäre sie durchaus bereit, für ihre Überzeugung zu sterben. Andere meinen, daß genau das irgendwann geschehen wird, da sie in ihren Protestaktionen zu immer gewagteren Mitteln greift ... aber für die meisten Menschen, wie auch für diese Schar, ist sie nur ein besonders unangenehmer Stein des Anstoßes ...«

In diesem Moment fuhr ein Wagen an, der ein Stück entfernt am Straßenrand geparkt hatte. Der Zorn der Menge nahm hörbar zu.

Eine Tomate zerplatzte auf Zitas Rücken. Die Reporter und Kameraleute stürzten vor. Der Wagen hielt neben ihr. Die getönte Scheibe auf der Fahrerseite wurde nach unten gefahren, und ein attraktives Gesicht, unauffällig bis auf das dunkelste Augenpaar, in das sie jemals geblickt hatte, lächelte sie freundlich an.

»Bitte steigen Sie ein. Ich gehöre nicht zur Presse. Und ich komme auch nicht von Ihrem Vater«, sagte er.

Sie blieb für einen kurzen Moment unschlüssig stehen. »Wer sind Sie?«

Eine weitere Tomate traf ihren Rücken. Die Polizisten begannen zu rennen. Die Rufe aus der Menge wurden lauter, zorniger.

»Nicht mehr lange, und sie spielen verrückt«, sagte der Fahrer des Wagens.

Die hintere Tür des Wagens öffnete sich. Ein Stück überreifes Obst prallte gegen die Windschutzscheibe.

Zita schob sich auf die hintere Sitzbank. Verblüfft stellte sie fest, daß ihr Gepäck aus dem Hotel bereits auf der Sitzbank lag. Während sich die Tür schloß, beschleunigte der Fahrer, um einem Regen fauler Früchte zu entgehen.

»Wir lassen sie gleich hinter uns. Und was Ihr Gepäck betrifft, so dachte ich, es wäre am besten, es gleich aus dem Hotel zu holen, da ich kaum glaube, daß Sie dorthin noch einmal zurückkehren wollen.«

Der Arrangeur hatte es in seiner Muttersprache gesagt – Englisch mit amerikanischem Akzent.

Er lächelte sie im Innenspiegel an. Nach ein paar Sekunden, erwiderte sie sein Lächeln.

## ZWÖLF

Morton saß mit dem Rücken zum Zimmer. Sein Kopf über der Lehne war so reglos, daß es aussah, als schliefe er. Im Licht der späten Nachmittagssonne waren die Berge, die sich steil hinter den Vorbergen aufschwangen, wie die Grabenwälle einer mittelalterlichen Festung. Die Fensterscheibe verzerrte das Panorama ein wenig. Das erste, was Johnny Quirkes Leute vom Technischen Dienst erledigt hatten, war, alle Fenster gegen etwaige Abhörwanzen undurchdringlich zu machen. Nur seine Augen verrieten Mortons Wachsamkeit. Denn sie verfolgten aufmerksam den Flug eines Habichtpaares über den eisgepanzerten Gipfeln und tiefen Schluchten. Morton hatte sich dieses Büro in der Zentrale der Hammer Force auf Grund des wundervollen Ausblicks auf die Alpen vor den Toren Genfs ausgesucht. Die Felsbastionen halfen ihm nachzudenken.

Nach seiner Rückkehr aus London hatte er eine Nachricht auf seinem Schreibtisch vorgefunden, in der er gebeten wurde, in Walters Büro zu kommen.

*Bitburg saß in seinem großzügigen, aufwendig holzgetäfelten Eckbüro, in dem jeder freie Fleck mit Erinnerungsstücken besetzt war: Walter mit diesem Präsidenten, mit jenem Premierminister, mit einer First Lady, bei einer Papstaudienz, vor der Queen. Morton war schon immer der Auffassung gewesen, daß die sklavische Abhängigkeit von diesen Symbolen nur die*

*Tatsache unterstrich, daß Walters eigenes Leben ihnen in keiner Weise entsprach.*

*Bitburg beugte sich über seinen ausladenden Schreibtisch, dem sich sämtliche Möbel im Raum unterzuordnen schienen.*

*»Ich muß feststellen, David, daß es unermeßlich hilfreich wäre, wenn Sie mir rechtzeitig mitteilen würden, wohin Sie sich jeweils begeben wollen. Daß Sie in London waren, erfuhr ich erst, als ich ein Fax des Verteidigungsministeriums erhielt, in dem bestätigt wurde, daß wir nun offiziell mit der Suche nach den abhanden gekommenen Zündmechanismen betraut seien. Das heißt, daß die Kosten dafür zu unseren Lasten gehen. Oder eher zu meinen. Am Ende bin ich es nämlich, der die Bücher führen und für einen ausgeglichenen Haushalt sorgen muß«, sagte Bitburg.*

*Das Schweigen zwischen ihnen bedeutete mehr als Distanz, es war etwas Ernsteres, Tieferes.*

*»Sie werden schon alles ausgleichen, Walter«, sagte Morton schließlich.*

*»Und vor London – wo waren Sie da?« fragte Bitburg.*

*Morton fixierte Bitburg weiter, erinnerte sich an das, was er in Auschwitz erlebt hatte, an jeden einzelnen, unvergeßlichen Moment. Dann begann er zu reden und verschwieg nichts. Er berichtete Walter, was Mischa gesehen, was Sharon bestätigt und was Manders gesagt hatte. Er beschrieb den Tatort in Norfolk, seinen Besuch in Aldermaston. Er erwähnte sogar die Ballonwettfahrt und das Unwetter über der Nordsee. Er verlieh keinem der Punkte, über die er berichtete, eine besondere Betonung, sondern lieferte seinen Bericht in jenem gleichförmigen, zurückhaltenden Tonfall ab, den er immer dann anschlug, wenn der Klang der Kriegstrommeln noch weit entfernt war.*

*Als er ihn beendet hatte, warf die tiefstehende Sonne einen langen Schatten über Bitburgs Schreibtisch. Er spielte mit einem Stück Papier, dessen Kante er mit seinen langen, knochigen Fingern streichelte. Dann zuckte er die Achseln, offenbar eine Reaktion, die sich auf irgendeinen inneren Monolog bezog. Um ihn endgültig abzuschließen, holte er seine Pfeife hervor.*

*»Polen, dann England«, sagte Bitburg und klang wie ein*

*Fremdenführer, der die Stationen seiner Tour durchgeht. »Dafür, daß Sie so weit herumgereist sind, haben Sie aber nicht gerade viel vorzuweisen, oder?«*

*Bitburgs Augen begannen in seinem Kopf zu tanzen wie Kugeln, die immer wieder von einem Billardqueue angestoßen wurden. Was ging sonst noch da drin vor? Walter hatte die Gewohnheit, alles in eine eigene Schublade zu packen, die dann mit einer Garantie für die absolute Richtigkeit ihres Inhalts versehen wurde. Wenn Walter glaubte, daß der Inhalt nicht ausreichte, dann begannen seine Augen ein Eigenleben zu führen. Sie tanzten weiterhin in ihren Höhlen, als Morton das Wort ergriff.*

*»Sind wir jetzt schon so weit, daß wir Ergebnisse und Aufwand gegeneinander aufrechnen?«*

*»Es gibt schlechtere Berechnungsarten, David.«*

*Bitburg richtete das Mundstück seiner Pfeife auf David, als wollte er ihn damit aufspießen. Seine Stimme klang emotionslos und akzentuiert. »Ich denke, Sie sollten die Angaben der Irin als Hintergrundinformation werten. Soweit ich gehört habe, sprudeln ihre Quellen nicht mehr so reichhaltig wie früher. Und Manders bringt Sie sowieso keinen Deut weiter. Wahrscheinlich hat man uns deshalb den Stab übergeben.« Er hielt inne, um Luft zu holen. »Bleibt uns nur noch die Russin, diese Mischa. Daß zwischen Bodor und dem Diebstahl der Zünder eine Verbindung besteht, geht lediglich aus ihrem Bericht hervor. Und uns allein darauf zu stützen, erscheint mir doch ziemlich riskant.«*

*Bitburg begann nun, seine Pfeife zu stopfen, während Morton ihn weiterhin ausdruckslos betrachtete.*

*»Und was ist mit diesem Paket, das Bodor angeblich in dieser Leichenhalle deponiert haben soll, David? Sie hat ihn offensichtlich nicht damit verschwinden sehen. Und selbst wenn sie es bei ihm gesehen hätte – was beweist uns das schon? Es hätte Westwährung, Drogen, sogar den Familienschmuck enthalten können. Bodor hätte alles mögliche verstecken können. Aber es gibt absolut keinen Hinweis darauf, daß es sich um seine Konstruktionspläne handelte – natürlich vorausgesetzt, sie existie-*

*ren überhaupt. Diese Mischa gibt zu, daß in Moskau niemand die Pläne gesehen hat, was mir schon höchst ungewöhnlich erscheint. Wenn diese Pläne tatsächlich so wichtig waren, hätte sicherlich jemand den Wunsch gehabt, sie an sich zu bringen. Und Sie haben ja die Geheimdienstberichte gelesen. Man ist sich in Washington, London und an jedem anderen Ort darin einig, daß Bodor, ganz gleich, was er im Schild geführt hat, nun völlig aus dem Rennen ist. Also was haben Sie in Händen, David? Spekulationen, nichts anderes. Keinerlei Beweise, aber auch nicht die Spur. Sie brauchen mehr als das, was diese Frau Ihnen erzählt hat. Und zwar eine ganze Menge mehr, um Bodor mit diesen Zündern in Verbindung zu bringen.«*

*Bitburg lehnte sich zurück, die Augen wieder ruhig. Er befand sich auf heimischem Terrain.*

*»Was könnte Bodor mit den Zündern anfangen? Sie haben selbst zugegeben, daß seine alten Dienstherren ihn nicht mehr brauchen. Und es gibt keinen Hinweis darauf, daß irgend jemand anderer ihn gekauft hat. Und was könnten sie auch mit ihm anfangen? Sie haben selbst gesagt, daß sich nach jedem terroristischen Akt die wesentliche Frage ergibt: Welches Ziel wird damit verfolgt? Wie könnte dieses Ziel denn in diesem Fall aussehen, David? Wer würde Bodor anheuern, damit er etwas herstellt, was niemand benutzen kann? Selbst wenn eine Verbindung zwischen diesen Zündern und Bodor bestehen sollte, selbst wenn er tatsächlich eine Waffe herstellt – was dann?«*

*In der wieder eintretenden Stille schlug eine Standuhr in der Ecke die Viertelstunde. Bitburg hatte die Uhr zu seinem vierzigsten Geburtstag geschenkt bekommen. Schon damals war er längst in seinen Überzeugungen erstarrt.*

*»Nein, David, bevor Sie nicht sehr viel mehr wissen, muß ich Sie bitten, im Umgang mit unseren Geldern außerordentlich wählerisch zu sein.«*

*Morton schaute ihm beim Ritual des Anzündens aufmerksam zu, wobei er die Flamme eines Streichholzes in den Pfeifenkopf hineinsog. Der Rauch umwallte seine beginnende Glatze.*

*»Wollen Sie, daß ich London die Angelegenheit zurückgebe?« Mortons Stimme klang gefährlich ruhig.*

*»Das wäre sicherlich das vernünftigste, David.« Bitburg blickte auf das Dokument, das vor ihm auf dem Schreibtisch lag. »Diese Zünder gehören eigentlich in den Bereich der englischen Heimatverteidigung und so weiter. Reinste Innenpolitik, auf keinen Fall ist es etwas Internationales. Und wenn wir uns damit belasten, Typen wie unseren Freund Bodor ohne vernünftigen Grund zu suchen, klopft irgendwann die Heilsarmee an unsere Tür und bittet uns, ob wir nicht ein Büro für Vermißte aufmachen können!« Bitburg lachte knapp, dann griff er nach dem Schriftstück. »Ich denke, wir müssen in bezug auf die Aufträge, die wir annehmen, überaus vorsichtig sein. Daher habe ich diese Aktennotiz vorbereitet, mit der wir den Fall zurückgeben. Sie können daran ändern, was Sie wollen. Aber ich denke, ich habe den Grundtenor ganz gut getroffen.«*

*»Zerreißen Sie's, Walter. Sie mischen sich nämlich nicht in meine Arbeit ein, ohne sich vorher mit mir zu beraten.«*

*Das einzige Geräusch in der Stille war das Rascheln des Papiers, als es auf den Schreibtisch zurückflatterte. Im Licht, das durch das Fenster hereinfiel, war Bitburgs Gesicht übersät mit winzigen geplatzten Blutgefäßen. Als er wieder zu reden begann, kostete es ihn einige Mühe. »Ich habe es nicht böse gemeint, David, ich wollte Ihnen nur helfen. Natürlich obliegt, da es sich um eine einsatztechnische Sache handelt, die letzte Entscheidung allein Ihnen. Ich wollte nur auf alle Weiterungen aufmerksam machen.«*

*Mortons Lächeln war eisenhart und entstand und verflog so schnell wieder, daß es wahrscheinlich kaum seine Lippen erreicht hatte. Plötzlich fühlte er sich müde – müde und ausgepumpt. Er schob seinen Sessel zurück und stand auf. Er mußte diesem Unsinn ein Ende machen. Er mußte wieder bei seinen eigenen Leuten sein. Und er mußte einige wichtige Dinge erledigen, ehe sie zu ihm kamen.*

*In der vergangenen Stunde hatte er bereits damit angefangen.*

Morton konnte beobachten, wie die Habichte erneut den Boden absuchten und dabei kreuz und quer untereinander herflogen, als kontrollierten sie die Berglandschaft nach einem bestimmten unsichtbaren Muster. Während er ihnen dabei zuschaute, wie sie zur Erde hinabstürzten, bis ihre breiten Schwingen von der Thermik erfaßt wurden, spürte er geradezu ihre Gewißheit, daß ihre Jagd von Erfolg gekrönt würde.

Genauso hatte er gearbeitet, seit er sich für dieses Leben entschieden hatte. Dabei hatte er ganz bewußt auf ein anderes Leben verzichtet und ihm eine Absage erteilt, nämlich einem Leben, zu dem Ehe, Kinder und eine gewisse Kontinuität gehörten. Das war nichts für ihn, nicht daß er von Zeit zu Zeit dieses Leben nicht doch in Erwägung gezogen hätte. Aber am Ende erkannte er stets, daß seine Fähigkeiten jene nicht mit einschlossen, die für die Schaffung und den Erhalt einer häuslichen Harmonie erforderlich waren. Die Ausschließlichkeit, mit der er jedes Problem, jede Aufgabe in Angriff nahm, machten dies unmöglich. Er war jeweils für längere Zeitabschnitte derart eingespannt, daß er sich keine weiteren Verpflichtungen leisten konnte, häusliche schon gar nicht. Vor langer Zeit hatte er daher entschieden, daß die einzigen Regeln, nach denen er leben konnte, seine eigenen wären.

Neben seinem Schreibtisch mit eingebautem Modem und Computerkeyboard war sein Büro mit zwanglos arrangierten Sesseln und modernsten Kommunikationseinrichtungen ausgestattet. Eine Wand bestand aus einer Batterie von Monitoren und einer Vierundzwanzigstundenuhr, die die Zeit in verschiedenen Großstädten anzeigte. Die Bildschirme gestatteten es ihm, visuell mit der Polizei und anderen Regierungsstellen in diesen Ländern zu kommunizieren.

Die gegenüberliegende Wand war mit einem computergesteuerten Flüssigkeitskristalldisplay bedeckt, auf dem die Weltkarte dargestellt wurde. Ein gelber Lichtpunkt funkelte mitten in Norfolk dort, wo sich das MoD-

Gelände befand. Von dort erstreckte sich eine bleistiftdünne rote Linie durch die Nordsee bis zu einem Punkt auf der Mitte der Strecke zwischen der englischen und der niederländischen Küste. Ein weiterer Lichtpunkt, dieser grün, markierte eine Stelle nordwestlich von St. Petersburg. Von dort strahlten, wie die Speichen eines leuchtenden Rades, andere – rote – Linien aus. Diese reichten im Norden bis nach Finnland und Schweden, im Westen bis Deutschland und im Süden bis zur Türkei. Die Linie nach Osten endete in Kasachstan an der chinesischen Grenze. Ein dritter Lichtpunkt – weiß – funkelte an einer Stelle landeinwärts nicht weit vom Silicon Valley in San Francisco entfernt. Von dort verlief eine blinkende Linie aus blauen Lichtpunkten bis zum gelben Lichtpunkt in Norfolk.

Morton hatte aus dem, was er in England erfahren hatte, eine Landkarte erstellt. Sie würde die Grundlage seiner Lagebesprechung bilden.

In einem Zimmer des Airport Sheraton Hotel in Frankfurt betrachtete der Arrangeur Zita, die neben ihm lag und schlief. Beide waren nackt, und das Bett war feucht vom Schweiß ihrer Leidenschaft. Für ihn war es eine willkommene Abwechslung nach mehreren Monaten Abstinenz gewesen. Sie hatte sich ihm mit einer Inbrunst entgegengeworfen, als wäre jedes Mal das letzte Mal, wobei sie ihm ständig eine andere Position und eine andere Frau präsentierte.

Einmal, im Laufe der Nacht, war er aus dem Badezimmer gekommen und hatte sie wach vorgefunden. Sie lag entspannt und mit leicht gespreizten Beinen da.

»Du siehst wunderbar aus«, hatte er festgestellt.

Sie hatte zu ihm hochgeschaut und eine Hand zwischen ihre Beine gleiten lassen. Ihr Zeigefinger hatte sich auf die geschwollenen Schamlippen gelegt und erneut begonnen, ihm weitere Aktionen zu erleichtern.

Nun fragte er sich, ob sie irgendwann auf ihrem bisherigen Weg einen Punkt zwischen Erwartung und Kompromiß erreicht hatte: einen Punkt, an dem ihr klargeworden war, daß sie gar nicht versuchte, die Welt zu verändern, sondern daß allein dieser Versuch ihr auf wirkungsvolle Art und Weise ermöglichte, ihrem alten Herrn den Finger zu zeigen. Indem er den Teil ihres Gesichts betrachtete, der nicht im Kopfkissen vergraben war, dachte er bei sich, daß sie wirklich aussah wie Carlo Marcello. Sie hatte die gleichen ausgeprägten Augenbrauen, die gleiche gerade römische Nase und das energische Kinn. Und wenn er im Bett genauso war wie sie, dann mußte es eine Menge zufriedener Frauen geben.

Verführung war ein Teil seiner Arbeit, aber es war lange her, daß es ihm einen derartigen Spaß gemacht hatte, mit jemandem zu schlafen. Wenn er es recht überlegte, dann hatten sie beide den gleichen Gedanken gehabt, die gleiche Absicht verfolgt.

*Sie schwieg und schaute aufmerksam hinaus, als sie Garmisch-Partenkirchen verließen. Als er auf die Autobahn nach München einbog, bedankte sie sich bei ihm dafür, daß er ihr geholfen hatte, der Meute Schaulustiger und den Reportern zu entfliehen. Während sie in nördlicher Richtung fuhren, erklärte er ihr, weshalb er sie gerettet hatte. Er hatte den Wortlaut des Angebots sorgfältig überdacht, bis es absolut präzise seinen Vorstellungen entsprach. Er hatte ihr versichert, daß sie in allen technischen Belangen die totale Kontrolle über den Ablauf hätte und daß ihre Vergütung eine Million Dollar betrage, zahlbar in einer Währung ihrer Wahl, die Hälfte sofort, die andere Hälfte nach Abschluß der Aktion. Außerdem würden ihre sämtlichen Spesen übernommen.*

*Sie bat ihn, anzuhalten. Sie stieg um auf den Beifahrersitz neben ihm und bat ihn, alles noch einmal zu wiederholen. Danach saß sie reglos da, hatte die Hände gefaltet auf dem Jeansrock liegen, der sich um ihre Oberschenkel spannte. In ihren Augen hatte er schon vorher die wache Intelligenz gesehen, mit der sie nun die Informationen prüfte. Dann begannen die Fragen.*

*Er war darauf vorbereitet gewesen und lieferte die gewünschten detaillierten Antworten. Fast einen Monat lang hatte er sich mit Ballastverteilung und Ventilleistung, mit Verbrennungsgeschwindigkeit von Propangas in unterschiedlichen Höhen, mit Aufstiegsraten, Winddrift und vielem anderen beschäftigt. Was sie besonders beeindruckte, wie er genau wußte, war sein eher beiläufiger Hinweis auf eine neue Art von Polyesterhülle, die nach einer geheimen Technik verschweißt wurde.*

*»Keine unruhigen Fahrten mehr«, meinte er lächelnd.*

*»Und es könnte ein Verkaufshit werden«, fügte sie hinzu. »Aber Sie geben das ganze Geld sicher nicht aus, um ein neues Produkt zu testen.«*

*»Das ist nur ein Teil des Ganzen.«*

*»Und was ist der Rest?«*

*Während sie an Stuttgart, Heidelberg und Mannheim vorbeifuhren, hatte er weiterhin ihre Fragen beantwortet. Ihre klaren, klugen Augen hatten geglänzt.*

*»Wie kommt es, daß Sie soviel übers Ballonfahren wissen?« fragte sie plötzlich.*

*»Das ist mein Job.«*

*»Aber Sie sehen gar nicht aus wie ein Ballonfahrer.«*

*Er lächelte amüsiert. »Es gibt sie doch in allen Größen und Formen. Manche sehen nicht mal aus wie Ballons. Aber nein, ich bin wirklich kein Ballonfahrer. Sondern nur einer von den Jungs, die in den Konstruktionssälen herumhocken.«*

*»Na ja, die brauchen wir auch gelegentlich.« Aus Bewunderung wurde Einverständnis. Ihre Fragen wurden jetzt in einem eher partnerschaftlichen Tonfall gestellt. Welchen Sauerstoffvorrat konnte man in der Gondel unterbringen? Was für ein Höhenanzug stünde ihr zur Verfügung? Wie dick wäre der reflektierende Farbanstrich der Gondel? Wer stellte den Höhenanzug her? Er beantwortete jede Frage.*

*Schließlich, als sie sich dem Darmstädter Autobahnkreuz näherten, stellte sie eine letzte Frage. »Und anschließend darf ich den Ballon als mein Eigentum behalten?«*

*Er verlangsamte die Fahrt und fädelte sich hinter einem Tankwagen auf der rechten Fahrspur ein. »Nicht nur das. Sondern Sie erhalten auch für ein Jahr sämtliche technische Unterstützung, die zum Betrieb des Ballons nötig ist.«*

*Daraufhin hatte sie ihn prüfend gemustert. »Für wen arbeiten Sie?«*

*Aber das eine, was er in seinem Gewerbe gelernt hatte, war, daß wenn es niemals zwei gleiche Lügen gibt, es für den Erfolg aller nötig ist, daß es zwischen Betrüger und Betrogenem eine Art Komplizenschaft geben muß, die auf der Verbindung unterschiedlicher Bedürfnisse beruht.*

*»Sagen wir einfach, daß ich für Leute tätig bin, die mit Ihren Ansichten sympathisieren. Die jedoch im Augenblick lieber im Hintergrund bleiben. Aber wenn Sie tun, was man von Ihnen erwartet, werden Sie feststellen, daß sie sehr großzügig sind.«*

*Er hatte einen neutralen zugeklebten Briefumschlag aus der Tasche geholt und ihr übergeben.*

*Darin befand sich eine Bankanweisung über $ 500.000 auf ihren Namen. Eine Weile saß sie schweigend da, sah ihn an, jedoch ohne ihn bewußt wahrzunehmen. Ihre Gedanken waren weit weg. Schließlich nickte sie unmerklich. Damit war wieder alles möglich.*

*»Möchten Sie die Bankanweisung jetzt gleich einlösen?« fragte er.*

*Er wartete ihm Wagen, während sie in der Bank in Frankfurt die Transaktion abwickelte.*

*Als er wenig später vor dem Hotel stoppte, streckte Zita die Hand aus und legte sie auf seinen Oberschenkel und begann ihn zu streicheln. Ihre Augen funkelten und waren sehr lebendig.*

*»Ich versuche mir vorzustellen, wie du wohl im Bett bist«, murmelte sie dabei mit völlig veränderter Stimme.*

*»Wahrscheinlich so gut wie du.«*

*Jetzt, sechs Stunden später, hatte er es bewiesen. Und sie hatte es mit einer Wildheit genossen, die er niemals erwartet hätte.*

*Der Arrangeur schloß die Augen.*

Zita erwachte vom ersten Licht der Morgendämmerung, das durch die halbgeschlossenen Vorhänge drang. Sie schaute schnell auf das Stück Papier auf ihrem Nachttisch, als müßte sie sich noch einmal vergewissern, daß das Ganze kein Traum gewesen war. Aber die Überweisungsquittung bestätigte alles. Nicht nur ihre Bezahlung, sondern der ganze Plan war atemberaubend. Daran beteiligt zu sein war die einzigartige Gelegenheit, die sie sich immer gewünscht hatte, um die Aufmerksamkeit der wichtigsten Staatsoberhäupter der Welt auf sich zu lenken. Nicht einer, so wurde ihr versichert, würde einen körperlichen Schaden davontragen. Und wenn sie sich erst einmal von dem Schock – und wahrscheinlich auch ihrem ersten Zorn – erholt hätten, würde die Reaktion der Weltbevölkerung ihnen sicherlich klarmachen, daß sie nichts anderes getan hatte, als sie zur Vernunft zu bringen. Diese eine dramatische Aktion würde mehr in ihrem Kreuzzug zur Rettung von Mutter Erde bewirken als alles, was sie vorher unternommen hatte. Diese Aussicht weckte in ihr erneut ein unersättliches sexuelles Verlangen.

Für eine Weile lag sie still da, ließ zu, daß ihre Erregung sich entfaltete, dann strich sie mit den Handflächen sacht über seinen Körper und begann zart an ihm zu knabbern. Der Arrangeur schlug die Augen auf.

»Sollen wir noch einmal die Fahne hissen?« murmelte sie, wanderte mit den Lippen über seine Haut, steigerte das Tempo, spürte, wie ihre Lippen sich öffneten, und war sich nur am Rande bewußt, daß diesmal die alten, abstoßenden Bilder ihres Vaters nicht vor ihrem geistigen Auge erschienen.

Anschließend erzählte der Arrangeur ihr von der nächsten Etappe ihrer Reise.

Zwei Stunden später, geduscht und umgezogen, folgte Zita dem Arrangeur in den Privatterminal des Flughafens. Er brachte sie zum Einstieg des bereitstehenden Learjet.

Nachdem die Maschine gestartet war, begab er sich in die Abflughalle. Indem er eine Kreditkarte benutzte, rief er eine Nummer in Los Angeles an. Ein Anrufbeantworter bat ihn, eine Nachricht zu hinterlassen. Nachdem er der Bitte nachgekommen war, ging er hinüber zum Schalter der Alitalia und holte sich sein bereits bezahltes Ticket für einen Flug nach Sardinien.

Im Oval Office schob der Präsident das Tablett beiseite, das sein Helfer ihm gebracht hatte. Mittlerweile aß er oft allein an seinem Schreibtisch zu Mittag, um wichtigen Papierkram zu erledigen, ehe er eine Reise antrat. Gewöhnlich schaffte er es, gleichzeitig das Programm in einem der Fernsehapparate zu verfolgen, die vor einer Wand des Büros aufgereiht waren. Heute hatte er sich für Global News entschieden, die forsche, lästige Konkurrenz von CNN.

Was er soeben gehört hatte, ließ ihn innerlich erschauern. Es war eher ein emotionales als ein physisches Zittern. Der leitende Washington-Korrespondent des Senders setzte eine – aufgrund ihres überzeugenden Tonfalls um so vernichtendere – Kampagne gegen die bisherige Umweltpolitik der Administration fort. Der Kommentar hatte in etwa den gleichen Tenor wie die morgendlichen Leitartikel in an die hundert Zeitungen. Alle wurden, ebenso wie Global News, von Meridian International gesteuert. Der Präsident blieb noch einige Sekunden lang sitzen und lauschte der Stimme aus dem Fernseher, die erklärte, daß wenn die Regierung ihren bisherigen Kurs weiterverfolgte, die amerikanische Wirtschaft und Industrie in die Zeit der Depression zurückgeworfen würde.

Indem er sich vorbeugte, als wüßte er genau, daß der Präsident sich die Sendung anschaute, schloß der Kommentator seinen Beitrag mit den Worten: »Was wir heute aus Washington, aus dem Oval Office, brauchen, ist ein deutliches Signal, daß diese Administration einerseits die Notwendigkeit einer vernünftigen Umweltpolitik anerkennt, andererseits nicht vergißt, daß das, was diese Nation einst zum Vorbild für die ganze Welt gemacht hat, ihre Maschinen und ihre Wirtschaftsmacht hinter den Schornsteinen war. Was getan werden muß …«

Mit einem halblauten Fluch schnitt der Präsident der Stimme mit der Fernbedienung das Wort ab. Ignatius Bailey hatte seine Antwort gegeben. Das war seine Reaktion auf Earth Saver. Das war Bailey …

Der Präsident stutzte. Er hatte Bailey ja noch keine Einladung geschickt! Hinter diesen Attacken steckte nichts anderes als die verspätete Reaktion von Meridian auf die staatlichen Maßnahmen gegen jene ihrer Tochtergesellschaften, die dreist sogar die grundlegendsten Umweltschutzbestimmungen mißachtet hatten.

Die gute Laune des Präsidenten war wiederhergestellt. Wenn das alles war, was Bailey zustande brachte – nun, damit konnte er leben. Das erste, was er in seinem Amt gelernt hatte, war, daß er sich Dünnhäutigkeit auf keinen Fall leisten konnte. Anderenfalls bestünde die Gefahr, daß seine Entscheidungen nicht aus Überzeugung, sondern aus Angst vor Kritik gefällt würden. Er entschied, daß er Bailey keine schriftliche Einladung schicken, sondern ihn persönlich anrufen würde, um ihm zu demonstrieren, daß er ihm seine Attacke nicht übelnahm. Wenn er es erst einmal geschafft hätte, Bailey an Bord von Air Force One zu locken, würde er mit allen Tricks versuchen, ihn von der Richtigkeit seiner Ansichten zu überzeugen.

## DREIZEHN

Tommy Nagier fand sich als erster in Mortons Büro ein. In einem Anflug von Verlegenheit schaute er auf die Wandkarte. Dies war seine erste Lagebesprechung und ein Zeichen für seine schwer erkämpfte Position innerhalb der

Hammer Force. Die ersten grauen Haare an seinen Schläfen waren das Resultat von fünf Jahren aktivem Dienst an vorderster Front.

»Haben Sie schon den neuen Naßtauchanzug ausprobiert?« fragte Morton, der hinter seinem Schreibtisch saß.

Tommy wandte sich vom Display ab. »Mike hat mal eins dieser Sturmmodelle angezogen. Diese Flossen sind bei hohem Seegang als Stabilisatoren ganz hervorragend.«

Genauso wie sein Vater schaute Tommy einem direkt in die Augen, wenn er mit einem redete. Und der athletische Körperbau und die ernst blickenden Augen verrieten einen totalen Mangel an Furcht. Er war durch und durch Dannys Sohn.

Während Tommy sich in einen Sessel sinken ließ, traf Anna Cruef ein. Wenn man sie ansah – groß und schlank, die Beine scheinbar endlos lang –, erkannte man leicht, weshalb Männer sie attraktiv fanden. Aber kein halbwegs vernünftiger Mann käme ebensowenig auf die Idee, sich an Anna heranzumachen, wie er versuchen würde, mit einer schlafenden Tigerin anzubändeln. Sie hatte in Oxford studiert, für den MI5 gearbeitet und dann in Sandhurst gelehrt, ehe sie zur Abteilung für psychologische Bewertung kam. Anna winkte Morton lässig zu, ehe sie sich auf die Wandkarte konzentrierte.

Nachdem sie sich einen Überblick verschafft hatte, setzte sie sich neben Tommy, während Lester Finel eintrat und sich über die Stirn wischte. Finel, hager, Anfang Vierzig und bereits ergraut, trug wieder mal eines seiner großkarierten Sakkos und eine Golfhose in Schottenkaro.

»Dieser Bau ist die reinste Sauna, Dave.« Niemand anderer nannte Morton so.

Die Anwesenden lächelten. Lester hielt die Temperatur in seinem Computerraum bei genau 11 Grad Celsius mit der Begründung, daß diese Temperatur für maximale Effizienz sorgte. Niemand wagte dem zu widersprechen. Bei Honeywell hatte er das Lexikon über Computer und Informationsbeschaffung praktisch eigenhändig neu geschrieben. Der Wandkarte keine Beachtung schenkend, ging er hinüber zu Mortons Schreibtisch und reichte ihm einen Bogen Papier.

Morton prägte sich die Details der Schüsse ein, die an der irakischen Grenze abgefeuert worden waren.

Er drückte auf eine Taste seines Keyboards, und auf der Wandkarte erschien südlich von Baku ein grünes Licht. »Haben Sie auch etwas über Nuclear Components, Lester?«

Finel antwortete mit abgehackten, teilweise unvollständigen Sätzen. »Tochter von Meridian International. Hundert Millionen Umsatz pro Jahr. Es war mal das Doppelte. Wahrscheinlich deshalb, weil man jetzt nicht genau weiß, wo der nächste Krieg stattfindet. Vor einem Jahr hieß es gerüchteweise, Meridian wolle Nuclear verkaufen. Aber sie sind noch immer da. Wahrscheinlich behält Meridian die Firma als Sicherheit für schlechte Zeiten.«

»Wie sind sie ins Geschäft mit den Zündern gekommen, Lester?«

»Über intelligente Bomben. Nuclear stellte die Elektronik für jene Schlüssellochraketen her, die die Amerikaner im Golfkrieg gegen Bagdad eingesetzt haben. Bush meinte, ihre Chips wären besser als die der Japaner.«

»Wo hat er das gesagt?«

»Bei irgendeinem Treffen in Texas. Ignatius Bailey nahm daran teil. Eine Woche später gehörte Nuclear zu Meridian. Fingen sofort mit der Entwicklungsarbeit für die Zünder an. Dank des Meridian-Kapitals brauchten sie sich nicht zu beeilen. Die Briten kauften die erste Partie. Für eine Million Dollar pro Stück. Als deren Programm der atomaren Abschreckung eingemottet wurde, legte das MoD die Zünder auf Eis.«

Morton warf einen Blick auf die Wandkarte. »Hat Nuclear noch weitere Verkäufe getätigt?«

»Soweit ich weiß, nicht, Dave. Tatsache ist, daß sie die Herstellung der Zünder vor einem halben Jahr eingestellt haben.«

Morton lächelte knapp. »Gut zu wissen, Lester.«

Während Finel seinen Platz einnahm, öffnete sich die Tür, und drei Männer mittleren Alters kamen herein. Bekleidet waren sie mit Jeansanzügen, wie sie von den meisten Abteilungsleitern bevorzugt wurden.

Danny Nagier, der Aufklärungschef der Hammer Force, unterschied sich von den anderen durch eine Augenklappe. Der Verlust eines Auges hatte nichts an seiner Fähigkeit geändert, Wanzen aufzuspüren oder Mikrofone an Orten zu verstecken, die niemand für möglich hielt. Sean Carberry und Johnny Quirke waren Iren mit ähnlich stämmigem Körperbau. Carberry war der Sprecher seines Landes bei den Vereinten Nationen gewesen; nur wenige wußten, daß seine Fähigkeiten als Verhandlungsführer von denen eines Scharfschützen fast noch übertroffen wurden. Quirke war ein hervorragender Anwalt in Dublin gewesen, ehe er sich frühzeitig zur Ruhe setzte, um sich nur noch seinem Hobby als Erfinder zu widmen. Morton hatte beide in der gleichen Woche angeworben: Carberry als Chef der Abteilung für verdeckte Operationen und Quirke als Leiter der Elitetruppe, die die Technischen Dienste bildete. Beide hatten bewiesen, daß sie in jeder Situation ihren kühlen Kopf bewahrten. Sie hatten außerdem den schwersten Test von allen bestanden, die Gefolgschaftstreue. Sie ihrem Land zu schenken war die eine Sache. Morton verlangte jedoch jene Loyalität, die sich daraus ergab, daß man sich über alle Dienstanweisungen und Regeln hinwegsetzte und so handelte, wie er es sich vorstellte.

Nach einem kurzen Blick auf den Wandschirm begaben die drei sich schweigend zu ihren Plätzen.

Chantal Bouquets Eintreffen erzeugte eine kurze Unruhe. Das passierte immer, wenn sie einen Raum betrat. Sonnengebräunt, verzichtete sie auf Make-up und Schmuck und alles andere, was von ihrer natürlichen Schönheit hätte ablenken können. Sie wußte über das Böse, das Verbrechen weitaus mehr, als die meisten

Frauen je zu lernen die Gelegenheit haben. Morton hatte ihr die Abteilung Ausländische Nachrichtendienste anvertraut, nachdem sie in Ländern wie Bosnien und Iran bewiesen hatte, was sie zu leisten imstande war.

Sobald sie die Wandkarte einer eingehenden Prüfung unterzogen hatte, wandte Chantal sich an ihn. »Ich kann noch einige Informationen hinzufügen, David«, erklärte sie beiläufig und warf einen Blick auf das Klemmbrett, das sie in der Hand hielt. »Der Ballon, der vorzeitig landen mußte, tat dies in der Nähe einer Bohrinsel in der Nordsee. Die Gondel versank, aber der Rettungstrupp der Insel konnte die Ballonmannschaft bergen. Da es sich um Holländer handelte, brachte der Hubschrauber der Ölfirma sie nach Alkmaar.«

»Hat die Crew einen Unfallbericht angefertigt?« fragte Morton.

Chantal schüttelte den Kopf. »Das war nicht nötig. Der Unfall geschah außerhalb der holländischen Gewässer. Niemand wurde verletzt, und die Cops in Alkmaar reagieren genauso wie alle anderen Cops allergisch, wenn es um unnötigen Papierkrieg geht.«

»Ist das denn kein Fall für die Versicherungen?«

Chantal warf einen Blick auf das Klemmbrett. »Die Mannschaft meinte, das würden sie schon irgendwie regeln.«

»Haben sie eine Heimatadresse hinterlassen?« fragte Morton weiter.

»Nein. Die Polizei interessierte sich auch nicht dafür. Aber der, mit dem ich mich unterhalten konnte und der sie zum Bahnhof gefahren hatte, meinte, sie wären in einen Zug nach Amsterdam gestiegen.«

»Haben Sie irgendeine Vorstellung, wohin sie von dort weiterwollten?«

»Nach Sardinien. Der Polizist glaubt sich erinnern zu können, daß sie davon gesprochen hatten. Ich habe in Schiphol nachgefragt. Alle drei nahmen eine Nachmittagsmaschine nach Cagliari. Ich ließ den Sicherheitsdienst in Schiphol ihre Namen in den Computer eingeben. Ohne Ergebnis.«

In der einsetzenden Stille verfolgten die Anwesenden, wie Morton eine neue Linie, eine gelbe, auf dem Wandschirm zwischen dem Flughafen von Schiphol und Cagliari einzeichnete.

»Und von dort, Chantal?« hakte er nach.

Sie seufzte. »Danach verliert sich die Spur.«

»Wissen wir, wer den Ballon hergestellt hat?«

Chantal nickte nach einem weiteren Blick auf ihr Klemmbrett. »Die Free Flight Corporation. Die Firma sitzt in Barstow, in der kalifornischen Wüste. Sie wurde vor einem Jahr von Meridian geschluckt.«

»Hat Meridian das Personal behalten?« erkundigte Morton sich gespannt.

»Einige. Aber meistens ist es so, daß nach der Übernahme eigene Leute eingesetzt werden.«

»Na klar. Zu dem Rennen. Wer hat es gesponsert?«

»Choc-Lait. Eine Schokoladen- und Pralinenfirma, die zu Marcello Enterprises gehört – mittlerweile ebenfalls eine Tochter von Meridian.«

Morton drückte auf eine Taste und erzeugte diesmal einen violetten Lichtpunkt in dem Gebiet zwischen Kansas City und Denver. »Meridian. Sitz der Verwaltungszentrale von Meridian International«, verkündete er.

»Die Ölinsel gehört Globoil, noch eine Meridian-Tochter«, fügte Chantal schnell hinzu.

»Was sonst«, meinte Morton trocken.

Während Chantal sich setzte, kam ein hochgewachsener, weißhaariger, ein wenig zerzaust aussehender älterer Mann herein, der Morton fragend ansah und dann eine Augenbraue hob.

»Ich dachte, ich käme pünktlich. Offensichtlich habe ich es nicht geschafft. Aber lieber zu spät als gar nicht. Sind jetzt alle da?«

»Wir sind vollzählig, Prof«, bestätigte Morton.

In seiner Strickjacke und seiner ausgebeulten Cordhose

sah der Chef der Abteilung für psychologische Bewertung immer noch wie der zerstreute Wissenschaftler aus, der früher den Lehrstuhl für Psychologie in Harvard innegehabt hatte. Morton hatte ihn überredet, zur Hammer Force zu kommen, um seine Theorien in die Praxis umzusetzen.

»Eine hübsche Darstellung, David«, sagte der Prof und deutete mit einem Kopfnicken auf die elektronische Weltkarte. »Ich glaube nicht, daß ich schon zu diesem Zeitpunkt von großem Nutzen sein kann.«

»Keine Sorge, Prof. Sie werden schon bald mit dieser Sache genug zu tun haben. Das werden wir alle.«

Nachdem der Prof Platz genommen hatte, kam Morton hinter seinem Schreibtisch hervor und trat neben die Weltkarte. Er schwieg lange. Dann begann er mit ruhiger Stimme zu reden, erzählte den Anwesenden, wo er gewesen war, mit wem er gesprochen hatte und weshalb er sie zusammengerufen hatte. »In den Händen eines jeden, der auch nur ein wenig Ahnung von Sprengstoffen hat, können diese Zündmechanismen eine Katastrophe auslösen. In Bodors Händen sind die möglichen Schäden absolut unkalkulierbar«, fügte Morton hinzu.

Sie hörten gespannt zu, als er ihnen einen kurzen Abriß von Bodors Werdegang lieferte. Dann ging er ausführlich auf die Zweifel westlicher Wissenschaftler ein, daß Bodor im Zuge seiner Forschung irgendwelche bedeutenden Ergebnisse erzielt hatte. Dies alles trug er mit jener gleichen gebändigten Energie vor, die ständig deutlich zu machen schien, daß man nur dann Erfolg haben konnte, wenn man sich um größtmögliche geistige Aufgeschlossenheit bemühte.

Nachdem er seinen Vortrag kurz unterbrochen hatte, um einen Zeigestock zu ergreifen, drehte Morton sich wieder zu der Weltkarte um und deutete mit dem Stock auf die Britischen Inseln.

»Wenn davon ausgegangen werden kann, daß Manders jedes Schlupfloch zuverlässig verschlossen hat, konnten die Zünder nur mit einem Ballon außer Landes geschmuggelt worden sein. Es ist so gut wie sicher, daß es der Ballon war, der in der Nähe der Globoil-Insel herunterkam. Um das vorzubereiten, war eine Organisation nötig, die über das hinausging, was Durchschnittsterroristen gewöhnlich auf die Beine stellen können. Und es mußten erhebliche Geldmittel zur Verfügung gestanden haben. Auf jeden Fall genug, um eine halbe Million Dollar für diesen Ballon abzuschreiben und um die Mannschaft zu bezahlen, die, selbst wenn keiner genau wußte, was überhaupt los war, stumm gehalten werden muß. Dann mußte der Lieferant des Nervengases bezahlt werden. Wir suchen also jemanden, der ohne weiteres mehrere Millionen Dollar bereitstellen kann, wahrscheinlich sogar mehr.

Jemand mit derartigen Mitteln dürfte dafür gesorgt haben, daß die Aktion an jedem Punkt hätte abgebrochen werden können. Diese Punkte müssen wir finden, denn dort könnten wir eine Menge Zeit verlieren. Die Briten sind der Auffassung, daß das Soman aus Bagdad stammen könnte. Aber selbst wenn man das mit Sicherheit weiß, hat man noch immer keine Vorstellung davon, wer hinter Bodor und den Dieben der Zünder steht. Das gleiche gilt für die Schutzkleidung, die die Diebe benutzt haben müssen. Manders hat jeden Laden in England, der militärische Ausrüstungsgegenstände verkauft, auf den Kopf stellen lassen. Wenn wir das gleiche auf dem europäischen Kontinent veranlassen würden, dürfte uns das nur noch mehr wertvolle Zeit kosten. Mein Instinkt sagt mir, daß die Schutzanzüge schon vor längerer Zeit gestohlen wurden. Die ganze Affäre erweckt den Eindruck, als wäre sie überaus sorgfältig und von langer Hand vorbereitet worden.«

Morton tippte mit dem Zeigestock auf den gelben Lichtpunkt, der die Position des bestohlenen Stützpunktes kennzeichnete. »Ich wette, daß der Trupp, der dort eindrang, die Wache tötete und die Zünder entwendete, der gleiche ist, der auch den Ballon gelenkt hat. Zu diesem Zeitpunkt war es wichtig, den Kreis der Beteiligten so klein wie möglich zu halten.«

Mit dem Zeigestock folgte er der Linie, die sich bis zum Wash erstreckte. »Vom Bunker bis zur Küste braucht man auf der Straße mehr als zwei Stunden. Es dauerte gut eine Stunde, bis die Suche richtig organisiert war. Als Manders seine Leute an der Küste stationiert hatte, gab es keine Möglichkeit mehr, die Ballons zurückzuhalten.

Aber selbst wenn die Suche sich sofort aufs Festland erstreckt hätte, hätte es nichts genutzt. Nachdem dieser Ballon ins Meer gestürzt war, schaffte die Mannschaft die Zünder auf die Bohrinsel. Die Mechanismen sind klein und leicht genug, so daß jeder Mann problemlos zwei Stück bei sich haben konnte. Sie hätten sie als etwas ausgeben können, das zum Ballon gehört. Niemand hätte Verdacht geschöpft, daher dürfte uns eine Befragung der Ölleute auf der Insel keinen Deut weiterbringen.«

Morton verfolgte die Linie weiter bis nach Alkmaar. »Das gleiche gilt sicherlich auch für die Hubschrauber-Crew. Diesen Männern ist gewiß auch nichts Ungewöhnliches aufgefallen. Desgleichen der Polizei von Alkmaar. Als die Suche sich schließlich auch auf Holland erstreckte, waren unsere Ballonfahrer längst unterwegs nach Sardinien.«

Mortons Stock folgte der Flugroute vom Flughafen Schiphol bis ins Mittelmeer. »Es ist ein direkter Flug, aber sie haben die Zünder nicht mitgenommen. Sie wären nämlich sofort auf dem Radar aufgetaucht. Daher bin ich sicher, daß die Zünder in Amsterdam weitergegeben wurden.«

Er hielt inne, stand da wie ein fleischgewordenes Ultimatum, verlangte von sich selbst eine Antwort, gab aber den Druck, unter dem er stand, nicht an seine Leute weiter.

Er führte den Zeigestock zurück nach Amsterdam. »Wohin sind die Zünder von dort gegangen? Rußland oder eine der anderen Republiken können wir wahrscheinlich ausklammern. Nach dem, was Mischa erzählt hat, würde Bodor dort niemals von vorne anfangen. Aber bleiben wir für einen Moment bei Mischa. Sie glaubt, das Paket hätte Konstruktionszeichnungen für seine neue Waffe enthalten. Davon gehe ich aus, bis wir etwas anderes wissen. Aber das bringt uns der Antwort kein bißchen näher. Was für eine Waffe? Man kann mit einiger Sicherheit annehmen, daß sie etwas mit der Stratosphäre zu tun hat. Aber *was*? Alles, was bis in den Weltraum hineinreicht, macht ein Hilfssystem erforderlich, das sich nur wenige Regierungen leisten können. Aber angenommen, jemand, der so mächtig ist wie solche Regierungen, möchte eine solche Waffe in seinen Besitz bringen?«

»Jemand wie Meridian International?« fragte Chantal leise.

Völlig unerwartet lächelte Morton, wobei die Falten um seine Augen sich vertieften. Dann verschwand das Lächeln so schnell, wie es entstanden war. »Weshalb sollte jemand bei Meridian wollen, daß diese Zünder gestohlen werden? Und wenn ja, weshalb konnte Nuclear Components für sie nicht eine Handvoll davon herstellen?« Morton wartete auf Vorschläge.

Danny dachte angestrengt nach. »Vielleicht hätte es für das, wozu sie gebraucht werden, zu lange gedauert.«

Der Prof beugte sich vor und nickte. »Es würden sicherlich eine Menge Fragen gestellt, wenn Nuclear die Produktion wieder aufnähme. So etwas bliebe im Pentagon und bei den Atomenergiebehörden nicht unbemerkt.«

»Angenommen, der Diebstahl sollte bewirken, daß die Leute auf eine falsche Fährte gelockt werden?« meinte Tommy.

»Sie meinen diesen Greenpeace-Slogan an der Außentür?« fragte Anna.

»Ja.« Tommy sah sie an, erwartete von ihr eine Antwort, sah jedoch nur, wie sie die Achseln zuckte.

»Zuerst einmal stellt sich die Frage, wie jemand überhaupt in das Depot hatte eindringen können. Die Sicherheitsvorkehrungen sind doch wohl enorm«, sagte Finel.

Carberry ergriff das Wort. »Mit den Geldsummen, die

laut David hinter dieser Sache stehen, könnte man glatt ein Modell von der Anlage bauen und jemanden wie Big Mike anheuern, um die Diebe auszubilden.«

Morton verfolgte aufmerksam den Gedankenaustausch seiner Leute, ohne sie zu unterbrechen.

»Wo könnte man denn einen realistischen Atombunker bauen?« fragte Lester.

»Da könnte ich Ihnen hundert Orte nennen«, meinte Carberry fröhlich.

»Und jemand bei Meridian soll das heimlich finanziert haben?« fragte Tommy zweifelnd. »Sicherlich gibt es jede Menge Kontrollen, um jemanden an so etwas zu hindern.«

»Es ist bestimmt nicht irgendwer, mein Sohn«, sagte Danny. »Und in vieler Hinsicht kann man einen Konzern auf Grund seiner Größe viel einfacher bestehlen. Sobald man einen Weg gefunden hätte, das System zu umgehen, wäre es einfacher, als ein kleineres Unternehmen zu berauben.«

»Jemand, der wüßte, wie man den Scheck unterschreibt, ohne daß jemand anderer weiß, wohin das Geld fließt.« Der Prof rutschte auf seinem Platz hin und her. »So etwas passiert öfter, als Sie sich vorstellen können, Tommy.«

Tommy gab einen enttäuschten Laut von sich und schaute Morton an. Dabei versuchte er sich vorzustellen, wie er jede noch so winzige Information dem Mosaik hinzufügte, das er in Gedanken zusammensetzte.

»Das erklärt aber noch immer nicht, weshalb jemand bei Meridian oder woanders Interesse an diesen Zündern haben könnte«, sagte Tommy. »Oder ist mir irgend etwas entgangen, Colonel?«

Morton schwieg bedeutungsvoll. Und die anderen, die ihn so gut einschätzen konnten, schienen auch das zu verstehen, denn als er wieder das Wort ergriff, war es, als wären sie endlich mit beiden Beinen im Geschäft.

Morton schaute zu Finel. »Führen Sie eine gründliche Überprüfung aller Tochterfirmen von Meridian durch. Fangen Sie mit Nuclear Components und Free Flight an.«

Er wandte sich an Tommy. »Versuchen Sie, an diese Ballonfahrer heranzukommen.« Er bewegte den Zeigestock von Sardinien in östlicher Richtung übers Mittelmeer. »Falls die Insel nur ein Zwischenstopp war, dann haben wir es mit den sattsam vertrauten Schlupflöchern zu tun. Beirut, das Bekaa-Tal und Iran und Irak.«

Der Prof rutschte erneut hin und her. »Sardinien ist ein schrecklicher Ort geworden, Tommy. Dort wimmelt es von fetten Matronen aus Düsseldorf und Rheinjungfrauen mit Schnurrbärten.«

Morton wartete geduldig, bis das Gelächter verstummt war. Der Prof schaffte es immer wieder, die gespannte Atmosphäre aufzulockern. Er ließ die Spitze des Zeigestocks nach Kasachstan wandern, während er Anna zunickte.

»Ich tippe darauf, daß Bodor nach Osten verschwunden ist. Aber solange wir nichts vorliegen haben, das das Gegenteil vermuten läßt, sollten wir China außen vor lassen. Peking versucht, sich mit dem Westen zu arrangieren. Wenn Bodor sich bei ihnen versteckt und dort an diesen Zündern herumbastelt, dürfte das für die Bemühungen Pekings um internationale Anerkennung nicht gerade hilfreich sein.«

Anna spürte die Energie, die Morton durchpulste. Sie konnte sie bei allen spüren – es lag in ihren Augen, wenn sie einander kurze, gespannte Blick zuwarfen. Sie studierte die Landkarte noch einige Sekunden lang, dann lächelte sie. »Aber in irgendeinem Land hat er sich versteckt, stimmt's?«

Morton schien ebenfalls zu lächeln, aber plötzlich veränderte sich das Lächeln und hatte nichts mehr mit einer Humorreaktion zu tun. Er mußte nahe heran, so nahe, daß er seinen Mann sehen konnte. Er wollte in seine Fußstapfen treten, in seinem Wagen auf dem Beifahrersitz sitzen, neben ihm schlafen, am selben Tisch zu Abend essen, mit ihm die Toilette aufsuchen. Er wollte der Rasierspiegel sein. *So nahe wollte er Bodor sein.*

Mit dem Zeigestock tippte er auf das Licht an der irakischen Grenze. »Nehmen wir mal diese Schüsse genauer unter die Lupe. Sie fielen, vier Tage nachdem Mischa Bodor in Moskau gesehen hatte. Daher hätte er logischerweise durchaus dort sein können. Aber dieser Punkt befindet sich auf einer der allgemein bekannten Schmuggelrouten aus Asien heraus, die die Kurden benutzen, um in den Iran und den Irak zu gelangen. Die Schüsse können auch nur die Folge eines Streits zwischen ihnen gewesen sein. So etwas passiert doch alle nasenlang.«

»Oder sie sollen uns ablenken und uns auf den Gedanken bringen, daß Bodor diese Richtung eingeschlagen hat«, murmelte der Prof.

»Wenn es so war, dann sollten wir sowohl im Iran wie auch im Irak nach ihm suchen«, sagte Tommy.

»Daß wir dort nachschauen, würde man von uns erwarten«, sagte Anna.

Quirke betrachtete die Karte. »Falls Bodor wirklich dorthin gelangt ist – und es ist ein ganz dickes ›Falls‹ –, könnte er längst unterwegs nach Pakistan oder Nordkorea sein. Beide würden sich gerne seiner Fähigkeiten bedienen – und sie haben auch das Geld, um ihn zu bezahlen.«

»Wenn wir diese Länder ebenfalls als mögliche Auftraggeber betrachten, dürfte uns das einiges abfordern«, widersprach Danny.

»Allein Pakistan zu beobachten würde bedeuten, daß ich praktisch jeden einsetzen muß. Kommt auch noch Nordkorea hinzu, dann gehen mir die Leute aus«, fügte Carberry hinzu.

Der Prof faltete die Hände auf den Oberschenkeln. »Es wäre doch möglich, daß jeder, der hinter Bodor herjagt, sich ruinieren soll. Meinen Sie nicht?«

Tommy hörte weiterhin zu und hörte plötzlich eine ganz andere – wortlose – Unterhaltung als die, die um ihn herum im Gange war.

»Einstweilen sollten wir uns auch auf Nordkorea und Pakistan konzentrieren. Aber bis wir wissen, ob Bodor sich in der Nähe dieses Punktes aufgehalten hat, wollten wir uns nicht festlegen, wen wir wohin schicken«, sagte Morton.

Carberry nickte zufrieden. Der Prof, der neben ihm saß, schloß die Augen.

Morton wandte sich an Danny. »Du gehst nach Amsterdam. Schau dich um und versuch den Übergabeort für diese Zünder zu finden.«

Als nächstes war Carberry an der Reihe. Sie brauchten ein Team mit der üblichen Unterstützung, das innerhalb von dreißig Minuten startbereit wäre.

Morton schaute zu Chantal. »Werfen Sie als nächstes Ihre Netze aus. Sagen Sie Ihren Leuten, sie sollen unbehelligt lassen, was an der Oberfläche erscheint. Wir müssen ihnen einen gewissen Spielraum lassen, damit wir auch an den Haken bekommen, wer wirklich wichtig ist.«

Er wartete auf ihre Kommentare. »Diese fanatischen Ballonfahrer leben in ihrer eigenen Welt. Sie würden es sofort bemerken oder auf Anhieb erkennen, wenn einer ihrer vertrauten Kollegen sich plötzlich seltsam benähme.«

Morton nickte zustimmend.

Quirke ergriff das Wort. »Zita Marcello«, sagte er. »Carlo Marcellos Tochter. Ein Gericht in Bayern hat ihr eine saftige Geldstrafe aufgebrummt, weil sie irgendeinen Skiwettbewerb hat platzen lassen, den ihr alter Herr unterstützt hat. Sie kennt diese Welt in- und auswendig.«

»Mal sehen, ob wir sie aufstöbern können, Johnny«, sagte Morton.

Wie ein Zauberzug, der plötzlich von den Gleisen verschwunden war, um wenig später wieder aufzutauchen, schlug der Prof die Augen auf und beteiligte sich wieder an der Unterhaltung. »Ich weiß etwas über dieses Kind. Einer meiner Kollegen in Harvard hatte sie ein Semester lang. Er sagte, sie wäre sehr begabt, aber völlig von der Rolle. Das ist wohl zum großen Teil eine Folge des Selbstmords ihrer Mutter. Offenbar mußte sie als Kind die Leiche identifizieren, und ich nehme an, daß ihrer Mutter das halbe Gesicht fehlte. Und dann war es sicherlich auch nicht gerade förderlich, daß ihr Vater mehr Gespielinnen hatte als ein Angehöriger des englischen Königshauses. Kein Wunder, daß sie ein wenig seltsam wurde.«

»Mal sehen, was wir über sie und ihren Vater wissen, und dann möchte ich Psychoprofile von den Top-Leuten bei Meridian«, sagte Morton.

»Es gibt doch nur einen: Ignatius Bailey. Er leitet den Betrieb, als wäre es sein Königreich. Aber nichts deutet darauf hin, daß er irgendwelche Leichen im Keller hat. Es ist allgemein bekannt, daß die Leute, wenn er aktiv wird, meistens feststellen, daß sie die eine oder andere Firma verloren haben, ehe sie ihre Bankiers zu Hilfe rufen können. Außerdem ist er so reich, daß sogar Bitburg beeindruckt ist. Er gibt seinen jährlichen Bonus für seltene Bücher aus. Angeblich soll er eine Sammlung besitzen, nach der sich sogar das Britische Museum die Finger leckt. Was sein gesellschaftliches Leben betrifft, so war er zweimal verheiratet und hat immer noch Spaß an Sex, aber nichts Bizarres. Und dann wird er von den üblichen Bodyguards begleitet, wenn er mal aus seiner Höhle herauskommt.«

Während Morton den Prof nachdenklich ansah, begann einer der Monitore an der Wand zu piepen. Auf dem Schirm erschien die Nachricht: »Dreißig Sekunden bis zum Kontakt.«

Das war Bill Gates, der sich meldete. Sie hatten beide eine altmodische Einstellung zu ihrem Job, nämlich daß im Geheimdienst die besten Ergebnisse nicht vorhersehbar sind; reifes, saftiges Fallobst, das oft ohne einen einzigen Windhauch von den Bäumen fällt und fast lautlos auf der Erde landet; nicht abgehörte Unterhaltungen; die Ausschmückung einer Geschichte mit allen Feinheiten des Lebens, die man nicht mal bei genauester elektronischer Überwachung mitbekommt; die inneren Monologe der verschwiegensten Individuen und ihre geheimen Ängste;

das Bestreben sich zu rechtfertigen; das Bedürfnis sich mitzuteilen. Das war die Welt, die Bill und er in- und auswendig kannten.

Er hatte mit Bill zusammengearbeitet, seit die Hammer Force geschaffen wurde, und sie standen einander so nahe, wie ein Außenseiter ihm jemals kommen würde. Sie hatten sich das letzte Mal vor fast einem Jahr gesehen, als Gates auf dem Rückweg nach Washington in Genf Zwischenstation gemacht hatte. Einen Monat lang hatte er ein CIA-Team durch die alten Sowjetrepubliken geführt, wo sie erfolglos nach Bodor gesucht hatten. Wo immer er war, hatte Gates ungehalten erklärt, dort war er jedenfalls nicht. Ganz persönlich war er der Meinung, wie er Morton andeutete, daß Bodor tot sei, auch er ein Opfer der Säuberungen, die die Vertreter der Neuen Ordnung mit geradezu stalinistischer Effizienz durchgeführt hatten. Da er nichts anderes wußte, hatte Morton dieser Theorie nicht widersprochen.

Morton trat vor den Schirm, während die Verbindung mit Langley hergestellt wurde. Ein rotes Licht an der kleinen Kamera, die auf dem Monitor befestigt war, zeigte an, daß die Leitung offen war. Das Piepen hörte auf.

Alle verstummten und verfolgten die Zahlen des Countdowns in einer Ecke des Bildschirms. Ein winziger Lichtpunkt erschien in der Bildschirmmitte und wuchs zu einem Rechteck, das sich in schnellen Sprüngen vergrößerte.

Kurz darauf erschien Gates. »Hallo, David. Wie geht's euch?« Durch den Satelliten, über den die Verbindung lief, klang seine Stimme leicht hallend.

»Es wird ernst, Bill. Bodor ist wieder aufgetaucht und im Geschäft.«

Gates gab ein ungehaltenes Knurren von sich. »Das habe ich auch schon gehört. Ich hätte ihm auf den Fersen bleiben sollen. Hast du eine Idee, wo er ist?«

»Ganz gewiß außerhalb Rußlands.«

»Ich habe auch gehört, daß du bei diesen Zündern den

kürzeren Strohhalm gezogen hast. Gibt es eine Verbindung mit Bodor?«

Morton bejahte und berichtete ihm alles, was er wußte.

»Kann ich irgendwas tun, David?« fragte Gates, als Morton geendet hatte.

»Mir fällt sicher etwas ein, wenn wir hier ein wenig weitergekommen sind.«

»Wir können uns ja ausführlich darüber unterhalten, wenn du nach Washington kommst, David.«

»Das wird für eine ganze Weile sicher nicht der Fall sein, Bill ...«

»Falsch, alter Freund!« Gates grinste. »Der Präsident will dich sehen, und zwar sobald wie möglich. Die neue Air Force One holt dich ab. Sie unternimmt soeben zur Eingewöhnung der Kabinenbesatzung einen nächtlichen Testflug nach Paris und kann dich morgen früh aufsammeln. Dann bist du zum Mittagessen schon in Washington.«

»Hast du eine Idee, was der Präsident will?« fragte Morton.

»Er hat nur den Wunsch geäußert, David.«

Morton nickte. Er verstand sehr gut. Nicht einmal Bill konnte es riskieren, dem Präsidenten vorzugreifen.

»Diese Schüsse an der irakischen Grenze ... kannst du mir dazu etwas mehr erzählen?« fragte Morton.

Gates räusperte sich. »Ich habe unseren Stationschef in Istanbul hingeschickt, aber ich würde mir nicht allzu viele Hoffnungen machen. Manchmal spielen unsere Computer verrückt und schießen übers Ziel hinaus.«

Morton hörte, wie Finel einen erstickten Seufzer von sich gab, als das Gespräch beendet war.

## VIERZEHN

Das Schneesturmgebiet über Nordeuropa reichte bis nach Cagliari. Der Arrangeur hörte Passagiere über das Wetter schimpfen, aber er empfand keinen Ärger. Gefühle verhinderten meistens umsichtiges Handeln.

Nachdem er die Flughafenformalitäten erledigt hatte, fand er den Jeep auf dem Parkplatz. Darin befanden sich eine handgezeichnete Landkarte, ein Schneemobil und angemessene Kleidung für die herrschenden Wetterverhältnisse. Da waren außerdem eine langläufige Pistole mit Schalldämpfer sowie eine Schachtel Patronen.

Er studierte die Karte so lange, bis er die Route in die Berge auch bei völliger Dunkelheit fände. Er fuhr total konzentriert, schaltete immer häufiger, je höher er ins felsige Rückgrat von Sardinien vordrang. Schließlich stoppte er, löschte die Scheinwerfer und saß da und wartete. Nur das Pfeifen des Windes störte die Stille. Schließlich nahm er neben dem Jeep eine Bewegung war. Einen Augenblick später klopfte ein dunkelhäutiger Mann gegen das Fenster und wischte sich das schüttere schwarze Haar aus den Augen. Er trug einen Skianzug.

Als der Arrangeur aus dem Wagen stieg, sagte der Sarde: »Sie sind immer noch da. Einer hält immer Wache. Da ist auch eine Frau. Eine Hure aus Cagliari.« Er hatte einen starken Akzent, der die Vokale betonte.

»Wie weit ist es bis zum Haus?«

»Fünf Kilometer. Für das Schneemobil kein Problem.« Der Sarde redete schnell, als wollte er einen möglichst guten Eindruck hinterlassen. »Ich mache es fahrbereit, während Sie sich umziehen.«

Während der Sarde das Schneemobil aus dem Jeep herauswuchtete, schlüpfte der Arrangeur in den weißen Anzug, der winddicht und kälteisoliert war. Die Beine paßten mit hinein in die schweren Stiefel. Gummibünde an den Handgelenken wurden von Skihandschuhen bedeckt. Er befestigte den wasserdichten Rollkragen an der Gesichtsmaske und hängte den Außenkragen mit Hilfe eines Reißverschlusses an den Helm. Er lud die Pistole mit der gleichen Sorgfalt, mit der er alles andere tat, dann legte er die Patronenschachtel zurück in den Jeep. Er würde nicht mehr als ein Magazin brauchen.

Hinter ihm startete der Sarde das Schneemobil, dessen Motorengebrumm sich im Heulen des Windes verlor. Aus dem Jeep holte der Arrangeur ein Paar Schneeschuhe und verstaute sie auf einem Gepäckträger hinter dem Fahrersitz des Schneemobils.

Der Sarde betrachtete das Fahrzeug und entfernte wiederholt mit einem Zucken des Kopfes das Haar aus seinen Augen. Man hatte ihm erklärt, er hätte es mit einem Profi zu tun.

»Und die Einheimischen?« fragte der Arrangeur. »Hat man sich um sie gekümmert?«

Der Sarde nickte. »Wir alle leben hier nach dem *codice barbaricino*. Wie heißt es auf englisch, Code des Respekts?«

»Ehrenkodex.«

»Ja, ja, Ehrenkodex. Und dann haben wir hier keine *basista*. Spione.«

Der Arrangeur setzte sich rittlings auf das Schneemobil, testete die Kontrollen und vertraute dann sein gesamtes Gewicht der Maschine an. Der Wind peitschte Schneeflocken gegen sein Helmvisier.

Der Sarde deutete auf einen Weg rechts von ihm. »Fahren Sie zwei Kilometer weit. Dann gelangen Sie an einen Fluß. Er ist jetzt zugefroren. Ein Stück weiter gabelt sich der Weg. Nehmen Sie die linke Abzweigung. Nach etwa zwei Kilometern stoßen Sie auf einen überhängenden Felsen. Das Haus steht höchstens hundert Meter dahinter.«

Der Arrangeur löste die Bremse, und das Schneemobil begann seine Gleitfahrt. Eine Kurve kam schnell auf ihn zu, und er spürte, wie die Maschine unter ihm wegrutschte. Er gab mehr Gas und zog durch die Biegung.

Indem er das Tempo beibehielt, jagte er über das Eis und blieb dank brutaler Motorkraft auf Kurs.

Nach zwanzig Minuten erreichte er den Fluß. Er schaltete den Motor ab und stieg von dem Gefährt. Er sprang vom Ufer auf die Eisfläche und stampfte mehrmals kräftig auf. Sie schien solide zu sein. Er schwang sich wieder auf das Schneemobil, überquerte den Fluß, bog nach links ab und fuhr zwischen steilen Felsformationen bergauf. Der Wind pfiff mit derartiger Gewalt durch die Schluchten, daß er ihn umzuwehen drohte. Sich tief über die Lenkstange beugend, folgte er dem gewundenen Weg und schätzte in Gedanken die zurückgelegte Strecke ab.

Ein Kilometer. Der Wind war wie ein wütendes Raubtier mit unsichtbaren Klauen, die nach ihm griffen. Ein brutaler Gegner.

Er legte nach seiner Schätzung einen weiteren halben Kilometer zurück. Dann glitt er noch etwa hundert Meter weiter, ehe er es sah. Nicht unbedingt ein Überhang, sondern eine wuchtige portalartige Formation, die über den Weg ragte. Eiszapfen hingen von ihr herab wie die Stäbe eines Fallgitters.

Der Arrangeur schaltete den Motor aus, blieb still sitzen und lauschte. Der Wind war wie ein wildes Tier, das seine Wut hinausheulte. Er wendete das Schneemobil, schob es an den Wegesrand und stieg ab. Er stampfte mit den Füßen auf, um seinen Blutkreislauf in Gang zu bringen.

Dann nahm er die Schneeschuhe vom Gepäckträger, legte sie auf den Schneegrund und trat in die Expreßbindungen. Er bückte sich und schloß sie. Er richtete sich auf und ging durch das Felsportal, wobei er die Eiskristalle ignorierte, die knisternd gegen seinen Helm gewirbelt wurden. Er spürte nur die Pistole, die sich an seinen Körper schmiegte. Nicht weit entfernt stand das Haus. Es wäre schwierig gewesen, es bei Tageslicht zu finden.

Der Arrangeur stand unter dem Überhang und beobachtete das erleuchtete Fenster und die Gestalt, die im Licht stand.

Van Kloep, der älteste der holländischen Ballonfahrer, wandte sich vom Fenster ab, um zu sehen, was im Wohnzimmer geschah. Pieter, sein Cousin, und Tomas, der Navigator, wurden gerade von der Frau bedient. Während der vergangenen beiden Tage hatte sie sich von ihnen in jeder erdenklichen Weise, die ihnen zusagte, benutzen lassen.

Schon bald, dachte Van Kloep, könnten sie es sich leisten, den Rest ihres Lebens auf diese Weise zu verbringen: unermeßlich reich, weil sie in die Militärbasis in England eingebrochen waren und jene Apparate gestohlen hatten.

Einen Monat lang hatten sie die Operation in einem Trainingslager in der Nähe von Bilbao geübt. Ihre Stasi-Lehrer waren gut, streng und gründlich gewesen. Anschließend waren sie nach Teheran geflogen. Hatten sich die Zeit im Hotel vertrieben und etwas für ihre Sonnenbräune getan. Nach zehn Tagen waren sie getrennt nach London geflogen. Der eigentliche Einbruch war unproblematisch gewesen. Sie brauchten sich nur an die Lektionen ihrer Ausbildung zu halten. In Amsterdam hatten sie die Gegenstände einer Frau übergeben, die jedem von ihnen einen Umschlag mit dem Flugticket nach Sardinien ausgehändigt hatte. Sie waren hergekommen, um das Honorar für die Operation in Empfang zu nehmen: eine Viertelmillion Dollar für jeden. Die Frau hatte ihnen erklärt, das Geld würde von dem Kurier mitgebracht, der sie in ein Schiff setzen würde, mit dem sie nach Larnaca auf Zypern reisen würden. Von dort sollten sie wieder getrennt nach Südamerika fliegen.

Bis dahin blieb noch genügend Zeit, um sich noch einmal ausgiebig zu vergnügen. Indem er seinen Job als Ausguck beendete, gesellte Van Kloep sich zu den anderen auf dem Fußboden des Wohnzimmers.

Wie ein Schatten unter vielen näherte der Arrangeur sich dem Haus. Er hatte die Pistole in der Hand und ließ das Fenster nicht aus den Augen. Zweimal blieb er stehen, um zu lauschen. Beide Male hörte er deutlich lautes Gelächter von drinnen. Er schaute durchs Fenster und sah den älteren Mann über dem Gesicht der Frau hocken. Ein anderer lag unter ihr. Der dritte hatte den Kopf zwischen ihren Beinen.

Der Arrangeur schlich zur Tür, wo er seine Schneeschuhe ablegte. Als er sich wieder aufrichtete, stieß sein Helm beinahe gegen den Türbalken.

Für einen kurzen Moment ließ der Wind nach, als hielte die Natur den Atem an. Dann setzte das Heulen wieder ein.

Der Arrangeur trat die Tür auf und trat mit gezückter Waffe ein.

Van Kloep wandte sich halb um, als wollte er nachsehen, woher der plötzliche kalte Windhauch kam. Die Pistole ruckte in der Faust des Arrangeurs. Der Holländer kippte zur Seite, und Blut strömte aus einer Halswunde.

Die Frau schrie.

Indem er nur einen kurzen Schritt machte, um auf den Kopf des Mannes unter der Frau zu zielen, feuerte der Arrangeur ein zweites Mal. Die Kugel bohrte sich in Tomas Schädel und trat aus seinem rechten Auge aus.

Der nächste Schuß des Arrangeurs erwischte Pieter in der Stirn. Der Aufprall hob ihn zwischen den Beinen der Frau hoch. Sie stieß einen weiteren Schrei aus.

Der Arrangeur lachte verhalten, aber der Laut hatte einen häßlichen Unterton. »Steh auf«, befahl er auf italienisch.

Sie sah, daß er sie beobachtete, spürte den Blick seiner schwarzen Augen, der jeder ihrer Bewegungen folgte. Während sie den Rock nach unten streifte, schoß er. Sie brach zusammen und fiel auf die anderen. Der Arrangeur würdigte die Leichen keines zweiten Blickes mehr.

Er ließ die Pistole sinken, holte ein Stück Papier aus der Tasche, zerknüllte es und schleuderte es in eine Ecke des Raums, dann machte er kehrt und schloß die Tür hinter sich. Kurz darauf schwang er sich wieder auf sein Schneemobil. In weniger als einer Stunde hatte er seinen Jeep erreicht. Im Morgengrauen saß er in der ersten Maschine nach Rom. Gegen Mittag nahm er einen anderen Flug nach Bagdad.

Bis dahin hatte der Sarde die Leichen aus dem Haus weggeschafft.

Eine Stunde nach dem Tankaufenthalt in Malta kam der Pilot in die Kabine und fragte Zita, ob sie den Flug genieße. Dabei lehnte er sich ganz bewußt so gegen ihren Sessel, daß sein Schoß sich genau in Höhe ihrer Augen befand.

»Wenn ich irgend etwas für Sie tun kann, melden Sie sich ruhig.« Er schaute auf sie hinunter.

»Das könnte eine ganze Menge Dinge sein.« Sie schaute zu ihm hoch.

Er lachte. »Sie sind etwas ganz Spezielles.«

»Wie das?« Ihr Blick irrte kurz zu seiner Hose ab.

»Soll ich es Ihnen wirklich erklären?« fragte er.

»Ich denke, Sie zeigen es mir bereits.«

Er schaute über die Schulter zur geschlossenen Cockpittür. Matteus würde seinen Pilotensitz sicher nicht verlassen. Er bückte sich, zog sie hoch, so daß sie stand, und griff unter ihren Rock.

»Warte.« Sie nestelte an seinem Gürtel herum, dann drückte sie den Kopf gegen die Brust des Piloten, so daß er ihr Gesicht nicht sehen konnte. Sie spürte, wie er sie erforschte und ihr seine harte Männlichkeit entgegendrängte.

Sie legte sich im Mittelgang auf den Boden, und er kniete sich vor sie, schob die Hose bis zu seinen Füßen hinunter und hockte sich rittlings auf ihre Oberschenkel. Sie griff zu und drückte ihn, bis ein Tropfen Flüssigkeit an der Spitze seines Penis erschien. Am Ende hatte ihr Vater sich auch nicht allzu lange zurückhalten können. Mit der anderen Hand teilte sie ihre Schamlippen und zog den Piloten auf sich herab.

## FÜNFZEHN

Nachdem er sich aus seinem Sessel erhoben hatte, der wie alle anderen Möbel aus einer längst versunkenen Epoche stammte, schritt Ignatius Bailey über den wertvollen Täbris-Teppich und blieb vor dem Panoramafenster seiner Suite in der Chefetage der Meridian Towers stehen. Sein hellgrauer Sommeranzug, die kastanienbraune Krawatte und seine sorgfältig polierten Schuhe unterstrichen seine schmale Gestalt. Männer meinten, er wüßte immer ganz genau, in welcher Kleidung er in der jeweiligen Situation am besten wirkte. Frauen meinten, daß ein Blick seiner dunklen Augen bis in die geheimsten Bereiche ihrer Sinnlichkeit vordrang. Nun lag in seinen Augen der Ausdruck einer Erwartung ganz anderer Art. Ganz gleich, wie oft er Zeuge eines Sonnenuntergangs wurde, so übte er auf ihn immer wieder eine unverminderte Faszination aus.

Der Gang zum Fenster verschaffte außerdem den drei Männern, die er zu sich gerufen hatte, eine Gelegenheit, sich das durch den Kopf gehen zu lassen, was er gerade gesagt hatte. Sie stellten die Geschäftsleitung von Meridian International dar und waren die Assistenten, denen er am meisten vertraute. Jetzt umzukehren, hatte er ihnen erklärt, hieße alles zu verlieren. Nie wieder würde sich eine solche Gelegenheit ergeben. Die Atomzünder zu beschaffen und die Dienste Bodors wären vergeudete Liebesmüh gewesen. Ebenso vergeudet wären auch die Millionen Dollar, die er für die Anlage im Irak ausgegeben hatte, aber der wahre Verlust beträfe die günstige Gelegenheit.

Statt dessen, so drängte er sie, müßten sie zugreifen. Alles sprach dafür, es zu tun: die technischen Berichte über die neue Air Force One; die Angaben über den Chefpiloten, die in einer verstaubten Krankenakte des Stützpunktes der Vereinten Nationen in Sarajevo gefunden worden waren; der Bericht über die Frau dieses Mannes;

die sichere Ankunft des Ballons und seines Piloten; die Wettervorhersage. Unterschiedlichste Dinge, die alle zusammenpaßten. Es konnte keinen besseren Zeitpunkt geben.

Deshalb hatte er die Medienkampagne gegen die Administration befohlen, die erste Reaktion auf jenen vernichtenden Tag, als Washington Maßnahmen gegen Meridian-Firmen, die die Umweltschutzgesetze verletzten, eingeleitet hatte. Als sechzehn Milliarden Dollar an Meridian-Kapital einfach vernichtet worden waren und als er sie nach jenem Schwarzen Montag zu sich bestellt hatte und sagte, daß, während der Wolf zwar nicht vor der Tür stand, er aber draußen im Wald lauerte. Als er ihnen erklärt hatte, was getan werden müßte, hatte er es so einleuchtend, so vernünftig klingen lassen, daß sie ihm zugestimmt hatten. Aber dafür kannte er auch niemanden, der fähiger war, die Lösung für ein Problem zu entwickeln.

Stets hatte er mit Hilfe von Stellvertretern agiert. Er hatte sie benutzt, um Geldtransfers zu arrangieren, um den Ballon zu bezahlen, um das Nervengas zu beschaffen, um ein Einbrecherteam anzuheuern, das die Zünder stahl, um Morde in Rußland, England und Sardinien begehen zu lassen. Das Geld für all diese Aktionen zusammenzubekommen war niemals ein Problem gewesen. Die Männer in diesem Raum hatten dafür gesorgt.

Der Jüngste war, mit vierzig Jahren, Ronald J. Sterling, der Finanzchef von Meridian. Im Augenblick kaschierte der Einfallwinkel des Sonnenlichts den toten Ausdruck in Sterlings Augen. Hinter Sterling saß Samuel R. Keller, ein blasser Mann Mitte Fünfzig mit ausgeprägtem Überbiß. Er war der Justitiar von Meridian. Mit sechzig Jahren der älteste war Elliott Forde, der nominelle Präsident von Meridian und Fusionschef der Firma. Ebenso wie die anderen starrte auch er auf den Rücken Baileys.

»Falls jemand einen Drink oder eine Zigarre möchte – Sie wissen ja, wo alles ist«, erinnerte Bailey sie, ohne sich umzudrehen. Seine tiefe Stimme paßte bestens zu seinem starken schottischen Akzent. Wie in einem Spiegel sah er sie im Fenster zum Barschrank hinübergehen und sich aus Flaschen und Humidor bedienen. Dabei beobachtete er weiterhin, was jenseits des Fensters geschah. Es gab im Verlauf des Sonnenuntergangs einen Moment absoluter Magie, nämlich den Moment, wenn ein malvenfarbenes Licht den Banyanbaum einhüllte. Er selbst hatte den Baum im Mittelpunkt des großzügigen Meridian International Plaza aufgestellt. Er hatte ihn aus Indien herbringen lassen, wo er einen Banyan gesehen hatte, der sich über mehrere Hektar erstreckte, ein ganzer Wald, der in Wirklichkeit nur ein einziger Baum war. Er hatte den Banyan als Logo für Meridian International ausgewählt.

Er hörte Eis in Gläsern klirren, aufflammende Streichhölzer, gefolgt von dem würzigen Duft von Zigarrenrauch. Selbst Nichtraucher und Abstinenzler, hatte er niemals versucht, andere Menschen zu überreden, seinem Beispiel zu folgen.

Forde redete mit den anderen. »Die *New York Times* hat gerade einen interessanten Artikel darüber gebracht, daß das Schicksal dieser Nation sehr oft durch Attentate bestimmt wurde. Zum Beispiel die Ermordung Abraham Lincolns. Oder der Anschlag auf John F. Kennedy – durch ihn ist Lyndon B. Johnson ins Weiße Haus gekommen. Und die Ermordung Robert Kennedys hat die Wahl Richard Nixons erst möglich gemacht. In jedem Fall hatte es geheißen, daß der Täter ein einsamer, verrückter Mörder gewesen sei.«

»Ich habe den Artikel gesehen«, bestätigte Keller. »Laut der *Times* herrscht die allgemeine Auffassung vor, daß jeder, der behauptet, daß politische Attentate das Ergebnis verschwörerischer Aktivitäten und Strömungen sind, selbst als Spinner oder geisteskrank angesehen wird.«

»Ich weiß nicht viel über Sie, aber irgendwie paßt die Beschreibung nicht ganz«, sagte Sterling.

Bailey lächelte, während sie sich weiter über den Zeitungsartikel unterhielten. Es war gut, sie im Team zu haben. Und es war gut zu wissen, daß sie alles tun würden, um ihm dabei zu helfen, das größte Wirtschaftsimperium, das die Welt je gekannt hatte, zusammenzuhalten.

So weit sein Auge beim sinkenden Licht reichte, gehörte alles zu Meridian. Millionen Hektar besten Weizenlandes, die sich bis zum Horizont erstreckten, waren nur ein kleiner Teil der landwirtschaftlichen Anlagen. Die Ortschaft selbst – eher schon eine Stadt mit ihrer Viertelmillion Einwohner – war völliges Eigentum von Meridian. Kein Arzt und keine Krankenschwester konnte hier ihrer heilenden Tätigkeit nachgehen, kein Priester konnte seinen Gottesdienst abhalten, kein Lehrer konnte Wissen weitervermitteln, kein Totengräber konnte seines Amtes walten, wenn es Meridian International einfiel, nein zu sagen. Von der Wiege bis zum Grab war dies die absolute Firmenstadt. Seine Stadt.

Der Himmel verdunkelte sich hinter der Meridian First National Bank and Trust, einem rundum verglasten Wolkenkratzer, der das höchste Gebäude der Stadt war. Ihre Tresore waren gefüllt mit den Aktien und Bareinlagen von Meridian International. Auf der Schnellstraße, der Interstate One, wie auch auf allen anderen Straßen, flammten die Lichter auf, um die Reklametafeln zu illuminieren, auf denen für Meridian-Produkte geworben wurde. Im Westen konnte er den hellerleuchteten Turm des Meridian Memorial erkennen, ein wichtiges Lehrkrankenhaus und Forschungszentrum dank der Spenden, die er geleistet hatte.

Wohin er auch sah, er konnte die Früchte weiterer namhafter Geldspenden sehen: die neue Meridian High School; das Meridian College of Fine Arts, das mit einigen der besten modernen Gemälde ausgestattet war. Dann die Meridian International Foundation, die alljährlich Millionen des Konzerngewinns für karitative Zwecke ausgab. Jenseits der Plaza konnte er die Lichter von Le Meridian sehen, dem besten französischen Restaurant in der Stadt, wo ständig ein Tisch für die Vertreter der Firmenleitung reserviert war.

Die Dämmerung schickte einen Schatten über den Glockenturm des Meridian International College, wobei das Licht den Bau in einer Weise altern ließ, wie die Baumeister es mit ihren nachgemachten gotischen Säulen und Streben nicht geschafft hatten. Der Campus befand sich auf dem Gelände der alten Schlachthöfe, wo am Ende nur noch eine Handvoll Menschen beschäftigt war. Ihnen war erklärt worden, daß niemand ihnen einen Job schuldete, eine Erinnerung daran, daß im Regelwerk von Meridian nichts so unsicher ist wie ein sicherer Lebensunterhalt.

Im reflektierenden Fenster sah Bailey, wie Keller wieder zum Barschrank ging. Sam trank immer sehr schnell seinen zweiten Gin Tonic.

Die Lichter der Meridian Galleria erstrahlten nun unter der Kuppel des alten Bahnhofs. Mit ihren mehreren Stockwerken von Feinkostläden und Boutiquen war die Galleria schon früh in die Meridian-Familie aufgenommen worden.

Ohne den Blick von dem Panorama zu lösen, fragte Bailey: »Elliott, wie viele Gallerias haben wir jetzt?«

Forde antwortete sofort. »Viertausendundzwei zwischen hier und Moskau, hier und Tokio und hier und Sydney, Australien. Viertausendunddrei, wenn Sie die mitzählen, die in einer Stunde in Peking, Ortszeit, eröffnet wird. Wir veranstalten das gleiche, was wir auch auf dem Roten Platz veranstaltet haben. Wir lassen die chinesischen Würdenträger mit einem Ballon auf dem Tiananmenplatz landen. Davon sind die Menschen immer wieder begeistert, Ignatius.«

»Verkaufen Sie die gesamte Galleria-Kette. Der Höhepunkt ist erreicht. Bieten Sie sie an und verlangen Sie drei Milliarden, aber die untere Grenze liegt bei zwei neun. Unterdessen erhöhen Sie die Miete auf fünf Dollar pro Quadratfuß pro Einheit. Damit haben Sie ein wenig Spielraum, wenn Sie schachern müssen. Sprechen Sie als erstes die Japaner an«, sagte Bailey.

In der Fensterscheibe konnte Bailey sehen, wie Forde etwas auf einen kleinen Notizblock kritzelte. Er wußte, daß es in einem anderen Konzern Diskussionen, Fragen, vielleicht sogar Widerspruch und Streit gegeben hätte. Nicht bei Meridian. Seine Entscheidung war endgültig - immer. Es war das einzige, was er mit diesem gefährlichen Narren im Oval Office gemeinsam hatte. Diesem Kerl, der ihn vor den Gefahren einer Welt gewarnt hatte, die aus Plastikfußböden und synthetischen Teppichen, Klimaanlagen und Neonlicht bestünde, einer Welt, in der Fenster nicht zu öffnen wären und die Hintergrundmusik niemals verstumme und in der es weder Tag noch Nacht gäbe, weil der Himmel ständig von künstlichem Licht erhellt würde.

Auf diese Art und Weise hatte der Präsident seine Opposition gegen alles erklärt, wofür Meridian International stand. Und damit gegen alles, wofür Ignatius Bailey stand.

Dieser lästige Zeitgenosse im Weißen Haus wollte die Uhr zurückdrehen. Er hatte sein Amt mit dem Versprechen angetreten, die durch nichts eingeschränkte Jagd nach Profit zu beenden. Aber er brauchte nicht die Einnahmen des letzten Monats mit denen des laufenden Monats zu vergleichen. Er brauchte seine Arbeit nicht an der eines anderen Staatsoberhaupts messen zu lassen, bis seine Amtszeit beendet war. Meridian stand mitten im Wettbewerb, und zwar jede Minute jeden Tages und jeder Nacht. Das Paradoxe des Erfolgs ist, daß das, was man heute hat, einen morgen nicht dort halten kann, wo man ist. Man mußte dafür sorgen, daß die Zahlen immer weiterliefen. Nach oben. Wachstum, Rückfluß von Investitionen, Arbeitsmoral, alles hing davon ab. Von ihm. Manchmal mußte man harte Entscheidungen fällen. Aber deshalb war er ja da.

Hinter ihm ließ Keller die Eiswürfel in seinem Glas kreisen. »Da wir gerade von Strategie reden, Ignatius. Ich glaube, es wird Zeit, Trans-Aviation zu kaufen.«

»Dann vergewissern Sie sich, ob die Firma noch immer den Gesetzen von Delaware unterliegt, Sam. Auf diese Art und Weise vermeiden wir allen treuhänderischen Unsinn, der zulassen könnte, daß irgendein kleiner Aktieninhaber den Verkauf blockieren kann«, sagte Bailey.

»Haben Sie irgendeine Preisvorstellung?«

»Warum bleiben wir nicht über dem höchsten Aktienkurs, den Trans-Aviation je erreicht hat?«

»Das klingt nicht schlecht«, sagte Keller.

»Das heißt, daß wir nicht mehr als eins Komma drei Milliarden zahlen müssen. Nicht schlecht«, fügte Sterling hinzu.

»Richtig«, bestätigte Bailey.

Forde nickte und machte sich eine weitere Notiz auf seinem Schreibblock.

Bailey verfolgte weiterhin, wie die gekrümmten und knorrigen Äste des Banyans schließlich in der Dunkelheit verblaßten, und er dachte, wie könnte er jemals seine Verantwortung aus den Augen verlieren, und wenn auch nur für eine Minute? Er bestimmte am Ende ganz allein, wie Meridian weitermachen sollte. Er war der letzte Garant für die Zukunft Meridians. Der Mann, der dafür sorgen mußte, daß der augenblickliche Kurs des Unternehmens nicht gestört wurde, bis die Zukunft endlich begonnen hatte.

Während er sich umdrehte und in den Raum blickte, wandte Ignatius Bailey sich an die Versammelten. »Als ich noch Lehrling bei der Coca Cola Company war, staunte ich über das Motto, das immer noch in ihrer Zentrale hängt: ›Die Welt gehört den Unzufriedenen.‹ Coca Cola warnte damit vor Zufriedenheit. Zufriedenheit ist und bleibt der Feind eines jeden Unternehmens. Unseres Unternehmens. Zufriedenheit ist unser Feind. Im Weißen Haus sitzt heute der Anführer der Unzufriedenen.«

Er hielt inne und sah jeden nacheinander an. Dann fuhr er fort: »Er und seine Helfer werden die Welt völlig durcheinanderbringen. Nicht nur ihre, sondern auch unsere. Darauf sollten Sie alle lieber gefaßt sein.«

Nacheinander nickten die Anwesenden. Womit er auch fest gerechnet hatte.

Als Bailey nun wieder das Wort ergriff, klang seine Stimme so leise, daß die anderen sich vorbeugen mußten, um ihn verstehen zu können. »Diejenigen, die vor uns da waren, mußten Kennedy entfernen, um zu erhalten, was wichtig war. Daß dieses Leben beendet wurde, sicherte die Zukunft von Millionen … daran besteht kein Zweifel. Wir sind es dem Andenken an jene Männer und allem, was wir von ihnen geerbt haben, schuldig, dafür zu sorgen, daß wir Erfolg haben … dafür zu sorgen, daß in weniger als drei Wochen der Präsident der Vereinigten Staaten und die anderen Weltführer, die er überredet hat, seinen ruinösen Kreuzzug zu unterstützen, nicht mehr in der Lage sein werden, genau das zu tun.«

Nacheinander schüttelten sie sich die Hände. Ihr Griff, ebenso wie seiner, war kräftig und entschlossen.

Ein Zurückweichen gäbe es nicht. Der Plan würde in die Tat umgesetzt dank der unerschöpflichen Mittel von Meridian International. Letztendlich wäre der Plan von ihm umgesetzt worden.

## SECHZEHN

Kurz vor Mitternacht kam das Flugzeug über dem breiten Bogen der Apscheron Halbinsel herunter und flog auf Baku zu. Der einzige Passagier in der Businessklasse war Ken Adams.

Eine Stunde später setzte ihn ein Taxi am Eingang zur Zitadelle ab. In der Altstadt herrschte soviel Betrieb wie mittags, und die engen Straßen und Gassen hallten wider von allen Dialekten Zentralasiens. Mit dem Koffer in der Hand wanderte er zum Jungfrauenturm, ignorierte dabei die Zuhälter und Drogendealer und atmete genußvoll den Duft von köstlicher Küche und würzigem Kaffee ein.

Madame Lutkes Wohnung befand sich direkt über einer Cafébar, in der es von dunklen, drohenden Gestalten dieser Region wimmelte. Eine der Frauen zwinkerte Adams zu. Er lächelte und schüttelte den Kopf. Die Hure drehte sich um und sagte etwas zu den Männern an ihrem Tisch. Sie lachten schallend, vor allem ein Mann, der mit einem ärmellosen Unterhemd bekleidet war und in dessen Mundwinkel eine Zigarette klebte.

Adams erinnerte sich vage, ihn schon beim letztenmal gesehen zu haben. Salim. Madame Lutke hatte ihn vorgestellt, als sie hier gegessen hatten, aber das Gesicht des Mannes hatte nichts über ihn verraten. Die Kasachen waren ein seltsames Volk. Empfindlich und schwierig. Genauso wie ihre Sprache. Und sie lachten selten. Schön mitzuerleben, daß Salim diese Regel durchbrach.

Als er das Gebäude betrat, rümpfte Adams die Nase bei dem schalen Geruch von Anis, billigem Parfüm, Schweiß und – für jene, die es bezahlen konnten – importiertem Bier und Whisky. Er stieg die kahle Treppe des Bordells hinauf. Auf einem Absatz blieb er stehen, um durch ein Fenster hinauszublicken. Die Aussicht war prächtig: Minarette und Kuppeln und dahinter die Lichter der Schiffe auf dem Kaspischen Meer. Er schaffte drei weitere Treppenabschnitte bis zu Madame Lutkes Wohnung. Sobald er den Finger auf den Klingelknopf gelegt hatte, ging die Tür auf, und sie stand vor ihm.

»So. Mick-ee, mein Freund aus Athen kommt mich besuchen. Das ist gut, sehr gut.«

Madame Lutke umarmte ihn und küßte ihn auf beide Wangen, dann trat sie zurück, als wollte sie ihm gestatten, sie zu betrachten, legte den Kopf auf die Seite, dann auf die andere, so daß ihre Brüste leicht zu zittern begannen. Unter ihrem durchsichtigen Hausmantel waren sie groß und fest, und die Aureolen um die Warzen glänzten so rot, daß es schien, als wären sie lackiert worden.

»Du siehst gut aus«, sagte er.

Sie lachte kehlig. »Ich sehr schlimm, Mick-ee. Du magst es, wenn ich schlimm bin, was?«

»Jedesmal.«

»Hast du gegessen?«

»Im Flugzeug. Aber ich könnte jetzt einen Drink gebrauchen.«

Sie wandte sich um und ging voraus in die Wohnung. Das Wohnzimmer wurde von einer umgebauten Öllampe erhellt, die Schatten auf die rubinrote Zimmerdecke und die Teppiche auf dem Fußboden warf. Er schätzte, daß die goldgerahmten Gemälde an den Wänden Baku im Mittelalter zeigten. Madame Lutke bedeutete ihm, er solle sich auf eine Couch setzen, und ging zu einem Beistelltisch aus Messing, der mit Flaschen gefüllt war.

Sein Blick löste sich nicht von ihr. Sie mußte früher eine Sensation gewesen sein mit diesen Beinen. Es war deutlich zu erkennen, auch wenn die Jahre zusätzliche Pfunde auf ihren Hüften und den Schultern hinterlassen hatten, wie es oft bei Schönheitstänzerinnen zu beobachten ist, wenn sie sich zur Ruhe gesetzt haben. Aber sie sah noch immer blendend aus.

Sie drehte sich um und schwenkte eine Flasche. »Wodka? Wie sagt ihr in Amerika – die Flasche ist von einem russischen Lastwagen runtergefallen.«

Adams lachte. »Dann müßte er sehr gut sein.«

Madame Lutke schenkte zwei Gläser großzügig voll und kam dann zu ihm aufs Sofa. »Cin-cin, Mick-ee«. Es waren die ersten Worte, die er ihr beigebracht hatte. Sie stießen mit den Gläsern an und tranken.

»Weshalb bist du wieder nach Baku gekommen?« wollte sie wissen.

»Um dich zu sehen, natürlich.«

»Sehr nett. Aber ich glaube nicht, daß das schon alles ist. Ein Mann wie du kennt sicher viele Frauen in Athen. Und nicht nur dort, sondern auch in allen möglichen anderen Städten.«

»Aber keine wie dich, Madame Lutke.«

Sie lachte, erfreut darüber, daß sie belogen wurde. »Aber du kommst doch auch zu Geschäften her ... oder?«

»Nicht unbedingt Geschäfte ... Aber ja, ich suche jemanden«, sagte Adams.

Sie runzelte kokett die Stirn. »Hast du hier eine Freundin? Etwa eine andere Frau?«

Er nahm einen Schluck von seinem Drink und schüttelte lächelnd den Kopf. »Nein, keine Frau. Einen Mann, den suche ich. Wahrscheinlich ein Ausländer.«

Madame Lutke legte erneut den Kopf auf die Seite. »Ich verstehe nicht. Was meinst du mit ›wahrscheinlich‹? Ist er vielleicht gar nicht dein Freund?«

Er trank wieder. Er hatte es nicht eilig. »Nun ... nicht so ein Freund wie du. Aber jemand, der mir bei einem kleinen Geschäft behilflich sein könnte.«

»Was für Geschäfte machst du denn, Mick-ee?«

Er gestattete sich ein vorsichtiges Lächeln, während sein Geist sich bereits mit dem nächsten Schritt beschäftigte. Er hatte nicht damit gerechnet, schon so schnell zu seinem eigentlichen Anliegen zu kommen. Aber in seinem Gewerbe griff man zu, wenn sich eine Gelegenheit ergab.

»Eigentlich fragt man einen Mann niemals, womit er seinen Lebensunterhalt verdient«, sagte Adams mit einem tadelnden Unterton.

Madame Lutke warf den Kopf in einer Weise zurück, wie er es noch nie bei ihr gesehen hatte. »Warum erzählst du mir dann von diesem fremden Mann?« Aber sie war nicht beleidigt.

Er ließ sich Zeit und dachte nach, und die Stille schien sie eher miteinander zu verbinden, als sie zu trennen. »Ich kenne ihn noch nicht einmal«, sagte er. »Ich weiß nur, daß er durchaus schon tot sein könnte.«

Sie schlug die Hände überm Kopf zusammen. »Tot?«

»Tot«, wiederholte er. »In meinem Gewerbe passiert das gelegentlich.«

»Bist du ein Schmuggler, Mick-ee?«

»Na ja ... sagen wir mal, daß ich ein wenig importiere und exportiere.«

»Dann bist du ein Schmuggler«, stellte sie triumphierend fest. »Was schmuggelst du denn, Mick-ee?«

»Keine Drogen.«

»Was denn? Gewehre?«

Er schüttelte den Kopf, als wüßte er es selbst nicht mehr so genau.

»Oh, Mann, du bist ein verdammt großer Mann, Mick-ee«, murmelte Madame Lutke bewundernd. »Gewehre für die Kurden – stimmt's? Dieser andere Mann, schmuggelte er auch Gewehre? Deshalb wurde er wohl getötet. Von den Irakern vielleicht?«

Er hatte nichts von Irakern erwähnt. Aber wenn man Waffen zu den Kurden schmuggelte, dann lag es nahe, daß die Iraker einen wieder über die Grenze hinausbrachten. »Ich weiß nicht, wer ihn getötet hat«, sagte er wahrheitsgemäß und beobachtete, wie sie sich zu verstehen bemühte.

»Dieser Mann, Mick-ee. Kennst du seinen Namen?«

Adams leerte sein Glas und konzentrierte sich auf die aktuelle Situation und auf die nächsten Schritte. »Nein. Aber es ist möglich, daß er in die Berge gegangen ist. Dort könnte er auch erschossen worden sein.«

Madame Lutke starrte ihn an.

»Um in die Berge zu gehen, brauchte er einen Führer. Ja?« fragte er.

Sie nickte.

»Dann muß ich seinen Führer finden.«

Sie verzog das Gesicht. »Es gibt viele Führer.«

»Ich suche einen, der vor ein paar Tagen unterwegs war.«

Sie starrte ihn an, und er konnte die Unsicherheit in ihrem Gesicht erkennen.

»Was tust du mit ihm?«

»Ich rede mit ihm, mehr nicht«, erwiderte er lächelnd. »Und gebe ihm ein wenig Geld für seine Zeit.«

Sie nickte. »Ich frag mal herum, Mick-ee. Vielleicht weiß jemand etwas. Wie lange bleibst du hier?«

»Ich möchte noch vor morgen abend wieder weg sein. Aber ich komme bald wieder zurück.«

Noch einmal wurde er Zeuge, wie sie diese seltsame Kopfbewegung machte. Dann lächelte sie. »Okay. Dann machen wir uns jetzt eine schöne Zeit.«

Sie stand vor ihm, ließ sich von ihm umarmen. Er legte ihr die Hände auf das Gesäß, und sie gab dem Druck nach. Sie ließ zu, daß ihr Bademantel aufklaffte, und hob ihren Unterleib seinem Gesicht entgegen. Und er wußte, daß er nicht viel Schlaf bekommen würde, ehe er sich auf den Weg in die Berge machte.

Der Präsident der Vereinigten Staaten wachte im Weißen Haus mit Kopfschmerzen auf – hervorgerufen durch die Spannungen, die der Schlaf nicht hatte beseitigen können.

Er war ins Bett gegangen, nachdem er die Zusammenfassung der jüngsten Angriffe durch Meridians Zeitungen sowie Rundfunk- und Fernsehstationen gelesen hatte. Es war keine schöne Lektüre, Leitartikel, in denen Begriffe wie ›Verrat‹ benutzt wurden und der düstere Gedanke geäußert wurde, daß seine Administration auf bestem Weg war, vorzeitig mit einem Amtsenthebungsverfahren zu enden.

Nur Bailey persönlich konnte diese Attacke autorisiert haben. Aber es war immer noch so gut wie unmöglich, daß er von Earth Saver erfahren haben könnte, denn sonst hätte er sich bestimmt darüber lustig gemacht. Und dennoch, dachte der Präsident, es mußte etwas mehr dahinter stecken als nur eine Reaktion auf Maßnahmen gegen einige Tochtergesellschaften von Meridian International, die umweltmäßig die Grenzen des Zulässigen überschritten hatten. Die Ungewißheit, nichts zu wissen, war durch den Anruf verstärkt worden, den er erhalten hatte, ehe er schließlich in einen unruhigen Schlaf gefallen war.

Es war fünf Uhr früh in London gewesen, als Sandy Richardson anrief, um Bescheid zu sagen, daß Bostock an diesem Morgen bei CNN auftreten werde. Der Botschafter hatte keine Ahnung, was der Premierminister sagen wollte, aber ganz gewiß würde er nicht den Verlust der Nuklearzünder bekanntgeben, oder? Das würde die Umweltschützer aus völlig falschen Gründen auf die Barrikaden steigen lassen, und zwar nicht nur in England, sondern auch hier. Wenn die Nachricht durchsickerte, was zu erwarten war, daß die Zündmechanismen aus Kalifornien kamen, würde ihn die Umweltschutzbewegung im ganzen Land genauso heftig angreifen, wie Bailey es tat. Und es würde überhaupt nichts nützen, wenn er erklärte, daß die Zünder von einer der Firmen hergestellt worden waren, die zu Meridian International gehörten. Das würde Bailey nur eine weitere Gelegenheit bieten, ihn zu attackieren. Er schaute auf die Digitaluhr in der Telefonkonsole neben seinem Bett und griff nach der Fernbedienung, um den Fernsehapparat in einer Ecke seines Schlafzimmers einzuschalten. Noch drei Minuten bis zu den CNN-Nachrichten.

Der Nachrichtensprecher brachte soeben eine knappe Zusammenfassung der aktuellen Börsenkurse. Hong Kong und Tokio waren gesunken, und London hatte ziemlich ruhig eröffnet. Er hörte nur mit halbem Ohr zu, während er überlegte, was Bostock wohl sagen würde. Seit einigen Wochen wurde gemunkelt – nicht mehr –, daß England, Frankreich und Deutschland unbedingt die Sanktionen gegen den Irak beenden wollten. Man brauchte keine besondere politische Begabung zu haben, um erkennen zu können, weshalb. Die drei mächtigsten Nationen in Europa wollten sich den potentiellen Markt sichern, den ein immer noch verwüsteter Irak darstellte. Er hatte in Erwägung gezogen, Bostock zur Rede zu stellen, hatte sich aber zurückgehalten, bis er eindeutigere Beweise in Händen hielt. Statt dessen hatte er innerlich gekocht, weil er mit derart habgierigen Politikern verhandeln mußte. Für Amerika gäbe es kein Lockern der Sanktionen, bis Saddam endlich abtrat. Seine Administration vertrat konsequent die Linie, die sein Vorgänger, George Bush, in den Sand gezeichnet hatte.

Die Liste der Aktienkurse verschwand vom Bildschirm und wurde durch die Außenansicht von Downing Street No. 10 ersetzt, dann erschien der Premierminister, der in seinem Büro saß und sich mit dem Londoner Regionalchef des Senders unterhielt.

Erneut bewunderte der Präsident, wie gut es Bostock gelang, Charisma und Einfluß miteinander zu verbinden. Nach einer offensichtlich abgesprochenen Frage konnte der Premierminister loslegen.

»Es ist teils zutreffende, teils unzureichend informierte Kritik an der Position meiner Regierung in Umweltfragen laut geworden. Daher ergreife ich diese Gelegenheit, um nicht nur die Menschen dieses Landes, sondern auch alle anderen, die diese Sendung sehen, daran zu erinnern, daß Großbritannien lange Zeit an vorderster Front eines aktiven Umweltschutzes gestanden hat.«

Der Präsident stöhnte gequält auf. »Du Hurensohn! Dieses raffinierte, hinterhältige Schwein!«

Damit hätte er rechnen müssen. Bostocks Instinkt für eine günstige Gelegenheit war mindestens genauso wach, wie seine Manipulation der Medien erstaunlich geschickt war. Er versuchte seine eigene Rolle als eines der Architekten der Operation Earth Saver herauszustellen.

Der Präsident verfolgte, wie der Premierminister sich ein wenig vorbeugte, nicht um der Kamera näher zu sein, sondern um seinen Worten zusätzlichen Nachdruck zu verleihen.

»Jede Sekunde wird nun mal ein neues Auto gebaut. Mehr als die Hälfte der weltweiten Ölförderung wird in Autos verbraucht. An die zweihundert Millionen Tonnen Schwefel- und Stickstoffoxide gelangen alljährlich in die Atmosphäre, zerstören Seen und Wälder und erzeugen schlimme Erkrankungen der Atmungsorgane bei Menschen und Tieren. Über zwei Millionen Barrel Öl werden jedes Jahr in die Weltmeere geschüttet. Jedes Jahr nimmt die nicht wiedergutzumachende Verschmutzung von Küstenabschnitten um mehr als fünfhundert Meilen zu.«

Erneut stieß der Präsident einen Fluch aus, während Bostock behauptete, daß England den Kampf gegen die Luftverschmutzung anführte. Er hätte wissen müssen, daß die Kehrtwendung des Premierministers in bezug auf Earth Saver nach einem geheimen Zeitplan stattfand, der den führenden Vertreter Ihrer Majestät an die Spitze der Bewegung katapultieren dürfte.

Auf dem Fernsehschirm war der Premierminister nun in voller Fahrt. »Einer meiner bedeutendsten Vorgänger, Sir Winston Churchill, hat einmal gesagt, er würde am Strand gegen die Feinde dieses Landes kämpfen. Wir werden *für* die Strände kämpfen! Aber wir leben in einer sich schnell verändernden Welt. Die Feinde von gestern sind die Verbündeten von heute. Hier in Europa haben wir erlebt, wie zutreffend diese Erkenntnis ist. Neben vielem anderen helfen England, Deutschland und Frankreich einander, die Umweltverschmutzung radikal einzudämmen. Wir würden gerne noch weitergehen, und zwar in allen Ländern, die aus unseren Erkenntnissen erheblichen Nutzen ziehen können. In all den Ländern, denen wir auf Grund von Sanktionen nicht helfen können, sollten wir, das ist meine sowie die Überzeugung meiner europäischen Kollegen, über die Aufrechterhaltung dieser Sanktionen gründlich nachdenken.«

Während er den Fernseher ausschaltete, stieß der Präsident einen weiteren gemurmelten Fluch aus: »Schwein!«

## SIEBZEHN

Nachdem Tommy und Danny Nagier ihre Maschinen nach Cagliari und Amsterdam bestiegen hatten, saß Morton mit Anna in der Abflughalle des Genfer Flughafens und rekapitulierte noch einmal alles, was sie über Meridian wußten. Nun, als sie sich erhob, um zum Flugsteig zu gehen, sah Anna Morton für einen Moment prüfend an. »Meridian unterhält keinerlei Verbindungen zum Irak. Seit dem Golfkrieg haben sie auf jeden Vorschlag Bagdads, sich im Land niederzulassen, ablehnend reagiert. Aber eine ihrer Firmen besitzt eine Fabrik in Teheran, die Kühlschränke produziert. Ich nehme an, sie kann schnellstens für alles umgerüstet werden, was Bodor möglicherweise nötig hat.«

Morton nickte zustimmend.

»Die Mullahs kaufen jede Menge tödliches Zeug über Nordkorea. Alles in allem rüsten sie im großen Stil auf, und Bodor könnte sozusagen das Sahnehäubchen sein, auf das Teheran scharf ist. Aber er wäre ausschließlich für sie tätig.«

Morton gab zu, daß auch das Sinn machte. Die Ajatollahs unterstützten schon seit längerem heimlich die IRA, während die ganze Welt mit dem Finger auf Syrien und Libyen zeigte. Bodor könnte insofern der jüngste Pfeil im Köcher Teherans sein.

Nachdem Annas Maschine nach Moskau gestartet war, setzte Morton seine Überlegungen fort.

Die Psychoprofile, die der Prof von Ignatius Bailey und Carlo Marcello erstellt hatte, enthielten alles, was man von zwei Göttern des Industriemanagements erwartet. Beide waren stets auf der Suche nach einem guten Geschäft, einem größeren Coup. Aber es gab keinerlei Hinweise darauf, daß sie nebenbei auch noch im Trüben fischten. Zita Marcellos Psychoprofil wies sie als Rebellin aus, die sich einem Alternativanliegen nach dem anderen verschrieben hatte, bis ihr die Protestbewegungen ausgegangen waren. Ihr Zorn auf die Welt im allgemeinen wurde in allen Aktionen nur allzu deutlich. Johnny hatte es noch immer nicht geschafft, ihre Spur aufzunehmen, während Lesters Computersuche nichts Verdächtiges über Free Flight, Globoil oder Nuclear Components zutage gefördert hatte. Andere Meridian-Firmen erwiesen sich ebenfalls als blitzsauber.

Die Fragmente, die Morton bisher vorliegen hatte, weigerten sich standhaft, ein erkennbares Muster zu bilden. Dennoch war irgend etwas im Busch. Es war so, als betrachtete er das Gemälde eines Wesens, das er noch nie zuvor gesehen hatte. Je länger er darüber nachdachte, desto mehr entzog es sich seinem Verständnis.

Die Sonne stieg hinter den Flughafengebäuden auf, eine goldene, wie schwanger wirkende Scheibe, die für einen kurzen Moment dicht über dem Horizont zu verharren schien, als würde sie von ihrem eigenen unnatürlichen Gewicht behindert. Dann kletterte sie weiter am Firmament empor, wobei ihre brennenden Strahlen nicht dazu beitrugen, seine Gedanken zu klären, während sein Flug nach Paris aufgerufen wurde.

Während der nächsten Stunde ertrug Morton geduldig die Eintönigkeit von Flugreisen. Bei der Landung auf Charles de Gaulle beobachtete er einen Schwarm Krähen, der sich im Gras neben der Rollbahn ausruhte. Sie bildeten einen Kreis, während ein Vogel auf und ab zu hüpfen begann. Die anderen umstanden ihn mit gesenkten Köpfen und zusammengelegten Schwingen wie schwarzgekleidete Schüler, die dem Vortrag eines Lehrers lauschten. Ornithologen nannten diese Anordnung ein ›Krähenparlament‹, aber niemand hatte bisher eine Erklärung für dieses Verhalten der Vögel gefunden. Plötzlich scheuchte das Rattern von Helikopterrotoren sie wieder in die Luft. Sie stiegen in dichter Formation auf, schwarze Silhouetten im Licht der frühen Morgensonne, und nahmen Kurs auf die Flughafengrenze.

Während der Hubschrauber dicht über der Grasnarbe dahinschwebte, sah Morton eine Gestalt mit Maschinenpistole im Arm in der offenen Kabinentür sitzen. In einiger Entfernung war das hochaufragende Schwanzleitwerk von Air Force One zu erkennen.

Als er durch eine der Plexiglasröhren die Ankunftshalle betrat, wurde Morton von einer französischen Sicherheitsagentin empfangen. Die Frau hatte einen Kopfhörer im linken Ohr. Nachdem er sich ausgewiesen hatte, flüsterte sie etwas in das Mikrofon, das im obersten Knopf ihrer Bluse versteckt war. Es waren ihre einzigen Worte während der Fahrt zu dem Platz, auf dem die Maschine des Präsidenten parkte.

Französische Fallschirmjäger hatten einen Kordon gebildet. Näher bei der Maschine hielten Agenten des Secret Service Wache. Der Helikopter ging herunter, um sich einen besseren Überblick zu verschaffen, und setzte dann seinen Patrouillenflug fort.

Morton stieg aus dem Wagen und registrierte die Aktivitäten rund um das Flugzeug. Die Maschine war bereits in Betrieb, ihr Radar suchte den Himmel ab, ihr Sprechfunk stand mit dem Tower in Verbindung. Er entdeckte eine Gestalt in weißem Oberhemd auf dem Flugdeck und erinnerte sich, als wäre es erst gestern gewesen, an das erste Mal, daß er an den Kontrollen gesessen hatte.

Er war Copilot einer Frachtmaschine der Hammer Force gewesen, die eine Einsatzgruppe, die eine verbotene Organverpflanzungsklinik in Nicaragua stillgelegt hatte, transportierte, als Bill Andrews, der Pilot, einen Herzinfarkt erlitt. Bill war über dem Steuerknüppel zusammengesackt und hatte die Maschine in einen Sturzflug gehen lassen. Morton hatte die 747 schließlich auf dem Flughafen von Costa Rica sicher runtergebracht. Nachdem er dafür gesorgt hatte, daß Bill schnellstens in ein Krankenhaus gebracht wurde, hatte er die Maschine zurück nach Genf geflogen. Seitdem hatte er nur noch im Simulator neben Big Mikes Trainingszentrum gesessen. Aber das reichte aus, um die Pilotenlizenz für große Maschinen zu behalten.

Während Morton zur Einstiegsrampe ging, kam eine Gestalt in Uniform die Treppe herunter. Major Ken Locke, der Co-Pilot der Air Force One, war immer noch schlank genug, um größer zu wirken als seine eins fünfundsiebzig. Ständige wache Einsatzbereitschaft hatte die Muskeln seiner Wangen straff gehalten, aber selbst die Sonnenbräune, die bis in die tieferen Hautschichten zu reichen schien, konnte die Linien und Falten eines vom Leben gezeichneten Gesichts nicht verbergen.

»Willkommen, Sir«, sagte Locke und ergriff Mortons Hand. »Colonel Patterson, der Flugzeugführer, unternimmt soeben einen letzten Rundgang und wird gleich zu Ihnen kommen.«

Locke machte kehrt und stieg die mit Teppich belegte Treppe hinauf.

Edwin Patterson hatte seinen Rundgang durch Air Force One unter dem aufmerksamen Blick von Crew Chief Tom Sutter und Bill Kerr, dem Flugingenieur, begonnen. Mit stiller Befriedigung nahm er zur Kenntnis daß ihre Uniformen im Gegensatz zu den fleckigen Overalls des französischen Bodenpersonals makellos sauber waren. In seinem eigenen Fall, dachte Patterson mit einem Anflug von Bitterkeit, war dies nicht Bron zu verdanken. Während ihrer Ehe hatte sie bisher noch kein Oberhemd gebügelt.

Er hatte einige Monate lang seine schmutzige Wäsche immer in die Stützpunktwäscherei gebracht, ehe er herausbekam, daß Sutter entschieden hatte, daß die Wäsche des Commanders nichts in den Waschmaschinen zu suchen hatte, die für die Wäsche der anderen Dienstgrade benutzt wurden. Statt dessen hatte der Crew Chief die Kleider in eine französische Reinigung unweit des Stützpunkts gebracht und für diesen Spezialservice mit Zündholzbriefchen, Cocktailquirls und einem gelegentlichen Trinkglas aus dem Inventar der Air Force One bezahlt. Die Gegenstände hatten zwar nur einen Wert von einigen Cents, aber sie waren hochgeschätzte Sammlerstücke, weil sie das Amtssiegel des Präsidenten trugen. Sutter hätte dafür wegen Diebstahls belangt werden können. Aber in allem anderen war der Crew Chief peinlich korrekt, und eine Bestrafung hätte seinen sofortigen Ausschluß aus der Mannschaft bedeutet – was für jeden ein unersetzlicher Verlust gewesen wäre. Daher hatte Patterson beschlossen, ein Auge zuzudrücken. Und außerdem hatte er noch nie besser gebügelte Kleider getragen.

Bron hatte ihn beschuldigt, daß er seine Sachen von einem weiblichen Mitglied der Kabinencrew waschen und bügeln ließe. Er hatte ihr in sachlichem Ton die Wahrheit gesagt, aber erneut war sie aus dem Raum hinausgestürmt. Der Traum vom Glück, von dem er gehofft hatte, daß es sie für immer in Liebe zusammenschweißte, war so noch ein wenig mehr zerstört worden.

Wenn er nun zurückblickte, erkannte er, daß jeder Tag auf seine Art ein Alptraum gewesen war. Er konnte nichts anderes tun, als auf den nächsten Wutausbruch zu warten. Allmählich, nach und nach, war ihm der Gedanke gekommen, daß Bron vielleicht geisteskrank war. Anfangs betäubt und geschockt von dieser Möglichkeit, akzeptierte er sie, woraufhin alte Erinnerungen eine ganz neue Bedeutung gewannen: Brons Gefühlsausbrüche, ungezügelt und grenzenlos, die aus ihr herausbrachen, als kämen sie aus irgendeiner düsteren, geheimen Nische in ihrem Innern. Je mehr er darüber nachdachte, desto mehr bekam er es mit der Angst zu tun. Dennoch wußte er, daß er emotional viel zu sehr an Bron als seiner Ehefrau hing, um sie als Patientin betrachten zu können. Er kam mit den meisten Dingen ganz gut zurecht, aber er würde sich selbst belügen, wenn er behauptete, er könnte ebensogut mit einem Geisteskranken umgehen, geschweige denn mit Bron. Der Fehler lag bei ihm. Irgend etwas in seiner Persönlichkeit machte es ihm unmöglich, eine solche Situation angemessen zu meistern.

Sutter holte ihn in die Gegenwart zurück und deutete mit dem Daumen auf die Backbordseite des Fahrwerks. »Wir haben ein Stück Gummi bei der Landung verloren«, knurrte der Crew Chief ungehalten.

»Zeigen Sie mal.«

Patterson untersuchte die Seitenwand eines der riesigen Reifen, aus der ein kleines Stück Gummi herausgerissen worden war.

»Richtig, Chief. Notieren Sie es, damit wir den Reifen wechseln, wenn wir wieder in Andrews sind.«

Patterson nahm wieder seinen Inspektionsrundgang auf und blieb stehen, um gründlich die Tragflächen und den Rumpf zu kontrollieren. Dabei verließ er sich auf seinen sechsten Sinn als Pilot, als er nach irgend etwas Ungewöhnlichem suchte. Er fand nichts. Als er die Rampe des Hauptfrachtraums erreichte, gab er Kerr den Befehl, die Betankung einzuleiten. Während der Flugingenieur die Tankhelfer heranwinkte, folgte Patterson Sutter die Rampe hinauf.

Der höhlenartige Raum war leer. Wenn der Präsident an Bord war, dann war dieser Raum gefüllt mit Gepäck und Kartons mit Briefpapier und Briefumschlägen, die das Siegel des Weißen Hauses trugen. Sie wurden für Dankesbriefe an örtliche Würdenträger benutzt, die der Präsident stets zwischen den Landungen persönlich schrieb. Solche Gesten, gab Patterson anerkennend zu, sorgten dafür, daß der Mann bei allen populär war.

Aber was würde sonst noch vom Stab des Weißen Hauses bei dieser Mission benötigt? Während der vergangenen Wochen, in denen er Flugpläne mit Luftfahrtbehörden überall auf der Welt im Verlauf der offiziell als Trainingsflüge für die Mannschaft beschriebenen Abstecher festlegte, hatte Patterson viele Stunden damit verbracht, Startgewichte und alle anderen notwendigen Daten in die Bordcomputer einzugeben, ehe er die Maschinen für die große Mission anwarf. Ein paar Kisten zusätzlich, die laut Aussage eines Stabsangehörigen des Chefs von absoluter Wichtigkeit wären, konnten das Gewicht entscheidend verändern. Und wieviel Gepäck würden die anderen Staatenlenker mitnehmen? Das war ein weiterer Punkt, den er klären mußte, sobald er wieder zum Stützpunkt zurückgekehrt war. Unterdessen war es wohl am besten, auf alle Eventualitäten vorbereitet zu sein.

Patterson wandte sich an Sutter. »Sie werden wohl noch zusätzlichen Frachtraum brauchen, Chief.«

Am vergangenen Abend in Andrews vor dem Start hatte er die Mannschaft über die Mission informiert und sie daran erinnert, daß sie auf Geheiß des Präsidenten immer noch als streng geheim behandelt werden müsse.

Sutter deutete auf ein Schott. »Das kann ich noch etwa sechs Meter weiter nach hinten verschieben. Damit gewinnen wir Platz für weitere dreihundert konventionelle Gepäckstücke.«

»Tun Sie's«, sagte Patterson. Er stieg eine Stahlleiter hoch und betrat die hintere Kabine der Air Force One durch eine Tür neben der Mannschaftstoilette im Schwanz der Maschine.

Für einige Sekunden ließ er den Blick durch den Raum schweifen. Dort befanden sich zwanzig Reihen Erster-Klasse-Sessel, jeweils zwei nebeneinander und durch einen Mittelgang voneinander getrennt. Jeder Sessel war mit einer herausziehbaren Tastatur, einem persönlichen Telefon, einem Faxgerät und einem Bildschirm zum Betrachten der jüngsten Videoberichte ausgestattet. In Aufbewahrungsfächern im Rumpf waren aktuelle amerikanische Roman- und Sachbuchbestseller sowie eine Kollektion von Illustrierten und Zeitungen untergebracht.

Der Stabschef des Weißen Hauses und seine wichtigsten Helfer saßen normalerweise hier mit dem Kommando des Secret Service zusammen. Aber bei der bevorstehenden Mission würden weder Thacker Simpson noch die Leibwache des Präsidenten mitfliegen. Der Chef hatte darauf bestanden, daß die Begleitung so klein wie möglich gehalten werden solle.

Top Sergeant Brian Cowan, der Leitende Flugsteward, tauchte aus der mittschiffs gelegenen Küche auf. Er war mit einem blauen Frack, weißem Oberhemd und dunkelblauer Krawatte mit dem Siegel des Präsidenten dicht unterhalb des Knotens bekleidet. Seine messerscharf gebügelten Hosenbeine fielen auf glänzende Schuhe. Cowan war ein stämmiger, hellblonder Mann Anfang Vierzig und ledig. Die anderen Mitglieder der Kabinenmannschaft meinten scherzhaft, daß Air Force One seine Ehefrau und Geliebte wäre. Nur Patterson wußte, daß Cowan seine behinderte Mutter bis zu ihrem Tod im vergangenen Jahr versorgt hatte. Nun unterstützte er eine jüngere Schwester, die Medizin studierte.

Nachdem er ausprobiert hatte, wie ein Sessel sich in eine komfortable Liege umwandeln ließ, wandte Patterson sich an Cowan. »Ich denke, unsere Gäste hätten gegen ein wenig heimische Zerstreuung während des Fluges nichts einzuwenden. Besorgen Sie die regionalen Bestseller und einige der jüngsten Videofilme.«

»Kein Problem, Colonel. Ich würde jedem Staatsmann auch gerne seine bevorzugte Tageszeitung anbieten können.«

Patterson nickte zustimmend. »Ich rede mit jemandem im Außenministerium, damit unsere Botschaften entsprechende Exemplare bereithalten, die wir dann unterwegs mitnehmen können.«

Cowan grinste. »Das dürfte kein Problem sein, Colonel, wenn es für die Air Force One gedacht ist. Ich denke immer, daß wir die Nachfolger von Silverplate sind.«

Patterson schüttelte verwirrt den Kopf. »Wie bitte?«

Cowans Grinsen vertiefte sich. »Silverplate war das allmächtige Codewort, mit dem die Bombermannschaft, die ausersehen war, damals im Jahr 1945 den Japsen die Atombombe auf den Kopf zu werfen, alles anfordern konnte, was ihr Herz begehrte.«

Patterson runzelte die Stirn. Er hatte vergessen, daß Cowan sich für alles interessierte, was den Zweiten Weltkrieg betraf.

»Ich glaube nicht, daß unsere japanischen Gäste daran erinnert werden möchten, Cowan. Und ich denke, es wäre auch eine gute Idee, sie Japaner und nicht Japse zu nennen.«

»Ja, Sir. Absolut richtig, Colonel.« Etwas blitzte in den Augen des Stewards auf und verschwand so schnell, daß es Patterson beinahe entgangen wäre.

»Ihr Großvater ist im Pazifik gefallen, nicht wahr?« fragte Patterson und erinnerte sich wieder, was er in der Personalakte des Stewards gelesen hatte.

»Ja, Sir. Okinawa, 1944. Er gab den Ledernacken Feuerschutz, als er erwischt wurde. Mein Großvater rannte mitten in ein Maschinengewehrnest der Jap... Japaner, das unsere Jungens am Vorrücken hinderte. Er bekam dafür das Purple Heart. Dreißig Jahre später fiel mein Vater, als er ein Dorf der Vietcong bombardierte. Sie gaben ihm ebenfalls das Purple Heart.«

»Sie stammen aus einer erstaunlichen Familie, Cowan.«

»Ja, Colonel.«

Wenn es Schmerz gewesen war, was er in Cowans Augen gesehen hatte, dann war es jetzt trotziger Stolz.

Leicht verlegen, weil er jemand war, der sein eigenes Privatleben sorgfältig unter Verschluß hielt, überprüfte Patterson die Kabine ein letztes Mal.

Er streckte die Hand nach einem von mehreren Knöpfen aus, die in gleichmäßigen Abständen in der Täfelung der Kabinenwand raffiniert versteckt waren. Augenblicklich senkte sich eine leichtgewichtige Stahltür, die Maschinengewehrfeuer standhielt, vor der Zugangstür zum Gepäckraum herab, während eine andere den vorderen Ausgang aus der Kabine blockierte.

Diese Maßnahme sollte die Kabine in dem unwahrscheinlichen Fall, daß Terroristen es schafften, an Bord der Maschine zu gelangen, von der übrigen Maschine isolieren. Ähnliche Barrieren waren in die Flugzeugzelle eingebaut worden, um das Flugdeck und den Zugang zur Präsidentensuite zu versperren. Wenn Cowan oder sein Stab es nicht schafften, rechtzeitig an einen Knopf heranzukommen, gab es im Flugdeck einen Vorrangknopf.

»Alles sieht hier picobello aus«, stellte Patterson fest.

»Ich denke, daß Sie es so überall vorfinden werden«, bemerkte Cowan nun mit Stolz in der Stimme.

Patterson betrat eine Küche. Nachdem er grüßend der mit einer Schürze bekleideten Flugbegleiterin zugenickt hatte, überprüfte er die Mikrowellenherde und die Gestelle voll Geschirr und die Besteckschubladen. Alles war fleckenlos. Er drehte sich zu der Flugbegleiterin, Carolyn Dempsey, um, die die umgedrehten Streifen eines Fliegers Erster Klasse auf ihrem Ärmel trug.

»Ihre Küche ist gut in Schuß, Dempsey.«

»Danke, Sir. Kann ich Ihnen einen Kaffee oder irgend etwas anderes anbieten?«

»Nein, danke. Ich habe noch eine Menge zu erledigen.« Er lächelte sie an. »Sicherlich ist das hier ein wenig anders als ihr bisheriger Flugdienst, oder?«

»Viel interessanter. Und man weiß nie, was einen erwartet.«

»Hat Ihnen Ihr Training das gezeigt?«

»Das kann man wohl sagen, Sir.«

Die gesamte Kabinenmannschaft hatte bereits Flugerfahrung, mußte jedoch eine spezielle Zusatzausbildung für die Air Force One absolvieren. An dem Tag, als er kurz hereinschaute, hatte er miterlebt, wie Dempsey mit dem professionellen Schauspieler zurechtkam, der den Langmut auch der geduldigsten Flugbegleiterin auf die Probe stellte. Zuerst verschüttete er den Kaffee auf dem Fußboden der nachgebauten Kabine. Als sie aufgewischt hatte, passierte ihm mit seinem Drink das gleiche Malheur. Um seinen Auftritt abzurunden, übergab er sich auch noch auf seinen Sakko. Patterson wußte, daß das Erbrochene eine Mischung aus kalter Eierspeise und Erbsensuppe war. Der

Schauspieler hatte verlangt, daß Dempsey ihn säuberte. Sie hatte es mit professioneller Gelassenheit getan.

»Es ist nicht sehr wahrscheinlich, daß Sie etwas Derartiges an Bord dieser Maschine erleben. Und wenn es geschähe, dann wäre es das letzte Mal, daß dieser Passagier mit uns geflogen ist.«

Nachdem er die Küche verlassen hatte, spazierte er durch einen kurzen Flur in den Speisesalon. Mit dunklem Holz getäfelt, enthielt die Kabine ein Dutzend runder Tische, an denen je fünf Personen ausgiebig Platz fanden. Zwei Stewardessen breiteten gestärkte weiße Decken auf den Tischen aus, während eine dritte massiv silbernes Besteck sowie das edelste Porzellangeschirr und Kristallgläser aufdeckte. Alle Teile waren mit dem Amtssiegel des Präsidenten versehen und von ihren Herstellern gespendet worden. Obgleich keine Firma mit ihren Produkten werben durfte, die an Bord der Präsidentenmaschine benutzt wurden, wußte Patterson, daß es dauernd geschah.

An den Speisesaal schloß sich ein Salon an, der mit Sesseln, Rauchtischen und einem Sideboard mit Tassen, Milchkännchen und Kaffeekannen möbliert war. Auf jedem Tisch stand eine Vase mit frischen Blumen. Obgleich der Chef nicht an Bord war, bestand Patterson darauf, daß kein Detail übersehen wurde. Er durchquerte den Salon und gelangte in einen weiteren Korridor. Auf der Tür jedes VIP-Zimmers prangte das Siegel des Präsidenten.

Nacheinander überprüfte er sie. Alle waren gleich eingerichtet, hatten holzgetäfelte Wände und dunkelblauen Teppichboden, eine großzügige Schlafcouch, einen Tisch mit einer Leselampe und ein Radio mit Kopfhörer, um andere Gäste, die in den Zimmern nebenan schliefen, nicht zu stören. Hinter einer Schiebetür befanden sich eine Flugzeugtoilette sowie ein Waschbecken und eine Dusche. Die Air Force One war mit einem ausreichend großen Wasservorrat ausgestattet, der ein zehnminütiges Duschbad pro Kabine gestattete. Ein Computer kontrollierte den

Verbrauch. Nachdem er die frische Seife, die sauberen Handtücher und mehrere andere Toilettenartikel überprüft hatte – alle mit einer Darstellung des Amtssiegels des Präsidenten versehen –, stieg Patterson eine mit blauem Teppichboden belegte Treppe zum zweiten Deck hinauf und betrat das Kommunikationszentrum der Maschine.

Ein Dutzend Techniker arbeiteten bei schattenfreier Beleuchtung. Sie sorgten dafür, daß der Präsident von diesem Ort aus mit Hilfe eines NSA-Satelliten, der für das Weiße Haus reserviert war, mit jedem Punkt der Erde Verbindung aufnehmen konnte. Es standen außerdem Faxgeräte, Chiffriergeräte, Dekodierungsgeräte und Drucker bereit. Patterson nahm den Chef dieser Abteilung, einen Fernmeldeoffizier im Majorsrang, beiseite.

»Haben Sie bei Ihrer Suche nach Dolmetschern für die anderen Fremdsprachen schon Glück gehabt?« fragte Patterson.

»Ich habe jemanden aus der Botschaft in Tokio, der Japanisch beherrscht. Es ist eine Frau, die als Dolmetscherin des Präsidenten fungierte, als er drüben war«, sagte der Major.

»Und was ist mit Deutsch und Französisch?«

»Ich bin unsere Personalunterlagen durchgegangen. Zwei Leute des Ersatzteams beherrschen beide Sprachen fließend.« Für jeden, der in der Maschine Dienst tat, hielten sich in Andrews zwei weitere Ersatzleute bereit.

»Halten Sie mich auf dem laufenden«, sagte Patterson. Er ließ seinen Blick ein letztes Mal durch den Raum schweifen, ehe er in den Flur zurücktrat. Er ging weiter ins Sekretariat. Es war im Augenblick verwaist, aber wenn der Chef an Bord war, war hier ein halbes Dutzend Sekretärinnen tätig. Sie arbeiteten unter dem wachsamen Blick von Martha Wilson, der persönlichen Sekretärin des Chefs, und tippten alles von Redenmanuskripten über Tagesordnungen bis hin zu Besprechungsunterlagen sowie alle anderen Schriftstücke, die die Geschäfte des

Präsidenten in Gang hielten, während er unterwegs war, in ihre Schreibcomputer. Nicht zu vergessen auch die Dankesbriefe.

Er schloß die Bürotür und ging auf die letzte Tür in diesem Flur zu. Als er sie öffnete, flammte automatisch die Beleuchtung im größten öffentlichen Raum an Bord der Air Force One auf. Die fünfundsiebzig Sessel des Salons ermöglichten es, diesen Raum sowohl als Konferenzsaal wie auch als Kino zu benutzen. Die Leinwand diente dazu, entweder ein aktuelles Hollywood-Produkt zu zeigen, oder um Informationen über eine Region sichtbar zu machen, die der Präsident besuchen wollte. Neben der Leinwand stand ein Rednerpult, von dem aus er sich an die im Raum Anwesenden wenden konnte oder von dem aus er sich von irgendwem etwas vortragen lassen konnte. Auch diesmal zufrieden, daß alles in Ordnung war, stieg Patterson eine Treppe in einer Ecke des Salons hinauf.

An ihrem Ende befand sich ein kleines Vestibül. Zu einer Seite erstreckte sich ein kurzer Korridor. Auf der anderen Seite befand sich eine Tür, die mit einem goldenen Adler und dreizehn goldenen Sternen verziert war. Dahinter hatte der Präsident seine private Suite. In einer Nische war ein Klappsitz zu erkennen, auf dem ein Agent des Secret Service Wache hielt, wenn der Chef an Bord weilte.

Während er durch den Korridor zu einer zweiten neutralen Tür ging, erinnerte Patterson sich an die Worte von Konteradmiral Luther Cox, dem Arzt des Weißen Hauses.

*Als er das Oval Office nach dem Vortrag des Präsidenten verließ, war das Gesicht des älteren Arztes von Zweifeln zerfurcht. Cox ergriff Pattersons Arm, zog ihn mit sich in sein Büro und kam sofort zur Sache.*

*»Colonel, diese Reise wird kein leichter Jagdausflug. Eine Reihe der G7-Staatsoberhäupter sind, wenn ich es mal ganz platt ausdrücken darf, weit jenseits der Pensionsgrenze. Das trifft, zufälligerweise, auch auf den Präsidenten zu – allerdings*

*würde ich ganz einfach alles abstreiten, wenn Sie jemals auf den Gedanken kommen sollten zu behaupten, ich hätte etwas Derartiges verlauten lassen!«*

*Cox lachte verhalten, ehe er fortfuhr.*

*»Sogar ich kann nur raten, welchen Belastungen der Präsident gelegentlich ausgesetzt ist. Er hat mir von der Reise erzählt, ehe er es irgend jemand anderem offenbart hat. Er wollte von mir die Bestätigung, daß er diesem Unternehmen gesundheitlich gewachsen ist. Und ich gab ihm diese Bestätigung. Daran ist nichts zu deuteln. Ich wußte auch, wenn ich ihm diese Bestätigung nicht gegeben hätte, würde er trotzdem fliegen. Er ist eben so, wie er ist. Aber dieser Trip ist nun mal eine Belastung, die zu den anderen hinzukommt. An einem normalen Arbeitstag setzt er seine Unterschrift unter bis zu sechshundert Dokumente – was bedeutet, daß er sie lesen und eine Entscheidung finden muß. Das ist ein ungeheurer Druck. Und hinzu kommen all die anderen endlosen Probleme. An den meisten Tagen kommt es mindestens zu einer Krise, die nur er lösen kann, und häufig ist in diesem Moment die Krise vom Vortag noch nicht beigelegt. All das fordert seinem Körper und seinem Geist Unglaubliches ab. Und dieser Trip dürfte den Stress, unter dem er ständig steht, nur noch steigern.«*

*Erneut lachte Cox leise, aber es lag wenig Freude in diesem Lachen. »Die Leute sehen nur die äußere Fassade der Präsidentschaft. All die Vorteile, die zu diesem Job gehören – darunter auch Ihr tolles neues Flugzeug. Womit ich zum eigentlichen Punkt komme. Ein neues Flugzeug erfordert auch eine neue Art der medizinischen Betreuung des Präsidenten. Ich habe ihm erklärt – und er hat meine Erklärung akzeptiert –, daß ich zu alt bin, um ihn auf dieser Reise um die Welt zu begleiten.«*

*Patterson wartete, während der Konteradmiral sich seine Worte zurechtlegte.*

*»Die Menschen vergessen, daß die durchschnittliche Lebensdauer eines Präsidenten um etwa fünf Jahre unterhalb des nationalen Durchschnitts liegt, was bedeutet, daß die Ehre, das höchste gewählte Amt dieser Nation auszuüben, in Wirklichkeit eine Verurteilung zu einer verkürzten Lebenserwartung ist.*

*Beim Chef gibt es auch noch ein anderes Problem. Ich dachte, er würde über den Tod seiner Frau während jenes Angelausflugs hinwegkommen. Schließlich ist es mittlerweile sechs Jahre her, seit es geschah. Aber seit kurzem mehren sich bei ihm die Anzeichen, daß es ihn wieder beschäftigt. Er schläft nicht mehr so gut wie früher. Für jemanden, der sich selbst bis an die Grenze des Zumutbaren fordert, ist das nicht sehr gut. Er braucht seine Ruhe.«*

*Patterson schaute den Arzt an. »Sollten Sie mir das alles erzählen, Admiral?«*

*Cox seufzte. »Wahrscheinlich nicht. Aber ich habe beschlossen, in dieser Hinsicht etwas zu tun. Außer Ihren Flugbegleitern, die alle zumindest eine Ausbildung als Sanitäter hinter sich haben, kommt auch noch eine Ärztin zu Ihnen an Bord. Nach meinem Dafürhalten ist sie die Beste auf ihrem Gebiet. Neben Ihnen ist sie direkt für die Sicherheit des Präsidenten verantwortlich.«*

Während Patterson die neutrale Tür erreichte, meldete sich sein Pieper. Es war Locke, der Bescheid sagte, daß Morton an Bord sei. Patterson klopfte an die Tür, und eine Frauenstimme forderte ihn zum Eintreten auf.

## ACHTZEHN

United States Navy Surgeon-Commander Helen Curtis stand vor einem Arzneischrank und drehte sich um, als Patterson eintrat. Über ihrer Uniform trug Helen einen Arztkittel, dessen strahlendes Weiß das tiefe Schwarz ihrer Haut betonte. Hohe Wangenknochen und klare braune Augen ließen sie aussehen, als wäre sie gerade erst zwanzig geworden, und nicht wie jemand, der schon Mitte Dreißig war.

»Störe ich?« fragte er und blieb in der Türöffnung stehen.

»Überhaupt nicht.« Sie schaute sich im Zimmer um. »Ich bin ganz gut ausgestattet.«

»Das ging ja schnell.« Patterson schloß die Tür, lehnte sich dagegen und betrachtete sie mit sichtlichem Wohlgefallen.

Sie nickte. »In meinem Gewerbe gewöhnen Sie sich daran.«

Sie hatte eine rauchige Stimme, was durch den warmen Akzent des tiefen Südens unterstrichen wurde, wie er bereits feststellen konnte, als Konteradmiral Cox sie miteinander bekannt gemacht hatte. Sie waren alle hergekommen, um die Veränderungen zu begutachten, die im ehemaligen Wäschemagazin von Air Force One vorgenommen worden waren. Es war nun aufgeteilt worden in ihr Büro und, daran angrenzend, einen kleinen, bestens ausgerüsteten Operationssaal und ein Ein-Bett-Krankenzimmer. In der Zeit, die sie miteinander verbracht hatten, war er sich bewußt gewesen, mit den Augen einer fähigen Ärztin beobachtet zu werden. Dieser Ausdruck war auch jetzt vorhanden.

»Kann ich irgend etwas für Sie tun?« fragte Helen. Sie sah, daß er diese Frage mit unveränderter Miene zur Kenntnis nahm. Ein vorsichtiger Mann.

»Sie sind meine letzte Station. Ich lasse gleich die Triebwerke anwerfen.« Er ließ seinen Blick durch das Büro wandern. »Ich hätte niemals damit gerechnet, daß Sie für alles Platz finden würden.«

»Platzangebot und Anordnung sind im Grunde immer gleich, egal ob es um den Präsidenten oder um irgendeinen Marineeinsatz geht. Das ist das erste, was sie einem in Bethesda beibringen.«

Patterson schaute zur offenen Tür des Operationssaales. »Hoffen wir nur, daß Sie das niemals beweisen müssen, Commander.«

»Das hoffe ich auch. Aber deshalb bin ich hier. Ich bin

so etwas wie die Feuerwehr. Und nicht nur für den Präsidenten.« Sie deutete auf einen kleinen Aktenstapel auf ihrem Schreibtisch. »Ich habe mich über den Gesundheitszustand und die Krankengeschichten unserer anderen VIP-Gäste informiert.«

Patterson bemühte sich gar nicht erst, seine Verblüffung zu verbergen. »Von wo in Gottes Namen haben Sie das Material erhalten?«

»Also das«, antwortete Helen heiter, »fällt unter die Rubrik Geheiminformation. Aber unter uns und Admiral Cox, es wurde mir von der CIA geschickt. Es ist absolut erstaunlich, was in Langley alles auf Magnetband gespeichert ist.«

Sie begann eine Akte durchzublättern. »Es scheint, als hätte Yoshio Nagoda, der japanische Ministerpräsident, ein Skrotum so dick wie ein Baguette. Der Tumor ist zwar gutartig, aber er mußte sich seine Hosen mit einem speziellen Bruchband ausstatten lassen. Gott weiß, wie die Jungs in Langley das rausbekommen haben. Wahrscheinlich haben sie seinen Herrenschneider bestochen.«

»Oder den Hersteller des Bruchbandes«, meinte Patterson trocken.

Hellen lächelte und griff nach einer anderen Akte. »Bill McKenzie, der neue Mann in Ottawa, leidet unter dem Kimmelsteil-Wilson Syndrom.«

»Und was genau ist das?«

Sie fuhr in einem kompetenten Tonfall fort: »Eine Nebenerscheinung seiner Diabetes. Sie drückt sich in Hypertonie und Neigung zu Ödemen aus. Kimmelsteil war der deutsche Arzt, der diese Erscheinung als erster entdeckte. Wilson, ein englischer Arzt, entdeckte den Zusammenhang mit der Ödembildung. Bei jemandem in McKenzies Alter – er ist erst sechzig – muß man das im Auge behalten.«

In den Worten schwang einiges an Mitgefühl mit und erinnerte Patterson daran, daß sie auch ein Leben außerhalb dieser Räumlichkeiten führte. »Kann er denn überhaupt in diesem Zustand ungefährdet mitfliegen?« fragte er.

»Aber sicher. Solange er nicht zu sehr unter Stress steht oder er nicht in irgendeine atmosphärische Veränderung gerät. In einem solchen Fall könnte er Schwierigkeiten bekommen.« Sie lächelte wieder. »Aber ich denke, Sie haben Instrumente, die vor solchen Erscheinungen rechtzeitig warnen.«

Er nickte heftig. »Wir haben sogar Instrumente, die anderen Instrumenten mitteilen, was sie tun sollen.«

Sie hob die Schultern und meinte in ernstem Ton. »Was meinen Bereich betrifft, so sage ich immer, wichtig ist, was einem das eigene Gefühl rät. Wenn man das verliert, dann helfen einem auch alle Instrumente der Welt nicht mehr.«

Patterson lächelte. »Das kann ich im Prinzip nur unterstreichen. Jedes Instrument ist nur so gut wie die Hand, die es bedient.«

Er schaute zu, wie sie eine weitere Akte aufschlug.

»Arnold Bostock, der englische Premierminister, wurde wegen Syphilis in Oxford behandelt. Er ist außerdem in erhöhtem Maß herzinfarktgefährdet. Hoher Blutdruck. Lausige Cholesterinwerte. Die CIA meint, das käme von seinem jahrelangen Portweingenuß.«

Patterson konnte und wollte den ungläubigen Unterton in seiner Stimme nicht unterdrücken. »Glauben Sie wirklich, daß diese Informationen allesamt den Tatsachen entsprechen?«

»Auf jeden Fall ist es eine spannende Lektüre.«

Sie schlug die nächste Akte auf. »Staatspräsident Pierre Marceau von Frankreich. Leidet schon seit längerer Zeit an reaktiver Depression. Er unterzog sich einer Serie von Elektroschocks, als er sich offiziell wegen einer Schlankheitskur in eine angesehene Pariser Klinik begab. Laut der Krankenakte ißt er noch immer wie ein Scheunendrescher.«

»Hat die Schockbehandlung gewirkt?«

Er sah, wie sich ihre Augen verengten. Er konnte nicht

erraten, ob sie über seine Frage nachdachte oder darüber, weshalb er sie gestellt hatte.

»Das geht aus der Akte nicht hervor. Möglicherweise nein. Diese Art der Behandlung bietet allenfalls eine Erfolgschance von fünfzig Prozent, vorwiegend deshalb, weil niemand so richtig weiß, wie sie eigentlich wirken soll. Außer daß sie gewöhnlich einen Erinnerungsverlust zur Folge hat. Der Patient vergißt Telefonnummern oder Adressen, oder er kann sich nicht mehr daran erinnern, wichtige Entscheidungen treffen zu müssen oder getroffen zu haben. Wie zum Beispiel, ob Frankreich sich an einer Abstimmung bei den Vereinten Nationen beteiligen soll oder was er seiner Frau zum Geburtstag kaufen wollte.«

Plötzlich, dachte sie, erscheint er richtig verletzlich, als gebe es irgendeine wichtige Frage, auf die er verzweifelt eine Antwort suchte.

»Welchen anderen Behandlungen hat er sich sonst noch unterzogen?« fragte er leise.

Sie warf einen Blick in die Akte. »Im wesentlichen hat er Medikamente genommen, um seine Stimmungsumschwünge unter Kontrolle zu halten.«

Erneut tauchte Bron vor seinem geistigen Auge auf, um gleich wieder zu verschwinden. »Und hat das gewirkt?« wollte er wissen.

»Das steht hier auch nicht.« Sie lächelte plötzlich. »Es tut richtig gut zu erfahren, daß Langley auch nicht vollkommen ist.«

»Können diese Medikamente irgendwelche Nebenwirkungen hervorrufen?«

»Alkohol und fette Speisen sind absolut verboten.« Ihr Blick wanderte über eine Seite. »Nach diesen Angaben trinkt der Staatspräsident für einen Franzosen sowieso eher mäßig. Eine halbe Flasche Wein höchstens pro Tag. Und keine harten Sachen.«

»Und was ist mit dem Fliegen?«

Helen lachte. »Heutzutage kann wahrscheinlich jeder

Medizinstudent eine Arznei zusammenstellen, die auch einen Psychotiker zehn Meilen über dem Erdboden bei bester Laune halten kann.«

Patterson lehnte sich gegen die Tür. »Sonst noch etwas, das ich wissen sollte?«

Sie deutete mit einem Kopfnicken auf die anderen Akten. »Der deutsche Bundeskanzler, Helmut Stürmer, ist so stark wie ein bayerischer Ochse und ißt entsprechend. Drei Liter Bier am Tag sind bei ihm völlig normal. Im Gegensatz zu ihm ist der spanische Ministerpräsident Pedro Esplana geradezu ein Vorzeigemodell für die Weight Watchers-Bewegung.«

»Nun, das erleichtert mich, Commander.«

Sie lachte. »Wäre es nicht einfacher, wenn Sie mich einfach nur Helen nennen? Jemand könnte auf die Idee kommen, daß ich dieses Flugzeug lenke.«

Die Erwiderung darauf lag geradezu in der Luft.

»Das dürfte ebensowenig passieren, wie jemand auf die Idee kommen würde, daß ich ihm eine Spritze verpassen könnte.« Patterson nickte. »Okay. Ich nenne Sie in der Öffentlichkeit Doktor und Helen, wenn wir unter uns sind. Ich denke, in Bethesda haben Sie es genauso gehalten.«

Sie schob die Akten auf ihrem Schreibtisch zur Seite. »Nicht ganz. Die oberen Dienstgrade sind ziemlich hochnäsig, auch wenn sie nicht auf Station sind. Ich denke, es kommt daher, daß Bethesda das offizielle Krankenhaus des Präsidenten ist und so weiter. Was mich hier verblüfft hat, ist, wie lässig alle zu sein scheinen.«

»Das freut mich zu hören, Helen. Ich denke, es kommt daher, daß jeder genau weiß, was er zu tun hat.«

Erneut spürte Helen, daß irgend etwas unausgesprochen blieb. »Ich habe den Verdacht, daß Sie Ihre eigene Rolle total herunterspielen.«

Sie sahen einander an. Ihr Gesicht, dachte er, war attraktiv, obgleich es keines jener klassischen Merkmale enthielt, die man normalerweise mit Schönheit verband.

Aber das war es gerade, was sie so reizvoll erscheinen ließ. Seit Bron hatte er nicht mehr in dieser Form über eine Frau nachgedacht.

»Und wie nennen Sie sich? Edwin oder Ed?«

»Ed ist ganz in Ordnung.«

Für einen Moment zeigte sein Gesicht einen Ausdruck, der in Helen den Wunsch weckte, ihn dort zu erhalten, und in diesem Moment erkannte sie, wie attraktiv er immer noch war. Mrs. Patterson kann sich glücklich schätzen, dachte sie närrischerweise, wer immer sie auch sein mag. Falls es überhaupt eine gab.

»Ich kannte früher mal einen Ed«, erzählte sie. »Er war ebenfalls Pilot. Als ich das letzte Mal von ihm hörte, versuchte er noch immer, nach den Sternen zu greifen.«

»Sie haben sich nie mehr von ihm gewünscht?«

»Nein, es war niemals die richtige Situation. Und als ich endlich erkannte, daß ich durchaus bereit war, mehr von mir herzugeben, da war er weg«, erwiderte Helen vorsichtig.

»So etwas passiert leider zu oft.«

Die letzte Bemerkung, eher beiläufig ausgesprochen, enthielt einen Unterton des Bedauerns.

»Sind Sie verheiratet, Ed?«

»Ja. Im letzten Monat waren es drei Jahre.«

»Dann sind Sie ja noch fast in den Flitterwochen.« Sie lächelte. »Ganz bestimmt sogar.«

»So wird's wohl sein.«

Für einen Moment war sie verwirrt und ein wenig ratlos. Sie versuchte zu entscheiden, in welcher Weise diese Information ihre Einschätzung seiner Person veränderte. Aber alles, was ihr dazu einfiel, war, daß Ed Patterson eine eigene klare Vorstellung von sich selbst hatte und daß er nie gewollt hätte, daß jemand diese in Frage stellte oder zu beeinflussen versuchte. Mrs. Patterson, wer immer Sie sind, Sie sind wirklich eine glückliche Frau.

Helen sah Patterson an. »Wie läuft es denn so?« fragte sie schließlich.

»Ist das eine professionelle Frage an mich, oder betrifft sie das Flugzeug?« Es war lange her, seit er sich auf diese Art und Weise mit einer Frau unterhalten hatte.

»Das Flugzeug, nehme ich an, wird sich wohl bester Gesundheit erfreuen«, erwiderte sie fröhlich.

»Das kann ich Ihnen versichern. Es erfreut sich größerer Aufmerksamkeit und Fürsorge als jeder an Bord Anwesende. Nicht einmal der Chef wird so liebevoll gehätschelt.«

»Und wer hätschelt Sie? Wer entscheidet, daß Sie immer bei bester Gesundheit sind?«

»Nun, diese Frage stellt sich nicht«, sagte er schnell. »Und außerdem werden wir jedes halbe Jahr gründlich untersucht.«

Sie lachte leise. »Ich habe nur einen Scherz gemacht, Ed. Für mich sehen Sie völlig fit aus. Aber sollten Sie mal ärztlichen Rat brauchen, dann kommen Sie ruhig her – die Untersuchung geht aufs Haus.«

»Ich werd's mir merken.« Sein Tonfall änderte sich, als wollte er damit eine Stimmungsänderung anzeigen. »Wie sind Sie eigentlich an diesen Job gekommen?«

Helen fixierte ihn herausfordernd. »Sie meinen, weil ich eine Frau bin oder schwarz oder was?«

»Ich meine, weil Sie zu jung aussehen, um sich um den Chef zu kümmern.«

Helen lachte. »Lassen Sie sich nicht von Äußerlichkeiten täuschen, Ed. Ich habe sechs harte Jahre am Bethesda hinter mir. Und davor drei Jahre am Memorial in New York. Aber um Ihre Frage zu beantworten – ich habe bei der letzten Generaluntersuchung des Präsidenten assistiert, und wir schienen uns ganz gut zu verstehen. Zumindest hat er das dem Admiral erzählt. Daher bin ich jetzt hier. Und wie ich schon sagte …«

Das aufgeregte Signal von Pattersons Pieper unterbrach sie mitten im Satz. Sie sah, wie ein Ruck durch ihn ging, während er den Hörer ans Ohr hielt. Er sah plötzlich viel älter und erschöpfter aus, während er lauschte.

»In Ordnung«, sagte er und schaltete den Pieper aus.

»Ein Problem, Ed?«

»Nichts, weshalb Sie sich Sorgen machen müßten.« Er zwang sich zu einem Lächeln. »Aber ich sollte mich lieber sofort darum kümmern.«

Er machte kehrt und verließ den Raum. Wie sollte er ihr erklären, daß Bron tatsächlich das Unfaßbare getan hatte?

Bodor erwachte, während der erste matte graue Schimmer am Himmel den Beginn des neuen Tages ankündigte. Seine Augen waren vom Schlafmangel und von den langen Stunden totaler Konzentration während der letzten Tage gerötet, und sein Geist begann bereits aufzulisten, was er an diesem bevorstehenden langen Arbeitstag alles tun müsse. Genauso war es vom ersten Moment an gewesen, als er in diesem gigantischen unterirdischen Komplex eingetroffen war.

Während des Golfkriegs war dieses unterirdische Labyrinth für Saddam Hussein eine Reservezentrale gewesen. So tief eingegraben war es, daß er feststellen konnte, daß auch die stärksten amerikanischen Bomben nicht bis hier unten vordrangen. Nun, während er die erste Bewegung draußen an der Außengrenze beobachtete, entsann er sich der Angst, die der Anblick erzeugt hatte, als er das erste Mal davor gestanden hatte.

*Der irakische Armeeoffizier fuhr mit ihm eine Stunde lang in südlicher Richtung bis zu einem Militärflugplatz. Dort duschte er und wechselte von seinem kurdischen Bauernkostüm in die Kleider, die für ihn bereitlagen. In einer Jackentasche fand er eine gefüllte Spritze und setzte sich sofort einen Schuß. Als das Kokain durch seinen Körper kreiste, hatte er plötzlich ein Gefühl, als krabbelten Käfer unter seiner Haut herum. Dieses Gefühl dauerte nur einen kurzen Moment, bis die vertraute Stimmung des totalen Wohlbefindens von ihm Besitz ergriff. Aber in die-*

*sem Moment empfand er eine schreckliche Angst. Die Wirkung der Droge ließ viel schneller als sonst nach, und er entschied, daß das Rauschgift von schlechter Qualität gewesen sein mußte. Als er in den Helikopter stieg, fühlte er sich müde, sein Mund war völlig trocken, und er schwitzte leicht. Er sagte sich, daß dies eine Folge der ständigen Anspannung und Nervosität während seiner Reise sei, die durch das minderwertige Kokain nur verstärkt würde.*

*Sie flogen niedrig genug, um die zerbeulten Kriegstrümmer im Sand zu sehen. Der Iraker erklärte, es wären die Überreste von amerikanischen Panzern und Flugzeugen. Bodor hatte sich nicht täuschen lassen. Es war genug von den ausgebrannten Karosserien übrig, um die irakischen Hoheitszeichen deutlich erkennen zu können. Am späten Nachmittag landeten sie auf einem Flugplatz südlich von Bagdad.*

*Auf der Rollbahn stand der Arrangeur. Er wirkte genauso gemessen und selbstsicher wie eh und je, und erneut war da dieses Gefühl, daß eine unsichtbare, mächtige Kraft hinter ihm stand. Dieser Eindruck vertiefte sich noch, da er keine Fragen über ihren Flug von Moskau hierher stellte. Es war, als wüßte er längst, was passiert war.*

*Sie fuhren auf einer Schotterstraße in einer Limousine mit getönten Fenstern weiter. Es war der Wagentyp, der in Moskau nur von jemandem benutzt wurde, der ein alter Anhänger der Neuen Ordnung war. Ein ungewöhnliches Merkmal war, daß die Trennscheibe undurchsichtig war, so daß der Fahrer sie nicht sehen konnte. Die Trennscheibe war kugelsicher, erklärte der Arrangeur, und fügte hinzu, daß der Wagen früher Saddam Hussein gehört habe. Nach einer Weile ging die Straße in eine Geröllstrecke über. Während die Sonne unterzugehen begann, befahl der Arrangeur dem Fahrer anzuhalten. Sie kletterten aus klimatisiertem Komfort hinaus in die Hochofenhitze der Wüste.*

*Auf seine untrainierten Augen wirkte die Landschaft absolut trostlos. Aber der Arrangeur machte auf die Spuren von Wüstenfüchsen aufmerksam, und für einige Zeit schien er von diesem kahlen Ort derart verzaubert zu sein, als wäre es seine völlig natürliche Umgebung. Schließlich verdunkelte sich der*

*Himmel schlagartig, bis nur noch ein bleicher Lichtstreifen am Horizont übrig war. Der Arrangeur beendete schließlich die Pause und führte ihn zurück zum Auto.*

*Sie kamen an einem Wachtposten an, der tatsächlich verlassen aussah, bis ein Soldat aus der Hütte auftauchte. Der Arrangeur sagte etwas auf arabisch, und der Soldat salutierte, ehe er sie durch die Sperre winkte. Eine Stunde später, nachdem er zwei weitere Kontrollpunkte hinter sich gebracht hatte, blieb der Wagen vor einem Steinhaufen im Sand stehen. Hier gabelte sich die Straße. Der Wagen entschied sich für die linke Straße und fuhr nach einiger Zeit zwischen Sanddünen hindurch, die eine Stille ausstrahlten, die er noch nie zuvor kennengelernt hatte.*

*Die Fahrt dauerte in einem Zustand erhöhter Wachsamkeit an, so daß er das Gebell der Hunde schon einige Zeit hörte, ehe die Tiere aus der Dunkelheit auftauchten. Sie waren in einem von Stacheldraht umgebenen Gelände eingesperrt. Ein Tor im Stacheldrahtzaun schwang auf, um den Wagen durchzulassen. Sie fuhren noch ein Stück, bis sie zu einer natürlichen Felsformation gelangten, die einen gewölbten Bogen bildete. Hinter diesem Bogen befand sich die Mündung eines Tunnels. Der Wagen verlangsamte seine Fahrt und fuhr mit knirschenden Reifen in die Tunnelöffnung. Plötzlich wechselte die Bodenbeschaffenheit, und sie rollten auf glattem Asphalt bergab. Nach einer Biegung verbreiterte sich die Zufahrt, so daß zwei Wagen nebeneinander Platz hatten. Aber kein Fahrzeug näherte sich aus der Gegenrichtung. Die Limousine stoppte und startete wieder, fuhr weiter und blieb wieder stehen, als befände sie sich in einem Verkehrsstau. Der Arrangeur erklärte, daß der Wagen nun elektronisch gelenkt würde.*

*Am Ende der Rampe glitt ein hydraulisch betriebenes Stahlgitter hoch und schloß sich hinter dem Wagen. Sie befanden sich nun in einem hell erleuchteten Raum. Als der Motor erstarb, war der Klang einer Alarmglocke zu hören, gefolgt von einem Gefühl des Sinkens. Er begriff, daß sie in einem Lift standen, der, soweit er es abschätzen konnte, mit ungefähr dreißig Metern pro Minute abwärts fuhr. Rund zwei Minuten vergingen, ehe die Abwärtsfahrt endete. Sie gelangten in einen weiteren hell erleuchteten Raum. Es war ein tunnelähnlicher Flur, der ihn an einen Bergwerksstollen erinnerte, den er mal im Ural gesehen hatte. Auf die Wände waren Pfeile aufgemalt, die den Weg wiesen. Der Fahrstuhl fuhr bereits mit dem Wagen wieder nach oben zur Erdoberfläche. Am Ende des Ganges traten sie durch eine Stahltür. Dahinter wartete eine Rolltreppe, die sie zu einer noch tiefer gelegenen Etage hinuntertrug. Auch hier erstreckte sich vor ihnen ein langer Korridor. Links und rechts waren Türen zu sehen, die mit Zeichen versehen waren, die ihm vertraut waren. Er betrachtete sie mit wachsendem Staunen. Sie waren identisch mit den Zeichen auf einigen Türen seines eigenen Betriebs in Rußland.*

*»Willkommen in Ihrem neuen Forschungszentrum«, sagte der Arrangeur und öffnete eine Tür. Im Arbeitsbereich hatte man sich große Mühe gegeben, die Forschungseinrichtung zu kopieren, die auf Befehl der Vertreter der Neuen Ordnung in Moskau zerstört worden war. Es gab identische Zentrifugen, Laserbänke, computergesteuerte Transformatoren und Schweißapparate. Und nicht nur das – hier waren auch die wichtigsten Leute seines alten Teams zugegen.*

*Auch sie starrten ihn verblüfft an. Nachdem er sie mit einem zerstreuten Kopfnicken begrüßt hatte, nahm er den Arrangeur beiseite und fragte ihn, wie all das hatte organisiert werden können.*

*Der Arrangeur lächelte rätselhaft und erwiderte, dazu seien sehr viel Geld und eine enorme Planung nötig gewesen. Und auch jetzt war dieses Gefühl, sich in den Händen einer nahezu allmächtigen Organisation zu befinden, geradezu überwältigend. Plötzlich erfüllte ihn diese Erkenntnis mit großer Erregung. Etwas, das so mächtig war, wäre zu wirklich allem fähig.*

*Während des Abendessens erklärte der Arrangeur, weshalb er hierhergebracht worden wäre. Er wäre im Besitz von Kenntnissen, über die niemand anderer im gesamten Komplex verfügte. Sie schüttelten sich die Hände, ehe der Arrangeur sich empfahl, und dann kündigte das zunehmende Licht den Beginn eines neuen Tages an.*

Auf dem Monitor waren die Hunde draußen an der Grundstücksgrenze verstummt. Es war das Vorspiel zu ihrem tödlichen Werk. Getrieben von Hunger, begannen sie erneut, einen aus ihrer Mitte als Opfer auszuwählen. Zuerst umkreisten sie ihren Gefährten, bildeten einen Ring, aus dem er nicht entweichen konnte. Dann startete der Rudelführer den ersten Angriff, stürzte knurrend vor und schnappte nach der Kehle des Opfers. Andere beteiligten sich an der Attacke. Nach wenigen Sekunden war es vorüber. Dieses Gemetzel berührte ihn nicht mehr, und er dachte daran, daß er in der Zeit, die er hier war, auch andere Erscheinungen seines neuen Lebens hier mit ähnlicher Gleichgültigkeit hinzunehmen gelernt hatte: die schlechte Verpflegung, die nächtliche Kälte, die einen feuchten Glanz auf den Betonwänden entstehen ließ, und die Tageshitze, die, gegen Mittag, regelmäßig die Klimaanlage völlig überforderte.

Sogar seine Kokainrationen waren eingeschränkt worden. Jeden Morgen lag ein verschweißtes Päckchen mit einer gefüllten Injektionsspritze vor seiner Tür. Bodor hatte keine Ahnung, wer es dort deponierte. Ein weiteres Päckchen wartete auf ihn, wenn er von der Arbeit zurückkehrte.

Selbst jetzt konnte er noch immer nicht ganz glauben, was seit seiner Ankunft geschafft worden war. Wofür er in Rußland Wochen gebraucht hatte, um es zu erreichen, wurde hier in Tagen erledigt – manchmal sogar in Stunden. Um die Einrichtung und das Personal so heimlich und schnell bereitzustellen, mußte ein unbegrenzter Etat zur Verfügung stehen. Dank der Konstruktionszeichnungen und indem sie Tag und Nacht arbeiteten, hatten sie die ersten Gehäuse hergestellt. Diese waren einer Reihe von Tests unterzogen worden, die stets mit der Zerstörung der Gehäuse endeten. Danach wurden die Ergebnisse analysiert und Verbesserungen bei der nächsten Gehäusegeneration vorgenommen.

Falls weitere Tests zufriedenstellend verliefen, würde

schon heute der erste Nuklearzünder eingebaut. Dann folgte der erste Abwurftest, durchgeführt von einer Frau.

Sie hatten sich am Vortag kennengelernt, als sie in die Wüste hinausfuhren, um das Abwurfgebiet zu inspizieren. Sie hatte ihn herausfordernd angelächelt, und er erkannte in diesem Moment, daß sie gefährlich werden könnte. Schon ihr Name verhieß Sinnlichkeit und Leidenschaft: Zita Marcello.

Er seufzte beunruhigt. Während der Nacht hatte er schon wieder an sie gedacht.

In seinem Büro beendete Ignatius Bailey sein Telefongespräch mit Li Chung, dem Präsidenten der Sterling Group, der größten Investmentbank Hong Kongs. »Ich höre sehr wohl, was Sie erklären, Mr. Li. Aber der erste Fehler wurde von Ihren Leuten gemacht.«

»Wir haben die nötigen Informationen nicht geliefert«, erwiderte die hohe Stimme protestierend auf der anderen Seite des Pazifik.

»Das gehört nicht zur Sache. Absolut nicht. Sie haben uns diese Biotechfirma angeschleppt. Wir haben sie in gutem Glauben in Meridian eingegliedert. Auf Ihre Empfehlung hin«, betonte Bailey. »Und jetzt haben wir möglicherweise einen Prozeß am Hals.«

»Hackett und Marshall waren für die Informationsbeschaffung zuständig, Mr. Bailey. Und sie sind Ihre Leute.«

»Eine kleine Korrektur. Sie sind unsere Berater. Eine von hundert Anwaltskanzleien, die wir gelegentlich einsetzen. Aber Hackett und Marshall konnten nur mit dem Material arbeiten, das Ihre Leute geliefert haben. Und das scheint bei weitem nicht genug gewesen zu sein.«

Ein Jahr zuvor hatte Sterling den Erwerb einer Firma empfohlen, die im medizinischen Bereich tätig und praktisch über Nacht hochgeschossen war. Grundlage ihres Erfolgs war die Ankündigung, ein Produkt entwickelt zu haben, das zwar noch kein Allheilmittel gegen AIDS war, so doch zumindest das Leben von AIDS-Kranken erheblich verlängern könnte. Meridian hatte sich entschlossen, mit dieser Meldung an die Öffentlichkeit zu gehen. Nun hatte eine vom Kongress eingesetzte medizinische Prüfungskommission erklärt, daß die im Zusammenhang mit diesem Produkt aufgestellten Behauptungen keinesfalls bestätigt werden könnten und nahezu jeder Grundlage entbehrten. Eine Menge Investoren würden ihr Geld verlieren.

Das Problem war in den verschiedenen Ebenen des Meridian-Managements beraten worden, ehe es auf dem Tisch der Unternehmensleitung gelandet war. Hier war es ausgiebig in den verschiedenen Büros diskutiert und jedesmal mit einer anderen Empfehlung versehen worden, bis es nun in Baileys Händen lag. Letztendlich war er der einzige, der entscheiden konnte, wie die Angelegenheit geregelt werden sollte.

»Meridian kann es sich nicht leisten, in seine solche Affäre hineingezogen zu werden, Mr. Li. Die vom Kongreß eingesetzte Kommission meint, daß das, was diese Firma getan hat, einem Betrug ziemlich nahe kommt. Einige ihrer Rechenschaftsberichte haben sich auch als Schwindel herausgestellt. Die Sache muß beigelegt werden. Es gibt keine andere Wahl. Entweder wir kommen zu einer Einigung, oder auf uns kommt noch Schlimmeres zu.«

Aus Hong Kong drang ein betretenes Räuspern durch die Leitung. »An wieviel hatten Sie denn gedacht?« fragte ein ziemlich unglücklicher Mr. Li.

Bailey warf einen Blick auf seinen Computer. Auf dem Monitorschirm war die Summe zu lesen, die die Kostenabteilung errechnet hatte.

»Wir brauchen hundertfünfzig Millionen, um die Investoren auszuzahlen. Weitere zwei Millionen, um die Schädigung des öffentlichen Ansehens in Grenzen zu halten. Ein ziemlich teurer Irrtum, Mr. Li. Aber wir müssen uns einigen. Wir zahlen – und schicken Ihnen die Rechnung.«

Der pfeifende Atemzug am anderen Ende der Leitung klang wie ein statisches Rauschen. »Soviel Geld bekommen wir nicht zusammen, Mr. Bailey.«

Bailey reagierte schnell. »Doch, das können Sie. Ihre Rechnungen des letzten Quartals an uns beliefen sich auf neunzig Millionen. Wir strecken die Zahlungen über drei Quartale. Bei festen Zinsen. Das ist das Äußerste, was ich Ihnen anbieten kann.«

Der Stimme aus Hong Kong war die Niederlage deutlich anzuhören. »Und dann?«

»Bis zur endgültigen Abwicklung muß ich Sie bitten, alle Geschäfte für uns ruhen zu lassen.«

»Aber das bedeutet, daß wir fast dreihundert Millionen Dollar verlieren …«

»Irrtümer sind immer teuer. Seien Sie lieber froh, daß wir über die Mittel verfügen, um die Affäre für Sie zu bereinigen, Mr. Li.«

»Ich bin Ihnen ja dankbar, Mr. Bailey. Sehr sogar. Nachdem wir quitt sind … können wir dann so weitermachen wie bisher …?«

Bailey lachte rauh. »Meinen Sie, weitere Fehler zu machen?«

»Nein, mit Ihnen zusammenzuarbeiten.«

»Erst wickeln wir ab, dann reden wir miteinander.«

»Ich verstehe.«

»Ich lasse Ihnen umgehend ein Fax schicken, in dem unsere Vereinbarung bestätigt wird.«

Nachdem Bailey aufgelegt hatte, diktierte er ein Memo, in dem er verfügte, daß die Geschäftsbeziehungen mit Sterling abzubrechen seien, sobald die letzte Zahlung erfolgt wäre.

Einen kurzen Moment später meldete sich das Modem wieder mit einem leisen Summen und kündigte einen Anruf an. Er wandte sich zum Bildschirm um. »Wer ist es, Susie?«

»Das Weiße Haus, Mr. Bailey. Sie versuchen es schon wieder.«

»Teilen Sie den Leuten mit, Sie könnten mich nicht erreichen.«

»Kann ich ihnen einen Zeitpunkt nennen, wann Sie zu sprechen sind?«

»Nein.«

Er wandte sich vom Bildschirm ab. Er wußte längst, weshalb das Weiße Haus anrief.

## NEUNZEHN

Morton saß auf dem Notsitz im Cockpit von Air Force One und hörte den Vorbereitungen für den Start zu. Kerr und Top Sergeant Mike Turner, der Bordfunker, gingen ihre eigene Checkliste durch, und kurz vorher, nachdem ein Angehöriger der französischen Bodenmannschaft das Ende des Tankvorgangs angezeigt hatte, hatte Locke angeordnet, den Energiewagen auf der Rollbahn von der Maschine zu trennen. Er lieferte den Strom, bis auf die Batterien der Maschine umgeschaltet wurde. Alles war bereit zum Anlassen der Triebwerke. Aber der Pilotensitz blieb leer.

Falls Locke über Pattersons Fehlen verblüfft war, so ließ er sich jedenfalls nichts anmerken, während er fortfuhr, Morton über die Geschichte der präsidialen Flugaktivitäten aufzuklären.

»Es fällt einem heute schwer, es zu glauben, aber bis 1943 ist kein amerikanischer Präsident jemals geflogen. Man hielt es für zu gefährlich. Franklin Roosevelt änderte das, als er sich mit Winston Churchill in Casablanca traf. Für Roosevelt ging es darum, entweder zu fliegen – oder zu riskieren, von einem U-Boot torpediert zu werden. So flog er von Miami nach Trinidad, dann rüber nach Dakar in Westafrika, und schließlich in Richtung Norden nach Casablanca. Es muß eine ziemlich beschwerliche Reise gewesen sein. Roosevelt verbrachte sie zum größten Teil in der Nähe des Notausstiegs, ausgerüstet mit einer Schwimmweste und einem Fallschirm. Der Pilot hatte den Befehl, daß seine erste Maßnahme, falls sie abstürzten, darin bestand, den Präsidenten ins Wasser zu schubsen. Das Flugzeug war eine Boeing 314, in jeder Hinsicht ein echter Knochenschüttler, aber Roosevelt gefiel diese neue Erfahrung. Er war auch seit Abraham Lincoln der erste Präsident, der in ein Kriegsgebiet reiste. Er besuchte als erster Afrika. Und er war der erste, der die Vereinigten Staaten in Kriegszeiten verließ.«

Locke grinste. »Und er begründete eine Tradition, die noch gebrochen werden muß. Der Pilot gehörte stets der Luftwaffe an. Und seitdem ist es die Aufgabe der Luftwaffe, den Präsidenten zu fliegen. Bisher haben wir noch keinen verloren.«

»Wie suchen Sie die Crews aus?« fragte Morton.

»Nicht nur die Crews. Jeder Mann und jede Frau in der 89th, das ist das Präsidentengeschwader, ist handverlesen. Die Bezahlung ist die gleiche, und die Arbeitszeit ist lang. Wenn man nicht gerade den Chef fliegt, dann tut man zum Training aber trotzdem so als ob. Man probiert fremde Routen und neue Flughäfen aus und ist ständig unterwegs. Das ist nicht unbedingt ein Leben, wie jeder es sich vorstellt und wünscht. Aber wir lehnen noch immer zwei von dreien ab, die sich bewerben.«

Turner schaute grinsend von seinen Instrumenten hoch. »Ich war in einer Bar, als dieser Knabe erschien und sagte: ›Ich habe gehört, Sie kennen sich mit Funkgeräten aus.‹ Ich sagte: ›Kann schon sein‹. Und schon schilderte ich meinen militärischen Werdegang, erzählte von meiner Familie, zählte praktisch alles auf, was ich getan habe, seit ich in die Armee eingetreten bin. Es stellte sich raus, daß der Typ vom FBI war. Er rief einen anderen Typen zu sich, der sich als Personaloffizier der 89th entpuppte. Wie es schien, hatten sie mich schon wochenlang auf dem Kieker. Und als nächstes mußte ich zu meinem kommandierenden Offizier und wurde gefragt, ob ich Lust hätte, mich zum 89th versetzen zu lassen. Das war vor einem Jahr. Und jetzt habe ich noch drei vor mir.«

»Und es macht Ihnen immer noch Spaß?« erkundigte Morton sich.

»Das ist sicher nichts für jedermann. Aber es befriedigt die Neugier. Ich habe mehr von der Welt gesehen als die meisten Menschen in ihrem ganzen Leben«, erwiderte Turner.

»Das muß korrigiert werden – mehr Flughäfen auf der Welt«, rief Kerr von seinem eigenen Instrumentenbrett mit seinen Hunderten von Blinklichtern und Schaltern herüber.

»Vergangenes Jahr besuchten wir einunddreißig Länder«, meinte Locke zu Morton. »Die meiste Zeit kamen wir gar nicht aus dem Flughafengelände heraus.«

Kerr hielt einen Augenblick in seinem Instrumentencheck inne. »Was ich auf diesen Reisen gelernt habe, ist, daß nichts über die gute alte Küche zu Hause geht.«

Morton dachte, daß Flugzeugbesatzungen auf der ganzen Welt gleich waren, indem sie niemals den Blick für die grundlegenden Dinge verloren, niemals aus den Augen verloren, was wirklich wichtig war. Ringsum reagierte eine Galaxis hellgelber und grüner Drehknöpfe und Skalen weiterhin auf jede Berührung.

»Wenn Ihre Dienstzeit hier vorbei ist, können Sie dann hierbleiben, wenn Sie wollen?« wollte Morton von Locke wissen.

»Das geschieht eher selten. Zum einen ist die Konkurrenz groß. Und dann haben die meisten von uns am Ende das Gefühl, daß es Zeit wird, weiterzuziehen und etwas anderes zu machen.«

Der Copilot wandte sich wieder zu seinen Instrumenten um, und die letzten Vorflug-Checks wurden fortgesetzt: Notausstiegsbeleuchtung intakt, Schalter für hydraulische Flugkontrolle und Schergefahr aktiv, Versorgung der Motoren mit Enteisungsflüssigkeit im Bedarfsfall gewährleistet; Druckanpassung der Kabine funktionsbereit. Die Routine der Bestätigung ging unbeirrt und konzentriert weiter.

»Der Colonel ist auf dem Weg nach unten!« rief Locke aus. Einen Moment später hatte ein Angehöriger der Kabinencrew über sein Kopfhörermikrofon gemeldet, daß Patterson das obere Deck verlassen hatte.

»Schnallen Sie sich lieber an. Der Colonel will sicherlich starten, sobald er hier ist.« Über die Schulter lieferte er Morton eine Erklärung. »Wir sind berühmt für schnelle Starts. Das ist etwas, das allen Präsidenten gefällt.«

Unten auf dem Asphalt entfernte sich der letzte der Tankwagen.

»Wir sind ein wenig schwerer beladen als auf dem Herflug«, verkündete Kerr.

»Kein Problem«, erwiderte Locke. Dann stieß er einen leisen Fluch aus. »Wir haben offenbar einen Defekt an der hinteren Frachtluke.«

Morton sah auf der Instrumententafel über Lockes Sitz ein rotes Blinklicht.

»Versuchen Sie mal den Schalter«, schlug Kerr vor.

Locke griff nach oben und betätigte den Kippschalter mehrmals. Das Blinklicht erlosch nicht. Während er es erneut versuchte, öffnete sich die Kabinentür.

Patterson trat ein und streckte Morton die Hand entgegen.

»Tut mir leid, daß ich Sie nicht persönlich begrüßt habe«, erklärte der Pilot.

»Ich kann mir vorstellen, daß Sie alle Hände voll zu tun haben«, entgegnete Morton.

»Danke.« Pattersons Blicke glitten dabei über die Instrumententafeln.

»Es sieht so aus, als hätten wir ...«, setzte er an.

Das rote Blinklicht erlosch.

»Problem gelöst ...«, begann Locke, während Patterson nach dem Mikrofon der Sprechanlage griff und eine Nummer wählte.

»Chief, wir hatten ein rotes Licht an der hinteren Frachtluke.«

Sie alle hörten Sutters Antwort. »Ich schaue bereits nach, Colonel.«

Morton bemerkte den kurzen Blick, den Patterson Locke zuwarf. Der unausgesprochene Tadel war klar. Locke hätte eine sofortige Überprüfung der Luke anordnen müssen.

Patterson schlängelte sich an Morton vorbei und nahm seinen Platz ein.

Während er sich anschnallte, hoffte er, daß ihm niemand seine Erschütterung über das anmerkte, was Bron getan hatte.

*Sie war an den Schreibtisch in seinem Arbeitszimmer zu Hause gegangen und hatte sein Verzeichnis besonderer Telefonnummern gefunden. Sie gehörten alle zu seinem Job, und unter ihnen befand sich auch die Nummer der direkten Verbindung mit dem Apparat auf dem Schreibtisch des Präsidenten in der Air Force One. Die Nummer hatte die Vorwahl von Washington, das hieß, alle Gespräche zwischen Air Force One und irgendeinem Punkt der Erde wurden wie Ortsgespräche berechnet, eine Sparmaßnahme, die Präsident Reagan sich ausgedacht und eingeführt hatte.*

*Patterson wußte, daß Bron die Nummer des Präsidenten rein zufällig erwischt hatte. Er hatte einen kurzen Moment Zeit, zu überlegen, was geschehen wäre, wenn der Chef an Bord gewesen wäre, als Bron auch schon anfing, ihn zu beschimpfen, weil er noch in Washington war, obgleich er erklärt hatte, er würde nach Paris fliegen. Je länger er versuchte, sie zu beruhigen, desto wütender wurde sie.*

*»Jetzt hörst du mir erst mal zu! Ich weiß genau, was bei dir läuft, du verlogener Hurensohn«, kreischte sie.*

*»Bron, wir wollen gleich starten«, flehte er sie an. »In ein paar Stunden bin ich zu Hause. Dann können wir reden.«*

*»Du willst mir wohl noch mehr Lügen auftischen, oder? Wo*

*bist du – in irgendeiner dreckigen Absteige? Das ist wahrscheinlich alles, was du dir leisten kannst ...«*

*»Bron! Bitte ...«*

*»Von wegen ›Bron, bitte‹! Ich weiß genau, was du treibst. Das, was alle Piloten treiben ...«*

*»Bron, ich kann mich ganz einfach jetzt nicht mit dir unterhalten. Warte, bis ich zu Hause bin, dann kann ich alles erklären ...«*

*Ihre Stimme überschlug sich. »Du redest jetzt mit mir ...« Er unterbrach die Verbindung.*

*Für eine Weile war er in der Kabine des Präsidenten sitzengeblieben und fühlte sich leer und ausgelaugt. Schließlich hatte er alles aus seinem Bewußtsein verdrängt und das Flugdeck aufgesucht.*

»Colonel, hier ist Sutter«, drang die Stimme aus dem kleinen Cockpitlautsprecher. Der Crew-Chief benutzte ein Mobilfunkgerät, um sich von der Rollbahn zu melden. »Was sehen Sie – *jetzt*?« fragte Sutter.

»Rot«, meldete Patterson.

»Okay, bleiben Sie auf Empfang. Es sieht so aus, als wäre die Verriegelung nicht richtig geschlossen gewesen.«

Aus dem Lautsprecher drang das Geräusch einer großen Stahltür, die zugeschlagen wurde. Das rote Licht blinkte noch einmal und erlosch endgültig. Zur Sicherheit wiederholte Sutter diesen Vorgang noch einmal. Das rote Blinklicht blieb dunkel.

»Problem gelöst, Crew-Chief«, gab Patterson durch.

Nachdem Sutter an Bord zurückgekehrt war, gab Patterson den Befehl, die Triebwerke zu starten.

»Start Nummer zwei«, wiederholte Locke.

Die innen liegende Turbine lief rumpelnd an und erzeugte nach und nach ein gleichmäßiges Dröhnen. Die Nadel des Drehzahlmessers zitterte und beruhigte sich dann.

»Zwei läuft«, meldete Locke.

»Start Nummer eins«, verlangte Patterson.

»Start Nummer eins.«

Morton lauschte dem vertrauten Ritual und wußte, daß beide Piloten sich auf einen sechsten Sinn verließen, der schon frühzeitig bei ihnen ausgebildet worden war. Er mochte Patterson auf Anhieb. Trotzdem schien er von irgend etwas oder irgendwem behelligt zu werden. Das zeigte sich an der harten Linie seines Unterkiefers, an der Art und Weise, wie er viel zu gerade dasaß, um sich dabei richtig wohl zu fühlen.

»Start drei und vier«, gab Patterson an Locke durch.

»Drei und vier starten.«

Das letzte der vier Triebwerke erwachte zum Leben, summte anfangs nur leise und entwickelte schon bald einen ohrenbetäubenden Lärm.

»Wir können anrollen«, sagte Locke.

»Dann los«, befahl Patterson.

Air Force One erzitterte unter der Antriebskraft der Turbinen und setzte sich dann langsam in Richtung Startbahn in Bewegung.

Zita kam sich zunehmend verlorener vor, als ein weiteres Stahltürenpaar sich hinter ihr schloß. Die nackten Leuchtstoffröhren an der Tunneldecke peinigten ihre Augen. Der Overall aus Jeansstoff, völlig neutral bis auf ihr Namensschild, klebte in der Hitze feucht an ihrer Haut. Ihr Führer, der stumm neben ihr herging, schien solche Probleme nicht zu haben.

Hier unten trug jeder die gleiche Uniform. Sie war überzeugt, daß es dazu beitragen sollte, eine Atmosphäre der Anonymität zu schaffen. Die Leute arbeiteten, aßen und schliefen; es gab so gut wie keine privaten Kontakte. Der Wohnkomfort war minimal, wahrscheinlich weil der Aufwand, so tief unter der Erdoberfläche etwas Geräumiges zu bauen, enorm sein mußte. Ihr eigenes Quartier, so klein es auch war, war immer noch größer als die Räumlichkeiten der meisten anderen Bewohner dieser Anlage. Sie teilten sich zu zweit zellenartige Einheiten, die sie an die polizeilichen Arrestzellen erinnerten, die sie von Zeit zu Zeit bewohnt hatte.

Nach einer ersten Besichtigung des Ballonstartplatzes verbrachte sie die meiste Zeit allein in ihrem vorübergehenden Heim. Vor einem Augenblick, auf dem Weg, um die geringfügigen Änderungen an der Gondel, um die sie gebeten hatte, zu kontrollieren, hatte ihr Führer über seinen Pieper den Befehl erhalten, sie sofort in ihr Quartier zurückzubringen. Wie üblich wurde keinerlei Begründung für diese Änderung des Plans genannt.

All das hatte ihre innere Anspannung gesteigert, die ohnehin schon durch die Erkenntnis genährt wurde, daß sie atmen konnte, dabei aber nicht wußte, ob es wirklich frische Luft war, die sie in ihre Lungen aufnahm. Ich kann laufen, sagte sie sich, aber ich kann keinen Spaziergang im klassischen Sinn unternehmen. Und die einzige Sonne, die sie gesehen hatte, hatte auf einem Monitorschirm geschienen. Mehrmals hatte sie Bodor gesehen, wie er entweder eilig aus einem Raum herauskam oder genauso eilig in einem anderen verschwand. Abgesehen von einem flüchtigen Gruß hatte er sie ignoriert.

»Wo sind wir jetzt?«

»Es ist nicht mehr weit«, erwiderte der Mann und warf einen verlegenen Blick zur Seite.

Sie verspürte eine innere Unruhe. Mit der inneren Anspannung war auch die alte, ach so vertraute Gier zurückgekehrt. Die Feuchtigkeit zwischen ihren Beinen war nicht länger nur Schweiß. Es war auch Scham.

»Wie heißen Sie?« fragte sie und beschleunigte ihre Schritte, um zu ihm aufzuholen.

»Kunsk.«

Sie sah, wie seine Wangen sich röteten. »Sind Sie Russe?«

Bodor hatte jeden ermahnt, sich von der Frau möglichst fernzuhalten.

»Georgier«, meinte Kunsk schließlich.

»Kunsk aus Georgien«, wiederholte sie.

Von irgendwo über ihr drang der Lärm von Maschinen zu ihnen herab. Sicherlich würde Bodor irgendwo da oben sein, wo er allen mit seinen unverschämten Forderungen auf die Nerven ging.

»Arbeiten Sie gerne für Bodor?« Zita sah, wie er scharf einatmete.

»Wie bitte? Weshalb Sie fragen?« Er atmete aus, als bliese er Zigarettenrauch aus.

Sie lächelte ihn an. »Es ist schon okay. Ich werd's niemandem verraten.«

Kunsk bemühte sich um eine ausdruckslose Miene. »Wie bitte? Ich nicht verstehen.«

Sie formte mit Zeigefinger und Daumen der einen Hand einen Ring und hielt ihn hoch. »Doch, du verstehst sehr gut.« Langsam, unmißverständlich, bewegte sie den Zeigefinger der anderen Hand in diesem Ring hin und her.

»Doch, du verstehst sehr wohl, Kunsk.« Sie beschleunigte die Bewegung ihres Zeigefingers. »Du weißt genau Bescheid.«

»Sie eine seltsame Frau.« Aber er war von ihren Händen hypnotisiert. Ihre Augen befanden sich mit seinen fast auf einer Höhe, und die Muskeln um ihre Augen schienen sich im gleichen Rhythmus zu bewegen wie ihr Finger.

Plötzlich brach sie diese Bewegung ab und zog ihn an sich. »Such uns einen Platz«, drängte sie ihn.

Er ging auf eine Stahltür in der Tunnelwand zu, holte ein Schlüsselbund aus der Tasche und fand nach mehreren vergeblichen Versuchen endlich den passenden Schlüssel. Hinter der Tür führte eine kurze Treppe nach oben. Er drehte sich zu ihr um. »Private Wohnung von Saddam Hussein«, sagte Kunsk und deutete nach oben.

Ihn immer noch fixierend, griff sie nach unten, spürte sein Zittern und die Feuchtigkeit des Stoffs zwischen ihren Fingern.

»Hübsch«, sagte sie, schloß die Tür und ging voraus die

Treppe hinauf. Am Ende befand sich eine zweite, ebenfalls mit Stahlplatten befestigte Tür.

»Kein Schlüssel«, murmelte Kunsk und verfolgte, wie sie die Knöpfe ihres Overalls öffnete.

»Komm schon, Kunsk. Zeig mir, wozu ein Georgier fähig ist«, hauchte Zita ihm ins Ohr.

Das Morgengrauen in Täbris war fahl und wäßrig, als Ken Adams nach dem Flug von Baku den Asphalt der Rollbahn betrat. Das Wetter trug nicht gerade dazu bei, seine Stimmung zu bessern.

Er war länger als beabsichtigt in Baku geblieben, weil er gehofft hatte, daß Madame Lutke den Führer finden würde. Sie hatte die Wohnung für kurze Zeit verlassen und war ohne Neuigkeiten zurückgekehrt, hatte ihn jedoch gebeten, Geduld zu haben und sich weiterhin ihrer Gesellschaft zu erfreuen. Am Ende hatte er erkannt, daß ihre Versprechungen nur ein Trick waren, um ihn in ihrem Bett festzuhalten.

Der Flug nach Norden in den Iran war ziemlich unruhig, und sein Magen reagierte darauf noch viel heftiger als auf den Körpergeruch seiner Mitreisenden.

Als er über die Rollbahn schritt, den Rucksack auf der Schulter, ging er an einem Hubschrauber der iranischen Luftwaffe vorbei. Er fragte sich, ob er ein weiteres Archäologenteam transportiert hatte, damit es die einzigen Ausgrabungen fortsetzte, derer Täbris sich rühmen konnte. Fünfundzwanzig Kilometer außerhalb der Stadt befanden sich die Ruinen von Tell Disbar, einer Stadt, die dreitausend Jahre alt war, als Christus auf die Erde kam. Als er das letzte Mal hier war, hatte er sich die Ausgrabungsstätte angesehen. Damals hatte die Sommerhitze über der Stätte geflimmert, und die Zeugen der Geschichte waren zu heiß, um sie auch nur berühren zu können. Nun, jenseits der baufälligen Ankunftshalle, war dunkel, vom Dunst halb verhüllt und drohend, die Silhouette von Täbris zu erkennen.

Der Angestellte am Check-in-Schalter erklärte, daß der Flug nach Reza'iyeh, von wo er zu seinem langen Marsch in die Berge aufbrechen wollte, um fünf Stunden verschoben worden wäre. Das letzte Mal hatte die Verspätung nur drei Stunden betragen. Das begünstigte seine Entscheidung. Anstatt hier zu warten, würde er ein Taxi nehmen und zur Ausgrabungsstätte hinausfahren. Eine Zeitlang hatte er auf dem College mit dem Beruf des Archäologen geliebäugelt, und seine Leidenschaft für die Vergangenheit hatte ihn niemals ganz verlassen. Lag es daran, daß sein eigentliches Gewerbe so ähnlich gelagert war? Beide hatten ganz sicher eine Menge gemeinsam. Ein Archäologe arbeitete sich schichtweise durch verborgene Informationen, trennte Geröll vom Staub, Asche von Erdreich, setzte aus Scherben Gefäße zusammen, entzifferte uralte Texte, versuchte sich zu vergegenwärtigen, was damals passiert war. Genau wie er es in seinem derzeitigen Job tat.

Zwanzig Minuten später verließ er Täbris und folgte einer Route, die kein Kartograph auf seinen Landkarten einzeichnen würde. Der Wagen schlingerte und hüpfte in einem fort, und nur seine Kraft ermöglichte es ihm, das Lenkrad festzuhalten, so daß der Wagen weitgehend auf Kurs blieb. Manchmal schien die Straße unter den Rädern wegzusacken, und er hielt den Fuß ständig auf dem Bremspedal bereit. Immer wenn er irgend etwas gewahrte, was auf die Nähe von Menschen schließen ließ, betätigte er die Hupe. Als Ausländer würde er automatisch für jeden Unfall verantwortlich gemacht. Und sollte bei einem solchen Unfall jemand verletzt, wenn nicht gar getötet werden, dann wäre sein Leben so gut wie sicher verwirkt.

Er fuhr durch ein Dorf, das zu klein war, um einen Namen zu haben. Die Straßen waren verlassen, und das Minarett der Moschee reckte sich wie ein anklagender Finger zwischen den Lehmhäusern in den Himmel. Durch die Fenster eines Teehauses sah er alte Männer, die tranken und Backgammon spielten. Dann konzentrierte er sich wieder auf die leere Landstraße, ein häßliches braunes Band, das sich im Grau der Dämmerung verlor und dessen Staub dauernd von den Reifen aufgewirbelt wurde.

Ein weiteres namenloses Dorf. Fetzen orientalischer Musik drangen an seine Ohren und verstummten genauso schnell. Schließlich fuhr der Wagen bergauf, und das Licht besserte sich. Ein Lastwagen raste mit blökender Hupe vorbei. Je höher er kam, desto mehr kam ihm die Luft wie ein vor Nässe triefender Schwamm vor. Schon bald bemerkte er Rauhreif auf dem Erdboden. Er schaltete die Heizung ein, aber sie sorgte nur dafür, daß die Windschutzscheibe beschlug, daher schaltete er sie wieder aus.

Eine wäßrige Sonne ging auf, als er endlich eine Hochebene erreichte, die sich bis zu den Bergen erstreckte. Hier herrschte eine totale Stille. Es war ein Ort, der mit den schnell dahineilenden Schatten der Wolken belebt war, die durch das Blau des Himmels trieben. Fast zwei Kilometer entfernt wartete Tell Disbar mit seinen dunklen Steinen, geborstenen Türbögen und eingestürzten Mauern. Am Ausgrabungsort gab es keinerlei Anzeichen von Aktivität. Im Sonnenschein strahlten die Ruinen Schönheit und Rätselhaftigkeit aus.

Er fuhr noch ein Stück und stoppte dann im Schutz eines Überrestes der Stadtmauer. Durch eine der Lücken betrat er die Stadt, und die Illusion verflog. Er sah ein Labyrinth von grauen Lehmwänden und schmutzigen engen Straßen, die mit uraltem Schutt gefüllt waren. Seit seinem letzten Besuch schienen die Ausgrabungen keine nennenswerten Fortschritte gemacht zu haben. Berge von aufgeworfener Erde erhoben sich überall, als wäre hier eine Kolonie von riesigen Maulwürfen am Werk gewesen.

Unter den Überresten eines Torbogens blieb er stehen und versuchte sich vorzustellen, wie das Leben dreitausend Jahre vorher ausgesehen haben mochte. Damals war hier eine blühende Ortschaft gewesen. Karawanen waren durch diesen Torbogen gekommen und gegangen. Wahrscheinlich waren hier auch Männer gestorben, die andere am Eindringen in den Ort gehindert hatten. Es hatte Gärten, Bäume und Büsche gegeben, Friedhöfe und Kuppelbauten, in denen sich Männer und Frauen geliebt hatten. Nun waren nur noch letzte Reste von Mauern und Türdurchgängen vorhanden. Stellenweise waren mehrere Stufen von Treppen zu sehen, die anzudeuten schienen, welche Pracht hier früher einmal geherrscht haben mußte.

Er ging los, blieb von Zeit zu Zeit stehen, um einen Stein, ein Bruchstück der Geschichte, aufzuheben. Erneut wurde ihm bewußt, wieviel seine Arbeit mit der Archäologie gemeinsam hatte. Unter seinen Füßen begraben waren die Gebeine der Toten, die immer noch Antworten auf Fragen nach der Lebensweise der Menschen gaben, die einst hier gewohnt hatten. Nicht nur, was sie aßen, sondern vielleicht auch, wie sie gelogen und gestohlen hatten, um Nahrung zu beschaffen. Hier, vielleicht verborgen in einem Grabmal und auf Entdeckung harrend, konnte man die Antworten darauf finden, wie Unrecht zu Recht gemacht würde und wie Übeltäter bestraft werden könnten. Er fröstelte leicht, während seine Füße knirschend eine dünne Eisschicht zerbrachen. Er rümpfte die Nase, als er die Fäule einer Vergangenheit roch, die nicht aufgewirbelt werden wollte.

Er gelangte zu einem Graben, dessen Seitenwände teilweise eingestürzt waren, und der Zorn, den er bei seinem letzten Besuch empfunden hatte, lebte wieder auf. Die Erlaubnis für Ausgrabungen im Iran wurde nur zögernd erteilt. Man mußte vorher das Vertrauen und das Interesse der Mullahs in Teheran erringen. Sie legten auf höchsten Standard wert. Zum Beispiel achteten sie darauf, daß ein Graben ordnungsgemäß abgesichert war. Er wußte genug über Archäologie, um zu erkennen, daß derjenige, der diese Ausgrabung leitete, nicht viel Ahnung von diesem Metier hatte. Es war etwas Unsystematisches, Gehetztes in der Art und Weise, wie die Arbeit eingeteilt wurde. Es waren keine ernsthaften Versuche unternommen worden, um das Erdreich schichtweise abzutragen. Dennoch war deutlich zu erkennen, daß eine ordnungsgemäß und sorgfältig durchgeführte Ausgrabung unschätzbar wertvolle Geheimnisse offenbaren würde.

Ringsum bildeten der Kalkstein und der gebrannte Ton verlockende Umrisse von Gebäuden. Hatte dieser Gang, der in einen Innenhof führte, einst zu einem Tempel gehört? Waren diese Stümpfe, die als einziges von einer Reihe hoher Säulen übriggeblieben waren, der Eingang zu einem öffentlichen Badehaus gewesen? Und dort drüben, hinter einem weiteren eingestürzten Graben, war dies früher der Palast des örtlichen Kalifen gewesen? Ganz sicher deutete die weite Fläche zwischen den Mauern darauf hin, daß dies ein weit imposanteres Bauwerk gewesen war als die, die es umringten.

Er gelangte zu einem Treppenaufgang. Darunter klaffte eine Öffnung. Er ging in die Hocke und blickte hinein. Wofür war dieser Raum benutzt worden? Um einen Wasservorrat anzulegen oder als Fluchtweg für den Fall, daß die Stadt von Invasoren erobert wurde? Die ganze Archäologie, entsann er sich, stützte sich auf Gewalt und Tod, mit deren Hilfe die Vergangenheit entschlüsselt wurde. Er hob eine Handvoll Staub vom Erdboden auf. Hatte dieser Sand einst Blut aufgesogen? Bestand er aus der Asche der Toten? Er fühlte sich in seinen Fingern völlig leblos an. Er ließ den Staub wieder auf den Erdboden rieseln und richtete sich auf. Während er seinen Weg fortsetzte, machte er sich klar, daß er mit jedem Schritt die Überreste von Jahrtausenden von Kämpfen und Tod aufwirbelte. Er kletterte auf eine Brustwehr und konnte über die Stadtmauer hinweg auf die Hochebene hinausschauen, die am Horizont von den Bergen begrenzt wurde.

Er dachte an die bevorstehende Mission. Diese Schüsse – falls sie überhaupt eine besondere Bedeutung gehabt hatten – konnten mit etwas in Verbindung stehen, das er bei seinem letzten Besuch ein Jahr zuvor gehört hatte. Hinter jenen Bergen erhob sich eine noch schroffere Bergkette – das Tote Gebirge. Gerüchten zufolge hatten die Russen da oben eine Reihe von Experimenten mit jenen Laserkanonen gemacht, die sie schon in Afghanistan so wirkungsvoll eingesetzt hatten. Er holte einen kleinen Kompaß aus der Tasche und kontrollierte die Himmelsrichtung. Dann notierte er die Koordinaten auf einem Platt Papier. Falls ihm noch genügend Zeit blieb, würde er dort einmal nachschauen. Er verstaute Kompaß und Notizzettel wieder in der Tasche, ging ein Stück weiter und warf einen Blick auf die Uhr. Er hatte den Flughafen vor zwei Stunden verlassen. Es wurde Zeit zurückzukehren.

Er bückte sich und hob einen weiteren Fund auf. Knochen. Er drehte das Fragment hin und her. Wem mochte es gehört haben? Welche Träume und Tragödien hatte es erlebt? Aus einem plötzlichen Impuls heraus steckte er das Fundstück ebenfalls in die Tasche.

Er war wieder zu der Stelle zurückgekehrt, wo er die Ausgrabungsstätte betreten hatte, als er das Geräusch von Rotoren hörte. Der Helikopter näherte sich im Niedrigflug und trieb eine dichte Staubwolke vor sich her. Er beobachtete, wie die Maschine zwischen ihm und dem Wagen landete. Es war der Hubschrauber, den er auf dem Flugfeld gesehen hatte.

Als würde ihm sein sechster Sinn eine Warnung zurufen, eilte er auf seinen Wagen zu. Er hatte den Rucksack im Kofferraum zurückgelassen. Darin befand sich die Colt-Pistole, von der man in Langley gemeint hatte, sie sei völlig überholt.

Allmählich setzte sich der aufgewirbelte Staub um den Helikopter. In der Führerkanzel konnte er den Piloten erkennen. Er hatte einen Bart und trug eine Fliegerbrille. Der Hubschrauber selbst sah aus wie ein riesiges Insekt, schwarz, mit langsam rotierenden Flügeln. Die Kanzeltür wurde aufgeschoben. Ein Gestalt sprang heraus. Obgleich er einen bis zum Hals zugeknöpften Militärmantel und auf dem Kopf ein Soldatenkäppi trug, konnte Adams den Mann identifizieren. Es war der Kurde, den er in der Bar unter Madame Lutkes Wohnung gesehen hatte. Salims

Hand hing locker an der Seite herab, und er hatte die Andeutung eines Lächelns im Gesicht. In der rechten Hand hielt er eine Pistole.

Wie in einem Traum sah Adams, wie die Pistolenhand hochkam, wie die Mündung der Waffe sich auf ihn richtete. Er spürte, daß seine Füße sich nicht rühren wollten, hörte eine Stimme in seinem Gehirn, die ihn brüllend aufforderte, kehrtzumachen und wegzurennen. Irgend etwas zu *tun*.

Während er sich zur Seite warf, war da plötzlich ein furchtbarer Schmerz in seiner Brust, ein brennender, verzehrender Schmerz, der sich in seinem gesamten Körper ausbreitete. Er würde niemals erfahren, bis in welche entlegenen Winkel er vordrang.

Salim kam herüber und drehte den Körper mit dem Fuß um. Gleichzeitig rief eine Stimme aus der Pilotenkanzel etwas auf kurdisch. »Kannst du ihn alleine hertragen?«

»Natürlich«, antwortete Salim und bückte sich.

Er lud sich Adams auf die Schulter und schleppte ihn zum Helikopter.

Ein Händepaar half ihm, den Körper an Bord zu ziehen.

»Beeil dich. Wir müssen vor Einbruch der Dunkelheit in Teheran sein«, sagte der Arrangeur.

## ZWANZIG

Bei einundfünfzigtausend Fuß und eine Stunde nach dem Start von Charles de Gaulle beendete Patterson den Steigflug von Air Force One und schwenkte auf die unsichtbare Luftroute W21 ein. Der Himmel über ihm war blauschwarz, und die Wolkendecke befand sich knapp zwei Kilometer unter ihm. Sie bedeckte teilweise die Westküste von Irland. Patterson konnte beinahe die Krümmung des Horizonts erkennen.

Seit dem Start war nur wenig geredet worden. Patterson verabscheute Small-talk im Cockpit. Er kontrollierte erneut die Anzeigen. Alles war normal. Er griff neben seinem rechten Bein nach unten zu der Konsole zwischen ihm und Locke und drückte den Hauptschubhebel einen Teilstrich weiter vor. Er spürte einen leichten Druck im Rücken, als die Triebwerke um weitere fünfhundert Umdrehungen pro Sekunde beschleunigten. Air Force One hatte Reisegeschwindigkeit erreicht.

Bron machte sich wieder in seinem Bewußtsein bemerkbar. Wie könnte er sie dazu bringen, einen Arzt aufzusuchen? Er kannte sich bei Psychiatern überhaupt nicht aus, sondern wußte nur, daß eine ganze Menge davon im Washingtoner Telefonbuch aufgeführt waren. Vielleicht jemand, der ihr Tabletten verschrieb? Dann fiel ihm ein, daß sie eine Abneigung gegen das Einnehmen von Medizin hatte. Und nach dem, was Helen angedeutet hatte, ganz sicher keine Elektroschocks. Vielleicht brauchte Bron einen Arzt, der ihr ganz einfach nur zuhörte. Er wußte nur wenig über Psychotherapie, außer daß man auf einer Couch lag und sich alles von der Seele redete. Das machte man ein oder gar mehrere Jahre lang. Der Arzt hörte zu, machte Vorschläge und half einem, den Flugplan seines Lebens neu zu entwerfen. Angeblich funktionierte es. Aber wäre sie auch dazu bereit? So viele verdammte Fragen, auf die er keine Antwort wußte.

Air Force One wurde sacht durchgeschüttelt, und der Höhenmesser sprang zwei Zahlen zurück. Es war der einzige Hinweis darauf, daß das Flugzeug um rund sechzig Meter abgesackt war.

»Unser kleiner Kobold spielt uns wieder mal einen kleinen Schabernack«, meinte Locke grinsend.

Um diese Jahreszeit stieß man bei Irland häufiger auf Luftlöcher.

»Dann sollten wir ihm klarmachen, daß er das gefälligst bleiben lassen soll«, sagte Patterson.

Er zog sacht am Steuerknüppel, und der künstliche

Horizont richtete sich in der Mitte der Anzeige wieder waagerecht aus. Air Force One setzte ihren bisher ereignislosen Flug fort.

Über die Schulter wandte Patterson sich an Turner. »Telefoniert unser Passagier noch?«

Der Funker warf einen Blick auf seine Konsole. »Ja. Wie ein Wilder.«

Nach dem Start hatte Morton sich erkundigt, ob er mal telefonieren könne, und Patterson hatte eine der Stewardessen gebeten, ihm die Kabine hinter den Schlafräumen der Mannschaft zu zeigen.

Die Kabine war nur unter dem Namen ›Vorhof zur Hölle‹ bekannt. Ein Marinefunker, der stets zur Reisebegleitung des Präsidenten gehörte, würde den Raum im Krisenfall aufsuchen, um einen Stahlkoffer mit einem komplizierten Zahlenschloß zu öffnen. Darin befand sich ein Briefumschlag. Versiegelt und mit dem Emblem des Chefs des Kommandostabes versehen, enthielt er den Code, mit dem der Präsident einen Atombombenangriff auf mehrere Ziele anordnen konnte. Moskau und wichtige russische Städte waren von der Liste der Ziele gestrichen worden, aber Peking und andere chinesische Städte standen noch darauf. Desgleichen Bagdad und Teheran. Der Koffermann würde das abhörsichere Telefon der Kabine benutzen, um sich durch den Stabschef die Richtigkeit des Codes bestätigen zu lassen, ehe der Präsident den Angriffsbefehl gab. Es war eine narrensichere Prozedur, die eingeführt worden war, nachdem Präsident Reagan einmal damit gedroht hatte, Moskau zu bombardieren.

Patterson schaute auf die Uhr. In fünf Stunden und fünf Minuten hätten sie wieder festen Boden unter den Füßen. Vielleicht sollte er einfach den ersten Arzt im Telefonbuch anrufen. In seinem Kopfhörer erklang eine irische Stimme.

»Air Force One, hier ist die Luftkontrolle Shannon.«

»Air Force One, reden Sie, Shannon«, erwiderte Locke.

»Zweihundertfünfzig Meilen von ihrer derzeitigen Position entfernt haben wir soeben ein schweres Gewitter entdeckt, das ihnen ziemlich schnell entgegenzieht. Eine im Anflug befindliche Delta meldet, daß sie das Gewitter in vierzigtausend Fuß Höhe nicht überfliegen konnte.«

»Shannon, hat Ihre Delta Angaben zur Heftigkeit der Turbulenzen gemacht?« fragte Locke.

»Hat sie, Air Force One. Mittelstark bis heftig bei vierzigtausend Fuß. Aber laut Radar nimmt die Heftigkeit mit zunehmender Höhe ab. Wollen Sie einen Ausweichkurs?«

»Wie weit?«

»Zweihundert Meilen nach Süden, Air Force One.«

Patterson schüttelte den Kopf. »Wir können steigen. Das Gewitter dürfte dann unter uns durchziehen«, sagte er zu Locke.

Der Ausweichkurs würde ihren Flug um eine halbe Stunde verlängern – weitere dreißig Minuten, die er warten mußte, ehe er einen Arzt um Rat fragen konnte. Er spürte ein Ziehen in der Magengegend. Verdammt noch mal, er mußte Bron aus seinem Bewußtsein verdrängen, bis er Andrews erreicht hatte.

»Shannon, Air Force One. Wir bleiben auf Kurs«, gab Locke durch.

»Roger und Ende, Air Force One«, bestätigte der Fluglotse.

Patterson stellte das Wetterradar auf zweihundert Meilen ein. Der Scannerstrahl begann langsam zu rotieren, während die Antenne in der Nase von Air Force One nach den ersten Anzeichen der Gewitterfront suchte.

»Soll ich sie um zweitausend hochziehen?« fragte Locke.

»Lieber vier. Damit haben wir genügend Abstand. Und wir erfahren auf diese Weise, wieviel Reserve wir nach oben haben«, erwiderte Patterson.

Air Force One war noch nie so hoch gestiegen.

Lockes rechte Hand zog den Steuerknüppel nach hinten, und die Maschine stieg mühelos auf ihre neue Reisehöhe und setzte mit 650 Meilen pro Stunde den Flug nach Westen fort.

Alles verläuft routinemäßig, dachte Patterson, bis auf

den bohrenden Schmerz in seinen Eingeweiden. Verdammt Bron, sie hatte kein Recht, ihm so etwas anzutun.

In der Kabine kauerte Morton vor der Telefonkonsole und hörte Lester Finel zu.

»Meridian hat keine Pläne, außer der Fabrik in Teheran, weiter zu expandieren. Der Konzern besitzt fünf Betriebe in Pakistan, die Software und Haushaltselektronik herstellen. Sie könnten auf militärische Produkte umgestellt werden, aber das würde Wochen dauern. Nordkorea? Das gleiche wie im Irak. Meridian unterhält dorthin keinerlei Verbindungen.«

»Kommen vielleicht andere Orte in Frage?« erkundigte Morton sich. Seine Stimme klang leise und ruhig, als dächte er schon längst an etwas ganz anderes.

»Vertreter von Meridian haben mit Libyen verhandelt. Gaddafi möchte, daß sie in der Wüste eine neue Meerwasserentsalzungsanlage bauen. Diese Nuklearzünder könnten entsprechend umgebaut und zum Betrieb der Anlage benutzt werden.«

»Und Bodor?«

Finel lachte. Er hatte ein ganz typisches Lachen, hoch und schrill, als wäre es von einem Synthesizer aufbereitet worden. »Gaddafi war einer der ersten, der eine Gruppe losgeschickt hat, um in Rußland Jagd auf Bodor zu machen. Sie mußten mit leeren Händen wieder abziehen. Sie konnten ihn nicht finden. Ebensowenig die Ägypter, die Türken und die Inder. Wahrscheinlich hat er sich damals versteckt, bis sich derjenige meldete, der seine Forderungen erfüllt.«

»Und das war Meridian?« äußerte Morton eine Vermutung. Es war keine richtige Frage.

»Wo hätten sie ihn denn brauchen können? In Südafrika? Meridian ist da unten sehr stark vertreten. Um die letzten weißen Herren in Schach zu halten? Wohl kaum. In Südamerika? In Venezuela, Brasilien, Kolumbien und

Peru gibt es eine Reihe von Meridian-Holdings. Wie Sie wissen, allesamt mögliche Unruheherde. Aber auch in diesem Fall kann man durchaus feststellen, daß nicht unbedingt ein Bodor nötig ist, um etwas zum Schutz der Firma zu entwickeln. Und ganz sicher nichts aus dem Nuklearbereich.«

Morton warf einen Blick auf seinen Notizblock, der vor ihm lag. »Bodor beschäftigte sich intensiv mit Klimatologie. Könnte Gaddafi diese Zünder dazu benutzen, jemand anderem das Wetter zu verderben? Oder die Entsalzungsanlage dazu verwenden, bei einem seiner Nachbarn eine Flutkatastrophe auszulösen? Vielleicht den Tschad ins Meer spülen zu lassen? Oder um in Ägypten oder Marokko eine Dürrekatastrophe zu erzeugen? Bodor könnte all das für ihn tun.«

Lester räusperte sich, ehe er antwortete. »Das wäre natürlich eine Möglichkeit.«

»Überprüfen Sie das gründlich«, meinte Morton und legte auf.

Das war das, was ihm am meisten Spaß machte, das Zusammenfügen von allen möglichen Informationen, das Überprüfen von Fakten, das Vergleichen von Zeitangaben und Schauplätzen, das Bewerten von Zufällen und Begleitumständen, das Konstruieren von Handlungsabläufen – Experimentieren im Geist nannte er diese Verfahrensweise –, intellektuelle Spiele, die in der Hauptsache seine Tätigkeit ausmachten.

Er rief Johnny Quirke an. Dem Geräusch nach zu urteilen, traf er ihn dabei an, wie er sich gerade eine Zigarre anzündete. Johnny hatte das Zigarettenrauchen aufgegeben, seit sein Versicherungsagent ihm erklärt hatte, daß Zigarren bei weitem nicht so schädlich wären.

»Noch immer keine Spur von Zita Marcello, David. Ich habe per Computer sämtliche ankommenden Flüge in Iran, Pakistan und Nordkorea während der vergangenen Woche überprüfen lassen. Das waren fast eine Million Namen. Und dabei behaupten die Fluggesellschaften, daß das Geschäft zurückgeht! Aber in ihrem Fall – Fehlanzeige. Noch nicht einmal ein Name, der so ähnlich klang wie Zita Marcello.«

»Sie könnte einen anderen Namen und einen falschen Paß benutzen, Johnny.«

»In diesem Fall hätte ich meine Zeit verschwendet«, seufzte Quirke müde. »Allerdings ist sie eine überaus prominente Persönlichkeit. Sie wäre am Zoll sicherlich sofort erkannt worden. Ein falscher Name oder ein falscher Paß würden nur die Aufmerksamkeit auf sie lenken.«

»Ein Privatflugzeug?« fragte Morton.

Quirke seufzte erneut. »Flughäfen bewahren Daten privater Flüge nicht länger als vierundzwanzig Stunden auf. Die Reichen und Berühmten oder die Reichen und Berüchtigten wollen kein Aufsehen. Zudem besitzt Meridian mehr als einhundert Privatmaschinen. Es scheint, als benutzten die Manager der Firma sie genauso wie Taxis. Jede Maschine hätte Zita Marcello praktisch überall hin bringen können.«

Morton schaute auf seinen Schreibblock, ehe er eine Entscheidung traf. »Gehen Sie noch einmal alle Namen durch und halten Sie Ausschau nach den folgenden …«

Morton nannte Quirke die Namen der drei holländischen Ballonfahrer, legte auf, dann wählte er Chantals Nummer.

»Anna hat vor einer Stunde angerufen, David. Sie hat sich mit Mischa getroffen. Aber der Angestellte der Leichenhalle ist tot. Die Moskauer Polizei hat ihn in der vergangenen Nacht aus der Kanalisation gefischt. Sie haben ihm die eigenen Genitalien in den Rachen gestopft, bis er erstickt ist. Mischa meint, das sei die übliche Visitenkarte der örtlichen *mafija*.«

Jemand war auf äußerst effiziente Art und Weise dabei, aufzuräumen. Jemand, dessen Ziel es war, seine Beteiligung um jeden Preis geheimzuhalten.

»Wo sind Anna und Mischa jetzt?« wollte Morton wissen.

»Im Nachtzug nach Sankt Petersburg. Sie verfolgen Bodors Route zurück.«

Eine kurze Pause trat ein. Er wußte, daß dies Chantals Taktik war, eine sich selbst auferlegte Distanz einzuhalten. Diese Verhaltensweise ging zurück auf jenen Abend vor einem Jahr, als sie angedeutet hatte, sie wäre bereit, ihre Beziehung zu vertiefen. Er hatte ihr erklärt, er hätte keine Zeit für emotionale Engagements. Er wußte, daß er sehr schroff reagiert hatte und daß sie verletzt war. Aus dieser Erkenntnis heraus hatte er ihr von Carina erzählen wollen, aber nun war sie es, die ihn zurückwies. Seitdem hatten sie sich nie mehr privat gesehen, und wenn, dann nur in Anwesenheit von anderen. Carina zu lieben, hatte er Chantal erklären wollen, war genauso gewesen, als hätte er eine geheime Schublade geöffnet, aus der er sich herausgewagt hatte, um sich in einer Weise hinzugeben, wie er es niemals für möglich gehalten hätte. Carinas Tod hatte diese Schublade für immer geschlossen, um so mehr, als ihr Tod so plötzlich, so sinnlos und so schrecklich erfolgt war. Carina war in derselben Stadt erschossen worden, in der der Angestellte der Leichenhalle ermordet worden war.

»Alle sollen die Augen offenhalten, Chantal. Bodor und diese Zünder sind ganz bestimmt irgendwo da draußen.«

Er blieb danach noch eine Weile sitzen und ging seine Notizen durch, dann wählte er eine neue Nummer. Der Prof klang, als sei er soeben aus tiefem Schlaf erwacht.

»Ich habe mir Nuclear Components etwas genauer angesehen«, sagte der Prof, wobei seine Stimme schnell kräftiger wurde. »Sie wurden übernommen, als Washington Meridian wegen der Verletzungen der Umweltgesetze auf die Zehen trat und die Aktien ins Bodenlose fielen. Sogar für einen Verschwender wie Bailey mußte das Geld knapp geworden sein. Trotzdem bezahlte er mehr für Nuclear, als der Laden nach allgemeinen Einschätzungen wert war, und das auch noch ziemlich fröhlich, wie mein Börsenmaulwurf mir verraten hat.«

Morton schrieb mit, während der Prof redete.

»Und, wie Lester schon sagte, der wirtschaftliche Höhepunkt für Nuclear war der Golfkrieg. Aber wirklich interessant ist, daß Nuclear vor dem Krieg an Streulasern arbeitete, und zwar etwa zur gleichen Zeit, als unser Freund Bodor sich ebenfalls damit befaßte«, fuhr der Prof fort.

Geheimdienstarbeit, dachte Morton, ist eine ständige Folge an kleinen Überraschungen. »Wie weit ist Bodor gekommen, Prof?«

»Keine Ahnung, David. Ich stieß auf diesen Hinweis rein zufällig in einer dieser alten Afghanistan-Akten, die ich auf Walters Bitten hin wegwerfen sollte, weil sie zuviel Platz belegten. Ich wußte, daß sie eines Tages ganz nützlich sein würden. Wie dem auch sei, da war jedenfalls diese Notiz, daß die Russen Versuche mit Streulasern gemacht haben, damit ihre Helikopter besser auf die Mujaheddin zielen konnten. Sie brauchten wirklich Hilfe, um in den Bergen überhaupt irgend etwas zu treffen. Aber sie erzielten auch mit Streulasern nur eine Trefferquote von unter dreißig Prozent. Eine entsetzliche Verschwendung, wenn man bedenkt, daß jeder Schuß daneben an die zehntausend Dollar kostete – und Gott allein weiß, wieviel Rubel das sind. Dann hatte jemand in Kabul die glänzende Idee, Bodor zu holen. In den sechs Monaten, die er dort arbeitete, steigerte er die Trefferquote auf achtzig Prozent.«

»Wie hat Bodor das denn geschafft?« fragte Morton.

»Er setzte einen Atomchip in den Streulaser ein. Das Prinzip, so hat Sean mir erklärt, ist absolute Einfachheit, aber das Kleingedruckte ist die Sache der Art von Ingenieurwissenschaft, auf die Bodor sich spezialisiert hat.«

Morton machte sich eine weitere Notiz. »Dieser Atomchip – ähnelt er vielleicht denen, die in diesen Zündern zum Einsatz kommen?« wollte Morton wissen.

»Sean meint, davon könnte man mit ziemlicher Sicherheit ausgehen«, erwiderte der Prof.

Morton saß für einen Moment reglos da und ließ sich

das Gehörte durch den Kopf gehen. »Wie hat Nuclear auf den Diebstahl reagiert?« fragte er.

»Nach außen hin mit keinem Wort. Nicht daß es irgendwelche Publicity gegeben hätte. Manders hat es immer noch geschafft, den Deckel auf der Sache zu halten. Aber meine Kontaktleute in Washington teilen mir mit, daß die Haltung von Nuclear darauf hinausläuft, daß es, nachdem sie das Zeug verkauft haben, allein Sache der Briten ist, für die Sicherheit dieser Zünder zu sorgen.« Der Prof lachte verhalten. »Offenbar will mit diesen Dingern niemand etwas zu tun haben, und wir müssen von Pontius zu Pilatus rennen, um auch nur einen kleinen Schritt weiterzukommen.«

Morton spürte, wie Air Force One in einen Steigflug ging. Unter seinen Füßen entstand ein leichtes Zittern, als ob sich das Flugzeug in nächster Nähe einer Turbulenz befand. Er streckte sich in seinem Sitz und stellte eine weitere Frage. »Hatten Sie auch Gelegenheit, einen Blick auf die Ballonfabrik zu werfen?«

»Ich wollte gerade dazu kommen, David.« In der Stimme des Professors schwang ein leichter Tadel mit. »Free Flight kam zu Meridian, als das Ballongeschäft, wenn Sie den Scherz entschuldigen, regelrecht durchstartete. Seitdem erkennen mehr und mehr Firmen den Wert von Ballons als fliegende Reklametafeln. Aber jetzt kommt ein interessanter Punkt. Free Flight hat sich gar nicht so sehr um diese Einnahmequelle gekümmert. Im vergangenen Jahr haben sie einhundert Ballons hergestellt, aber nicht einer davon wurde und wird für Werbezwecke benutzt. Statt dessen konzentriert die Firma sich auf die Ballons in ihrer Funktion als Höhenplattform. Sie bauen sie so, daß sie bis in sechzig-, siebzigtausend Fuß Höhe aufsteigen können.«

»Und zu welchem Zweck?«

»Wetterforschung. Man erhält von einem langsam aufsteigenden Ballon bessere, genauere atmosphärische Angaben als von einem Flugzeug oder einer Rakete. Und diese Ballons unterscheiden sich gründlich von denen, die Free Flight produzierte, ehe Meridian auf den Plan trat. Bis zu diesem Zeitpunkt war es ausschließlich Wettbewerbsmaterial. Ihre Ballons gewannen regelmäßig alle wichtigen nationalen Meisterschaften. Zufälligerweise waren auch diese Holländer mit einem unterwegs. Sie haben ihn gebraucht von einer Schweizer Firma gekauft. Das ist nicht ungewöhnlich. Es gibt nämlich einen lebhaften Markt für gebrauchte Ballons.«

»Benutzt Zita Marcello einen Free Flight-Ballon?«

»Nein. Sie fährt mit Modellen von Euro-Balloon, einer englischen Firma. Aber sie haben Manders mitgeteilt, daß sie die Partnerschaft mit ihr schon vor einigen Monaten beendet hätten. Es scheint, als hätte sie für die falsche Art von Publicity gesorgt.«

Der Prof hatte Morton einen weiteren wichtigen Hinweis geliefert.

Die Telefonzentrale von MI5 spürte Manders in der Registratur auf. Er klang, als wäre er eben erst von Simpson's zurückgekommen.

»Es war nicht nur die Publicity«, sagte Manders. »Es geht eigentlich um alles, was Zita Marcello mit der Ballonindustrie anstellt. Nach dem, was der Typ von Euro-Balloon mir erzählt hat, ist es eine ziemlich konservative Szene. Zita Marcello hat den Bogen überspannt, und Euro-Balloon denkt daran, sie zu verklagen, weil sie ihrem Produkt geschadet hat.«

»Haben Sie eine Ahnung, wo sie abgeblieben ist?«

»Nein. Aber der Ballon-Heini, mit dem ich gesprochen habe, meinte, sie hätte mal davon geredet, Berg-Ballonfahrten in Afghanistan auszuprobieren – ausgerechnet dort. Vielleicht ist sie nach dem Intermezzo in Garmisch-Partenkirchen dorthin verschwunden.« Manders hielt inne. »Haben Sie vor, sie zu verfolgen?«

»Das kann ich jetzt noch nicht entscheiden«, sagte Morton, ehe er auflegte. Sekunden später klingelte das Telefon. Tommy rief aus Sardinien an.

»Sie waren wirklich schnell, Tommy.«

»Ihre Kontakte waren sehr hilfreich, Colonel.«

Morton hatte ihm den Namen eines höheren Polizeibeamten in Cagliari genannt, mit dem er schon mehrmals zusammengearbeitet hatte.

»Haben Sie die Holländer gefunden?«

»Ja und nein. Sie hatten sich in den Bergen verkrochen. Der Kontaktmann meinte, es sei ein Versteck der Mafia, und die Einwohner hielten sich möglichst davon fern. Als ich dort ankam, war das Haus leer.«

Tommy erzählte ihm auch von dem Stück Papier, das er gefunden hatte. Darauf standen die Flugzeiten von Cagliari nach Istanbul und von dort weiter nach Teheran.

»Sie waren ziemlich sorglos, daß sie das zurückgelassen haben, Tommy.«

»Es waren Amateure, Colonel. Kaum war der Job erledigt, vergaßen sie alle Sicherheitsvorkehrungen. Sie hatten in der Stadt eine Prostituierte aufgegabelt und sie ins Haus mitgenommen.«

»Haben Sie mit der Frau gesprochen?«

»Nein. Ihr Kontaktmann glaubt, daß sie aufs Festland gegangen ist, nach Neapel oder Rom, um einen ausgiebigen Einkaufsbummel zu machen. Offenbar hat sie so etwas schon früher getan, wenn sie einen besonders spendablen Kunden hatte. Er nimmt sie sich vor, wenn sie wieder zurückkommt.«

»Wo sind Sie jetzt?« fragte Morton.

»Am Flughafen. Niemand erinnert sich hier an die Holländer, aber das überrascht nicht. Wenn richtiger Betrieb herrscht, geht hier alles drunter und drüber. Ich denke, daß die drei keine Schwierigkeiten hatten, unbemerkt durchzuschlüpfen. In zwei Stunden geht ein Flug nach Istanbul, und von dort gibt es einen Anschluß nach Teheran. Soll ich die Maschine nehmen?«

Morton traf eine Entscheidung. »Nur bis Istanbul. Wenn sie nach Teheran weitergeflogen sind, dann sind sie uns entwischt. Von Istanbul fliegen Sie weiter nach Baku.

Bill Gates' Mann müßte eigentlich schon bald aus den Bergen zurückkehren.«

Vom Korridor, an dem die Kabine lag, drang das Geräusch hastiger Schritte herein. Dann verlangte eine Stimme nach einem Erste-Hilfe-Kasten, der sofort ins Cockpit gebracht werden solle.

## EINUNDZWANZIG

Pattersons Nasenbluten setzte ohne Vorwarnung ein. Während er Air Force One bei fünfundfünfzigtausend Fuß stabilisierte und den Autopiloten einschaltete, verspürte er plötzlich in der Nase einen unangenehmen Druck. Im nächsten Moment war sein Oberhemd mit Blut besudelt, das auch auf die Instrumententafel tropfte. Als er sich die Nase zuhielt, um den Blutstrom zu stoppen, spürte er einen ungewöhnlichen Druck in seiner Brust, begleitet von einem Brennen in den Augen. Die Symptome waren die gleichen wie die, die er über Bosnien kennengelernt hatte.

Verdammt noch mal! Er erinnerte sich an das, was der russische Arzt in Sarajevo gesagt hatte. *Fliegen Sie nicht, wenn Sie unter ungewöhnlichem Stress gestanden haben.* Das Nachdenken über Bron hatte diese Reaktion ausgelöst. Diese Erkenntnis beruhigte ihn ein wenig. Das Brennen in seinen Augen ließ nach, und die Brustschmerzen verflogen.

Turner meldete, daß eine der Flugbegleiterinnen den Erste-Hilfe-Kasten hole und daß Surgeon-Commander Curtis unterwegs sei. Locke und Kerr holten Taschentücher hervor, damit er sie sich vor die Nase hielt. Er nahm Kerrs Taschentuch.

»Ihre Augen sind ziemlich rot«, stellte Locke fest.

»Ein Staubkorn«, erklärte Patterson schnell.

»Gleich geht es Ihnen besser, Colonel«, versicherte Kerr ihm.

»Mir geht es gut.« Durch das Tuch, das er sich gegen die Nase preßte, klang seine Stimme ein wenig seltsam.

Während Locke mit seinem Taschentuch das Blut von der Instrumententafel wischte, durchlief Air Force One ein leichtes Zittern. Patterson warf einen Blick auf das Wetterradar. Die Turbulenz unter ihnen entfernte sich allmählich. »Teilen Sie Shannon mit, daß wir wieder auf unsere alte Höhe runtergehen wollen.«

Während Locke sich die Genehmigung holte, kam Dempsey mit dem Erste-Hilfe-Kasten herein. Morton folgte ihr.

»Was ist passiert?« fragte Dempsey.

Turner setzte sie ins Bild. Sie wandte sich an Patterson. »Colonel, ich würde Sie am liebsten in einer der Kabinen ins Bett legen. Meinen Sie, Sie schaffen es zu Fuß bis dorthin?« fragte sie.

Patterson runzelte die Stirn. Der Schmerz in seiner Brust war verschwunden, und seine Augen klärten sich allmählich. Er schüttelte den Kopf. »Ich brauche mich nicht hinzulegen. Ich muß nur ein frisches Hemd anziehen.« Er löste seinen Sitzgurt. Während er aufstand, erschien Helen Curtis mit ihrem Arztkoffer und drängte sich schnell an Morton und Dempsey vorbei.

»Moment mal, Colonel«, sagte die Ärztin barsch. »Lassen Sie mich zuerst ein paar Dinge überprüfen, ehe Sie sich noch mehr Schaden zufügen.« Sie musterte ihn. »Was ist mit Ihren Augen passiert?«

»Staub. Egal, wie gründlich das Flugzeug gereinigt wird, ein letzter Rest Staub bleibt immer liegen.«

»Okay.« Sie maß seinen Puls. Dann holte sie ein Thermometer aus dem Koffer.

Sie steckte es ihm in den Mund. »Fühlen Sie sich irgendwie benommen?«

Patterson schüttelte den Kopf.

»Ist Ihnen übel?«

Kopfschütteln.

»Haben Sie Schmerzen?« fragte Helen weiter.

Auch diese Frage wurde mit einem Kopfschütteln beantwortet.

Helen nahm ihm das Thermometer wieder aus dem Mund. »Normal. Okay. Legen Sie mal den Kopf in den Nacken.« Sie leuchtete ihm mit einer Kugelschreiberlampe in jedes Nasenloch. Das Blut war bereits geronnen.

»Haben Sie früher schon mal Nasenbluten gehabt?« fragte sie.

»Nur als Kind.«

Helen trat zurück. »Okay. Jetzt sollten wir Sie in diese Kabine bringen. Ich führe noch einige Untersuchungen durch, und dann können Sie sich säubern und umziehen.«

»Halten Sie all das wirklich für nötig?« fragte er, und seine Stimme klang deutlich ungehalten.

»Das tue ich, ja«, erwiderte Helen gelassen.

Morton dachte über die Nebenwirkung des Nasenblutens nach, das offenbar ein schwaches Zittern in der Hand des Piloten erzeugt hatte, als er an ihm vorbeiging.

Sergej Andrejewitsch Malenko, der leitende Kriminalbeamte der zentralen Ermittlungsbehörde von St. Petersburg, erwartete Mischa und Anna, als der Rote Express aus Moskau einlief. Er begrüßte Mischa mit einem Kuß auf beide Wangen und Anna mit einem formellen Händedruck. Es ist, als wird man von einem Schraubstock ergriffen, dachte sie und stellte fest, daß seine Pupillen viel größer als normal waren und daß sie alles in der nächsten Umgebung direkt in sich aufzusaugen schienen.

»Konnten Sie schlafen?« erkundigte er sich.

»Wir haben uns abgewechselt«, antwortete Mischa.

Er seufzte. »Die Gas-Banden werden immer dreister. Vor ein paar Tagen haben sie ein ganzes Abteil mit Ausländern eingeschläfert und ihnen alles gestohlen, die Schuhe inklusive.«

»Gute Schuhe sind hier so gut wie gar nicht zu bekommen«, sagte Mischa schnell zu Anna.

»Wie alles andere«, knurrte Malenko, während er ihre Koffer ergriff. Als sie durch die Bahnhofshalle gingen, klapperten die Stahlabsätze seiner Schuhe einen lauten Rhythmus auf den Betonfußboden. Er wandte sich an Mischa.

»Soweit ich weiß, sind Sie hergekommen, um Ihre Schweizer Kollegin mit unseren Polizeimethoden bekanntzumachen. Das ist im Hinblick auf unsere Geschichte sicherlich vernünftig.« Er lächelte und entblößte dabei zwei Reihen ungleichmäßiger Zähne. »Peter der Große hat unsere Stadt auf einem Sumpf gebaut, denn hier gab es keinen Mangel an verurteilten Kriminellen, die am Ende die Sümpfe trockenlegten. Deshalb gibt es keinen Dostojewski-Roman, der hier spielt und in dem es nicht mindestens einen Mord mit der Axt gibt.«

Sie verließen den Bahnhof und gelangten auf den Newskij Prospekt. Hier waren die Straßen ebenso dicht mit Menschen bevölkert wie in Moskau, aber hier, so kam es Anna vor, erschienen sie schäbiger, aber vielleicht lag es auch daran, daß die Gebäude hier eleganter waren.

»Wie haben Ihre Landsleute die neue Freiheit aufgenommen?« fragte sie.

Malenko antwortete ohne einen Anflug von Verlegenheit. »Viel besser, als sie den Kommunismus aufgenommen haben. Für mich besteht die große Veränderung darin, daß die *mafija* den Platz der Partei eingenommen hat.«

»Es ist überall das gleiche, Sergej Andrejewitsch«, sagte Mischa.

»Hm, aber unsere Verbrechen sind verschieden«, erwiderte Malenko und führte sie zu dem geparkten Schiguli. »In Moskau stehlen sie, um sich etwas zu essen zu kaufen. Hier, damit sie eine Satellitenschüssel installieren können, um MTV zu sehen.«

Der Fahrer hatte ein schiefergraues Gesicht und trug eine schwarze umlaufende Sonnenbrille. Malenko stellte ihn als Nikolaj vor. Er reagierte gar nicht auf die Vorstellung, während Anna und Mischa es sich auf dem Rücksitz des Wagens bequem machten.

»Er ist dumm«, erklärte Malenko und rutschte neben Nikolaj auf den Beifahrersitz. »Und zu siebzig Prozent taub. Im Zuge der Demokratie beschäftigen wir jetzt einen Prozentsatz an Behinderten. Wir haben Verkehrspolizisten mit Holzbeinen und eine blinde Frau in der Telefonzentrale.«

Anna musterte Nikolaj besorgt. »Ist es dann nicht gefährlich, wenn er einen Wagen lenkt?«

Malenko grinste sie im Innenspiegel an. »Hier in Sankt Petersburg ist jeder eine Gefahr, wenn er hinter einem Lenkrad sitzt. Ausländer meinen, es sei hier wie bei der Rallye Monte Carlo, nur daß hier niemand die Regeln zu kennen scheint.«

Er kritzelte etwas auf einen Notizblock, der am Instrumentenbrett befestigt war, riß den beschriebenen Zettel ab und reichte ihn dem Fahrer. Nikolaj nickte und las, zerknüllte das Papier und warf es auf den Boden. Vor ihm im Fußraum lagen bereits Dutzende von zerknüllten Zetteln. Anna fragte sich, wann Nikolaj seinen Wagen zu säubern pflegte.

»Nun bringt er uns nach Zelenogorsk, wo Bodor zuletzt gesehen wurde.« Er drehte sich auf seinem Platz halb um. »Ich habe zwei Männer raufgeschickt, Mischa – völlig inoffiziell. In der schlimmen alten Zeit konnten wir überallhin. Nun muß jeder sich ...« – er schaute Anna stirnrunzelnd an – ›wie heißt es bei Ihnen, auf seinen eigenen Acker beschränken.«

»Bei uns ist das selbstverständlich«, meinte sie und staunte insgeheim darüber, daß jedes Element im Polizistengesicht Malenkos eine eigene Funktion zu besitzen schien: die gerunzelten Augenbrauen signalisierten Weltläufigkeit; die Augen verkündeten Aufrichtigkeit, und der lebhafte Mund deckte das gesamte emotionale Territorium dazwischen ab. Als der Mund zu lachen aufhörte, meinte sein Eigentümer: »Sehr gut. Dann können wir uns ja die Hände reichen.«

»Wo haben Sie so gut Englisch gelernt?« erkundigte Anna sich.

Malenko stützte die Fingerspitzen gegeneinander und legte sie an die Lippen. Es war ein ganz neuer Ausdruck, der an ein Gebet erinnerte.

»Dort, wo die meisten von uns es gelernt haben«, erwiderte Mischa schnell. »Auf einer der parteieigenen Eliteschulen.«

»Mein Vater war Kommissar«, erklärte Malenko. »Jetzt ist er Bohnermann in seinem alten Bürobau – für den gleichen Lohn.« Er hob eine Augenbraue, und dann verzog er den Mund zu einem verächtlichen Lächeln, das heiser aus seiner Kehle drang. »Ich sage dann immer zu ihm, das sei nun mal die Demokratie.«

Nikolaj lenkte den Wagen durch verschiedene Seitenstraßen, ehe er auf die Schnellstraße nach Norden einbog. Während der Schiguli beschleunigte, meldete sich das Autotelefon. Malenko preßte den Handapparat an sein Ohr, gab mehrere undeutliche Laute von sich, ehe er den Hörer wieder einhängte. Er schrieb etwas auf den Notizblock, reichte Nikolaj das Papier und sprach über die Schulter. »Das war einer meiner Ermittler. Die Frau, die Bodor von Zelenogorsk nach Wologda gefahren hat, ist gefunden worden.«

»Das ist eine lange Fahrt«, murmelte Mischa.

»Eine sehr lange Fahrt«, wiederholte Malenko. »Mit diesem Wagen sechs Stunden, auch wenn Nikolaj noch so sehr Gas gibt.«

Anna wartete einen Moment lang. »Wo ist die Frau jetzt?«

Malenko betrachtete sie im Innenspiegel. »In den Wäldern um Zelenogorsk.« Er seufzte. »Unglücklicherweise wird sie uns nicht helfen können. Meine Leute sind mit den Helfern des örtlichen Staatsanwalts am Fundort. Sie wurde ermordet.«

»Etwa wegen ihres Kontaktes zu Bodor?« fragte Mischa.

Malenko zuckte die Achseln, wobei er Anna im Spiegel ausgiebig studierte, als wollte er das, was er gehört hatte, mit dem vergleichen, was er wußte.

Patterson tauchte den Kopf in das Waschbecken der Kabine. Während er sich mit einem Handtuch abtrocknete, betrachtete er sich kritisch im Spiegel über dem Becken. Helen hatte seinen Blutdruck gemessen, ihm in die Ohren und die Augen geschaut und seine Brust abgehört, ehe sie zufrieden war und sich verabschiedet hatte. Bis auf eine Andeutung von Müdigkeit um die Augen sah er eigentlich recht fit aus. Während er in ein frisches Hemd schlüpfte, klopfte es an der Tür.

»Wer ist da?«

»Ich habe Ihnen Kaffee mitgebracht.«

Morton betrat die Kabine mit einer Tasse in der Hand. »Wie fühlen Sie sich?«

Patterson lächelte kläglich. »So, wie unsere Ärztin reagiert hat, hätte man annehmen können, ich hätte einen Herzinfarkt gehabt.« Er zog sich vollständig an, nahm die Tasse entgegen, trank ein wenig und spürte Mortons prüfenden Blick.

»Haben Sie sich schon mal als Bergsteiger betätigt?« fragte Morton, als wäre ihm dieser Gedanke gerade erst gekommen.

»Wie bitte?« Patterson blinzelte und schenkte Morton einen verwirrten, nachdenklichen Blick. »Nein. Meine Sportarten sind Tennis und Squash. Weshalb fragen Sie?«

Morton lehnte sich gegen die Tür und verschränkte die Arme. Was bei ihm auffiel, war die Art, wie er seinen Gesprächspartner musterte. »Als ich das letzte Mal jemanden sah, dessen Hände zitterten, nachdem er Nasenbluten hatte, war es ein Bergsteiger. Es stellte sich heraus, daß er unter Porphyrie litt.«

Morton wartete ab, während sich das Schweigen zwischen ihnen vertiefte. Er sah, wie Patterson wegschaute, dann wieder den Kopf hob und seinen Blick erwiderte. Morton hatte plötzlich den Eindruck, als würde Patterson sich in eine Schale zurückziehen und darin zusammenrollen. Dann straffte er sich, als zöge er seine Kraft aus einer bitteren Erinnerung.

»Was ist das?« fragte Patterson.

»Etwas ziemlich Seltenes. Die Medizin weiß, daß es erblich ist und von Generation zu Generation weitergegeben wird. Gewöhnlich wird es durch starke physische Belastung in Verbindung mit einem plötzlichen Wechsel des Sauerstoffdrucks ausgelöst. Oberhalb bestimmter Höhen gibt es Luftlöcher, in denen es passiert. Die Ursache sind eingeschlossene Ozonblasen.«

Patterson zuckte die Achseln. »Na klar. Sie haben uns bei der Pilotenausbildung auch etwas über unterschiedliche Sauerstoffkonzentrationen erzählt. Aber nichts Spezielles.« Er schaute Morton lauernd an. »Aber das wissen Sie ja ebenfalls. Schließlich sind Sie selbst Pilot – und ein verdammt guter dazu, nach dem, was Sie über Costa Rica geschafft haben.«

Morton machte eine wegwerfende Geste. »Kommen wir lieber zur Porphyrie zurück – viele Leute stehen kurz davor, das Bewußtsein zu verlieren, wenn sie einen Anfall haben.«

»Damit dürfte Por… wie haben Sie es genannt? … in meinem Fall wohl kaum zutreffen.«

»Porphyrie«, sagte Morton leise.

»Richtig. Porphyrie.« Pattersons Mund blieb leicht geöffnet. Damit sah er aus wie ein Rennläufer, der den Gedanken nachhängt, die ihn auf seinem Lauf begleiten.

»Betroffene werden auch häufig von einem stechenden Schmerz in der Brust heimgesucht, der oft mit einem Händezittern einhergeht. Ich denke, man könnte daher einen solchen Anfall auch für einen Herzinfarkt halten«, fuhr Morton mit der gleichen ruhigen Stimme fort.

Wieder völlig gefaßt, zuckte Patterson die Achseln. »Damit falle ich völlig heraus. Der Surgeon-Commander hat mein Herz untersucht. Sie sagte, es sei kerngesund. Und das Zittern, das Sie bemerkt haben, war vermutlich nicht mehr als eine übertriebene Reaktion auf einen peinlichen kleinen Zwischenfall. Tut mir leid, daß meine Schwäche Ihnen unnötige Sorgen bereitet hat.«

Patterson warf einen bedeutungsvollen Blick auf die Kabinentür. »Ich sollte Sie lieber nicht aufhalten. Ich denke, Sie haben sicher noch einige Telefonate zu führen.«

Morton schien eine weitere Frage stellen zu wollen, dann überlegte er es sich anders. »Es freut mich, daß Sie sich besser fühlen.« Nach diesen Worten verließ er die Kabine.

Patterson ließ sich auf die Bettkante sinken, griff nach dem Telefonhörer und wählte eine Nummer im Weißen Haus. Die kühle, energische Stimme von Martha Wilson, der Sekretärin des Präsidenten, meldete sich.

»Martha, hier ist Colonel Patterson in Air Force One«, sagte er förmlich.

»Nun erzählen Sie mir ja nicht, daß Sie sich verspäten, Colonel«, sagte sie. »Der Präsident hat einen sehr engen Terminplan.«

»Keine Sorge. Unsere Landung erfolgt auf die Sekunde genau«, erwiderte Patterson.

»Das höre ich gerne, Colonel. Hier ist im Augenblick ein wenig der Wurm drin.«

Er spürte geradezu, daß sie im Begriff war aufzulegen. »Martha ...«

»Ja, Colonel?«

»Weshalb will der Präsident Morton sprechen?«

Eine kurze Pause trat ein, ehe sie antwortete. »Er ist während der Reise des Präsidenten für die Sicherheit in und um Air Force One verantwortlich. Wenn Sie mich jetzt entschuldigen würden, ich habe nämlich noch eine Menge zu tun ...«

Nachdem sie aufgelegt hatte, leerte er seine Kaffeetasse. Er reagierte völlig übertrieben auf das, was Morton gesagt hatte. Falls es irgendwelche Hinweise auf seine Porphyrie gegeben hätte, wäre Helen sicherlich darauf gestoßen. Brons Anruf hatte das alles ausgelöst. Er hätte etwas mehr Zeit am Telefon verbringen und ihr vielleicht sogar mitteilen sollen, daß er für sie einen Arzt aussuchen würde. Er verspürte plötzlich einen starken Druck in seiner Blase. Verdammt! Wenn er unter Stress stand, mußte er ständig auf die Toilette.

Patterson ging zum Becken. »O mein Gott«, stieß er halblaut hervor. »Nicht schon *wieder*!«

In seinem Urin war Blut.

Nikolaj lenkte den Schiguli in zügiger Fahrt über den Waldweg. Von Zeit zu Zeit konnte Anna durch die Bäume eine weite Wasserfläche erkennen.

»Der Finnische Meerbusen«, sagte Mischa. »Bis Wologda ist es noch sehr weit.«

Malenko drehte sich auf seinem Sitz halb nach hinten. »Die Frage ist nur, wohin ist er nach Wologda verschwunden?«

Nikolaj stoppte vor einigen im Halbkreis geparkten Schigulis und einem ramponierten Mercedes. Malenko sprang aus dem Wagen, um Mischas Tür zu öffnen, dann rannte er um den Wagen herum, um das gleiche auch für Anna zu tun. Nikolaj streckte sich hinterm Lenkrad und pfiff eine leise Melodie.

Zwei Männer trennten sich von der Gruppe, die den Mercedes umstand, und kamen herüber. Malenko stellte seine Assistenten, Vitalij und Jewgenij, vor. Beide waren jung und korpulent. Sie waren mit Sweatshirts, Jeans und Turnschuhen bekleidet. Sie nahmen eine respektvolle Haltung ein, als wäre Malenko ihr Vater.

Malenko deutete mit einem Kopfnicken auf den Mercedes. »Wer hat hier die Leitung?«

»Stalin«, murmelte Vitalij.

Malenko wandte sich an Mischa und Anna. »Stalin ist

der Spitzname für den örtlichen Staatsanwalt, Oberst Joseph Iwanowitsch Gori.«

Mischa lieferte Anna eine weitere Erklärung. »Gori ist der Ort, aus dem die echten Stalins stammen. Iwanowitsch heißt Sohn von Iwan.«

»Unser Stalin ist ein ganz übler Kerl«, brummte Malenko. »Auf den habe ich heute überhaupt keine Lust.«

Anna konnte auf der anderen Seite des Mercedes eine kleine, fette Gestalt in Offiziersuniform mit roten Kragenspiegeln auf den Revers seines Rocks erkennen. Er schien Ende Fünfzig zu sein, und sein Gesicht war so aufgedunsen wie ein Reispudding.

»Dann verraten Sie mir mal, weshalb Sie meinen, daß die Frau Bodor nach Wologda gebracht hat«, forderte Malenko seinen Assistenten Vitalij auf.

Vitalij zündete sich erst eine Zigarette an, ehe er antwortete. »Stalins Leute haben eine Quittung aus dem Flughafenrestaurant in Wologda im Handschuhfach gefunden. Sie trug das Datum des Tages, an dem der Taxifahrer Bodor nach Zelenogorsk gebracht hat. Ich habe den Flughafen angerufen. Sie konnten sich noch an sie erinnern, weil sie mit harter Währung bezahlt hat. Sie haben es notiert.«

Malenko nickte verstehend. Er drehte sich zu Anna um. »Ein weiterer Aspekt unserer Demokratie ist eine bessere Buchhaltung. Jedes Restaurant oder Hotel, welches harte Währung annimmt, muß dies in den Büchern vermerken. Die meisten tun es nicht. Aber das Flughafenrestaurant hält sich offenbar an die Vorschriften.«

»Genauso wie in den alten Zeiten«, murmelte Jewgenij.

Malenko fixierte ihn mit einem scharfen Blick. »Manchmal habe ich das Gefühl, Sie vermissen diese Zeiten, Jewgenij.«

»Nur die freien Tage, Sergej Andrejewitsch«, erwiderte Jewgenij furchtlos.

Anna sah zu Vitalij. »Die Quittung ist aber kein Beweis dafür, daß sie Bodor wirklich hingefahren hat.«

»Es gibt noch mehr«, sagte Vitalij in verletztem Ton.

»Das habe ich mir gedacht.« Malenko seufzte. Er schaute zum Mercedes. »Nun, reden Sie schon. Stalin fragt sich wahrscheinlich, ob wir hier ein Komplott mit der Absicht schmieden, ihm den Fall abzunehmen.«

»Das würde ich nicht empfehlen, Sergej Andrejewitsch«, sagte Jewgenij und zog an seiner Zigarette.

»Weshalb?« fragte Malenko.

Jewgenij hustete Rauch aus. »Vierundzwanzig Stunden nach einem Mord sind die meisten verwertbaren Spuren vernichtet – was bedeutet, daß es noch schwieriger wird herauszufinden, was in den vierundzwanzig Stunden vor ihrem Tod geschah. Die Zeitspanne kurz vor und nach dem Mord ist am wichtigsten ...«

»Vielen Dank, Jewgenij«, unterbrach Malenko ihn. »Sicherlich gelten in dieser Hinsicht in Moskau die gleichen Regeln wie anderswo.« Er nickte Vitalij zu. »Was haben Sie sonst noch?«

Indem er die Augen verdrehte, als würde er von der Sonne geblendet, räusperte Vitalij sich. »Nachdem die Frau das Essen bezahlt hat, ist einer der Kellner ihr gefolgt. Er behauptet, er wäre neugierig gewesen, was sie sonst noch mit harter Währung ersteht. Er klingt wie ein kleiner Spion. Solche Typen gibt es in allen Flughäfen.«

»Reden Sie schon weiter«, drängte Malenko.

»Sofort, Sergej Andrejewitsch.« Vitalij nickte Anna zu. »Der Kellner ist ihr bis in die Abflughalle gefolgt. Das Restaurantpersonal darf dort belegte Brote und Getränke verkaufen ...«

»Vitalij!« Malenko knurrte ungehalten.

Der Kripobeamte beeilte sich nun. »Der Kellner berichtete, sie hätte offensichtlich einen Mann beobachtet, auf den Bodors Beschreibung paßt. Das steht zweifelsfrei fest. Ich habe in unseren Akten nachgesehen.«

»Gut. Dann haben wir es also wirklich mit Bodor zu tun«, warf Malenko ein.

»Hat der Kellner auch feststellen können, welche Maschine Bodor genommen hat?« fragte Mischa.

Vitalij drehte sich zu ihr um. »Es gab zwei Flüge. Einen nach Kujbyschew. Das liegt an der Wolga. Der andere ging nach Baku.«

»Haben Sie die Passagierlisten überprüft?« fragte Anna nun.

Malenko lächelte matt. »So etwas gibt es hier nicht. Die Leute steigen ein und fliegen. Einige haben noch nicht mal ein Ticket. Sie bezahlen direkt beim Piloten.«

Er ging voraus zu der Gruppe am Mercedes. Anna zählte ein Dutzend Männer, mehrere in Milizuniform. Stalin kam um den Wagen herum und begrüßte Malenko betont kühl.

»Wer ist das?« fragte er auf russisch und schaute zu Mischa und Anna.

»Offizielle Besucher. Eine aus Moskau, die andere ist Ausländerin.« Malenkos Stimme klang knapper, leiser.

Stalin gab einen Knurrlaut von sich und verlor sein Interesse an Mischa und Anna.

Malenko warf einen vielsagenden Blick auf den Wagen. »Wo ist die Leiche?«

Stalins Augen waren so leblos wie Nagelköpfe. »Ich hab' sie für Sie dort liegenlassen, wo sie gefunden wurde.«

Stalin ging voraus zum Wagenheck. Er schnippte mit den Fingern, und ein Angehöriger der Miliz öffnete den Kofferraum. Darin lag die Leiche einer Frau. Über einem Wollhemd trug sie Jeans, deren Beine in die Schäfte ihrer hohen Lederstiefel gestopft waren. Ihre Hände waren mit Draht auf dem Rücken gefesselt, und sie war durch ein Tuch erschossen worden, das ihren Mund bedeckte. Zu Lebzeiten hätte sie ausgesehen wie höchstens vierzig, aber die bleiche, wächserne Haut ließ sie nun mindestens zehn Jahre älter erscheinen. Es roch durchdringend nach Benzin. Malenko trat zurück.

»Was ist passiert – wurden sie gestört, ehe sie sie verbrennen konnten?« erkundigte er sich.

Stalin schwieg. »Die Kugel hat nach dem Austreten den Benzintank durchschlagen. Es waren nur noch ein paar

Tropfen darin«, erklärte er schließlich. »Ihre Mörder haben offensichtlich den Rest abgepumpt. Auch Gangster sind hierzulande sparsam.«

»Weiß man, wer sie ist?« fragte Malenko und fixierte Stalin immer noch mißtrauisch.

Stalin lächelte säuerlich. »Sie war ein Kurier der *mafija*. Sie hat meistens Drogen transportiert. Wahrscheinlich wollte sie auf eigene Rechnung Geschäfte machen. Das ist schon die zweite in diesem Jahr.«

Vitalij zündete sich eine frische Zigarette an.

»Wie lange liegt sie schon hier?« fragte Mischa höflich.

Stalin warf ihr einen stechenden Blick zu. »Der Gerichtsarzt meint vier oder fünf Tage. Er ist sich nicht sicher – aber genauer dürften Ihre Leute in Moskau es auch nicht bestimmen können. Sie hätte wahrscheinlich noch wochenlang hier liegen können, wenn nicht ein Jäger vorbeigekommen wäre.«

Malenko schaute sich um, als suchte er nach dem Weg, der den Jäger hierher geführt hatte. »Hat er irgend etwas berührt?«

Stalin verzog die Lippen zu einem schmalen triumphierenden Grinsen. »Fingerabdrücke weisen darauf hin, daß er den Wagen durchsucht und dann den Kofferraum geöffnet hat. Bestimmt hat er irgend etwas gesucht, was sich zu stehlen gelohnt hätte. Zum Glück war er vernünftig genug, uns zu benachrichtigen. Wir halten ihn als wichtigen Zeugen fest. Wollen Sie mit ihm reden?«

Malenko blickte an Stalin vorbei. »Sinnlos. Es ist Ihr Fall.«

Er schwieg, bis sie zu ihrem Wagen zurückgekehrt waren, dann räusperte er sich. »Soll ich Sie nach Wologda bringen?« fragte er Anna und Mischa.

»Das wäre wirklich nett, Sergej Andrejewitsch«, erwiderte Mischa. Sie schaute Anna fragend an. »Und wohin wollen Sie danach?«

»Nach Baku«, entschied Anna.

# ZWEIUNDZWANZIG

In der Telefonkabine hörte Morton, wie Patterson über die Sprechanlage verkündete, daß Air Force One mit dem Anflug auf Washington begonnen hatte. Morton hörte zu seiner Beruhigung, daß der Pilot so souverän wie eh und je klang. Es war ja durchaus möglich, daß er sich hinsichtlich der Ursache für das Nasenbluten Pattersons geirrt hatte. Während eine höhere Ozonkonzentration jeden Menschen anders in Mitleidenschaft zog – sogar die als unschädlich geltenden 0,1 Teile pro Million konnten manchen Leuten schon Probleme bereiten –, hatte das Nasenbluten sicherlich eine harmlosere Ursache, was wiederum als eine Erklärung für die verlegene Reaktion des Piloten auf sein kurzes Händezittern gedeutet werden konnte.

Morton wollte wieder in das Cockpit zurückkehren, als das Kabinentelefon klingelte. Danny meldete sich aus dem Polizeipräsidium in Amsterdam. »Dank Piet und seinen Jungs könnten wir etwas Wichtiges gefunden haben«, sagte er. Dabei klang seine Stimme zeitweise verzerrt, weil während des Gesprächs automatisch die Frequenz gewechselt wurde, um ein Abhören unmöglich zu machen.

»Was hat Piet denn?« fragte Morton und lehnte sich in seinem Sessel zurück.

Piet van Nuys war der Polizeipräsident von Amsterdam.

»Er hat seinen besten Zeichner zur Polizei in Alkmaar rübergeschickt. Er kam mit den Porträts dieser Ballonfahrer zurück und erhielt sofort weitere Informationen aus dem Computer. Alle drei sind der Polizei bekannt. Der älteste, Markus van Kloep, hat ein Jahr wegen Körperverletzung an einer Prostituierten gesessen. Die beiden anderen, Pieter Noorde und Tomas Vandel, wurden wegen Drogenhandels ebenfalls zu einem Jahr Gefängnis verurteilt.«

Morton machte sich einige Notizen, während Danny fortfuhr.

»Sobald der Computer ihre Vorstrafen ausgespuckt hatte, suchten wir weiter. Aus ihren Armeeakten geht hervor, daß sie alle beim holländischen Special Service gedient haben. Außerdem wurden sie in Terroristenbekämpfung ausgebildet. Es sieht so aus, als wäre wieder einmal der Wildhüter zum Wilderer geworden.« Heftiger Zorn schwang in seinen Worten mit.

»Was geschah, als sie aus dem Gefängnis kamen?« fragte Morton.

»Sie trieben sich für eine Weile in Amsterdam herum, dann waren sie plötzlich verschwunden. Offensichtlich hatten sie sich nach Spanien abgesetzt. Ich habe bei Interpol nachgefragt. Lutyens war am Apparat. Er muß den Spaniern ziemlich eingeheizt haben, denn in Nullkommanichts kam die Antwort aus Madrid, daß die drei nach Bilbao geflogen waren. Mitten ins ETA-Land.«

Morton wußte, daß es noch immer Ausbildungslager gab, die von der baskischen Separatistenbewegung in der Region Bilbao betrieben wurden.

»Unsere drei Freunde blieben einen Monat lang in Spanien, dann flogen sie nach Teheran. Piets bester Computerexperte hat sich bei Lester Finel gemeldet. Sie haben sich unterhalten wie ein Paar, das endlich die wahre Liebe gefunden hat. Sie verbanden ihre Computer und drangen in die Datenbanken der Iran Air ein. Und dort waren unsere drei. Sie haben separate Flüge nach London gebucht und sind am Tag vor der Ballonwettfahrt dort eingetroffen. Manders versucht herauszubekommen, wo sie abgestiegen sind, aber davon würde ich mir nicht zuviel versprechen. Er meint, die meisten Ballonfahrer hätten in der Nähe des Startplatzes campiert.«

»Was ist mit Meridian?« hakte Morton nach. »Gibt es dort irgendwelche Verbindungen?«

»Sie besitzen vier Unternehmen in Holland. Unter anderem eine Hotelkette. Sie haben nie dort gewohnt oder gearbeitet. Die anderen beiden Firmen beliefern die Fremdenverkehrsindustrie. Souvenirs, Ferienartikel, Material für Imbißbetriebe. Aber auch dort sind sie nie in Erscheinung getreten. Das vierte Unternehmen heißt Near Orient Care und stellt modernste medizinische Geräte für ein Dutzend Länder zwischen Ägypten und Pakistan her. Eine Überprüfung der Angestelltenverzeichnisse brachte das gleiche Ergebnis wie bei den anderen Betrieben. Und als wir uns bei der Gelegenheit mal die Lieferpapiere anschauten, fanden wir Listen von Gütern, mit denen wir gerechnet hatten. Ich bat Piet, die Frachtunterlagen der Fluggesellschaft zu überprüfen. Alles paßte, bis auf einen Punkt. Am Morgen, nachdem unsere drei nach Sardinien gestartet waren, flog eine Frachtmaschine der KLM nach Teheran. An Bord befanden sich laut Frachtpapieren sechs Isotope, die für den Einsatz in der Ayatollah-Khomeini-Klinik in Teheran vorgesehen waren. Aber in den Frachtpapieren von Near Orient tauchen sie nirgendwo auf. Diese Isotope könnten demnach die gestohlenen Zünder sein.«

Morton saß längere Zeit reglos da und dachte nach. Er verspürte ein vertrautes Ziehen in der Magengegend. Euro-Ballon hatte angedeutet, daß Zita Marcello sich in Afghanistan aufhalten könnte. Free Flight stellte Höhenballons her. Bodors Waffe hatte irgend etwas mit der Stratosphäre zu tun. Bodor konnte die Mullahs mit den Mitteln für einen Präventivangriff auf Bagdad ausstatten. Aber er brauchte eine Plattform für seine Waffe und jemanden, der fähig wäre, sie in die richtige Position zu manövrieren. Zita Marcello könnte demnach im Iran anstatt in Afghanistan sein. Und Meridian? Ganz gleich, von welcher Seite er die Situation betrachtete, der Konzern trat nirgendwo in Erscheinung.

»Danny«, sagte Morton schließlich. »Ich möchte, daß du folgendes tust.« Danach redete er etwa eine Viertelstunde ohne Unterbrechung.

Im Oval Office führte der Präsident der Vereinigten Staaten ein eindringliches Telefongespräch mit dem Chef von Meridian.

»Mr. Bailey, ich denke, es wäre für uns beide von Nutzen, wenn Sie an dieser Reise teilnehmen würden«, sagte er und beendete einen ausführlichen Vortrag über die Operation Earth Saver. Er hatte es ganz bewußt vermieden, die fortgesetzte und zunehmend heftiger werdende Medienkampagne von Meridian zu erwähnen.

Er drehte sich mit seinem Sessel und schaute aus dem Fenster. Seit Tagen hatte sich in Washington kein Lüftchen gerührt, und die Atmosphäre war gesättigt mit Industrieabgasen. Dem, so ahnte er, würde man vergeudeten Atem und enttäuschte Hoffnungen hinzufügen können, wenn er das Gespräch mit Bailey beendet hatte. Nicht daß Bailey auch nur mit einem Wort sein Mißfallen kundgetan oder ein Gegenargument geäußert hätte. Da war nur dieses tödliche Schweigen.

Thacker Stimpson formte mit den Lippen: »Bleiben Sie ganz cool. Sie sind der Chef.« Der Stabschef des Weißen Hauses saß auf der anderen Seite des Schreibtisches und hörte über einen Nebenapparat mit.

Der Präsident nickte und bemühte sich, seine Stimme locker und entspannt klingen zu lassen. »Mehrere Ihrer Firmen haben ihren Anteil an der Ausrüstung von Air Force One gehabt. Es wäre mir eine Freude, Ihnen zu zeigen, wie gut sich alles zusammengefügt hat.«

Stimpson verzog das Gesicht. *Falsche Taktik.*

»Das ist sehr freundlich von Ihnen, Mr. President«, erwiderte Bailey knapp, »und ich weiß es wohl zu würdigen, daß Sie sich die Zeit für diesen Anruf nehmen, um mir Ihre, Ihre ...« er hielt inne, als hätte er Schwierigkeiten, das richtige Wort zu finden, »Ihre Vision, ja, das ist das einzig richtige Wort dafür – eine Vision – vorzustellen, die Sie und Ihre Amtskollegen der Welt verkünden wollen. Operation Earth Saver, Mr. President, hat, das muß ich ehrlich zugeben, etwas für sich.« Diesmal wurde die

Pause mit einem leisen, freudlosen Lachen ausgefüllt. »Und auch Ihre durchaus umstrittene Auffassung, daß unser Planet der Rettung bedarf.«

»Das bedarf er auch. Und Earth Saver ist der erste Schritt, Mr. Bailey. Alles andere wird sich daraus wie von selbst ergeben«, sagte der Präsident mit fester Stimme. Draußen auf dem Rasen schlenderte ein Agent des Secret Service vorbei und winkte jemandem zu, der sich außer Sicht befand.

»Das muß man natürlich erst noch sehen, Mr. President.«

Erneut erklang dieses seelenlose Kichern, das, soweit Bailey es wußte, die Leute so nervtötend fanden. Es ging einher mit seinem gezielten Schweigen, das der Gegenseite die Möglichkeit geben sollte, sich über die Erfolglosigkeit der eigenen Aktivitäten klarzuwerden.

»Um irgendwelche Dinge zu ändern, ist Entschlossenheit nötig. Deshalb habe ich Sie angerufen, Mr. Bailey.«

»Ich freue mich über dieses Kompliment, Mr. President, ganz bestimmt. Aber soweit ich mich erinnern kann, mangelt es Ihnen selbst auch nicht an Entschlossenheit. Ich erinnere mich noch, wie Sie die Kommission für die Verfolgung von Wirtschaftsverbrechen zu einer schlagkräftigen Einrichtung gemacht haben. Sehr viele Leute haben damals Ihre Entschlossenheit hautnah zu spüren bekommen.«

»Das ist lange her, Mr. Bailey.« Seine Rolle als juristischer Berater der Kommission hatte ihm die seltene Gelegenheit verschafft, ausgiebig in den dunklen Niederungen der Korruption herumzuschnüffeln. Keine der Firmen Meridians war jedoch in irgendeiner Form daran beteiligt gewesen.

»Ich war gar nicht gegen Ihre Arbeit in der Kommission, Mr. President, ganz im Gegenteil. Der Baum mußte geschüttelt werden. Das war gut fürs Geschäft. Auch gut für Meridian, denn wir sammelten ein paar von den Gesellschaften auf, deren Management Sie durch die Mangel gedreht hatten. Wir haben sie zu dem gemacht, was sie heute sind: gut geführte, gewinnträchtige Tochterfirmen. Aber die Kommission war auch für Sie sehr gut. Soweit ich mich erinnern kann, war sie das Sprungbrett für Ihre politische Karriere.« Erneut erklang das leise Kichern. »Ich denke, die Auseinandersetzungen mit diesen abgebrühten Geschäftsleuten müssen Ihnen klargemacht haben, wie Sie mit den Leuten auf dem Hill umspringen sollten. Ich gehe davon aus, daß die richtigen Leute im Kongress über diese … Operation Earth Saver unterrichtet sind?«

»Noch nicht«, sagte der Präsident mit vorsichtigen Worten und leiser Stimme. »Sie gehören zu den ersten, die es erfahren. Mr. Bailey. Denn ich möchte, daß Sie genug Zeit haben, um darüber nachzudenken, wie Sie vielleicht helfen können.«

»Das ist sehr schmeichelhaft, Mr. President.« Baileys Tonfall war herablassend.

In der nun einsetzenden Stille veränderte Thack seine Haltung im Sessel und schüttelte den Kopf. Er hatte gesagt, daß Bailey sich verhalten würde wie ein rasender Elefant, der plötzlich wie wild auf allem herumtrampelt. Daß seine Anwesenheit an Bord der Air Force One einen dazu zwang, Chefwärter und Ringrichter zugleich zu sein, und daß man dann die Scheiße aufsammeln müßte, die Bailey fallen ließ. Aber das Risiko lohnte sich. Bailey für sich zu gewinnen war genauso wichtig, wie ein Land der Dritten Welt zu überreden, seine Umweltpolitik zu ändern, oder eine Industrienation dazu zu bringen, ihre Umweltpolitik zu ändern. Trotz der augenblicklichen Angriffe durch die Presse konnte Bailey immer noch Meridian dazu benutzen, Earth Saver voranzutreiben.

»Mr. President, lassen Sie mich zu Ihnen ganz offen sein. Meine Kollegen und ich haben Ihre Politik genauestens verfolgt, seit Sie Ihr Amt angetreten haben. Wir hatten gehofft, daß Sie – bei Ihrem Werdegang und Ihrem Verständnis für die Wirtschaft – der Präsident wären, auf den wir so lange gewartet haben. Kein neuer Clinton, sondern jemand, der die Realitäten unserer Welt versteht. Leider, Mr. President, hat diese Hoffnung sich in keinster Weise erfüllt.«

Die Stimme des Präsidenten klang gepreßt. »Mr. Bailey, wenn Sie auf die Maßnahmen anspielen, die ich gegen rücksichtslose Luftverschmutzung ergreifen mußte ...«

»Mr. President, daran habe ich gar nicht gedacht, obgleich Ihre Aktivitäten Meridian schwer geschadet haben. Ich meine die Grundhaltung. *Ihre* Sicht der Welt, wie sie sich Ihnen von Washington aus betrachtet darbietet. Sie haben dieser Sichtweise einen Namen gegeben. Nämlich diese Operation Earth Saver. Lassen Sie mich noch einmal ganz offen sein. Viele Leute, ich selbst eingeschlossen, werden nicht so leicht zu überzeugen sein, daß das, was Sie vorschlagen, nicht nur funktioniert, sondern auch die beste Methode ist, um die Probleme zu lösen. Ich leugne nicht, daß es Probleme gibt. Es gibt sie. Aber anzunehmen, man könnte sie lösen, indem man die Umwelt verändert, ist, wenn ich mal so sagen darf, reines Wunschdenken. Die Menschen sind nun mal so, wie sie sind. Wenn Sie mal in die ferne Vergangenheit blicken, dann hat es Luftverschmutzung immer gegeben. Die Ägypter hatten sie. Desgleichen die Römer. Das Mittelalter in Europa war eines der Zeitalter mit der größten Umweltverschmutzung der Geschichte in Europa. Das gilt auch für die Industrielle Revolution. Aber jedermann wußte und akzeptierte, daß für neuen Wohlstand ein Preis bezahlt werden mußte.«

Bailey legte eine kurze Pause ein, um seinen folgenden Worten Nachdruck zu verleihen. »Mr. President, Sie fangen damit an, den Menschen zu erzählen« – Bailey sprach das Wort aus, als handelte es sich um eine völlig andere Rasse – »sie dürften nicht mehr für ihren Lebensunterhalt sorgen, weil sie die Umwelt anderer zerstören, und daß Sie ihnen dafür etwas Revolutionäres anzubieten hätten. Die Menschen lassen sich darauf nun mal nicht ein.«

»Wenn es Ihnen so gut wie möglich verkauft wird, dann schon«, erwiderte der Präsident in scharfem Ton. »Sie sind genauso wie ich im Verkaufsgeschäft tätig. Zusammen können wir die Meinungen ändern.«

»Mr. President, das ist *Ihre* Jagd. Aber einige Dschungel sind richtig gefährlich, und einige Tiere sterben nicht so leicht.«

Der Präsident lachte kurz auf. »Sie haben eine ganz besondere Fähigkeit, ein Argument so vorzubringen, daß es wie eine Drohung klingt.«

»Ich stelle nur eine Tatsache fest, Mr. President.«

»Dort, wo ich sitze, Mr. Bailey, ist eine Tatsache gewöhnlich die Interpretation einer Betrachtungsweise«, sagte der Präsident.

Thack vollführte mit dem Finger eine Bewegung, als wollte er sich die Kehle durchschneiden. Der Präsident schüttelte den Kopf. Er hatte nicht vor, den Versuch abzubrechen, das Verständnis dieses arroganten Hurensohns zu wecken.

»Mr. Bailey, jeden Tag sterben etwa so viele Menschen, wie Ihre Stadt Einwohner hat, infolge der ein oder anderen Umweltkatastrophe. Jeden Tag, Mr. Bailey. *Jeden Tag* von *jeder* Woche in *jedem* Monat. Und gewiß ist einzig und allein, daß es so weitergehen wird. Wir sind es den Sterbenden und allen, die ihnen noch folgen werden, schuldig, dem Einhalt zu gebieten. Und damit jetzt gleich anzufangen.«

»Mr. President, das ist eine noble Absicht. Aber ich bin altmodisch genug, um zu glauben, daß Ihre Operation Earth Saver einfach nur dem Mob den Weg öffnet, um auf Plünderungstour zu gehen und sich zu holen, was er kriegen kann. Verteilen Sie kostenlos Medikamente an sie, und sobald es ihnen bessergeht, räumen sie Ihnen den Schrank mit den Drogen aus. Das ist nun mal die menschliche Natur. Raten Sie ihnen, mit dem Rauchen aufzuhören oder gesünder zu essen und weniger Alkohol zu trinken, und sie werden es als Rechtfertigung benutzen, um einen um sein Unternehmen, sein Geschäft zu bringen. Sie werden es als eine Art neuer und gefährlicher politischer Habgier betrachten. Verbraucherkommunismus, wenn Sie wollen. So werden die Menschen es sehen. Und nichts wird sie in dieser Hinsicht ändern.«

In der einsetzenden Stille warf der Präsident einen Blick auf die kleine gerahmte Plakette auf seinem Schreibtisch. Grace hatte sie ihm geschenkt, als er den ersten Schritt ins öffentliche Leben gewagt hatte. Das war am Tag nach ihrem zehnten Hochzeitstag gewesen. Auf der Plakette war die Inschrift zu lesen: *O mein Gott, der See ist so groß, und mein Schiff ist so klein.* Niemand, nicht einmal Bailey, würde es zum Kentern bringen.

»Es gibt in bezug auf die Umweltprobleme keine Grenzen, Mr. Bailey. Die Russen sind genauso entschlossen wie wir, dieses Problem zu lösen. Das gleiche gilt für die Chinesen und für alle anderen.« Der Präsident hielt inne, als sammelte er Kraft, dann redete er im gleichen ruhigen Ton weiter. »Nehmen Sie nur ein Beispiel. Für zwei Millionen Jahre haben die Menschen an den Ozeanen von ihrem Überfluß gelebt. In den letzten hundert Jahren wurde diese Harmonie durch die Aktivitäten derer gestört, die von den Küsten weit entfernt leben. Es gibt natürlich einige Regierungen, die immer noch meinen, wir brauchten weitere wissenschaftliche Beweise. Diesen Regierungen, Ihnen und allen anderen sage ich, daß der Beweis gleich hier draußen, vor meinem Fenster, zu sehen ist. Selbst an guten Tagen ist die Luftverschmutzung oft unerträglich. Wie sie es auch jenseits der Fenster von unzähligen Millionen anderer Menschen ist. Der einzelne hat nur eine geringe oder gar keine Stimme. Aber zusammen rufen sie nach einer gerechten und realisierbaren wirtschaftlichen Ordnung, die auf einer neuen weltweiten Umweltpolitik basiert. Wenn wir ihren Ruf nicht erhören, dann wird es in der Tat eine Revolution geben – nicht wegen eines Wechsels, sondern weil eben dieser Wechsel nicht stattfindet.«

Thack auf der anderen Seite des Schreibtisches nickte heftig. Der Präsident schaute an ihm vorbei aus dem Fenster. Denk an jede Einzelheit, sagte er sich, immer nur ein Satz nach dem anderen.

»Wir – die Regierung, die Wirtschaft, jedermann – können anfangen, eine neue Bilanz zu erstellen. So wie einige Firmen mittlerweile eigene Überwachungsausschüsse für Soziales und Ethik haben und eigene Berichte dazu veröffentlichen, muß es für jedes Unternehmen eine Selbstverständlichkeit sein, mit dem alljährlichen Finanzbericht auch Rechenschaft über umweltbezogene Belange abzulegen. Die ICI in England tut das bereits. Sie erklärt genau, was sie unternimmt, um die Umwelt zu schützen, aus der sie ihren Nutzen zieht. ICI betrachtet dies als wichtigen Geschäftszweig. Und ich wette, daß die Aktionäre davon sehr beeindruckt sind.«

»Mr. President, das eine, was ich im Geschäftsleben gelernt habe, ist, daß das einzige, was Aktionäre beeindruckt, möglichst hohe Profite sind. Sie können ihnen alle möglichen Berichte vorlegen, aber wenn am Ende eine rote Zahl steht, dann jagen sie Sie zum Teufel, ehe Sie auch nur ›piep‹ sagen können. Das ist die Realität meiner Welt, Mr. President.«

»Mr. Bailey, ich verlange ja gar nicht eine Kürzung Ihrer Gewinne oder der Gewinne anderer. Eine gesunde Wirtschaft ist eine Voraussetzung für ökologische Verantwortung. Sie brauchen sich nur Rußland anzusehen, um das zu erkennen. Wenn es etwas gegen seine Umweltverschmutzung unternehmen würde, befände die Nation sich in weitaus besserer wirtschaftlicher Verfassung. Und es winken neue Gewinne, wenn man diesem Land und anderen Ländern bei der Lösung dieser Probleme hilft. Ich will Ihnen ein Beispiel nennen. Bei Umweltschutzmaßnahmen werden allein in diesem Land jährlich an die achtzig Milliarden umgesetzt. Nimmt man die ganze Welt als Berechnungsgrundlage, dann sind es weit über dreihundert Milliarden. Das sind nicht meine Zahlen, sondern die Weltbank hat sie errechnet. Ganz egal, wie sich die einzelnen Beträge aufteilen, es muß eine Menge Profit darin stecken. Und das alles nur durch Verbesserung der Umweltbedingungen und durch die Schaffung eines weltweiten Energiesparsystems. Es war immer eine besondere Begabung Amerikas, dort Geld zu verdienen, wo niemand anderer auch nur den Versuch dazu in Erwägung gezogen hätte. Ich würde als erster applaudieren, wenn Meridian sich zum Vorreiter einer weltweiten Aufräumaktion aufschwingen würde.«

Bailey schwieg für einen Moment. Die Stille war wie ein Atemholen. Als er redete, klang seine Stimme kalt und abweisend. »Ich will Ihnen einige Gegenbeweise nennen. Vor kurzem unterhielt ich mich mit einem der Manager einer Fabrik, die wir in den neuen Ländern der Bundesrepublik Deutschland erworben haben. Ich wollte wissen, wie es kam, daß seine Männer eine höhere Produktivität erreichten als ihre Kollegen in Westdeutschland. Wissen Sie, was er antwortete? ›Die Arbeit war etwas, wo man hinging und was man erledigte. Die Luftverschmutzung war schlimm, aber wir erhielten denselben Lohn, ganz gleich ob wir etwas dagegen taten oder nicht.‹ Und nun?, fragte ich ihn. ›Nun‹, meinte er, ›geht es um Leistung. Wenn man mehr leistet, wird man besser bezahlt. Und die Luftverschmutzung ist nicht schlimmer geworden. Nicht besser, aber auch nicht schlimmer. Wir können damit leben.‹ Und er hat recht, Mr. President. Für ihn und für alle Angehörigen der Meridian-Familie gilt, daß die Menschen mit dem leben, woran sie gewöhnt sind, und daß sie zufrieden sind, solange ihre Lohntüten prall gefüllt sind.«

Der Präsident rückte seine Brille zurecht. Während des vergangenen Jahres hatte seine Weitsichtigkeit sich merklich verschlechtert. Wie üblich hatte Luther ihn beruhigt. Es wäre nicht mehr, hatte der Arzt des Weißen Hauses erklärt, als das unübersehbare Anzeichen für zunehmendes Alter.

»Sie sind ein Dinosaurier, Mr. Bailey. Das sind Sie wirklich.«

»Ich verstehe das als Kompliment, Mr. President.« Wieder dieses humorlose Kichern. »Hier, in der Welt des Wettbewerbs, müssen wir uns bestimmten Realitäten beugen, deren wichtigste darin besteht, stets dafür zu sorgen, daß man überlebt. Wenn diese Operation Earth Saver jemals in die Tat umgesetzt werden sollte, dann wären höhere Preise die Folge für unsere Kunden. Sie sind es nämlich, die am Ende für Ihren globalen Frühjahrsputz zahlen müßten. Und es wäre nicht nur eine einzige Frühjahrsputzaktion. Aus dem zu schließen, was Sie angedeutet haben, wäre es ein ständiger Prozeß. Tagein, tagaus, ohne zeitliche Begrenzung. Und während wir mit dem beschäftigt wären, was Sie von uns verlangen, würden alle anderen uns das Messer in den Rücken jagen. Am Ende würden wir, wenn ich Ihre Argumentation bis zu ihrem logischen Schluß weiterführe, Meridian in den Ruin treiben!«

Als er nun das Wort ergriff, zitterte die Stimme des Präsidenten vor unterdrückter Erregung. »Vielen Dank, Mr. Bailey. Sie haben Ihren Standpunkt unmißverständlich dargelegt. Ich denke, unter diesen Umständen wäre es klug von Ihnen, meine Einladung auszuschlagen. In Air Force One wäre sicherlich kein Platz für jemanden, der mit derartigen Scheuklappen durch die Weltgeschichte rennt. Leben Sie wohl, Mr. Bailey.«

Der Präsident legte auf. Er sah Stimpson an.

»Sie brauchen etwas zu trinken«, sagte der Stabschef und erhob sich aus seinem Sessel.

»Aber mindestens einen Doppelten, Thack, ich muß mir schnellstens diesen üblen Geschmack aus dem Mund spülen.«

Er nahm das Whiskyglas entgegen, das Stimpson ihm brachte, und trank, damit der Alkohol seine Wut dämpfte. Als er wieder redete, lag nur noch Resignation in seiner Stimme.

»Es war von Anfang an nichts anderes gewesen als ein Versuch, Thack, aber die einzige Frage ist: Was wird Bailey jetzt tun?«

Im sterilen Komfort seines Büros hatte Ignatius Bailey seine Aufmerksamkeit sofort auf einen weiteren Anruf gelenkt. Die neue Regierung Japans konnte seinem Angebot nicht widerstehen. Fünf Kernkraftwerke auf einen Kredit von Meridian, für den die erste Rückzahlungsrate erst in zehn Jahren fällig wäre.

Im Cockpit ließ Patterson den Blick über die Instrumententafel wandern, während Air Force One seinen stetigen Abstieg in den gesperrten Luftraum über der Andrews Air Force Base fortsetzte.

»Telefoniert Morton noch immer?« fragte Patterson über die Schulter.

»Ja«, bestätigte Turner.

Patterson zerbiß einen Fluch.

»Fahrwerk ausgefahren«, meldete Locke. Einen Moment später: »Und verriegelt.«

Das Flugzeug schwankte leicht unter dem Einfluß thermisch bedingter Turbulenzen. Heiße Luft stieg vom Erdboden hoch.

»Umschaltung auf ILS erfolgt«, rief Locke.

Ein Anflug mit Hilfe des Instrument Landing Systems war bei dieser hervorragenden Sicht nicht nötig, aber in der Air Force One war es die übliche Prozedur. Die Piloten beobachteten lediglich die Landung und ließen bis zum Aufsetzen die Instrumente ihre Arbeit tun.

»Ich habe Sicht auf die Rollbahn«, meldete Patterson.

Kurz darauf war Locke wieder an der Reihe. »Eintausend Fuß. Erste Markierung überflogen.«

Zu seiner Linken konnte Patterson die erste vertraute Gebäudegruppe innerhalb des Luftwaffenstützpunkts erkennen.

»Landeklappe auf vierzig Grad«, sagte Locke.

Air Force One sank dem Erdboden entgegen.

»Ganz ausgefahren.«

Das Flugzeug stabilisierte sich etwa sechs Meter über

der Landebahn, die sich vor ihnen über mehr als zwei Meilen erstreckte. Die Räder hatten Bodenberührung, und das Kreischen von heißem Gummi ertönte, bis sie richtigen Griff hatten.

Beide Piloten bedienten wieder selbst die Kontrollen.

»Schubumkehr«, befahl Patterson.

Locke legte den Schubhebel um und fuhr die Flügelklappen voll aus, um jeglichen Auftrieb auszuschalten, den die rollende Maschine noch haben konnte.

»Bremsen«, befahl Patterson.

Reifen quietschten, als Air Force One die Rollbahn hinunterdonnerte und dabei ständig an Tempo verlor. Als sie das Ende der Landebahn erreichten, war das Flugzeug endlich so langsam, daß Locke es mit Hilfe des Bugrades an einer weißen Leitlinie entlang lenken konnte.

»Die Heimat hat uns wieder«, sagte Locke.

Schöne Heimat, dachte Patterson voller Bitterkeit. Sein Geist beschäftigte sich schon wieder mit den Telefongesprächen, die er führen müßte, um für Bron einen Arzt zu finden.

In seiner Kabine dachte Morton über das nach, was Gates ihm erzählt hatte, als Air Force One zur Landung ansetzte. Adams war tot. Seine Leiche war vor der Schweizer Botschaft in Teheran gefunden worden.

## DREIUNDZWANZIG

Etwa auf der Hälfte der Brücke über das breite Potomac Valley verkündete ein Schild, daß man sich nun in Washington, District of Columbia, befand und daß man mit ständigen Geschwindigkeitskontrollen rechnen müsse.

»Im vergangenen Jahr hat die Stadt eine Million Dollar

an gebührenpflichtigen Verwarnungen eingenommen«, erzählte Gates finster. Es waren die ersten Worte aus seinem Mund, seit er Morton über Adams informiert hatte, während sie Andrews hinter sich ließen.

Morton hatte ihm zugehört, ohne ihn zu unterbrechen. Nun betrachtete er erneut die Kopie des Faxes, das die Schweizer Botschaft aus Teheran geschickt hatte. Es enthielt einen detaillierten medizinischen Bericht über Adams Verletzungen sowie eine Liste der bei ihm gefundenen Gegenstände. Seine Verletzungen bestanden aus einer Schußwunde in der Brust und anderen, die auf einen Sturz aus großer Höhe schließen ließen. Eine Visitenkarte lautete auf Michael B. Latway, geschäftsführender Direktor von Croxis Importers and Exporters in der Solinake Straße in Athen. Bill hatte erklärt, daß Croxis ein Tarnunternehmen der CIA war. Eine Brieftasche, deren Inhalt genau aufgelistet war, und ein Flugticket auf eben diesen Michael B. Latway vervollständigten, was Morton bei jedem Agenten im Einsatz zu finden erwartete.

Es war der Fetzen Papier in Adams' Hosentasche, der eine Überraschung darstellte. Er schien aus einem linierten Schulheft herausgerissen worden zu sein und war offensichtlich eine grobe Lageskizze mit der unbeholfenen Zeichnung von einem Heißluftballon. Darunter war etwas, das mit einem Filzschreiber unleserlich gemacht worden war.

Gates bremste den Wagen ein wenig ab, um eine langgestreckte trügerische Kurve zu nehmen, ehe er das Wort ergriff. »Die Schweizer konnten unter den Filzstiftstrichen das Wort ›Bodor‹ erkennen. Das Wort ist in Blockbuchstaben notiert worden, wie Adams sie immer benutzte, und sie haben sie mit einer Notiz von ihm verglichen, die wir rübergefaxt haben, und es scheint die gleiche Handschrift zu sein.«

Morton warf einen zweiten Blick auf das Papier. »Hat Adams seine Notizen immer auf diese Art und Weise gemacht?«

Gates nickte grimmig. »Er war ein typischer alter Haudegen. Er kam aus einer Schule, wo die Grundkenntnisse des Handwerks gelehrt wurden wie zum Beispiel das Öffnen der Post. Er hatte nie in seinem Leben einen Computer benutzt, daher ja, das würde zu ihm passen.«

»Hat er eine Kontaktperson in Baku?«

Gates lächelte knapp. »Die Sicherheitsspezialisten unserer Botschaft in Istanbul haben sein Büro durchsucht und sind auf den Namen einer Frau gestoßen – eine Madame Lutke. Laut unseren Computern gibt es eine Helena Lutke, die in der Altstadt ein KGB-Bordell leitete. Sie hat sich jetzt selbständig gemacht und bedient jeden, der mit harter Währung zahlen kann.«

Mit einem Anflug von Überdruß, so als wären seine schlimmsten Erwartungen eingetroffen, nickte Morton. Sie fuhren für eine Weile schweigend weiter, ehe er erneut zu reden begann, wobei seine Stimme wieder kontrolliert und monoton klang. »Es gibt in ganz Teheran kein Gebäude, das hoch genug ist, um sich solche Verletzungen zuzuziehen, wie sie bei Adams festgestellt wurden, Bill. Mein Tip ist, daß er aus einem Hubschrauber geworfen wurde. Der Geheimdienst der Mullahs hat das während des Kriegs gegen den Irak mit Spionen getan. Alte Gewohnheiten ändern sich nur langsam.«

»Ich habe mit dem Sicherheitschef der Schweizer Botschaft telefoniert. Er sagt, in Adams Kleidern hätten sich Spuren von Sand befunden.«

»Was darauf hindeutet, daß er irgendwo draußen in der Wüste getötet wurde und daß seine Leiche dann einen Weg in die Stadt gefunden hat. Aber das erklärt nicht, weshalb sie seinen Ausweis und dieses Stück Papier bei ihm gelassen haben.« Morton faltete das Fax sorgfältig zusammen und steckte es in die Tasche.

»Adams könnte sie überrumpelt haben. Er war stark wie ein Ochse. Wenn er sich erst einmal losriß, hätte er in einem Hubschrauber ein ganz schönes Chaos auslösen können. Jemand konnte in Panik geraten sein, hatte ihn erschossen und ihn so schnell wie möglich rausgeworfen.«

Sie fuhren schweigend weiter. Morton blickte aus dem Fenster. Der Potomac war schiefergrau unter einem bedeckten Himmel. Ein paar Segelboote und ein Touristendampfer waren zu sehen. Er dachte, daß es ihm am Genfer See besser gefiel. »Gibt es irgendwas über das Papier?« fragte er und wandte sich wieder zu Gates um.

Gates Lippen formten ein Mittelding zwischen einem Lächeln und einer Grimasse. »Nichts. Unsere Kartographen meinen, das Problem bestünde darin, daß es als Hinweis überhaupt keinen richtigen Sinn ergab. Natürlich könnte es in einer Kurzschrift notiert sein, die nur Adams versteht.«

»Die Ballonform ist doch sehr deutlich«, sagte Morton.

Das seltsame halbe Lächeln blieb auf Gates Lippen. »Aber was bedeutet es, David?«

Morton sagte es ihm. Als er damit fertig war, bogen sie auf die Pennsylvania Avenue ein und rollten auf das Weiße Haus zu.

Gates stöhnte. »Wir brauchten eine kleine Armee, um Bodor und diese Marcello-Frau in den Bergen im Iran aufzustöbern, David!«

Zita stand neben Bodor auf einem stählernen Laufgang und blickte auf eine Fläche von der Größe eines Tennisfeldes hinab, die eine Kombination aus Werkstatt und Labor darstellte. Weiß bekittelte Techniker gingen zwischen Arbeitern an Werkbänken hin und her. Die Luft war erfüllt mit dem grellen Flackern von Schweißgeräten und dem hochfrequenten Summen von Maschinen. Ein Bereich am Ende der Halle wurde von einem Leinenvorhang abgetrennt.

Sie beobachtete, wie ein Techniker eine Atemmaske aufsetzte und hinter dem Vorhang verschwand. Das Vorhandensein des Vorhangs verstärkte ihr Gefühl, daß sie schon wieder mal nicht wußte, was eigentlich geschah. Dieses Gefühl verstärkte nur ihr allgemeines Unbehagen, aber irgendeine Stimme in ihrem Gehirn warnte sie, sich dies gegenüber Bodor nicht anmerken zu lassen. Statt dessen konzentrierte sie sich auf den Monitorschirm, der von der hohen Decke herabhing. Der Schirm gehörte zu einer Beobachtungskamera, die zwischen den Sanddünen aufgestellt worden war.

Vor der untergehenden Sonne zogen die Vögel noch einige Kreise, ehe sie zwischen den Hunden landeten. Die Aasfresser begannen an Knochen herumzupicken, und die vierbeinigen Bestien, die normalerweise wütend auf jeden Eindringling reagierten, ignorierten die Vögel, als bestünde zwischen ihnen eine Beziehung, die Zita niemals begreifen würde. Auch diese Beobachtung resultierte in einem schmerzhaften Ziehen in ihrer Magengegend.

Dieses Gefühl beherrschte sie, seit Bodor sie aus ihrem Quartier abgeholt hatte, was noch nie zuvor geschehen war. Von der Türöffnung aus hatte er sie betrachtet, und sie fühlte sich unter diesem Blick, der schnell in ein gieriges Starren überging, völlig nackt. Es dauerte einen kurzen Moment, ehe sie begriff, daß sie die Fäuste geballt hatte, und einen weiteren, ehe sie sie entspannte. Sie war steif stehengeblieben, unsicher, wann seine Inspektion beendet war. Dabei war in ihr Unsicherheit, Angst aufgeflammt wie ein verzehrendes Buschfeuer und hatte ihre Wangen gerötet. Wußte Bodor vielleicht von Kunsk? Wußte er, wie er die Tür aufgeschlossen und sie die Treppe hinauf begleitet hatte? Könnte jemand das Fehlen einer alten Matratze gemeldet haben, auf die sie sich hatten fallen lassen, ohne sich völlig ihrer Kleider zu entledigen?

Falls Bodor irgend etwas darüber wußte, so ließ er es sich nicht anmerken. Sie waren schweigend durch dieses Labyrinth von Fluren und Seitengängen gewandert, hatten mehrere Stahltüren passiert, die Bodor jeweils mit einem Schlüssel geöffnet hatte, ehe sie eine Stahltreppe hinaufstiegen, um auf diesen Laufgang zu gelangen.

Auf dem Monitor stritten die Vögel sich um die letzten Aasreste. Nicht mehr lange, und sie wären verschwunden, als wäre es ein Gebot der Natur, daß sie vor Einbruch der Wüstennacht zu ihren Nistplätzen zurückgekehrt sein müßten. Kurz vorher hatte sie gespürt, daß Bodor sie beobachtete, und hatte sich gezwungen, seinen Blick nicht zu erwidern. Was dachte er? Beschäftigte er sich immer noch mit ihr und Kunsk? Wie wäre es wohl, wenn sie beide zusammen wären? Existierte in Bodor etwa ein Bedürfnis, sie zu besitzen? Er wäre nicht der erste Mann, der so empfand. Einer hatte sie sogar heiraten wollen, um zum Ziel zu gelangen. Aber der Gedanke an eine feste Beziehung machte ihr angst. Es wäre genauso, als wäre sie für ihr ganzes Leben an ihren Vater gekettet. Ihr Instinkt sagte ihr, daß Bodor keine Beziehung wollte. Er wollte nur sie. Vielleicht ließ ihre Furcht nach, wenn sie ihm diesen Wunsch erfüllte. Sie atmete wieder tief ein. Sie fühlte sich nun ruhiger, stärker, und hörte, wie er, ihr den Rücken halb zuwendend, auf russisch Befehle in ein winziges Mobiltelefon bellte.

Er verstaute das Telefon in der Tasche und drehte sich zu ihr um. »Sehen Sie.« Er deutete nach unten zum Ende der Halle.

Der Vorhang hob sich langsam, als wollte er den Blick auf eine Theaterbühne freigeben. Dahinter befand sich eine riesige Glaskuppel. Darunter lag ein nackter Mann mit dem Gesicht nach oben. Er war auf eine Krankenbahre geschnallt. Im Augenblick wurde sein Gesicht von etwas abgeschirmt, das aussah wie die Kamera eines Röntgengeräts, die langsam über ihn glitt. Der Techniker, der vorher hinter den Vorhang gegangen war, stand vor einer Konsole und überwachte das Geschehen.

»Was ist das?« wollte Zita von Bodor wissen. Ihre Stimme war nur ein schwaches Flüstern.

Er beachtete sie nicht, beobachtete weiterhin die Glaskuppel. Dabei spürte er ihre plötzlich greifbare Angst, als wäre es etwas, das er berühren könnte, ähnlich der Sexualität und Sinnlichkeit, die sie normalerweise ausstrahlte.

Er hatte sie schon im ersten Moment ihres Zusammentreffens durchschaut. Sie war wie eine läufige Ratte. Sie war in der vergangenen Nacht zu ihm gekommen, während er schlief, hatte neben seinem Bett gestanden, nackt, sich ihm darbietend, hatte mit einer Hand an ihren Schamlippen gespielt und mit der anderen unter seine Bettdecke gegriffen und ihn angefaßt. Er hatte noch ein Stöhnen auf den Lippen, als er schweißgebadet erwachte und die Arme nach ihr ausstreckte. Aber das Luder war verschwunden. Bestimmt zu Kunsk.

Aber in ihrer Gier, sich selbst zu befriedigen, hatte sie vergessen, daß jeder Teil dieser Anlage überwacht wurde. Eine Kamera, die in einem Belüftungsschacht versteckt war, hatte sie heimlich gefilmt.

Während er weiterhin Zita ignorierte, verfolgte Bodor, wie das Klimometer seine langsame Bahn beendete. Bisher hatte er es nur bei den Kurden aus den Arrestzellen eingesetzt. Aber die Kurden waren unterernährt und litten häufig unter Krankheiten der Atmungsorgane. Sie waren alle gestorben, ehe auch nur annähernd die höchste Ozonkonzentration erreicht war. Während ihres letzten Telefongesprächs hatte er dem Arrangeur erklärt, daß er gesündere Versuchsobjekte brauche. Daraufhin hatte der Arrangeur vorgeschlagen, er sollte sich unter seinen Männern einen aussuchen.

»Bodor«, sagte Zita leise. »Was tut diese Maschine?«

Durch die Bewegung des Klimometers lag das Gesicht des Mannes frei.

»Sie reproduziert die Elemente in der oberen Atmosphäre«, antwortete Bodor.

Zitas Worte kamen stockend über ihre Lippen. »Aber ist das nicht ... gefährlich? Ich meine, sollte der Mann nicht ... irgendeine Schutzmaske tragen? Wie die Techniker?«

»Das ist nicht der Zweck dieses Tests«, erklärte Bodor mit ungewöhnlich ruhiger Stimme.

»Welchen Zweck hat er denn?«

Ein Zucken in Bodors Gesicht ließ sie herumfahren und zur Glaskuppel blicken. Das Gesicht des Mannes wurde nun nicht mehr verdeckt.

»Erkennen Sie ihn?« fragte Bodor.

Sie nickte und spürte erneut aufkeimende Angst. »Meine Eskorte.«

»Kunsk.« Bodor lächelte – ein Lächeln so kalt wie ein arktischer Windhauch. »Ihr Begleiter, Kunsk.«

»Warum ist er hier? Was geschieht mit ihm?« fragte sie und löste den Blick von der Kuppel.

»Machen Sie sich Sorgen um ihn?« Seine Stimme klang leise, aber dennoch rauh genug, um ihre Ohren zu quälen.

Sie brachte mühsam ein Achselzucken zustande. »Ich kenne ihn kaum.«

»Dann brauchen Sie sich keine Gedanken zu machen, was mit ihm geschieht.«

»Was soll das heißen?«

»Warten Sie. Gedulden Sie sich. Ich denke, es wird für Sie recht aufschlußreich«, meinte er leise.

»Wenn es nichts mit meiner eigenen Arbeit zu tun hat, würde ich lieber ...«

»Sehen Sie nur hin!« Die zischend hervorgestoßene Aufforderung war für sie wie ein Schlag ins Gesicht.

Zita drehte sich um, umklammerte das Geländer und verfolgte, wie das Klimometer wieder über Kunsks Körper wanderte. Immer noch zeigte er keinerlei Reaktion. Neben ihr redete Bodor in einem Ton weiter, als wäre dies ein Vortrag, den er schon des öfteren gehalten hatte.

»Kunsk hat ein Beruhigungsmittel bekommen. Das heißt nicht, daß er im Augenblick keine Schmerzen verspürt. Das Klimometer setzt eine bestimmte Menge Kohlenwasserstoffverbindungen frei, wie man sie in Ozonschichten zwischen achtzig- und hunderttausend Fuß Höhe in dieser Region um diese Jahreszeit antreffen kann. Außerdem erzeugt das Klimometer weitere spezielle atmosphärische Verhältnisse.«

»Er wird daran sterben«, sagte Zita mit erstickter Stimme. Aus den Augenwinkeln sah sie, wie Bodor ihr einen prüfenden Blick zuwarf. »Aber warum ... warum ...?« fragte sie hilflos.

Er faßte mit einer Hand nach ihrem Ellbogen und zeigte mit der anderen auf einen anderen Teil der Arbeitshalle. »Sehen Sie dort! Am Elektronenofen!«

Ein Mann in einem Overall holte ein Behältnis, nicht größer als ein Artilleriegeschoß, aus dem Ofen und trug es hinüber zu einer Reihe von Druckkammern. Er plazierte den Behälter in einer Kammer, drehte den Türverschluß zu und betätigte einige Regler.

»Was geschieht dort?« fragte Zita, sträubte sich gegen Bodors Griff und blickte zur Glaskuppel. Der Techniker betätigte einen Kontrollknopf in der Konsole. Kunsk lag immer noch reglos auf seiner Bahre.

Bodor überhörte ihre Frage und beobachtete gespannt den Mann, der noch einmal die Kammer öffnete. Mit einer Zange holte er den Behälter heraus. Bodor stieß ein Knurren aus und holte sein Telefon aus der Tasche.

Der Behälter war bis zur Unkenntlichkeit zerquetscht.

Neben ihm stieß Zita plötzlich einen Schrei aus. Blut sickerte aus Kunsks Augen und Nase. Vor ihren Augen begann es immer stärker zu fließen, dann tropfte es ihm auch aus einem Mundwinkel.

Zita schrie erneut auf, als Kunsks Gesicht regelrecht implodierte.

Bodor sprach erregt ins Telefon, ohne sich um Zita zu kümmern.

Spätabends saß der Premierminister in seinem Büro im hinteren Teil von Downing Street No. 10 und versuchte sich auf die amtlichen roten Kästen zu konzentrieren, die einen wesentlichen Teil seiner politischen Arbeit darstellten. Jeder Kasten enthielt die jeweils jüngsten Entscheidungen und Erlasse Whitehalls, die von ihm persönlich gebilligt werden mußten.

Den Inhalt der Kästen am Ende seines langen Arbeitstages zu lesen war eine zeitraubende Angelegenheit, die ihm um so schwerer fiel, als er für Papierkrieg absolut nichts übrig hatte. Die öffentlichen Aktivitäten waren viel eher nach seinem Geschmack. Er begriff sehr wohl, daß solche Auftritte, vor allem im Fernsehen, eine wichtige Quelle politischer Durchschlagskraft waren. Man mußte sich sehen lassen und zu den Massen in einer Sprache reden, die sie verstanden, und sich nicht auf die trockenen Texte des Beamten verlassen, der im Namen des Ministers das Dokument verfaßt hatte, nach dem er soeben griff.

Der Premierminister rümpfte die Nase, ein Zeichen für seinen aufkeimenden Zorn. Das Dokument war eine Zusammenfassung der Argumente für eine neue Schnellstraße, die einen weiteren Teil Südenglands durchschneiden sollte. Er überflog den Text mit einem zunehmenden Stirnrunzeln. Michael Belton, der Verkehrsminister, hatte keine Rücksicht auf den heftigen Protest genommen, den der geplante Verlauf der Straße schon jetzt hervorgerufen hatte. Sämtliche protestierenden Vereinigungen von Umweltschützern drohten damit, sich vor die Planierraupen zu legen und eine Barriere zu bilden. Der Premierminister griff nach seinem Füllfederhalter und schrieb auf den linken Rand, der für seine Bemerkungen freigehalten worden war, daß er von den Straßenplanern eine gründliche Überarbeitung der vorgesehenen Streckenführung wünsche.

Der Premierminister wußte, daß sein Zorn noch durch die Abstimmung im Unterhaus angestachelt wurde, die die Regierung auf Grund einiger nichtssagender Reden der führenden Fraktionsmitglieder an diesem Nachmittag beinahe verloren hätte. Armselige Auftritte von Matthew Spooner und Judy Dawson, der Gesundheitsministerin, verstärkten seinen Eindruck, daß die Zeit für eine Regierungsumbildung wirklich reif war. Er würde die Änderungen skizzieren, nachdem er die Kästen geleert hätte. Doch er würde sich zu diesem Thema erst dann in der

Öffentlichkeit äußern, wenn er von der Reise mit dem amerikanischen Präsidenten zurückgekehrt wäre.

Auf dem Kasten von Mark Duggan, der trotz seiner Herzschwäche tapfer den Posten des Außenministers versah, lag eine Notiz, die besagte, daß Sandy Richardson, der amerikanische Botschafter, angerufen und erklärt hätte, der Präsident hätte die CNN-Sendung mit großem Interesse verfolgt. Bostock lächelte verkniffen. Washington versuchte schon wieder, sich in den Vordergrund zu spielen.

Er wandte sich von den Kästen ab und schaute aus dem Fenster. Trotz seiner Abneigung dagegen, eine Woche fast ausschließlich im Innern eines Flugzeugs zu verbringen, eine Reiseform, die er ohnehin verabscheute, wäre der politische Gewinn daraus beträchtlich. Er stünde danach mitten in der Wählerschaft, bekäme sicherlich den Beifall der Umweltschützer und würde, mit ein wenig Glück, auch noch die Wirtschaft auf seine Seite ziehen. Und nicht nur in seinem Land, sondern auch in Deutschland und Frankreich. Er hatte Stürmer und Marceau versprochen, er werde den Präsidenten wegen des Irak zur Rede stellen. Er würde ihm schmeicheln, argumentieren, widersprechen – überhaupt alles tun, was in seiner Macht stand.

Es klopfte an der Tür. Er verzog ungehalten das Gesicht. Es gab die strikte Anordnung, ihn niemals zu stören, wenn er sich mit den Vorlagen der Ministerien befaßte, es sei denn, es handelte sich um eine Angelegenheit von höchster Dringlichkeit.

»Herein!« verlangte er unwirsch.

Die Direktorin des MI5 stand vor der Tür. Hinter ihr wartete ein ziemlich nervöser Downing-Street-Sekretär.

»Nancy?« Der Premierminister erhob sich halb aus seinem Sessel.

Die Direktorin schaute auf die Kästen, während sie redete. »Es tut mir leid, Sie zu stören, Herr Premierminister, aber diese Angelegenheit konnte nicht warten.«

Bostock nickte und lehnte sich in seinem Sessel zurück.

Er fühlte sich zwar noch immer gestört, begrüßte aber andererseits die Unterbrechung, weil sie ihn von der mühsamen Tätigkeit des Lesens und Entscheidens ablenkte. Er deutete einladend auf einen Sessel, entließ den Sekretär mit einem Kopfnicken und sah dann die Direktorin erwartungsvoll an.

»Nun, was haben Sie auf dem Herzen? Droht wieder mal ein Skandal? Hoffentlich nicht«, murmelte er und kam hinter seinem Schreibtisch hervor, um sich gegenüber der Heiligen Nancy in einen anderen Sessel fallen zu lassen.

»Die japanische Regierung steht kurz vor ihrem Sturz, Herr Premierminister«, sagte sie knapp.

»Ich werde ihr ganz gewiß keine Träne nachweinen.« Er runzelte die Stirn. »Aber es ist nichts Derartiges vom GCHQ oder vom Sechser gekommen. Und bei der heutigen Morgenbesprechung wurde nichts von einer Krise in Tokio erwähnt.«

»Die Information ist soeben erst eingetroffen«, erwiderte sie vorsichtig.

»Darf ich nach der Quelle fragen?«

Sie musterte ihn mit verhangenen Augen. Er hatte es nie geschafft, nahe an sie heranzukommen. Sie strahlte eine Ruhe und Selbstsicherheit aus, die er beunruhigend fand.

»Durch eine telefonische Abhörschaltung«, sagte sie schließlich. »Der japanische Botschafter erhielt einen Anruf vom Außenminister in Tokio, der ihm die Neuigkeit mitteilte. Wie Sie sich gewiß erinnern, haben Sie die Abhörschaltung nach der letzten Weltklimakonferenz selbst gebilligt.«

Der Premierminister nickte, wobei die dünnen Falten auf seiner Stirn sich zu tiefen Gräben verstärkten. Bei der Konferenz in London hatte der Botschafter, der ganz eindeutig auf höhere Anweisung handelte, eine Gruppe ausgewählter Journalisten darüber informiert, daß die britische Regierung einen Bericht in Auftrag gegeben und unterdrückt hatte, aus dem hervorging, daß bis Mitte des kommenden Jahrhunderts große Teile der englischen Küste evakuiert und geräumt werden müßten, wenn die Weltmeere im gleichen Tempo wie bisher steigen sollten.

Der Zweck dieser Enthüllung wurde sehr schnell klar. Die Japaner brauchten eine Rechtfertigung, um wesentliche Teile ihrer Investitionen in England auf den europäischen Kontinent zu verlegen. Bostock erinnerte sich noch, wie er gezwungen gewesen war, vor dem Unterhaus einzugestehen, daß ein solcher Plan tatsächlich existierte. Seine Berater hatten empfohlen, er solle diese Aktion als ›geplanten Rückzug‹ von bestimmten Küstenabschnitten bezeichnen. Anstatt Milliarden für Hochwasserabwehrmaßnahmen auszugeben, hatte er hinzugefügt, würde das Land nicht einfach aufgegeben, sondern zur Einrichtung mariner Vergnügungsparks umfunktioniert. Trotz eines sorgfältig formulierten Manuskripts war es nicht gerade seine glorreichste Stunde am Rednerpult gewesen.

Bostock riß sich aus seinen Erinnerungen. »Und weshalb muß Nagodas Regierung abtreten? Hat endlich jemand herausbekommen, daß er sehr gerne die Hand aufhält?«

Die *Heilige Nancy* zupfte an den Falten ihres Kleides herum wie ein Raucher ohne Zigarette. »Das auch, Herr Premierminister. Er hatte die Absicht, den Auftrag zum Bau weiterer Atomreaktoren zu geben, um, neben anderen Städten, auch Hiroshima und Nagasaki mit Strom zu versorgen.«

Der Premierminister schüttelte ungläubig den Kopf.

»Nagodas Anteil wäre noch größer gewesen als das, was die Saudis zu geben bereit waren. Ein Betrag zwischen zehn und zwölf Millionen Dollar«, fügte die Direktorin hinzu.

»Und wer hat ihm diesen Betrag angeboten, Nancy?«

»Meridian International. Deren oberster Chef, Bailey, hat sämtliche Verhandlungen persönlich geführt.«

Bostock schaute ruckartig hoch. »Er hat den Ruf, sich

niemals in die Karten schauen zu lassen. Nach dem, was ich gelesen habe, wären zwölf Millionen für Bailey nur ein Taschengeld. Er würde außerdem dafür sorgen, daß jedes Schmiergeld, falls etwas darüber bekannt würde, wie eine legale Zahlung erscheinen würde. Es gäbe die übliche Ansammlung von Scheinfirmen und Frühstücksdirektoren, die den Weg des Geldes bis zu Nagoda verschleiern würden. Wie konnte es denn bis zu ihm zurückverfolgt werden?«

Der Heiligen Nancy schien diese Frage gar nicht zu gefallen. »Nagoda hat sich durch seine Tochter vertreten lassen.«

Bostock runzelte die Stirn. »Und? Ich nehme an, sie dürfte doch wissen, wie man solche Dinge geheim hält. Welche Rolle spielt sie denn bei dieser Angelegenheit?«

»Sie leitet eine Beratungsfirma, die sich auf Energiefragen spezialisiert hat. Einer ihrer Kunden ist zufälligerweise Nuclear Components …«

»Der Betrieb, der diese verdammten Atomzünder hergestellt hat?« Er schüttelte mit zorniger Miene den Kopf. »Das wird ja immer inzestuöser. Jetzt erzählen Sie mir nur nicht, daß …«

»Es gibt keinerlei Verbindung zwischen dem Diebstahl und Nagoda, Herr Premierminister«, versicherte die *Heilige Nancy* schnell.

»Dann verraten Sie mir mal, weshalb er abtritt.«

Für einen Moment schwieg sie. Dann: »Seine Tochter traf schon Vorbereitungen, die erste Rate der Zahlung von Meridian auf ein Schweizer Bankkonto zu überweisen, als ausgerechnet ihr Mann die Sache auffliegen ließ.«

»Du meine Güte! Ich dachte, die Japaner hielten so viel von familiärer Loyalität?«

»Niemand schien auch nur die geringste Ahnung gehabt zu haben, daß Nagodas Schwiegersohn ein fanatischer Umweltschützer ist. Wie dem auch sei, als er Wind davon bekam, was Bailey und Nagoda vorhatten, ging er damit zur Opposition. Er hatte nur eine Bedingung. Es durfte keinen öffentlichen Skandal geben. Er hatte kein Interesse daran, daß Nagoda sich selbst entleibte oder daß die Ehre seines Landes noch mehr beschmutzt würde.«

»Sehr japanisch, Nancy.«

»Das kann man wohl sagen. Als die Opposition Nagoda die Beweise vorlegte, kam man überein, daß er aus gesundheitlichen Gründen zurücktreten würde. Seine Berater empfahlen eine plötzliche Krebserkrankung. Natürlich heilbar, wenn Nagoda sich in Zukunft nicht mehr dem durch sein Amt erzeugten Stress aussetzte.«

»Das ist ja noch japanischer.«

Die *Heilige Nancy* lächelte.

»Wer wird Nagodas Platz einnehmen?«

»Ich würde einiges darauf verwetten, daß es der japanische Botschafter in London sein wird.«

»Heiliger Bimbam!«

»Es könnte durchaus ein Vorteil sein, Herr Premierminister«, äußerte die *Heilige Nancy* vorsichtig.

Ihre Blicke trafen sich. »Wir haben über Seine Exzellenz schon eine recht umfangreiche Akte. Er hat einige ungewöhnliche sexuelle Vorlieben.«

»Ich verstehe.« Im weichen abendlichen Licht erschienen Bostocks Augen klar und verstehend.

»Das bedeutet natürlich, daß die Japaner in Air Force One nicht vertreten sein werden. Selbst wenn sie schnellstens Neuwahlen anberaumen, dürften sie frühestens in einem Monat einen neuen Ministerpräsidenten haben.«

Erneut trafen sich ihre Blicke. »Einer weniger, den man bearbeiten muß, Nancy«, murmelte der Premierminister. »Hat der Präsident irgendeine Ahnung oder einen Verdacht hinsichtlich der Hintergründe von Nagodas Rücktritt?«

»Wahrscheinlich nicht. Seit der Bush-Administration hat sich die Geheimdienstarbeit der Amerikaner in Japan ständig verschlechtert. Ein Geschäft, wie Nagoda es mit Bailey eingefädelt hat, läßt sich nun mal nicht mit Hilfe eines Satelliten aus dem Weltraum aufspüren. Das gleiche gilt für den Botschafter. Um ihn in voller Pracht zu erwischen, muß man wohl eine Wanze in seinem Schlafzimmer verstecken.«

Bostock deutete das Lächeln in ihren Augen als durchaus freundlich. Er stand auf. »Lassen Sie mich wissen, wie die Dinge sich entwickeln.«

Als sie an der Tür standen, betrachtete er sie mit der Distanziertheit eines Priesters, der soeben erfahren hat, daß der Segen, den er zu geben im Begriff war, völlig sinnlos sein würde.

»Ich nehme an, Manders hat über den Verbleib dieser Atomzünder noch nichts in Erfahrung bringen können?«

»Absolut nichts, Herr Premierminister.«

»Und Morton?«

»Er scheint sich den Mullahs an die Fersen zu heften.«

»Ach ja ... Die Mullahs. Na ja ... Er tut offenbar genau das, was Sie prophezeit haben, Nancy.«

Sie lächelte verhalten.

»Gute Nacht, Nancy«, sagte der Premierminister leise und schloß die Tür.

## VIERUNDZWANZIG

Vor den Fenstern des Oval Office glitt die letzte Fahne an ihrem Mast hinunter und in die Arme eines Marineinfanteristen. Ein weiterer Arbeitstag im Weißen Haus war zu Ende. Den Männern, die mit ihren Sesseln vor dem Schreibtisch des Präsidenten einen Halbkreis bildeten, war von Feierabendstimmung jedoch nichts anzumerken. Ebenso wie er hatten sie aufmerksam zugehört, als Morton berichtete.

Er hatte begonnen, nachdem der Präsident erläutert hatte, weshalb die Hammer Force für die Sicherheit von Operation Earth Saver sorgen sollte, und daß man, auch wenn der japanische Premierminister aus gesundheitlichen Gründen von seinem Amt zurückgetreten war, in der Air Force One immer noch Platz für hundert Leibwächter finden müsse. Ganz abgesehen von ihrem Waffenarsenal, hatte Thacker Stimpson ironisch gemurmelt. Während der letzten G7-Konferenz war zusätzlich zu dem, was das Gastland bereitgestellt hatte, noch eine halbe Tonne importierter Waffen auf der Sicherheitsliste aufgeführt worden. Der Präsident hatte Morton gefragt, wie viele Plätze er denn wünsche. Morton hatte darauf erwidert, daß einer ausreichen würde – für ihn selbst. Überraschtes Gemurmel war von Barney Oldman gekommen, dem Chef des FBI. Ehe eine Diskussion entbrannte, hatte der Präsident Morton gebeten, sie über die Sicherheitsaspekte von Earth Saver ins Bild zu setzen. Nun, eine Stunde später, im Schein der gedämpften Beleuchtung, spiegelten ihre Gesichter die Reaktionen auf das wider, was er vorgetragen hatte. Die Miene des Präsidenten zeigte Anspannung. Außenminister Clifford Palmer hatte das Studium seiner Fingernägel unterbrochen und saß kerzengerade da, wodurch er noch reservierter wirkte. In Stimpsons Augen lag Wachsamkeit, während die Augen von Konteradmiral Robert Stanway, der die NSA leitete, nachdenklich blickten. Oldman sah aber auch einen ganz neuen, unheilschwangeren Ausdruck: In Gates' Augen war die Bestätigung zu erkennen, daß er längst wußte, daß das, was die anderen soeben erst erfahren hatten, den Tatsachen entsprach.

Die erste hörbare Reaktion kam von dem sonnengebräunten Mann, der in der Mitte des Halbkreises saß. Das Geräusch, das Blake Faraday, der Vizepräsident, erzeugte, als er sich räusperte, übertönte alles andere. Er wandte Morton, der links von ihm saß, sein aristokratisches Gesicht zu. »Selbst wenn dieser Russe – Bodor – mitsamt seinen Atomzündern und dieser Verrückten, Zita Marcello, irgendwo in den Bergen hockt, macht es im Grunde überhaupt keinen Unterschied. Air Force One wird ohnehin den iranischen Luftraum nicht berühren ...«

»Sie irren sich, Blake«, unterbrach ihn der Präsident und griff nach einem Bogen Papier auf seinem Schreibtisch. »Heute morgen hat Ayatollah Muzran endlich reagiert. Er hat ein Fax geschickt, in dem er mir mitteilt, daß er und der Revolutionsrat nichts dagegen hätten, mich in Teheran zu empfangen.«

»Na wunderbar«, sagte der Vizepräsident ohne große Begeisterung. Er blickte nach links. »Was halten Sie davon, Cliff?«

Palmer kontrollierte seine Fingernägel, ehe er antwortete. »Muzran möchte, daß wir Bagdad und die Israelis für seine Umweltprobleme verantwortlich machen«, prophezeite er. »Sozusagen als Dreingabe erwarten sie von uns, daß wir ihm einen zinsfreien Kredit anbieten, damit er sein Land auf Atomenergie umstellen kann.«

Der Vizepräsident veränderte seine Haltung und runzelte die Stirn, als verfolgte er einen besonders komplizierten Gedanken. »Warum teilen wir Muzran nicht mit, daß seine Einladung zu spät kommt? Gleichzeitig können Sie ihn hierher einladen. Es wäre ganz gut, wenn er mal aus seiner Isolation herauskäme, und es wäre ein deutliches Zeichen für Bagdad, daß wir sogar direkt vor ihrer Tür Freundschaften schließen können. Es würde auch diejenigen Israelis bremsen, die zu denken scheinen, daß sie sich nach Belieben militant gebärden können, solange sie sich darauf verlassen können, daß unsere Patriot-Raketen ihnen Schutz und Schirm bieten.«

»Das ist eine interessante Betrachtungsweise der politischen Lage in dieser Region.« In Stimpsons Stimme war die leise Ironie unüberhörbar.

Als er Faraday über seine Brillengläser hinweg musterte, war die Verärgerung des Präsidenten unverkennbar.

»Wenn ich anfange, Absagen zu verteilen, dann ist Earth Saver schon jetzt gescheitert, Blake. Dem Iran wie auch allen anderen da drüben muß mit aller Deutlichkeit klargemacht werden, daß die gesamte Region eine permanente Jauchegrube wird – ein Müllabladeplatz für viele der eher nutzlosen Produkte, die die industrialisierte Welt bei ihnen ablädt – wenn wir jetzt nicht zusammenarbeiten.« Er beugte sich vor. »Aber ich will nicht abschweifen. Zuerst einmal möchte ich Ihrer aller Meinung zu dem hören, was Mr. Morton uns vorgetragen hat.«

In der einsetzenden Stille schaute der Präsident sich im Halbkreis um, bis sein Blick bei Oldman haltmachte. »Barney?«

»Nun, wenn es ein inländisches Problem wäre, das einen Besuch in einem unserer ethnischen Ghettostaaten erforderlich machte, würde ich erst mal eine umfangreiche Vorhut losschicken und dort ausschwärmen lassen, Mr. President.«

»Falls Sie etwas Derartiges im Iran versuchen sollten, werden die dortigen Sicherheitsorgane wahrscheinlich einen Wutanfall bekommen«, sagte Gates, ohne seinen Gesichtsausdruck zu verändern.

»Das ist genau das, was ich auch meine, Bill. Weder Ihre noch meine Leute dürfen ohne ausdrückliche Einladung aktiv werden.« Der Tonfall des Direktors war ruhig und gelassen, und seine überkorrekte Sitzhaltung, als wollte er verhindern, daß sein Anzug eine Knitterfalte bekam – sogar Oldmans Schnurrbart schien in der chemischen Reinigung gewesen zu sein –, ließ Morton für einen kurzen Augenblick über die Beziehung zwischen fanatischer Korrektheit und innerer Anspannung nachdenken.

»Wie steht es mit der Hammer Force?« wollte der Präsident von Morton wissen. »Könnten Ihre Leute auch nach Minen suchen?«

Morton schüttelte den Kopf. »Der Zeitplan ist zu knapp. Eine derartig gründliche Aufklärung hätte schon vor Wochen in Angriff genommen werden müssen.«

»Das war nicht möglich«, erwiderte der Präsident knapp.

»Mein Gott!« schimpfte der Vizepräsident und drehte sich zum Präsidenten um. »Wenn Sie Teheran nicht aus

Ihrem Reiseplan streichen wollen, weshalb machen Sie Muzran dann nicht klar, wie der Hase läuft? Daß wir wissen, daß er Bodor irgendwo in seinen Bergen versteckt hat und daß er lieber dafür sorgen sollte, daß er uns nicht in die Quere kommt?«

Der Präsident schüttelte den Kopf. »Auch das würde Muzran in Rage bringen.«

»Aber trotzdem – angenommen er ist in die ganze Geschichte verwickelt?« hatte der Vizepräsident schnell nachgehakt.

Der Präsident schaute zu Morton hinüber. »Ist er das?«

»Nichts deutet darauf hin, Mr. President«, erwiderte Morton.

Zum erstenmal wandte Palmer sich an Morton. »Ist Ihnen irgendein Grund bekannt, weshalb der Präsident mit Muzran nicht irgendwo im Süden des Iran zusammentreffen könnte? Auf diese Art und Weise hätte Air Force One vollen Schutz durch unsere Marineeinheiten, die im Persischen Golf operieren.«

Der Präsident seufzte. »Das Ganze soll eine Friedensmission sein, Cliff, bei der die Industrienationen dem Rest der Welt ihre Hilfe anbieten. Wenn ich mit einer Invasionstruppe im Schlepptau erscheine, verliere ich meine Glaubwürdigkeit. Die Grundlage von Earth Saver ist Vertrauen. Wir müssen den Menschen klarmachen, daß sie sich auf uns verlassen können. Und wir müssen ihnen ebenfalls Vertrauen entgegenbringen.«

Oldman strich mit einem Finger über das Taschentuch in seiner Brusttasche, ehe er sich zu Wort meldete. »Mr. President, warum lassen wir Bobby nicht durch einen seiner Satelliten diese iranischen Berge absuchen? Vielleicht erfahren wir so, was Bodor im Schilde führt. Der Ballon dieser Marcello-Tante müßte doch sehr leicht aufzuspüren sein.«

»Das würde niemals funktionieren, Barney«, sagte Konteradmiral Stanway. »Da oben ist soviel militärischer Schrott versammelt, daß es Monate dauern würde, bis unsere Computer alles entschlüsselt haben. Die Chancen, diesen Ballon mit einem Satelliten aufzuspüren, sind ebenfalls gleich Null. Das hat die Hamas schon demonstriert, als sie von Gaza aus diese Ballonbomben nach Tel Aviv geschickt hat. Weil die Bomben in Plastikbehälter eingeschweißt waren und die Ballons aus Polythenefolie bestanden, sind sie unbeobachtet durch das israelische Radar gerutscht.«

Stanway wandte sich an den Präsidenten. »Bestenfalls könnte ich unseren Satelliten über Bagdad dazu einsetzen, die Gegend um Teheran zu überwachen. Damit hätten wir wenigstens die Chance, alles aufzuspüren, was sich auf Ihrer Route befindet. Falls ein Angriff auf Air Force One erfolgen sollte, dann allenfalls während der Landung oder des Starts.«

Der Präsident sah Morton fragend an.

»Wie groß ist die Reichweite Ihres Satelliten, Admiral?« wollte Morton von Stanway wissen.

»Es ist einer von den neuen Halos. Er schafft fünfundfünfzig Meilen selbst an bedeckten Tagen.«

»Um diese Jahreszeit gibt es da oben Sandstürme«, gab Gates zu bedenken. »Und zwar ziemlich heftige. Dann beträgt die Sicht bestenfalls ein paar Meter.«

»Angenommen die Bedrohung geht von dieser Marcello und ihrem Ballon aus, dann dürfte sie bei einem solchen Sturm sowieso nicht vom Boden hochkommen«, sagte Stanway.

Faradays Tonfall wurde plötzlich aggressiv. »Mr. Morton muß uns sowieso noch erklären, wie sie den Ballon zu einem Angriff auf Air Force One benutzen will. Vielleicht ist er so nett, uns das mal zu verraten.«

Morton hob die Schultern. »Ich weiß es nicht – ich weiß noch nicht mal, ob sie so etwas vorhat, zumindest wenn Air Force One sich in der Luft befindet. Der Ballon kann genausogut eingesetzt werden, um Air Force One zu attackieren, wenn das Flugzeug sich auf dem Boden befindet.«

»Mein Gott«, sagte der Vizepräsident mit einem erschrockenen Gesichtsausdruck. »Sie geben sich aber mit einem ganzen Haufen Unsicherheitsfaktoren zufrieden.«

Morton ging auf diesen Einwurf nicht ein.

Erneut hob der Präsident eine Augenbraue. »Ein Bodenangriff scheint Ihrer Theorie zu widersprechen, daß Bodor beteiligt ist – wenn man bedenkt, daß seine Spezialität Höhenwaffen sind.«

Morton nickte, als wäre ihm soeben etwas klargeworden. »Warum lassen wir den Bagdad-Satelliten nicht an Ort und Stelle und nehmen einen anderen, um Teheran zu überwachen?«

Stanways Reaktion war weniger stur als verletzt. »Mr. Morton, die Zeiten sind lange vorbei, als ich mir nichts dir nichts einen Satelliten starten konnte. Nun muß ich ein solches Vorhaben einem Entscheidungskommitee unterbreiten, das Für und Wider erörtern ...«

»Den Prozeß könnte ich erheblich abkürzen, Bobby«, sagte der Präsident schnell.

»Vielen Dank, Mr. President«, sagte Stanway. »Aber in diesem Fall wäre es keine Hilfe. Wenn ich den Bagdad-Satelliten nicht verlege, dann wäre der nächste verfügbare der, der über Nordkorea steht. Aus Gründen, die ich während der letzten nationalen Sicherheitskonferenz dargelegt habe, ist Nordkorea immer noch ein Problem, und es wäre überaus leichtsinnig, unseren Halo von dort wegzunehmen. Außerdem würde es mindestens drei oder vier Tage dauern, um ihn über Teheran in Position zu manövrieren. Die neuen Halos haben eine Menge Vorzüge, aber Geschwindigkeit gehört nicht dazu.«

Der Präsident zog ein weiteres Papier auf seinem Schreibtisch zu Rate. »In vier Tagen verläßt Air Force One Peking und nimmt Kurs auf den Mittleren Osten.« Er schaute zu Gates und nahm die Brille ab. »Wie lauten die letzten Meldungen über Saddam?«

»Er verhält sich ruhig, Mr. President. Aber diese letzte Säuberungsaktion unter seinen Generalen hat dazu geführt, daß er so gut wie keinen funktionierenden Kommandostab mehr hat.«

Morton beobachtete das Gesicht des Präsidenten, als er innehielt und sich dann an den Außenminister wandte.

»Cliff?« fragte er.

Der Minister inspizierte wieder seine Fingernägel, ehe er antwortete. »Saddam hofft, daß die Syrer ihre neu aufgenommenen Beziehungen zu Tel Aviv dazu benutzen, Israel dazu zu bewegen, als Gegenleistung für einen nur teilweisen Abzug von den Golanhöhen wenigstens die Sanktionen gegen den Irak zu beenden.«

»Halten Sie das für möglich?« fragte Faraday zweifelnd. »Als ich das letzte Mal in Israel war, schienen sie immer noch fest entschlossen zu sein, Saddam regelrecht auszuhungern.«

»Das war vor drei Monaten, Blake. Mittlerweile hat sich die Lage häufig schon innerhalb von drei Tagen grundlegend geändert«, sagte Palmer.

Erneut streckte der Vizepräsident sich in seinem Sessel. »Vielleicht sollten wir den Israelis wegen des Irak ein wenig auf die Zehen treten«, schlug er vor.

Der Präsident schüttelte den Kopf. »Saddam ist für die Not seiner Untertanen ganz alleine verantwortlich, Blake, und das wissen und akzeptieren sie. Sie sind bereit, die Sanktionen zu ertragen, wenn sich am Ende die Armee entschließt, Saddam aus dem Amt zu jagen.« Er schaute zu Morton. »Was meinen Sie denn dazu, Mr. Morton?«

»Ich würde den Satelliten über Bagdad verschieben«, sagte Morton.

Der Präsident nickte. »Einverstanden.« Er wandte sich an Konteradmiral Stanway. »Sobald ich den iranischen Luftraum verlassen habe, können Sie ihn wieder in seine alte Position über Bagdad zurückkehren lassen.«

Nun hatte Faraday einen weiteren Vorschlag für den Präsidenten. »Angesichts dessen, was Mr. Morton uns berichtet hat – sollten wir nicht auch Meridian ein wenig genauer unter die Lupe nehmen? Wenn schon nicht die

Tochterfirmen, dann doch wenigstens die Zentrale? Wenn Bobby keinen Satelliten in Position bringen kann, sollten dann nicht wenigstens Barneys Leute aktiv werden?«

Der Präsident überlegte. »Wenn Bailey auch nur den Hauch eines Verdachts hat, daß irgendwer aus dieser Regierung in seiner Firma herumschnüffelt, würden seine Mediengeier mich schneller in der Luft zerreißen, als es die *Post* und die *Times* mit Nixon gemacht haben. Niemand, und das heißt wirklich niemand, macht sich an Meridian heran.«

Im Raum wurde es still. Als der Präsident wieder das Wort ergriff, wandte er sich an Morton, und er redete, als wären sie allein. »Sind Sie sich absolut sicher, daß Meridian in irgendeiner Weise mit Bodor und diesen Zündern zu tun hat? Ich habe mir alles, was Sie bisher geäußert haben, genau angehört, und ich kenne Baileys Methoden recht gut. Aber auch unter diesem Aspekt erscheint es mir fast unrealistisch, anzunehmen, daß er versuchen sollte, meine Mission zu verhindern.«

Während er den Präsidenten betrachtete, erinnerte Morton sich, daß er ihn auf Anhieb gemocht hatte. Das lag zum Teil, so entschied er, an der weitsichtigen Intelligenz des Mannes. Er vermittelte den Eindruck eines Menschen mit einem ausgeprägten inneren Gleichgewicht, der sich weder durch geheimen Groll noch durch ausgeprägten Ehrgeiz davon abhalten ließ, absolut fair zu sein. Hinzu kam, daß er an seine Ziele glaubte und durch und durch anständig war.

»Ich bin mir im juristischen Sinne nicht sicher. Nein«, sagte Morton leise.

Der Gesichtsausdruck des Präsidenten veränderte sich kaum merklich. »Aber bei einer solchen Sache wäre es doch durchaus wahrscheinlich, daß Bailey daran beteiligt ist, oder?«

»Es wäre durchaus logisch, ja. Natürlich.«

Thacker Stimpson räusperte sich. »Vielleicht hat Bailey deshalb Ihre Einladung zurückgewiesen.«

»Das ist nichts als eine ziemlich gewagte Vermutung, Thack«, sagte der Präsident gepreßt.

Stimpson schien noch eine weitere Frage auf der Zunge zu haben, verschluckte sie aber. Dafür ergriff Palmer nun das Wort.

»Mr. President, es besteht die Gefahr, daß wir trotz allem, was Mr. Morton gesagt hat, nur einem Phantom nachjagen. Bailey ist zweifellos ein absoluter Machiavellist, aber Sie stellen durchaus richtig fest, daß es immer noch ein ziemlich gewagter Schritt wäre anzunehmen, daß er irgendwelchen Schaden anrichten will – geschweige denn Sie zu töten. Wie will er das bewerkstelligen? Oder wie soll dieser Bodor es für ihn tun? Mr. Morton weiß es nicht – und war immerhin so ehrlich, das uns gegenüber auch zuzugeben. Wenn er es nicht genau weiß, und Mr. Gates oder Bobby oder Barney es ebenfalls nicht wissen, sollten wir, so denke ich, besonders vorsichtig sein.« Er hielt inne und ließ einen schnellen Blick über die Sesselreihe gleiten. »Ich weiß noch aus meiner Zeit als junger Assistent in der Nixon-Administration, wie schnell sich Paranoia ausbreiten kann. Diese Administration ist bisher glücklicherweise davon verschont geblieben.«

»Vielen Dank, Cliff«, sagte der Präsident leise.

Barney Oldman fingerte an seinem Taschentuch in der Brusttasche herum. »Mr. President«, begann der FBI-Direktor, »Mr. Palmer hat ein gutes Argument vorgebracht, ja, sogar mehrere. Da Sie eine Überwachung von Meridian grundsätzlich verboten haben, kann ich nicht allzuviel tun. Wenn etwas mehr Zeit gewesen wäre, hätte ich unser Moskauer Büro bitten können, Bodors Spur aufzunehmen ...«

»Bestimmt wären Sie auch nicht näher herangekommen als ich«, brummte Gates. »Diejenigen, die Bodor lenken, werden schon verdammt genau aufpassen, daß ihm nichts zustößt. Das ist ein Grund, weshalb ich denke, daß sie ihn in den Bergen im Iran versteckt haben. Im Augenblick, bis Bodor oder die Marcello-Frau sich rühren, müssen wir abwarten.«

In der wieder eintretenden Stille drehte der Präsident sich zum Fenster um. Er wußte, daß sie darüber nachdachten, was sie wohl tun würden, wenn sie an seiner Stelle wären. Aber sie waren es nicht. Selbst wenn er sich anstelle des Iran ein anderes Land als alternatives Reiseziel aussuchen könnte, würden Änderungen seiner Pläne zu diesem späten Zeitpunkt völlig falsche Signale auslösen. Außerdem hatte Air Force One das raffinierteste und modernste Gerät an Bord, das ihn vor einer Bedrohung warnen konnte. Ein Angriff auf dem Boden könnte da weitaus problematischer sein. Aber von Anfang an war er sich stets darüber klar gewesen, daß er seine Präsidentschaft nicht abgeschirmt von der gesamten Umwelt wahrnehmen konnte.

Der Präsident sah die Versammelten an. »Gentlemen«, sagte er mit fester Stimme, »wie immer die potentielle Bedrohung aus wer weiß welcher Ecke aussehen mag, so darf sie diese Mission jedoch in keiner Weise stören oder anderweitig beeinflussen. Die Vorbereitungen dafür gehen weiter, damit sie wie geplant stattfinden kann.«

In den vier Stunden, seit Patterson Air Force One in ihrem eigenen Hangar in der Andrews Air Force Base geparkt hatte, hatte er an Bord eine erschöpfende Abschlußbesprechung veranstaltet.

Während er die Flugdeck-Checks überwachte – Locke, Kerr und Turner klärten ihn über einige hundert Punkte auf –, machten Crew Chief Sutter und Chief Flight Steward Cowan das gleiche mit ihren Leuten. Das Stück Gummi im Backbordrad, das sie bei der Landung in Paris verloren hatten, der Zustand der Blumen auf den Tischen im Salon – »sie lassen die Köpfe hängen, daher schlage ich vor, daß wir uns einen anderen Blumenlieferanten suchen« – wurden notiert, zusammen mit einem sich zu langsam füllenden Toilettenbecken, einem zu geringen Druck auf einem der Wasserhähne in der Küche und der

Notwendigkeit, die Schlafkabine, die Patterson benutzt hatte, wieder in Ordnung zu bringen.

Während sie ihre Berichte abschlossen, hatte er die Personaltoilette aufgesucht und diesmal kein Blut mehr in seinem Urin gefunden. Beruhigt war er noch einmal durch das Flugzeug gegangen und hatte dabei registriert, daß ein Sitzpolster, eine lockere Fensterjalousie und ein defektes Scharnier an einem der Ablagefächer über den Sitzen ausgewechselt werden mußten.

Er fand diese drei Punkte in den Checklisten, die Cowan und Sutter zu ihm ins Cockpit brachten. Nachdem er sie gelesen und abgezeichnet hatte, erinnerte er beide Abteilungschefs daran, ihre Mannschaften darauf aufmerksam zu machen, daß die Sechzig-Minuten-Regel in Kraft war. Kein Mannschaftsmitglied durfte sich weiter als eine Stunde Fahrtzeit vom Stützpunkt entfernen, und ehe jemand wegfuhr, mußte sein persönliches Gepäck für eine Sieben-Tage-Mission fertig gepackt bereitstehen. Die Regel verbot außerdem jeglichen Alkoholgenuß und verlangte, daß auch geringe gesundheitliche Beschwerden umgehend im Lazarett des Stützpunktes zu melden seien, um die medizinische Flugerlaubnis einzuholen.

Eine ähnliche Ermahnung gab der Nachrichtenoffizier dem Funkpersonal, nachdem er einen Gerätebericht fertiggestellt hatte, in dem er bestätigte, daß alles einwandfrei funktioniert hatte. Er fügte dem Bericht außerdem einen Ausdruck über die Telefongespräche bei, die während des Fluges von Air Force One aus und mit der Maschine geführt worden waren. Er hatte soeben die Unterlagen im Flugdeck abgeliefert.

Patterson war allein und las den letzten der Cockpit-Berichte. Locke, so stellte er fest, hatte sich auch zu dem Blinklicht geäußert, das einen Fehler an der hinteren Frachtluke gemeldet hatte: »Der Crew-Chief muß die Check-Prozedur strenger handhaben.«

»Irgendwelche Probleme?« fragte Patterson, als der Major seinen Bericht vorlegte.

»Keins, Colonel.«

Patterson schaute auf den Ausdruck. Vermerkt nach der langen Liste von Gesprächen, die Morton geführt hatte, waren sein eigenes mit dem Weißen Haus und mit Bron. Die Fernmeldeabteilung des Stützpunktes, die den Ausdruck routinemäßig überprüfte, würde sich bestimmt fragen, weshalb die direkte Leitung des Präsidenten benutzt worden war, obgleich der Chef sich gar nicht an Bord aufgehalten hatte. Er schaute zum Major auf.

»Diese Gespräche Mortons brauchen nicht aufgeführt zu werden. Für sie gilt die gleiche Ausnahmeregelung wie für die des Chefs. Ich behalte die Liste und gebe sie Morton.«

Der Major nickte. »Ich fertige einen zweiten Ausdruck an, auf dem nur die beiden anderen erscheinen.«

Patterson lächelte. »Das ist nicht nötig. Der eingehende Anruf auf der Leitung des Chefs sollte mich nur daran erinnern, daß ich zu einem bestimmten Zeitpunkt anrufen sollte.«

Nachdem er den Ausdruck zusammengefaltet hatte, verstaute er ihn in der Tasche, zeichnete den Gerätebericht ab und gab ihn dem Major zurück. Wieder allein, benutzte er das Telefon in der Armlehne, um seine Privatnummer zu wählen. Es erfolgte keine Antwort. Bron war sicherlich ins Kino gegangen. Er legte den Telefonhörer auf und bemerkte, daß auf einem Laufgang, der auf der Innenseite des Hangars dicht unterm Dach verlief, ein Wächter stand und ihn beobachtete. Vierundzwanzig Stunden am Tag war auf dem Laufgang ein Scharfschütze postiert, der sich jedes Eindringlings annehmen würde, der es geschafft hätte, die anderen Wächter außerhalb des Hangars zu überlisten. Der Wächter sagte etwas in das Mikrofon, das an seinem Kragen angeklemmt war. Er meldete sicher, daß der Flugzeugkommandant noch an Bord war. Patterson deutete auf seine Uhr und streckte fünf gespreizte Finger in die Luft, um anzuzeigen, wie lange er noch zu bleiben gedachte. Der Wächter winkte bestätigend.

»Üben Sie sich in Zeichensprache?« fragte Helen Curtis von der Türöffnung aus.

Patterson drehte sich zu ihr um. »Ich hatte mich schon gefragt, wohin Sie verschwunden sind.«

»Tut mir leid, daß es so lange gedauert hat, Ed. Eine Checkliste auszufüllen gehörte nicht zu den Dingen, die man mir während des Medizinstudiums beigebracht hat – oder auch am Bethesda.«

Sie reichte ihm den Bericht. Die ersten paar Seiten bestanden aus einer Inventarliste von Medikamenten und medizinischen Geräten. Die letzte Seite – Erfolgte Einsätze während des Fluges – war leer.

Er schaute sie fragend an. »Sie sind der Meinung, trotz allem wäre mein Nasenbluten harmlos gewesen?«

Sie lächelte ihn an. »Wie fühlen Sie sich jetzt, Ed?«

»Bestens.«

»Dann besteht keine Notwendigkeit, irgend etwas zu vermerken.« Sie lehnte sich gegen die Kabinenwand. »Wissen Sie, was geschähe, wenn ich es tatsächlich melden würde? Sie müßten sich im Bethesda einer ausgedehnten Generaluntersuchung unterziehen.«

»Soll das ein Scherz sein?«

»Ich war niemals ernster.« Helen studierte sein Gesicht. »Es steht in der neuen Dienstanweisung, die der Admiral mir mitgegeben hat. Jedes Mitglied der Cockpitbesatzung, bei dem sich Symptome bemerkbar machen, die seine Fähigkeit, ordnungsgemäß seine Pflicht zu tun, einschränken könnten, muß gründlich untersucht werden.«

»Weshalb machen Sie bei mir keine Angaben?« fragte er beiläufig.

»Zum Teil auf Grund meines medizinischen Urteils. Ich habe keinen Hinweis darauf gefunden, daß Ihr Nasenbluten etwas anderes war als ein Nasenbluten. Und weil Sie diese Mission versäumen würden, wenn ich Sie nach Bethesda schickte.«

Er warf einen Blick auf die leeren Seiten und setzte

seine Initialen auf die dafür vorgesehene Fläche. »Vielen Dank, Helen.«

»Keine Ursache.« Sie schaute sich im Cockpit um. »Sind Sie hier fertig?«

»Im großen und ganzen ja.«

»Haben Sie Hunger?«

Er sah sie verblüfft an. »Wie bitte?«

»Hunger. Essen. Ich habe während des Fluges nichts gehabt, und ich hätte nichts gegen ein frühes Abendessen einzuwenden«, sagte sie.

Ein wenig verlegen schaute er auf seine Uhr. »Ich habe in meinem Büro noch eine Menge Papierkram zu erledigen.«

Sie stieß sich von der Kabinenwand ab. »Vielleicht ein andermal.« Sie lächelte ihn an. »Es wäre doch kein Problem für Sie, oder?«

Erneut gewann er den Eindruck, daß Helen ihn insgeheim prüfte, daß hinter ihrer kühlen, reservierten Fassade eine Frau mit ausgeprägten Gefühlen steckte. Er sah sie ernst an. »Sie meinen, ob meine Frau etwas dagegen hätte.«

Sie erschrak über den ernsten Ausdruck in seinem Gesicht. »Sie können sie mitbringen, wenn Sie wollen.«

Er schüttelte den Kopf. »Sie ist nicht sehr gesellig.«

Helen erkannte, daß seine Traurigkeit schon wieder bis dicht unter die Oberfläche aufgestiegen war, ehe sie schnell in irgendeine geheime Kammer zurückgedrängt wurde.

»Ich denke, Ihr Job ist ähnlich wie meiner, Ed. Ein ziemlicher Schlauch, wenn es darum geht, ein normales Leben zu führen.« Ihre Stimme wurde weicher. »Sie sollten es mal versuchen und sich mehr Zeit für Ihre Frau nehmen.«

Patterson stellte fest, daß er keinen Ton hervorbrachte. Diese Sekunden tiefer Verwirrung schienen eine Ewigkeit zu dauern.

»Dazu ist es wahrscheinlich ein wenig spät«, meinte er schließlich. »Bron – so heißt sie – sagt, wenn jemand uns aufforderte, sich auf unsere Gefühle zu besinnen, brauchten wir wahrscheinlich eine Landkarte.« Er hielt inne und zwang sich zu einem Lächeln. »Es tut mir leid. Ich wollte nicht, daß es so persönlich wird. Ich halte mich an die Regel, daß das Privatleben an der Rampe aufhört.«

»Das muß nicht immer eine gute Regel sein, Ed.«

Er sah sie stirnrunzelnd an. »Sie sind eine sehr hellsichtige Frau, Helen, aber mein Leben ist nicht Ihr Problem.«

»Es könnte das Problem Ihrer Frau sein«, sagte Helen.

»Aber mischen Sie sich möglichst nicht ein. Ich bitte Sie darum.«

»Ich stecke bereits mitten drin, Ed.«

Seine Stimme bekam einen schärferen Klang. »Wie kommen Sie denn darauf?«

»Ihr Nasenbluten. Es könnte durchaus auch eine Folge von zu starkem Stress sein.«

»Was meinen Sie damit, Doktor? Wollen Sie mir das Fliegen verbieten? Mich am Ende doch nach Bethesda schicken?« In seiner Stimme lag plötzlich kalte Wut. »Was soll das? Ist das irgendein Spiel, das Sie mit mir treiben? Wollen Sie mir zeigen, daß die letzte Entscheidung bei Ihnen liegt?«

Helen schaute ihn traurig an. »Nein. Ich möchte Ihnen nur helfen.«

In der einsetzenden Stille fühlte er sich nicht nur entlarvt, sondern auch ernüchtert. »Es tut mir leid. Ich hätte mich nicht so gehenlassen dürfen«, sagte er schließlich.

»Sie brauchen sich nicht zu entschuldigen.«

Sie sahen einander lange an, ehe sie fortfuhr: »Ich wollte mich nicht einmischen. Weiß Gott, ich halte selbst eine Menge von Distanz. Ich wollte wirklich nicht herkommen und ...«

»Nein, nein. Es ist schon okay. Ich bin Ihnen ja dankbar, daß Sie helfen wollen. Aber wie ich schon sagte, es ist wahrscheinlich zu spät. Sie braucht wohl ...« Er hielt inne. Er konnte es nicht über sich bringen, zu erklären, daß sie einen Psychiater brauchte.

»Vielleicht kann ich mal mit ihr reden, Ed. Die Meinung einer Frau über diesen Job könnte ihr womöglich helfen zu verstehen, welchen Belastungen Sie ausgesetzt sind.« Sie lächelte ihn an. »Ich habe so etwas schon früher getan, wissen Sie. Ich kannte mal einen Arzt, der sich halbtot gearbeitet hat, weil er meinte, es wäre die einzige Möglichkeit, um seine Frau zufriedenzustellen. Als ich mit ihr sprach, stellte sich heraus, daß dies wirklich das letzte war, was sie sich wünschte. Kaum kamen sie zu einer Einigung, die beiden gerecht wurde, lief es viel besser für sie. Vielleicht kann ich Bron in ähnlicher Weise beeinflussen.«

»Es würde nicht funktionieren. Außerdem«, fügte er hinzu, als wäre damit das Thema erledigt, »ist sie Schauspielerin und daran gewöhnt, eine Rolle zu spielen. Sie würde versuchen, Sie davon zu überzeugen, daß sie sich lediglich wünscht, daß ich mit dem Fliegen aufhöre.«

»Und würden Sie das tun?« fragte Helen beharrlich.

»Nein.« Seine Stimme klang ernst. »Ich habe lange darüber nachgedacht. Aber jedesmal erkannte ich, daß mich diese Entscheidung vernichten würde. Fliegen ist mein Leben.« Als hätte er damit schon zuviel verraten, begann er damit, seinen Papierkram in den Pilotenkoffer zu packen.

»Falls Sie es sich hinsichtlich eines Gesprächs zwischen mir und Bron anders überlegen sollten, dann sagen Sie mir Bescheid, Ed.« Sie wandte sich zum Gehen.

»Ich werde daran denken«, erwiderte Patterson. »Und vergessen Sie nicht, daß die Sechzig-Minuten-Regel auch für Sie gilt.«

»Ich habe sowieso vor, im Stützpunkt zu bleiben«, sagte Helen.

Er wartete, bis er sah, wie sie sich bei der Wache am Hangartor abmeldete, dann erst folgte er ihr.

Als er durch die Kabinentür hinaus auf die Rampe trat, spürte Patterson, wie Wasser auf seine Mütze lief. Der Hangar war so hoch, daß an feuchten Tagen Kondenswasser wie Regen vom Dach herabtropfte. Die Deckenbeleuchtung brachte die Aluminiumhaut von Air Force One zum Glänzen. Mechaniker waren bereits damit beschäftigt, ihre Servicegerüste in Position zu bringen. Unter Sutters wachsamen Blicken hatte ein Wartungstrupp den beschädigten Reifen entfernt und montierte bereits einen neuen.

An der Tür trug Patterson sich in das Wachbuch ein und ging das kurze Stück bis zum Verwaltungsgebäude. Ein Schild verkündete, daß dies das Hauptquartier des 89th Military Airlift Wing, Special Missions, war, wie der offizielle Titel der Luftflotte des Präsidenten lautete. Sein weiblicher Sergeant hatte die eingehenden Nachrichten nach dem Grad ihrer Wichtigkeit auf seinem Schreibtisch geordnet. Er brauchte eine Stunde, um die Rückrufe zu erledigen.

Das Außenministerium hatte eine Liste mit den bevorzugten Speisen der Gäste des Präsidenten geschickt. Zwanzig Minuten lang ging er sie mit Cowan telefonisch durch, dessen Büro sich direkt über der Flugzeugküche befand.

Das Pentagon hatte den Namen des neuen Bagman durchgegeben – eines schwarzen Marineinfanteristen, der sich in Bosnien besonders hervorgetan hatte. Seine Wahl erinnerte daran, wie viele farbige Angehörige in Friedenszeiten zur Truppe gehörten. Er gab den Namen des Marineinfanteristen an den Adjutanten des 89th weiter.

Ein weiterer Anruf galt dem Personaloffizier der Einheit. Es wurde Zeit, die Quartiere der Wehrpflichtigen zu renovieren, und einige der Frauen brauchten Hilfe bei der Neugestaltung ihrer Räumlichkeiten. Kein Problem, meinte er zu dem Offizier. Wenn man ihnen die Auswahl von Farbe und Vorhangstoff überließ, trug man dazu bei, daß bei ihnen die höchste Einsatzmoral aller Einheiten innerhalb der Armee herrschte.

Ein Gespräch mit dem Sicherheitsdienst ergab, daß sie es abgelehnt hatten, einem Wartungstechniker die Sicherheitsfreigabe zu erteilen – nicht weil er vielleicht eine winzige Leiche in seinem Keller versteckte, sondern einfach nur deshalb, weil sie in seinen Personalpapieren einen Verwaltungsfehler entdeckt hatten. Dem Techniker fehlten noch zwei Monate an den vorgeschriebenen mindestens drei Jahren Dienst in seiner Einheit, ehe er zur 89th versetzt werden konnte. Er bat den Sicherheitsdienst, dem Mann den Vorschlag zu machen, sich in zwei Monaten erneut zu bewerben.

Am Ende des Stapels Notizzettel befanden sich die üblichen Einladungen zu Reden bei Galadiners und zu Auftritten in zwei High-Schools. Darum würde er sich nach der Mission kümmern. Das gleiche galt für den Fabrikanten, der einen neuen Fußbodenbelag für Air Force One vorführen wollte. Die Bitte des Mannes war ein weiterer Hinweis darauf, wie umfassend die Anforderungen waren, die sogar an seine Freizeit gestellt wurden.

Es war später Nachmittag, ehe er endlich das Telefonbuch aufschlagen und die Nummern verschiedener Psychiater heraussuchen konnte. Entweder meldete sich niemand, oder ein Auftragsdienst nannte ihm die Sprechstunden des jeweiligen Arztes, gewöhnlich von zehn bis sechzehn Uhr. Er schaute auf die Wanduhr. Es war kurz nach Viertel nach vier. In Washington war man im Einhalten der offiziellen Arbeitszeit erstaunlich penibel. Mittlerweile wären die Psychiater, wie auch die meisten anderen Leute, längst auf dem Heimweg. Er versuchte sein Glück erneut bei Bron, aber dort nahm noch immer niemand den Hörer ab. Sicherlich war sie nach dem Kino essen gegangen.

Er stand auf und streckte sich. Dabei spürte er, wie die Müdigkeit seinen Körper an allen möglichen Stellen erfaßte. In den Schultern, in den Beinen und ausgerechnet im unteren Rückenbereich. Während er sich nach seinem Pilotenkoffer bückte, erwachte das Faxgerät in der Ecke zum Leben. Er ging hinüber und verfolgte, wie sich eine Nachricht auf dem offiziellen Briefpapier des Weißen Hauses mitsamt dem obligatorischen Stempelaufdruck

›GEHEIM‹ aus dem Schlitz schob. Die Nachricht war an ihn gerichtet und lobenswert kurz.

›Betrifft: Flugbereitschaft. Flugzeug und Mannschaft des Präsidenten haben sich zu einer Mission irgendwann innerhalb der nächsten achtundvierzig Stunden bereitzuhalten.‹ Unterschrieben war die Verfügung wie üblich von Thacker Stimpson, Chief of Staff.

Er seufzte. Er hatte gerade noch Zeit, um zu Bron nach Hause zu fahren, ehe er wieder hierher zurückkehren mußte. Einer der vielen Punkte, wegen denen sie sich stets beklagte, war der, daß er zwei Tage vor einer Mission im Stützpunkt bleiben mußte.

## FÜNFUNDZWANZIG

Mit einem schwarzen Fliegeroverall und fleecegefütterten Stiefeln bekleidet, setzte Zita ihre sorgfältige Inspektion der Ballonhülle fort, die auf dem Wüstensand ausgebreitet vor ihr lag.

Trotz allem, was passiert war, seit sie schreiend den Laufgang verlassen hatte, weil sie nicht länger mit ansehen konnte, was mit Kunsk geschah, schaffte sie es, sich zu konzentrieren. Ihr Leben hing von dieser Inspektion ab, hatte sie Bodor erklärt. Er hatte sie für einen Moment ernst gemustert, dann hatte er gesagt, nicht nur ihr Leben, sondern seins genauso. Es war seine erste Andeutung, daß er die Absicht hatte, sie auf der Ballonfahrt zu begleiten.

Er stand drüben beim Lastwagen zwischen den Männern, die den Ballon und die Gondel zum Startplatz gebracht hatten. In der Dunkelheit spürte sie ihre Ungeduld, mit der sie darauf warteten, daß sie fertig wurde. Trotz ihrer dicken Mäntel war ihnen sicherlich kalt, wie sie dort herumstanden und nichts tun konnten, wobei ihnen auch noch von ihr das Rauchen verboten worden war, damit kein Funken die Hülle in Brand setzte. Sie wußte, die Gefahr, daß so etwas geschah, war eher gering, aber es war immerhin eine gute Gelegenheit, sich Achtung und Autorität zu verschaffen, zu zeigen, daß hier draußen sie das Gesetz war, etwas, das sogar Bodor anerkennen mußte.

Es hatte in ihr eine Empfindung erzeugt, die wie eine uralte, primitive Kraft war. Sie hatte so etwas noch nie kennengelernt. Sie spürte es jetzt, in diesem Moment, als sie sich bückte, um die Schweißnaht zwischen zwei weiteren Bahnen zu untersuchen. In diesem Moment war es nicht nur so, daß sie Bodor weder haßte noch fürchtete, sondern sie fand zum erstenmal auch eine Einstellung zu Männern, die nicht durch das erklärt werden konnte, was ihr Vater ihr angetan hatte. Es war etwas, das sie nicht ausdrücken oder erklären konnte, sondern sie erkannte, daß sie in dieser Nacht in der Wüste endlich herausgefunden hatte, wer sie war und was sie antrieb. Es war etwas, daß sie niemals einem anderen Menschen würde verständlich machen können.

Aber es beantwortete ihr so viele Fragen über sich selbst, die sie lange beschäftigt hatten. Weshalb sie sich zeitweise verletzlich fühlte und zeitweise völlig empfindungslos. Einiges, so wußte sie, hatte mit ihren bewußten Grenzüberschreitungen zu tun, dieses Bedürfnis herauszufordern, sehr oft nur um der Herausforderung willen. Aber sie erkannte auch, daß es nichts damit zu tun hatte, daß sie sich rechtfertigte. Sie würde nichts ändern, selbst wenn sie es könnte.

Mit neuem Elan setzte sie ihre sorgfältige Inspektion fort. Sie überprüfte das Kalandern, den Heißklebeprozeß, mit dem die Kante der einen Bahn auf der Kante der benachbarten fixiert wurde. Dann zog sie kraftvoll an den Netzsträngen, jeder mit einer Bruchlast von einer Tonne, die die Hülle mit der Gondel verbanden. Sie strich mit den Fingern über die Stepperei im Stoff in der Nähe des Brenners und tat das gleiche mit den Umsäumungen der Reißsicherungen. Als nächstes untersuchte sie die Schürze am unteren Ende der Ballonhaut und den konischen Zylinder aus feuersicherem Gewebe, der die Brennerflamme vor seitlichen Windböen abschirmte. Am Brenner inspizierte sie die Gasschläuche und überprüfte die Ventile.

Zufrieden ging sie zur Gondel und zerrte heftig an den Schäkeln der Halteleinen, die durch das Dach und die geflochtenen Seitenwände bis unter den gesondert befestigten Boden verliefen, so daß die Gondel stets aufrecht unter der Ballonhülle hing, selbst wenn die Netzleinen reißen sollten. Sie stieg in die Gondel. In dem beengten Raum befanden sich Holzbänke, die einander gegenüber montiert waren, und eine Klappe im Boden, die mit Hilfe eines Metallrings geöffnet werden konnte. An einer Gondelwand befand sich die Instrumententafel. Die Nadeln von Altimeter und Variometer, die Aufstiegs- und Sinkgeschwindigkeit anzeigten, zitterten leicht, als sie mit einem Finger gegen die Glasscheiben klopfte. Sicher befestigt waren die Sauerstoffflaschen, aus denen die Luft in den Atemgeräten während der letzten Etappe des Aufstiegs ersetzt würde. Daneben hingen die Treibstofftanks, die durch Kupferrohre mit dem Brenner verbunden waren. Die Tanks enthielten genügend Propangas, um den Ballon bis auf vierzigtausend Fuß hinaufzutragen, wonach er in einen kontrollierten Sinkflug übergehen würde.

Nachdem die Überprüfung abgeschlossen war, schaute sie auf die Uhr. Bis zum Start blieb ihr noch eine halbe Stunde Zeit. Sie setzte sich auf den Boden, lehnte sich an einen Sitz und lauschte dem Geräusch stampfender Füße drüben am Lastwagen, womit die Männer gegen die Kälte kämpften. Sie schloß die Augen.

Bodor wartete weiterhin geduldig und fragte sich, wie es möglich war, daß der Arrangeur ihre Reaktionen seit ihrer Flucht vom Laufgang so genau hatte voraussehen können.

*Einen kurzen Moment lang hatte er sie aufhalten wollen, hatte er sie dazu bringen wollen, sich die endgültige Zerstörung von Kunsks Körper in der Kuppel anzusehen. Wie ein Versuchstier war Kunsk am Ende regelrecht zerfallen, als seine Organe zu bluten begannen und platzten und bewirkten, daß die Rippen sich durch seine Haut schoben.*

*Obgleich Bodor diesen Vorgang schon früher hatte beobachten können – sehr oft sogar –, verfehlte dieser Anblick niemals seine erregende Wirkung auf ihn. Es lag etwas wahrlich Inspirierendes darin, fähig zu sein, die Kräfte der Natur mit einem derartig vernichtenden Ergebnis zu bündeln und einzusetzen.*

*Er hörte sie die Treppe vom Laufgang hinunterklappern und, immer noch schreiend, durch einen Korridor rennen. Schreie und Schritte verstummten abrupt, als die Tür einer Luftschleuse sich öffnete und hinter ihr wieder schloß. Während er sich umdrehte, um zu beobachten, wie die sterblichen Überreste Kunsks auf einer Bahre zum Autopsiesaal gebracht wurden, rief er sich ins Gedächtnis, daß der Arrangeur gesagt hatte, es sei in diesem Stadium von größter Wichtigkeit, daß kein Versuch unternommen wurde, um sie zu beruhigen und in irgendeiner Form die Wirkung dessen, was sie gerade mit angesehen hatte, auf ihren Geist zu mildern. Sie war der Typ Mensch, war der Arrangeur fortgefahren, der Kunsks Schicksal als eine drastische Erinnerung an das erkannte, was sie erwartete, falls sie versagte. Sie würde die Verbindung sofort erkennen, ohne daß ausführlich darüber geredet werden mußte.*

*Während der nächsten vierundzwanzig Stunden hatte man sie in ihrem Quartier völlig allein gelassen, die einzigen anderen Personen, die sie zu Gesicht bekam, waren das Küchenpersonal, das ihr das Essen brachte. Zuerst aß sie kaum etwas, doch auf dem letzten Tablett war schließlich kein Krümel mehr übrig. Ihre Stimmung hatte sich ebenfalls geändert: Ihre Tränen versiegten, verwandelten sich in Düsterkeit, und am Ende kehrte ihre alte Überheblichkeit wieder zurück. Auch das hatte der Arrangeur prophezeit.*

*Unterdessen war daran weitergearbeitet worden, die noch bestehenden Probleme mit dem Gehäuse der Ozonschicht-*

*Bombe zu lösen. Einige weitere Behälter wurden bis zur völligen Zerstörung getestet, um entsprechende Korrekturen hinsichtlich der Dicke der Stahlwandung vornehmen zu können. Schließlich kam kurz vor Tagesanbruch ein Gehäuse unversehrt aus der Testkammer heraus. Fünf weitere wurden mit den gleichen Spezifikationen hergestellt, mit ihren Atomzündern versehen und in einem Bunker am Rand des Komplexes deponiert.*

*Gegen Mittag rief der Arrangeur wieder an. Nachdem er sich den Zwischenbericht angehört hatte, sagte er, daß der Probestart in dieser Nacht erfolgen müsse, und fügte hinzu, daß bis dahin der über Bagdad stehende amerikanische Satellit seine Position verändert haben würde.*

*Es war das erste Mal, daß Bodor von dem Satelliten hörte, und sofort ergab sich für ihn ein ganzes Bündel Fragen. Hatte der Satellit die Aktivitäten in der Umgebung der Anlage bereits aufgespürt? Waren die beiden Lastwagen, beladen mit meteorologischen Geräten und zwei Meilen vom Startplatz geparkt, entdeckt worden? Oder der Wetterballon, der bis in die obere Stratosphäre aufgestiegen war? War der Startplatz bereits auf einem Film festgehalten worden? Oder die Hunde draußen am Grenzzaun, der scheinbar nichts anderes als eine leere Sandfläche einzuschließen schien? Hatte der Satellit die feinen besenähnlichen Spuren aufgezeichnet, die von der Sicherheitstruppe hinterlassen wurden, wenn sie, kurz vor Tagesanbruch, mit Palmwedeln die Reifenspuren des nächtlichen Verkehrs verwischte? War das Eintreffen und Abfahren der Fahrzeuge bemerkt worden? Aber er hütete sich, eine dieser Fragen zu stellen – vor allem die eine, die ihn am meisten beschäftigte: Woher wußte der Arrangeur von der Existenz des Satelliten und davon, daß er jetzt verlegt worden war?*

*Während der Abenddämmerung hatte Bodor das Verladen des Ballons und der Gondel auf einen Lastwagen überwacht, der zu diesem Zweck am oberen Ende der Ausgangsrampe stand. Eine Bombe war ebenfalls eingeladen und zwischen Sandsäcke gepackt worden, damit sie eine möglichst ruhige Fahrt hätte. Dann, ihre Fliegerkombination über dem Arm, hatte er Zitas Quartier aufgesucht.*

*Sie saß an ihrem Schreibtisch, mit dem Rücken zu ihm, und las in einer Illustrierten. Er blieb in der Türöffnung stehen, als sie aufstand und sich zu ihm umwandte.*

*»Sind Sie gekommen, um sich zu entschuldigen?« erkundigte sie sich kühl.*

*»Es gibt nichts, wofür ich mich entschuldigen müßte«, erwiderte er gelassen. »Sie sind ein wenig ausgeflippt.«*

*»Was haben Sie denn von mir erwartet?« fragte sie und nahm sich eine Zigarette. »Sollte ich einfach dastehen und applaudieren, während dieser arme Teufel regelrecht zerfetzt wurde?«*

*Er verfolgte, wie sie ihre Zigarette anzündete, nachdem sie das Streichholz wie ein Mann angerissen hatte. Er bewunderte Frauen, die wußten, wie man richtig rauchte.*

*»Es war nötig«, erklärte er schließlich. »Was wir dabei herausgefunden haben, wird uns bei der Testfahrt eine Hilfe sein.«*

*Eine kurze Pause trat ein, in der sie sich durch den Kopf gehen ließ, was sie gerade gehört hatte. »Das ist absoluter Quatsch!«*

*Er musterte sie unbewegt. Der Arrangeur hatte gesagt, er dürfte sich auf keine Debatte einlassen und daß er immer schnell von einem Thema zum anderen springen solle.*

*»Hat es Ihnen mit Kunsk großen Spaß gemacht?« fragte er leise.*

*Ihre Wangen röteten sich. »Wovon zum Teufel reden Sie?«*

*»Die Videos sind sehr aufschlußreich.«*

*Die Röte ihrer Wangen vertiefte sich. »Sie Schwein! Holen Sie sich dabei einen runter?«*

*Bodor runzelte die Stirn. »Ich kenne den Ausdruck nicht.«*

*Sie grinste obszön, wölbte die Hand um die Zigarette und demonstrierte, was sie meinte. »Das verstehen Sie doch, oder etwa nicht, Bodor?«*

*Das war genau die Situation, vor der der Arrangeur ihn gewarnt hatte. Lassen Sie nicht zu, daß sie ihren Sex einsetzt, hatte er gesagt. Er ist die wirksamste Waffe, über die sie verfügt.*

*»Es reicht!« befahl Bodor.*

*Sie steckte die Zigarette in den Mund, machte einen tiefen Zug, daß ihre Wangen sich nach innen wölbten.*

»Setzen Sie sich und hören Sie zu«, verlangte er in schärferem Ton.

Sie blies eine Rauchwolke aus. »Wissen Sie, Bodor, manchmal denke ich, daß Ihre Mutter Sie nie richtig erzogen hat. Gentlemen sagen zu Ladies immer ›bitte‹.«

Er wartete darauf, daß ihm eine vernichtende Antwort einfiel, die er nur noch auszusprechen brauchte. Sie kam nicht. Er trat auf Zita zu und blieb dicht vor ihr stehen und starrte sie längere Zeit an. Dann hielt er ihr mit einer abrupten Bewegung die Fliegerkombination hin und kehrte zu seinem alten Platz an der Tür zurück, als brauchte er diese Distanz zu ihr, um die Kontrolle über die Situation zu behalten.

»Was wollen Sie mir nun erzählen?« fragte Zita und ließ sich endlich nieder.

Bodor sah zu, wie sie einen weiteren Zug an ihrer Zigarette machte und den Rauch tief inhalierte, dann wiederholte er genau die Worte, die der Arrangeur ihm gesagt hatte. Geben Sie ihr keine Gelegenheit, Sie zu unterbrechen oder Ihnen gar zu widersprechen, hatte der Arrangeur ihn gewarnt, und vermitteln Sie ihr vor allem den Eindruck, daß ihr alles erzählt worden ist.

Zweimal während seines Vortrags zündete sie sich eine frische Zigarette an, schnippte die Asche auf den Fußboden, was auch die einzige Bewegung war, die sie machte.

Während sie zuhörte, verglich sie alles mit dem, was der Arrangeur ihr während der Autofahrt nach Frankfurt offenbart hatte. Bodor füllte die Lücken aus. Und er hatte in einem Punkt sicher recht: was geschehen sollte, würde ganz sicher die Aufmerksamkeit dieser Staatsoberhäupter auf sich lenken. Für sie wäre es eine dramatische Demonstration der Hilflosigkeit der Politik, die weiterhin die Vernichtung von Mutter Erde zu betreiben schien.

Als er geendet hatte, starrte sie ihn konsterniert an.

»Ich habe eine Frage«, begann sie. »Niemand wird dabei getötet?«

Der Arrangeur hatte vorhergesehen, daß dies das erste wäre, worüber sie reden würde.

»Nein«, erwiderte Bodor. »Sie werden ein wenig unter Übelkeit leiden. Mehr nicht.«

*»Und das Flugzeug?«*

*»Die Demonstration wird das Flugzeug in keiner Weise in Mitleidenschaft ziehen«, beteuerte Bodor wahrheitsgemäß.*

*Zu seiner Überraschung begann sie zu pfeifen.*

*»Was ist das?« fragte er schneidend.*

*»Die Melodie? ›Que sera sera‹, ›Was sein wird, wird sein‹«, antwortete sie. »Dieses Lied pfeife ich immer vor einer Ballonfahrt.«*

*Kopfschüttelnd ließ er sie allein, wobei er nicht wußte, wie er auf ihr spöttisches Grinsen reagieren sollte,*

*Er spürte geradezu, daß es wieder auf ihren Zügen lag, während sie aus der Gondel auftauchte.*

Während sie zum Lastwagen zurückging, schaute Zita mit professionell prüfendem Blick zum Himmel. Kein Mond war zu sehen, aber die Sterne funkelten hell zwischen den Wolken. So lange letztere erschienen wie kleine Baumwollbüschel, gäbe es kein Problem. Das würde sich erst bei Tageslicht ergeben, wenn sich die Wolkenfetzen zu Kumulusbergen zusammenfügten. Diese ließen thermische Strömungen entstehen, die den Ballon mit Höchstgeschwindigkeit in Höhen hinauftrugen, wo Sauerstoffmangel und Kälte die Insassen der Gondel trotz Schutzkleidung und Atemgeräten im Handumdrehen töten würden.

Weit entfernt im Westen entfaltete der angekündigte elektrische Sturm sein Blitzgewitter. Der Anblick erinnerte sie an die Feuerwerke zu Hause, die immer am Silvesterabend abgebrannt wurden. Bodor hatte gesagt, daß das Unwetter die ideale Tarnung für den Probestart wäre.

Sie beobachtete, wie er sich von der Gruppe trennte und zu ihr herüberkam. Seine Fliegerkombination war wuchtiger wegen des Atemgeräts, das er sich auf die Brust geschnallt hatte. Es hatte die Form einer Schwimmweste und war mit komprimierter Luft gefüllt, die durch einen Gummischlauch strömte, sobald er an ein Ventil in seinem runden Helm angeschlossen wurde. Er trug in der einen Hand einen zweiten Helm und in der anderen ihr Atemgerät.

»Ist alles in Ordnung?« fragte er und reichte ihr die Ausrüstung. Sie konnte die Anspannung in seiner Stimme hören.

»Okay.« Sie spürte einen Schub frischer Energie.

Er wandte sich an den Mann neben dem Lastwagen und sagte etwas auf russisch. Sie trennten sich, um zum Ballon auf der Ladefläche zu gehen.

Sie machte Anstalten, um ebenfalls nach dem Ballon zu schauen, doch er hinderte sie daran.

»Sie wissen, was zu tun ist«, sagte er, und die Spannung zwischen ihnen war immer noch spürbar. »Probieren wir lieber die Sprechanlage aus.«

Sie musterte ihn für einen Moment, hob dabei die Augenbrauen, so daß ihr Gesicht länger, ihr Gesichtsausdruck strenger erschien. Dann zuckte sie die Achseln. Sie wartete, bis er das Visier seines Helms heruntergeklappt und es dicht verschlossen hatte, dann tat sie bei sich dasselbe. Er streckte die Hand aus und griff nach einer Leitung, die mit einer kleinen Box an seiner Hüfte verbunden war, und schob den Stecker am freien Ende in die Buchse einer entsprechenden Box an ihrem Gürtel. Augenblicklich vernahm sie seine Atemgeräusche.

»Können Sie mich hören?« fragte Bodor.

»Einwandfrei«, erwiderte sie und klappte das Visier hoch.

»Testen Sie Ihr Atemgerät«, verlangte er knapp.

Zita zögerte. Bodor schien sich wegen irgendeiner Dummheit zu schämen. Aber sie tat, was er befohlen hatte. Der Sauerstofffluß wurde durch nichts behindert. Sie schaltete das Gerät aus und musterte ihn abschätzend von der Seite. »Sind Sie schon mal nachts mit einem Ballon aufgestiegen, Bodor?«

Er zögerte. »Nein.«

»Nervös?«

»Nein.« Sie reizte ihn. Der Arrangeur hatte ihn auch davor gewarnt.

Zita lächelte. »Ich bin's aber. Jedesmal.«

Der erste Anflug von Ärger war in Bodors Stimme zu hören. »Seien Sie nur nicht so arrogant.«

Sie kehrte ihm bewußt den Rücken zu, um zu beobachten, wie die Techniker kalte Luft ins untere Ende der Ballonhülle fächelten. Im Dunkeln sahen sie aus wie riesige Vögel, als sie mit den Armen schlugen, um Luft durch die Öffnung zu drücken. Das Tuch begann sich von der Luft, die sich in den Falten festgesetzt hatte, bereits leicht zu verformen.

Auf der Ladefläche des Lastwagens mühten zwei Männer sich vorsichtig mit der Bombe und ihrer Abschußvorrichtung ab. Es war das erste Mal, daß sie diese Apparatur zu Gesicht bekam. Schweigend folgten sie den Männern zum Ballon.

Die Hülle war nun mit genügend kalter Luft gefüllt, so daß der Stoff sanfte Wellenbewegungen ausführte. Zwei Angehörige der Bodenmannschaft ergriffen das Halteseil, während zwei andere zu beiden Seiten der Öffnung standen und sie aufhielten. Die anderen, die am kräftigsten erschienen, hatten Stangen gepackt, die in Haken am Boden der Gondel steckten. Sie hielten sich bereit, um die Gondel am unkontrollierten Pendeln oder Aufsteigen zu hindern, sobald die Ballonhülle vollständig aufgeblasen war.

In der Gondel stand ein Mann unter dem Brenner. Er befahl den Männern an der Ballonöffnung, zurückzutreten. Nachdem sie seinen Rat befolgt hatten, zündete er den Brenner, so daß eine lange Feuerzunge in die Ballonhülle leckte.

Dieser Moment erinnerte Zita immer an einen Bilderbuchdrachen, der seinen feurigen Atem in eine Höhle bläst. Der Feuerstoß erzeugte eine Art Pfropfen in der Ballonöffnung, der die kalte Luft am Entweichen hinderte. Der Mann erzeugte weitere kurze, kontrollierte Feuerstöße. Langsam, fast wie durch Zauberei, nahm die Hülle Ballonform an, wobei das Gewebe regelrecht atmete, sich aufpumpte, sich erhob und aufblähte. Die Gondel löste sich allmählich vom Boden.

»Einen Meter – nicht mehr!« brüllte Bodor.

Die Männer ächzten und spannten ihre Muskeln an, während die Gondel höher stieg.

»Mehr Hitze!« rief Zita. Im oberen Teil gab die Ballonhülle schon wieder ein wenig nach, wodurch der Ballon an Auftrieb verlor.

Ein weiterer Feuerstoß erhellte erneut das Innere der Ballonhülle.

»Das ist hoch genug! In dieser Position festhalten!« befahl Bodor.

Die Männer spreizten die Füße, um die Gondel am Aufsteigen zu hindern. Bodor bückte sich, um den Abstand zwischen dem Sandboden und der Unterseite der Gondel abzuschätzen.

»Jetzt!« Er gab den Männern mit der Bombe und der Abschußvorrichtung ein Zeichen. Zita folgte ihm. Sie sah, wie sie sich unter die Gondel zwängten und das auf dem Kopf stehende Stahldreieck an Bolzen im Gondelgehäuse verschraubten. An jeder nach oben gerichteten Spitze des Dreiecks befand sich je ein Zylinder, der mit einem Ventil ausgerüstet war. Als nächstes installierten sie einen Stahlkegel in der Spitze des Dreiecks und verbanden die Leitungen mit Ventilen im Konus. Die Männer machten Platz, damit Bodor ihre Arbeit begutachten konnte. Nachdem er seine Inspektion beendet hatte, wurde die Bombe vorsichtig in den Kegel geschoben und von Federn an Ort und Stelle festgehalten. Sie hing wie ein wuchtiges Pendel unter der Gondel, und ihre Stabilisierungsflossen befanden sich nur wenige Zentimeter über dem Sand.

Bodor forderte Zita mit einer Geste auf, sich neben ihn zu knien, während er erklärte.

»Weil laut der letzten Wettervorhersagen höhere Windgeschwindigkeiten in Abwurfhöhe zu erwarten sind, wurden drei zusätzliche Ballons in den Kegel eingesetzt.« Er deutete auf die Flaschen. »Es steht genug Helium zur Verfügung, um sie aufzublasen. Ansonsten läuft alles ab wie bereits besprochen.« Er zeigte auf die Bolzen. »Die Druckverschlüsse sind so eingestellt, daß sie in vierzigtausend Fuß Höhe gleichzeitig ausgelöst werden.« Er legte eine Hand auf die Stabilisierungsflossen der Bombe. »Nach dem Ablösen sorgt ein Trägheitsnavigationssystem dafür, daß die Bombe genau fünfhundert Fuß senkrecht fällt. Dann geschehen nacheinander drei Dinge. Das Helium wird in den Kegel geleitet und füllt die Ballons. Sobald sie aufgeblasen sind, lösen sich die Federn, und der Tragrahmen fällt herunter. Danach bringen die Ballons die Bombe zum Detonationspunkt. Dieser befindet sich bei achtzigtausend Fuß.«

Als sie wieder unter der Gondel hervorkamen, stand der Angehörige der Bodenmannschaft in der Gondeltür. Er half ihnen beim Einsteigen in die Kabine. Zita zog sich an seiner Hand als erste an Bord. Bodor folgte ihr. Der Mann sprang auf den Erdboden, während die anderen die Haltehaken lösten. Die Gondel stieg zügig auf, während Bodor die Tür schloß

Zita nahm ihre Position unter dem Brenner ein und ließ einen Flammenstoß in die Ballonhülle fauchen, die erneut kurz erhellt wurde. Sofort stieg der Ballon hundert Fuß; drei weitere Feuerstöße, und der Höhenmesser zeigte auf eintausend Fuß über Grund. Weder das Aufsteigen noch sonst eine Bewegung war zu verspüren, da sie mit Windgeschwindigkeit dahintrieben und so für sie eine relative Windstille herrschte.

Zita deutete auf einen Sitz. »Von jetzt an geht es nur noch langsam aufwärts.«

Während der nächsten Stunde war das einzige Geräusch der Brenner, der regelmäßig betätigt wurde, während sie auf 10.000 Fuß gelangten. Zita meinte, es wäre nun an der Zeit, die Atemgeräte anzulegen. Danach ließ sie immer dann, wenn sie zu schnell stiegen, Luft durch eine Seitenöffnung des Ballons ausströmen. Wenn die Gondel zu sinken drohte, aktivierte sie den Brenner so lange, bis sie ihre alte Aufstiegsgeschwindigkeit wieder erreicht hatten.

Sie kamen ohne Zwischenfall auf zwanzigtausend Fuß. Eine Viertelstunde später zeigte der Höhenmesser fünfundzwanzigtausend Fuß. Sie justierten die Thermostaten ihrer Kombinationen, um nicht frieren zu müssen.

»Wie lange noch?« fragte Bodor, und die Anspannung war seiner Stimme deutlich anzuhören.

»Vierzig Minuten«, antwortete sie, wobei sie ihren Blick nicht von der Instrumententafel löste. Für eine Weile stiegen sie mit gleichmäßigen fünfhundert Fuß pro Minute, es war eine stille, glatte Fahrt, die ihr das vertraute Hochgefühl vermittelte. Sie spürte Bodors Blick. »Sie brauchen keine Angst zu haben.« Die Worte entschlüpften ihr gegen ihren Willen.

Er gab keine Antwort, fühlte sich durch ihren Kommentar jedoch beruhigt. Dann lachte er, nicht sehr freundlich, und lehnte sich zurück. Er verschränkte die Arme gemütlich auf seinem Atemgerät, drehte den Kopf zur Seite und schaute durch ein Sichtfenster der Gondel hinaus.

Der elektrische Sturm tobte unter ihnen. Er hatte keinen Donner, sondern nur dieses verwirrende Geflacker ständiger Blitze. Sie ist wie ein Kind und versucht nur, mir Angst einzujagen, dachte er, während sie selbst ziemlich nervös zu sein schien. Ihr Gesicht hinter dem Visier war ausdruckslos und bleich, als sie vor der Instrumententafel stand und den Brenner bediente.

In dreißigtausend Fuß Höhe schaltete Zita auf eine frische Propangasflasche um und ließ eine weitere Flammenzunge in die Hülle schießen. Die danach wieder einsetzende Dunkelheit erschien viel intensiver.

»Noch zehn Minuten«, sagte sie, während ein vieladriger Blitz hinter der Gondel aufzuckte.

»Wenn die Abschußvorrichtung ausgeklinkt wird, gibt es nur einen kleinen Ruck«, erklärte er.

»Ich zünde den Brenner, damit wir schneller freikommen ...«, setzte sie an.

Plötzlich erzitterte die Gondel so heftig, daß Zitas Hände von den Brennerkontrollen abrutschten und Bodor gegen ihre Beine geschleudert wurde. Die Gondel neigte sich gefährlich auf eine Seite. Von oben erklang lautes Peitschenknallen, als eine der Netzschnüre riß.

»Wir sind in eine Thermik geraten!« rief Zita und kämpfte sich auf die Füße. Während sie die Hand nach dem Brennerventil hochreckte, sackte die Gondel mit enormem Tempo ab und ließ Zita wieder zu Boden stürzen. Durch die Korbwand neben ihr drang ein reißendes Geräusch, als eine der Steuerleinen in die Dunkelheit peitschte.

Bodors Schrei überdeckte das Rauschen des Windes, das sie in ihrem Helm hörte. Sie versuchte erneut nach dem Ventil zu greifen und schaffte es auch diesmal nicht, als sie wiederum auf den Rücken geworfen wurde.

Der Ballon wurde zur Seite gedrückt und wanderte mit schaukelnder Gondel durch den Himmel, als er von der vollen Wucht der Thermik erfaßt wurde.

Bodor kauerte auf allen vieren auf dem Boden und erbrach sich in seinen Helm. Während sie versuchte, ihn hochzuziehen, ging der Ballon wieder in den Steigflug über und schoß noch schneller als vorher nach oben. Ein lautes Rauschen von ausströmender Luft ertönte. Sie wußte, daß die Ballonhülle jeden Moment in sich zusammenfallen konnte, wodurch sie unweigerlich abstürzen würden. Sie umklammerte eine Treibstoffleitung und hievte sich mühsam hoch.

Eine weitere Schnur riß und begann heftig zu flattern.

Zita erreichte das Brennerventil und ließ die Flamme in die Ballonhülle hochschlagen. Die Gondel sank nun mit der gleichen beängstigenden Geschwindigkeit, mit der sie soeben noch aufgestiegen war.

Hinter ihr krachte Bodor gegen eine Wand und klammerte sich an die Treibstoffleitungen. Aber das war nicht der Grund dafür, daß er Schwierigkeiten beim Atmen hatte. Erbrochenes schien in seine Luftröhre gedrungen zu sein. Er spürte den Druck in seinem Kopf. Plötzlich nahm er ab, als der Sauerstoffdruck in seinem Helm anstieg. Zita hatte das Ventil geöffnet. Er winkte ihr zu. Sie konnte seine tiefen Atemzüge hören.

Während sich das Sinken verlangsamte, betätigte Zita erneut den Brenner. Der Ballon verharrte und begann wieder zu steigen, diesmal jedoch nicht mehr so schnell, wie sie feststellen konnte. Sie hatten offenbar die Randzone der Thermik erreicht. Abrupt schwebte die Gondel wieder seitwärts durch die Nacht, als würde sie von einer unsichtbaren Kraft mitgerissen.

Indem sie die Neigungskontrolle des Brenners auf den Maximalwert stellte, um die durch den Wind bedingte Kursabweichung zu verringern, erhellte Zita mit einem längeren Feuerstoß die Ballonhülle. Die Seitenbewegung ließ nach, als die Masse der neu erwärmten Luft in der Ballonhülle die Fahrt abbremste.

Der Höhenmesser zeigte an, daß sie stiegen, allerdings viel langsamer. Unter ihren Füßen erklang ein weiterer Knall. Das nächste Halteseil mußte gerissen sein. Die Gondel schien ein wenig abzusacken, ehe sie sich wieder stabilisierte. Sie blickte über die Schulter. Bodor kauerte vor der Bodenklappe und zog am Ringverschluß.

Ein zweites knirschendes Geräusch erklang unter der Gondel, und sofort nahm die Steigegeschwindigkeit zu.

Bodor hatte mittlerweile die Bodenklappe geöffnet und blickte durch die Öffnung. Er begann zu brüllen.

Die Abschußvorrichtung war verschwunden.

Zita ging neben ihm in die Knie und starrte in die Nacht. Der Ballon hatte seine Steigfahrt beendet und trieb nun, nachdem er sich aus der Thermik befreit hatte, durch die Dunkelheit.

»Sehen Sie!« rief Zita.

Eine Traube weißer Kugeln erschien tief unter ihnen.

»Ballons!« brüllte Bodor.

»Der Wind muß die Bolzen abgerissen haben«, stellte Zita fest.

Die Traube stieg ihnen langsam entgegen. Ein Blitz beleuchtete die Bombe, die unter dem Ballon hing.

»Sollen wir versuchen, sie zurückzuholen?« fragte Zita.

Bodor schüttelte den Kopf. »Das wäre zu gefährlich. Die Zündkapsel könnte schon aktiviert sein.«

»Dann gehe ich dazu auf möglichst weiten Abstand«, sagte Zita und richtete sich auf.

Bodors Worte stoppten sie. »Sinnlos. Wenn die Bombe explodiert, würden wir immer noch vom Luftdruck getötet.«

»Aber Sie haben doch gesagt, daß niemand zu Schaden käme ...«

»Für die Insassen des Flugzeugs sieht es etwas anders aus«, beeilte er sich zu versichern. »Sie haben ausreichenden Schutz. Aber uns schirmt nicht mehr als eine dünne Korbwandung ab.«

Schweigend verfolgten sie, wie die Ballontraube stetig zu ihnen hochstieg. Dann, immer noch mehrere hundert Fuß unter ihnen, trieb sie davon in die Nacht.

»Was passiert?« fragte Zita.

»Es ist nicht genug Helium vorhanden, um den vollen Auftrieb zu erzeugen. Wahrscheinlich wurde die Leitung beschädigt.« Bodor drehte sich zu ihr um. »Können Sie hinterherfliegen?«

»Wir haben schon genug abbekommen. Dieser ganze Apparat kann jeden Moment auseinanderbrechen oder -reißen. Für uns gibt es nur einen Weg – abwärts«, erklärte sie ernst.

Sie ließ Bodor vor der Bodenöffnung knien und zog vorsichtig an der Ballonleine, um langsam Luft aus der Ballonhülle entweichen zu lassen. Augenblicklich begann die Gondel zu sinken.

Bodor schaute der Ballontraube nach, die begleitet von gelegentlichen Blitzen nach Osten trieb. Wenn nichts Unvorhergesehenes geschähe, dränge sie bei Tagesanbruch in den iranischen Luftraum ein.

Morton schaute hoch, als Gates aus dem angrenzenden Büro hereinkam. Sie waren vom Weißen Haus sofort nach Langley zurückgekehrt. Unterwegs hatte Morton Gates erklärt, was er brauchte. Jetzt, mehrere Stunden später, war der Operationschef der CIA mit einem weiteren Bündel Akten erschienen.

»Das sind alle«, sagte Gates und packte die Akten neben den Stapel, der bereits auf Mortons Schreibtisch stand.

Jeder Ordner enthielt die Personalakten jedes Angehörigen des 89th, und Morton hatte die Unterlagen der Air-Force-One-Besatzung bereits aussortiert.

»Wonach suchen Sie, David?« wollte Gates wissen. »Diese Burschen wurden von den Besten im ganzen Gewerbe überprüft.«

»Dann dürfte es ja nicht allzu lange dauern«, entgegnete Morton gleichmütig und zog sich einen Aktenordner heran.

## SECHSUNDZWANZIG

Ehe Patterson die Andrews Air Force Base verließ, hatte die Luftverkehrskontrolle sich gemeldet und Bescheid gesagt, daß der erste G7-Staatsmann, der italienische Ministerpräsident Silvio Briscini, gelandet sei. Die anderen würden in einer Stunde erwartet. Sie kämen damit pünktlich zu einem Dinner in kleinem Kreis, das der Präsident an diesem Abend im Weißen Haus veranstalten wollte.

Nun, eine halbe Stunde später, rief die Telefonzentrale des Weißen Hauses Patterson über sein Autotelefon. »Nur eine routinemäßige Überprüfung«, sagte die Telefonistin freundlich. Es war eine weitere Erinnerung daran, daß er während der Vorbereitungsphase dieser Mission ständig telefonisch erreichbar sein mußte.

Das war ein anderer Punkt, über den Bron sich beklagt hatte, nämlich daß sein Leben von einer Stimme am anderen Ende einer Telefonleitung gesteuert wurde. Die Anrufe erfolgten zu den ungünstigsten Gelegenheiten, wie damals, als Bron sich unter ihm hervorschlängeln mußte, als das Telefon auf dem Nachttisch klingelte. Ihm war mitgeteilt worden, daß er sich für eine Mission bereithalten müsse. Nachdem er die anderen wichtigen Anrufe, die gewöhnlich auf eine solche Anordnung folgten, angenommen hatte, hatte Bron sich auf die andere Seite gedreht und war eingeschlafen. Auf diese Art und Weise hatte er erfahren, daß Bron die Verweigerung von Sex als Waffe benutzte, mit der sie ihn bestrafte.

Er verließ die Schnellstraße, überquerte zwei Kreuzungen, fuhr eine weitere halbe Meile und bog dann in eine mit Bäumen bestandene breite Straße ein, in der er ein gemietetes Haus bewohnte, dessen Rückseite an einen Campus grenzte. Es war um einiges teurer als alles, was näher zum Stützpunkt lag, aber Bron hatte erklärt, sie hätte keine Lust, ständigen Fluglärm zu ertragen.

Während er in der Auffahrt parkte, war der stechende Schmerz in seinem Magen eine ständige Erinnerung daran, daß er sich noch immer nicht darüber im klaren war, wie er das Thema medizinische Hilfe für sie anschneiden sollte. Ein Gefühl der Erleichterung überkam ihn, als er sah, daß ihr Wagen nicht in der Garage stand. Wie üblich hatte sie die Garagentür offengelassen. Als er ihr einmal erklärt hatte, daß es selbst in dieser abgeschlossenen Wohngegend Gelegenheitsdiebe geben konnte, hatte sie ihn angeschrien, sie sollten gefälligst in eine sichere Gegend umziehen. Daraus hatte sich dann ein weiterer ihrer mittlerweile ihm schmerzlich vertrauten Vorträge über eines ihrer beherrschenden Themen gegeben, nämlich daß er sich nicht angemessen um sie kümmerte.

Er ging durch die Garage in die Küche. Nur das leise Summen des Kühlschranks störte die Stille. Er wußte, daß er mit Schnellgerichten gefüllt wäre, nach denen sie in letzter Zeit geradezu süchtig war. Abgesehen vom Mikrowellenherd benutzte sie das gesamte Sortiment teurer Kochgeräte und -utensilien, die er ihr unbedingt hatte kaufen müssen, so gut wie gar nicht.

Als er die Küche verließ, sah er, daß in jedem der anderen Zimmer Licht brannte. Bron hatte noch nie etwas von Sparsamkeit gehalten. Sie sagte, wenn sie das Licht brennen ließ, während sie hinausging, geschähe es nur, um den Ort etwas erträglicher zu machen. Als er sie behutsam daran erinnert hatte, daß sie die Möbel und Inneneinrichtung, die einen Großteil seiner Ersparnisse aufgezehrt hatten, selbst ausgesucht hatte, hatte sie ihn wütend angefunkelt. Was erwartete er von ihr – daß sie alles, was sie sich wünschte, selbst bezahlte? Oder müßte sie ihm nun, da sie nicht mehr arbeitete, über jeden Penny Rechenschaft ablegen? Die meisten Frauen, so hatte sie geschimpft, bekämen ein großzügiges Taschengeld. Sie könnten sich ihre Freizeit nach Gutdünken einteilen, würden ein eigenes Leben führen, ihre eigenen Urlaubsreisen unternehmen oder regelmäßige Einkaufsbummel veranstalten. Aber nicht sie! Sie wäre von ihm total abhängig. Und was für ein Leben führte sie denn … mutete er ihr zu? Vergraben in diesem Vorort, wo sie niemanden kannte. Und wo sie auch niemanden kennenlernen wollte! Er kam und ging zu jeder Tages und Nachtzeit. Er hatte sein eigenes Leben. Aber was hatte sie? Nichts. Nicht ein verdammtes Ding. Morgen, Mittag und Abend, alles versank in der gleichen langweiligen Routine.

Plötzlich war sie in Tränen ausgebrochen, und er hatte sie in den Armen gehalten, ihr versprochen, alles zu tun, um ihr zu helfen, und sie hatte geweint und gezittert, bis schließlich ihre Tränen versiegt waren und nur noch ein gelegentliches Schluchzen ihren Körper hatte erbeben lassen. Er hatte für sie einen Kräutertee zubereitet und sie ins Bett gebracht. Sie hatte zwölf Stunden tief geschlafen und nach dem Aufwachen den Vorfall mit keiner Silbe erwähnt. Aber die Lampen hatten weiterhin im ganzen Haus gebrannt.

Er betrat die Eßecke und blieb wie so oft vor dem Porträt stehen, das über dem falschen offenen Kamin hing. Der Künstler hatte durchaus begriffen, daß Bron insgesamt besser war als ihre einzelnen Elemente: daß sie schöne, große Augen hatte, daß aber ihre Nase und ihr Kinn zu beherrschend und kantig waren; daß ihr Haar eine Blondschattierung aufwies, die ihrem Gesicht nicht unbedingt schmeichelte, und daß die Farbe aber trotzdem ihrer Persönlichkeit gerecht wurde. Mit seinem Pinselstrich hatte der Künstler ihre Lebhaftigkeit und eine Andeutung von Sinnlichkeit eingefangen. Für die Porträtsitzungen hatte sie ein aus indischen Gebetstüchern geschneidertes Kleid ausgewählt, und um den Hals trug sie eine schwere, bizarr geformte Metallbrosche, Produkt einer Phase, in der sie nicht als Schauspielerin gearbeitet, sondern Schmuck angefertigt hatte.

Zu Beginn ihrer Ehe hatte sie ihm erzählt, daß das Porträt von einem ehemaligen Liebhaber in Auftrag gegeben worden war. Dieses Wissen vermittelte ihm ein Gefühl, ihr noch viel näher zu sein, und er liebte sie mehr, als er geglaubt hatte, einen Menschen lieben zu können. Das Gemälde, so sagte er sich, verband sie miteinander und war ein sichtbarer Beweis dafür, daß er sich, ganz gleich, was sie in ihrer Vergangenheit erlebt hatte, glücklich schätzen konnte, von ihr als Ehemann ausgewählt worden zu sein. Bis sie ihm eines Tages den heftigen Vorwurf gemacht hatte, er wäre auf das Porträt eifersüchtig.

*Sie hatten ein fast stummes Abendessen beendet, und sie war in die Küche gegangen, um Kaffee zu holen. Als sie zurückkehrte, betrachtete er ihr Porträt.*

*»Weshalb schaust du es immer wieder an, Ed?«*

*Er wandte sich um und lächelte sie an. »Ich entdecke jedesmal etwas Neues.«*

*Sie setzte die Tassen hart auf den Rauchtisch und baute sich direkt vor ihm auf. Die Gewitterzeichen waren wieder in ihren*

*Augen zu erkennen. »Ich sage dir, was du siehst, Ed. Du siehst mich so, wie ich mal war. Glücklich! Und das kannst du nicht ertragen, Ed. Du kannst es verdammt noch mal nicht ertragen.«*

*»Du irrst dich, Bron. Aber es tut mir leid, daß du wieder unglücklich bist. Wenn du nur endlich darüber reden ...«*

*»Was gibt es da zu reden, hm?« Sie drehte sich zu dem Porträt um. »Sieh mich an. Voller Leben. Das war, als ich noch ein Leben hatte.« Sie schaute sich im Zimmer um. »Jetzt bin ich nur noch eine Hausfrau in einem Provinznest! Das ist aus mir geworden. Eine unbezahlte Putzfrau und Haushälterin. Glaubst du, eine Frau könnte damit glücklich werden, Ed? Dann solltest du mal ganz schnell nachdenken! Ich hasse dieses Leben. Ich hasse dieses Land. Ich hasse das, was aus mir geworden ist. Und zwar jedes winzige Stück davon!«*

*Bron rannte aus dem Zimmer hinaus. Oben hörte er, wie die Schlafzimmertür zugeschlagen wurde. Er war nicht so dumm, ihr zu folgen. Statt dessen setzte er sich in seinen Sessel neben dem Kamin und dachte über das nach, was sie gesagt hatte. Sie hatte sich geweigert, eine Haushaltshilfe einzustellen, weil sie meinte, sie könne keiner Fremden trauen. Sie hatte sich geweigert, einem der Clubs im Stützpunkt beizutreten, weil sie sie zu Tode langweilten, wie sie angedeutet hatte, und sie war nicht in ihren Beruf als Schauspielerin zurückgekehrt, weil sie meinte, sie hätte keine Lust, auf das Niveau des Lokalfernsehens hinabzusteigen. Alles, was er vorgeschlagen hatte, hatte sie zurückgewiesen.*

*Er warf einen Blick auf ihr Porträt. Sie hatte recht. Sie sah auf dem Bild wirklich anders aus. Aber sie irrte sich hinsichtlich seiner Reaktion auf das Gemälde. Er war ganz gewiß nicht eifersüchtig darauf – oder, wenn man so wollte, auf ihre Vergangenheit. Er hatte nie zu denen gehört, die meinten, man müsse unbedingt jede Erinnerung an verflossene Liebhaber auslöschen. Auch war er niemals von jenen düsteren, zerstörerischen Gedanken geplagt worden, die viele von ihrer Jugend bis ins Grab mit sich herumschleppen. Er liebte sie. Das allein war wichtig.*

*In dieser Nacht lag er im Bett und konnte nicht schlafen.*

*Neben ihm schnarchte Bron leise. Schließlich nickte er ein, immer noch ratlos, was er tun könnte, um die Situation zu ändern.*

*Kurz vor Tagesanbruch erwachte er und bemerkte, wie sie in die Dunkelheit starrte.*

*»Wir sind schon ein seltsames Paar«, sagte sie leise.*

*»Weshalb seltsam?«*

*»Meinst du nicht, daß wir seltsam sind? Als ich einschlief, habe ich dich gehaßt. Und jetzt empfinde ich ganz anders.«*

*Sie suchte nach seiner Hand, fand sie, strich mit den Fingern über seine Handfläche und schmiegte ihre Hand in seine. Sein Körper reagierte, als er sich an vergangene Freuden erinnerte, an die Berührung ihrer Haut, den Geschmack ihrer Lippen.*

*»Ich kann nichts dafür, daß ich bin, wie ich bin«, sagte sie.*

*»Wirklich nicht?«*

*Sie sah ihn abwehrend an. »Manchmal habe ich das Gefühl, als würde ich in eine Ecke gedrängt … dann komme ich mir vor, als säße ich in der Falle.«*

*»Ich will dich aber nicht in die Enge treiben.«*

*Als stünde sie auf der Bühne, änderte sich der Ausdruck ihrer Stimme. Sie klang plötzlich ratlos, verletzt. »Weshalb weckst du dann diese Gefühle in mir, Ed?«*

*Erneut wurde er von diesem tauben, dumpfen Gefühl übermannt. Er wußte nicht, was er erwidern sollte.*

*»Ich war noch nie so, weißt du.« Ihre Stimme enthielt eine Anklage. »Ich habe wirklich mein Leben genossen. Möchtest du denn nicht, daß ich es wieder tun kann, Ed? Daß ich glücklich bin?«*

*»Natürlich möchte ich das, Bron.« Er legte einen Arm um ihre Schultern und drückte sie an sich.*

*Sie musterte ihn von der Seite. »Du denkst immer, daß ich versuche, dich zu manipulieren, nicht wahr? Daß ich dich verschleiße. Das denkst du doch, oder?«*

*Er lächelte sie an. »Manchmal scheint es so.«*

*Ihre Augen verengten sich. »Dafür gibt es einen Namen, Ed. Paranoia.«*

*»Ich glaube nicht, daß ich paranoid bin, Bron.«*

*Sie betrachtete ihn mit einem seltsamen, überlegenen Lächeln. »Meinst du vielleicht, ich wäre es?«*

*»Natürlich nicht.« Er gab ihr einen Kuß auf die Stirn. »Ich wünsche mir nur, daß wir nicht ständig streiten.«*

*Sie schwieg für einen kurzen Moment. »Aber du fängst doch immer damit an, Ed.«*

*»Das ist aber nicht meine Absicht.«*

*Sie schüttelte den Kopf. »Aber du tust es. Das ist der springende Punkt. Du tust es. Wenn du es nicht tätest, würde ich nicht in Wut geraten.«*

*Es war ein durchaus vertrautes Szenario, erkannte er, indem Bron Frieden als Gegenleistung für seine Kapitulation versprach. Er warf einen Blick auf die Nachttischuhr. Es wurde Zeit aufzustehen. Er mußte an diesem Morgen einen Aufklärungsflug absolvieren, der schon jetzt seine Gedanken beschäftigte.*

*»Können wir uns heute abend darüber unterhalten, Bron? Wir können ja in dem italienischen Bistro zu Abend essen, wo es dir so gut gefällt. Ich reserviere einen Tisch, und wir können ungestört reden. Das wird uns beiden sicherlich guttun.«*

*Sie rutschte von ihm weg. »Du schiebst die Dinge immer auf die lange Bank. Ich erkläre dir, was du tun kannst, um mich glücklich zu machen, und du wendest dich ab!« Ihre Stimme wurde zunehmend lauter. »Nun, dieses Spiel kannst du mit jemand anderem treiben!«*

*»Bitte, Bron, laß uns nicht wieder damit anfangen …«*

*»Steh schon auf und setz dich in dein verdammtes Flugzeug!« Sie stieß ihn mit erstaunlicher Kraft zur Bettkante.*

*Er stand auf und schaute für einen Moment auf sie hinunter. »Ich liebe dich, Bron.«*

*Sie hatte ihn in diesem Moment völlig ignoriert und den Fernseher eingeschaltet.*

Nun erkannte er, daß er weder sie noch sich selbst besonders gut verstanden hatte. Er begriff, daß die Triebe und Impulse, die in ihr brodelten, genauso komplex waren wie seine eigene Unfähigkeit, sich damit auseinanderzusetzen. Diese Erkenntnis machte ihm jedoch den Umgang damit nicht leichter.

Die schmerzliche Gewißheit quälte ihn, als er sich von dem Gemälde abwandte und durch das Wohnzimmer zu seinem Arbeitszimmer ging.

Er blieb in der Türöffnung stehen, wobei er den Raum immer noch so zu sehen glaubte, wie er sich normalerweise darbot: Wandregale voller Bücher, der Schreibtisch drüben am Fenster und die Couch, von der aus er gelegentlich die Sportreportagen im Fernseher in der Ecke verfolgte. Dann sprangen ihm die Beweise für ihre tiefe Verstörung brutal ins Auge.

Das Zimmer sah aus wie ein Trümmerfeld nach einer furchtbaren Katastrophe.

Alles, was nicht niet- und nagelfest war, hatte gelitten. Bücher waren aus den Regalfächern gefegt worden, Fotografien hingen teilweise in Fetzen an den Wänden, seine Schallplatten- und CD-Sammlung war über den Teppich verstreut, der Fernseher war von seinem Ständer gekippt worden. Sehen zu müssen, was sie getan hatte, war genauso, als blickte man in eine verborgene, düstere Nische ihres Geistes. Und in diesem Moment wurde ihm klar, daß er sie niemals verstehen würde, sondern daß er regelrecht Angst vor ihr hatte, Angst vor ihrer Raserei und ihren gestörten Empfindungen, Angst vor den tiefsten, finstersten Schichten ihres Geistes, die sie dazu gebracht hatten, ihm das anzutun.

Er suchte sich einen Weg durch das Trümmerfeld zu seinem Schreibtisch. Sie hatte alles von der Arbeitsfläche hinuntergewischt, seinen Computer, die Messinguhr, die er sich in Rio als Erinnerung an seinen ersten Flug als Flugzeugführer gekauft hatte, ein Glas mit Süßigkeiten, die er gerne aß, wenn er arbeitete; eine Schale mit Büroklammern, einen Ablagekasten. Bron hatte alles auf den Fußboden geschleudert.

Sie hatte die Schreibtischschublade mit einem Brieföffner aufgebrochen und hatte die Fächer durchwühlt auf der Suche nach etwas, das nicht existierte, dem Beweis dafür, daß er eine Affäre hatte. Alles, was sie gefunden hatte, war das Adreßbuch mit den Geheimnummern, darunter auch die des Präsidententelefons in Air Force One. Er hatte das Buch in der untersten Schublade aufbewahrt. Es war nicht mehr dort. Er suchte den Fußboden ab. Sie hatte es nicht weggeworfen. Er lehnte sich gegen den Schreibtisch, und der bohrende Schmerz in seinen Eingeweiden war wie eine offene Wunde. Wenn sie nun das Buch an sich genommen hatte, damit sie auch die anderen Nummern überprüfen konnte? Das würde einen Sicherheitsalarm auslösen, der seiner Karriere ein Ende machen würde. Mit diesen paar Telefonaten würde sie es schaffen, ihn aus dem Flugdienst zu entfernen.

Der Schmerz in seinem Magen war wie ein Messer, das langsam gedreht wurde. Er schloß die Augen und machte ein paar kurze, heftige Atemzüge. Nach und nach wurde das schmerzhafte Brennen erträglicher. Und mit dem Nachlassen des Schmerzes ging noch etwas anderes einher: die Erkenntnis, daß der Zorn über ihr Verhalten, den er so lange unterdrückt hatte, ihn schließlich doch noch übermannte und er, selbst wenn er ihn hätte verdrängen können, nicht mehr den Wunsch und die Absicht hatte es zu tun.

Er stieß sich vom Schreibtisch ab und verließ das Zimmer, wobei er sich diesmal nicht bemühte, möglichst nicht auf die verstreuten Trümmer zu treten.

In der oberen Etage brannte in allen Zimmern Licht, sogar im Gästezimmer, das Bron gewöhnlich als Aufbewahrungsraum benutzte. Nichts schien dort berührt worden zu sein, seit er das letzte Mal hineingeschaut hatte. Alles befand sich in beschrifteten Pappkartons, als wartete Bron auf die Möbelpacker, um endlich umzuziehen.

Ihr Schlafzimmer sah wie immer völlig unbenutzt aus. Bron bestand darauf, daß all ihre persönlichen Gegenstände in Schubladen und Schränken aufbewahrt werden müßten, daher war er einigermaßen überrascht, daß das

Buch, dessen Lektüre er soeben beendet hatte, eine Biographie von F. Scott Fitzgerald, immer noch auf seinem Nachttisch lag.

Ebenso wie er hatte Fitzgerald in einer qualvollen, komplizierten Beziehung mit seiner Ehefrau gelebt. Aber – so seine Biographie – Fitzgerald hatte an der Vernichtung seiner Frau kräftig mitgewirkt, indem er gezielt und auf raffinierte Weise ihr Selbstwertgefühl untergraben hatte. Hatte er selbst das gleiche, vielleicht ohne es zu wollen, auch mit Bron getan? Am Ende hatte Fitzgerald seine Frau verlassen und wurde trotzdem immer noch von ihr verfolgt, indem er weiterhin nach dem suchte, was sie früher für ihn dargestellt hatte: Geheimnis, Glanz und Liebe. War er vielleicht genauso wie Fitzgerald? Zumindest schreckten sie beide vor der Möglichkeit einer Geisteskrankheit entsetzt zurück.

Fitzgerald hatte seine Ängste verarbeitet, indem er *Tender is the Night* schrieb und sich selbst im Roman zu einem Psychiater machte, der sich um seine fiktive Frau, Nicole, kümmerte und ihr half, wieder normal und gesund zu werden. Dann, mit einer letzten bittersüßen List, hatte Fitzgerald dafür gesorgt, daß Nicole eine Affäre mit einem anderen Mann anfing – wodurch er in die Lage versetzt wurde, sich endlich von ihr zu trennen.

Für ihn hingegen war der Gedanke, Bron zu verlassen, unvorstellbar. Trotz des Zorns, den sie in ihm entfesselt hatte, liebte er sie noch immer innig und aufrichtig. Wenn sie nach Hause käme, würde er versuchen, ihr klarzumachen, daß das, was sie getan hatte, zwar sehr schlimm und falsch gewesen war, daß er ihr aber noch immer helfen wolle. Dann würde er sie davon überzeugen, daß sie schnellstens einen Arzt aufsuchen müsse.

Mit neuer Entschlußkraft beseelt und mit nachlassender Wut zog er sich aus, begab sich ins Bad und duschte. Er schlüpfte in eine frische Uniform und wickelte seine schmutzige Kleidung zusammen, um sie in die Waschküche im Keller zu bringen.

Auf der Treppe hörte er das Klingeln der Haustür. Bron hatte offensichtlich ihren Schlüssel vergessen. Er ließ die Wäsche in der Halle achtlos auf den Fußboden fallen und öffnete die Tür.

Helen Curtis stand vor ihm. »Ed, es tut mir leid, Sie so einfach zu überrumpeln«, begann sie.

Plötzlich war er verwirrt. Weshalb hielt sie das Adreßbuch in der Hand, das Bron entwendet hatte?

»Woher haben Sie das?« fragte er, plötzlich wachsam werdend.

»Darf ich reinkommen?« Pattersons Blick war abwartend, undeutbar.

»Hat Bron Ihnen das gegeben?« Er streckte die Hand aus und nahm das Buch an sich, dann machte er kehrt und ging ins Haus voraus.

Helen schloß behutsam die Tür hinter ihnen. Für einen Moment standen beide in der Halle und schauten einander an.

»Möchten Sie eine Tasse Kaffee?« fragte er.

Sie dachte bei sich, daß er sich benahm wie jemand, der eine bestimmte schlechte Nachricht auf keinen Fall hören wollte. »Vielleicht später«, entgegnete sie. »Ich muß mich mit Ihnen über Bron unterhalten.«

Er spürte, wie Wut in ihm hochwallte. »Was ist mit ihr? Ich dachte, wir hätten uns darauf geeinigt, daß dieses Thema zwischen uns tabu ist.«

»Sie liegt im Krankenhaus.«

Zum erstenmal gewahrte Helen Panik in seinem Gesicht, während sich seine Gedanken überschlugen.

»Wie bitte? Wovon reden Sie eigentlich? Hat Bron einen Unfall gehabt?« Die Worte wurden ruckartig hervorgestoßen.

»Nicht ganz.« Helens Stimme und ihr Blick waren jetzt ruhig und fest.

Seine Augen verengten sich. »Was denn dann?« In seiner Stimme schwang unterdrückter Schmerz mit.

Helen schwieg einige Sekunden lang. Als sie schließlich

antwortete, erschienen Patterson ihre Worte wie eine Verbindung zwischen einem Teil von Brons Leben und einem anderen.

»Bron hat versucht sich umzubringen.«

Morton legte die letzte Personalakte der Besatzung beiseite. Er hatte mehrere Stunden lang ununterbrochen gelesen und sich dabei total konzentriert. Nichts war ihm aufgefallen. Bill hatte recht gehabt: Jedes Besatzungsmitglied der Präsidentenmannschaft lebte nach dem Motto des 89th Geschwaders: *Expecto Credo* – Vertraue nur dem Erfahrenen.

Ihre Herkunft und ihr Werdegang waren vom FBI durchleuchtet worden. Jeder Agentenbericht trug außerdem die Unterschrift eines zweiten Agenten, der die Angaben seines Kollegen überprüft hatte.

Er war ein wenig überrascht gewesen, daß Patterson erst vor kurzem ein zweites Mal geheiratet hatte, denn für ihn sah er aus wie jemand, der im Ehestand tief verwurzelt war.

Als Schauspielerin hatte seine zweite Frau es nach allem, was in Erfahrung zu bringen war, nicht sehr weit gebracht. Die Londoner FBI-Filiale hatte herausbekommen, daß Bronwen Jones als Teenager kurz nach dem Tod ihrer Mutter für eine kurze Zeit wegen Depressionen in einem Krankenhaus stationär behandelt worden war. Danach war dieses Leiden nicht mehr zurückgekehrt. Ihr Leben vor ihrer Heirat war nach einem nicht besonders auffälligen Muster verlaufen. Sie hatte mehrere Affären gehabt, die bis auf eine ziemlich kurzlebig gewesen waren. Die Ausnahme war ihre einjährige Beziehung zu Harvey Cameron, dem englischen Industriellen, der als erster Bostock bei der Gründung seiner United Party unterstützt hatte. Cameron hatte das Ende ihrer Affäre auf eine Art und Weise angekündigt, wie er es stets zu tun pflegte – indem er der zukünftigen Mrs. Patterson ein Porträt von ihr schenkte. Einen Monat später hatte sie Patterson kennengelernt. Laut FBI führten sie fern der Flugbasis ein ruhiges Leben. Es gab keinerlei Hinweise auf Alkohol-, Geld- oder andere Probleme. Sie schien sich darauf eingestellt zu haben, die Frau eines Soldaten zu sein.

Morton blätterte in Pattersons Akte zurück zum medizinischen Teil. Der Mann war Mitte Vierzig und laut dem Ergebnis seiner letzten Generaluntersuchung in bester physischer und mentaler Verfassung. Dieses Nasenbluten hätte jedem zustoßen können.

Während er die Akte zuklappte, erschien Gates' Kopf in der Türöffnung. »Ich habe gerade Bob Stanway am Telefon, David. Einer seiner Sensoren an der Grenze zwischen Irak und Iran hat etwas Interessantes aufgezeichnet. Stanway überträgt es gerade auf meinen Bildschirm.«

Gates' Büro war geräumig und luftig, und drei Wände waren mit Landkarten bedeckt. Die vierte bestand aus einem Fenster, durch das man einen wundervollen Blick auf die Skyline von Washington hatte. Der Bildschirm auf Gates' Schreibtisch flimmerte.

»Da kommt es schon«, murmelte Gates und drückte auf eine Taste seines Keyboards. Auf dem Bildschirm erschien eine gewellte Linie. »Das ist der Ausdruck des Knalls, der den Sensor zuerst aktiviert hat, David. Der Laut bewegt sich im Bereich Gewehrschuß. Aber der Sensor stellte fest, daß er keinem der Schüsse entsprach, die zu erkennen er programmiert ist. Daher hat er einem Satelliten ein Signal geschickt, während seines nächsten Umlaufs die Kameras einmal auf die entsprechende Region zu richten. Dieser Satellit kommt allerdings, was seine Auflösungsfähigkeit betrifft, nicht entfernt an einen Halo heran.«

Gates hielt inne und betrachtete aufmerksam den Bildschirm. »Aber was er aufzeichnete, war … dies.«

Morton verfolgte, wie auf dem Schirm das Bild einer Traube erschien, die aussah, als bestünde sie aus aufgeblasenen Kondomen. Darunter hing ein Zylinder.

»Der Knall, den der Sensor hörte, kam von einem der Ballons, als er platzte«, erklärte Gates.

Morton beugte sich zum Bildschirm vor, dann richtete er sich auf. »Es ist eine Bombe«, sagte er.

»Das ist schon ganz gut«, bemerkte Gates. »Aber nicht irgendeine Bombe, wie wir sie kennen, sagt Stanway.«

Morton warf Gates einen kurzen Blick zu, ehe er sich wieder dem Bildschirm zuwandte.

»Als die Kamera die Form als potentielle Waffe identifizierte, hat sie automatisch den Computer aktiviert, der sich an Bord des Satelliten befindet. Während des nächsten Orbits schickte der Satellit einen elektronischen Suchstrahl nach unten und erhielt folgendes.«

Gates deutete auf den Bildschirm. Unter dem Bild der Ballon-Bombe erschienen eine Reihe gezackter Linien ähnlich derer, die man bei einem Elektrokardiogramm erhält.

»Was ist das?« fragte Morton.

Gates lächelte freudlos. »Radioaktive Strahlen. Sie kommen aus dem Gehäuse, und zwar hauptsächlich vom unteren Teil.«

Für einen Moment schwiegen beide und konzentrierten sich nur auf den Bildschirm.

»Wo sonst sollte man schon einen Atomzünder finden«, sagte Morton.

»Aber es ist doch verdammt weit weg von Norfolk in England, David.«

Morton streifte Gates mit einem weiteren flüchtigen Blick.

»Stanways Experten hatten erhebliche Mühe, diese Kurven aus denen der Emissionen eines elektrischen Sturms herauszufiltern, David. Sie schafften es auch nur deshalb, weil die Bombe direkt durch den Suchstrahl des Satelliten wanderte. Wenn das nicht geschehen wäre, hätte keine Chance bestanden, die Strahlung aufzuspüren. Im Augenblick tauchen diese Stürme in der Gegend jahreszeitlich bedingt gehäuft auf, daher ist es ein geradezu idealer Zeitpunkt für Bodor, seine Bombe abzufeuern.«

Morton wandte sich wieder zum Schirm um. »Wann wurde das aufgezeichnet, Bill?«

»Vor etwa vierzig Minuten. Da drüben war gerade früher Morgen. Möglich, daß die Morgensonne den Ballon erhitzt und zum Platzen gebracht hat ...«

»Dieser Sensor – auf welcher Seite der Grenze steht er?«

»Auf der iranischen. Ungefähr eine Meile innerhalb des Territoriums«, erwiderte Gates.

»Wie hoch flog der Ballon, als der Sensor den Knall aufzeichnete?« fragte Morton, dessen Fragen einem ganz bestimmten Muster folgten.

»Etwa zweitausend Fuß.«

»Windrichtung?«

»Unbekannt. Um diese Jahreszeit ist es da oben ziemlich böig.«

Morton betrachtete eingehend den Bildschirm, dann sah er Gates an. »Der geplatzte Ballon scheint der aufgehenden Sonne zugewandt gewesen zu sein.«

Gates nickte. »Demnach könnte er von einem Ort innerhalb der Grenze gestartet worden sein, oder?«

Morton richtete den Blick wieder auf den Bildschirm. »Oder er ist vom Irak herübergetrieben«, sagte er mit hohler Stimme.

Gates wirkte für einen kurzen Moment erschrocken, dann lächelte er verkniffen. »Stanways Leute sind Ihnen da schon um eine Nasenlänge voraus, David. Sie haben ihren Satelliten einen Streifen von zehn Meilen Breite innerhalb der irakischen Grenze kontrollieren lassen. Sie haben noch nicht mal einen Reifenabdruck gefunden, der auf eine fahrbare Startrampe hätte schließen lassen können.«

»Und auf der iranischen Seite?« fragte Morton.

»Sehen Sie selbst.« Gates drückte auf eine Taste. Das Bild auf dem Schirm änderte sich, und es erschien ein Durcheinander von kreuz und quer verlaufenden Rillen.

»Dies wurde etwa zwei Meilen von dem Punkt entfernt aufgenommen, an dem die Ballon-Bombe aufgespürt wurde. Lastwagenspuren. Das Beste an schwerer Bereifung, was Detroit der Armee der Mullahs anbieten kann. Ich wette, daß die Lastwagen entweder die Bombe zum

Startplatz transportieren oder von dort abholen sollten«, sagte Gates. »Das Ganze könnte ein Testlauf für die eigentliche Aktion gewesen sein.«

»Hat die Satellitenkamera den Ballon verfolgt?«

Gates klang ein wenig gereizt. »Nein. Stanway sagt, auf eine solche Art von Überwachung wäre der Satellit nicht programmiert. Er sei schließlich kein Halo.«

Mortons Gesicht blieb ausdruckslos.

»Die letzte Aufnahme ist diese«, fuhr Gates fort und drückte auf eine Taste.

Auf dem Schirm waren die Ballons in der oberen rechten Ecke zu sehen. Sie hatten den Schirm schon halb verlassen.

»Jetzt sieht man sie noch«, murmelte Gates und drückte auf eine andere Taste, »und jetzt nicht mehr.« Die Ballons waren vom Bildschirm verschwunden.

Morton wandte sich von dem Monitor ab. »Wie weit ist diese letzte Aufnahme von der ersten entfernt?«

»Stanways Experten schätzen fünf Meilen.«

Morton überlegte. »Wie reparieren sie den Sensor, wenn er mal ausfällt?«

Gates zuckte die Achseln. »Die Gegend ist ziemlich abgelegen. Also werfen sie einfach mit dem Fallschirm einen Ersatz aus einer in großer Höhe fliegenden Maschine ab.«

Morton betrachtete die Landkarten. »Wie weit ist dieser Sensor von Baku entfernt, Bill?«

»Denken Sie an Anna und Tommy?« Gates klang ein wenig enttäuscht, als ob dies ein Problem wäre. »Mit dem Flugzeug? Etwa zwei Stunden. Nur gibt es für sie keine Möglichkeit, mit einem Flugzeug dorthin zu gelangen. Auf der Straße dürften sie je nach Wetterlage drei bis vier Tage brauchen – falls sie überhaupt einen Weg durch die Berge finden sollten.«

Morton ging zum Schreibtisch, nahm den Telefonhörer ab und wählte. Nachdem die Verbindung zustande gekommen war, erklärte er Chantal, was er wollte.

Noch während er sprach, sah Gates ihn erschrocken an.

Der Präsident wartete, während der Butler im prachtvollen Salon, von dem aus man auf die Gartenanlagen des Weißen Hauses hinausblicken konnte, seine Runde machte. Er hatte die sechs Oberhäupter der Industrienationen nach dem Abendessen hierher eingeladen. Während des Essens hatte er in seiner Tischrede ausgeführt, was Amerika tun würde, um die Operation Earth Saver durchzuführen. Soweit er es beurteilen konnte, wurde die Rede wohlwollend aufgenommen. Aber nun, in der erheblich weniger formellen Nach-Dinner-Atmosphäre wollte er auf andere wichtige Punkte zu sprechen kommen.

Mehrere Männer standen am Fenster und schauten hinaus auf den Garten, wo das Rasensprengsystem glitzernde Wasserkaskaden versprühte.

Der Präsident gesellte sich zu Silvio Briscini, dem italienischen Ministerpräsidenten. »Jetzt wissen Sie, wie wir unseren Rasen so grün halten, Silvio«, sagte der Präsident und nahm eine Tasse vom Tablett, das der Butler ihm hinhielt. »Aber es ist schon traurig, daß über siebzig Prozent der Weltbevölkerung durch Wasser bedroht sind. Sie leben in flachen Küstengebieten, die zunehmend den Gefahren eines ansteigenden Meeresspiegels ausgesetzt sind.«

Andere waren herübergekommen: Bill McKenzie, der neue Premierminister von Kanada, ein stattlicher, rechtschaffen und ehrlich aussehender Mann; Ministerpräsident Marceau von Frankreich, der seine Kleidung trug wie ein König seinen Thronmantel; und Pedro Esplana, dessen tadellos geschnittener Anzug vom Fenster reflektiert wurde. Auch sie hörten aufmerksam zu, als der Präsident fortfuhr.

»Genauso schlimm ist jedoch, daß der Rest der Welt von Dürre bedroht wird. Sie breitet sich über die Grenzen von Afrika und Indien bis in den Mittleren Osten und nach Südeuropa aus.«

»El Niño«, murmelte Esplana.

Der Präsident nickte. »Richtig. Der El-Niño-Effekt ist nicht neu. Aber sein Muster ist es. Früher konnten wir sein

Auftauchen alle paar Jahre beobachten, sobald im östlichen Pazifik ungewöhnlich warme Klimabedingungen herrschten. Aber nun breitet sein Einfluß sich aus und wird immer stärker.«

»In Italien haben wir bereits damit zu kämpfen«, sagte Briscini mit ernster Stimme. »Wir haben die schlimmsten Mißernten seit Menschengedenken zu verzeichnen.«

»Frankreich ebenfalls«, fügte Marceau hinzu. »Wir geben uns alle Mühe, das zu bewältigen. Aber was kann man als Mensch schon gegen die Natur ausrichten?«

»Sie dürfen das Ganze nicht so defätistisch sehen, Pierre«, versuchte der Präsident ihn zu trösten. »Wenn wir alle nicht jetzt gleich etwas unternehmen, wird es sicherlich schon bald zu spät sein. Und je länger wir warten, desto drastischer müssen unsere Maßnahmen zwangsläufig ausfallen.«

»Und an welche Maßnahmen haben Sie gedacht?« fragte Arnold Bostock, der sich zu der Gruppe gesellt hatte.

»Ich denke, wir sollten uns einen genauen Überblick über die Weltlage verschaffen, ehe wir eine Entscheidung treffen«, schlug der Präsident vor. Er wollte sich nicht auf einen Teilaspekt des Gesamtproblems festlegen lassen.

»Wie Sie wissen, wird Australien unsere erste Station sein«, fuhr er fort, während Bundeskanzler Stürmer sich näherte. »Zur Zeit hat das Land seine schlimmsten Verluste durch Waldbrände in seiner bisherigen Geschichte zu verzeichnen. Das gleiche gilt auch für meinen Staat Kalifornien. Genauso ist es in Ihrem Land, Bill«, sagte der Präsident und nickte McKenzie zu. »Und in einem Dutzend anderer Länder von Sibirien bis Simbabwe.«

Er machte kehrt und ging voraus zu einer Sitzgruppe aus mehreren Sesseln. Nachdem sie sich niedergelassen hatten, füllte der Butler erneut ihre Tassen und verließ den Raum.

Nachdem er die Tür geschlossen hatte, ergriff der Präsident wieder das Wort. »Gleichzeitig droht uns noch eine andere Gefahr: Eisschmelze. Überall auf der Welt schmelzen die Gletscher in einem bisher nicht beobachteten Tempo. In den subarktischen Gebieten nimmt die Vereisung des Meeres pro Monat um eine Fläche von einhundert Quadratkilometern ab. Im arktischen Teil Alaskas hat sich die Tundra zu einer Hauptquelle für Kohlendioxid entwickelt, das in die Atmosphäre entlassen wird. Ursache ist die abnorme Erwärmung des Erdklimas.«

Er hielt inne, damit seine Worte ihre Wirkung entfalten konnten. Der Lichtschein der künstlichen Kohlen im Kamin war gemütlich und heimelig und warf einen rötlichen Schimmer auf die wohlgenährten Gesichter.

»Wir alle leben in Ländern, in denen Krankheiten wie Malaria, Tuberkulose und Lepra schon lange der Vergangenheit angehören. Aber im Fall meines eigenen Landes ist es nicht so. Ein Anstieg der Durchschnittstemperatur schafft hervorragende Brutbedingungen für Moskitos, und daraus ergibt sich zwangsläufig eine nach und nach stattfindende Rückkehr der entsprechenden Krankheiten.«

Er schaute zu Bostock. »Einer Ihrer Vorgänger meinte, daß die globale Erwärmung zu einer erheblichen Zunahme an Populationen der Hausratte nach besonders milden Wintern führen könnte.«

»In dieser Richtung wird bei uns eine Menge getan. Es kommen ganz neue Gifte zum Einsatz«, beeilte Bostock sich zu versichern.

»Das Problem mit diesen Giften ist, Arnold, daß sie ausgerechnet die giftigen Nebenwirkungen verbreiten, die wir unbedingt beseitigen müssen.«

Der Präsident sah nacheinander die Männer an, die um ihn herum saßen. »Aber Arnold hat in einem Punkt recht. Es muß etwas unternommen werden. Wir müssen die politische Führung stellen, die sich für eine bessere allgemeine Energieausbeute und Umweltschutzmaßnahmen einsetzt. Wir müssen weniger Energie verbrauchen. Wir müssen nach regenerierbaren Energien suchen. Wir dürfen keine Politik mehr unterstützen, die für eine Zunahme der sich aus der Klimaveränderung ergebenden Probleme sorgt. Wir müssen alternative Möglichkeiten finden, um die Abhängigkeit von fossilen Brennstoffen zu verringern. Wir müssen nach neuen Massentransportsystemen suchen, die die Luft weitaus weniger belasten als die heutigen. Und wir müssen uns all das vor Augen halten, während wir unsere historische Mission verfolgen. Wir dürfen niemals vergessen, daß wir die Fähigkeit – die Macht – haben, grundlegende Veränderungen zu bewirken.«

## SIEBENUNDZWANZIG

Helens Worte waren wie ein Trommelwirbel in Pattersons Kopf, während er durch die Straßen Washingtons fuhr. Eine Stunde war verstrichen, seit sie ihm gesagt hatte, daß Bron eine Überdosis Schlaftabletten geschluckt hatte. Mit ruhiger, sachlicher Stimme hatte sie beschrieben, wie Bron einige Stunden lang im Kino gesessen hatte, bis ein Angestellter erkannte, daß mit ihr etwas nicht stimmte. Als der Krankenwagen eintraf, war sie bereits bewußtlos. Im Memorial Hospital hatte einer der Ärzte ihre Handtasche nach einem Ausweis durchsucht.

»Er fand Ihr Adreßbuch, erkannte Ihren Namen und rief mich an«, sagte Helen. »Wir hatten gemeinsam studiert und sind miteinander in Verbindung geblieben. Auf dem Weg hierher habe ich im Memorial vorbeigeschaut. Er hatte Bron gerade den Magen ausgepumpt.«

Patterson hatte das Gefühl, als drängen ihre Worte über einen unendlich tiefen Abgrund zu ihm, während er zusammengesunken in seinem Sessel kauerte und sie berichten hörte, wie sie das Adreßbuch geholt und sofort erkannt hatte, daß es ein überaus wichtiges Dokument war, woraufhin sie gleich zu ihm gekommen war. Er hatte sie nur angestarrt. »Warum?« fragte er leise. »Warum hat Bron das getan? Verraten Sie mir wenigstens das.«

»Was Bron dazu gebracht hat, ist ein Thema für später, Ed.« Sie hatte mit kühler Präzision, klinisch, aber nicht unfreundlich geantwortet. »Sind Sie in Ordnung?«

Er nickte.

»Um zu fliegen?« Ihre Augen und ihre Stimme waren vorsichtig.

»Natürlich.« Er lächelte automatisch wie jemand, der durchaus zugab, daß es ein Problem hätte geben können. »Manchmal«, fügte er leise hinzu, »ist Arbeit in einem solchen Fall die beste Lösung.« Er spürte, wie sie versuchte, seine Gedanken zu lesen.

»Na schön.«

»Da Sie nicht in offizieller Mission hier sind, nehme ich an, daß Sie darüber keine Meldung machen müssen, oder, Helen?«

Sie atmete aus. »So, wie ich es sehe, erstreckt meine Verantwortung sich nicht auf Angehörige. Nein, ich werde das nicht melden.«

»Vielen Dank.« Er spürte, wie eine Spannung von ihm wich, deren Ausmaß ihm gar nicht bewußt gewesen war.

In der Stille sammelte er seine Gedanken. »Was ist mit dem Krankenhaus ... ich möchte nicht unbedingt, daß diese Geschichte nach draußen dringt ...« Seine Stimme versiegte.

»Das Memorial ist ganz gut, wenn es darum geht, gewisse Vorkommnisse verschwiegen zu behandeln. Sie wissen natürlich, wer sie ist und wer Sie sind. Aber ich habe meinen Freund gebeten, die Luken dichtzumachen.«

Für einen Moment schwieg Patterson, dann straffte er sich und schaute ihr ins Gesicht. »Sie legen aber einen ganz hübschen Vorrat an Gefälligkeiten an, die ich Ihnen schuldig bin.« Er hielt kurz inne, dann fragte er leise: »Wird Bron sich wieder erholen?« Erneut schienen die Worte ihn nach innen zu entführen.

Nachdenklich betrachtete Helen Brons Porträt, ehe sie antwortete: »Hoffen wir, daß der Magen rechtzeitig ausgepumpt wurde.«

Patterson schien krampfhaft zu schlucken, dann stand er auf. »Kommen Sie mit, wir besuchen sie.«

Helens Stimme klang noch immer klar und kühl. »Ich empfehle Ihnen, Ihre Uniform auszuziehen. Diese Schwingen und Rangabzeichen sind ziemlich auffällig. Es hätte kaum Sinn, unnötiges Aufsehen zu erregen.«

Er schaute auf ihre Uniform. Sie trug noch immer ihre militärärztliche Kluft.

»Ich habe einen Arztkittel im Wagen«, erklärte sie schnell. »Außerdem ist man im Memorial an Besuche von Angehörigen des Bethesda gewöhnt.«

Er war nach oben gegangen, hatte sich ein Sportsakko und eine Sporthose angezogen und seine Uniform auf einen Bügel gehängt, den er mitnehmen würde. Als er wieder herunterkam, studierte sie prüfend sein Gesicht.

»Können Sie fahren?« erkundigte sie sich.

»Mir geht's einigermaßen gut.«

Helen ging voraus zur Tür. Ehe er das Haus verließ, knipste er die Beleuchtung aus.

Nun, eine knappe Dreiviertelstunde später, folgte er ihrem Rücklicht, wobei seine Hände so heftig zitterten, daß er kaum das Lenkrad festhalten konnte. Er konnte noch immer nicht richtig begreifen, was Bron getan hatte.

Ein Selbstmordversuch war ihm genauso fremd wie einige Sitten und Gebräuche in den Ländern, die er im Laufe der Zeit besucht hatte. Weshalb hatte sie versucht, sich selbst zu töten? Wie hatte sie sich die Tabletten beschafft? Wie lange hatte sie sie schon regelmäßig genommen? Hatte sie sie von einem Arzt erhalten? Aber von welchem Arzt? Eigentlich sollte der Stützpunktarzt für sie zuständig sein. Für einen Moment zog er ernsthaft in Erwägung, mit ihm zu reden, aber das konnte heikle Fragen aufwerfen. Und falls Bron sich tatsächlich in ärztlicher Behandlung befinden sollte, dann sicher nicht bei einem Arzt der Air Force. Aber wenn sie keinen Arzt aufgesucht hatte, wie war sie dann in den Besitz der Tabletten gelangt? Die Vorstellung, daß Bron vielleicht wie eine

Süchtige auf der Suche nach dem nächsten Schuß durch die Straßen von Washington gestreift war, erschien ihm noch unfaßbarer. Er hatte das Gefühl, den Boden unter den Füßen zu verlieren, als er Fragen stellte, die er auch nicht annähernd beantworten konnte.

Nachdem sie in ihren Arztkittel geschlüpft war, ging Helen vom Parkplatz des Memorial hinüber zur Notaufnahme. Dort wimmelte es von Leuten, die sich ausschließlich mit ihren eigenen Leiden beschäftigten und auf Plastikstühlen herumsaßen, die auf dem Boden festgeschraubt waren. Das letzte Mal hatte er so viele verwundete und leidende Menschen in Bosnien gesehen.

»Willkommen in der Hölle«, murmelte Helen. »Hier zu arbeiten ist so ähnlich, als versuchte man den Verkehr zu regeln, ohne genau zu wissen, wann endlich die Rushhour beginnt.«

Er folgte ihr an Behandlungskabinen vorbei und machte einem Mann Platz, der mit Handschellen an seine Bahre gefesselt war und von zwei Polizisten begleitet wurde.

Aus einem Deckenlautsprecher drang plötzlich eine angespannte Stimme. »Dr. White bitte zu ER Four.« Die Stimme wiederholte diese Aufforderung. Kurz darauf mußten sie sich an die Gangwand drücken, als eine Schar Krankenschwestern und Ärzte durch den Flur stürmte. Sie schoben einen roten Instrumentenwagen vor sich her. Nachdem sie sich weit genug entfernt hatten, erklärte Helen, daß ›Dr. White‹ das Kürzel des Memorial für Akute traumatische Wiederbelebung war. Der Wagen enthielt die Geräte, um bei einem Herzinfarkt erste Notmaßnahmen durchzuführen. Patterson blickte über die Schulter und sah, wie die Gruppe in einer der Kabinen verschwand.

Als sie an einer offenen Tür mit der Aufschrift ›Sanitäter‹ vorbeikamen, blieb er kurz stehen. In dem Raum hielten sich mehrere Krankenwagenbesatzungen auf, machten Pause und verzehrten ihre Mahlzeiten.

»Ich würde mich gerne bei ihnen dafür bedanken, daß sie Bron geholfen haben«, sagte Patterson.

Helen zögerte, dann machte sie einen Schritt in den Raum. »Wer von Ihnen hat die Frau aus dem Kino hergebracht?« fragte sie.

Ein Sanitäter schaute von den Resten eines Hamburgers hoch. »Wer will das wissen?«

»Ich bin Dr. Curtis.« Sie deutete auf Patterson. »Und das ist der Ehemann der Patientin.«

Der Sanitäter runzelte die Stirn. »Wenn er irgendwelche medizinischen Details wissen will, soll er sich auf der Station erkundigen.«

Im Pausenraum war es still geworden.

»Ich wollte mich nur bei Ihnen bedanken«, sagte Patterson.

Der Sanitäter hob überrascht die Augenbrauen. »Danke!« Er zuckte die Achseln und konzentrierte sich wieder auf seine Mahlzeit.

»Sie sind wahrscheinlich der erste Mensch, der sich je bei ihm bedankt hat«, sagte Helen, während sie an einem Behandlungszimmer vorbeigingen, in dem ein Mann lag, der von weißbekittelten Gestalten umringt wurde. Im nächsten Raum beugte sich ein Arzt über eine Frau. Er las ihren Namen von einem Krankenblatt ab und begann zu rufen: »Mary! Wachen Sie auf, Mary!«

Patterson konnte seine Stimme immer noch hören, als sie das Schwesternzimmer erreichten. Eine dicke Krankenschwester mit silbergrauem Haar hielt dort die Stellung. Sie blickte von einem Aktenordner hoch. »Ja, bitte?«

»Wo ist Dr. Monroe?« wollte Helen wissen.

»Und Sie sind Doktor ...?«

»Curtis, vom Bethesda. Ich war vor zwei Stunden schon einmal hier.«

Die Schwester seufzte. »Da hatte ich keinen Dienst.« Sie griff nach einem Telefonhörer und wählte eine Nummer. Wenig später kam ein schlanker, rothaariger Mann in weißem Kittel mit langen Schritten durch den Flur geeilt.

Helen machte Dr. Monroe und Patterson miteinander bekannt. »Kann ich zu meiner Frau?« fragte Patterson.

Dr. Monroe zögerte. »Sicher. Aber zuerst muß ich mit Ihnen reden.«

Er ging voraus in ein Büro hinter dem Schwesternzimmer. Sie hatten kaum Platz in der rundum verglasten Kabine.

Dr. Monroe verschränkte die Arme vor der Brust und fixierte Patterson aufmerksam. »Haben Sie irgendeine Idee, weshalb sie das getan hat, Colonel?«

»Ich nehme an, es hat sich allmählich aufgestaut.«

Monroe musterte ihn nachdenklich. »Hat sie einen Arzt, an den ich mich wenden kann?«

»Nicht daß ich wüßte.« Patterson hielt inne. »Aber ich hatte versucht, sie zu einem Besuch bei einem Psychiater zu überreden.«

Monroes Gesichtsausdruck änderte sich unmerklich. »Welches Problem hatte Ihre Frau, daß Sie sich zu einem solchen Schritt entschieden haben, Colonel?«

»Nichts, was zu einem Selbstmord geführt hätte. Sie war nicht glücklich ... mit einer ganzen Reihe von Dingen. Vor allem nicht mit ihrem Leben.«

»Gibt es da einen bestimmten Punkt?«

Mehrere Sekunden lang musterte Patterson den Arzt schweigend. »Meine Arbeit«, sagte er schließlich. »Sie haßt es, daß ich fliege. Sie sagt, es läßt mich zu oft für sie nicht erreichbar sein.«

»Sonst noch etwas?« fragte Monroe. »Gewöhnlich gibt es ein ganzes Bündel von Gründen, wenn jemand das tut, was Ihre Frau getan hat.«

Patterson erahnte zwischen den Fragen einen zweiten, wortlosen, Informationsaustausch.

Helen wandte sich an den Arzt. »Brian, ich glaube nicht, daß dies jetzt nötig ist«, sagte sie mit Nachdruck.

Monroe nickte. »Wahrscheinlich hast du recht. Auf lange Sicht ist wahrscheinlich jemand anderer dafür zuständig.« Er wandte sich an Patterson. »Ich könnte Ihnen eine Privatklinik empfehlen, falls Ihnen das eine Hilfe ist.«

Patterson erschauerte innerlich. Der Gedanke, daß Bron

für längere Zeit in ein Krankenhaus eingewiesen werden müßte, wäre ihm niemals gekommen. »Danke. Kann ich jetzt zu ihr?« fragte er.

»Sie ist noch im Koma.« Monroes Stimme klang nun sanft und mitfühlend.

Patterson konnte dieses Gefühl der Unwirklichkeit nicht abschütteln. Er schien plötzlich in eine ihm völlig fremde Welt geworfen worden zu sein. »Was bedeutet das?«

Monroe lachte kurz. »Eine gute Frage, Colonel. Das Koma ist im Grunde ein Zustand tiefster Bewußtlosigkeit. In gewisser Hinsicht kann so etwas hilfreich sein. Aufgrund der Gifte, die plötzlich in den Organismus Ihrer Frau eingedrungen sind, haben die Abwehrmechanismen ihres Körpers entschieden, daß sie mit den Giftstoffen am besten fertig werden, wenn das Bewußtsein Ihrer Frau vorübergehend ausgeschaltet wird. Auf diese Art und Weise können die Abwehrmechanismen sich ausschließlich auf den Heilungsprozeß konzentrieren.«

»Wie lange wird dieser Zustand andauern?« wollte Patterson wissen.

Monroe blickte durch die Glasscheibe. Die Schwester hatte sich wieder in ihren Papierkram vertieft. Er schaute Patterson an. »Es kommt vor, daß Patienten jahrelang im Koma verharren. Aber bei Ihrer Frau bin ich optimistisch und denke, daß sie schon bald wieder daraus auftauchen wird. Ihre Nieren arbeiten mit Hochdruck daran, die Gifte aus dem Blut herauszufiltern.«

Patterson betrachtete ihn, sah die schlanke, sportliche Figur, das lockige Haar, den zuversichtlichen Gesichtsausdruck. »Wäre es möglich, daß ihre Nieren versagen?«

Der Arzt zuckte hilflos die Achseln. »Diese Möglichkeit besteht immer, Colonel. Es ist so ähnlich wie ein Maschinenschaden in Ihrem Beruf.«

Patterson warf Helen einen kurzen Blick zu. »Ich kann aber immer noch mit halber Kraft fliegen«, sagte er.

Monroe lächelte erneut. »Das gleiche gilt für Ihre Frau. Sie kann auch mit nur einer Niere leben.«

»Und was ist mit einer künstlichen Niere?« fragte Patterson.

»So etwas haben wir nicht. Die nächste steht im Bethesda.«

»Dann sollten wir sie dorthin bringen«, entschied Patterson.

»Das wäre keine gute Idee, Ed«, sagte Helen. »Wahrscheinlich wäre das Risiko bei einer solchen Aktion größer, als wenn wir es Brons Organismus überlassen, allein den Kampf zu führen.«

»Ihre Frau ist ziemlich kräftig, Colonel«, erklärte Monroe. »Wenn es hart auf hart käme, würde ich wahrscheinlich alle Schläuche herausziehen und sie allein den Kampf ausfechten lassen. So wurde es jedenfalls in früheren Zeiten getan.«

Helen schaute Patterson ernst an. »Es stimmt, Ed. Das erste, was sie einem im Medizinstudium beibringen, ist, daß der Körper sich von vielen Krankheiten und Gebrechen selbst am besten heilen kann.«

Patterson wandte sich wieder an Monroe. »Wenn sie aufwacht ... in was für einem Zustand ist sie dann?«

Der Arzt atmete langsam aus. »Sie meinen, ob sie einen bleibenden Schaden erlitten hat? Rein körperlich dürfte sie sich wieder völlig erholen. Aber was geistig und seelisch geschieht, das kann ich nicht sagen. Sie hatte eine erhebliche Menge Tabletten geschluckt. Um das zu tun, muß sie fest entschlossen gewesen sein, ihrem Leben ein Ende zu machen. Entschlossenheit kann eine gute Eigenschaft sein, aber in einer solchen Situation kann sie auch eine geradezu vernichtende Wirkung haben. Nur die Zeit wird uns zeigen, ob die Entschlossenheit ihrer Frau wieder in normale Bahnen gelenkt werden kann.« Er strich sich mit den Fingern durchs Haar. Hinter ihm telefonierte die Krankenschwester. »Kommen Sie, wir sehen mal nach Ihrer Frau.« Er ging durch den Korridor voraus zu Brons Zimmer.

»Wir warten hier«, sagte Helen und bedeutete Patterson mit einer Geste, einzutreten.

Als er die Tür öffnete, konnte er zuerst nicht viel mehr sehen als ein Gewirr von Drähten, Schläuchen und medizinischen Geräten, die um Brons Bett herum aufgebaut waren. Sie lag auf dem Rücken, die Vorderfront ihres Kleides war mit Blut und Schleim besudelt. Sie sah seltsam starr und unwirklich aus, ihr Gesicht wirkte wie eine Totenmaske. Unendliche Traurigkeit überkam Patterson. Warum hatte sie das getan? Wie konnte sie sich selbst nur so intensiv hassen? Oder hatte sie es getan, weil sie ihn haßte?

Während er sich dem Bett näherte, bewegte sie sich, wandte ihm das Gesicht zu, obgleich ihre Augen geschlossen blieben. Er streckte die Hand aus, um sie zu berühren, hielt aber mitten in der Bewegung inne.

»Teilen Sie ihr irgendwie mit, daß Sie da sind«, rief Monroe halblaut von der Tür. »Das ist sehr wichtig.«

Er beugte sich vor und fuhr mit einem Finger sanft durch ihr Haar, das der Schweiß auf ihrer Stirn festgeklebt hatte. Dann beugte er sich zu ihrem Gesicht hinab. »Bron – ich bin es.«

Er erhielt keine Antwort. Er wandte sich um, schaute Dr. Monroe und Helen fragend an.

»Versuchen Sie es weiter, Ed«, forderte Helen ihn auf.

Er wußte nicht, wie lange er dort stand und sich erfolglos bemühte, bei Bron eine Reaktion zu erzeugen. Schließlich gab er sich geschlagen.

»Sie können es ja später noch einmal versuchen, Colonel«, sagte Monroe, in dessen Stimme deutlich ein Ausdruck von Enttäuschung mitschwang.

Während sie in den Korridor zurückkehrten, hielt die diensthabende Krankenschwester den Telefonhörer hoch. »Dr. Curtis, ein Anruf für Sie.«

Sie hatte sich in der Telefonzentrale des Krankenhauses angemeldet und auch ihrem vorgesetzten Offizier in Andrews mitgeteilt, wo sie wäre. Sie nahm den Telefonhörer entgegen, lauschte einige Sekunden lang, dann winkte sie Patterson zu.

»Es ist die Telefonzentrale des Chefs«, erklärte sie. »Man hat versucht, Sie zu Hause und über Ihr Autotelefon zu erreichen. Als man Sie nicht fand, hat man die einzelnen Besatzungsmitglieder angerufen, um sich zu erkundigen, ob jemand wüßte, wo sie sind.«

Patterson nahm den Telefonhörer und meldete sich.

»Mr. Stimpson möchte Sie sprechen, Colonel«, sagte die Telefonistin im Weißen Haus.

Kurz darauf war der Stabschef am Apparat. »Colonel, ist die Leitung abhörsicher?«

»Ja, Sir.«

Eine kurze Pause trat ein. »Okay. Ich wollte Ihnen nur mitteilen, daß Sie sich für Zulu acht Uhr bereithalten sollen.«

»Verstanden, Sir.«

Nachdem Stimpson aufgelegt hatte, schaute Patterson auf seine Armbanduhr. Ihm blieben zehn Stunden, um zu versuchen, Bron aus ihrem Koma zu wecken, ehe Air Force One startete.

Während der letzten Stunde war eine Landkarte vom Persischen Golf und der umliegenden Region, die an Gates' Bürowand hing, von Morton nach jedem Anruf, den er erhielt, aktualisiert worden. Die Anrufe kamen von Danny, der sich einer abhörsicheren Satellitenverbindung mit dem amerikanischen Luftwaffenstützpunkt in der Nafud bediente, eine der drei großen Wüsten Saudi-Arabiens. Danny war von Amsterdam aus mit einem Überschallbomber der NATO dorthin geflogen. Während er sich in der Luft befand, hatte Chantal die Instruktionen ausgeführt, die Morton ihr gegeben hatte.

Seit dem Abend war eine Staffel Stealthbomber von der Basis aufgestiegen und in nördlicher Richtung in den irakischen Luftraum eingedrungen. In gleichmäßigen Abständen hatte jede Maschine eine Traube Benzintonnen an Fallschirmen abgeworfen. Die Behälter, ebenso wie die

Schirme, bestanden aus einem Material, das von Radarstrahlen nicht aufgespürt werden konnte. An einem Seil hing unter jeder Traube ein faßähnliches Gerät, das sich beim Aufprall auf dem Erdboden in einen batteriegetriebenen Hochleistungsbohrer verwandelte, der ein Loch grub und Maulwurf genannt wurde. Sobald er seine Arbeit abgeschlossen hatte, wickelte der Maulwurf das Seil auf und scharrte Sand über sich selbst und die Benzinfässer. Nur wenn man regelrecht darüber stolperte, war die Konstruktion aufzuspüren. An jedem Maulwurf befand sich ein elektronisches Gerät, das von einem entsprechenden Signal aus der Luft angepeilt werden konnte.

Morton hatte jeden Abwurfpunkt auf der Landkarte mit einem roten Fähnchen markiert. Die Fähnchen erstreckten sich jetzt in einer Linie über Hunderte Meilen Wüstengebiet, ehe sie die Autobahn kreuzten, die den Hafen von Basra am Golf mit Bagdad verband. Indem sie das Marschland mied, beschrieb die Linie einen sanften Bogen, um dem Lauf des Euphrat zu folgen, diesen dann zu überqueren und dann nach Norden bis zum Toten Gebirge zu verlaufen.

Das Telefon klingelte wieder.

»Sie haben gerade einen Abwurf fünf Meilen von Ground Zero vorgenommen«, meldete Danny.

Ground Zero war der Name, den Morton der Region gegeben hatte, wo die Ballon-Bombe innerhalb der iranischen Grenze verschwunden war.

»Was ist mit Anna und Tommy?« wollte Morton wissen.

»Sie sind vor einer knappen Dreiviertelstunde in Kuwait gelandet. Sie dürften in etwa einer Stunde hier erscheinen, David.«

Anna und Tommy waren mit Linienmaschinen von Baku nach Karatschi und danach zurück nach Kuwait geflogen.

»Start immer noch wie geplant?« fragte Morton.

»Eine halbe Stunde nach der Landung sind sie bereits

unterwegs«, bestätigte Danny. »Damit haben sie insgesamt sechs Stunden Zeit bis zum Sonnenaufgang.« Er legte auf.

Morton steckte ein Fähnchen ins Ground-Zero-Gebiet. Lange betrachtete er die Landkarte, dann holte er die Nachricht über Adams aus der Tasche, die ihm die Schweizer Botschaft in Teheran geschickt hatte. »Bill!« rief er über die Schulter. »Sehen Sie sich das mal an.«

Gates verfolgte, wie Morton eine Kopie des Papierfetzens, den man bei Adams gefunden hatte, dicht neben Ground Zero auf die Landkarte legte. Morton verschob dann das Stück Papier langsam nach Norden. Dicht vor den Ausläufern des Toten Gebirges hielt er inne.

»Verdammt, mich laust der Affe …«, stieß Gates hervor.

Das Geheimnis der Ortsangaben, die Adams auf das Papier gezeichnet hatte, war gelöst. Sie entsprachen der Gegend um die Vorberge.

»Adams hat versucht uns mitzuteilen, daß Bodor und diese Marcello sich dort irgendwo aufhalten«, sagte Gates. »Sie sind wahrscheinlich aus dem Gebirge herabgestiegen, haben ihre Bombe getestet und sind danach wieder in ihrem Versteck verschwunden.«

Morton sagte nichts, während er weiterhin die Landkarte studierte.

Ignatius Bailey beobachtete, wie sein Butler den Kognak servierte, damit bei Elliott Forde begann, dann zu Samuel Keller ging, ehe er auch Ronald Gerling einschenkte. Indem er sich genauso würdevoll bewegte, vollendete der Butler das Nach-Dinner-Ritual und bot jedem Gast aus einem antiken Humidor eine Zigarre an. Geschickt kappte er mit einem silbernen Zigarrenabschneider die Spitzen und benutzte bei jeder Zigarre ein frisches Streichholz zum Anzünden.

Sie hatten einen Teil des Abends damit verbracht, über Carlo Marcellos weiteres Schicksal zu diskutieren. Er arbeitete noch immer im alten Stil. Er benahm sich, als leitete er die Organisation und als wäre er nicht nur ein Teil davon, indem er sich zunehmend weigerte zu akzeptieren, daß die Entscheidungen nun ganz woanders getroffen wurden. Außerdem schien er überhaupt nicht begreifen zu können, daß eine Organisation, in der man miteinander redet, auch gemeinsam wächst. Marcello neigte zu Monologen, die stets mit dem Hinweis endeten, daß seine Profite stiegen. Er schien nicht zu begreifen, daß einiges mehr gefordert wurde.

Alle drei hatten tunlichst nicht vorgeschlagen, was unternommen werden sollte. Sie alle wußten, daß es Baileys alleinige Entscheidung gewesen war, Marcello in den Meridian-Konzern zu übernehmen. Bailey selbst hatte ebenfalls keine Andeutungen gemacht, was geschehen sollte. Sie wußten außerdem, daß dies in diesem Stadium seine übliche Taktik war.

Der Butler warf Bailey einen fragenden Blick zu, und sein Chef hielt eine Hand über das halbvolle Glas auf dem Beistelltisch. Er hatte bereits bei Tisch genug Eistee getrunken.

Während der Mahlzeit war er zu einem vorher verabredeten Telefongespräch hinausgerufen worden. Sein Anrufer hatte bestätigt, daß der Halo-Satellit über Bagdad auf halbem Weg nach Osten zu seiner neuen Position über Teheran einen Computerdefekt erlitten hatte. Die NSA schätzte, daß die Reparatur etwa achtundvierzig Stunden dauern würde. Der kurze Anruf war von einem Münzfernsprecher in Washington zu einer automatischen Telefonzentrale in San Francisco erfolgt. Von dort war er zu Bailey weitergeleitet worden. Er hatte danach selbst zwei Anrufe getätigt, den einen, um eine auf Band fixierte Nachricht auszulösen, durch die die Telefonzentrale ausgeschaltet wurde, und den anderen, um den Auftrag zur Überweisung von weiteren $250.000 Dollar auf das Bankkonto des Anrufers auf den Cayman-Inseln zu geben. Er war wieder an den Tisch zurückgekehrt, als der Butler das Dessert servierte.

Nun, mit einem angedeuteten Kopfnicken, das alle vier Smoking tragende Männer einschloß, schritt der Butler zur Tür und schloß sie hinter sich.

Indem er den anderen Gelegenheit gab, den edlen Kognak und das Aroma der Zigarren zu kosten, trat Bailey an eins der Fenster, die einen ungehinderten Blick auf die Weizenfelder von Meridian gestatteten. Das war einer der Gründe, weshalb er diesen Platz als Standort für seine Villa ausgesucht hatte. Er wollte stets alles sehen können, was er geschaffen hatte. Er hatte die anderen zum Dinner eingeladen, weil er ihnen klarmachen wollte, wie gut er weiterhin diese Güter schützen wollte.

Er warf einen Blick auf die Uhr rechts neben dem Fenster. Es dauerte noch fünf Minuten, bis er die nächste Meldung erhielt. Wie die anderen Einrichtungsgegenstände verriet auch die Standuhr erlesenen Geschmack, Sorgfalt in der Auswahl und Reichtum. Die Kosten, um die Bibliothek vor unliebsamen Lauschern abzuschirmen, waren sogar noch viel höher. Hinter den Seidentapeten befanden sich dünne Bleiplatten, die, zusammen mit einem Untergrund aus Titanspänen, den wirkungsvollsten Schutz vor den raffiniertesten Abhörvorrichtungen boten. Die Abwehranlagen der Bibliothek wurden durch elektronische Sensoren an jedem Fenster vervollständigt, die jedes Abhörinstrument aufspüren und unschädlich machen konnten.

Hinter Bailey unterhielten die anderen sich wieder über einen Punkt, der schon während des Abendessens zur Sprache gekommen war.

»Ich finde noch immer, daß es ein wenig riskant war, diesen Kurden in Dollars zu entlohnen«, sagte Keller. »Eine solche Menge an harter Währung könnte an einem Ort wie Baku einiges Aufsehen erregen.«

Sterling seufzte. »Heutzutage sind Dollars nun mal die einzige Währung, die diese Leute als Bezahlung akzeptieren.«

»Der Kurde war teuer«, bemerkte Forde.

»Nicht wenn man bedenkt, daß er sich sowohl um Adams als auch um die Puffmutter gekümmert hat«, hielt Sterling ihm entgegen.

Im Reflex der Fensterscheibe sah Bailey, wie Fordes Gesicht für einen kurzen Moment in einer Wolke Zigarrenrauch verschwand.

Sterling trank von seinem Kognak, ehe er fortfuhr. »Wie dem auch sei, die Bezahlung des Kurden ist eine rein akademische Frage. Der Arrangeur hat dafür gesorgt, daß er dorthin verschwand, wo Kurden gewöhnlich hingehen, wenn sie in den Himmel kommen.«

»Ich gehe davon aus, daß die üblichen Vorsichtsmaßnahmen getroffen wurden?« fragte Keller.

»Natürlich«, sagte Sterling leicht ungehalten. »In beiden Fällen wurden ihre Hände auf dem Rücken gefesselt, und sie wurden mit einer Kugel in den Hinterkopf getötet. Die klassische chinesische Methode. An ihren Leichen waren ausreichend Hinweise vorhanden, um deutlich zu machen, daß der Kurde und die Frau mit den Nordkoreanern Geschäfte gemacht hatten. Peking hatte dagegen einiges einzuwenden und entsprechend reagiert.«

Forde nickte, und die Zigarre verharrte vor seinen Lippen. Sie beobachteten, wie Bailey zu einem Bücherregal ging, in das auch ein Bildschirm installiert worden war. Er war mit einem der fünf Kommunikationssatelliten verbunden, die Meridian besaß und die ein abhörsicheres globales Kommunikationssystem bildeten.

Ein Satellit war exklusiv für den Arrangeur reserviert. Ohne daß Bailey irgend etwas tun mußte, begann der Bildschirm zu flimmern. Der Schnee klärte sich, und das Gesicht des Arrangeurs mit seinen kohlrabenschwarzen Augen erschien auf dem Schirm. Es gab kein Hintergrundbild, aus dem man auf den Aufenthaltsort des Mannes hätte schließen können.

Bailey hielt sich nicht lange mit Vorreden auf, sondern kam sofort zur Sache. »Haben Bodor oder die Frau irgendeinen Verdacht geschöpft?«

Der Arrangeur beugte sich vor. »Nein. Wie ich vorausgesehen habe, gaben sie dem Wetter die Schuld. Sie hatten ohnehin eine ziemlich harte Landung, und die Gondel wurde umhergeschleudert, so daß sie sowieso nicht feststellen konnten, daß die Haltebolzen der Abschußvorrichtung präpariert waren.«

Die anderen hörten den Stolz, der in der Stimme des Arrangeurs mitschwang.

»Ihre Techniker haben gute Arbeit geleistet«, lobte Bailey. Es war die Idee des Arrangeurs gewesen, den ersten Testflug als Ablenkungsmanöver zu benutzen, ohne Bodor davon zu unterrichten. Es würde außerdem dazu beitragen, den Verdacht auf den Iran als Startplatz zu lenken.

»Wird die Gondel rechtzeitig repariert sein?« fragte Bailey.

»Sie wurde schon wieder zweimal ausprobiert. Bodor ist wie ein Wilder, treibt jeden zur Eile an ...«

»Warum zweimal?« unterbrach Bailey.

Auf dem Schirm herrschte für einen kurzen Moment Ruhe, als müßte der Arrangeur erst einmal die Fakten rekapitulieren. Als er fortfuhr, war seine Stimme ausdruckslos. »Beide Tests sind fehlgeschlagen. Beide Male ist die Bombe nicht explodiert, als sie die Detonationshöhe erreichte. Bodor meint, die Zünder wären defekt gewesen.«

Bailey blickte auf den Bildschirm. »Was ist mit den anderen drei?«

Der Arrangeur nickte lebhaft, als begrüßte er Baileys direkte Art, auf die er nun ebenso direkt reagierte. »Er hat zwei auseinandergenommen. Sie wiesen identische Fehlfunktionen auf ...«

»Können sie repariert werden?«

Die anderen konnten sehen, wie Baileys Kiefermuskeln sich spannten.

Der Arrangeur antwortete in sachlichem Ton. »Nicht rechtzeitig. Selbst wenn die notwendigen technischen Geräte heute per Flugzeug hier einträfen, wäre es zu spät.

Bodor sagt, er braucht eine Woche, vielleicht auch mehr. Aber er möchte den letzten Zünder nicht auseinandernehmen, falls er doch einwandfrei funktioniert.«

»Ist das möglich?«

»Er sagt ja.« Die Stimme des Arrangeurs klang noch immer selbstsicher und zuversichtlich. »Die Zünder sind sehr empfindlich. Wenn dieser in Ordnung ist, könnte ein unnötiges Herumpfuschen an ihm durchaus einen Defekt zur Folge haben. Bodor meint, es wäre am besten, das Ding in Ruhe zu lassen; er möchte den Zünder für den Ernstfall aufsparen.«

Stille trat ein, fast eine ganze Minute kein Laut, der die Spannung löste, die in der Luft lag.

»Es scheint keine andere Möglichkeit zu geben«, sagte Bailey. Seine Kiefermuskeln hatten sich entspannt. »Wir bleiben bei Bodors Plan.«

»Demnach gilt weiterhin der alte Zeitplan?« fragte der Arrangeur.

»Ja. Das Flugzeug ist in drei Tagen dort.«

Der Arrangeur nickte. »Der Wetterbericht prophezeit elektrische Stürme von größerer Häufigkeit, als es um diese Jahreszeit üblich ist.«

Baileys Gesichtsausdruck hatte sich nicht verändert. »Gut. Wenn er startet, dann sorgen Sie dafür, daß Bodor dabei ist.«

»Das dürfte kein Problem sein. Er traut der Frau sowieso nicht.«

Bailey wandte sich ab, und der Bildschirm erlosch. »Es liegt nicht mehr in unseren Händen«, teilte er knapp den anderen mit. »Bis auf einen Punkt.«

Er ging hinüber zu einer Anrichte und nahm einen Telefonhörer ab. Kurz nachdem er eine Nummer gewählt hatte, wurde am anderen Ende abgenommen. »Das Weiße Haus. Was kann ich für Sie tun?«

»Hier ist Ignatius Bailey. Ich muß den Präsidenten sprechen.«

Eine kurze Pause entstand, bis die Telefonistin sich wieder meldete. »Der Präsident ist bereits zu Bett gegangen, Mr. Bailey.«

»Er wird sicher hören wollen, was ich ihm zu sagen habe«, meinte Bailey mit einer Stimme, von der sogar die mutigsten Diener und Hausangestellten eingeschüchtert worden wären.

»Einen Moment, bitte«, sagte die Telefonistin.

Nach einer kurzen Pause klickte es in der Leitung.

»Darf ich fragen, um was es geht, Mr. Bailey?« fragte Thacker Stimpson knapp.

»Tun Sie lieber, um was ich gebeten habe, Mr. Stimpson. Ich würde sicher nicht um diese Tageszeit anrufen, wenn es nicht überaus wichtig wäre.«

Ein weiteres Klicken ertönte, wonach es in der Leitung für mehrere Sekunden still war. Hinter Bailey hörten die anderen gespannt zu. Dann erklang von der anderen Seite des Raums durch das Telefon die vertraute Stimme. Obgleich schläfrig, war der verhaltene Zorn darin nicht zu überhören.

»Mr. Bailey, ich schätze es gar nicht, so spät noch belästigt zu werden. Ich muß morgen schon sehr früh auf den Beinen sein – und Sie müßten es auch, wenn Sie mitkämen«, sagte der Präsident.

»Ich habe beschlossen, in Air Force One vertreten zu sein«, erklärte Bailey gelassen.

Diesmal blieb es in der Leitung nicht so lange still.

»Sie wollen vertreten sein? Was genau soll das heißen?« fragte der Präsident.

»Ich möchte, daß ein führendes Mitglied von Meridian International bei der ersten Möglichkeit zu Ihrer Reisegruppe stößt. Es wird mich in jeder Hinsicht vertreten.«

In der wieder einsetzenden Stille beugten die anderen sich gespannt vor, um sich kein Wort entgehen zu lassen.

»Wo befindet sich der Betreffende zur Zeit?« fragte der Präsident.

»In Australien. Er macht dort Urlaub.« Bailey klang beinahe amüsiert. »Aber ich bin sicher, daß er die Annehmlichkeiten seiner Yacht gerne gegen den Komfort von Air Force One eintauscht.«

Erneute Stille.

»Australien befindet sich am Ende unserer ersten Etappe«, sagte der Präsident schließlich. »Und wer ist diese Person, Mr. Bailey?«

»Carlo Marcello«, antwortete Bailey.

Während er von der Cafeteria des Krankenhauses zu Brons Zimmer zurückging, versuchte Patterson sich an ihre glücklichen gemeinsamen Zeiten zu erinnern, an jene Momente, in denen es schien, als bildeten sie eine Einheit, die die Zeiten überdauern würde. Dann folgten die schmerzlichen Erinnerungen, jede ein Wegweiser auf der Reise, die Bron hierher geführt hatte, wo sie drohte, ihn zu ruinieren. Er war froh, allein zu sein. Er war den Tränen nahe.

Helen war nach Andrews zurückgekehrt. Er hatte im Stützpunkt angerufen, um Bescheid zu sagen, daß er gegen Mitternacht wieder zurück wäre. Er wußte, falls es einen Notfall gäbe, würde sie wissen, wo er zu erreichen wäre.

Als er Brons Zimmer betrat, traf er dort Dr. Monroe an, der die Geräte überprüfte. Das Surren und Klicken der Maschinen war eine Bestätigung dafür, daß noch nicht alles verloren war.

»Es gibt keine Veränderung«, sagte Monroe. »Reden Sie nur weiter mit ihr. Das hilft ihr bei ihren Bemühungen, das Bewußtsein wiederzuerlangen.«

Er wandte sich an Bron. »Mrs. Patterson, Ihr Mann ist da. Wenn Sie mich hören können, dann öffnen Sie die Augen oder bewegen Sie den Kopf. Schaffen Sie das?«

Es gab keine Reaktion.

Für einen Moment schauten sie beide auf Bron hinunter, dann ging Monroe hinaus.

»Ich bin zurück«, murmelte Patterson und wagte es

kaum, mit den Fingerspitzen ihre Wange zu berühren, als hätte er Angst, daß selbst ein so schwacher Kontakt ihr Schmerzen bereiten könnte. »Ich bin's«, flüsterte er und beugte sich dicht zu ihrem Gesicht hinab. »Bron, kannst du mich hören?«

Bron rührte sich nicht.

Er richtete sich auf, zog einen Stuhl ans Bett und setzte sich. Erneut fühlte er sich von seinen Empfindungen hin und her gerissen. Er errichtete in Gedanken wuchtige Bastionen der Hoffnungen, um unmittelbar anschließend zu erleben, wie sie in sich zusammenfielen. Er versuchte sich noch stärker zu konzentrieren, sich von der Welt außerhalb des Zimmers zu trennen, abzugrenzen. Er verdrängte die Stimme der Haussprechanlage mit ihren ständigen Fragen und Anweisungen, das Geräusch der eiligen Füße und Instrumentenwagen, die plötzlichen Schmerzensrufe.

»Ich bin immer für dich da, Bron«, sagte er. »Das darfst du niemals vergessen.«

Erneut studierte er ihr Gesicht, suchte darin nach einem Zeichen, daß sie ihn verstanden hatte. Er stellte sich das zarte, empfindliche Band zwischen ihnen vor und fragte sich, wie er es einsetzen konnte, um an sie heranzukommen.

»Bron, wenn es dir wieder bessergeht, dann verreisen wir und versuchen unsere Probleme zu lösen«, versprach er.

Es war so, als redete er mit einer Marmorstatue, dabei wußte er aber auch, daß er durch dieses Band immer noch an Bron gefesselt war und daß er weiterhin unter seiner Liebe zu ihr litt – und unter seinem Haß auf das Gift, das durch einen Katheter aus ihrem Körper in einen Plastikbehälter unter ihrem Bett rann.

Zweimal war eine Krankenschwester hereingekommen und hatte den Behälter gegen einen leeren ausgetauscht. Jedesmal hatte sie Bron mit lauter Stimme angesprochen und stets das gleiche gesagt. »Mrs. Patterson! Wir lassen

Sie nicht gehen! Hören Sie, Mrs. Patterson? Wir wollen, daß Sie uns helfen und mitkämpfen!«

Nun, nachdem sie neben dem Bett gestanden und eine halbe Ewigkeit auf ihre Uhr geschaut hatte, blickte die Schwester über das Bett hinweg zu Patterson. »Solange ihre Nieren und ihre Lunge intakt bleiben, können wir nur sehr wenig tun«, sagte sie.

Nachdem sie hinausgegangen war, schaute er auf Bron hinunter. Mit ihren geschlossenen Augen und ihrem leise pfeifenden Atem, der durch ihren halboffenen Mund strömte, erschien sie ihm nicht anders als zu dem Zeitpunkt, als er hergekommen war.

Er schaute auf die Uhr: elf. Selbst so spät am Abend würde er sicherlich immer noch eine geschlagene Stunde brauchen, um den Stützpunkt zu erreichen.

Er beugte sich ein letztes Mal hinab und flüsterte in ihr Ohr: »Bron, ich liebe dich. Von ganzem Herzen. Denk immer daran.«

In der Stille war das Summen der medizinischen Apparate in seinen Ohren überlaut.

Er richtete sich auf und verließ das Zimmer. Dabei drehte er sich nicht um, da er befürchtete, daß seine Kraft in diesem Moment dazu nicht ausreichte.

## ACHTUNDZWANZIG

Im Tiefflug über die Wüste dahinhuschend, überquerte der Apache-Helikopter die irakische Grenze. Nur eine aufgewirbelte Staubwolke markierte seinen Weg durch die tiefschwarze Nacht. Selbst für einen Nomaden wäre der Staub nichts anderes gewesen als einer dieser Sandteufel, die schon mal von einer Windbö aufgescheucht werden und zu ihrer pfeifenden Melodie tanzen. Mit derselben Farbe überzogen, wie sie bei den Stealthbombern benutzt wurde, war der Apache sogar für die empfindlichsten Radaranlagen unsichtbar.

Nichtsdestoweniger schaltete Tommy auf Leiseflug, so daß die Rotoren so gut wie keinen Laut von sich gaben.

Auf dem Copilotensitz hinter ihm sprach Anna hastig in ihr Kehlkopfmikrofon: »Fünf Minuten bis zum nächsten Auftanken.«

Tommy nahm die Durchsage mit einem Nicken unter seinem Helm zur Kenntnis. Von nun an würde die Kommunikation sich auf ein Minimum beschränken.

Eisige Luft umströmte Anna plötzlich. Das Klappenventil der Heizungskontrolle stand weit offen. Mit einem behandschuhten Finger pulte sie Sandkörner aus dem Luftschacht, um das Ventil zu schließen, und im Cockpit herrschte wieder eine angenehme Temperatur.

Tommy suchte den Horizont durch seine Nachtsichtbrille ab und spürte, wie der Adrenalinspiegel in seinem Blut anstieg. Er schaute auf das Infodisplay, das so angebracht war, daß es mit einem Minimum an Augenbewegung zu betrachten war, wenn man auf Feindflug war. Ein rotes Licht blinkte. Sie hatten den Peilsender geortet, der zu den Benzinfässern gehörte.

Noch einmal inspizierte er durch die Brille das Gelände vor ihm. Die dicken Linsen des Helms verstärkten das vorhandene Sternenlicht und tauchten die Landschaft in ein seltsames Zwielicht. Jetzt sah er es, einen undeutlichen Fleck auf der rechten Seite. Es waren die Sandwälle, hinter denen die Fässer aufgeschlagen waren, die der Bomber abgeworfen hatte. Tommy ließ den Apache eine langsame Kurve fliegen und ging dabei fast bis auf den Wüstenboden hinunter, um auf jeden Fall in Deckung zu bleiben.

Über ihren Helmkopfhörer kontrollierte Anna ständig den irakischen Funksprechverkehr. Irgendwo im Norden meldete eine Flugabwehrstellung dem Hauptquartier, daß zur Zeit in ihrem Sektor keinerlei Aktivitäten festzustellen wären. Wenige Sekunden später gab die Besatzung einer Radarstation eine gleichlautende Meldung ab. Auf einem Sichtschirm sah Anna, daß die Station im Süden und in der Nähe der Grenze zu Kuwait lag.

Tommy begann einen Countdown, obgleich der Echoimpuls auf dem Videoschirm des Cockpits die verbleibende Entfernung bis zur Landung auf wenige Fuß genau angab. Auf einem Infrarotschirm leuchteten die Dünen schwach von der Sonnenwärme, die sie am vorangegangenen Tag absorbiert hatten.

Annas Instrumente signalisierten, daß Benzinfluß, Öldruck und Hydraulik sich im Bereich des Normalen bewegten. Der einzige Laut war das ständige elektronische Rauschen, das nur dann aufgefangen wurde, wenn sie direkt durch den Radarkegel flogen.

Das rote Licht hörte zu blinken auf, und der Apache landete.

Anna blieb an Bord und hielt sich bereit, die schweren Waffen des Hubschraubers einzusetzen, falls eine irakische Patrouille auftauchen sollte. Tommy rannte, von einem Sensor in der Hand geleitet, das kurze Stück bis zu den vergrabenen Fässern. Sobald das Signal konstant blieb, ließ er sich auf die Knie fallen und begann im Sand zu scharren und zu graben, bis seine Hände gegen einen Plastikschlauch stießen. Er zog daran, bis er ein paar Meter davon freigelegt hatte, danach schraubte er die Kappe an einem Ende ab. Er nahm den Schlauch in den Mund und saugte schnell, um die Luftblase zu entfernen. Flugbenzin drang in seinen Mund. Er spuckte es aus und rannte zum Apache zurück, wobei er den Schlauch hinter sich herzog und dann in die Tanköffnung schob.

Im Cockpit suchte Anna ständig die Gegend mit ihrer Nachtsichtbrille ab. Wohin sie auch blickte, alles war eben und leblos. Das einzige Geräusch war das Rauschen des Benzins, das in den Tank sprudelte.

Tommy konnte seinen Atem als weiße Fahne vor seinen Augen erkennen. Da seine Fliegerkombination nicht mehr an die Cockpitheizung angeschlossen war, begann er zu frieren. Sobald der Tank gefüllt war, verschloß er den

Schlauch mit der Kappe und vergrub ihn wieder im Sand. In den vergrabenen Fässern befand sich noch ausreichend Benzin für den Rückflug.

Unmittelbar danach stieg der Apache wieder auf und erzeugte mit seinen Rotorblättern einen kleinen Sandsturm. Als der feine Staub sich gesetzt hatte, entfernten sie sich zügig vom fernen silbrigen Schimmer des Golfs, der nun links von ihnen lag.

Zwei Gestalten trieben ihre Kamele durch das Flußbett, das an dieser Stelle die Grenze zwischen Iran und Irak bildete. Das Wasser unter ihren Füßen war nicht mehr als ein dünnes Rinnsal. Aber schon bald, wenn es regnete, würde daraus ein reißender Strom, der sie nach Süden und bis in den Golf mitnehmen würde. Hinter ihnen würde dieser Regen über dem Toten Gebirge als Schnee fallen.

Alim, der die Führung hatte, trug ebenso wie sein Sohn Sala einen grobgewebten Umhang, der durch Gurte um die Brust und die Beine festgehalten wurde. Ihre Köpfe waren mit schafswollenen *huptas* bedeckt, eigentümlichen Hüten, die sie beide als Angehörige der Sarami kennzeichneten, der ältesten der islamischen Sufi-Sekten. Ihr Fanatismus entsprach ihrem Ehrenkodex, der verlangte, daß eine Abmachung, sobald sie getroffen worden war, ausgeführt wurde, ganz gleich wie teuer es für den Ausführenden würde.

Obgleich ihre Kleidung nur wenig Schutz vor dem strömenden Regen bot, war ein Umkehren zu diesem Zeitpunkt undenkbar. Sie mußten etwas abliefern und sich von dem Fremden die zweite Hälfte des vereinbarten Entgelts holen.

Alim drehte sich zum x-ten Mal im Sattel um. Obgleich er Sala kaum erkennen konnte, sah er wohl, daß es dem Jungen mittlerweile noch schlechter zu gehen schien. Auch sein Husten hatte an Heftigkeit zugenommen. Am frühen Abend des vorangegangenen Tages hatten sie

Heka, seinen zweiten Sohn, zurückgelassen, der ebenfalls wegen dieses heftigen Hustens nicht hatte weiterziehen können. Der Husten hatte begonnen, nachdem sie die Bombe, die ziemlich genau dort, wo der Fremde es vorhergesagt hatte, vom Himmel gefallen war, unter den Ballons hervorgeholt und geborgen hatten. Die Ballons hatten sie vergraben und die Bombe auf Hekas Kamelsattel gepackt.

Er hatte zornig reagiert, als Heka, neugierig wie immer, eine bereits beschädigte Platte am unteren Ende des Gehäuses entfernt hatte und anschließend nicht mehr einsetzen konnte. Der Junge hatte sich mit dem Gesicht ganz dicht zu der Öffnung hinuntergebeugt und hineingeschaut. Der Husten war kurz darauf ausgebrochen. Gegen Abend war Blut aus seinem Mund gesickert, und auf seiner Haut hatten sich winzige Bläschen gebildet. Sie hatten versprochen, Heka auf dem Rückweg abzuholen und ihn zum *soma* zu bringen. Der Arzt der Sekte hätte sicherlich irgendeine Arznei, um diese seltsame Krankheit zu behandeln.

Mehrere Stunden lang versteckten sie sich mit den Tieren in einer Höhle und beobachteten, wie die iranischen Soldaten nach der Waffe suchten. Als sie damit keinen Erfolg hatten und mit ihren Lastwagen weggefahren waren, war Alim mit der Bombe auf Salas Kamel zur irakischen Grenze aufgebrochen.

Ihre Familie hatte diese Route jahrhundertelang für ihre Schmuggelunternehmen benutzt. Aber noch nie war er engagiert worden, um eine derart seltsame Waffe zu schmuggeln. Alim fragte sich, ob das der Grund dafür war, daß der Fremde, der schon im voraus gutes Geld bezahlt hatte, die doppelte Summe versprochen hatte, wenn er die Bombe am vereinbarten Punkt in der irakischen Wüste in Empfang nehmen könne. Aber eigentlich interessierte der Grund Alim nicht besonders – ein Job war eben ein Job.

Auf dem Radar des Apache entdeckte Tommy eine stählerne Straße, auf der sich winzige Echoimpulse bewegten. Er stieß einen halblauten Fluch aus. Ihrer Geschwindigkeit nach zu urteilen, waren die Signale Armeelastwagen. Er ließ den Hubschrauber in der Luft stehen und wartete, bis die Lastwagen vom Schirm verschwunden waren. Dann überquerte er mit voller Kraft den Fahrweg und ging in einen leichten Steigflug über, um mögliche Stromleitungen zu überfliegen. Jenseits der Straße brachte er den Helikopter wieder herunter, bis die Spitzen der Rotoren beinahe den Boden zu berühren schienen.

Sie erreichten den nächsten Tankstop ohne Zwischenfall. Zehn Minuten später befanden sie sich schon wieder in der Luft. Nach zwei weiteren Zwischenlandungen überquerten sie die ersten Gebirgsausläufer, wodurch der Apache gezwungen wurde, auf größere Flughöhe zu gehen.

Sie hatten eine Strecke von fünfhundert Meilen zurückgelegt, und zu ihrer Linken erschien ein rosiges Leuchten am Himmel. Tommy zog die Landkarte auf seinem Schoß zu Rate. Das Leuchten war die iranische Hafenstadt Basra. Er warf einen Blick auf das Armaturenbrett. Es bestätigte ihm, daß sie auf dem richtigen Weg und genau in der Zeit waren.

Nachdem er weiträumig eine Wüstenoase umflogen hatte, steuerte er auf den Euphrat zu, überflog den Fluß unbehelligt und landete erneut zum Nachtanken. Je weiter er nach Norden vordrang, desto höher wurden die Berge, so daß er in den Wadis zwischen ihnen hindurchfliegen konnte. Nach einer weiteren Flugstunde erschien auf dem Radar eine wuchtige Masse, die fast die gesamte Breite des Radarschirms einnahm. Es war der Granit des Toten Gebirges, dessen schroffe Felsnadeln ohne irgendwelche Symmetrie oder Schönheit aufragten, als hätte Gott damit begonnen, sie zu formen, um die Arbeit mittendrin abzubrechen und mit etwas Neuem zu beginnen, das ihm mehr Erfolg versprach.

Während der Einsatzbesprechung hatte der Offizier des militärischen Geheimdienstes sich recht unverblümt geäußert: Wenn man hinter das Gebirge gelangen wollte, gab es nur zwei Möglichkeiten: Entweder man überflog es oder man entschied sich für die ›Höhlenroute‹. Tommy hatte fast eine Stunde am Telefon verbracht, um die Angelegenheit mit Morton in Washington, der selbst einmal die Höhlenroute geflogen war, zu besprechen. Das wichtigste, so hatte der Colonel gesagt, wäre, nicht die Nerven zu verlieren. Wenn man sich einmal entschieden hatte, gab es kein Zurück mehr.

Tommy hüpfte über das nächste Wadi und hielt entschlossen auf die Berge zu.

Der Regen hatte aufgehört, aber der Boden war aufgeweicht und stellenweise wie ein unergründlicher Sumpf. Von Zeit zu Zeit stießen die Hufe der Kamele knirschend auf alte Flaschen und Getränkedosen. Alim wußte, daß in dieser kargen Einöde auch der leiseste Laut viele hundert Meter weit zu hören war. Aber er hoffte darauf, daß die Iraker ihre Patrouillen nicht so weit nach Osten schickten.

Hinter ihm hustete Sala wieder.

»Kannst du noch?«

»*El hamda l'illah*«, krächzte Sala. »Ich bete zu Gott, daß es nicht schlimmer wird.«

»Noch ein kleines Stück, und wir können wieder eine Rast einlegen«, versprach Alim.

Seit sie den Fluß hinter sich gelassen und die Grenze überquert hatten, waren wegen Salas Zustand zwei unplanmäßige Pausen eingelegt worden. Sie wanderten jetzt eine ganze weitere Stunde, ehe sie die Mündung eines Wadis erreichten. Auf seinem Grund stand das verfallene Gebäude, das als Rastplatz auf der Schmuggelroute diente.

Alim half Sala vom Kamel herunter und brachte ihn in das Gebäude. In einer Ecke eines Zimmers lagen ein Sack mit Eßkonserven und Flaschen mit Trinkwasser, die er bei seiner letzten Tour dort zurückgelassen hatte. Mit seinem Messer öffnete er eine Dose und schob sich mit den Fingern ein paar Stücke Fisch in den Mund. Er hielt Sala einladend die Dose hin.

»Mir ist im Augenblick nicht nach Essen«, erklärte Sala nach einem heftigen Hustenkrampf. Hier in dem Gebäude war dieses Geräusch noch lauter, prägnanter. Alim strich mit einer Hand über das Gesicht seines Sohns, berührte die Blasen und fragte sich, was die Haut seiner beiden Söhne so furchtbar verbrannt haben konnte.

»Bleib hier und ruh dich aus«, befahl er. »Ich gehe allein weiter. Es ist ja nicht mehr weit.«

Sala nickte dankbar und kauerte sich auf den Boden.

Alim schob den Sack mit den Konservendosen und eine Wasserflasche in Salas Reichweite, dann ging er nach draußen, um die Bombe vom Kamel seines Sohns auf sein eigenes umzuladen. Nachdem er in den Sattel gestiegen war, trieb er das Tier an, aufzustehen, und in zügigem Trab entfernte er sich von dem Gebäude. Bald schon war Salas Husten nicht mehr zu hören. Er spürte die Stabilisierungsflossen der Bombe, die schmerzhaft gegen seinen Bauch drückten …

Tommy warf einen Blick auf die Landkarte und zog den Helikopter leicht nach rechts, damit er zwischen zwei Felssäulen hindurchfliegen konnte. Dahinter erstreckte sich ein unwirtliches Gelände aus unbewohnten Tälern und tiefen Schluchten.

Der Colonel hatte erzählt, daß der erste König von Babylon in dieser Wildnis den Verstand verloren hätte und die Heere der Philister, Phönizier und Römer hier umgekommen wären. Tommy glaubte ihm aufs Wort. Er spürte, wie die Drohung dieser Landschaft körperlich spürbar durch die Gläser seiner Nachtsichtbrille drang.

Zum erstenmal hatte er keine Bedenken, die Funkstille,

die bisher im Cockpit geherrscht hatte, zu durchbrechen. »Anna, halten Sie Ausschau nach einer Schlucht, die nach einem Geröllhang in die Berge hineinführt. Die Mündung dieser Schlucht müßte sich in etwa zweihundert Metern Höhe über Grund befinden.«

Sie legte das Gesicht auf den Sichtschacht des Radargeräts, um ihre augenblickliche Position mit den Koordinaten zu vergleichen, die vor dem Start zu diesem Flug ins Navigationssystem des Hubschraubers eingegeben worden waren. Sie gab ihm laut entsprechende Anweisungen.

»Nach links auf die Felsblöcke zu.«

Tommy ließ den Apache auf den Hügel zu kriechen.

»Rechts, rechts … zweihundert Fuß … fünf hoch.«

Der Helikopter glitt über die Felsblöcke hinweg, wobei er um fünfzig Fuß stieg.

»Weiter nach links«, verlangte Anna.

Tommy gehorchte.

»Tempo drosseln … eine Felswand voraus.«

Durch Tommys Brille gesehen, standen die Berge so dicht, daß sie die Sicht auf den Himmel versperrten.

»Tempo noch mehr drosseln …«

»Sechzig Knoten«, meldete Tommy.

»Gut, gut. Nach links«, sagte Anna ruhig.

Der Apache schwebte an der Felswand entlang.

»Hundert nach oben …«

Der Helikopter stieg.

»Stop. In dieser Höhe bleiben.«

Der Apache blieb in der Luft stehen.

»Weiter fünfzig höher.«

Sie schwebten an der Felswand entlang nach oben.

»Links, links …«

Tommy sah den Geröllhang, ein Durcheinander von Felsbrocken und -platten, das sich über das unwegsame Gelände ergoß.

»Langsamer Steigflug«, befahl Anna.

Der Apache kroch über dem Geröll langsam aufwärts.

»Ich sehe sie!« meldete Tommy.

Vor ihnen brach die Geröllhalde an einem Spalt in der Felswand plötzlich ab. Die Öffnung sah aus, als wäre sie nicht breiter als gut dreißig Meter. Der Colonel hatte gesagt, daß der Spielraum zum Manövrieren für den Apache recht knapp sei.

Behutsam schob Tommy den Helikopter näher zu dem Felseinschnitt und änderte dann die Stellung der Rotorflügel, so daß der Helikopter vor der Höhlenöffnung schwebend verharrte. »Ich schalte auf die Sensoren um«, entschied er.

Von jetzt an würde der weitere Weg des Hubschraubers von den beiden schwarzen Kästen überwacht, die zu beiden Seiten des Rumpfs angebracht waren. Sie waren von Danny eigenhändig auf dem Stützpunkt bei den Saudis überprüft worden und stellten eine der zahlreichen Zusatzeinrichtungen dar, die man dem Apache verpaßt hatte.

»Echolot eingeschaltet«, bestätigte Anna.

Der Apache drang in die Schlucht ein. Die einzigen Geräusche waren das ständige Klingeln des Echoimpulses, der von den umliegenden Felsen reflektiert wurde, und das ständige Pfeifen der Rotoren.

»Nach links – zehn Fuß«, sagte Anna. Auf dem digitalen Computerschirm war zu sehen, daß sie auf der rechten Seite zu dicht an die Felswand herangeraten waren.

Tommy korrigierte sofort seine Position und lenkte den Helikopter immer tiefer zwischen die rechts und links aufragenden Felsmassen.

»Fünfzehn höher«, sagte Anna. Die Sensoren hatten eine größere Erhebung ausgemacht.

Der Helikopter schwang sich hinüber.

»Neunzig Fuß geradeaus. Dann die erste Biegung«, sang Anna. Auf dem Computerschirm wurde sie von dem dreidimensionalen Bild dessen, was vor ihnen lag, geleitet.

Die Vibrationen des Motors erschütterten loses Geröll und Schotter, so daß sich kleine Lawinen in die Schlucht ergossen. Wenn auch nur ein kleiner Stein zwischen die Rotoren gerät, werden wir unweigerlich abstürzen, dachte Tommy.

Das Klingeln veränderte seine Lautstärke, als die Impulse von hinter der Biegung zurückkamen. Tommy ließ den Helikopter um die Biegung herumkriechen, und sein Gefühl des Eingesperrtseins nahm zu.

»Einhundertdreißig bis zur nächsten Biegung«, sagte Anna an.

Den Blick starr auf den Streckenmesser seiner Instrumententafel gerichtet, steuerte Tommy sie durch den Gang und in die nächste Biegung.

»Zweihundert Fuß«, fuhr Anna fort. »Dann vierzig runter.«

Tommy brauchte drei Minuten, um den ersten Teil des Manövers zu absolvieren.

»Gut, gut«, hauchte Anna. »Und jetzt zum gemütlichen Teil.«

Langsam und stetig begann der Apache zu sinken.

»Die Höhlenöffnung müßte links von Ihnen erscheinen, und zwar ... jetzt!« flüsterte Anna.

Tommy fühlte sich wie ein Zwerg angesichts der Ungeheuerlichkeit der Felsmassen auf allen Seiten. In diesem Moment sah er es: die Decke der Höhle.

»Das Echo mißt fünfzig Fuß tief und achtzig breit«, sagte Anna.

Ringsum demnach zwölf Fuß Abstand. Es wäre so ähnlich, als manövrierte man mit einem Hubschrauber zu Hause in der guten Stube herum.

»Ich richte ihn aus«, sagte Tommy. Er lenkte den Helikopter so, daß er genau in der Mitte der Höhlenöffnung schwebte.

»Ist etwas auf dem Schirm zu sehen?« erkundigte er sich.

»Ich überprüfe noch«, entgegnete Anna. Kurz vorher hatte sie eine elektronischen Sonde – ein weiteres von Dannys Zusatzspielzeugen – in die Höhle geschickt. Nun kam das Signal zurück. Es schien kein Hindernis zu geben.

»Schalten Sie auf Infrarot«, bat Anna.

Die Öffnung der Höhle war in ein rotes Licht getaucht, das zu zucken und zu flimmern schien, als hätte es ein eigenes Leben.

»Willkommen in Disney World«, murmelte Tommy.

Obgleich der Colonel ihn gewarnt hatte, hatte er dies nicht erwartet. In dem Tunnel nach der Höhlenöffnung hingen kleine Lebewesen zuckend und flatternd an der Decke. Fledermäuse. Während der Apache sich ihnen näherte, füllte sich das Cockpit mit einem fast unerträglichen Gestank. In der Höhle scheuchte das Klingeln des Echolots die Fledermäuse auf und stachelte sie zu sinnloser Raserei an.

»Fünf runter«, sagte Anna.

Der Helikopter sank ein wenig dem Boden der Höhle entgegen, wo die haarlosen Jungtiere lagen und einen Teppich aus blindem Fleisch zwischen Exkrementhaufen bildeten.

»Volle Abwehr«, sagte Anna.

Die umfangreiche elektronische Ausrüstung des Apache begann eine abschreckende Reihe von Signalen auszusenden, um die Zehntausende Kreaturen abzuwehren, die sich bereits dem Helikopter entgegenwarfen. Die Luft war erfüllt mit unaufhörlichen entsetzlichen Schreien. Die Windschutzscheibe war blutüberströmt, als die Fledermäuse gegen das bruchsichere Perspex anstürmten.

»Zwanzig Fuß geschafft. Noch achtzig zurückzulegen!« rief Anna. Sie spürte, wie ihre Haut sich zusammenzog. Zu beiden Seiten lagen Millionen von Fledermausschädeln und Gerippen auf jedem Vorsprung, Felsen und in jeder Nische.

»Sie weichen zurück«, meldete Tommy.

Überall flüchteten die Fledermäuse und nahmen ihre Jungen mit. Das Funkeln ihrer Augen war wie ein Meer von Millionen glühender Kohlen. Der Apache drang tiefer in die Höhle ein. Der Fäulnisgestank wurde intensiver.

Anna biß sich auf die Zunge. Die Wände auf beiden Seiten schienen sich zu bewegen. Das mußten die Spinnen sein, vor denen David gewarnt hatte. Die aufgedunsenen, schwarzen Tiere bewegten sich in dicht gestaffelten Reihen, wobei ihre langen mit Gelenken versehenen Beine gegeneinanderrieben und die Mandibeln suchend zuckten. Sie verschlangen die Fetzen Fledermausfleisch, die vom Hubschrauber herabfielen.

»Noch vierzig«, gab Anna durch.

Tommy fluchte laut. Die Fledermäuse, die von den Rotoren zermanscht wurden, verklebten die Sensoren. Er steigerte die Lautstärke. Das Klingeln setzte wieder ein.

Die Fledermäuse setzten ihre Attacken gegen den Hubschrauber fort und schrien noch lauter, falls das überhaupt möglich war.

»Fünf nach rechts«, rief Anna beschwörend.

Tommy bewegte den Steuerknüppel ein winziges Stück. Der Apache schwang herum und sackte durch. Die Rotoren schienen verklebt zu sein. Tommy erhöhte erneut die Lautstärke.

»Zwanzig Fuß bis zum Ausgang«, sagte Anna.

Tommy starrte voraus. Die Luft schien nur noch aus Fledermäusen zu bestehen. »Dann los«, sagte er und ging auf volle Motorleistung.

Der Apache schnitt eine breite Schneise durch die Fledermauswolken und ließ die Höhle hinter sich. Sie flogen etwa eine Viertelmeile weit die Schlucht hinunter, ehe sie sich zu einer mit Geröll übersäten Ebene öffnete. Der Stealthbomber hatte das letzte Treibstofflager am anderen Ende abgeworfen.

»Dazu kann ich nur eins sagen ...«, setzte Tommy an.

»Ich auch«, schloß Anna sich ihm an.

»Daß wir auf keinen Fall auf diesem Weg zurückfliegen«, sagten sie gemeinsam.

Alim hatte zu husten angefangen, kurz nachdem der Wind wieder aufgekommen war, ihm mit neuer Kraft entgegenwehte, ihm Sand ins Gesicht schleuderte und seinen

Geist einzufrieren schien und ihm das Denken zu einer Qual machte.

Indem er sich an den Hügeln orientierte, die er soeben passiert hatte, rechnete er sich aus, daß er noch etwa drei Stunden Weg vor sich hatte, bis er mit dem Fremden zusammenträfe. Aber er begann sich immer öfter zu fragen, ob er pünktlich eintreffen würde. Immer öfter mußte er nun anhalten, um sich von einem neuen Hustenanfall zu erholen. Während der letzten Pause hatte er mit einem Finger sein Gesicht abgetastet. Seine Haut war ebenfalls mit Blasen übersät. Er hatte eine zerdrückt und die austretende Flüssigkeit gekostet. Es war Blut.

Jetzt, vor einem kurzen Moment, war sein Husten so schlimm gewesen, daß er beinahe aus dem Sattel gestürzt wäre. Er hatte es nur verhindern können, indem er sich reflexartig an die Stabilierungsflossen der Bombe geklammert hatte.

Den Kopf bis auf die Brust gesenkt und sich mit dem Oberkörper an das Bombengehäuse lehnend, lenkte Alim das Kamel durch die Dunkelheit.

Dreiundzwanzigtausend Meilen über dem Reittier und seiner Last funktionierte der Halo-Satellit, der während seiner Reise von Bagdad nach Teheran außer Betrieb gesetzt worden war, wenigstens noch in einem Punkt – das System, mit dem er Informationen aufzeichnete, war intakt und arbeitete auch.

Stundenlang hatte seine technische Anlage ausschließlich den gleichen breiten Streifen der irakischen Wüste fotografiert, aber weil seine Sensoren darauf programmiert waren, nur ganz spezielle Daten zu übermitteln – wie zum Beispiel Truppenbewegungen oder die Hitzestrahlung einer Scud-Rakete im Aufwärmmodus –, entwickelten sie nicht die Bilderserien von der Region.

Als jedoch das Kamel und sein Reiter in den Beobachtungskegel des Satelliten eintauchten, wurde das Bilderzeugungssystem des Satelliten aktiviert. Rezeptoren fingen die Milliarden Energiepartikel auf, die von dem Mann und dem Kamel durch den Verlust an Körperwärme freigesetzt wurden, und speisten sie ständig in die an Bord befindlichen Spektrometer ein, um ›Bilder‹ zu erzeugen. Diese wurden danach in eine fotoelektronische Röhre eingespeist, die sie in Infrarotbilder umwandelte, die zu einem Scanner übertragen, digitalisiert, verschlüsselt und analysiert wurden. Ein zweiter Scanner konzentrierte sich nur auf jene Teile, die er eingehender untersuchen sollte.

Indem er Kamel und Reiter ignorierte, widmete der Scanner sich dem unbelebten Objekt auf dem Rücken des Tiers und identifizierte es als eins von sieben Millionen, die in seinem Gedächtnis gespeichert waren. Der Scanner produzierte einen Digitalausdruck und schickte ihn auf eine lange Reise durch den Weltraum, die schließlich in einem großen, fensterlosen zweistöckigen Betonbau in Fort Belvoir, einer Dienststelle der NSA in einem Vorort von Washington, endete. Der Digitalcode wurde sofort in hochaufgelöste Bilder umgearbeitet, die auf mehrere Bildschirmreihen geschaltet wurden. Sensoren, die damit in Verbindung standen, erkannten die Bedeutung der Bilder, so daß sie sie mit den Initialen SD – Sehr Dringend – versahen.

Die Bilder wanderten nun durch das elektronische Netzwerk der amerikanischen Geheimdienste. Dabei landeten sie zuerst auf dem Bildschirm von Konteradmiral Stanway.

Er las gerade einen Bericht, als ein Signal auf das Eintreffen der Bilder auf dem Monitor aufmerksam machte. Nachdem er die Fotos einige Sekunden lang betrachtet hatte, drückte Stanway mit der einen Hand auf einen Knopf an seinem Telefon und hämmerte mit der anderen auf die Tasten seines Keyboards.

»Mr. Gates«, sagte Stanway ins Telefon. »Sehen Sie sich sofort an, was gleich auf Ihrem Bildschirm erscheint. Und sagen Sie Morton Bescheid.«

Auf Tommys Cockpit-Radar sah der Boden unter dem Apache wie eine Mondlandschaft aus, aufgewühlt von Kratern und Fahrzeugspuren. Es hätte ebensogut ein Testgebiet für Scud-Raketen oder ein Schlachtfeld aus dem Golfkrieg sein können.

Den Blick starr auf ein Oszilloskop gerichtet, murmelte Anna in seinem Helmlautsprecher: »Noch immer keine Spur. Es ist unheimlich.«

Eine volle Stunde war verstrichen, seit sie die Ballons auf dem Schirm lokalisiert hatte. Obgleich sie unter dem Geröll vergraben waren, hatten sie Gammateilchen abgestrahlt, die auf dem Oszilloskop in Form von Wellenlinien erschienen waren. Tommy war gelandet, und sie hatten Schutzanzüge übergestreift und Atemgeräte angelegt. Sie hatten die Ballons in einen mit Aktivkohle gefütterten Sack gestopft, damit die Partikel nicht entweichen konnten, und diesen dann in einem Fach hinter dem Cockpit verstaut.

Dann hatten sie die Suche nach Bodors Bombe wieder aufgenommen. Bisher war der Apache ohne Erfolg hin und her geflogen, wobei er immer weiter auf irakisches Gebiet vordrang, ehe er umkehrte.

»Weshalb haben die Iraner diese Ballons zurückgelassen?« fragte Tommy, während er mit dem Helikopter eine von Höhlenöffnungen durchlöcherte Felswand ansteuerte. »Und diese Spuren müssen von der Bombe stammen. Demnach muß sie undicht sein. Trotzdem ist sie spurlos verschwunden.«

»Oder wir haben ganz einfach am falschen Ort gesucht«, sagte Anna.

Tommy gab einen ungehaltenen Laut von sich. »Wo soll denn der richtige Ort sein, um mit der Suche zu beginnen?«

»Wir haben ihn schon gefunden!« rief Anna aufgeregt. »Ich erhalte ein positives Signal. Es kommt von dort drüben ... links von uns ... aus einer der Höhlen ...«

Tommy lenkte den Apache noch näher an die Felswand

heran. Hinter ihm betätigten Annas behandschuhte Hände in fließenden Bewegungen die Kontrollen, justierten die Empfindlichkeit des Oszilloskops und bereiteten den Wärmestrahlungssucher vor. »Sie sind genau davor!« rief sie.

Tommy ließ den Apache direkt vor einer gezackten Öffnung in der Felswand in der Luft stehen.

»Ich messe jetzt«, sagte Anna.

Der Infrarotsucher erforschte die Höhle und zeichnete ihre Räumlichkeiten auf einen Schirm vor ihr. Die Decke der Höhe war etwa so hoch wie ein Haus, ging in einen Trichter über, der sich im Felsen verlief. Die Wände bestanden aus Granit, der vom äonenlangen Wind, den der Sand dagegen geblasen hatte, glattgeschliffen worden war. Auf dem Boden lagen verstreute kleinere Steine und Schieferplatten.

»Wir haben ganz eindeutig etwas gefunden«, murmelte Anna. Dünne Linien waren auf dem Schirm erschienen. »Die Intensität der Strahlung ist zu niedrig für die Bombe selbst. Aber sie muß hier gewesen sein.«

»Vielleicht haben sie sie hier gelagert, während sie den Start und ihren Abschuß vorbereiteten.«

»Die Stelle ist gute drei Meilen von dort entfernt, wo wir die Ballons gefunden haben«, erinnerte Anna ihn, wobei sie den Blick nicht vom Bildschirm löste. In einer Ecke tauchten Umrisse auf. Sie ließ sich von der Sonde eine Nahaufnahme übermitteln. Auf dem Bildschirm erschien etwas, das aussah wie ein Bündel Lumpen. Sie sprach hektisch in ihr Kehlkopfmikrofon: »Tommy, ich glaube, in der Höhle ist jemand.«

Sie hörte, wie Tommy einen Schalter betätigte, dann sah sie die Waffenkontrolltafel aufleuchten, während er die Maschinenkanone des Apache auf den Höhleneingang richtete.

»Nicht schießen!« sagte Anna beschwörend. »Bringen Sie uns ein Stück zurück. Dann gehen wir hin und sehen nach.«

Tommy bewegte den Steuerknüppel, so daß der Apache sich rückwärts fliegend von der Felswand entfernte, und landete auf einem mit Schiefergeröll bedeckten Feld, gut hundert Meter von der Höhle entfernt. Dann, erneut in Schutzkleidung gehüllt und mit Atemgeräten ausgestattet – Tommy hatte außerdem noch eine Uzi schußbereit in der Hand, während Anna sich für einen handflächengroßen Detektor und eine Taschenlampe entschieden hatte –, kehrten sie zu der Höhle zurück und blieben am Eingang stehen, während Anna ihren Detektor hin und her schwenkte.

»Wir können reingehen. Die Werte sind kaum meßbar«, sagte sie.

Tommy stellte an der Maschinenpistole den Sicherungshebel auf Dauerfeuer, und sie betraten die Höhle. Vorerst hörten sie als einziges Geräusch ihre Atemzüge durch die Atemgeräte. Nach ein paar Schritten deutete Anna nach rechts. Tommy nickte und schwenkte die Uzi in diese Richtung.

Anna knipste die Taschenlampe an, und der grelle Lichtstrahl traf den Araber mitten im Gesicht. Tommy ließ die Maschinenpistole sinken. »Du meine Güte! Was hat den denn so zugerichtet?« flüsterte er entsetzt.

Das Gesicht des Arabers war eine Masse aus großen Blutblasen, von denen viele geplatzt waren. Sie bedeckten seine Augen, wuchsen aus seinem Mund und hingen wie obszöne Pendel von seinen Ohrläppchen herab. Er hatte seinen rauhen Umhang zerrissen, um an die Blasen auf seiner Brust heranzukommen. Doch die Haut bestand nur noch aus blutigen Fetzen.

»Er kann noch nicht lange tot sein«, stellte Anna fest und ließ den Lichtstrahl der Lampe mit beinahe übertriebener Sorgfalt über seinen Körper wandern. »Die Totenstarre scheint noch nicht eingesetzt zu haben.«

Tommy schaute sie fragend an. »Meinen Sie, diese Strahlungen haben das bewirkt?«

Anna kam näher, dann ging sie in die Hocke, um den

Teststrahl auf gleiche Ebene mit dem Körper zu bringen, der an der Höhlenwand zusammengesunken war. Langsam führte sie den Detektor an der Leiche entlang.

Tommy wartete und schwieg.

Ohne Eile beendete sie ihre Überprüfung, richtete sich auf und tastete schließlich den Araber an den Armen und in den Achselhöhlen ab.

»Es war keine Strahlung, die seinen Tod bewirkt hat«, entschied sie. »Es gibt keine Knoten, und die Lymphdrüsen sind nicht geschwollen.« Sie trat zurück.

»Und was war es nun?« fragte Tommy.

»Im Idealfall würde ich Gewebeproben entnehmen. Aber ehe wir damit zum Stützpunkt zurückgekehrt sind, dürften sie wertlos sein«, sagte Anna. »Aber ich bin ziemlich sicher, daß er einer Überdosis Ozon ausgesetzt war.«

Tommy sah sie erschrocken an. »Was, *hier*?«

»Nicht unbedingt. Es könnte auch oben in den Bergen passiert sein. Auch eine kleine Blase mit hoher Konzentration könnte ausreichen. Nur ein paar Atemzüge können durchaus eine solche Wirkung haben.«

Tommy blickte zur Höhlenöffnung. »Vielleicht sind Bodor und die anderen in dieselbe Blase geraten? Sie könnten demnach ebenfalls irgendwo da draußen liegen – mausetot wie der hier.«

Anna ließ den Lichtstrahl über den Höhlenboden wandern. Er war aufgewühlt und voller Trittspuren. »Kamele«, entschied sie. »Der Anzahl der Abdrücke nach zu schließen, müssen es mindestens drei gewesen sein.«

»Würden die denn nicht auch vom Ozon in Mitleidenschaft gezogen?«

»Nein«, erwiderte Anna. »Sie sind durch ihr Immunsystem geschützt.«

Tommy nickte. Anna kannte sich auf ihrem Arbeitsgebiet aus. Er betrachtete den toten Araber. »Wenn wir diese Kamele finden, dann haben wir auch die Bombe – vielleicht«, meinte er.

Anna ging bereits zum Höhlenausgang und hielt den

Detektor vor sich. Draußen schritt sie langsam weiter. Tommy folgte ihr. »Ich erhalte noch immer irgendwelche Werte«, sagte sie. »Viel schwächer als in der Höhle, aber jemand hat die Bombe zu dieser Scharte zwischen den Felsen gebracht.«

Sie erreichten den engen Einschnitt in den Felsen.

»Hier werden die Reaktionen wieder stärker«, stellte Anna fest, während sie in den Einschnitt gelangten. »Wahrscheinlich liegt es daran, daß die Emissionen vom Gestein auf beiden Seiten reflektiert wurden.«

Vom Ende des schmalen Gangs drang lautes Rauschen zu ihnen. Als sie aus dem Einschnitt traten, sahen sie unter sich einen reißenden Strom.

»Den haben sie unmöglich überqueren können«, meinte Tommy.

Anna ging bis ans Wasser und schritt dann am Ufer hin und her, ehe sie zu Tommy zurückkehrte. »Sie haben ihn ganz bestimmt überquert. Es gibt weder links noch rechts irgendwelche Spuren.« Anna blickte hinauf in die Berge, dann kehrte ihr Blick zum Wasser zurück. »Diese Flut kann auch durch die Schneeschmelze ausgelöst worden sein. Möglich, daß sie auf die andere Seite gelangt sind, ehe das Wasser hier war.«

Tommy spähte auf die andere Seite des Flusses, dann drehte er sich zu Anna um. »Auf der anderen Seite beginnt irakisches Gebiet. Aus welchem Grund sollten die Iraner die Bombe dorthin bringen?«

»Angenommen, es waren keine Iraner, oder zumindest keine regulären Armeesoldaten? Vielleicht Kurden oder Schmuggler? Jemand, der die Chance ergriff, ein paar schnelle Dollars zu verdienen, indem er die Bombe den Irakern verkaufte«, sagte Anna.

Tommy wiegte skeptisch den Kopf. »Eine lecke Bombe ...«

»Und wenn sie keine Ahnung hatten, daß sie leckte?«

»Warum suchen wir nicht nach ihnen?«

Er sah, wie Anna hinter dem Visier ihres Schutzhelms

lächelte. »Ich dachte schon, Sie würden es niemals aussprechen, Tommy.«

Zwanzig Minuten später, nachdem sie die Tanks aufgefüllt hatten, überflog der Apache den Fluß und drang auf irakisches Territorium vor. Indem Anna sich auf das Oszilloskop konzentrierte, gab sie Tommy den Flugkurs an.

Er verspürte eine ähnliche Erregung wie damals, als er zum erstenmal mit einem Helikopter der Hong Kong Police von Kowloon aus gestartet war. Perfektes Tränengaswetter, hatte der Patrouillenführer gemeint, als sie sich auf die Suche nach einer der zahlreichen Triadendschunken machten, die aus den New Territories Drogen herüberbrachten. Sie waren zur Basis zurückgekehrt, ohne einen Schuß abgefeuert zu haben. Seine Zeit in Hong Kong war im großen und ganzen genauso ereignislos verlaufen.

Er schob seine Nachtsichtbrille zurecht. Vor ihm nichts als meilenweite eintönige Wüstenlandschaft. Er warf einen Blick aufs Instrumentenbrett. Die Uhr zeigte kurz nach Mitternacht an. Die Grenze lag jetzt schon ein gutes Stück hinter ihnen.

Anna beugte sich näher zum Schirm vor. »Eine Art Gebäude etwa drei Meilen voraus. Die Spuren führen genau dorthin.«

»Ich kann es sehen«, bestätigte Tommy. Durch seine Brille sah das Gebäude aus wie eine Nomadenhütte. Er spielte mit dem Steuerknüppel, konzentrierte sich, wurde zu einem einzigen aufmerksamen Auge, das alles sah, dem nichts entging. Die Waffenbedienung war wieder aktiviert, wie Anna mit einem Seitenblick feststellen konnte.

Eine Meile von der Hütte entfernt, flog Tommy mit dem Apache eine weite Kurve, die weit hinter der Hütte endete. Nichts, nicht einmal eine Reifenspur war im Sand zu erkennen. Zwei weitere Male umkreiste er die Hütte, während Anna durch das Sichtgerät spähte.

»Es sieht so aus, als hätten wir da drin schon wieder eine Person gefunden«, sagte sie leise.

Wenige Minuten, nachdem sie gelandet waren, beugten sie sich über die Leiche Salas, dessen Haut mit den gleichen schrecklichen Blasen bedeckt war wie die seines Bruders Heka in der Höhle.

Tommy stieß mit dem Lauf seiner Uzi gegen den Sack und fand die Konservendosen und die Wasserflaschen. »Warum hat der letzte die Sachen nicht mitgenommen?« fragte er.

»Vielleicht war das nicht nötig.« Anna hielt inne. »Vielleicht hatte er es nicht mehr allzu weit, so daß er keine Verpflegung nötig hatte.«

Sie ließen die Leiche genauso liegen, wie sie sie gefunden hatten, und eilten zum Apache zurück.

Wind war aufgekommen und wirbelte Sandwolken auf, die die Sicht beeinträchtigten. Der Helikopter drang tiefer in den Irak ein, überflog endlos weite Sandflächen, die von Hügeln unterbrochen wurden. Dabei entfachten die Hubschrauberrotoren zusätzliche Sandwirbel.

»In einer Meile habe ich eine Wärmequelle, wahrscheinlich ein menschlicher Körper«, meldete Anna.

Tommy zog den Steuerknüppel nach hinten, und der Apache schwebte langsamer weiter.

»Ich habe Sichtkontakt«, rief Tommy. Es sah aus wie ein weiteres Lumpenbündel. Durch seine Brille wirkte die Landschaft wie das Negativ eines Schwarzweißfotos. Das Bündel lag in einem schmalen Wadi. Er hüpfte über seinen Uferwall und setzte den Apache behutsam in den Sand. Er blieb in der Kanzel sitzen, während Anna mit dem Detektor in der Hand losrannte. Er sah, wie sie sich hinkauerte, kurz darauf aufrichtete und zurückkehrte.

Als sie berichtete, verriet ihre Stimme eine Anspannung, die vorher noch nicht dagewesen war. »Es ist unser dritter Araber. Überall Blasen.« Anna atmete tief durch. »Die Bombe dürfte ein Ozonkonzentrat enthalten, das der Atomzünder verteilen sollte. Wie Sie gerade meinten – wenn wir das Kamel finden, haben wir die Bombe.«

Tommy suchte mit seiner Brille die Umgebung ab, als

erwartete er, tatsächlich zu sehen, was sie suchten. »Sollen wir weitersuchen, Anna?«

Er hörte sie über das Interkom seufzen. »Es hat keinen Sinn. Wir müssen schnellstens zurück hinter die Grenze, ehe uns eine irakische Patrouille entdeckt. Je eher wir nach Saudiarabien zurückkehren und melden, was wir erfahren haben, um so besser. Sollten irgendwelche Iraker auf die Bombe stoßen, dürften sie schon bald tote Iraker sein.«

Die Kamera des Halo-Satelliten filmte das einsame Kamel und seine tödliche Last. Die Bilder wurden nach Fort Belvoir gesendet, von wo sie zuerst in Konteradmiral Stanways Büro und dann auf den Bildschirm auf Gates' Schreibtisch gespielt wurden.

Erst als das Kamel den Beobachtungskegel des Satelliten verließ und die Bilder verblaßten, wandte Morton sich vom Bildschirm ab und ging hinüber zu der Landkarte, auf der er vorher die abgeworfenen Benzindepots mit Fähnchen markiert hatte. Er nahm weitere Fähnchen aus einer Box.

»Ich brauche die Koordinaten des Satelliten«, sagte er zu Gates.

Während Gates sie vorlas, markierte Morton mit den Fähnchen eine weitere Linie auf der Karte, die von der iranischen Grenze ins irakische Gebiet hineinreichte. Er klopfte mit dem Finger gegen das letzte Fähnchen, das er eingesteckt hatte, fuhr dann mit dem Finger über die Karte, als würde er die Linie fortsetzen, und hielt inne. Er sagte über die Schulter zu Gates: »Wenn das Kamel seinen Kurs beibehält, landet es irgendwann in Babylon.«

»Ist mir vielleicht irgend etwas entgangen? Ich wüßte nicht, was das bedeuten könnte ...«

Morton lächelte und wurde gleich wieder ernst. »Kö-
nen Sie sich noch daran erinnern, wie Schwarzkopfs
ten während des Golfkriegs versucht haben, S
Reservehauptquartier zu zerstören? Selbst ihre i

ten Bomben konnten nicht mal das Dach ankratzen. Genau dorthin ist das Kamel unterwegs.«

## NEUNUNDZWANZIG

Von Ignatius Baileys Bürofenster aus betrachtet, verlieh der Sonnenaufgang Meridian einen geradezu unirdischen Glanz. Nur der Turm der First National Bank ragte aus dem Dunst. Auf den Schnellstraßen herrschte noch spärlicher Verkehr.

Es war sechs Uhr morgens, und Ignatius Bailey hielt sich bereits seit einer Stunde in seinem Büro auf. Er erledigte seine geheimsten Arbeiten immer um diese Uhrzeit. In den vergangenen sechzig Minuten hatte er alle Verbindungen zu denen gekappt, die er benutzt hatte, um seine Pläne zu verwirklichen. Mit Hilfe seines Computers und eines Modems war er in die sichersten Datenbanken eingedrungen, um alle belastenden Hinweise zu löschen. Details von Geldtransfers, die ein Dutzend und mehr Waschvorgänge durchlaufen hatten, wurden unbemerkt entfernt. Genauso wurden auch alle anderen Details, die nötig waren, um eine derart komplizierte Operation zu ermöglichen, vernichtet.

Ein paar Sekunden vorher war es nach Betätigung einer Taste seines Computerkeyboards zu einem Unfall in fast zweitausend Meilen Entfernung gekommen. Auf einer der Hauptverkehrsstraßen, die aus Washington hinausführten, saßen zwei Männer in einem Saab und vernahmen einen schrillen Pfeifton über ihr Autotelefon. Es war das Signal, auf das sie schon seit fünf Tagen warteten. Jeden Morgen waren sie dem Chevrolet Caprice gefolgt, sobald er aus einem Regierungskomplex hinter der Sallmudet Universität auftauchte. Es gab keinerlei Hinweise darauf, daß der Maschendrahtzaun zu einer NSA-Abteilung gehörte, die die Bewegungen aller Spionagesatelliten steuerte.

Beide Männer arbeiteten für einen örtlichen Drogenbaron. Ihnen war erklärt worden, daß der Fahrer des Chevy ein Heroindealer wäre, der bei seinen Abrechnungen in die eigene Tasche gewirtschaftet hatte. Sobald das Signal ertönte, sollten sie handeln. Während der Saab sich neben den Chevy setzte, drehte der Beifahrer das Fenster nach unten und entleerte das Magazin einer Schrotflinte auf den Fahrer des Chevy und tötete ihn auf der Stelle.

Wenig später drückte Bailey erneut auf eine Keyboardtaste und räumte damit ein Bankkonto auf den Cayman-Inseln ab. Aus Sicherheitsgründen schrieb er das Geld ab und vernichtete sämtliche Hinweise auf ein Guthaben. Es gab eigentlich keinen einsichtigen Grund, weshalb die Polizei nicht zu dem Schluß kommen sollte, daß der Mord nichts anderes war als die Folge einer Verwechslung. Welchen anderen Grund könnte jemand haben, um einen Techniker zu töten, der darauf spezialisiert war, Halo-Satelliten von einem Orbit ins andere zu verschieben?

Ein Licht blinkte auf dem Computerschirm auf. Das erste, was Bailey getan hatte, als er eintraf, war, seinem Computer den Befehl zu geben, eine bestimmte Telefonnummer im pazifischen Raum zu suchen und zu finden. Er ließ sich in seinen Sessel sinken und drückte auf eine andere Taste, um die Satellitenverbindung herzustellen. »Carlo? Sind Sie das?«

Es gab eine kurze Verzögerung auf Grund der Tatsache, daß erst eine Verbindung mit dem Satelliten aufgebaut werden mußte. Dann erklang das vertraute Krächzen. »*Si*. Wer ist da?« wollte Carlo Marcello wissen.

»Ignatius. Was ist mit Ihrer Jacht los? Die Verbindung ist ziemlich schlecht.«

»Hier ist Mitternacht. Rufen Sie mich nur deshalb an, um festzustellen, ob mein Telefon funktioniert?«

Bailey lächelte unwillkürlich. »Ich dachte, Sie wären ein großer Nachtschwärmer vor dem Herrn, Carlo.«

»Aber nicht im Urlaub. Dann schlafe ich sehr viel.«

Mit wem wohl dieses Mal, fragte Bailey sich. Er lehnte sich in seinem Sessel ein wenig vor. »Tut mir leid, daß ich Ihren Schönheitsschlaf störe, Carlo, aber es ist wichtig.«

»Dann schießen Sie mal los, damit ich endlich weiterschlafen kann.«

»Ich fürchte, dafür werden Sie nicht viel Zeit haben.«

»Weshalb? Was ist passiert?«

Bailey spürte, daß Marcello nun hellwach war. »Wo genau sind Sie zur Zeit, Carlo?«

»Das sagte ich doch schon. Im Bett.«

»Nein, nein. Ich meine Ihre Position.«

Marcello räusperte sich. »Etwa hundert Meilen vor Sydney. Ich müßte in sechs Stunden dort eintreffen, vielleicht sogar ein wenig früher.«

Bailey lächelte. »Hervorragend.«

»Warum? Haben Sie Probleme mit einer Ihrer Firmen, die ich beheben soll?«

»Nein, nichts in dieser Richtung. Aber Sie müssen ein Flugzeug erwischen.«

»Was? Wohin?« Marcello klang besorgt.

»Rund um die Welt. Es ist Air Force One ... die neue Maschine des Präsidenten.«

»*Si. Si.* Ich habe davon gelesen. Ich hätte mir von dem Geld eine ganze Flotte Luxusjachten kaufen können. Weshalb soll ich an dieser Reise teilnehmen, Ignatius?«

Bailey erklärte es ihm. Anschließend trat eine längere Stille ein. »Sind Sie noch da?« fragte er schließlich.

»Natürlich.«

»Carlo, es ist sehr wichtig. Sie sind in diesem Verein mein Verbindungsmann.«

»Okay. Jedem anderen würde ich einen Korb geben. Ich brauche nämlich meinen Urlaub. Aber für Sie tue ich es«, sagte Marcello großzügig. »Ich hoffe, daß Sie bei der nächsten Vorstandssitzung auch daran denken, was ich getan habe.«

»Ich werde daran denken, Carlo.«

Bailey entspannte sich in seinem Sessel. »Erzählen Sie mal, wie geht es Ihrer Tochter?«

»Wie bitte? Weshalb fragen Sie?« Die Sorge kehrte in Marcellos Stimme zurück. »Was hat sie denn jetzt schon wieder getan?«

»Nichts, soweit ich weiß. Ich habe sie schon längere Zeit nicht mehr in den Nachrichten gesehen.«

»Gott sei Dank«, sagte Marcello voller Inbrunst. »Vielleicht ist sie endlich vernünftig geworden.«

»Das sind die Probleme des Elterndaseins, Carlo ... Ich bin froh, daß ich mich damit niemals herumschlagen muß«, sagte Bailey leise.

Kurz nach Beendigung dieses Gesprächs blinkte wieder ein Licht auf und meldete einen Eingang. Er drückte auf eine Taste, und auf dem Bildschirm erschienen die Worte: ›Air Force One planmäßig gestartet‹.

Zitas Hand kam mit einem Waschhandschuh um den Duschvorhang herum. »Schrubb mir den Rücken.«

Bodor nahm den Handschuh und zog den Vorhang auf. Sie hielt ihr Gesicht in den Wasserstrahl. Er rieb mit der rauhen Seite des Handschuhs in kleinen Kreisen über ihre Schultern, wanderte immer tiefer hinab, bis er zu ihrem Gesäß kam. Er rieb nun heftiger und bewirkte, daß die Haut sich rötete, als die Durchblutung angeregt wurde. Selbst jetzt, viele Stunden später, konnte er noch immer nicht richtig glauben, was geschah.

*Zita konnte Bodors eiserne Selbstkontrolle spüren, nachdem er die letzten Atomzünder auseinandergenommen hatte, als sie nach dem letzten erfolglosen Testflug in den Komplex zurückgekehrt waren.*

*Die Art und Weise, wie er ruhig seiner eigenen Arbeit nachging, stand in krassem Kontrast zu den Momenten, in denen er mit fast manischer Wut die anderen angetrieben hatte, die Gon-*

*del und die Ballonschnüre für weitere Testflüge zu reparieren. Bei beiden Ballonfahrten hatte er trotz der elektrischen Stürme, die um sie herum tobten, keine Spur von Furcht gezeigt. Die eigentlichen Abwürfe waren perfekt verlaufen. Eine Traube von Ballons, jede mit einer Bombe versehen, war bis in die vorgesehene Detonationshöhe gestiegen. Aber jedesmal, wenn er das Versagen eines Zünders gemeldet hatte, hatte sie sich nicht die Mühe gemacht, ihre Enttäuschung zu verbergen. Trotzdem blieb er völlig ruhig. Beim letzten Mal, als sie gelandet waren und sie ihrer Sorge über die ständigen Fehlschläge Ausdruck verliehen hatte, war seine Reaktion ein knappes, gleichgültiges Lächeln gewesen. Damit erinnerte er sie an einen Arzt, der zwar Mitgefühl mit einer Krankheit empfindet, den Patienten selbst aber nur als einen Fall unter vielen betrachtet.*

*In Bodor gab es Bereiche, die sie niemals bei ihm erwartet hätte. Während er an den Zündern arbeitete, hatte sie immer sehr dicht bei ihm gestanden, und je mehr er sich bemühte, ihr aus dem Weg zu gehen, sie zu meiden, desto stärker war seine Erregung geworden. Einmal, als er nach einem Werkzeug griff, hatte seine Hand ihre harten Brustwarzen gestreift, und sie hatte die Feuchtigkeit zwischen ihren Beinen gespürt, und er hatte sie angesehen, wobei sein stummer Hunger noch heftiger war, weil sie seine Gefühle erahnte.*

*Er hatte sie abrupt verlassen und sein Quartier aufgesucht. Sie wußte, daß er von dort aus immer mit dem Arrangeur sprach. Sie war daraufhin ebenfalls in ihr eigenes Quartier zurückgekehrt, war aus der Fliegerkombination geschlüpft und hatte sich nur mit Büstenhalter und Schlüpfer bekleidet aufs Bett geworfen.*

*Die lange Nacht der Testfahrten hatte in ihrem Körper eine hartnäckige Spannung erzeugt, von der sie wußte, daß nur Sex sie lösen und abbauen konnte. Sie hatte ihren Rücken hochgewölbt und für einen kurzen Moment daran gedacht, sich selbst zu befriedigen, wie sie es schon früher am liebsten an gefährlichen Orten getan hatte. Zum Beispiel im Auto auf dem Highway. Oder in einem Restaurant und nur mit Hilfe ihrer Muskeln. Einmal, in einem blasphemischen Akt gegen den verlogenen*

*Glauben ihres Vaters, in einer Kirche in Mailand. Aber die geheimen, impulsiven Begierden hatten ihren Reiz für sie verloren.*

*So viel war passiert. So viele Stimmungsumschwünge und sich ständig ändernde Einschätzungen von sich selbst und der Welt ringsum waren auf sie eingestürmt, daß allein der Versuch, dahinter einen Sinn zu erkennen, sie schläfrig werden ließ.*

*Sie war irgendwann aufgewacht und hatte Bodor neben ihrem Bett stehen und sie anstarren sehen. Er trug noch immer seine Fliegerkombination.*

*»Was wollen Sie?« fragte sie, richtete sich auf, stützte sich dabei auf einen Arm und schlug die Beine übereinander. Dabei spürte sie, wie eine heftige Spannung ihren Körper durchpulste, und empfand eine unbehagliche Mischung von Lust und Angst.*

*»Es gibt weitere Tests«, sagte er.*

*»Okay.« Sie zuckte die Achseln. »Es ist Ihre Entscheidung.«*

*Während er sie ansah und erkannte, daß sie sein Gesicht fixierte, spürte er ihre Unsicherheit. »Wir haben zwei Tage Zeit, bis das Flugzeug eintrifft. Bis dahin können Sie sich entspannen.«*

*»Das finde ich nett.« Ihre Stimme klang belegt.*

*»Sie können hierbleiben, wenn Sie wollen. Ich kann dafür sorgen, daß Sie abends raus können.«*

*Sie hatte ihm erklärt, daß es wichtig war, daß sie ihre Nachtsichtfähigkeit erhielt und trainierte.*

*»Eine Stunde wird sicherlich ausreichen«, sagte sie. »Was werden Sie tun?«*

*»Ich werde mich ebenfalls auszuruhen versuchen.«*

*»Finden Sie das denn so schwierig?« fragte sie lächelnd.*

*»Es kommt darauf an.«*

*»Auf was?«*

*»Was soll das heißen?«*

*»Weshalb sind Sie immer so mißtrauisch, Bodor?«*

*Er betrachtete sie weiter unverwandt. Sie hatte noch immer makellos geformte Brüste und den Körper eines Teenagers. Sogar auf diese Entfernung konnte er ihre Hitze spüren.*

*»Sie sehen aus, als hätten sie noch nie eine halb ausgezogene Frau gesehen, Bodor.«*

*Er zögerte, nicht ganz sicher, wie er darauf reagieren, welchen Ton er anschlagen sollte. »Noch keine Frau wie Sie«, erwiderte er schließlich.*

*Sie zog die Füße an, um ihm auf dem Bett Platz zu machen. Er setzte sich neben sie.*

*Zita legte eine Hand sanft auf seinen Arm. »Sie sind ein Mann voller Überraschungen, Bodor.«*

*»Und Sie sind eine verblüffende Frau.«*

*»Dann haben wir wenigstens etwas gemeinsam.« Sie lächelte. »In diesem Anzug ist es Ihnen sicherlich sehr warm.«*

*Ihre Augen fixierten ihn noch immer. Ihm war bis zu diesem Moment noch nie aufgefallen, wie lang ihre Wimpern waren. »Es ist okay«, sagte sie und strich sich eine Haarsträhne aus der Stirn. »Ich wette, Ihnen wurde von unserem Freund, dem Arrangeur, geraten, sich von mir fernzuhalten. Nur ist er gar kein so guter Freund, wenn er so etwas tut, nicht wahr?«*

*»Was sagen Sie da?« Er rutschte auf dem Bett umher.*

*Zita setzte sich auf, wandte ihm ihr Gesicht zu. Ihre Lippen waren halb geöffnet. »Er teilt mich nicht gerne mit jemand anderem. Bereitet Ihnen das ein Problem?«*

*Er erinnerte sich an die Worte des Arrangeurs am Ende ihrer letzten kurzen Unterhaltung: »Vergnügen Sie sich ruhig mit ihr. Sie haben es sich verdient.«*

*»Nein«, erwiderte er langsam. »Das bereitet mir nicht das geringste Problem.«*

*»Gut.« Sie richtete sich noch ein wenig mehr auf und küßte ihn sanft auf den Hals.*

*Ihre Lippen fühlten sich auf seiner Haut warm an und erinnerten ihn daran, wie lange es her war, seit er das letzte Mal mit einer Frau zusammengewesen war.*

*Sie musterte ihn amüsiert. »Machen Sie sich noch immer Sorgen wegen ihrem Freund?«*

*»Nein.«*

*Sie streckte eine Hand aus und zog ihn zu sich herunter. Dabei küßte sie ihn mitten auf den Mund. »Weg mit der Kombination – und zwar auf der Stelle«, murmelte sie und drängte ihren Körper gegen seinen. Dabei suchten ihre Hände nach dem*

*Reißverschluß und halfen ihm schließlich, Anzug und Schuhe abzustreifen.*

*Er lag für einen kurzen Moment ausgestreckt auf dem Bett, spürte, wie ihre Zunge seinen Mund erforschte und ihn dazu animierte, entsprechend zu reagieren. Ihr Atem fächelte heiß über seinen Körper, während ihr Mund sich auf seinen legte und ihre Hände an seiner Unterhose zerrten.*

*»Wo war ich nur mein ganzes Leben lang?« stöhnte sie mit einer ganz neuen Inbrunst, küßte ihn erneut und erkämpfte sich ihren Platz auf ihm, wobei sie ihn mit einem Bein regelrecht festhielt. Er spürte, wie er sich anschickte, vom Bett herunterzurutschen, und sie benutzte ihr anderes Bein dazu, um ihn wieder zurückzuziehen.*

*»Du gehst nirgendwohin«, hauchte sie. »Jedenfalls nicht, bevor ich es dir erlaube.«*

*Plötzlich loderte in ihm heftiger Zorn hoch. Die Wut darüber, daß sie die Kontrolle hatte, überwältigte ihn. Er befreite sich von ihr und schlug ihr ins Gesicht.*

*Sie lächelte ihn an – es war ein wissendes, siegreiches Lachen. »Du willst mir weh tun, dann tu mir weh«, sagte sie heiser. Ihre Hände und ihr Mund begannen von neuem, ihn zu erforschen. Dabei drückte ihr Körper ihn zurück aufs Bett, sie setzte sich rittlings auf ihn und ließ ihre Brüste verführerisch über seinem Gesicht schaukeln. Das einzige Geräusch waren ihre Stöhn- und Seufzlaute. Die Hitze ihres Körpers brachte ihn allmählich zum Schwitzen und holte alle Energie aus ihm heraus. Dann war da nur noch ihr unterdrückter Schrei, als sie ihm dabei half, in sie einzudringen …*

*Der neue Tag brach bereits an, als sie schließlich das Bett verlassen und sich in die Dusche begeben hatte.*

Bodor seifte seine Hände ein und strich damit über Zitas Körper. Er begann in ihrem Nacken und an ihrem Schlüsselbein, dann machte er mit ihren Schultern weiter. Sie ergriff seine Hände und führte sie in langsamen Kreisen an ihrem Brustkorb hinauf, gestattete seinen Fingern, ihre

Brüste anzuheben, und ließ sie dann behutsam wieder aus ihrem Griff herausrutschen.

Ihre Brustwarzen waren unter seiner Berührung erneut schmerzhaft hart, und ihr Körper begann sich zu krümmen und zu winden. Er griff hinter sie und fuhr mit den Händen von der Taille bis zum Ansatz ihres Gesäßes, dann wieder zurück, wobei er beinahe das Gleichgewicht verlor.

Sie klammerte sich an ihn und nickte mit dem Kopf. *Ja.* Dann waren seine Finger in ihr. Für einen Moment war er überrascht. Sie war überhaupt nicht feucht.

Ihre Arme legten sich um seinen Hals. Wasser ergoß sich von ihrem Kopf auf seinen Körper. Sie biß in den unteren Rand seines Ohrläppchens und ahnte die Veränderung bei ihm. Seine Finger bewegten sich schneller, heftiger, und sie versuchte einen winzigen Hüpfer, damit ihre Füße sicherer standen und sie besser dem Druck seines Körpers standhalten konnte.

Sie spürte die Härte seiner Zähne auf ihrer Haut und konnte genau verfolgen, wie ihre Fingernägel weitere rote Kratzspuren auf seinen Rücken zeichneten.

So blieben sie, einander hungrig umschlingend und von der Dusche überspült.

Wie schade, dachte Bodor, daß dies nicht für immer so bleiben kann.

Aber der Arrangeur hatte genau beschrieben, was getan werden sollte.

Im Salon seiner Gästesuite in der britischen Botschaft in Washington öffnete Premierminister Bostock den ersten von zwei durch Boten überbrachten Briefen, die ihn nach seiner Rückkehr vom Begrüßungsdinner des Präsidenten erwarteten. Er las ihn aufmerksam, blinzelte zufrieden, dann öffnete er das zweite Kuvert und tat das gleiche.

Helmut Stürmer, der deutsche Bundeskanzler, und Pierre Marceau, der Ministerpräsident von Frankreich, hatten bekräftigt, daß sie noch immer in vollem Umfang unterstützten, was sie unter sich die Saddam-Option nannten.

Um ihre Geheimhaltung zu gewährleisten, steckte Bostock beide Briefe in einen Reißwolf, der in einem Kommodenschrank versteckt war.

## DREISSIG

Air Force One ging mit knapper Schallgeschwindigkeit auf Pazifikkurs.

Kurz nachdem sie den hawaiianischen Luftraum verlassen hatten, hörte Patterson, wie Mike Turner die Bereitschaftsmeldung eines weiteren amerikanischen Kriegsschiffs auf ihrer Route nach Australien empfing und bestätigte. Dank zahlreicher Flugzeuge auf Trägerschiffen, die in internationalen Gewässern operierten, wäre Air Force One niemals mehr als nur ein paar Minuten von irgendeiner Rettungseinheit entfernt. Im territorialen Luftraum lag die Sicherheit der Maschine in Notfällen in den Händen der einheimischen Dienste.

Mehrere Nationen hatten noch ihre jeweiligen Rettungscodes durchgeben müssen, ehe Air Force One Andrews Base verließ. Darunter auch Burma, Pakistan, Afghanistan, Iran, Irak und Israel. Während das Flugzeug die Rockies überquerte, hatte das Pentagon Turner die Einzelheiten der Codes von Pakistan und Burma durchgegeben. Beim Überqueren der Küste südlich von San Francisco hatte der Funker die Codes von Afghanistan und Israel empfangen. Er gab die Daten in einen der Bordcomputer ein.

Patterson hörte, wie Turner hinter ihm eine weitere Meldung bestätigte und dann verkündete: »Die Aussies halten sich ebenfalls bereit.«

Kurz vorher hatte die Luftverkehrskontrolle von Perth gemeldet, daß das erste Langstreckenrettungsflugzeug der australischen Luftwaffe bereits über den Hoheitsgewässern patrouillierte.

»Das Pentagon soll zusätzlichen Druck auf Teheran und Bagdad ausüben, Mike«, befahl Patterson. »Wir brauchen deren Codes, ehe wir in Peking starten.« Er drückte auf einen Knopf seines Armlehnenmikros. »Wie läuft's da hinten, Cowan?« erkundigte Patterson sich, als der Chefsteward sich über das Telefon in seiner Bordküche meldete.

»Keine Probleme, Colonel. Sie haben alle das organische Mittagessen mit Appetit verzehrt – vor allem unser französischer Gast. Der Chef war hochzufrieden.«

Auf Bitten des Präsidenten waren die Speisen, die an Bord serviert wurden, frei von allen Konservierungsmitteln und sonstigen Chemikalien. Er meinte, es würde dazu beitragen, seine Gäste von der Wichtigkeit der Operation Earth Saver zu überzeugen.

»Hatte Kanzler Stürmer genug zu essen?« fragte Patterson.

»Er hatte sogar eine doppelte Portion Knödel. Ich habe ihm nicht verraten, daß sie aus Sojaeiweiß bestehen.«

Patterson lachte verhalten. »Was steht als nächstes auf dem Terminplan?«

»Im Augenblick herrscht Mittagsruhe. Señor Esplana, der spanische Ministerpräsident, strampelt sich auf dem Fitnessfahrrad in seiner Kabine ab. Premierminister Bostock sitzt im Salon und studiert die Londoner Zeitungen, die wir kurz vor dem Start besorgt haben. Wenn wir in Sydney landen, wartet dort schon der nächste Stapel auf ihn. Die RAF bringt sie eigens rüber. Mr. McKenzie, der kanadische Premier, hat sich mit dem italienischen Ministerpräsidenten Silvio Briscini zu einem Verdauungsbrandy getroffen.«

»Wie kommt die Dolmetscherin zurecht?«

»Hervorragend. Sie wechselt von einer Sprache zur

anderen wie in ihrem UN-Job«, sagte Cowan. »Im Augenblick haben die anderen Dolmetscher Pause und sitzen in der Heckkabine mit dem Major und einigen seiner Funker zusammen beim Mittagessen.«

»Wo ist der Chef?«

»In seiner Suite. Als ich ihm seinen Kaffee brachte, arbeitete er gerade an seiner Rede, die er heute nachmittag halten will. Dr. Curtis war bei ihm und maß seinen Blutdruck. Er war nicht gerade erfreut darüber, aber sie ließ sich nicht einschüchtern und meinte nur, daß sie das dreimal täglich tun würde. Er schimpfte immer noch über sie, als ich rausging. Aber Sie kennen den Chef ja. Manchmal braucht er solche Auftritte, die im Grunde harmlos sind. Ich denke, daß ihm diese Art von Aufmerksamkeit ganz gut gefällt – vor allem von jemandem, der so attraktiv ist wie unsere Ärztin.«

»Lassen Sie das nur niemanden hören, Cowan. In dieser Maschine ist sie nichts anderes als eine Ärztin«, warnte Patterson ihn. Er hatte noch eine weitere Frage. »Wo ist Morton?«

»Immer noch bei der Arbeit. Ich habe ihm einen Imbiß gebracht, den er aber kaum angerührt hat. Als ich abräumte, telefonierte er schon wieder wie ein Wilder.«

Patterson konnte einen Seufzer kaum unterdrücken. Morton hockte seit kurz nach dem Start in der Kabine, was bedeutete, daß er noch immer nicht im Krankenhaus anrufen konnte. Als er das letzte Mal aus seinem Büro in Andrews nachgefragt hatte, konnte eine Krankenschwester ihm lediglich mitteilen, daß in Brons Zustand keine Änderung eingetreten wäre.

»Möchte bei Ihnen jemand einen Kaffee?« fragte Cowan.

»Lassen Sie gleich vier Tassen raufkommen.« Kaffee galt im Cockpit als eine Art Lebenssaft und mußte jederzeit zur Verfügung stehen.

»Schon unterwegs, Colonel.«

Wenige Minuten später gab Turner durch, daß Morton endlich die Kabine verlassen hatte.

Patterson nickte Locke zu. »Übernehmen Sie. Ich muß mal.« Er öffnete die Sicherheitsgurte und verließ das Cockpit.

Bailey verfolgte, wie auf seinem Bildschirm der Text des Leitartikels abrollte, den er diktiert hatte und der in allen Zeitungen von Meridian International erscheinen und in allen Fernseh- und Rundfunkstationen verlesen würde, die der Konzern kontrollierte.

Unter der Überschrift ›Eine überflüssige Reise‹ endete die heftige Attacke auf Operation Earth Saver mit den Worten: »Die Mission von Air Force One ist in den Gefilden der Science-fiction anzusiedeln. Tatsächlich könnte sie als Grundlage für ein Remake des klassischen Films *Der Tag, an dem die Erde brannte* dienen. Für all jene, die sich die Spätfilme im Fernsehen ansehen, ist die Darstellung einer Erde, die der Sonne entgegenrast, um in ihrem Feuer unterzugehen, sicherlich aufregend – aber doch weit von aller Realität entfernt. Wenn wir miterleben, wie die Staatsoberhäupter der Welt ihre Wissenschaftler drängen, Atomexplosionen auszulösen, um die Erde von ihrem tödlichen Kurs abzulenken, wissen wir, daß alles reine Phantasie ist.

Heute können wir das gleiche durchaus von dem behaupten, was der Präsident der Vereinigten Staaten unternimmt. Er glaubt, daß seine Mission eine zum Untergang verurteilte Welt retten kann. Es gibt keinen Hinweis darauf, daß die Welt zum Untergang verurteilt ist – geschweige denn, daß er sie retten kann. Tatsächlich hat seine Politik bisher genau das Gegenteil bewiesen. Er dürfte sehr schnell erfahren, daß die Wähler sich mit seiner Einstellung weit unwohler fühlen als er in dem Luxus, den er an Bord seines neuen Flugzeugs genießt. Es ist traurig, daß er noch nicht begriffen hat, daß es dort,wo Air Force One ihre Bahn zieht, sehr leicht ist, den Bezug zur Realität zu verlieren.«

Bailey gab über einen Tastendruck sein Okay zur Veröffentlichung des Textes und wandte sich einem zweiten Bildschirm auf seinem Schreibtisch zu.

Er zeigte eine Umrißkarte der Welt. Darüber bewegte sich eine winzige Darstellung von Air Force One. Sie befand sich zur Zeit südlich der Fidschi-Inseln. Eine Digitaluhr am oberen Rand des Schirms zeigte an, daß es noch ungefähr sechs Stunden dauern würde, bis Air Force One in Sydney einträfe, wo Carlo Marcello zusteigen würde.

Bailey nahm einen Computerausdruck vom Schreibtisch. Er enthielt die jüngsten Umsatz- und Gewinnzahlen von Marcello Enterprises: insgesamt ein Plus von vier Prozent gegenüber dem Vormonat – eine zufriedenstellende Steigerung. Am Ende folgte eine Liste der Aktionäre der Firma. Carlo Marcello hielt zur Zeit neunzig Prozent des Aktienkapitals, und der Rest teilte sich unter sechs Familienangehörigen auf. Hinter einem einzigen Prozentpunkt für Zita Marcello war das Wort ›suspendiert‹ zu lesen. Marcello vertrat auch deren Interessen im Meridian-Vorstand, aber Bailey war sich ganz sicher, daß keiner von ihnen auch nur die geringste Ahnung vom letzten Punkt auf dem Ausdruck hatte. Es war der Text einer notariellen Verfügung, daß im Falle seines Todes Carlo Marcellos Anteile automatisch auf Bailey übertragen würden. Diese Vereinbarung gehörte zu dem Deal, durch den Marcello eine Milliarde Dollar dafür gezahlt wurde, daß er seine Firma an Meridian verkaufte.

Nachdem er das Dokument säuberlich zusammengefaltet hatte, schob Bailey es in die Tasche seines Bademantels und schaute auf die Uhr über der elektronischen Landkarte an der Wand. Vier Uhr. Auf der Karte leuchtete nur ein einziger Lichtpunkt in der irakischen Wüste auf halbem Weg zwischen Bagdad und der Grenze zum Iran. Zufrieden, daß es für ihn im Augenblick nichts mehr zu tun gab, zog Bailey den Gürtel seines Bademantels fester und kehrte in das Schlafzimmer zurück, das direkt neben seinem Büro lag.

Von nun an würde er in der Chefetage arbeiten und schlafen, bis der Lichtpunkt erlosch.

In einer Ecke des Salons von Air Force One neigte Ministerpräsident Marceau den Kopf, um mitzuhören, was Bundeskanzler Stürmer soeben zu Premierminister Arnold Bostock sagte.

Als er auf dem Weg zum Cockpit den Salon durchquerte, fing Morton Bostocks Erwiderung auf.

»Alles wird glattgehen. Glauben Sie mir. Ich habe ihn schon um ein Gespräch nach dem Abendessen gebeten. Unter vier Augen. Ich denke, daß man unter diesen Bedingungen immer viel bessere Ergebnisse erzielt.«

Morton fragte sich unwillkürlich, wen der Premierminister zu bearbeiten und zu überzeugen gedachte.

Der Wind pfiff durch das Wadi, beugte die Spitzen des Wüstengrases und trieb nadelspitze Sandkristalle wie Sandpapier ins Gesicht des Arrangeurs. Er schaute erneut auf die Uhr. Es war die Stunde, in der die gläubigen Beduinen in ihrem Lager eine halbe Meile entfernt zu seiner Rechten die ersten Gebete des Tages sprechen würden.

Das Gekläff ihrer Hunde wurde bereits mit dem Wind zu ihm getragen. Aber solange die Sonne nicht hoch am Himmel stand, würden sie nicht herauskommen und in der Gegend herumschnüffeln. Verhaltensmuster waren das erste, was man beim Überlebenskampf in der Wüste lernte.

Es war kurz vor Mitternacht gewesen, als er den Range Rover in einem Einschnitt des Wadis geparkt hatte. Der Araber hatte ihm die Stelle beschrieben, nachdem sie sich handelseinig geworden waren. Seitdem lag der Arrangeur auf dem Bauch hinter dem östlichen Uferwall des Wadis und beobachtete die Landschaft. Er suchte nach dem Araber und seinen beiden Söhnen, die sich vom Iran her dem Treffpunkt nähern müßten.

Sie hätten schon vor zwei Stunden, spätestens einer Stunde, erscheinen müssen. Er hatte sie im wesentlichen aufgrund ihres Rufs, immer pünktlich zu sein, ausgewählt und sie bereits weitaus großzügiger, als für Schmuggelunternehmen üblich, entlohnt, denn er wollte, daß der Job perfekt ausgeführt wurde.

Der Arrangeur schaute auf seinen Uhrenkompaß. Die Schmuggler müßten zwischen dem Wadi und dem Lager auftauchen. Für das ungeübte Auge wäre die Route, der sie folgten, unsichtbar. Für den Arrangeur war sie so deutlich wie ein mit Hinweisschildern ausgestatteter Highway. Die winzigen Unebenheiten im Sand wurden durch Lebewesen erzeugt, die zwischen den Spuren der hin und her wandernden Kamele auf dem Weg ihr kärgliches Dasein fristeten. Als es heller wurde, ließen die Steine und die Wüstenvegetation die Spur etwas deutlicher hervortreten.

Indem er der Versuchung widerstand, das Gelände mit seinem starken Fernglas abzusuchen, dessen Okulare im morgendlichen Licht einen verräterischen Reflex hätten aussenden können, suchte er die Region Stück für Stück sorgfältig ab. Aber weder auf der Route noch im Gelände rechts und links davon konnte er irgendeine Bewegung ausmachen.

Noch einmal erweiterte er das Gebiet seiner Suche. Seine Blicke glitten über die kargen Sträucher auf einer Seite des Wegs, dann kehrten sie zu einer Felsformation auf der anderen Seite zurück. Kamele verließen nur höchst selten einen Weg, der durch die Wüste führte. Aber niemand hatte während der Nacht seinen Beobachtungsposten passiert. Es gab keine Dunghaufen und keinerlei Insekten, die davon stets angelockt wurden.

Dann, über dem leisen, scharrenden Geräusch des Windes, vernahm er von jenseits der Felsformation ein neues Geräusch: das leise Klirren von Zaumzeug. Sekunden später kam das Kamel in Sicht. Das Tier trottete langsam dahin, folgte der Route auf seinen schlanken Beinen. Die

Augen des Tieres waren sanfte braune Kugeln in seinem langgestreckten braunen Gesicht, und das Fell war fleckig.

All das erkannte der Arrangeur im gleichen Moment, als ihm klar wurde, daß das Tier reiterlos war. Was er kurz vorher für den Araber gehalten hatte, der zusammengesunken im Sattel saß und sich vor dem Wind zu schützen versuchte, war der Bombenbehälter.

Der Arrangeur schaute zum Lager hinüber. Das Licht war mittlerweile hell genug, um einzelne Zelte zu erkennen. Es waren höchstens zwei Familien, die dort lagerten. Die Frauen zündeten die ersten Feuer an, und Kochgerüche, die der Wind bis zu ihm herüberwehte, erinnerten ihn an seinen Hunger. Er hatte ganz bewußt noch nichts gegessen, um die Gefahr zu verringern, daß irgendein Tier seine Witterung aufnahm.

Er nahm die Maschinenpistole unter den Arm und ging auf das Kamel zu. Das Tier war stehengeblieben, um an ein paar Grashalmen zu knabbern. Es hielt inne, blickte interesselos zu ihm herüber, dann senkte es den Kopf und begann wieder zu fressen.

Der Arrangeur umrundete das Kamel. Dabei atmete er so flach wie möglich. Gegenüber dem Sattel verharrte er in ein paar Metern Abstand. Abgesehen von einem kaum wahrnehmbaren Heben und Senken seines Brustkorbs verhielt er sich absolut reglos. Sein Blick saugte sich auf der fehlenden Platte am Boden des Behälters fest.

Er stieß einen lautlosen Fluch aus, dann machte er kehrt und eilte zum Wadi zurück. Als er den Range Rover erreichte, vernahm er laute Rufe aus dem Lager. Er drehte sich um und kauerte sich hinter den Uferwall des Wadis. Als er langsam den Kopf hob, sah er, daß Kinder, gefolgt von Erwachsenen, auf das Kamel zurannten. Sie lachten und stießen aufgeregt Schreie aus. Sie umringten das Tier. Dann ergriff einer der Männer den Zügel und trieb es unter lauten Rufen der anderen zum Lager zurück. Aufgeregt deuteten sie auf den Bombenbehälter und schrien noch lauter.

Nachdem er abgewartet hatte, bis sie wieder ihre Zelte

erreicht hatten, ließ der Arrangeur den Motor des Range Rover an und lenkte ihn hinaus in die Wüste. Als er ein Stück gefahren war, stoppte er neben einem Steinhaufen und aktivierte das starke Satellitentelefon des Fahrzeugs.

»Bodor«, sagte er, als die Verbindung hergestellt war, »Sie werden sich wohl mit dem Behälter bescheiden müssen, den Sie noch haben. Dieser hier hat bereits für den Tod meiner Kuriere gesorgt, und wahrscheinlich wird es in Kürze noch mehr Tote geben. Zumindest haben wir damit die Bestätigung, daß er funktioniert.«

Die Rezeptoren des stationären Halo-Satelliten waren so leistungsfähig, daß sie eine Million Telefongespräche in seinem Suchkegel aufnehmen konnten. Obgleich die Felsen, von denen aus der Arrangeur sein Gespräch geführt hatte, sich bereits außerhalb des Kegels befanden, nahmen die Rezeptoren dennoch gelegentlich Signale aus den Randregionen der Kegelfläche auf.

Die Rezeptoren empfingen ein paar Worte, wenngleich nur undeutlich und bruchstückhaft. Im Satelliten wurden sie durch einen elektronischen Filter geleitet, der Störgeräusche eliminierte. Dann gelangten sie in einen Verstärker, der ihre Qualität verbesserte.

Dennoch hätte der Halo bis vor einer Stunde die Worte lediglich auf einem Band festgehalten, auf dem die Zeit der Aufnahme zusammen mit der genauen Ortsangabe vermerkt wurde. Das Band wäre dann als Teil des routinemäßigen Funkkontaktes nach Fort Belvoir weitergeleitet worden. Bis dahin blieb noch eine Stunde Zeit.

Ein Wort auf dem Band sorgte jedoch für eine entscheidende Änderung: Bodor. Auf Mortons Geheiß war sein Name dem Prioritätslexikon des Halo hinzugefügt worden. Es handelte sich dabei um ein elektronisches Wörterbuch, in dem mehrere Millionen Schlüsselbegriffe gespeichert werden konnten.

Da es erkannte, daß ›Bodor‹ mit der Doppelhelix für

absolute Priorität versehen war – die höchste aller NSA-Klassifikationen –, sorgte das Lexikon dafür, daß die Bandaufnahme nicht in den Bordspeicher aufgenommen, sondern sofort gesendet wurde.

Sobald es am Zielort eingetroffen und kopiert worden war, wanderte die Aufnahme über eine abhörsichere Bodenleitung ins Hauptquartier der Hammer Force in Genf.

Dort, im dritten Stock, begannen sofort hinter einer mit »Stimmanalyse« beschrifteten gepolsterten Tür die Entschlüsselungsarbeiten.

In Air Force One saß Morton mit übereinandergeschlagenen Beinen in der Telefonkabine des Präsidenten. Er lehnte mit dem Rücken an einem Sitz und baute um sich herum eine Oase der Stille, ein Vakuum auf. Er atmete, als schliefe er, und sein Mund stand halb offen. Indem er sich an eine festgelegte Übungsfolge hielt, sorgte er dafür, daß seine Gliedmaßen scheinbar gewichtslos wurden. Zuerst der Hals und die Schultern, dann seine Hüften und sein Brustkorb, gefolgt von seinen Oberschenkeln, Beinen und Füßen. Schließlich spürte er nur noch seine Zunge als weiches, glattes Gewicht in seinem Mund, das die Luft in seiner Kehle zu drosseln schien und dafür sorgte, daß seine Pulsfrequenz rapide gesenkt wurde. Sein Geist leerte sich, bis er nicht mehr zum Denken fähig war. Für eine Weile verharrte er zwischen Nichts und Ewigkeit. Dann, nach und nach, begann er wieder zu denken. Möglichkeiten zeichneten sich deutlicher ab, und er freundete sich mit dem Gedanken an, daß Dinge, die oberflächlich betrachtet, zu unwahrscheinlich erschienen, um wahr zu sein, als Tatsachen behandelt werden sollten. Erneut beschäftigten seine Gedanken sich mit Sergej Michailowitsch Bodor und Ignatius Bailey. Er überlegte nicht mehr, welche Verbindung zwischen ihnen bestehen könnte, sondern wer diese Verbindung möglicherweise darstellte.

Nach einer Stunde begann er wieder schneller zu atmen

und den Kopf zu bewegen. Er kontrollierte seinen Pulsschlag, bis er wieder seine normale Frequenz erreicht hatte. Dann, erfrischt wie nach einem langen Schlaf, stand er auf und telefonierte mit Humpty Dumpty, der mit seinem kahlen Schädel und seiner faltigen Stirn dem Wesen aus dem Kinderlied aufs Haar ähnelte. Der Spitzname war ihm auf dem MIT verliehen worden, wo er einen Lehrstuhl als Professor für synthetisierte Sprache innegehabt hatte. Der Spitzname hatte ihn zur Hammer Force begleitet, wo er nun für die Stimmanalyse zuständig war.

Mit einer perfekt modulierten Stimme teilte er Morton mit, daß die Arbeiten zur Identifikation der Stimme des Mannes, der sich mit Bodor unterhalten hatte, begonnen hätten.

»Humpty«, sagte Morton, »erinnern Sie sich noch an die Tonbänder mit den Stimmen jener Gruppe Stasi-Killer, die ihre Dienste diesem Südafrikaner angeboten haben?«

»Meinen Sie den mit dem Pretoria-Akzent? Wie hieß er noch mal? De Berke? Nein ... de Brug ... Ja, das war es, Johannes de Brug«, meinte Humpty Dumpty.

»Genau der. Was ist aus ihm geworden?«

»Keine Ahnung. Aber ich kann es herausfinden.«

»Tun Sie das, bitte. Haben Sie noch das Band mit seiner Stimme?«

»Weiß ich nicht. Als Bitburg damals erklärte, er könnte uns nicht mehr Lagerraum zugestehen, mußte ich einiges rauswerfen. Aber ich schaue mal nach.«

Morton hatte noch einen weiteren Auftrag. »Wenn Sie das Band finden, dann vergleichen Sie es doch auch mit diesem NSA-Band.«

Bodor und Zita nahmen die Mahlzeit in Zitas Quartier ein. Sie hatten es sich in Sesseln bequem gemacht und balancierten die Tabletts auf den Knien. Während der letzten vierundzwanzig Stunden hatten sie nichts anderes getan als zu essen, Sex zu haben, zu duschen und zu schlafen.

Zita hatte sich nicht die Mühe gemacht, sich anzuziehen. Sie trug seinen Bademantel. Das feuchte Haar hatte sie mit einem Gummiband zu einem Pferdeschwanz zusammengerafft.

»Köstlich«, sagte sie mit vollem Mund. »Genau richtig. Woher bekommt ihr diesen frischen Fisch?«

»Das gehört zum Service.« Bodor schenkte Wein in ihre Gläser.

Er schien völlig entspannt zu sein. Warum, fragte sie sich, habe ich trotzdem wieder Angst vor ihm?

## EINUNDDREISSIG

Aus dem Cockpit beobachtete Morton, wie die beiden Rettungsflugzeuge der Australian Air Force beidrehten und umkehrten. Kurz darauf hörte er, wie Turner den Ruf von *USS Houston* bestätigte, daß sie sich wieder über internationalen Gewässern befänden, während Air Force One auf nördlichen Kurs ging.

Abgesehen vom Rauschen der Luft, die mit mehr als sechshundert Meilen in der Stunde vorbeistrich, war die Stimme des Funkers der einzige Laut in der herrschenden Stille.

Morton vermutete, daß die Crew ebenso wie er darüber nachdachte, was geschehen war, während Air Force One den Anflug auf Sydney begonnen hatte. Er hatte sich im Cockpit aufgehalten, als eine rote Warnlampe aufgeflackert war.

*»Defekt in der Klimaanlage«, hatte Locke klar und deutlich gemeldet.*

*Noch während er das Warnlicht ausschaltete, drang der erste Schwall ungefilterter Luft in das meilenlange System aus Roh-*

*ren und Schächten ein, das hinter der Wand- und Deckenverkleidung verborgen war.*

*»Ich schalte auf Ersatzsystem«, bestätigte Patterson. Er drückte auf einen Knopf im Armaturenbrett. Der Bordcomputer, der für die Regulierung der Lufttemperatur verantwortlich war, würde den Rest erledigen.*

*Eine zweite rote Warnlampe begann zu blinken.*

*»Ich habe hier eine Fehlfunktion des Computers«, meldete Kerr.*

*»Ich schalte auf Over-ride«, verkündete Patterson.*

*Morton verfolgte, wie er schnell auf mehrere Knöpfe drückte, um den fehlerhaften Computer zu isolieren und das Ersatzaggregat einzuschalten.*

*Die Warnlampe erlosch.*

*Pattersons Blick überflog seine Kontrolltafel. Der Innentemperaturmesser zeigte wieder auf normal.*

*»Meinen Sie, jemand von hinten hat das bemerkt?« fragte er.*

*»Ich glaube nicht«, beruhigte Locke ihn.*

*»Ich schon«, erklärte Crew-Chief Sutter. Er hatte soeben das Cockpit betreten.*

*»Mit Ihren Ohren würden Sie sogar einen Toten in seinem Sarg husten hören«, meinte Turner grinsend.*

*Sutter ignorierte die Bemerkung und wandte sich an Patterson. »Wahrscheinlich liegt der Fehler beim Fail-safe-Schalter. Sobald wir gelandet sind, kann ich nachschauen und ihn in ein paar Minuten wieder in Ordnung bringen. Die Klimaanlage ist was anderes, wenn ich die Geräusche richtig deute. Das Problem könnte irgendwo im Leitungssystem stecken. Wie lange haben wir Aufenthalt?«*

*»Wir bleiben über Nacht«, sagte Patterson.*

*Sutter nickte zufrieden. »Damit dürften wir genug Zeit haben. Ich will, daß jeder das Flugzeug verläßt, und dann den Vogel völlig stillegen.«*

*»Sie müssen Ihre Reparaturen so frühzeitig beenden, daß ich noch mindestens zwei Stunden Zeit habe, um alles für den nächsten Start auf Vordermann zu bringen«, erklärte Patterson mit Nachdruck.*

Sutter grinste. »Ich werde mein Bestes tun.«

»Nein, Sie müssen noch besser sein, Chief«, entschied Patterson.

Nachdem der Präsident und seine Gäste zum ersten ihrer Umweltgipfel abgefahren waren – dieser wurde in der Oper von Sydney veranstaltet, wo außerdem die Oberhäupter aus zahlreichen Pazifikstaaten erwartet wurden –, nahmen Sutter und seine Männer sich das Flugzeug gründlich vor.

Der Defekt wurde schließlich an einer Stelle hinter Helen Curtis' Arbeitsplatz aufgespürt. Nach dem Umbau in einen Operationsraum hatte jemand eins der Ventile, die das Einströmen der Luft kontrollierten, nicht richtig angeschlossen. Das Ventil hatte sich gelockert und durch seine Fehlfunktion den Fail-safe-Schalter des Computers stillgelegt. Der Schalter wurde schnell repariert, aber um das Ventil zu ersetzen, mußte ein Teil der Kabinendecke im oberen Deck abgenommen werden, und die Männer konnten nur gebückt zu dem Ventil vordringen, um daran zu arbeiten.

Ehe er sich für die Nacht zurückzog, rief Patterson von der Luftverkehrskontrolle, wo er sich die Wettervorhersage für den folgenden Tag abgeholt hatte, das Memorial Hospital an. Dr. Monroe meinte, es wäre noch immer keine Veränderung eingetreten. Zum erstenmal hörte Patterson in seiner Stimme einen besorgten Unterton.

Als er zum Flugzeug zurückkehrte, traf er Helen, die innerhalb des Sicherheitskordons um Air Force One herumspazierte. Als er ihr von seinem Telefonat berichtete, bot sie ihm an, daß sie Monroe am nächsten Tag selbst anrufen wolle. Er nahm dankbar an.

Schon früh am nächsten Morgen informierte Patterson Thacker Stimpson, daß er gerne noch einen Testflug unternehmen würde, um die Klimaanlage zu überprüfen. Der Stabschef verwarf diese Idee entschieden.

»Sie brauchen das Wort Testflug auch nur zu denken«, sagte Stimpson grimmig, »und schon rücken uns die Medien auf den Hals.« Um seinem Argument Nachdruck zu verleihen, holte er einen Stapel unfreundlicher Zeitungsmeldungen hervor, die *ihm vom Pressebüro des Weißen Hauses herübergefaxt worden waren. Patterson erklärte sich nur zögernd mit einem Kompromiß einverstanden. Das reparierte System sollte demnach auf dem Boden getestet werden.*

*Die Türen von Air Force One wurden geschlossen, die Triebwerke wurden angelassen und liefen wie im Rollzustand. Unter Sutters Aufsicht wurde die Klimaanlage eingeschaltet. Der Crew-Chief erklärte schließlich, daß er zufrieden wäre.*

*Kurz vor dem Start kam es zu einem weiteren Zwischenfall, ausgelöst von Cowan. Der Chefsteward hatte auf dem Markt in Sydney frisches Gemüse und Fisch gekauft. Die Waren trafen rechtzeitig ein, aber während der Starttermin näher rückte, war von Cowan nirgendwo etwas zu sehen. Der Präsident und seine Gäste gingen über die vordere Rampe an Bord, als der Chefsteward in einem Streifenwagen aufs Flugfeld gebracht wurde. Er rannte die hintere Treppe hinauf und umklammerte einen Flugkoffer. Er rief im Cockpit an, um von seinen Schwierigkeiten bei der Suche nach ganz bestimmten Gewürzen für die Gerichte einiger seiner Gäste zu berichten. Patterson akzeptierte diese Entschuldigung und war insgeheim erfreut, welche Mühe sich der Steward gab, ihre Gäste zufriedenzustellen.*

*Die vierundsechzig Delegierten der Pazifikstaaten, die an der Konferenz in der Oper teilgenommen hatten, sollten den Präsidenten und die anderen Staatsoberhäupter der Industrienationen auf der nächsten Etappe der Operation Earth Saver begleiten, so daß die Gespräche über mögliche Lösungen einer Vielzahl regionaler ökologischer Probleme fortgesetzt werden konnten.*

*Sutter hatte das Verladen ihres Gepäcks beaufsichtigt. Danach überprüfte er besonders sorgfältig die Tür, die bereits in Paris durch einen Defekt auf sich aufmerksam gemacht hatte, und wollte schon über die Leiter die Heckkabine aufsuchen, als Cowan mit dem Flugkoffer in der Hand im Frachtraum auftauchte.*

*Er meinte, er hätte in den Kühlschränken in der Küche keinen Platz mehr und wolle deshalb die Gewürze und Kräuter im Frachtraum deponieren, bis er sie brauchte. Bei der dort herrschenden Kälte blieben sie garantiert frisch. Obgleich es gegen die Vorschriften verstieß, hatte Sutter nichts dagegen.*

*Und gewiß, so entschied der Crew-Chief, wäre es nicht erforderlich, Morton von diesem Vorgang Meldung zu machen, obgleich er eindringlich darum gebeten hatte, über jede Abweichung von der vorschriftsmäßigen Routine unterrichtet zu werden.*

*Nun, vier Stunden nach dem Start zum Weiterflug von Sydney, verlief das Leben an Bord in seinen gewohnt ruhigen Bahnen.*

Morton hörte das Telefon in Pattersons Armlehne piepen.

»Flugzeugführer«, meldete Patterson sich förmlich.

»Hat jemand von Ihnen Hunger? Es gibt etwas zu essen«, sagte Cowan am anderen Ende. »Steaks, Fisch, Nudeln oder etwas Vegetarisches.«

Aus Sicherheitsgründen aß kein Angehöriger der Cockpitmannschaft das gleiche Gericht, um die Gefahr – so unwahrscheinlich es auch war –, die sich aus möglicherweise vergifteten Nahrungsmitteln ergab, soweit wie möglich zu verringern. Als Chefpilot der Maschine hatte Patterson das Recht der ersten Auswahl.

»Ich warte noch eine Weile«, sagte er. »Aber das Steak ist schon okay, Natur, bitte.« Locke bestellte Nudeln, Turner Seebarsch und Kerr ein vegetarisches Gericht.

»Hat Mr. Morton die Absicht, seine Mahlzeit bei Ihnen einzunehmen?« erkundigte Cowan sich.

Patterson gab die Frage weiter, und Morton schüttelte den Kopf. »Ich höre mir die Rede des Präsidenten an«, sagte er.

Während er den Telefonhörer zurücklegte, grinste Patterson. »Wie ich hörte, hat der Chef mit seiner letzten Rede ein wenig Staub aufgewirbelt.«

Er erzählte, daß Dempsey ihm das verraten hätte. Während sie im Konferenzsaal beim Servieren des Kaffees aushalf, hatte der Präsident Saddam Husseins Entscheidung heftig angegriffen, die Marschlandschaften im Südirak zu zerstören. Er hatte diese Aktion als eine der schlimmsten ökologischen Katastrophen ihrer Art bezeichnet. Der Chef hatte dank seiner schnellen Auffassungsgabe, mit der er die ihm zur Verfügung stehenden Informationen verarbeitet hatte, recht drastisch und genau schildern können, wie dadurch eine ganze Region in eine Wüste verwandelt wurde, was für die dort lebenden Menschen und die Tierwelt unübersehbare und verheerende Folgen haben würde.

»Diese Marschlandschaften sind die wichtigsten Feuchtgebiete der Welt«, sagte Turner. »Es gibt dort über hundert seltene Vogelarten, wie zum Beispiel den Dalmatinischen Pelikan und den Zwergkormoran.«

Kerr starrte den Funker erstaunt an. »Woher weißt du das alles, Mike?«

Turner zuckte die Achseln. »Ich lese viel.«

»Ich kenne mich nur in Schnepfen aus«, meinte Kerr grinsend. »Und über die steht alles im *Playboy*.«

Nachdem das Gelächter verstummt war, wandte Patterson sich an Locke. »Unser italienischer Industrieller scheint sich ziemlich rar zu machen. Von Cowan weiß ich, daß er nur ißt, sich Notizen macht und schläft.«

»Vielleicht gefällt es ihm nicht, hinten sitzen zu müssen«, meinte Locke.

Als Carlo Marcello in Sydney zugestiegen war, hatte man ihm einen Platz in der hinteren Kabine zugewiesen.

»Er hat auf seinem Platz genausoviel Beinfreiheit wie alle anderen«, hielt Patterson ihm entgegen. »Aber ich weiß auch nicht, weshalb er überhaupt hier ist. Haben Sie eine Ahnung, Mr. Morton?«

Morton brauchte sich keine schlaue Antwort einfallen zu lassen, weil das erste Essenstablett gebracht wurde.

Während er das Cockpit verließ, hörte Morton noch, wie Patterson zu Turner meinte, er sollte das Pentagon daran erinnern, daß die Notfallcodes für den Irak und den Iran noch nicht eingegangen wären. Und auch jetzt nahm er in Pattersons Stimme eine unterschwellige Anspannung wahr, die ihm schon in Paris aufgefallen war.

Auch an anderen Stellen verlief die Routine des Präsidentenflugs in gewohnten Bahnen.

In der Funkabteilung überwachten die Funker unter der Aufsicht ihres Chefs, des Majors, den Funkverkehr im gesamten Pazifikraum. Neben Stimmen aus Singapur und Hong Kong meldeten sich auch Vietnam, Korea und Japan. Ein Funker hatte bereits Kontakt mit ihrem nächsten Ziel, dem Internationalen Flughafen Peking, aufgenommen.

Köche bereiteten in der Küche das Mittagessen vor. Nebenan half Carolyn Dempsey einem Steward im bestens ausgestatteten Getränkelager bei der Auswahl der richtigen Weine.

Im Sekretariat arbeiteten Martha Wilson und ihre fleißige Steno-Truppe die Liste von Dankesbriefen an Helfer und Freunde in Sydney ab. Sämtliche Briefe würden vom Präsidenten unterschrieben, in einen Sack für Diplomatenpost gepackt und in einem Kurierflugzeug des Außenministeriums von Peking nach Sydney gebracht und bei der dortigen Post aufgegeben werden.

Helen Curtis behandelte eine Stewardess, die sich einen Rückenmuskel gezerrt hatte, als sie das Fitnessgerät des spanischen Ministerpräsidenten verschoben hatte, während sie sein Zimmer aufräumte. Helen hatte der jungen Frau eine den Muskelkrampf lösende Spritze verabreicht und ihr ein paar Schmerztabletten gegeben. Außerdem hatte sie ihr ein Attest ausgestellt, auf Grund dessen sie während des restlichen Fluges nur noch leichte Arbeiten verrichten durfte. Kurz danach klingelte ihr Telefon.

»Dr. Curtis, hier ist der Chef-Steward«, meldete Cowan sich förmlich.

»Was kann ich für Sie tun, Mr. Cowan?«

»Erklären Sie mir bitte, was ›leichte Arbeiten‹ sind.«

Helen lachte höflich. »Alles, was ihre Rückenpartie nicht belastet.«

»Dieser ganze Job ist anstrengend für den Rücken«, entgegnete Cowan knapp.

»Sie kann servieren und abtragen, aber sie darf nichts Schweres heben und keine Arbeiten verrichten, bei denen sie sich bücken muß.«

»Was soll ich dann mit ihr anfangen?« fragte Cowan ungehalten. »Bei vollbesetzter Maschine brauche ich wirklich jeden Mann und jede Frau.«

Helen seufzte. »Warum teilen Sie sie nicht für den Speisesaal ein und verteilen ihre anderen Pflichten auf Ihr übriges Personal?«

»Ein wirklich genialer Vorschlag«, meinte Cowan erbost und legte auf.

Morton schlenderte durch das Flugzeug. Als er an der Küche vorbeikam, nickte Carolyn Dempsey ihm zu.

»Möchten Sie etwas trinken, Mr. Morton?«

»Danke. Das gleiche wie vorhin.« Er trank, wenn er flog, ausschließlich Limonensaft. Mit dem Glas in der Hand spazierte er in die hintere Kabine. Der einzige Passagier dort war Carlo Marcello.

Der Industrielle war mit einer Designerjeans und einem Lambswoolpullover lässig, aber gediegen gekleidet. Er hatte seinen Sessel nach hinten gekippt, trug eine Maske, die seine Augen bedeckte, und schlief tief und fest.

Morton betrachtete ihn einen Moment lang, dann stieg er hinauf zum Konferenzsaal. Er ließ sich in einem der nur noch wenigen freien Sessel nieder, während der Präsident sich erhob und zum Rednerpult ging. Er schaute lächelnd in die Runde, dann, ohne lange Einleitung und mit absolut nüchterner Stimme, begann er seine Rede.

»Passen Sie gut auf. Wenn Sie sich jemals gefragt haben, wozu Regierungen da sind … dann hören Sie sich das mal an.«

Er drückte auf einen Knopf in der kleinen Instrumententafel des Rednerpults. Augenblicklich war der Saal mit einem schwachen, rasselnden Geräusch erfüllt. Mehrere Zuhörer sahen einander an – fragend, überrascht, betreten.

»Ich erspare es Ihnen, sich beim Raten den Kopf zu zerbrechen«, sagte der Präsident. »Es ist ein Kind. Genauer, ein Mädchen. Sieben Jahre alt. Und sie ringt nach Luft. Es gibt Millionen wie sie. Einige jünger, viele älter. Sie finden Sie in Ihrem Land und in meinem. Sie sprechen alle Sprachen der Erde. Aber sie haben eines gemeinsam: Ihnen wurde das Recht zu atmen verweigert!«

Er schleuderte die Worte geradezu in den Raum und registrierte zufrieden die einsetzende Unruhe unter seinen Zuhörern.

»Jedem wurde von uns das Recht zu atmen verweigert. Und nicht nur von uns. Sondern von all denen, die regieren und herrschen. Wir – sie – alle von uns haben eine gemeinsame Verantwortung für die Zukunft dieses Kindes. Das Mädchen hat – wie alle, die mit ihr leiden – ihr Schicksal in unsere Hände gelegt.«

Er drückte auf einen anderen Knopf, und das rasselnde Atmen verstummte.

Nicht ein Laut störte nun die einsetzende Stille im Saal. Morton hatte etwas Derartiges nicht mehr gesehen, seit er, als Kind, erlebt hatte, wie Präsident Kennedy ein Auditorium in Bann schlug.

»Die hauptsächlichste Ursache für derartige Erstickungsanfälle ist die Luftverschmutzung, und zwei wesentliche Ursachen dafür sind unsere derzeit in Betrieb befindlichen Kraftwerke und der Straßenverkehr. Also, was können wir tun? Die Erfindung des Autobenzins rückgängig machen? Unsere Highways sperren? Unsere Kraftwerke stillegen und in Vergnügungsparks oder Abenteuerspielplätze umwandeln?«

Der Präsident hielt inne und ließ den Blick von einem Gesicht zum anderen wandern, wobei sein Blick niemals lange genug auf einem Gesicht ruhte, um dem Betreffenden das Gefühl zu vermitteln, ausgesondert zu werden. Er kam zum nächsten Punkt, ohne seine Argumentationskette zu unterbrechen.

»Benzinmotoren und Kraftwerke haben uns von stumpfsinniger Arbeit befreit, und sie haben Leben gerettet. Aber sie kosten auch Leben. Weltweit nehmen die Zahlen der Opfer bei Verkehrsunfällen stetig zu. Desgleichen steigt die Zahl der Opfer durch Luftverschmutzung. Sicher ist bei allem nur eins: Die Lösung all dieser und aller umweltbezogenen Probleme ist nur dort zu finden, wo sie geschaffen wurden, nämlich im menschlichen Gehirn.«

Morton sah, wie Premierminister Bostock sich betont gerade aufsetzte, während andere in seiner Umgebung zustimmend nickten. Bundeskanzler Stürmer massierte sein Kinn. Ministerpräsident Esplana flüsterte mit dem Ministerpräsidenten Marceau von Frankreich.

»Früher oder später wird jemand einen Geistesblitz haben und eine sauberere, sicherere Methode finden, um Automobile anzutreiben und um elektrischen Strom zu erzeugen. Was ein weiterer Grund dafür ist, daß ich Ihnen allen zurufe: Ihrer aller und Ihrer Länder wertvollste Ressourcen sind die Menschen. In ihren Gehirnen – und damit in ihrem Erfindungsreichtum – sind ungeahnte und unerschöpfliche Reserven vorhanden. Verzichten Sie nicht darauf. Setzen Sie Ihre Menschen ein. Erziehen Sie sie. Bilden Sie sie aus. Spornen Sie sie an. Dann muß das Röcheln eines Kindes, das nach Luft ringt, nie mehr der Preis sein, den die Menschen für etwas zahlen müssen, das Fortschritt genannt wird. Lassen Sie uns alle das Gelübde ablegen, daß wir schon jetzt damit anfangen, für unsere Kinder eine andere Welt zu schaffen, in der sie später leben werden. Lassen Sie uns einander dieses Versprechen hier und jetzt geben!«

Rasender Applaus erhob sich, während der Präsident vom Rednerpult zurücktrat.

Für einen Moment ließ Morton die Begeisterung der anderen auf sich einwirken. Dann sprang auch er, wie die anderen, auf die Füße und applaudierte. Er hatte so etwas schon sehr lange nicht mehr getan, und er war froh, daß er es jetzt tat, denn es war eine Ehre, sich in Gesellschaft eines derart integren und anständigen Menschen wie des Präsidenten zu befinden.

Kurz vor Anbruch der Morgendämmerung schaute der Arrangeur den beiden Stasi-Teams bei ihrer tödlichen Arbeit zu. Jedes Kommando war sorgfältig ausgesucht, denn es konnte einen Menschen auf eine Reise der Qualen schicken, von denen er sich niemals wieder richtig erholen würde. Verhielten sie sich soeben noch still und reglos wie lauernde Geier, so bewegten sie sich schon im nächsten Moment lautlos und rasend schnell über den Sand und zückten dabei die Messer wie Metzger, die Schlachttiere zerlegen. Außer daß diese noch am Leben waren – es waren die letzten Kurden aus den Verliesen des Forschungskomplexes ...

Nun da Bodor keine weitere Verwendung mehr für sie hatte, stellten die eingeborenen Männer und Frauen hervorragendes Versuchsmaterial dar. Als der letzte gräßliche Schrei verstummt war, begannen die Kommandos sich in ihre felsige Festung zurückzuziehen. Der Arrangeur stellte zufrieden fest, daß sie wirklich die besten waren, daß sie jeden Job erledigen würden, ganz gleich wie schwierig oder unangenehm er wäre.

Er machte kehrt und schritt durch den Sand zur Rampe zurück, die in den Komplex hinunterführte.

In ihrem Büro behielt Helen den Hörer des Telefons, durch das sie mit dem Memorial Hospital verbunden war, noch einige Sekunden länger am Ohr.

Dr. Monroe hatte ihr soeben mitgeteilt, daß sich an Brons Zustand noch nichts geändert hätte; sie läge noch immer im Koma. Im Augenblick bestand die Gefahr, daß sie noch tiefer in ihren Schlaf der Bewußtlosigkeit versank. Beide wußten, daß bei etwas so Kompliziertem und Unerforschtem wie einem Koma nicht die geringste Möglichkeit bestand, halbwegs zuverlässig seinen Verlauf vorauszusagen.

»Ich rufe dich in drei Stunden wieder an. Brian, sobald wir in Peking gelandet sind.«

»Das klingt danach, als machte es sehr viel mehr Spaß, als hier in der Notaufnahme zu arbeiten, Helen.«

»Aber nicht so aufregend.« Tatsache war, daß sie sich nach dem hektischen Tempo im Bethesda nach etwas sehnte, das sie voll und ganz in Anspruch nahm, sie forderte. Hier, in einer Dachkabine von Air Force One, fühlte sie sich wie abgeschnitten von allem.

»Als ihr Mann mich aus Sydney anrief, klang er sehr sachlich und reserviert. Ich nehme an, das gehört zu seinem Job«, sagte Monroe.

»Das denke ich auch.« Sie hoffte, daß sich die Unsicherheit in ihrer Stimme nicht bemerkbar machte.

Im Kontrollraum im dritten Stock des NSA-Komplexes am Rand von Washington starrte Hernandez, der Agent, der den ermordeten Techniker ersetzte, verblüfft auf seinen Videoschirm. Vor einem Moment hatte einer der Ingenieure angerufen, um durchzugeben, daß der Halo-Satellit, der dicht neben der irakisch-iranischen Grenze gestrandet war, wieder arbeitete.

Auf seinem Schirm konnte Hernandez verfolgen, wie der Halo sich in Bewegung setzte – aber nicht in Richtung Teheran. Der Satellit kehrte langsam über den Irak zurück. Er riß den Telefonhörer von der Gabel und rief den Ingenieur an.

»Ihr müßt schnellstens wieder zurück an den Konstruktionstisch, Freunde«, sagte Hernandez.

»Ich weiß schon Bescheid«, erwiderte seufzend der Ingenieur. »Und wir können überhaupt nichts machen, bevor das Ding in seine ursprüngliche Startposition zurückgekehrt ist. Das ist einer der Nachteile beim Halo. Er muß erst sein Programm durchlaufen.«

»Wie lange wird das dauern?«

Eine Pause trat ein, während der Elektriker rechnete. »Von dort, wo er jetzt steht? Elf Stunden und vierzig Minuten, dann eine Stunde für die Neuprogrammierung, danach vierunddreißig Stunden bis nach Teheran.«

Hernandez, dessen Sicherheitsstatus zuließ, daß er über solche Dinge Bescheid wußte, begriff, daß der Satellit erst dann wieder über der Iranischen Hauptstadt stehen würde, wenn Air Force One längst von dort gestartet wäre.

Er wählte die Nummer des Wachkommandanten in seiner Kabine am Ende des Saales und berichtete ihm, was geschehen war. Der Wachführer schickte die Neuigkeiten zuerst ins Büro von Konteradmiral Stanway. Von dort wurde die Nachricht per Telefon zu Gates in Langley weitergeleitet. Er wiederum rief Morton in Air Force One an.

»Sorgen Sie dafür, daß die NSA den Halo genauestens im Auge behält. Vielleicht, Bill, haben wir einen Riesendusel«, sagte Morton.

## ZWEIUNDDREISSIG

In seinem Büro direkt über dem Cockpit verfolgte der Präsident, wie Arnold Bostock ein weiteres Petits fours verzehrte. Es war tatsächlich, so dachte er wieder, etwas an dem Premierminister, das an ein Tier erinnerte, ein schnelles und hinterlistiges Tier, einen Fuchs vielleicht.

Nach dem Mittagessen hatte er Bostock zu dem gewünschten Vieraugengespräch hierher eingeladen. Nachdem sie es sich gemütlich gemacht hatten und Cowan den Kaffee serviert und die Tür beim Hinausgehen hinter sich geschlossen hatte, kam der Premierminister sofort zur

Sache. »Einige von uns, die die ganze Reise mitmachen, meinen, wir sollten Teheran auslassen.«

»Weshalb das?« Die Stimme des Präsidenten schwankte nicht.

Bostock leckte sich ein paar Krümel von den Lippen, ehe er antwortete. »Nun, zuerst einmal wird nichts von dem, was Sie – oder sonst irgend jemand – den Mullahs erklären, ihre Meinung auch nur einen Deut ändern. Glauben Sie mir, auf meiner Seite des Großen Teichs haben wir eine Menge Erfahrung im Umgang mit ihnen. Unnachgiebigkeit ist ein noch viel zu schwaches Wort, um ihre Haltung angemessen zu beschreiben.«

»Wenn wir nicht versuchen, diese Haltung zu ändern, werden wir nie erfahren, ob sie überhaupt zu Veränderungen fähig sind, Arnold.«

»Ein paar von uns haben über dieses Thema beraten und sind zu dem Ergebnis gekommen, wenn wir nach Teheran gehen und Bagdad auslassen, würde dies die Lage nur verschärfen.«

»Würden Sie mir das vielleicht einmal ausführlich erläutern?« fragte der Präsident leise.

Der Premierminister lächelte kurz. »Ich will Ihre eigenen Bemühungen nicht abwerten …«

»Nein, nein, bitte. Ich würde wirklich gerne hören, was Sie zu sagen haben.«

Bostock nickte, als ordnete er seine Gedanken. Er war mit Stürmer und Marceau übereingekommen, daß der beste Ansatz ein Hinweis auf die Bedrohung wäre, die der Iran für die Vereinigten Staaten darstellte.

»Nachdem der Iran sich von seinem achtjährigen Krieg gegen den Irak erholt hat, entwickelt er sich mehr und mehr zu einer Gefahr für Ihre Nation und ihre Verbündeten. Diese Gefahr entspringt dem Terrorismus. Meine Geheimdienste versichern mir, daß Teheran es auf diesem Gebiet zu mittlerweile noch nie dagewesenen Fähigkeiten gebracht hat. Die wirtschaftliche Bedrohung ergibt sich aus der Tatsache, daß sie den Ölpreis nach Gutdünken manipulieren können. Die politische Bedrohung besteht in der iranischen Unterwanderung der Ihnen freundlich gesonnenen Nationen.«

»Abgesehen von dem Öl könnte das genauso auf den Irak zutreffen«, stellte der Präsident fest.

»In der Tat. Aber der Irak ist noch immer eine ziemlich ausgelaugte Macht. Überall sieht man Anzeichen für einen wirtschaftlichen Niedergang. Aus diesem Grund können wir Irak nicht weiterhin als natürliches Gegengewicht betrachten, das die Mullahs von expansionistischen Plänen abhalten könnte. Was würde denn geschehen, wenn der Iran sich entschließt, die zunehmende irakische Verwundbarkeit auszunutzen und den südlichen Irak zu besetzen? Die Gefahr für uns alle läge auf der Hand. Die gesamte Region würde destabilisiert.«

Bostock lehnte sich mit der Tasse in der Hand in seinem Sessel vor. »Ich will ganz offen zu Ihnen sein. Viel eher noch als der Irak befindet der Iran sich auf Kollisionskurs mit dem Rest der Welt. Aber es kommt nicht zu einer direkten Konfrontation. Zumindest noch nicht. Die Iraner sind viel zu schlau für so etwas. Anstelle direkter Attacken werden sie sich für Täuschung und Irreführung entscheiden. Anstatt sich ihrer Fähigkeiten zu rühmen, werden sie sich weiterhin gegen uns – Sie – verschwören. Saddam ist, verglichen mit den Mullahs, ein offenes Buch. Einige von uns finden, um bei dem Bild zu bleiben, daß wir lange genug die falschen Seiten umgeblättert haben.«

Der Präsident deutete ein Lächeln an. »Ein interessanter Gedanke.« An dem, was Bostock gesagt hatte, war durchaus etwas Wahres. »Wie Sie wissen, habe ich noch immer nichts aus Bagdad gehört«, erklärte der Präsident. »Übrigens, wer sind denn diese ›einige von uns‹, die Sie gerade erwähnten?«

Der Premierminister machte eine wegwerfende Geste. »Ach, Stürmer und Marceau. Wir alle denken, Sie sollten direkt mit Saddam Verbindung aufnehmen. Das wäre genau die Art von Geste, die ihm gefallen würde. Und, wenn ich das bemerken darf, sie dürfte Ihnen auch nicht schaden. Diese Reise stößt nach dem, was ich in den Londoner Zeitungen gelesen haben, auf heftige Kritik. Das gleiche erwarte ich auch von Ihren Medien. Wenn Sie Saddam dazu bewegen könnten, sich an Ihrem Kreuzzug zu beteiligen, könnte das die öffentliche Meinung kippen. Einige von uns sind der Ansicht, daß man Saddam endlich aus der Kälte hereinlassen sollte, oder«, der Premierminister lachte, »in seinem Fall aus der Wüstenhitze.«

Der Präsident sagte nichts.

Der Premierminister leerte seine Tasse, ehe er fortfuhr. »In England und Europa gibt es eine weitverbreitete Haltung, nämlich daß der Golfkrieg endgültig der Vergangenheit angehört. Und daß die Kuwaitis eines daraus nicht gelernt haben: Bescheidenheit. Sie sind so arrogant wie eh und je. Manchmal kann man Saddam wirklich nicht übelnehmen, daß er auf sie wütend ist. Und, wie ich schon sagte, er hat für große Gesten eine Menge übrig. Ein direktes Gespräch mit ihm könnte Wunder wirken.«

Der Präsident musterte den Premierminister einige Sekunden länger, und als er wieder das Wort ergriff, hatten seine Worte einen harten, energischen Unterton, der vorher noch nicht vorhanden gewesen war. »Saddam anzurufen hieße, ein falsches Zeichen setzen. Nicht nur für ihn, sondern auch für die Iraner und die Israelis … für jeden in dieser Region. Sie würden mich als Bittsteller betrachten. Und das bin ich nicht – bei niemandem. Was ich anbiete, ist eine Partnerschaft. Letztendlich geht es bei Operation Earth Saver um nichts anderes. Nämlich darum, daß man zusammenarbeitet, um ein gemeinsames Ziel zu erreichen. Um zu versuchen, diese Welt zu einem besseren Ort zu machen, an dem heute wir und morgen unsere Kinder leben.«

Bostock schenkte sich frischen Kaffee ein. »Warum sollen wir die Iraker nicht daran beteiligen?«

»Saddam will nicht beteiligt werden. Das Pentagon hat soeben geschlagene zwei Wochen gebraucht, um sich von

Bagdad deren Rettungscodes geben zu lassen, falls wir im dortigen Luftraum irgendwelche Schwierigkeiten haben sollten.«

»Das liegt nur an der dortigen Bürokratie. Daran werden Sie sich gewöhnen«, war Bostocks schnelle Erklärung.

»Bestimmt«, pflichtete der Präsident ihm in ironischem Ton bei und leerte seine Tasse.

Der Präsident hatte sich schon gefragt, wann dieser Vorstoß unternommen würde.

Vor dem Abflug aus Washington hatte Thack ihm den Bericht gezeigt, den Sandy Richardson irgendwie dieser seltsamen Engländerin hatte abluchsen können, die er ihm vor einigen Jahren während einer Botschaftsparty in Washington vorgestellt hatte. Damals hatte Sandy nach allem, was man hörte, eine schnelle, intensive Affäre mit ihr, die, wie sie beide erkannten, nicht von Dauer sein konnte. Ehe die Angelegenheit zu schwierig wurde, war die Frau nach London zurückgeholt worden, wobei sie ihren Dienst als Sicherheitsbeamtin der Botschaft so gut versehen hatte, daß sie einige Sprossen auf der Karriereleiter übersprang. Als er Sandy als Botschafter zum Court of St James geschickt hatte, hatte er beiläufig bemerkt, daß Nancy Roberts nun Chefin des MI5 wäre.

Der Bericht selbst zeigte Bostock von seiner hinterhältigsten Seite. Seit fast einem Jahr drängte er die Industriebosse seines Landes, sich mit ihren deutschen und französischen Konkurrenten zusammenzutun, um den Irak heimlich mit Hilfsgütern zu beliefern und die fast gänzlich erschöpften militärischen Reserven wieder aufzufüllen – genauso wie ihre Vorgänger es vor dem Golfkrieg getan hatten. Bostock nannte es die Saddam-Option.

Abrupt stand der Präsident auf und ging zu seinem Schreibtisch. Aus einer Schublade holte er ein Dokument und drehte sich zu Bostock um. »Ist dies die Taktik, wie Sie und Ihre Freunde Saddam zu überreden versuchen?«

Der Präsident drückte Bostock eine Kopie der Saddam-Option in die Hand.

Der Premierminister warf einen Blick darauf, blätterte die Seiten durch bis zu seiner eigenen Unterschrift am Ende. »Woher haben Sie das?« fragte er mit drohender Stimme.

Der Präsident lächelte spöttisch. »Sie können es behalten. Ich habe noch zahlreiche weitere Kopien, Arnold. Und ich habe keine Schwierigkeiten, dafür zu sorgen, daß sie in die richtigen Hände geraten. Zu den Medien, zum Beispiel. Zu Ihrer Opposition. Und zu den Umweltschützern, die Sie so liebevoll fördern. Stellen Sie sich mal vor, was die daraus machen würden. Nennen Sie ihn mir, und schon morgen hat der Betreffende ein Exemplar in Händen.«

»Drohen Sie mir?«

»Ihnen drohen?« Der Präsident zuckte die Achseln. »Das ist eine ziemlich seltsame Wortwahl für jemanden, der wild entschlossen ist, Saddam Gelegenheit zu geben, seine Nachbarn erneut zu bedrohen – nur damit Sie und Ihre Freunde ihre Holdings ...«

»Was zum Teufel wollen Sie damit ...«

»Es ist alles dort, Arnold«, sagte der Präsident kühl. »Wie Sie und Marceau und Stürmer sich die Taschen über irgendwelche Strohmänner füllen. Das Schöne bei Leuten wie Ihnen ist, daß sie stets eine breite Spur aus Papier hinterlassen.«

Bostock ließ sich in seinem Sessel zurücksinken. »Also, was werden Sie jetzt tun?« wollte er mit einer Stimme wissen, die nicht ganz die Angst hinter seiner Wut verbergen konnte.

»Nichts«, sagte der Präsident verächtlich. »Wenn ich irgend etwas täte, würde ich mir selbst die Hände schmutzig machen. Falls Sie nach Bagdad gehen wollen, um Ihre miesen Geschäfte abzuschließen, dann tun Sie es lieber nicht während meiner Regierungszeit!« Er ging zur Tür und öffnete sie. »Erzählen Sie Ihren Freunden genau, was ich gesagt habe, Und wenn Sie alle in Peking aussteigen wollen, dann soll mir das nur recht sein.«

Ignatius Bailey erwachte wie ein erfahrener Söldner, wachsam und sofort einsatzbereit. Seine Augen registrierten das blinkende Licht auf der Instrumentenkonsole neben seinem Bett, und seine Ohren lauschten der Stimme auf dem Tonband.

»Vor Mitternacht.«

Bailey lächelte. Wie üblich hatte der Arrangeur einen Synthesizer benutzt, um seine Stimme zu verfremden.

Er löschte das Tonband und ließ sich in seinem Bett zurücksinken.

Der letzte Countdown hatte begonnen.

Die Singsang-Stimme des Lotsen der chinesischen Luftverkehrskontrolle auf dem neuen Flughafen in Hong Kong gab Air Force One die Anweisung, auf den Funkstrahl in Guandong, einen Sektor weiter, umzuschalten.

»Roger«, bestätigte Locke über sein Lippenmikrofon und betätigte einen Schalter, um einen Transmitter neu zu justieren.

Patterson neben ihm blickte in den Himmel. Die Sonne stand fast im Zenith. Unten war das Südchinesische Meer in ein bleiches, bläuliches Licht getaucht, das an moirierte Seide erinnerte. Die Farbe erinnerte ihn wieder an Bron. Von einer Reise nach Bangkok hatte er ihr mehrere Blusen in diesem Farbton mitgebracht. Sie hatte nicht eine davon jemals getragen.

Nun, unter dem Vorwand, sich die Beine zu vertreten, begab er sich in die medizinische Abteilung.

Helen stand an der Sichtluke ihres Büros und schaute hinaus. Als er anklopfte, wandte sie sich um. »Es ist wunderschön«, sagte sie. »Ich hätte niemals gedacht, daß die Natur so wundervoll sein kann. Die Wolken sind wie lebendige Wesen, jede ist anders.« Ihre Stimme war wie ein Balsam, warm und tröstend, und traf mitten in den Ursprung seiner Qual.

»Das hat meine Frau auch immer gesagt.«

»Ich habe mit Doktor Monroe gesprochen – keine Veränderung«, sagte sie behutsam.

Hinter seiner Pilotenbrille begannen seine Augen zu brennen, und als er sich bedankte, schien sein Mund wie mit Watte ausgestopft zu sein. »Ist das sehr schlimm?«

»Er hatte gehofft, daß sie mittlerweile Anstalten macht, wieder zu sich zu kommen.«

»Und er meint, es könnte noch schlimmer werden?« hakte er nach.

Helen wartete einen Moment mit der Antwort. »Das kann niemand entscheiden«, meinte sie schließlich.

»Aber möglich ist es.«

»Ja. So etwas kann passieren.«

Sie wollte ihn trösten und betrachtete ihn traurig und voller Mitgefühl. Aber sie wußte instinktiv, daß dies ein Fehler wäre. Wenn sie überhaupt irgendeine Chance hatte, ihm zu helfen, dann mußte sie sich an seine Regeln halten. Er hatte unmißverständlich klargemacht, daß Emotionen während seines Dienstes tabu waren. Er war stolz darauf, seinen Betrieb streng und leidenschaftslos zu führen. Von jedem, auch von ihm selbst, wurde erwartet, daß er auch die schlimmsten Schicksalsschläge kaschierte und sich auf keinen Fall anmerken ließ, wie es in seinem Innern aussah. Trotzdem wollte sie ihm ein Zeichen geben, daß er nicht allein war.

Helen lehnte sich an ihren Schreibtisch. »Was im Augenblick mit Bron geschieht, ist ein Lotteriespiel. Bis zu einem gewissen Grad hängt es von ihrer physischen Kraft und ihrem Unterbewußtsein ab, sie zu kontrollieren. Weder Doktor Monroe noch sonst jemand kann beurteilen, wie gut sie dazu in der Lage ist. Jeder Mensch ist anders.«

»Sie meinen also, daß ...«

»Ich weiß, wie schmerzlich für Sie diese Situation ist«, unterbrach Helen ihn. »Ich habe eine ältere Schwester, die ebenfalls versucht hat, sich das Leben zu nehmen.«

»Tatsächlich.« Patterson nahm Zuflucht zu bitterer Ironie. »Soll ich mich deshalb jetzt besser fühlen?«

Für Sekunden herrschte ein betretenes Schweigen. Patterson wurde sich seiner wenig angemessenen Reaktion bewußt. »Tut mir leid«, sagte er. »Das gehörte sich nicht. Aber alles ist so schrecklich. Was war denn mit Ihrer Schwester?«

Helen wartete einen Moment, um ihnen beiden Zeit zu lassen, sich zu sammeln. »Beth lag fast einen Monat lang im Koma. Eines Morgens wachte sie auf, einfach so.«

»War sie gesund?«

»Ihr Ärzte meinten nein.« Helens Stimme klang gehetzt, als dächte sie an etwas völlig anderes. »Ihre Diagnose lautete auf Schizophrenie. Erst als ich Medizin studierte, erkannte ich, daß ihre Diagnose ungenau gewesen war. Meine Schwester hatte eigentlich nur um Hilfe gerufen. Als sie diese Hilfe bekam, erholte sie sich am Ende wieder völlig.«

»Halten Sie Bron für schizophren?«

»Ganz bestimmt nicht«, sagte Helen, dann schaute sie Patterson in die Augen und wiederholte es. »Ganz und gar nicht – das verspreche ich Ihnen.«

Er nickte. »Bron war nicht krank, als ich Sie heiratete. Damals war sie wohlauf.«

Sie musterte ihn prüfend. »Wollen Sie damit etwa andeuten, daß Sie sich selbst die Schuld geben?«

»Es fällt mir schwer, das nicht zu tun.«

»Was Bron versucht hat, hat mit Ihnen direkt nichts zu tun, Ed. Sie hat den Selbstmord für sich selbst als Lösung ausgesucht. Wir werden niemals erfahren, ob sie tatsächlich die ernsthafte Absicht hatte, ihr Vorhaben bis zum bitteren Ende durchzuziehen, denn sie selbst wird niemals in der Lage sein, uns das zu erklären. Der Geist kann solche Dinge sehr gut für sich behalten.«

»Das macht es mir auch nicht gerade einfacher, mit dem zu leben, was geschehen ist.«

Sie richtete sich auf und stieß sich vom Schreibtisch ab. »Ed, wenn Sie jetzt auf einen großen Schuld-und-Sühne-Trip gehen wollen, dann kann niemand Sie daran hindern.

Aber warten Sie lieber damit, bis wir alle wieder in Andrews gelandet sind.«

»Wollen Sie schon wieder andeuten, daß ich meinem Job nicht gewachsen bin, Doktor?« fragte er mit steifer Förmlichkeit.

»Ich sage nur, daß Sie im Augenblick unter einer erheblichen Belastung stehen. Das ist durchaus verständlich. Aber Sie müssen das in den Griff bekommen. Sonst muß ich diese Geschichte weitermelden. Vergessen Sie nicht, daß meine vordringliche Pflicht darin besteht, für den Chef und seine Sicherheit zu sorgen.«

Als er Anstalten machte zu gehen, hielt Helen ihn auf. »Ich bin keine Psychiaterin, Ed, aber zu den ersten Dingen, die ich im Laufe meiner Arbeit gelernt habe, gehörte, daß niemand das Leben und die Lebensweise eines anderen Menschen ändern kann. Im Grunde sind die Menschen völlig allein, wenn es um die Lösung seelischer Probleme geht.«

»Das kann ich nicht akzeptieren«, sagte er. Seine Stimme klang noch immer angespannt.

Helen schüttelte den Kopf langsam, als wollte sie damit tiefes Bedauern ausdrücken. »Natürlich können Sie das nicht, Ed. Aber ich erzähle Ihnen etwas, das sie längst wissen. Es ist irgendwo in Ihrem Unterbewußtsein vergraben. Daß all diese Nebensächlichkeiten des Lebens, die Jagd nach Geld, materieller Erfolg oder diese unmöglich zu definierende Erscheinung namens Glück nichts anderes sind als eine Tarnung, eine Methode der Menschen, um sich nicht der Wahrheit stellen zu müssen.«

Sie hielt inne, da sie zu klug und zu erfahren war, um ihm nicht die Möglichkeit einzuräumen, darauf etwas zu erwidern. Als er es nicht tat, fuhr sie fort: »Bron liegt im Krankenhaus, und Sie leiden furchtbar darunter. Aber Sie müssen der Wahrheit ins Auge schauen, daß – ganz gleich, was mit ihr geschieht – Sie, Ed Patterson, für immer mit dem leben müssen, wer immer Sie sind. Denken Sie mal darüber nach.«

Er hatte kaum etwas anderes getan, während er in das Cockpit zurückkehrte. Aber je länger er nachdachte, desto bohrender wurde der Schmerz in seinen Eingeweiden, als wollte er ihn für seinen Entschluß bestrafen, seine Schuldgefühle wegen Bron abzuschütteln.

In der Telefonkabine des Präsidenten hatte Morton eine Konferenzschaltung hergestellt, die ihn mit Danny in der amerikanischen Air Force Basis in der saudiarabischen Wüste und mit Gates in seinem Büro in Langley verband.

Seine Augen waren fast geschlossen, und er saß völlig still da, als hätte irgendein alchimistischer Prozeß in seinem Körper die Anspannung und Ungewißheit in eine unerbittliche Entschlossenheit verwandelt, während er sich in Gedanken zurechtlegte, was getan werden mußte. Dann begann er Befehle zu geben.

»Danny, ich schicke Ihnen Sean und seine Schützen. Deshalb brauchen Sie zwei weitere Apaches und genug Chinooks für Seans Leute. Tommy und Anna fliegen im führenden Apache, Sie auf Position Nummer zwei und Sean als Dritter. Big Mike befehligt die Schützen. Sie müssen von dem Augenblick an in Bereitschaft sein, in dem Air Force One in den iranischen Luftraum eindringt. Aber niemand unternimmt irgend etwas, ohne daß ich dazu den Befehl gegeben habe.«

Danach wandte er sich an Gates. »Ich verlange ständige Informationen vom Halo, Bill. Und zwar in Bild und Ton. Jede halbe Stunde eine Aktualisierung und noch häufiger, falls der Operator irgend etwas entdeckt. Erklären Sie ihm, er soll auch nach einem Kamel mit Bombengehäuse auf dem Rücken Ausschau halten, das in Richtung Babylon läuft.«

Gates kicherte. »Allzu viele dürfte es von denen ja nicht geben.«

»Wenn der Halo nahe genug heran ist, soll er mal das

alte unterirdische Hauptquartier Saddams unter die Lupe nehmen.«

»Das könnte problematisch sein, David. Stanways Leute meinen, daß die Bahn des Satelliten nach Norden schwenkt, ehe er dorthin kommt. Nach den Koordinaten, die mir zur Verfügung stehen, befände sich das Hauptquartier außerhalb oder gerade noch am Rand des Satellitensuchstrahls.«

»Dann schicken Sie mir mal die Koordinaten rüber«, verlangte Morton. Nachdem er sie notiert hatte, massierte er seine Nase. Während er rechnete, fühlte er sich wie jemand, der einen langen Wettlauf absolviert hat und dessen Geist und Muskeln nun von der Anstrengung schmerzten. »Bestellen Sie ihnen, wir suchen nur nach Hinweisen und nicht nach hoch-definierten Darstellungen, deshalb können sie die Kameras mit Höchstgeschwindigkeit laufen lassen.«

Damit hätten die Kameras einen um zehn Meilen vergrößerten Radius. Am äußersten Rand wären die Bilder voraussichtlich ziemlich abgeschattet, aber wenn sie Glück hatten, könnten Stanways Analytiker etwas darauf erkennen.

»Wann ist der Satellit dort?« fragte Morton.

»In sechs Stunden«, antwortete Gates.

Morton nickte Es würde ziemlich knapp. Er schaute auf seinen Notizblock, auf dem er etwas aufgeschrieben hatte, das Danny erwähnt hatte. »Hat die Zahl der Iraner da oben an der Grenze zugenommen, Danny?«

»Die Kuwaitis meinen ja. Aber die übertreiben gerne. In amerikanischen Geheimdienstkreisen ist man der Meinung, daß es nichts anderes ist, als daß die Mullahs Bagdad ein wenig angst machen wollen. Zweitausend Soldaten dürften nicht sehr weit kommen, wenn sie denn die Grenze überschritten haben.«

Morton machte sich eine weitere Notiz, während er redete. »Und wissen wir etwas darüber, daß die Iraker vorhaben, ebenfalls mit den Muskeln zu spielen?«

»Nicht daß ich wüßte. In Radio Bagdad ist nichts Entsprechendes zu hören. Und wenn die Iraker tatsächlich Soldaten zur Grenze verlegten, dann würde die sich anbietende Route direkt durch den Suchstrahl des Halos führen.«

Morton schrieb erneut. Diese Iraner waren in der Nähe des Ortes gewesen, wo Bodors Bombe entdeckt worden war. Durchaus möglich, daß sie eine weitere Suchaktion nach der Waffe starteten.

Über die Sprechanlage der Telefonkabine sagte Patterson Bescheid, daß sie in einer halben Stunde in Peking landen würden, während Morton einen letzten Befehl an Danny durchgab. »Legt eine weitere Benzin-Versorgungskette dorthin, wo Tommy im Iran umgekehrt ist. Die Stealths sollen an diesem Punkt genug abwerfen, um noch hundert Kilometer weiterzufliegen.«

Danny hatte erklärt, daß Tommys Umkehrpunkt genauso weit von Babylon entfernt war wie von der irakisch-iranischen Grenze.

Sobald Morton das Gespräch beendet hatte, begann er das nächste mit Humpty Dumpty, Lester Finel und dem Prof in Genf.

Der Chef der Stimmanalyse schickte eine Entschuldigung voraus. »Es gibt keine Tonbandaufnahme von de Brugs Stimme. Sie muß bei der Aufräumaktion auf der Strecke geblieben sein.«

Morton konnte sich vorstellen, wie Humpty Dumpty mit seinem großen kahlen Kopf nickte, während er sprach. Dabei säße er an seinem großen Arbeitstisch, auf dem sich alle möglichen tontechnischen Geräte drängten, während ringsum seine Leute damit beschäftigt wären, Tonbänder mit unterschiedlichen Geschwindigkeiten und unterschiedlicher Lautstärke abzuspielen.

»Wir haben festgestellt, daß die Stimme auf dem Halo-Band südafrikanischen Ursprungs ist. Aufgrund der tonalen Eigenschaften müßte Ihr Mann zwischen dreißig und vierzig Jahre alt sein. Die Art und Weise, wie er das Wort

›Bodor‹ ausspricht, legt die Vermutung nahe, daß er ein Linguist ist«, sagte Humpty Dumpty.

Ein gekünsteltes Hüsteln erklang, dann meldete der Prof sich zu Wort. »Ich denke, daß, egal ob dies de Brug ist oder nicht, seine Stimme deutlich auf jemanden hinweist, der bei sich selbst jegliche Fähigkeit zum Entwickeln menschlicher Gefühle ausgemerzt hat. So tot klingt diese Stimme. Finden Sie nicht auch, Humpty?«

»Oh, aber ganz gewiß. Und es ist ein Tonfall, der auf eine Person hinweist, die fest davon überzeugt ist, daß das, was sie tut, nicht nur nicht falsch, sondern absolut richtig ist.«

Morton hörte eine Folge von Knacklauten durch die Leitung. Das dürfte der Prof gewesen sein, der nacheinander seine schlanken Finger langzog. Die Finger eines Pianisten an den Händen eines Freudianers mit Killerqualitäten.

»Die tonalen Eigenheiten erinnern mich ein wenig an den verstorbenen und kaum betrauerten Doktor Gustav Römer«, sagte der Prof. »Beiden Stimmen ist diese Ausstrahlung des absolut Bösen zu eigen.«

Römer hatte als Immunologe für den Stasi gearbeitet und eine Klinik geleitet, die auf die Verpflanzung von gestohlenen menschlichen Organen spezialisiert war, bis Morton ihm das Handwerk gelegt hatte.

»Rein psychologisch betrachtet, ist de Brug ein Einzelgänger. Was er als normale Freuden des Lebens betrachtet, dürfte der gängigen Praxis absolut widersprechen. Sexuell stünde er sicherlich am extremen Ende der Abartigkeitsskala. Emotional rangiert er wohl auf der gleichen Stufe wie ein klinisch Toter.« Der Prof seufzte. »Kein besonders netter Mensch, David, ganz bestimmt nicht.«

»Wie kommt es, daß so einer für Bailey arbeitet?« fragte Morton.

»Die Frage kann ich beantworten, Dave«, sagte Lester. »Falls es wirklich de Brug ist.«

»Gehen wir einfach mal davon aus.«

»Na schön. De Brug war stellvertretender Sicherheitschef bei Globoil, als Meridian die Firma übernahm. Unsere Computer fanden seinen Namen in einem alten Angestelltenverzeichnis. Nach der Übernahme wurde de Brug in die Meridian-Zentrale versetzt. Vor einem Jahr ging er als Sicherheitschef in den Westen zu Nuclear Components. Aus den Firmenunterlagen geht hervor, daß er vor einem halben Jahr den Dienst quittiert hat.«

»Gibt es Hinweise, wohin er danach gegangen ist?« fragte Morton.

»Das ist ein interessanter Punkt, Dave. Wir haben uns bei der Einwanderungsbehörde stichprobenartig den Ausreiseverkehr von den USA in Richtung Europa, Asien, Südamerika und Südafrika angesehen. Wir konnten dies natürlich nur bei Reisepässen, die, aus welchem Grund auch immer, vom zuständigen Beamten elektronisch registriert wurden. Und so stießen wir, in Heathrow, am Tag vor der Ballonwettfahrt, auf de Brug. Er war mit einer Maschine aus Moskau eingetroffen. Die Briten kontrollieren bei diesen Flügen routinemäßig mehrere Reisepässe. Weitergeflogen ist er nach München. Deshalb haben wir mal bei den Deutschen nachgeschaut. Die Zusammenarbeit in der EU klappt mittlerweile sehr gut, so daß ein markierter Reisepaß sehr schnell aufzuspüren ist. Und tatsächlich, wir fanden de Brugs Exemplar. Es war registriert worden, als er Frankfurt verließ.«

»Lassen Sie mich mal raten – in einer Maschine nach Sardinien.«

»Hey, Dave! Sie wissen ja längst über alles Bescheid!« schimpfte Finel.

Morton lächelte. »Wohin ist er von Sardinien aus weitergeflogen?«

»Rom. Dann nach Istanbul. Danach wer weiß wohin, außer nach Israel. Die Registrierungspraxis der Zollbehörden ist in diesem Teil der Welt noch ziemlich steinzeitlich.«

»Aber am Ende findet man ihn in der irakischen Wüste

mit einem Satellitentelefon wieder«, sagte Humpty Dumpty.

»Mit dem er Bodor anruft«, fügte Morton hinzu. »Die Frage ist nur, war es ein Fern- oder ein Ortsgespräch?«

Während Air Force One ihren langen Anflug auf Peking begann, stieg Cowan in den Gepäckraum hinunter, um seinen Flugkoffer zu holen. Der Chefsteward begab sich damit in sein winziges Büro hinter der Küche und packte ihn sorgfältig in den kleinen Kühlschrank, den Morton im Verlauf seiner gründlichen Inspektion der Arbeitsräume der Besatzung bereits überprüft hatte.

## DREIUNDDREISSIG

Im Bett liegend hakte Zita im Geiste die Sekunden ab. Jede Sekunde mußte im gleichen Rhythmus gezählt werden, wie ein Herzschlag. Hier drinnen, hatte sie festgestellt, verging die Zeit viel langsamer als in der Gondel. Hier konnte einem eine Minute wie eine Ewigkeit vorkommen.

Es war immer noch nur eine Stunde her, seit ein Pieper in Bodors Fliegerjacke sich gemeldet und mit seinem schrillen, fordernden Ton die letzten Reste seines Schlafs zerrissen hatte.

Während der frühen Morgenstunden hatten sie sich wiederholt geliebt, und sein unrasiertes Kinn hatte sich auf ihrer Haut zunehmend wie Sandpapier angefühlt. Doch sogar auf der Höhe ihrer Lust hatte sie registriert, daß sein Gesichtsausdruck fast gleichgültig gewesen war. Und nachher, als er dalag, den Kopf auf seinen Arm gebettet, und sie mit jenen tiefschwarzen, halb verhangenen Augen betrachtet und sie ihn angelächelt hatte, war sein Lächeln niemals ganz bis zu seinen Augen vorgedrungen. In diesem Moment hatte sie wieder ein wenig Angst verspürt. Als er jedoch erneut in sie eindrang, durchpulste sie die intensive Lust, die er erzeugte, wie ein elektrischer Strom, und ihr ganzer Körper vibrierte, und je lauter sie schrie, desto wilder warf er sich auf sie, und das mit einer Intensität, die sie noch nie bei einem anderen Mann erlebt hatte.

Sie hatte irgendwo gelesen, daß sexuelle Reaktionen noch individueller wären als Fingerabdrücke. Wenn dies zutraf, dann, so war sie überzeugt, hatten sie genau identische Abdrücke. Ihr Zusammensein war ein einziger Gleichklang von Körpern und Geistern, der in ihr ein atemloses Staunen erzeugte. Nachher, als sie geduscht hatten, hatten ihre Körper sich erneut aneinander gedrängt, und sie hatte die Augen geschlossen, als befände sie sich am Ende irgendeiner Reise.

Doch beim Erklingen des Piepers hatte er sich schnell angezogen, ohne sich damit aufzuhalten, den Geruch ihres Körpers abzuwaschen, und hatte sich in diesem Moment wieder völlig zurückgezogen. Erneut strahlte er Kälte und Distanziertheit aus, ohne irgendeinen Grund für diese Veränderung seines Verhaltens anzugeben.

Nachdem er gegangen war, lag sie auf dem Rücken da, nackt, und genoß die letzten Nachschwingungen sexueller Hitze, spürte dabei das feuchte Laken, das sich um ihre Beine gewickelt hatte, und begann zu zählen.

Sie gelangte zum Ende einer weiteren Minute. Für einen kurzen Moment lauschte sie fernen Geräuschen: dem Summen eines Generators, Schritten, dem Öffnen und Schließen einer Stahltür. Vertraute Geräusche.

Sie sah, daß jemand eine der Kameras neu eingestellt hatte, so daß der Bildschirm mit dem winddurchwehten Leuchten des Himmels erfüllt war. Schon wieder jagte ein elektrischer Sturm durch den Himmel, dessen Blitze lautlos und ohne erkennbares Muster aufzuckten. Es war ein Geschehen voller Schönheit und Kraft, eine Demonstration der Natur in all ihrer Pracht. Plötzlich konnte sie es kaum erwarten, wieder dort hinaufzusteigen.

Zita starrte gebannt auf den Bildschirm und begann wieder zu zählen.

Morton schnallte sich auf dem Sitz neben Carlo Marcello an, während Air Force One durch schwellende Wolkenberge einer chinesischen Landschaft aus subtilen Farbschattierungen entgegensank.

»Genießen Sie den Flug, Mr. Marcello?«

Der Industrielle zuckte die Achseln. »Ein Flugzeug ist und bleibt nun mal ein Flugzeug. Ich ziehe Schiffe vor.«

Morton gestattete sich ein knappes Lächeln. Marcello schaute sich in der hinteren Kabine um, während die Stewardessen die Gläser und Tassen der Oberhäupter der Pazifikstaaten einsammelten.

»Welches Land vertreten Sie?« fragte Marcello. Er hatte die Ausstrahlung eines Mannes, der schon bei zu vielen Konferenzen den Vorsitz geführt hatte.

»Ich komme von den Vereinten Nationen.« Morton schlug einen geschäftsmäßigen Ton an.

»Und was haben Sie zu tun, Mr ...?«

»Morton«, stellte David sich vor. »Ich bin für die Sicherheit während dieser Reise zuständig.«

Marcello musterte ihn, und der Ausdruck seines Gesichts spiegelte gelangweilte Neugier wider. »Für all diese Leute, für einen Mann ...?« Der Industrieboß schüttelte den Kopf. »Der Präsident der Vereinigten Staaten hat sicherlich Leibwächter bei sich?«

»Er achtet sorgfältig darauf, keine Sonderrolle einzunehmen.«

»Aber das tut er«, widersprach Marcello unerwartet lebhaft. »Ich habe ihn in der Oper gehört. Er ist ein Idealist.«

Eine Haarlocke fiel Marcello in die Stirn, und er schob sie mit einer schnellen Handbewegung zurück. Es war eine seltsam jungenhafte Geste.

»Halten Sie seine Ideen für nicht realisierbar?«

Marcello zuckte die Achseln.

»Der Präsident sagte auch, daß es eine Frage des Gleichgewichts sei, Mr. Marcello. Und, wenn Sie sich noch erinnern können, räumte er auch als erster ein, daß es nichts gibt, das schwieriger zu planen, dessen Erfolg unsicherer und dessen Einführung gefährlicher wäre als ein völlig neues System«, erklärte Morton.

»Damit hat er völlig recht. Und einiges von dem, was er sagt, ist richtig gut. Einige der Probleme hatte ich noch nicht als solche erkannt, bevor er sie angesprochen hatte. Aber zu viele Veränderungen in zu kurzer Zeit können sich ebenfalls schädlich auswirken.«

»Er meint, daß die Welt es sich nicht leisten könne, noch länger zu warten, Mr. Marcello.«

Stille trat ein, die weder einer Verlegenheit noch einer Meinungsgleichheit entsprang. Beide Männer hingen für eine Weile ausschließlich ihren eigenen Gedanken nach.

Marcello ließ den Blick durch die Kabine schweifen. »Was können diese Leute erreichen? Meinen Sie etwa, sie könnten jahrhundertealte schlechte Gewohnheiten bei ihren Bürgern verändern? Ich kann schon jetzt hören, wie sie den Industrienationen die Schuld geben. Aber wir animieren sie nicht dazu, noch mehr zu rauchen, noch mehr zu konsumieren. Wir erfüllen lediglich ihre Forderung nach mehr Lebensqualität.«

»Das klingt wie eine Rede von Ignatius Bailey. Es sind Leute wie er, die der Präsident überzeugen muß. Vielleicht können Sie ihm dabei behilflich sein.«

Marcello zündete sich eine Zigarette an und fixierte Morton durch die Rauchschwaden hindurch. »Ich bin hier, um zuzuhören. Ich bin nach allen Seiten offen, bis ich alles gehört habe. Aber genauso wie Sie habe ich natürlich eine bestimmte Meinung.«

Er zog an seiner Zigarette, dann drehte er sie zwischen Daumen und Zeige- und Mittelfinger.

»Arbeiten Sie gerne für Bailey?« fragte Morton.

»Ich arbeite nicht *für* ihn, sondern ich arbeite *mit* ihm«, erwiderte Marcello knapp.

Morton lächelte flüchtig. »Ich habe den Eindruck, daß Ihrer Tochter dieser Unterschied nicht ganz klar ist, Mr. Marcello.«

Ein irritierter Ausdruck erschien in Marcellos Augen und verschwand gleich wieder. »Weshalb erwähnen Sie meine Tochter?«

»Sie scheint eine bemerkenswerte junge Frau zu sein.«

Marcello hatte offenbar nicht zugehört. Er machte eine ausholende Geste, als wollte er auf eine Welt außerhalb der Kabine deuten. »Ich bin ein reicher Mann, Mr. Morton. Vor kurzem wurde ich dank meiner Verbindung mit Mr. Bailey noch reicher. Es ist kein Geheimnis, daß wir gelegentlich entgegengesetzter Meinung sind. Die Zeitungen schreiben darüber. Aber sie stellen es schlimmer dar, als es wirklich ist. Und am Ende ist es sowieso gleichgültig, Marcello Enterprises bleibt das Juwel in der Merdidian-Krone. Im vergangenen Jahr machten wir einen höheren Gewinn als jede andere Firma der Gruppe. Das ist es, was unterm Strich zählt.«

Erneut schob Marcello eine Locke aus seiner Stirn, ehe er fortfuhr.

»Ich hatte gehofft, daß meine Tochter Marcello Enterprises übernehmen würde. Fähig dazu wäre sie. Sie ist in Finanzangelegenheiten sehr begabt, und sie verfügt über die nötige Rücksichtslosigkeit. Sie besitzt also alle Qualitäten, um meinen Erfolg fortzusetzen. Sie braucht sich nicht den Kopf über das zu zerbrechen, was wir produzieren. Es ist nicht nötig, den Leuten zu gefallen oder gar ihre Bewunderung zu erringen, ihr Respekt reicht völlig. Um das zu erreichen, bräuchte sie nur dafür zu sorgen, daß wir weiterhin produzieren und verkaufen.«

Er hielt inne und seufzte. »Aber was tut sie? Sie versucht alles zu zerstören, was ich aufgebaut habe. Und weshalb? Weil sie sich eine andere Welt wünscht. Und zwar keine, in der ihre und meine Wertvorstellungen gemeinsam Platz haben. Sondern eine, wo nur die ihren gelten.«

Marcello schaute stirnrunzelnd hoch. Eine Stewardess stand neben Mortons Sitz.

»Der Präsident bittet Sie, zu ihm zu kommen, Sir«, sagte Carolyn Dempsey.

Morton folgte ihr durch den Gang, während Patterson über die Sprechanlage verkündete, daß sie in Kürze in Peking landen würden.

Eingehüllt in eine Wolke Zigarettenrauch blieb Carlo Marcello nachdenklich zurück.

Morton traf den Präsidenten hinter seinem Schreibtisch an. Sein Jackett hing über der Sessellehne, und er hatte die Hemdärmel hochgekrempelt. Seine Augen waren gespannt auf Helen gerichtet, um festzustellen, ob sie irgendeinen Grund zur Besorgnis hatte. Sie nahm ihm die Manschette des Blutdruckmessers ab und lächelte beruhigend. »Immer noch völlig normal, Mr. President.«

»Sie hätten vor ein paar Minuten hier sein sollen«, knurrte der Präsident mit zusammengebissenen Zähnen.

»Ich komme nach dem Aufenthalt in Peking wieder zu Ihnen«, versprach sie. Sie packte ihre Geräte zusammen und verließ das Büro.

Nachdem sie die Tür geschlossen hatte, berichtete der Präsident, daß der Außenminister angerufen und mitgeteilt hätte, daß die Mullahs ihre Einladung zurückgezogen hätten. Ein Grund wäre nicht genannt worden. Palmer versuche zur Zeit über die Schweizer Botschaft in Teheran auf Muzran einzuwirken, diese Entscheidung noch einmal zu überdenken – aber der Außenminister mache sich keine großen Hoffnungen.

Der Präsident schaute Morton fragend an. »Was könnte Muzran damit bezwecken wollen?«

»Vielleicht hat er die Reaktion auf Ihren Besuch unterschätzt. Weil sie auch Israel einen Besuch abstatten wollen, betrachten seine Fundamentalisten dies vielleicht als einen feindseligen Akt«, erwiderte Morton.

Die Miene des Präsidenten drückte tiefe Enttäuschung

aus. »Was immer dahinterstecken mag, auf jeden Fall fehlt der Mittlere Osten in der Earth-Saver-Front.«

»Gibt es irgendwelche Reaktionen aus Bagdad?« wollte Morton wissen.

Tiefe Falten furchten die Stirn des Präsidenten. »Nein. Zumindest bis jetzt nicht.«

Er sah Morton lange an, dann erzählte er ihm von seinem Gespräch mit Bostock.

In der NSA-Filiale in Washington war Hernandez schon seit fünf Stunden damit beschäftigt, die Bahn des Halo-Satelliten über der irakischen Wüste zu verfolgen. Er hatte bisher nichts gesehen und gehört außer dem statischen Rauschen in der Verbindungsleitung zur Bodenstation des Satelliten im Marokkanischen Teil des Atlasgebirges. Plötzlich erschien eine Reihe verwischter Umrisse auf seinem Bildschirm. Er gab per Tastatur entsprechende Anweisungen, und sie erhielten hochscharfe Bilder.

Hernandez benachrichtigte den Stationschef vom Dienst. Dann drückte er auf eine Taste, damit der Laserdrucker neben dem Bildschirm die einzelnen Bilder ausdruckte. Insgesamt erhielt er fünfzehn Bilder. Auf jedem war das Lager in der Wüste aus einem anderen Blickwinkel zu sehen. Während Hernandez die Bilder in einem Rahmen an der Wand arrangierte, trat der diensthabende Commander neben ihn. Sie betrachteten eingehend die Ausdrucke wie Ärzte, die Röntgenbilder begutachteten.

»Weshalb schlafen sie unter freiem Himmel, Hernandez?« fragte der Commander und deutete auf die Gestalten, die zwischen den Zelten im Sand lagen. »Dort ist es jetzt Mitternacht. Demnach dürfte es eisig kalt sein.«

»Schauen wir uns das mal genauer an«, erwiderte Hernandez. Er gab über seine Tastatur weitere Befehle.

Auf dem Bildschirm erschien die Nahaufnahme einer

Gestalt. Die dicke Winterbekleidung des Mannes bedeckte fast sein ganzes Gesicht.

Der Commander kniff die Augen zusammen. »Er schläft nicht. Er ist tot.«

Schnell wurden auch alle anderen Gesichter vergrößert. »Was zum Teufel hat diese Blasen verursacht?« Fragte Hernandez.

»Es könnte irgendein Gift sein. Vielleicht war es Nervengas«, sagte der Commander und zog das Telefon auf seinem Schreibtisch zu sich heran.

Ignatius Bailey sah aus den Fenstern seines Büros. Das Wetter hatte sich plötzlich geändert, es war kälter geworden. Ein stahlgrauer Himmel schuf eine bedrückende Stimmung, während auf dem großen Platz Schlittschuhläuferinnen in Legwarmers und Ohrenschützern Muster auf das Eis um den Banyanbaum zeichneten. Er beobachtete eine kleine Schneewolke, die der Wind an seinem Fenster vorbeitrieb, so daß sie für einen kurzen Moment völlig losgelöst vor seinen Augen stehenblieb, dann drehte er sich zu seinem Schreibtisch um.

Das Symbol von Air Force One auf dem Bildschirm war in Peking gelandet. Auf der elektronischen Wandkarte blinkte das Licht weiterhin in der irakischen Wüste.

Bailey drückte auf eine Taste auf dem Keyboard seines Schreibtischmodems und verwandelte seinen Schirm in einen Fernsehempfänger.

Die einprägsame Erkennungsmelodie von CNN verklang soeben, und es folgte die Stimme des Nachrichtensprechers in Atlanta, der ankündigte, daß man gleich in die Halle des Volkes in Peking umschalten werde, wo der Präsident zum letzten Staatsbesuch auf seiner Weltreise eingetroffen war.

Bailey lehnte sich in seinem Polstersessel zurück.

In der Halle des Volkes beobachtete Morton von der Seite einer Bühne aus, die groß genug war, um Air Force One darauf zu parken, wie der Präsident mit energischen Schritten zu einem mit zahlreichen Mikrofonen ausgestatteten Rednerpult ging. Unten im Auditorium hielten Nachrichtenteams diesen Augenblick für die Ewigkeit fest.

Auf der Bühne, am hinteren Rand, saßen – flankiert vom chinesischen Staatsoberhaupt und Mitgliedern des Politbüros – die anderen Führer der industrialisierten Welt in massiven thronähnlichen Sesseln. Morton registrierte, daß Stürmers, Marceaus und Bostocks Applaus bereits abbrach, ehe der Präsident das Rednerpult erreicht hatte.

Morton meinte, daß es für Amerika, und vielleicht sogar für die ganze restliche Welt, ein Glücksfall war, daß der Präsident trotz der hohen Belastung durch sein Amt seine Ziele niemals aus den Augen verlor. Eine schwächere Persönlichkeit wäre durch das Verhalten der drei wahrscheinlich verunsichert worden und hätte sich selbst leid getan.

Mortons eigener, schon jetzt überaus positiver Eindruck vom Präsidenten war bestätigt worden. Er war ein Mann, der jede Attacke auf seine bewundernswerten ethischen Grundsätze entschlossen abwehren würde.

Nun, nachdem er abgewartet hatte, daß in der bis auf den letzten Platz besetzten Halle endlich Ruhe einkehrte, begann der Präsident seine Rede. »Wir stehen an der Schwelle eines neuen Jahrtausends, das uns allen die Wahl zwischen zwei Alternativen läßt. Entweder wir tragen dazu bei, die Verwüstungen eines Jahrhunderts industriebedingter Umweltverschmutzung zu beenden, indem wir eine neue Technologie entwickeln, die der Menschheit dient. Oder wir fahren fort, das Heer der Menschen ständig zu vergrößern, die unter die Armutsgrenze absinken, während die Reichen immer reicher werden, indem sie die Preise des Benzins an den Zapfsäulen und der Lebensmittel in den Läden kontrollieren. Und vor allem, indem sie die Umwelt vergewaltigen und die Luft vergiften, die wir atmen. Dem müssen wir Einhalt gebieten – und zwar sofort. Nicht erst morgen. *Hier und jetzt!*« Er hielt inne, um den ersten donnernden Applaus aufbranden und abebben zu lassen.

»Vor dreißig Jahren sagten die Menschen, daß die zweite Industrielle Revolution stattfände. Sie waren tiefbeeindruckt vom Tempo und Ausmaß der Veränderungen, die allgemein stattfanden. Der Mensch war zum Mond geflogen. Man redete davon, Kolonien im Weltraum einzurichten. Aber nur, wenn man in einer bereits gefestigten industrialisierten Nation lebte. Für die restliche Welt – für die Völker Chinas, Indiens, Afrikas und Lateinamerikas – gab es keine Revolution. Sie standen noch immer auf der falschen Seite des größten Grabens der Menschheitsgeschichte – der Trennlinie zwischen den Besitzenden und den Habenichtsen.

Das hat sich mittlerweile geändert. Sehen Sie sich nur um. In China gibt es heute genauso viele Faxgeräte und Mobiltelefone wie in den Vereinigten Staaten. In Indien sind mehr Menschen als je zuvor ans Internet und an das weltweite Informationssystem angeschlossen. Sie arbeiten an ihren PC's und exportieren Software und Hightech-Produkte. In vielen Bereichen sind sie von ihren Kollegen in den älteren Industrienationen nicht mehr zu unterscheiden.«

Er brachte den aufkommenden Applaus mit einer Handbewegung zum Verstummen.

»All das ist durchaus willkommen. Aber daraus ergeben sich Verantwortung und zahlreiche Pflichten. Die Technologien, die all das ermöglicht haben, schufen auch eine völlig neue Umwelt und sorgten für bisher nicht dagewesene Gefahren. Ich will Ihnen ein Beispiel geben ...«

Auf dem internationalen Flughafen von Peking hatte sich die Mannschaft von Air Force One, die auf einem hermetisch abgeriegelten Teil des Flugfeldes parkte, im Salon des Oberdecks vor einem Fernsehapparat versammelt, um sich den Auftritt des Präsidenten anzusehen.

»... Einer meiner Vorgänger zog ernsthaft den Vorschlag in Erwägung, die Beringstraße abzusperren und eine große Barriere zu errichten. Geplant war, das Eismeer zu erwärmen und das Wasser mit riesigen atombetriebenen Pumpen nach Norden zu transportieren. Amerikanische Industrielle, die einst zu jener zweiten industriellen Revolution beigetragen hatten, betrachteten diesen Plan als absoluten Höhepunkt ihres Schaffens. Sie kämpften für die verlockende Aussicht, mit Wasserkraft Strom zu erzeugen, mit dessen Hilfe Alaska und der eisige Norden Kanadas sich in fruchtbares Ackerland verwandeln ließen. Dort, wo einst der ewige Frost mit seinen Schneemassen geherrscht hatte, würden Rinder auf großzügigen Weiden grasen. Wo früher Eisberge gewesen waren, würde Weizen angebaut. Wo sich einst die Einöde der Tundra ausgebreitet hatte, würden Obstgärten gedeihen. Das Ganze schien eine wunderbare, grandiose Idee zu sein – bis die Umweltfachleute darauf hinwiesen, daß dieses Projekt zu einem Anstieg des Meeresspiegels an den Küsten von Kalifornien bis hin nach Japan um gut zwei Meter führen würde. Teile von Hawaii wären für immer in den Fluten versunken. Desgleichen zahlreiche Inseln im Pazifik, die Philippinen und HongKong.«

Während der Präsident einen Schluck Wasser trank, ging ein entsetzter Seufzer durch den Salon.

»Lenin hatte im großen und ganzen die gleiche Idee«, sagte Turner zu Kerr. »Er wollte einen eisfreien Hafen für die russische Marine schaffen, daher hatte er die Idee, Sibirien in einen großen See zu verwandeln. Als Stalin von dem Plan erfuhr, hatte er eine ganz andere Idee – nämlich die gesamte Region in ein einziges Straflager umzufunktionieren.«

Kerr lächelte und wandte sich dorthin, wo Patterson gesessen hatte. Der Sessel war leer.

»Der Colonel ist schon wieder rausgegangen«, murmelte Kerr. »Vielleicht sollte man ihm die Blase zunähen.«

Turner zuckte die Achseln und konzentrierte sich wieder auf den Fernsehschirm.

Bailey hatte das Gefühl, als blickte ihn der Präsident über den Schreibtisch hinweg an, während er direkt in die Kamera sprach.

»Es ist die Pflicht eines jeden Mitglieds dieses Forums, dafür zu sorgen, daß Maßnahmen ergriffen werden, um die durch veränderte Umweltbedingungen entstandenen Probleme zu diskutieren. Leider können eine Reihe Veränderungen nicht rückgängig gemacht werden. Wir können höchstens dazu beitragen, ihren Ablauf zu verzögern. Andere können unter Kontrolle gebracht werden – wenn wir sofort handeln. Eine Möglichkeit, dies zu tun, wäre, den aufstrebenden Nationen unsere Hilfe beim Ausbau ihrer Wirtschaft und der Verbesserung der Lebensbedingungen ihrer Völker anzubieten, nicht sie daran zu hindern.«

Bailey sah, wie der Präsident zu Carlo Marcello und den Oberhäuptern der Pazifikstaaten hinüberschaute.

»Die großen Weltkonzerne müssen einen noch bedeutenderen Teil ihrer Profite zur Unterstützung dieser Länder einsetzen. Und zwar nicht durch Investitionen und Maschinen und Fabriken, die letztendlich die Profite noch steigern. Sondern um ein ökologisches Gleichgewicht in jenen Ländern zu festigen, in denen sie ihre gewinnträchtigen Geschäfte abwickeln.«

Bailey schürzte die Lippen in einem spöttischen Lächeln.

»Gleichzeitig müssen die Entwicklungsländer – darunter auch die ärmsten afrikanischen Staaten – sich der wirtschaftlichen Realität stellen. Sie dürfen nicht länger von großen und mächtigen ausländischen Firmenkonglomeraten bedrängt werden. Sie dürfen keine umweltfeindlichen Projekte mehr zulassen, durch die ihre Regenwälder vernichtet, die Flüsse vergiftet und ganze Landstriche in unfruchtbare, wertlose Wüste verwandelt werden. Diese Nationen müssen darauf bestehen – und die Vereinigten Staaten werden ihre Forderungen vehement unterstützen –, daß jeder Industriekonzern, der sich auf ihrem Gebiet ansiedelt, den Einsatz von energiesparenden Techniken garantiert. Wenn nicht, sollte man ihnen verbieten, sich dort niederzulassen. Wenn sie sich bereits etabliert haben und entsprechende Veränderungen ablehnen, sollte man sie des Landes verweisen.«

Erneut brandete Applaus auf, der abrupt verstummte, als Bailey den Fernseher ausschaltete.

In seiner Bordküche verriegelte Chefsteward Cowan die Tür, ehe er die Flugtasche aus dem Kühlschrank nahm und ihren Inhalt überprüfte. Zufrieden schloß er die Tasche wieder und stellte sie zurück ins Kühlfach.

Der Mann, der die Tasche in Sydney gepackt hatte, hatte darauf hingewiesen, daß der Inhalt sehr schnell instabil werden könnte, wenn er zu lange höheren Temperaturen ausgesetzt wäre.

Morton sah, wie der Präsident die Hände um die Kante des Rednerpults krampfte, als er zum Schluß seiner Rede kam.

»Viele von Ihnen haben bereits ihre Unterstützung für die Maßnahmen zugesagt, die ich in Washington und Sydney angesprochen habe. Es hat mir geholfen, die Kritik aus anderen Bereichen leichter zu ertragen.« Der Präsident hielt inne und lächelte wehmütig. »Ich habe bisher die Erfahrung gemacht, daß Überheblichkeit und Gleichgültigkeit nirgendwo ausgeprägter vorhanden sind als bei dem Versuch, für uns alle eine sauberere, sicherere und bessere Welt zu schaffen. Es gibt noch immer zu viele Nationen, die ihre Produkte in jeden Winkel der Welt pumpen und dabei eifersüchtig über ihre eigenen Märkte wachen und vor allem all jene Produkte ablehnen, die nicht nur besser, sondern auch umweltfreundlicher sind.

Auch mein eigenes Land muß sich diesen Vorwurf gefallen lassen. Heutzutage erheben die USA ungefähr viertausend Zölle und andere Gebühren auf alles vom Pullover bis hin zum Turnschuh, von Eiscreme bis hin zu Orangensaft. Ich habe die Absicht, den Kongreß aufzufordern, diesen Irrsinn bis auf ein Minimum zusammenzustreichen. Ich werde auch andere Industrienationen bitten, das gleiche zu tun. Es wird ein weiterer Schritt sein, um dem unausweichlichen Schicksal zu entgehen, das uns allen droht. Die Erde stirbt allmählich, und was früher praktisch unvorstellbar war – das Ende allen Lebens –, wird mehr und mehr zu einer bedrohlichen Realität. Die unausweichliche Wahrheit ist nun mal, daß der Mensch sich zur allergrößten Gefahr für unseren Planeten entwickelt hat. Diese Gefahr kann noch abgewendet werden. Ich bitte jeden von Ihnen, wo immer Sie sind, mich dabei zu unterstützen.«

Diesmal gebot der Präsident dem Applaus keinen Einhalt.

Patterson legte in der Telefonkabine den Hörer auf und stand für einen kurzen Moment regungslos da. Seine gebeugte Haltung verriet die tiefe Sorge, die als unendliche Last auf seinen Schultern zu liegen schien. Dr. Monroe hatte ihm soeben mitgeteilt, daß es in Brons Zustand keinerlei Veränderung gegeben hätte.

Erneut verspürte er den quälenden Drang, sich zu erleichtern. Als er diesem Drängen auf der Mannschaftstoilette nachgegeben hatte, sah er, daß sein Urin erneut Blutspuren aufwies.

# VIERUNDDREISSIG

Bodor wußte, daß irgend etwas nicht stimmte. Die Symptome hätten auf keinen Fall schon so frühzeitig auftreten dürfen. Irgend etwas zerbrach wieder in ihm, schuf eine Trennung zwischen Körper und Geist, wobei sein Geist den Körper verließ, in den er sich eingesperrt fühlte. Einerseits wurde er von Verlangen gequält, andererseits wollte er diesem Verlangen unbedingt widerstehen. Er hatte einen säuerlichen Geschmack im Mund, sein Atem roch faulig.

»Sie brauchen eine weitere Dosis«, meinte der Arrangeur von der anderen Seite des Raums her. Er schaffte es, seinen Ekel und seine Verachtung zu kaschieren, und seine Stimme signalisierte, daß er das Problem kannte und seine Lösung akzeptierte.

»Es ist die Anspannung«, flüsterte Bodor, veränderte seine Lage auf dem Bett und versuchte es sich bequem zu machen. »Die letzten Stunden sind immer die längsten, de Brug.« Er kannte seinen Namen jetzt, wußte, daß er kein Russe war. Aber das war auch schon alles. Außer daß er sich seit de Brugs Ankunft in der Anlage vorkam wie jemand, der durch unter einem glühenden Himmel durch ein Meer von Grabsteinen schritt.

»Es dauert nicht mehr lange. Ein Schuß wird dafür sorgen, daß die Zeit für Sie höchst angenehm ist und wie im Fluge verstreicht«, sagte de Brug leidenschaftslos.

Bodor war irritiert durch die Art, wie de Brug ihn ansah, geradezu durch ihn hindurchschaute, als existierte er gar nicht. »Sie sollten es selbst einmal versuchen, de Brug«, meinte er. Nun, da er seinen Namen kannte, benutzte er ihn so häufig wie möglich, als könnte er auf diese Art und Weise eine engere Bindung zwischen ihnen schaffen.

De Brug lächelte knapp. »Es gibt andere Freuden im Leben.«

Eine Stunde vorher hatte er zugesehen, wie Bodor sich einen Schuß gesetzt hatte. Er hatte es hastig und mit zitternden Händen getan und sich dabei weggedreht, als schämte er sich.

Anschließend hatte er die Veränderungen an der Gondel vorgenommen und das Startpersonal dabei beaufsichtigt, als sie sie zusammen mit der Hülle und der Bombe auf den Lkw luden. Der Lastwagen stand zu diesem Zeitpunkt am Fuß der Rampe. Da es nichts mehr zu tun gab, hatten sie beide Bodors Quartier aufgesucht, um dort zu warten, bis es Zeit wurde, zum Startplatz zu fahren.

De Brug stand aus dem Sessel auf und ging zum Tisch. Aus einer Schublade nahm er eines der versiegelten Päckchen, die je eine mit Kokain gefüllt Spritze enthielten. Ein halbes Dutzend lag noch in der Schublade. Bodor hatte seit einigen Tagen nichts mehr genommen. Was versuchte er? Wollte er vielleicht so tun, als führte er ein normales Leben? Dafür war es zu spät. Man konnte es an seinem Gesicht erkennen. Die Haut war schlaff und bleich, die Falten und Linien um seinen Mund tiefer und schärfer.

»Da, nehmen Sie«, sagte de Brug und warf Bodor das Päckchen zu.

Bodor fing es unbeholfen auf und spürte, wie seine innere Anspannung sich löste. Was wußte de Brug schon von dem enormen Druck, unter dem er während der vergangenen Wochen gestanden hatte? Jeder Tag war zu kurz gewesen, und die Nächte waren noch kürzer. Er hatte jeden zu äußerster Eile angetrieben, aber sich selbst am meisten. Immer wieder hatte er sich eingehämmert, es gäbe noch ungeheuer viel zu tun.

Und nun, als es fast vorbei war, tauchte de Brug auf, um den Ruhm einzuheimsen. Für einen kurzen Moment packte ihn rasender Zorn, und er hätte sich am liebsten auf den Mann gestürzt. Doch der Ausdruck in seinen Augen stoppte ihn. Statt dessen riß er das Päckchen auf.

De Brug studierte den Monitor und betrachtete dann den Himmel, während er Bodors zufriedenen Seufzer hörte, als er die Haut in seiner Armbeuge mit der Injektionsnadel durchbohrte.

Air Force One erreichte Reisehöhe und flog in Richtung Westen durch die Dunkelheit über China, als der Funker in der Küche anrief. Carolyn Dempsey nahm den Hörer ab.

»Wo ist der Chefsteward?« fragte der Major.

»Er überwacht die Zubereitung eines kleinen Imbisses sowie der Schlummerdrinks, Sir.«

»Holen Sie ihn.«

Kurz darauf kehrte Cowan in den Speisesaal zurück.

Da die Oberhäupter der Pazifikstaaten in Peking zurückgeblieben waren, um über die weitere Durchführung der Operation Earth Saver unter Berücksichtigung Chinas als geographisch nächster Supermacht zu diskutieren, waren die Möbel im Salon dergestalt umarrangiert worden, daß der Präsident und die anderen Führer der Industrienationen nun an einem einzigen großen Tisch in der Mitte des Salons saßen.

Morton saß an einem Tisch unweit des Eingangs, an dem auch Carlo Marcello ein Platz zugewiesen worden war. Kurz vorher hatte eine Stewardess einen doppelten Whisky mit Mineralwasser zur hinteren Kabine gebracht, wohin Marcello sich zurückgezogen hatte, um einige Schreibarbeiten zu erledigen. Morton fragte sich, was an dem Aufenthalt in Peking Marcello wohl am nachhaltigsten beeindruckt hatte.

Nach der Rede des Präsidenten in der großen Halle des Volkes hatte der Oberste Führer darauf geantwortet. Während des Empfangs und des Banketts, die darauf folgten, hatten die Führer der Pazifikstaaten den Präsidenten mit ihrer Begeisterung völlig überschüttet. Sie waren sogar mit zum Flughafen hinausgefahren, um Air Force One in der abendlichen Dunkelheit nachzuwinken.

»Ich weiß nicht, wie es mit Ihnen ist, aber so etwas habe

ich wirklich noch nie erlebt«, sagte der Präsident soeben. »Es vermittelt mir die Erkenntnis, daß dieser Job nicht nur eine endlose Plackerei in einer Tretmühle ist.«

»Das wird die Zukunft zeigen«, murmelte Bostock.

Der Präsident blickte über den Tisch. »Manchmal, Arnold, muß man den Leuten unbesehen glauben, was sie sagen.«

»Das ist in der Politik eigentlich niemals eine empfehlenswerte Taktik«, sagte Bundeskanzler Stürmer und schob sich eine Kartoffel in den Mund.

Ministerpräsident Marceau nippte an seinem Armagnac und sagte nichts, während der Präsident sich an die Tischrunde wandte.

»Es besteht weiterhin die Möglichkeit für all unsere Verbündeten, die Region gewinnbringend auszubeuten, ohne die natürlichen Ressourcen zu schädigen.«

Der englische Premierminister lächelte knapp. »Es freut und beruhigt mich, daß Sie das sagen«, erklärte er. »Als ich Ihnen in der Großen Halle zuhörte, hatte ich zeitweise den Eindruck, daß Sie sich vorkamen, als befänden Sie sich auf der *Titanic* und wären mit der Frage beschäftigt, ob Sie in der Ersten Klasse oder im Zwischendeck untergehen wollen. Ich für meinen Teil würde für den Untergang meines Landes die Erste Klasse vorziehen.«

Der Präsident ließ seine Stimme ruhig und gelassen klingen. »Soweit ich mich erinnere, Arnold, hat Ihre Nation entgegen allen Erwartungen in jener Zeit eine Schlüsselrolle bei der Abschaffung des Sklavenhandels gespielt. Ich kann nur hoffen, daß Sie am Ende dieser Reise erkennen werden, daß sich genauso wie die Sklaverei einige Dinge grundlegend ändern müssen.«

Morton sah, wie der Präsident innehielt, während Cowan ihm etwas ins Ohr flüsterte, und dann, freundlich lächelnd, aufstand und sich entschuldigte.

Als er an Mortons Tisch vorbeikam, murmelte der Präsident: »Würden Sie mir bitte folgen?«

Der Präsident sagte nichts, bis sie sein Büro betraten. Er

forderte Morton mit einer Handbewegung auf, in einem Sessel Platz zu nehmen, ehe er ein Blinklicht auf seiner Telefonkonsole ausschaltete.

»Tut mir leid, daß ich Sie warten ließ, Cliff«, entschuldigte sich der Präsident und ließ sich in seinen eigenen Sessel sinken. »Wir haben soeben einen kleinen Nachttrunk zu uns genommen.« Er betätigte einen Drehknopf auf der Konsole. »Ich habe Sie auf den Lautsprecher geschaltet, da Mr. Morton bei mir ist. Er soll mithören, was Sie zu berichten haben.«

Die trockene, schrille Stimme des Außenministers erklang. »Es gibt Probleme mit dem Iran und Irak«, begann Palmer. »Vor kurzem entdeckte einer von Bobby Stanways Agenten, der für den Halo zuständig ist, eine Gruppe toter Araber in der irakischen Wüste. Bobby ordnete sofort eine eingehende Untersuchung der Gegend an. Er ist mittlerweile ziemlich sicher, daß alle durch Strahlung ums Leben kamen.«

»Mein Gott!« stieß der Präsident hervor.

»Es wird noch schlimmer. Radio Bagdad hat soeben gemeldet, daß der Iran eine taktische Atomrakete gestartet hat, die Bagdad hätte treffen sollen, jedoch vorzeitig abgestürzt ist. Die Iraner behaupten, daß Irak genau das gleiche mit ihnen versucht hätte. Sie melden, sie hätten auf ihrer Seite der Grenze einen toten Schäfer gefunden, bei dem alles auf die Einwirkung radioaktiver Strahlung hinwies. Sie berichten weiter, daß sie damit rechneten, schon in Kürze weitere Strahlenopfer zu finden. Radio Teheran erinnerte seine Hörer an das, was Saddam vor ein paar Jahren den Kurden angetan hat.«

»Ich weiß Bescheid«, flüsterte der Präsident. Auf dem Höhepunkt des Krieges zwischen Iran und Irak hatten irakische Kampfflugzeuge eine kurdische Siedlung in Iran mit Nervengasgranaten beschossen. Fünftausend Männer, Frauen und Kinder waren dabei ums Leben gekommen.

»Meinen Sie, daß die beiden Parteien tatsächlich verrückt genug sind, die andere mit Atombomben anzugreifen, Cliff?« fragte der Präsident.

Die Stimme des Außenministers in Washington klang ein wenig unschlüssig. »Wer weiß? Wenn es hart auf hart kommt, dann ist der eine so verrückt wie der andere.«

»Und was meinen die Israelis dazu?« fragte der Präsident.

»Ich habe soeben mit Tel Aviv gesprochen. Sie erklären, es gebe keinerlei Hinweise auf eine Atomexplosion, egal auf welcher Seite der Grenze«, antwortete Palmer.

»Also, was zum Teufel geht da vor, Cliff?«

»Im Augenblick lassen beide Seiten nur die Muskeln spielen«, fuhr Palmer fort. »Teheran beschwert sich, daß Saddam diese Araber nur hat töten lassen, um einen Vorwand für einen Angriff gegen den Iran zu haben. Die militanteren Mullahs wollen endlich den verheißenen heiligen Krieg gegen Irak ausrufen.«

»O mein Gott«, stöhnte der Präsident. »Das hat uns gerade noch gefehlt.«

»Was meint Muzran?« fragte Morton.

»Das ist das Verrückteste«, erwiderte Palmer. »Zu dieser Angelegenheit – gar nichts. Entweder glaubt er nicht, daß Irak dahintersteckt, oder, wenn es doch so sein sollte, er hält den Zeitpunkt nicht für geeignet, einen Jihad auszurufen.«

»Hoffentlich haben Sie recht«, sagte der Präsident beschwörend. »Hat er seine Haltung, was meinen Besuch betrifft, geändert?«

»Nein. Er erklärte lediglich, Sie könnten den iranischen Luftraum benutzen.«

»Wir bedanken uns bei ihm dafür«, sagte der Präsident mit mildem Sarkasmus.

»Was ist mit Bagdad?« fragte Morton.

»Das gleiche«, meldete Palmer. »Kein Besuch. Aber wir dürfen den Luftraum durchqueren.«

Der Präsident sah Morton fragend an. »Was halten Sie

davon?« Er lehnte sich in seinem Sessel zurück. Er knarrte überlaut in der Stille.

»Sie werden nichts Ernstes anfangen, ehe wir nicht aus dem Weg sind«, prophezeite Morton.

»Sind Sie sich dessen ganz sicher?« fragte der Präsident.

Morton konnte die Unsicherheit, die den Präsidenten befiel, deutlich spüren, und in diesem Moment kroch ein eisiges Gefühl an seiner Wirbelsäule empor, als stünde er in stetig steigendem Schmelzwasser. Wenn er sich irrte, konnten die Folgen für den Präsidenten katastrophal werden.

»Ich könnte dafür sorgen, daß Sie beim Überflug von Iran und Irak von einer Staffel Jagdbomber eskortiert werden«, schlug Palmer vor.

»Ich habe es Ihnen schon einmal ausdrücklich erklärt, Cliff, ich will nicht daherkommen wie eine Invasionsmacht«, erwiderte der Präsident, und seine Stimme klang leicht ungehalten. »Etwas Derartiges wäre ein Propagandageschenk für die Fundamentalisten. Einer der wichtigsten Punkte dieser Mission ist der, daß ich sie ohne derartige Begleiterscheinungen durchführe.«

»Wenn Sie mir eine Bemerkung gestatten: Sie setzen eine ganze Menge Vertrauen in zwei Leute, bei denen ich noch nicht einmal darauf vertrauen würde, daß sie mir die richtige Tageszeit nennen«, sagte Palmer. »Meinen Sie nicht auch, Mr. Morton?«

»Muzran und Saddam sind lediglich Schachfiguren«, erklärte Morton mit Nachdruck. »Sie werden als Ablenkungsmanöver für Bodor benutzt.«

Aus Washington drang Palmers Räuspern durch die Leitung. »Rein geographisch betrachtet, hat er damit ziemlich viel Platz, um sich seinen Punkt auszusuchen.«

»Wahrscheinlich nicht«, widersprach Morton.

»Können Sie das genauer erklären?« verlangte der Außenminister.

»Lieber nicht«, erwiderte Morton gelassen. Sie würden es sowieso bald erfahren.

»Bailey?« fragte der Präsident gepreßt. »Steckt er vielleicht dahinter?«

Morton lächelte freudlos. »Das weiß ich noch nicht, Sir.«

»Sie haben Marcello an Bord«, sagte Palmer. »Warum setzen wir ihn nicht unter Druck, Mr. Morton, um in Erfahrung zu bringen, was er weiß?«

Morton schüttelte heftig den Kopf. »Ich glaube nicht, daß Marcello in Baileys Berechnungen einen festen Platz einnimmt, zumindest nicht so, wie wir es vielleicht erwarten würden. Er ist wahrscheinlich ebenfalls nur eine ahnungslose Schachfigur.«

»Sie scheinen sehr viele Schachfiguren zu haben, Mr. Morton«, schnappte Palmer irritiert.

Morton schaute auf die Telefonkonsole. Hatte er Antworten gefunden oder nur weitere Fragen aufgeworfen? Sicher war nur, daß der Topf kurz vor dem Überkochen stand. Und er hielt ihn fest und mußte es weiterhin tun. Deshalb war er hier.

Der Präsident fixierte ihn über den Schreibtisch hinweg. »Was schlagen Sie vor, Mr. Morton?«

»Daß alles so bleibt, wie es ist, Sir.« Noch während er es sagte, war Morton sich überhaupt nicht sicher, ob er die richtige Entscheidung getroffen hatte.

## FÜNFUNDDREISSIG

Als sie die Dusche verließ und sich abtrocknete, während sie ins Schlafzimmer zurückkehrte, sah Zita, daß der Monitor wieder die vertraute Wüstenlandschaft zeigte.

Nach einer Weile, als sie es leid war, die Minuten zu zählen, dachte sie wieder über Bodor nach. Er hüllte sich in Schweigen und schuf um sich eine Mauer aus Unausgesprochenem. Immer wenn sie versucht hatte, das Schweigen zu durchbrechen, hatte er sich hinter diese Mauer zurückgezogen. Sie hatte noch nie jemanden wie ihn gekannt. Selbst wenn sie in seine Körperwärme eintauchte, sich davon umschlossen fühlte, bestand zwischen ihnen eine gewisse Distanz. Wenn er mit seinen Fingern über ihre Haut strich, hatten sie etwas Verhaltenes, etwas Abweisendes ausgesandt. Und nachher, wenn sie hatte reden wollen, sagte er, sie sollten schlafen. Es war, als hätte ein Gespräch eine Lücke in seiner Zurückhaltung schaffen können, durch die sie Zugang zu seinem Innersten gehabt hätte.

Zita ging hinüber zum Bett, wo sie die Fliegerkombination und die Kleidung, die sie darunter tragen wollte, bereitgelegt hatte. Sie zog die erste Schicht Thermounterwäsche an und stopfte die Beine der langen Unterhose in dicke Wollsocken. Als nächste Schicht kam ein Einteiler aus dichter Baumwolle. Dann schlängelte sie sich in die Fliegerkombination, zog den Reißverschluß zu und schlüpfte in die Stiefel.

Sie spielte mit den Zehen und beugte und streckte ihren Körper, um sich zu vergewissern, daß sie sich nicht eingeengt fühlte. Zufrieden schaute sie auf die Uhr und runzelte die Stirn, als sie feststellte, wie langsam die Zeit verstrich.

Aus dem Augenwinkel gewahrte sie auf dem Monitor im Bereich des Schutzzauns einen Blitz und sah, wie einer der Hunde zusammenbrach. Trotz der Wärme, die die Fliegerkombination spendete, fröstelte sie plötzlich.

Während sie weiterhin pro Stunde dreitausend Pfund Düsentreibstoff verbrauchte, verließ Air Force One den chinesischen Luftraum und wechselte südlich von Amritsar nach Pakistan über. Die schneebedeckten Gipfel des Himalaja blieben zurück, während Cowan sich bei Patterson meldete, um ihm mitzuteilen, daß der Präsident und seine Gäste sich für die Nacht zurückgezogen hatten.

Patterson hatte befohlen, das Flugzeug in den Nachtflug-Modus zu versetzen. Die Kabinenbeleuchtung wurde reduziert, und die Klimaanlage lief mit verminderter Leistung. Der Chefsteward gab Bescheid, daß er weiterhin auf dem Posten blieb, falls jemand irgendwelche Wünsche hätte, während seine Leute zu Crew-Chief Sutter und seiner Truppe ins Oberdeck hinaufstiegen, um im Salon für ein paar Stunden auf den Liegesitzen zu schlafen. Helen hatte sich ebenfalls gemeldet und durchgegeben, daß sie im Notfall in ihrem Büro anzutreffen wäre.

Patterson nickte Locke zu. »Ich gehe mal eben auf die Toilette, und dann lege ich mich für eine Stunde hin.« Er hatte wieder dieses unangenehme Brennen in der Blase.

»Ich melde mich, falls irgend etwas passieren sollte«, versprach Locke, dessen Hand leicht auf einem der Hebel lag und die Maschine auf Kurs und innerhalb ihres vorausberechneten Flugplans hielt. Das Flugzeug war auf Autopilot geschaltet, und es brauchten zur Zeit nur die Instrumente und Kontrollen überwacht zu werden.

In der Mannschaftstoilette stellte Patterson fest, daß sein Urin immer noch Blutspuren aufwies und sich das leichte Zittern in seiner Hand wieder bemerkbar machte. Er umklammerte den Rand des Waschbeckens und holte tief Luft, um sich zu beruhigen und um den Schmerz aus seinen Eingeweiden zu verdrängen. Welche Ursache mochte er verdammt noch mal haben? Vielleicht war es ein Magengeschwür. Er setzte sich auf die Toilette, schloß die Augen und versuchte sich zu entspannen. Nach einer Weile ließ der Schmerz nach. Er stand auf und spritzte sich kaltes Wasser ins Gesicht, tupfte die Haut mit einem Händehandtuch trocken, dann schaute er in den Spiegel. Abgesehen von seiner Blässe sah er eigentlich ganz okay aus. Er warf einen Blick auf die Uhr. In Washington war gerade später Nachmittag, und es wurde Zeit, Dr. Monroe wieder anzurufen. Er ging die paar Schritte bis zur Telefonkabine und blieb vor der Tür stehen. Von drinnen konnte er Mortons Stimme hören.

Mit wem zum Teufel redete er jetzt schon wieder? Dieser Kerl schien unter chronischer Telefonitis zu leiden …

Durch sein Nachtglas beobachtete de Brug die Stasi-Kommandos, die auf der anderen Seite des Schutzzauns ihre Arbeit verrichteten. Sie erschienen aus dieser Entfernung wie Phantome und hatten offenbar die unheimliche Fähigkeit, die Zeitabstände zwischen den einzelnen Blitzen genau abschätzen zu können, um weitere Hunde zu töten. Die erschossenen Kadaver bedeckten den Sand. Wenn das letzte Tier erledigt war, wäre der erste Teil der Operation abgeschlossen.

Während er das Fernglas ins dafür vorgesehene Etui zurückschob, wandte de Brug sich um und kehrte zur Rampe zurück, die in den Komplex hinunterführte. Dabei ging er in Gedanken erneut die nächste Phase des Unternehmens durch.

Kurz vorher hatte Gates Morton gemeldet, daß der Halo das Kamel in der Wüste entdeckt hatte. Das Tier war tot.

»Die Nahaufnahmen zeigen, daß es sich in seinem Zaumzeug verheddert hat und wahrscheinlich erstickt ist, David.«

Vor seinem geistigen Auge konnte Morton sehen, wie Gates, den Telefonhörer unters Kinn geklemmt, gemütlich in seinem Sessel lag und auf die Parklandschaft von Langley hinausblickte.

»Was ist mit dem Gehäuse, Bill?«

»Nichts zu sehen. Wahrscheinlich ist es irgendwo runtergefallen.«

Morton schaute zur Tür. Schon wieder verriet ihm ein Geräusch, daß sich draußen im Korridor jemand näherte. Er wartete, bis er vorbeigegangen war. »Wie lange sind diese Atomzünder funktionsfähig?«

Gates schaute auf den Computerschirm auf seinem

Schreibtisch. »Manders meint, fünf bis sechs Stunden nachdem sie mit Luft in Berührung gekommen sind.«

Morton machte eine weitere Notiz auf seinem Schreibblock. »Demnach dürfte der Zünder im Gehäuse mittlerweile verbraucht sein, oder?«

»Und wie«, erwiderte Gates.

Morton gestattete sich beinahe ein Lächeln. Bill hatte die Gewohnheit, manchmal Phrasen zu benutzen, die aus einem Leben stammten, das sie früher einmal geführt hatten. »Wie nahe ist der Halo bei dieser unterirdischen Anlage?«

»Er nimmt in drei Stunden seine Arbeit auf.«

Morton warf einen Blick auf die Berechnungen, die er auf dem Schreibblock vorgenommen hatte. »Zu diesem Zeitpunkt überfliegen wir gerade die Grenze zum Irak, Bill.«

Gates ersparte es sich, die nächstliegende Frage auszusprechen.

Ingnatius Bailey beobachtete, wie das Modell von Air Force One südlich von Kabul in den afghanischen Luftraum eindrang. Er schätzte, daß es beim augenblicklichen Kurs und gleichbleibender Geschwindigkeit noch etwa drei Flugstunden von dem Licht auf der elektronischen Wandkarte entfernt war.

Zita hörte Schritte auf dem Flur, während sie das Geschehen auf dem Bildschirm verfolgte. Sie hatte noch mehr Hunde auf dem Gelände draußen am Zaun gesehen.

Von der Tür erklang eine Stimme. »Alles bereit?«

Sie wirbelte herum und war für einen Moment zu verblüfft, um einen Ton hervorzubringen. Als sie es schließlich schaffte, war es, als könnte sie ihren eigenen Augen nicht trauen. »Was treibst du denn hier?« stieß sie schließlich mühsam hervor.

»Ich bin gekommen, um dir einen guten Flug zu wünschen«, sagte Johannes de Brug.

Carlo Marcello nahm den Telefonhörer aus der Halterung in seiner Armlehne und wählte eine Nummer.

»Mr. Baileys Büro«, meldete sich Sekunden später eine effiziente Stimme.

»*Si.* Hier ist Carlo Marcello. Stellen Sie mich zu ihm durch.«

»Einen Moment, bitte, Mr. Marcello.«

Marcello schaute sich in der dunklen Heckkabine um, die nach dem Auszug der Oberhäupter der Pazifikstaaten nun ihm alleine gehörte.

»Carlo«, erklang plötzlich die vertraute Stimme, »wo sind Sie?«

»Keine Ahnung. Alle schlafen. Aber der Präsident hat für Ankündigungen nicht viel übrig. Er meinte, daß sie nur vom Wesentlichen ablenken«, erwiderte Marcello.

Bailey lachte leise. »Demnach sind Sie noch immer in Air Force One?«

»*Si.*«

»Und wie läuft's?«

»Für den Präsidenten sehr gut. Überall, wohin er kommt, scheint er neue Freunde zu finden. Er ist überhaupt nicht, wie ich es von ihm angenommen hatte. Er ist sehr ungezwungen und freundlich.«

Reagiere so, wie er es von dir erwartet, ermahnte Bailey sich selbst. Er hatte schon vermutet, daß Carlo beeindruckt sein würde, genauso wie Marcello von ihm bestimmte Reaktionen erwartete.

»Nehmen Sie sich in acht, daß er Sie nicht einwickelt, Carlo. Darin ist er sehr gut. Aber um sich einwickeln zu lassen sind Sie ja nicht dort.«

Marcello schien von Baileys unterdrücktem Zorn nichts zu bemerken. »*Si, si.* Natürlich. Aber manchmal können wir auch gleichzeitig lernen und profitieren ...«

»Nicht von diesem Träumer!« stieß Bailey hervor und ließ alle Zurückhaltung fahren. »Er lebt in einer anderen Welt. Er begreift nicht, daß die Spielregeln sich geändert haben. Er denkt noch immer, in diesem Spiel gehe es um alte Träume. Der wahre Traum ist das, was wir mit Meridian aufbauen. Was er zu verwirklichen versucht, ist ein Alptraum!«

Bailey verstummte. Carlos Anruf konnte abgehört werden.

»Wann erhalte ich Ihren ersten Bericht?« wollte Bailey wissen. Er hatte seine Wut wieder unter Kontrolle.

»Ich faxe ihn rüber, sobald wir in Tel Aviv eintreffen«, versprach Marcello.

»Genießen Sie die Reise, Carlo.«

Bailey unterbrach die Verbindung, drehte sich um und verfolgte den Weg des Flugzeugmodells auf dem Videoschirm.

Im Flugdeck hörte Turner die kehlige Stimme des afghanischen Fluglotsen in Farah, der ihn anwies, in fünf Minuten auf den Leitstrahl in Birjand jenseits der iranischen Grenze umzuschalten.

»Was sagt der jüngste Wetterbericht?« erkundigte Locke sich.

»Über Iran klarer Himmel«, erwiderte Turner. »Aber über dem Irak herrscht noch immer rege Gewittertätigkeit.«

»Können wir sie umgehen?«

»Nein. Die Front erstreckt sich von Syrien bis hinunter zum Golf«, meldete der Funker. »Am schlimmsten scheint es bei fünfzigtausend Fuß zu sein.«

Locke wandte sich an Kerr. »Prüfen Sie mal nach, ob wir genug Sprit haben, um die Front zu überfliegen.«

Der Ingenieur begann zu rechnen.

In der Telefonkabine preßte Morton den Hörer hart an sein Ohr. »Lesen Sie vor.«

Chantal hatte ihm soeben mitgeteilt, daß sie von Sharon McCabe wichtige Informationen erhalten hätte.

»Die *Science Watch* hat erfahren, daß Sergej Michailowitsch Bodor, der ehemalige sowjetische Klimatologe, der bisher als verstorben galt, höchstlebendig ist und zur Zeit vermutlich an der Entwicklung einer revolutionären neuen Waffe arbeitet. Genauere Hinweise sind kaum vorhanden, aber man kann davon ausgehen, daß diese Waffe angesichts von Bodors militärwissenschaftlichen Kenntnissen im Bereich der Klimaveränderung wirksam sein dürfte. Eine solche Waffe könnte daher einen erheblichen Einfluß auf die allgemeine Erwärmung des Weltklimas ausüben. Sie könnte zum Beispiel den Jetstream ablenken, die Niederschlagsverteilung und sogar das globale Temperatursystem beeinflussen ...«

Chantal hielt kurz inne. »Es gibt noch weitere technische Erklärungen, aber das wäre wohl das wesentliche.«

»Es reicht schon, Chantal«, sagte Morton. »Sogar mehr als das.«

Er erklärte ihr, weshalb alles wie vorausberechnet eingetroffen war, allerdings verschwieg er, wo und wann Bodor zuschlagen würde.

## SECHSUNDDREISSIG

Die unruhige Fahrt des Lastwagens auf dem unebenen Gelände zwang Zita erneut, sich an dem Mann festzuhalten, der neben ihr auf der Holzbank saß.

Eine Lichtgabel erhellte kurz den zweiten Lastwagen, als er hinter einer Sanddüne auftauchte. Er transportierte die Gondel, den Ballon und die Bombe. Sie sah Bodors Gesicht hinterm Lenkrad. Seine Augen, die durch die

Windschutzscheibe starrten, schienen fast hinter den Jochbögen zu verschwinden.

Während der Abreisevorbereitungen schien er ganz bewußt ihre Nähe gemieden zu haben. Sie fragte sich, ob die Anwesenheit des Arrangeurs etwas damit zu tun hatte. Er hatte sich stets in der Nähe aufgehalten und sämtliche Vorgänge genau beobachtet. Als sie beim Aufladen der Gondel hatte mithelfen wollen, hatte er sie daran gehindert. Und als sie schließlich Bodors Lastwagen besteigen wollte, hatte er sie höflich, aber bestimmt, gebeten, mit ihm zu fahren.

Nun saß er ihr gegenüber, hatte die Arme vor der Brust verschränkt und fixierte sie mit seinen dunklen Augen. Seit sie mit dem Lastwagen unterwegs waren, hatte er keinen Ton von sich gegeben.

Als sie durch das Tor im Schutzzaun rollten, sah sie, daß bis auf einen alle Wachhunde verschwunden waren. Seinen Kadaver, dem der halbe Schädel fehlte, entdeckte sie hinter einem Felsblock.

Einige Zeit vorher, als sie ihm eine entsprechende Frage stellte, hatte der Arrangeur erklärt, daß die Hunde nun, da die Arbeit in diesem Komplex beendet wäre, zu der Hundefarm, die sie geliefert hatte, zurückgebracht worden wären.

Sie fragte sich, weshalb er sie angelogen hatte.

»Luftverkehrskontrolle Teheran«, rief Turner. »Hier ist Air Force One. Können Sie uns hören?«

»Einwandfrei«, bestätigte eine Stimme in seinem Kopfhörer.

»Ich habe eine Frage an ...«, der Funker warf einen Blick auf das Blatt Papier, das aus der Suite des Präsidenten zu ihm heruntergeschickt worden war, »Seine Heiligkeit, den Großen Ayatollah Muzran, den Erhabenen Bewahrer des Glaubens.«

»Wie lautet die Botschaft?« wollte die Stimme wissen.

»Sie kommt vom Präsidenten der Vereinigten Staaten, der sich an Bord dieses Flugzeugs aufhält«, fuhr Turner fort. »Ich lese sie Ihnen vor.« Er schaute auf das Papier, das der Präsident beschrieben hatte, und begann laut zu lesen.

»Ich grüße Seine Heiligkeit, den Großen Ayatollah und seinen Revolutionsrat. Ich hoffe inständig, daß Sie Ihre Entscheidung noch einmal überdenken ...«

»Moment! Nicht so schnell«, unterbrach die Stimme.

Turner hielt inne, bis man ihm mitteilte fortzufahren. Er sprach langsam und betont deutlich. »... zu überdenken, ein Treffen mit mir abzulehnen. Ich denke, wir haben eine Vielzahl gemeinsamer Interessen, über die wir uns unterhalten sollten. Sie wären an Bord dieses Flugzeugs hochwillkommen, wenn Sie uns Landeerlaubnis erteilen. Das ist die Botschaft.«

»Bleiben Sie auf diesem Kanal und warten Sie«, befahl die Stimme. »Aber weichen Sie nicht von Ihrem derzeitigen Kurs ab.« Ein Klicken ertönte, und die Verbindung war unterbrochen.

Locke blickte aufs Instrumentenbrett. Sie waren noch neunzig Meilen von Teheran entfernt.

»Der Erhabene Bewahrer usw. usw. hat noch eine Viertelstunde Zeit, eine Entscheidung zu treffen. Ich sollte lieber den Lenker wieder auf seinen Platz zurückholen«, sagte Locke und tastete eine Rufnummer ein.

Kurz darauf betrat Patterson das Flugdeck. Während er sich anschnallte, las Turner ihm die Botschaft des Präsidenten vor. »Haben wir genug Sprit, um eine Runde um Teheran zu fliegen, während Muzran sich eine Antwort überlegt?« wollte er von Kerr wissen.

»Nicht mehr als fünfzehn Minuten, Colonel. Ich könnte die Angabe auf dreißig Minuten strecken, aber Lockie meint, wir sollten über dem Irak bis auf maximale Höhe steigen, um elektrischen Stürmen auszuweichen. Damit dürften unsere Reserven fast völlig verbraucht werden.«

Patterson schaute fragend zu Locke.

»Die Stürme toben vorwiegend bei fünfzigtausend Fuß.

Ich habe vorsichtshalber empfohlen, bis auf fünfundfünfzigtausend zu steigen, um darüber hinwegzufliegen. Es fehlt nur noch Ihr Einverständnis.«

Patterson nickte. »Das war sehr klug, Lockie. Vielleicht steigen wir sogar noch höher.«

Locke studierte eine Flugkarte des Mehrahad-Flughafens von Teheran. »Der Anflug erfolgt von Westen aus. Wir steuern genau auf die Stadt zu«, erklärte er. »Der nächste Ausweichpunkt ist Shiraz, fünfhundertneunundfünfzig Meilen südlich.«

»Ich war ein einziges Mal dort«, meldete Kerr sich zu Wort. »Ein absolutes Dreckloch. Die haben dort noch nicht mal einen Wegweiserwagen. Lediglich einen Jungen auf einem Moped.«

Die Stimme meldete sich wieder in Turners Kopfhörern. »Sie bleiben weiterhin auf Ihrem Kurs. Der Große Ayatollah hat Anweisungen hinterlassen, daß er erst zur Stunde des Gebets geweckt werden darf.«

Air Force One raste durch die Nacht. Als sie die antike iranische Stadt Isfahan überflog, ging sie allmählich in einen Steigflug über.

Über der Krümmung des Horizonts waren die ersten Blitze am irakischen Himmel zu sehen.

Hernandez fluchte leise. Die Kameras des Halo übermittelten nichts mehr. Er griff nach dem Telefonhörer und wählte die Nummer des leitenden Ingenieurs.

»Sie haben ihn zu hoch steigen lassen«, erklärte der Ingenieur. »Nehmen Sie ihn ein paar Teilstriche zurück und warten Sie fünfzehn Minuten, bis die Optik sich auf die neue Entfernung eingestellt hat. Danach dürfte es keine Probleme mehr geben.«

Hernandez gab den entsprechenden Befehl über seine Tastatur ein. In einem anderen Teil des Gebäudes erledigte ein Computer von der Größe eines Einfamilienhauses den Rest.

Jeder Teilstrich entsprach einer Verkleinerung der Überwachungsfläche des Halo um eine Meile.

Alleine auf der Ladefläche des geparkten Lastwagens spürte Bodor, wie die Kokaindosis wie eine konzentrierte Ladung in seinen Arm schoß. Er drückte den Kolben der Spritze noch schneller nieder, während ihn der eisige Wind, der den Lastwagen umheulte, heftig frösteln ließ. Um sich diese Spritze zu setzen, hatte er seine Fliegerkombination fast ganz ausziehen müssen.

Nachdem de Brug sein Zimmer verlassen hatte, war Bodor aktiv geworden und hatte die restlichen Päckchen aus seiner Schreibtischschublade herausgeholt und in der Innentasche seiner Kombination verstaut. Wenn diese Operation abgeschlossen wäre, würde er sich erst einmal in aller Ruhe einen Schuß setzen.

Er zog die Nadel heraus und ließ die Spritze achtlos auf den Boden fallen. Während er sich wieder anzog, spürte er die vertrauten Reaktionen, als das Kokain sich in seinem Körper verteilte und auf die Lustzentren seines Gehirns einwirkte, als Neurotransmitter den gewünschten Erregungszustand herbeiführten.

Er schloß die Augen, während Gedanken durch seinen Geist rasten – zu schnell, um ausgesprochen zu werden, zu ungeordnet, um eine logische Folge zu bilden. Die ersten Momente des Genusses waren immer die gleichen. Aber nach und nach formte sich ein Gedanke, nahm Gestalt an und wurde greifbar: De Brug versuchte ihn um den verdienten Lohn für alles zu bringen, das er geschaffen hatte. Das war schon früher passiert, in Rußland – und es war der Grund, aus dem er Trost und Zuflucht bei den magischen Möglichkeiten des Kokains gesucht hatte. In seinen Gedanken wiederholte sich nun die Warnung: Laß es nicht noch mal soweit kommen. Du bist das Genie, das dies alles erst möglich gemacht hat. Vergiß das niemals.

Er setzte sich auf die Bank und zwang sich, langsam und tief durchzuatmen. Dabei zog sich die Trägheit, die er während seiner Fahrt zum Startplatz verspürt hatte, aus seinem Körper zurück und wurde durch frische Energie ersetzt. Er fühlte sich wieder im Vollbesitz seiner Kräfte. Er war zu allem fähig. Niemand konnte ihm vorschreiben, was er zu tun hätte. Die Ozonschicht-Bombe war sein Werk – und nicht das de Brugs. Aber genau deshalb war de Brug gekommen. Um seine Belohnung abzuholen.

Er wollte seiner inneren Stimme versichern, daß er das alles sehr wohl wußte. Doch sein Mund konnte die Worte nicht formen. Aber irgendwie hatte seine innere Stimme es geschafft, seinen Namen auszusprechen.

Bodor schlug die Augen auf.

»Wir sind startbereit«, wiederholte de Brug und beugte sich über die Heckklappe in den Lastwagen.

»Ich weiß, was Sie wollen«, brüllte Bodor und sprang auf. Knirschend zerbrach die Injektionsspritze unter seinem Fuß. De Brug enthielt sich einer Entgegnung. »Ohne mich sind Sie nichts! Ich habe die Bomben hergestellt! Die Ozonschicht-Bombe gehört ganz alleine mir!«

De Brug fixierte Bodor über die Heckklappe hinweg.

Die Startmannschaft, die den Ballon vorbereitete, blickte zum Lastwagen herüber.

»Antworten Sie! Antworten Sie, hören Sie? *Antworten* Sie!« kreischte Bodor wieder.

Mühelos und mit sparsamen Bewegungen griff de Brug nach oben und zog Bodor auf den Erdboden herunter. »Bodor, werden Sie nicht närrisch. Niemand will Ihnen irgend etwas stehlen«, sagte er ruhig.

Bodor verstummte jedoch nicht, sondern schrie: »Sie haben das ganze von Anfang an geplant, de Brug!«

»Seien Sie vorsichtig, Bodor. Passen Sie genau auf, was Sie sagen.«

»Warum tun Sie mir das an? Weshalb? Ich habe Ihnen vertraut!«

»Bodor – seien Sie still. *Sofort!*« Als wollte er die Worte von sich abwehren, preßte Bodor die Hände auf seine Ohren. De Brug packte sie und riß sie weg. »Reißen Sie sich zusammen, Bodor!« De Brug umfaßte seinen Arm und fragte: »Haben Sie sich etwa noch einen Schuß gesetzt?«

Bodor versuchte sich loszureißen. Ohne sich merklich anzustrengen, verstärkte de Brug den Druck seiner Hand, bis der andere Mann sich vor Schmerzen krümmte.

»Lassen Sie mich sofort los, de Brug«, keuchte Bodor. »Das geht Sie nicht das geringste an.«

»Ich lasse Ihnen das noch einmal durchgehen«, erwiderte de Brug.

Bodor wich zurück und fluchte leise. Das Kokain hatte diese Reaktion verursacht, hatte ein beängstigendes neurologisches Gewitter in seinem Gehirn ausgelöst. So etwas war noch nie zuvor passiert. Zum Glück tobte es nun mit weitaus geringerer Intensität. Er konnte allmählich wieder normal denken. Vielleicht irrte er sich auch, was de Brug betraf, aber er brauchte jemanden, auf den er die Wut in seinem Denken konzentrieren konnte.

Er schaute dorthin, wo Zita die Halteleinen des Ballons überprüfte. Hinter ihm ertönte plötzlich de Brugs leise, sanfte, eindringliche Stimme. »Wenn Sie Grund haben sollten, jemandem zu mißtrauen, dann ihr.«

Bodor wandte sich abrupt zu de Brug um. »Weshalb? Sie hat alles getan, was ich von ihr verlangt habe.«

»Natürlich«, gab de Brug zu. »Deshalb ist sie ja so gut in allem anderen, was sie tut. Erinnern Sie sich nur mal an die Art und Weise, wie sie mit Kunsk geschlafen hat. Wissen Sie, weshalb sie das getan hat, Bodor? Um alle möglichen Informationen aus ihm herauszuholen. Aus dem gleichen Grund hat sie auch mit Ihnen geschlafen. Und mit jedem anderen, von dem sie möglicherweise etwas erfahren kann ...«

»Ich habe ihr nichts verraten«, sagte Bodor heftig.

»Natürlich nicht.« De Brug lächelte besänftigend. »Aber es ist ihr zur zweiten Natur geworden, ihren Körper einzusetzen.«

Bodor verspürte Unbehagen. »Wofür will sie diese Information? Sie ist doch nur Ballonfahrerin.«

De Brug musterte ihn für einen Moment, als überlegte er, ob er mehr sagen sollte. Als er antwortete, klang seine Stimme leise und verschwörerisch. »Ihr Vater ist Carlo Marcello. Er hat ein Vermögen damit verdient, anderen ihre Ideen zu stehlen. Seine Tochter ist genauso.«

»Woher wissen Sie das?«

De Brug lächelte knapp. »Es ist meine Aufgabe und mein Geschäft, über derlei Dinge Bescheid zu wissen. Deshalb bin ich hier. Deshalb müssen Sie alles tun, um was ich Sie gebeten habe.«

Bodor nickte langsam. De Brug hatte recht. Nichts durfte sich zwischen ihn und die Belohnung stellen, die ihm zustand.

»Alles wird absolut perfekt funktionieren«, fuhr de Brug fort und legte einen Arm um Bodors Schultern, als wollte er ihn beruhigen. »Glauben Sie mir, das letzte, was die Leute wollen, für die ich arbeite, ist, persönlichen Nutzen aus dem zu ziehen, was Sie geschaffen haben. Das versichere ich Ihnen.«

Bodor musterte ihn plötzlich mit einem prüfenden Blick. »Sie haben mir nie verraten, wer diese Leute sind.«

De Brug lachte leise. »Sie müssen Ihre Neugier noch für eine kleine Weile zügeln. Aber eines kann ich Ihnen schon jetzt versichern. Sie sind so zufrieden mit dem, was Sie bereits geleistet haben und was Sie noch leisten werden, daß sie beschlossen haben, Ihnen einen speziellen Bonus zukommen zu lassen. Damit werden sich all Ihre Träume erfüllen. Das kann ich Ihnen versprechen.«

De Brug schritt zusammen mit Bodor dorthin, wo die Gondel sich bereits vom Erdboden erhoben hatte und von den Männern der Startmannschaft festgehalten wurde. In der Gondel konnten sie Zita sehen, die gerade damit beschäftigt war, die Flamme des Brenners zu justieren, die in die Ballonhülle leckte.

Unter der Gondel war die Ozonschicht-Bombe befestigt.

Air Force One setzte ihren Steigflug fort. Vor ihnen und durch die Plexiglasscheibe des Cockpits deutlich zu erkennen, ragten die Felsspitzen des Zagros-Gebirges auf. Dahinter befand sich die Grenze zum Irak.

»Colonel, ich bekomme wieder eine Messung herein«, meldete Kerr. Der Geigerzähler, den sie an Bord mit sich führten, hatte bereits radioaktive Emissionen gemessen, als sie über den Binnensee südlich von Isfahan hinweggeflogen waren.

»In der gleichen Höhe?« fragte Patterson.

»Ja.«

»Tragen Sie es ins Logbuch ein und lassen Sie jemand anderen sich darüber den Kopf zerbrechen.« Patterson wußte, daß der einzige Weg festzustellen, ob die Emissionen von Atommüll oder von den neuen iranischen Atomwaffen herrührten, die nach allgemeinem Dafürhalten von den islamischen Republiken der ehemaligen Sowjetunion geliefert worden waren, darin bestand, die ausgedruckten Messungen in Andrews analysieren zu lassen.

Sollte sich irgend etwas Verdächtiges ergeben, würde es sowieso auf dem Tisch eines der Inspektionsteams der Vereinten Nationen landen. Diese waren nach dem Abkommen von Minsk zusammengestellt worden, in dem die Sowjetrepubliken in dem Bestreben, der restlichen Welt ihre politische Reife zu demonstrieren, sich bereit erklärt hatten, eine Kontrolle aller bei Moskau verbliebenen Atomwaffen zuzulassen. In Fakt hatten die islamischen Republiken genau dies verweigert. Daher wußte niemand, wie viele ihrer Atomwaffen während der zahlreichen Unruhen innerhalb ihrer Grenze einen geheimen Weg in den Iran gefunden hatten.

»Identifizieren Sie sich«, verlangte plötzlich eine Stimme in Turners Kopfhörern.

»Hier ist Air Force One der Luftwaffe der Vereinigten Staaten unterwegs nach Tel Aviv«, antwortete Turner. »Und wer sind Sie?«

»Hier ist die militärische Flugverkehrskontrolle in Borojurd. Sie befinden sich oberhalb der in Ihrem Flugplan angegebenen Flughöhe.«

Patterson drehte sich in seinem Sitz halb um. »Ich übernehme«, gab er Turner Bescheid.

Er sprach in sein Lippenmikrofon. »Hier ist der Flugzeugkommandant von Air Force One. Ich bitte um Entschuldigung für die Abweichung vom Flugplan. Wir befinden uns im Steigflug, um elektrischen Turbulenzen zu entgehen, die auf unserem Kurs über dem Irak gemeldet wurden. Wir bitten um Erlaubnis, unser Vorhaben beizubehalten.«

Aus dem Empfänger drang die schnell leiser werdende Stimme des iranischen Fluglotsen. »Erlaubnis erteilt. Möge der gnädige Allah Sie sicher durch den Äther geleiten.«

»Allah ist groß«, erwiderte Patterson in seinem feierlichsten Tonfall. »*El-Bukra-e-Mish-Mish.*« Nachdem Patterson das Mikrofon ausgeschaltet hatte, betrachtete Locke ihn staunend. »Wo haben Sie das denn gelernt?«

Patterson grinste. »Indem ich des öfteren einen islamischen Radiosender in Washington gehört habe.«

Zum erstenmal seit dem Start in Peking flauten seine Unterleibsschmerzen ein wenig ab.

Ingnatius Bailey verfolgte, wie das Flugzeugmodell das Zagros-Gebirge überflog. Die irakische Grenze war nun weniger als zehn Minuten Flugzeit entfernt.

»Können Sie mich zu ihm durchstellen?« fragte Morton in der Telefonkabine.

Gates hatte ihm soeben beschrieben, was der Halo-Ingenieur auf seinem Bildschirm sah.

»Kann ich«, sagte Gates.

Es klickte mehrmals in der Leitung, dann hörte Morton eine neue Stimme.

»Hier ist Sergeant Hernandez, Sir. Wie kann ich Ihnen helfen?«

»Schildern Sie so genau wie möglich, was Sie gerade auf Ihrem Schirm sehen.«

Hernandez' Stimme klang weiterhin völlig neutral und gleichmütig, als er fortfuhr: »Die Kommandos bringen eine weitere Gruppe Menschen aus dem Komplex über die Rampe nach oben. Sie werden in die Wüste zu einer Stelle geführt, die sich in direkter Nähe des Ortes befindet, wo die letzte Gruppe erschossen wurde.«

»Können Sie die Gesichter erkennen?« fragte Morton. Er mußte ganz sicher sein.

»Ich kann die Haare in ihren Nasen zählen«, erwiderte Hernandez mit einem Anflug von Stolz.

»Okay. Was ist mit den Gefangenen?«

»Es sind keine Iraker. Sie haben eher russische Gesichtszüge. Wenn sie etwas sagen würden, wüßten wir es ganz genau.«

»Und die Kommandos?«

»Die Sensoren weisen sie eindeutig als Deutsche aus. Dem Akzent nach Ostpreußen oder Schlesier. Wenn wir etwas mehr Zeit hätten, könnten wir sogar feststellen, aus welchen Städten sie kommen.«

Morton lächelte nachsichtig. So genau brauchte er es nicht zu wissen. »Wie viele haben sie bis jetzt hochgebracht, Sergeant?«

Hernandez antwortete wie aus der Pistole geschossen: »Bisher dreiundsechzig. Die aktuelle Gruppe besteht aus siebzehn Personen. O mein Gott – das müßten Sie sehen. Einer der Gefangenen ist geflohen … Er rennt hakenschlagend durch die Wüste wie ein Quarterback beim Football … als wäre der Teufel hinter ihm her … O mein Gott!«

Durch das Telefon hörte Morton Gewehrschüsse, dann einen Seufzer von Hernandez, der nur wenig lauter war als das Zischen der klimatisierten Luft, die durch die Kabine zirkulierte. Dann hörte er eine Gewehrsalve.

»Sie haben soeben die restliche Gruppe erschossen«, bestätigte Hernandez. »Da unten findet ein Massaker statt. Was zum Teufel hat das zu bedeuten?«

Offensichtlich fand das große Aufräumen statt.

»Sergeant, können Sie Ihre Kamera mal auf den Eingang zu dem Komplex richten?«

»Kein Problem. Wonach suchen Sie?«

»Nach Reifenspuren.«

»Okay. Es dauert etwa eine halbe Minute, bis die Kamera sich neu eingestellt hat. Mit den nächsten Modellen schaffen wir das in Millisekunden.« Dann herrschte Schweigen in der Leitung. Schließlich meldete Hernandez sich wieder. »Ich habe sie. Zwei schwere Lastwagen. Den Spuren im Sand nach zu urteilen, waren sie schwer beladen. Wenn Sie ein wenig Geduld haben, kann ich Ihnen sogar die Reifenmarke nennen.«

Dieser Techniker, dachte Morton, verströmte die Selbstsicherheit all jener, die in den anderen Zentren mechanischer Intelligenz arbeiteten, die er bisher kennengelernt hatte. Sie vergaßen gerne, daß menschlicher Genius nötig war, um diese Intelligenz zu erschaffen.

»Das wird nicht nötig sein, Sergeant. Können Sie die Spuren verfolgen.«

»Kein Problem. Es dauert nur eine Minute.«

Diesmal war es nicht so lange still in der Leitung.

»Also, beide Lastwagen haben das Gelände verlassen. Übrigens scheint der Sand da unten ziemlich aufgewühlt zu sein, und die Sensoren melden Blutspuren. Ich kann eine Analyse ...«

»Vielen Dank, aber das ist wirklich nicht nötig.« Sie dürften die Wachhunde erschossen haben.

»Beide Lastwagen sind nach links in die Wüste abgebogen. Sie hatten anscheinend ein ziemlich hohes Tempo … Oh, verdammt!« Hernandez verstummte.

»Was ist los?« fragte Morton.

»Das Bild ist weg. Die Kamera streikt.«

»Rufen Sie Mr. Gates an, wenn sie wieder funktioniert«, meinte Morton, ehe er die Kabine verließ und zum Cockpit ging.

## SIEBENUNDDREISSIG

Der Ballon stieg stetig dem elektrischen Sturm entgegen, der sich wie ein Dach über ihm ausbreitete. Seit dem Start hatten Zita und Bodor nur miteinander gesprochen, um Flugdaten auszutauschen und den Aufstieg zu kommentieren.

Ihr war es lieber so, denn sie konnte sich ausschließlich auf ihre Arbeit konzentrieren. In diesem Moment existierte Bodor als Mann überhaupt nicht für sie. Er war nur zugegen, um seinen Auftrag auszuführen. Später, wenn alles erledigt wäre, würde sie ihm die Fragen stellen, die sie einstweilen in den Hintergrund geschoben hatte.

Kurz vorher hatte er den Thermostaten seiner Fliegerkombination höher gestellt. Er fror noch immer. Das tat er immer, wenn die Wirkung des Kokains nachließ und er sich müde und ausgepumpt fühlte. Er spürte die Päckchen auf seiner Haut und dachte daran, daß er schon bald eine neue Injektion brauchte. Aber es war ihm an diesem Ort völlig unmöglich, sich selbst einen Schuß zu setzen. Er versuchte seinen Geist gegen die Gedanken daran abzuschotten, so daß am Ende nur noch der unangenehme Schmerz in seinem Körper zurückblieb.

Der Höhenmesser durchlief die Dreißigtausendfußmarke. Ausgelöst würde die Bombe bei vierzigtausend Fuß.

»Wie lange noch?« fragte Bodor ein zweites Mal.

»Zwanzig Minuten.«

Er stellte im Kopf eine Berechnung an. »Dann mußt du die Steigegeschwindigkeit um hundert Fuß pro Minute erhöhen.«

Zita stellte sich unter den Brenner und ließ eine Flammenzunge in den Ballon schießen. Sie betrachtete Bodor auf seinem Platz auf der Sitzbank. »Möchtest du nicht lieber deinen Fallschirm anlegen?« fragte sie und schaffte es nicht ganz, den spöttischen Unterton in ihrer Stimme zu unterdrücken.

Nachdem er an Bord geklettert war, hatte ein Angehöriger der Bodenmannschaft zwei Fallschirme in die Gondel geworfen. Bodor hatte einen an sich genommen, während sie den anderen mit einem Fußtritt in eine Ecke beförderte. Sie hatte noch nie einen Fallschirm benutzt. Entweder hatte man Vertrauen zu seinem Ballon, oder man blieb auf dem Erdboden.

»Bist du schon mal gesprungen?« erkundigte sie sich.

»Ja.« Das hatte zu seiner Ausbildung als sowjetischer Militärwissenschaftler gehört.

»Haben sie dir auch beigebracht, wie man aus viezigtausend Fuß Höhe abspringt?« fragte sie.

»Es ist das gleiche wie aus dieser Höhe.«

Sie musterte ihn durch ihr Visier. In seinem Helm war er bleich, seine Augen wirkten völlig leblos. Irgend etwas stimmte nicht mit ihm, das war völlig klar. Aber es gab nichts, was sie hätte tun können, außer ihn zu beruhigen.

»Du wirst nicht springen müssen. Ich bringe dich schon heil wieder hinunter«, versprach sie.

Er lehnte sich auf der Sitzbank zurück und umklammerte krampfhaft seinen Fallschirm. De Brug hatte gesagt, es sei das neueste Modell. Er ließe sich innerhalb von Sekunden an die Haken an seiner Fliegerkombination anhängen.

Zita schaltete auf einen neuen Propangastank um, ehe sie ein weiteres Mal den Brenner betätigte, während der

Höhenmesser 31.000 Fuß anzeigte. Noch neuntausend Fuß. Achtzehn Minuten.

Über ihnen breiteten sich die elektrischen Turbulenzen bis weit in den Iran aus.

In der eisigen Atmosphäre in sechsundfünfzigtausend Fuß Höhe lange Kondensstreifen hinter sich herziehend, drang Air Force One in den irakischen Luftraum ein.

Im Flugdeck, wo die Mannschaft sich versammelt hatte, herrschte entsetztes Schweigen. Morton hatte ihnen soeben erklärt, was möglicherweise schon in Kürze passieren würde. Er hatte ihnen alles erzählt, die Stimme neutral und sachlich, die Ausdrucksweise klar und schonungslos.

»Was sage ich dem Präsidenten?« fragte Patterson mit erstickter Stimme.

»Zu diesem Zeitpunkt? Nichts. Es gibt nichts, was er tun könnte.«

Patterson überlegte einige Sekunden lang. »Ich kann einen Notfall melden – und nach Teheran zurückkehren«, sagte er. Der Schmerz in seinem Unterleib war zurückgekehrt wie ein lebendiger Gefährte, der nun seinen Unmut signalisierte.

»Sie würden auch in diesem Fall keine Landeerlaubnis erhalten. Die Mullahs verfolgen ihre eigenen Pläne – und diese sehen nicht vor, Sie ins Land zu lassen«, erklärte Morton mit Nachdruck. »Rufen Sie Bagdad. Teilen Sie ihnen mit, wir müßten sofort einen Kurswechsel vornehmen. Wir hätten zu wenig Sprit. Erklären Sie ihnen, was immer Ihnen am überzeugendsten erscheint. Dann nehmen Sie Kurs auf die Flugbasis in der saudischen Wüste. Wichtig ist, daß niemand einen Hinweis darauf erhält, daß wir irgendeinen Verdacht geschöpft haben könnten. Versuchen wir einfach, uns davonzustehlen und in Sicherheit zu bringen.«

»Aber wir wissen doch gar nicht genau, wo dieser Ballon und die Bombe sind«, wandte Patterson ein.

Morton schien ihn zu ignorieren. Es war allerdings keine Geste der Mißachtung, sondern er dachte nach. Die anderen saßen da, beobachteten ihn erwartungsvoll. »Wenn ich mich irre, übernehme ich die volle Verantwortung. Ich brauche sofort einen Kopfhörer.«

Turner drehte sich schweigend um und reichte ihm das Gewünschte. Dank der vielfältigen Möglichkeiten der Funkanlage war Morton innerhalb kürzester Zeit mit Danny im saudischen Stützpunkt und, auf der anderen Seite der Welt, mit Hernandez in Washington verbunden.

Während Patterson versuchte, sich mit Bagdad in Verbindung zu setzen, hörte Morton geduldig zu, während der Halo-Techniker ihn auf den neuesten Stand brachte.

»Gibt es irgendwelche neuen Aktivitäten im Bereich des Komplexes, Sergeant?« fragte Morton schließlich.

»Nichts, Sir«, antwortete Hernandez.

Nachdem die Kameras des Satelliten ihre Arbeit wieder aufgenommen hatten, fanden sie sowohl die Lastwagen wie auch die im Sand verstreut liegenden menschlichen Körper. Es sähe aus wie ein weiteres Massaker, hatte Hernandez gemeint.

Offensichtlich hat de Brug nichts von seinen charakteristischen Fähigkeiten eingebüßt, dachte Morton.

Kurz danach hatte der Halo einen Range Rover entdeckt, der nach Osten in Richtung Euphrat fuhr.

»Wo befinden sich zur Zeit die Kommandotruppen, Sergeant?« fragte Morton.

»Ebenfalls zum Fluß unterwegs. Vielleicht wartet dort ein Schiff auf sie«, vermutete Hernandez.

»Haben Sie das gehört, Danny? Schicken Sie mal einen von den Stealths hin, um sich das etwas genauer anzusehen.«

»Wird gemacht, David.«

»Und schicken Sie jeden zur saudischen Grenze«, fügte Morton hinzu. In seiner Vorstellung hatte eine schreckliche, unaufhaltsame Kettenreaktion begonnen.

Patterson wiederholte seinen Ruf. »Air Force One ruft

die Flugkontrolle Bagdad. Erbitten sofortige Landeerlaubnis wegen akuten Treibstoffmangels ...«

Er erhielt keine Antwort.

Ignatius Bailey verfolgte auf dem Schirm, wie das Flugzeugmodell die irakische Grenze überquerte und auf den Lichtpunkt in der Wüste zusteuerte. Nichts störte die Stille im Büro außer dem leisen Knistern, das der Schnee erzeugte, als der Wind ihn gegen die Fensterscheiben trieb. Bailey erschauerte. Nicht vor Kälte, sondern vor freudiger Erregung.

Air Force One hatte achtundfünfzigtausend Fuß Höhe erreicht und stieg weiter in die Zone des elektrischen Sturms.

In der Küche überwachte Cowan die Frühstücksvorbereitungen. In den einzelnen Kabinen absolvierten die Oberhäupter der Industrienationen ihre Morgentoilette. Carlo Marcello lag in seinem Liegesitz und schlief noch. Der Präsident hingegen saß bereits in seinem Büro und studierte den Zeitplan für den Zwischenstopp in Tel Aviv. Die Syrer und die Palästinenser hatten die Absicht, Delegationen zu schicken. Er würde ihnen einige unschöne Dinge sagen müssen.

Seine Lektüre wurde durch ein Klopfen an der Tür unterbrochen. Helen kam mit ihrem Blutdruckmeßgerät herein.

»Guten Morgen, Mr. President. Wie haben Sie geschlafen?«

»Wie ein Murmeltier.«

»Schön. Mal sehen, wie es Ihnen heute morgen geht.«

Sie nahm die Untersuchung vor und lächelte zufrieden. Während sie ihr Gerät wieder zusammenpackte, meinte sie: »Lassen Sie sich Ihr Frühstück schmecken, Mr. President.«

»Ay-ay, Commander«, erwiderte der Präsident und tat so, als würde er Haltung annehmen.

Helen nahm die offensichtlich gute Laune des Präsidenten mit einem zufriedenen Kopfnicken zur Kenntnis und verließ die Suite. Draußen wartete Carolyn Dempsey bereits mit dem Frühstückstablett.

Spontan hob Helen einen der silbernen Deckel hoch. Darunter befanden sich gebratene Würstchen. Sie schüttelte den Kopf. »Und ich dachte tatsächlich, daß er meine Ratschläge auch befolgt.«

Zita brach das Schweigen in der Gondel.

»Siebenunddreißigtausend Fuß.«

Bodor kniete auf dem Boden und öffnete die Klappe. Dann befestigte er den Fallschirm an seiner Fliegerkombination, während die eisige Luft in die Gondel drang.

Unter ihm schwang die Ozonschicht-Bombe an ihrem Abschußgestell hin und her.

»Bagdad. Hier ist Air Force One«, sagte Patterson erneut in sein Lippenmikrofon. »Erbitten Erlaubnis zum Kurswechsel. Unsere derzeitige Flughöhe beträgt neunundfünfzigtausend Fuß. Laut unserem Radar gibt es in der näheren wie weiteren Umgebung keinerlei Aktivitäten.«

Auch diesmal erhielt er keine Antwort. Patterson spürte, wie der Schmerz durch seinen Körper schnitt. Sein von der Cockpitscheibe reflektiertes Gesicht wirkte hager und eingefallen.

Morton fragte mit leiser, angespannter Stimme: »Irgendwelche Anzeichen von diesem Ballon, Sergeant?«

»Nein, Sir«, meldete Hernandez.

»Danny, haben die Stealths irgend etwas gefunden?«

»Die iranischen Truppen stehen immer noch an der Grenze. Aber sie machen keinen bedrohlichen Eindruck. Einer der Bomber ist euphrataufwärts geflogen. Dort herrscht zwar eine Menge Betrieb, aber nichts Verdächtiges.«

»Alle sollen die Augen offenhalten«, sagte Morton ins Kopfhörermikro und seufzte verhalten.

Er schaute hinaus und suchte den Luftraum ab, während Air Force One sich leicht auf die Seite legte und auf Südkurs ging. Hatte er sich für die richtige Richtung entschieden? Angenommen, der Ballon befand sich immer noch auf ihrer Route? Außerdem hatte ihm niemand die Wirkungsreichweite eines Atomzünders an einer Bombe nennen können, die von ihm abgeschossen wurde.

Bodor verfolgte, wie das Abschußgerüst wegsackte, hörte das Pfeifen des Windes um die Gehäusekanten, sah die Ballontraube aufblühen und spürte, wie die Gondel abrupt schneller stieg, nachdem sie vom Gewicht der Bombe befreit war. Dann konnte er erleben, wie die Traube Ballons auf gleiche Höhe mit der Gondel gelangte und dann schnell in die Detonationshöhe der Bombe bei 80.000 Fuß zu klettern begann. Sie würde diesen Punkt in genau zwölf Minuten erreichen.

»Schließ die Klappe!« rief Zita ihm zu. »Sie wirkt wie ein Schornstein. Wir wurden dadurch schon um weitere tausend Fuß hochgerissen.«

Bodors Mund zuckte, dann schien er sich zu straffen. Er beobachtete, wie die Anzeige des Höhenmessers sich der zweiundvierzigtausend Fuß-Marke näherte.

»Um Gottes willen, beeil dich, Bodor, und schließ endlich die Klappe!«

Er drehte sich zu ihr um und lachte.

Zita blinzelte, als sie seine Reaktion sah. »Bodor,was zum Teufel ist daran so spaßig?« fragte sie.

»Du!«

Sie gewahrte etwas in seinen Augen, das vorher noch nie dort gewesen war, ein seltsames Zucken.

»Ich? Was ist los mit dir, Bodor? Spinnst du oder was?

Jetzt mach endlich die verdammte Klappe zu und spiel nicht den Verrückten!«

Bodor fixierte Zita. »Du bist verrückt. Du und dein Vater. Ihr habt wohl geglaubt, ihr könntet mich betrügen!« In seinem Lachen schwang etwas viel Schrecklicheres mit als nur irrsinnige Wut. Nämlich der nackte Wahnsinn.

»*Wie bitte?* Mein Vater? Was hat er damit zu tun?« Die Befürchtungen, die sie in den hintersten Winkel ihres Bewußtseins verdrängt hatte, brachen durch. »Hast du etwa mit meinem Vater zu tun? *Sag schon!*« Bodor lachte noch lauter. »Hältst du mich für einen Idioten? Ich weiß genau, was du vorhast!«

Durch sein Visier konnte sie sehen, wie ein irrer Ausdruck in seine Augen trat.

»Bodor, ich habe verdammt noch mal keine Ahnung, wovon du redest. Aber laß mich uns erst mal sicher nach unten bringen, dann können wir alles klären.«

Für einen Moment zog sich die Haut um seine Augen zusammen. Dann packte Bodor ihren Fallschirm und warf ihn durch die Bodenöffnung ins Leere.

»Bodor!«

Aber er hatte sich bereits durch die Öffnung fallenlassen und zählte die Sekunden, bis es Zeit wurde, die Reißleine zu ziehen.

Über ihm raste die Gondel mit noch höherem Tempo aufwärts, während das Heulen des Windes, der durch die Bodenöffnung pfiff, Zitas Entsetzensschrei erstickte.

Im Flugdeck deutete Morton mit einem Kopfnicken auf Kerrs Instrumententafel. »Lassen Sie den Geigerzähler laufen«, sagte er. Das Gerät bot die einzige Möglichkeit, zwischen den Entladungen des Höhengewitters und der Explosion des Atomzünders zu unterscheiden. Nur wußte niemand, in welcher Weise die Explosion ausgelöst wurde. Ein solcher Zünder war bisher noch nie auf diese Art und Weise eingesetzt worden.

»Wir haben sechzigtausend Fuß erreicht«, meldete Locke. »Sie fängt schon wieder an zu sinken.«

Air Force One befand sich fünftausend Fuß über ihrer maximalen Reisehöhe. Die dünne Luft schaffte es kaum, sie zu tragen.

Morton wandte sich an Patterson. »Wir haben zwei Möglichkeiten. Entweder versuchen wir in dieser Höhe zu bleiben. Oder wir gehen in einen schnellen Sinkflug über. Beide Möglichkeiten sind mit gewissen Gefahren verbunden, denn wir wissen nicht, in welcher Höhe die Bombe gezündet wird.«

Patterson hatte das Gefühl, als hinge sein Leben an einem seidenen Faden. War das eine Folge seiner Erschöpfung oder hatte er Angst? Genauso hatte er sich über Bosnien gefühlt. Damals hatte er Glück gehabt. Vielleicht blieb ihm das Glück auch jetzt treu. Er räusperte sich. »Vielleicht ist es völlig egal, was wir tun. Möglicherweise sind wir dank unserer Geschwindigkeit längst außer Reichweite der Bombe.«

Die anderen sahen Morton erwartungsvoll an. In diesem Moment erinnerte er sich an einen surrealistischen Film, den er mal gesehen hatte. Er bestand aus zwei Stunden absurder Dialoge, die abrupt in totalem Schweigen endeten.

»Wir bleiben in dieser Höhe«, entschied Morton.

Während er durch die Luft trudelte, zählte Bodor stumm bis sechzig. Dann zog er an der Reißleine, um den Fallschirm zu öffnen. Der Griff löste sich und baumelte in seiner Hand.

Die Erkenntnis, schrecklich betrogen worden zu sein, mischte sich mit namenloser Angst und erzeugte in seinem Mund einen ekelhaften Geschmack. Und dann spürte er nichts mehr.

Unter Einsatz all ihrer Kräfte schaffte Zita es, die Bodenklappe zu schließen und zu sichern. Der eisige Luftstrom wurde schlagartig unterbrochen. Sie schaute auf den Höhenmesser. Fünfundvierzigtausend Fuß. Sie war noch nie so hoch gestiegen. War das der Grund, weshalb sie so einen entsetzlichen Druck im Kopf verspürte, als füllte er sich langsam mit einer schwarzen Flüssigkeit?

Halb kriechend erreichte sie die Batterie Sauerstoffflaschen an der Gondelwand und verband ihren Luftschlauch mit einem Anschluß. Sie drehte das Ventil auf. Ein Zischen erklang in ihrem Helmkopfhörer. Der schwarze Schleier vor ihren Augen lichtete sich und begann sich zu heben. Dann verstummte das Zischen. Die Flasche war leer. Hektisch löste sie den Atemschlauch und verband ihn mit dem nächsten Zylinder. Diesmal erklang noch nicht einmal ein Zischen. Die anderen Flaschen waren ebenfalls leer. Das hatte sicherlich Bodor getan. Bodor und der Arrangeur, flüsterte ihr eine leise Stimme in ihrem Kopf zu.

Sie ließ sich auf den Boden sinken. Kurz vorher war der erste graue Lichtschimmer des neuen Tages in die Gondel gedrungen. Nun verblaßte er wieder und wurde mit jedem Atemzug, den sie unter heftigen Schmerzen ausführte, dunkler.

Sie konnte ein leises Blubbern in ihrer Lunge hören, während das graue Dämmerlicht sich in ein samtenes Schwarz verwandelte, in dem nur noch ein Stern funkelte. Er spritzte auseinander wie die Teile eines Diamanten, der explodiert war.

Um sie herum brach die Gondel auseinander, und über ihr stand die Ballonhülle in hellen Flammen.

Während sie abstürzte, war ihr verzweifelter Kampf um jeden Atemzug längst beendet.

# ACHTUNDDREISSIG

Turners Ruf hallte durch das Cockpit. »Strahlung! Die Werte sind hoch genug für eine kleine Atomexplosion!«

Gleichzeitig konnte Morton in seinem Kopfhörer Dannys erregte Stimme hören. »Ein Stealth-Pilot meldet ein brennendes Objekt achtzig Meilen nördlich von eurer derzeitigen Position.«

»Wie hoch?« fragte Morton.

»Etwa bei vierundvierzig. Und jetzt sinkt es ziemlich schnell.«

Hernandez meldete sich. »Der Halo hat soeben in derselben Gegend zahlreiche kleinere ebenfalls zur Erde fallende Gegenstände aufgespürt. Es könnten Teile des Ballons oder menschliche Körper sein.«

»Bleiben Sie nur auf Empfang, bis ich Sie rufe, Sergeant«, befahl Morton. Er wandte sich an Turner. »Können Sie irgendwie die Detonationshöhe feststellen?«

»Der Computer rechnet bereits«, sagte der Funker und behielt dabei die Instrumententafel im Auge. Er drehte sich halb zu Morton um. »Bei etwa achtzigtausend Fuß. Die Strahlung schwankt, und die Druckwelle breitet sich aus.«

Und dann passierte mehreres gleichzeitig.

Die Druckwelle riß die hintere Frachtraumklappe ab, die ihnen schon in Paris Probleme bereitet hatte. Sie verschwand. Luft drang in den Frachtraum ein und fegte in Bruchteilen von Sekunden das gesamte Gepäck hinaus. Die Leiter, die zum nächsten Deck führte, konnte dem Druck für einige Zeit widerstehen, dann wurde sie ebenfalls aus ihrer Halterung gerissen. Die Luft brach durch die Tür, fetzte sie aus den Angeln und drang in die hintere Kabine ein. All das geschah innerhalb weniger Sekunden.

Aufgeschreckt durch das Getöse hatte Carlo Marcello seinen Sicherheitsgurt geöffnet, war aufgestanden und wollte nach vorne gehen. Der saugende Wind packte ihn mit eisigem Griff und zerrte Marcello durch den Mittelgang nach hinten und wirbelte ihn durch die Ladeöffnung des Frachtraums.

Millisekunden später befahl ein Computer, nachdem er irrtümlich den eindringenden Fahrtwind als Terroristenangriff identifiziert hatte und annahm, daß die Kabinenmannschaft bereits überwältigt worden war, das Schließen der schützenden Stahltüren, um die Kabine abzuschotten.

Der Wind tobte daraufhin heulend durch den Frachtraum.

Trotz der Blessuren war Air Force One nur leicht verwundet. Es war schon mehr als der Verlust einer Frachtraumklappe nötig, um die Sicherheit des Flugzeugs zu gefährden.

Aber der Wind gab nicht so leicht auf.

Während sie sich mühsam aufrichtete, nachdem die Druckwelle sie zu Boden geschleudert hatte, hörte Helen über ihrem Kopf das Rauschen eindringender Luft. Ein Stück der Deckenverkleidung war weggeplatzt und gab den Blick auf ein Gewirr von Röhren und Leitungen frei. Ein Stück weiter hinten, etwa über der Operationskabine, sah sie einen Streifen grauen Himmels.

Die Druckwelle hatte eine schwache Stelle gefunden, von der niemand etwas geahnt hatte. Sie war eine Folge des Umbaus zur Schaffung eines Operationsraums. Nun schälte die Luft systematisch die Außenhaut von Air Force One ab und schuf für den Wind weitere Angriffsflächen. Und der Wind nahm die Einladung an und machte sich auf die Suche. Er fand neue Ventile und Leitungen, die Sutter in Sydney eingebaut hatte. Zum Teil waren die Klebeflächen noch nicht richtig ausgehärtet. Durch die Druckwelle waren Risse entstanden, durch die der Wind noch tiefer ins Flugzeug eindringen konnte, um sein tödliches Werk zu vollbringen.

Helen erkannte mit eiskalter Ruhe, was sie tun mußte. Sie holte aus einem Schrank zwei Atemmasken und rannte zur Suite des Präsidenten.

Im Flugdeck waren sämtliche Alarmsysteme in Betrieb. Glocken klingelten und rote Lämpchen blinkten hektisch. Air Force One schaukelte und bockte heftig. Der Höhenmesser gab durchdringende Warntöne von sich. Ein neuer Schlag, so heftig, daß Locke kaum die Füße auf den Pedalen der Höhenruder halten konnte, erschütterte das Flugzeug.

Er wiederholte stur seinen Text, den er schon seit einiger Zeit in sein Lippenmikrofon sprach. »Hier ist Air Force One. Wir melden einen dringenden Notfall, ich wiederhole, einen dringenden Notfall.«

Patterson starrte durch das Cockpitfenster, als gäbe es nichts Interessanteres als das Höhengewitter.

Sutters Stimme drang aus einem Lautsprecher. »Jemand soll mal per Override die Sicherungsschotts öffnen. Ich muß die Frachtklappe überprüfen. Meine Instrumente melden sie als offen.«

Während Lockes Hand sich einem Schalter näherte, stoppte Morton ihn. »Wenn sie tatsächlich rausgeflogen ist, würde durch das Öffnen der Schotts ein Luftsog erzeugt, der uns wahrscheinlich auseinanderreißt.«

»Da hinten könnten noch irgendwelche Leute sein«, meinte Locke mit gepreßter Stimme.

»Jetzt nicht mehr«, erwiderte Morton grimmig.

Patterson sagte gar nichts.

Eine ruhige Stimme erklang in Mortons Kopfhörer. »Hier spricht der Führer der Stealth-Staffel. Ich bin in Ihrer Nähe und sehe mir mal Ihre Schäden an.«

»Roger«, bestätigte Morton.

»Die Druckwelle verzieht sich, Colonel«, sagte Locke.

Patterson ignorierte ihn.

»Heilige Muttergottes!« Kerr starrte auf das Taschentuch, das er soeben vom Mund genommen hatte. Es war mit frischem Blut besudelt. Er starrte Turner ungläubig an.

Der Funker konnte vor Augenschmerzen kaum etwas erkennen.

»Schalten Sie die Luftversorgung aus, Locke!« rief Morton erregt. »Sie pumpt Ozon ins Flugzeug!«

Locke legte augenblicklich den entsprechenden Schalter um.

Das Vakuum, das die Druckwelle hinter sich erzeugt, hatte sich mit Ozon aus den unteren Schichten der oberen Atmosphäre gefüllt.

Da es sich nicht genauso schnell vorwärts bewegte wie die Welle, hatte es ein wenig länger gedauert, bis das Ozon das Flugzeug erreichte und in seine tödlichen Arme schloß, indem es gleichzeitig durch die Öffnung im Frachtraum und durch kleinere Löcher in der Außenhülle eindrang.

»Sofort in den Sturzflug übergehen!« verlangte Morton.

Locke warf Patterson einen prüfenden Blick zu.

»Colonel. Alles bereit ...«

»Wo sind Ihre Sicherheitsmasken?« wollte Morton wissen.

»Auf der Ablage hinter Ihnen«, antwortete Locke.

Das Zischen eindringender Luft im Cockpit war verstummt.

Morton setzte eine Maske auf und reichte Kerr, Turner und Locke die anderen. Jede hatte eine eigene Sauerstoffflasche. Indem er sich vorbeugte, hielt Morton dem Piloten eine Maske vors Gesicht.

»Das erleichtert Ihnen Ihre Porphyrie«, sagte er. Seine Stimme klang völlig ruhig.

Patterson reagierte nicht.

Morton gab Locke mit dem Kopf ein Zeichen. »Gehen Sie in den Sinkflug.«

Im ungewissen Licht, das im Flugdeck herrschte, sah Morton in Lockes Augen noch immer einen Ausdruck der Unsicherheit. Lockes Blicke irrten zu Patterson.

»Er ist weggetreten. Los, in den Sturzflug!«

»Colonel ...?«

»Nun machen Sie schon!« befahl Morton. Er konnte Lockes Dilemma durchaus verstehen. Aber dies war nicht der Zeitpunkt, um über Vorschriften und ihre Einhaltung nachzudenken.

»Von wegen!« erklang Pattersons keuchende Stimme. »Ich habe noch immer das Kommando!«

Draußen dröhnten die Triebwerke. Locke hatte Mühe, den Steuerknüppel in Position zu halten.

»Verdammt – runter! Das ist ein Befehl!« bellte Morton.

Während Locke die Hand nach den Doppelkontrollen ausstreckte, stieß Patterson die Atemmaske beiseite und packte seinen Steuerknüppel. Er zog ihn nach hinten, so daß Air Force One wieder zu steigen begann.

»Mein Gott, Colonel!« brüllte Locke. »Was zum Teufel tun Sie?«

Patterson beachtete ihn nicht. Er verstärkte den Zug am Steuerknüppel.

Locke drückte seine Antriebshebel nach vorne.

Air Force One erschauerte unter den widersprechenden Kommandos.

Morton packte Pattersons Handgelenk. Es war, als umfaßte er eine Stahlstange. Die Haut war mit kaltem Schweiß bedeckt. Patterson riß sich los und wollte wieder nach den Kontrollen der Strahltriebwerke greifen.

Morton trat einen Schritt zurück und streckte Patterson mit einem wohldosierten Handkantenschlag gegen den Hals nieder. Der Flugzeugführer sackte in seinem Sessel zusammen, seine Hände lösten sich von den Kontrollhebeln und sanken herab.

»Mein Gott …«, stieß Kerr hervor.

»Helfen Sie mir mal«, fuhr Morton ihm ins Wort. »Zusätzlich zu seiner Porphyrie litt er auch noch unter akutem Sauerstoffmangel.«

Morton zog den bewußtlosen Patterson aus seinem Sitz, und Kerr half ihm dabei, ihn im hinteren Teil des Flugdecks behutsam auf den Boden zu legen.

Morton setzte eine Maske auf Pattersons Gesicht. »Er braucht Sauerstoff«, sagte er. Und zu Kerr meinte er:

»Holen Sie schnellstens die Ärztin her.« Er selbst ließ sich im Sessel des Piloten nieder und gab Locke ein Zeichen.

Der Copilot legte einen Schalter um und aktivierte die Kabinensprechanlage.

»Achtung, Achtung. Wir müssen einen kontrollierten Sturzflug durchführen. Schnallen Sie sich an und warten Sie auf weitere Anweisungen.«

»Okay, Mr. Morton. Sehen wir uns mal an, was dieser Vogel alles schafft.«

Gemeinsam schoben sie die Steuerknüppel vor. Die Nase der Maschine senkte sich nach unten, dann fielen sie mit ihrem Gewicht in ihre Sicherheitsgurte, als der Sinkflugwinkel steiler und steiler wurde.

»Air Force One. Hier spricht der Führer der Stealth-Staffel«, meldete sich die gelassene Stimme in Mortons Kopfhörer. »Ich befinde mich auf Ihrer Backbordseite. Sie haben eine Tür und Teile der oberen Rumpfverkleidung verloren. Ansonsten kann ich keine weiteren Schäden entdecken.«

»Roger«, bestätigte Morton.

»War das Colonel Patterson?« fragte die Stimme.

»Der Flugzeugkommandant ist verletzt. Mr. Morton hat seinen Platz eingenommen«, antwortete Locke.

»Verstanden. Können Sie mir den Zustand des Präsidenten und seiner Passagiere durchgeben?« fragte die Stimme ruhig.

»Im Augenblick haben wir andere dringende Probleme«, sagte Morton gepreßt.

»Verstanden!«

Kurz darauf meldete Helen sich. Sie hatte soeben das Flugdeck betreten. »Der Präsident ist wohlauf!«

Sie hatte seine Suite auf seine Aufforderung hin verlassen. Er hatte sich auf seinem Platz angeschnallt, hielt sich die Atemmaske vors Gesicht und hatte gemeint, sie würde wahrscheinlich im Cockpit dringender gebraucht.

Auf ihrem Weg nach vorne hatte sie deutlich gespürt, daß die Luft zunehmend kälter wurde. Aus dem hinteren

Teil des Flugzeugs hatte sie laute Schreie und Klirren und Klappern gehört. Mit der Atemmaske vor dem Mund und ihrer Arzttasche in der Hand hatte sie schließlich das Flugdeck erreicht.

Nach einem Blick auf Patterson hatte sie sich an Morton gewandt. »Was ist mit ihm passiert?«

»Er leidet unter Porphyrie. Ich mußte ihn niederschlagen.«

Sie nickte verstehend und fragte sich insgeheim, wie Patterson es geschafft hatte, seinen Zustand vor allen zu verheimlichen. Und wieviel von dem, was hier passiert war, seiner Frau und ihrem Verhalten zuzuschreiben wäre. Kurz vor diesem Notfall hatte Dr. Monroe angerufen und gemeldet, daß Bron wieder bei Bewußtsein wäre. Sie und Patterson haben nun jede Menge Zeit, ihre gemeinsamen Probleme zu lösen, dachte Helen. Eins war schon längst gelöst: Wenn es nach ihr ginge, würde Patterson nie mehr fliegen, noch nicht einmal als Passagier. Sie kniete sich hin und fing an, ihn zu untersuchen.

»Stealth. Hier spricht Morton. Der Präsident ist unversehrt.«

Er erhielt keine Antwort. Neben ihm klammerte Locke sich an den Steuerknüppel, während der Höhenmesser fünfundfünfzigtausend Fuß anzeigte.

»Stealth, melden Sie sich«, wiederholte Turner drängend. »Hören Sie mich?«

Er versuchte es erneut und justierte sein Mikrofon.

Die Anzeigen von Air Force One bewegten sich zunehmend im roten Bereich.

»Mein Gott, hoffentlich hält sie der Belastung stand«, sagte Locke. »Sie ist für solche Flugmanöver nicht gebaut.«

»Sie wird es schaffen.« Morton bemühte sich, seiner Stimme einen zuversichtlichen Unterton zu verleihen.

»Stealth. Hören Sie mich?« fragte Turner erneut.

Er schaute aus dem Fenster. Im Licht der aufzuckenden Blitze gewahrte er den Stealth-Bomber auf der Backbordseite. Warum bekam er keine Antwort?

»Stealth. Melden Sie sich. Der Präsident ist unversehrt«, gab Locke erneut durch.

Air Force One gelangte auf fünfzigtausend Fuß, als der leitende Funkoffizier sich über die Kabinensprechanlage meldete.

»Hier oben sieht es ziemlich übel aus. Sämtliche Energiequellen sind ausgefallen, inklusive die Reservestromkreise. Und ein paar Männer hat es böse erwischt. Sie bluten aus dem Mund.«

»Sorgen Sie dafür, daß jeder eine Maske aufsetzt«, stieß Morton hervor. Das Ozon verbreitete sich offensichtlich rasend schnell.

Locke *streckte die Hand nach dem Schalter aus,* durch den im ganzen Flugzeug Sauerstoffmasken freigegeben wurden, die in die Rückenlehnen der Sitze eingebaut waren.

»Mein Funkgerät hat ebenfalls den Geist aufgegeben«, bestätigte Turner.

Morton erinnerte sich daran, daß die Sendeaggregate und die Stromversorgung sowohl für die Funkkabine wie auch für das Flugdeck in einer Aussparung am Ende des Frachtraums untergebracht waren und durch eine Schutzwand abgeschirmt wurden. Nachdem die Frachtraumtür verschwunden war, hatte der Wind offenbar die Schutzwand weggerissen und die Anlage demoliert.

Somit raste Air Force One wie ein völlig taubes Wesen durch die Lüfte.

Und dann versagten auch noch die Augen der Maschine.

»Das Radar ist ebenfalls ausgefallen!« rief Locke. »Das dürfte wohl ein Blitz gewesen sein.«

»Wir werden es schon schaffen.« Mortons Mund war pergamenttrocken, und sein Herz schlug heftig, als er sich auf die Kontrollen konzentrierte.

Kerr meldete sich von seinem Platz. »Lockie, wir verbrennen im Augenblick sechzig bis siebzig Kilogramm Treibstoff pro Minute.«

»Und wieviel Flugzeit haben wir noch zur Verfügung?«

»Weniger als zwei Stunden.«

»Wie weit ist es noch bis zur Basis in Saudi-Arabien?« wollte Morton wissen.

»Ungefähr genauso lange.«

»Dann klappt es. Wie geht's Patterson?«

»Er kommt zu sich«, erwiderte Helen.

»Können Sie ihm ein Beruhigungsmittel geben?«

»Kein Problem.« Sie holte eine vorbereitete Spritze aus ihrer Arzttasche und injizierte ihren Inhalt in Pattersons Armvene.

»So ein armer Teufel«, murmelte Kerr. »Nicht sehr schön, auf diese Art und Weise seine Laufbahn zu beenden.«

Helen schaute zu ihm hoch, dann senkte sie den Blick wieder.

»Vierzigtausend«, verkündete Locke.

Der Sturzflug wurde fortgesetzt. Aus dem Lautsprecher drang ein verängstigtes Schluchzen. Jeder im Flugdeck versuchte, es zu überhören.

Chefsteward Cowan saß in seiner Küche auf dem Fußboden und hatte Tränen in den Augen.

Um ihn herum verstreut lag der Inhalt seines Flugkoffers. Es waren Gläser, die gefüllt waren mit geraspeltem Hirschgeweih gegen Blähungen und Eidechsenschuppen gegen Schlaganfälle, mit Fläschchen Schlangenöl gegen Bluthochdruck und Nachtschweiß, gemahlenen Tigerzähnen gegen zu hohen Blutdruck, Ginsenggelee gegen Haarausfall und Froschkonzentrat gegen Verstopfung.

Seine Schwester hatte ihm eine umfangreiche Einkaufsliste für seinen Zwischenstopp in Sydney mitgegeben, das sich mittlerweile zu einem Zentrum für traditionelle chinesische Medizin entwickelt hatte, die sie auszuüben gedachte, sobald sie ihre medizinische Ausbildung abgeschlossen hätte.

Er hatte ein ganzes Monatsgehalt für die einzelnen

Posten ausgegeben, die sie aufgeschrieben hatte. Als die Druckwelle das Flugzeug getroffen hatte, war die Kühlschranktür aufgesprungen, so daß die Tasche herausgefallen und ihr Inhalt zertrümmert worden war.

Während er sich eine Sauerstoffmaske vors Gesicht hielt, begann Cowan die nunmehr nutz- und wirkungslosen Substanzen mit der Hand in die Tasche zu schöpfen.

Dabei hörte er, wie Locke über die Kabinensprechanlage die neue Flughöhe von Air Force One durchgab: dreißigtausend Fuß.

»Fünfundzwanzigtausend Fuß!« rief Locke. »Wir bremsen.« Während er nach dem Hebel griff, mit dem er ihren Sinkflug verzögern wollte, begann er zu husten.

Morton griff hinüber und riß Locke die Maske vom Gesicht. Seine Lippen waren blutig.

»Übernehmen Sie, Mr. Morton«, flüsterte Locke, ehe er in seinem Sessel zusammensackte.

Morton wußte sofort, was passiert war. Der Luftvorrat in Lockes Flasche war erschöpft. Er hatte kontaminierte Luft eingeatmet.

»Eine andere Maske!« rief er über die Schulter.

»Es sind keine mehr da«, erwiderte Kerr.

»Nehmen Sie meine«, sagte Helen und trat vor. »Ich bediene mich bei Patterson.«

Morton zögerte keine Sekunde. »In Ordnung.« Im Augenblick brauchte er Locke viel dringender lebendig als jeden anderen im Flugdeck.

Helen stülpte Locke die Maske übers Gesicht.

Der Höhenmesser zeigte mittlerweile zwanzigtausend Fuß an.

Das Frühstück hatte soeben im Speisesaal begonnen, als die Druckwelle das Flugzeug traf.

Carolyn Dempsey beobachtete, wie die drei Staatsoberhäupter, die bereits am Tisch saßen, unterschiedlich reagierten.

Die Augen des englischen Premierminister waren hinter der Maske vor panischer Angst weit aufgerissen.

Kanzler Stürmer war sofort, nachdem vom Flugdeck die Anordnung gekommen war, Masken aufzusetzen, aufgesprungen und aus seiner Kabine mit Atemgeräten zurückgekehrt, die nicht zur Ausrüstung von Air Force One gehörten. Er hatte sie an seine Kollegen verteilt und sie beruhigt.

Seitdem hatte Präsident Marceau nichts mehr gesagt.

Nun wandte er sich an den Premierminister und meinte in erstaunlich gutem Englisch: »Sie haben sich geirrt, Arnold, und Helmut und ich haben einen Fehler gemacht, als wir Ihnen Zusagen machten. Wir brauchen den Irak nicht. Und was unser Gastgeber erreichen will, ist wirklich jede Mühe wert. Wenn ich dies hier überlebe, werde ich ihm mitteilen, daß Frankreich ihn in jeder Hinsicht unterstützen wird.«

Der Ministerpräsident von Frankreich drehte sich um und fixierte den deutschen Bundeskanzler.

»Ja. Ich bin einverstanden. Aber erst einmal müssen wir am Leben bleiben«, meinte Stürmer mit teutonischem Pragmatismus.

Ignatius Bailey starrte mit ungläubiger Miene auf den Bildschirm auf seinem Schreibtisch. Das winzige Modell von Air Force One hatte sich stetig auf den Lichtpunkt in der irakischen Wüste zubewegt. Vor zwei Minuten war der Lichtpunkt erloschen.

Aber nun bewegte das Modell sich wieder, und zwar entfernte es sich vom Ort der Explosion des Atomzünders und strebte mit zunehmender Geschwindigkeit der arabischen Wüste entgegen.

Die Stille im Büro wurde plötzlich durch einen wüsten Fluch des Präsidenten und höchsten Angestellten von

Meridian International zerrissen, der um so erschreckender wirkte, weil er so unerwartet kam.

Dann, nachdem sein erster Zorn verraucht war, drückte Bailey auf eine Taste seines Modems, um ein bestimmtes Signal zur Kommandobrücke eines Schiffs zu senden, das auf dem Euphrat stromaufwärts fuhr.

Wieder vollkommen ruhig und gefaßt rief er als nächstes Thacker Stimpson im Weißen Haus an.

»Mr. Stimpson, einer der Kommunikationssatelliten von Meridian International über dem Indischen Ozean hat soeben etwas aufgefangen, das Sie meiner Meinung nach sofort erfahren sollten ...«

Während der nächsten paar Minuten war Bailey völlig sicher, sich der ungeteilten Aufmerksamkeit des Stabschefs des Weißen Hauses erfreuen zu dürfen.

Im Flugdeck erhob Helen sich aus ihrer knienden Position neben Patterson und rief Morton etwas zu. »Ich würde ihn gerne irgendwohin bringen, wo er bequemer liegt.«

Morton wies Kerr und Turner an, ihr zu helfen. Gemeinsam trugen sie den in Tiefschlaf versetzten Flugzeugkommandanten in die nächstliegende Kabine. Dem Stapel Zeitungen nach zu urteilen, mußte sie Bostock gehören. Die Männer legten Patterson auf das Bett und kehrten schnellstens auf ihre Plätze zurück.

Während Helen ihn zu untersuchen begann, fing Patterson an zu murmeln. Sie beugte sich zu ihm hinab, um zu lauschen, dann drückte sie seine Hand. »Bron wird sich ganz bestimmt völlig erholen, Ed«, versprach sie ihm.

Durch das Nachtsichtgerät, das auch die geringste Menge natürlichen Lichts verstärkte, beobachtete de Brug, wie die Stasi-Männer von den Lastwagen heruntersprangen und sich mit schußbereiten Gewehren am Ufer des Euphrat aufbauten.

Er stieg wieder in seinen Range Rover und fuhr zu ihnen hin. Die Männer beachteten ihn kaum. Ihre Arbeit war erledigt. Schon bald wären sie auf dem Rückweg zu ihrer Basis tief in den Bergen des Iran. Die Mullahs vermieteten sie gegen harte Währung als sich selbst versorgende Söldnertruppe.

Noch einmal benutzte de Brug das Nachtsichtgerät, um auf dem Fluß nach dem Schiff Ausschau zu halten, das sie bis zum Golf und in Sicherheit bringen sollte. Jetzt sah er es, etwa eine halbe Meile flußabwärts entfernt. Es lag ziemlich tief im Wasser. Auf einmal schäumte das Wasser am Heck auf, als das Schiff eine scharfe Kehre vollführte und flußabwärts davonjagte.

De Brug sprang ins Führerhaus des Range Rover und wählte auf dem Satellitentelefon die Nummer, die der Kapitän des Schiffs ihm gegeben hatte. Er erhielt keine Antwort. Er legte den Hörer beiseite und blickte durch die Windschutzscheibe zum Himmel.

Die schreckliche Wahrheit, die er zu ahnen begonnen hatte, während er durch die Wüste fuhr und die Kondensstreifen sah, die nach Süden wiesen, konnte nicht mehr geleugnet werden. Er hatte versagt. Aber Bailey würde einiges mehr tun als das rettende Schiff zurückzurufen und nicht ans Telefon zu gehen. Bailey würde ein Opfer fordern. Sein Leben.

Plötzlich spannten de Brugs Lippen sich zu einem raubtierhaften Grinsen. So lange er am Leben war und atmete, wäre er genauso gefährlich und bedrohlich wie das Gift, das er beinahe mit Erfolg gegen Air Force One eingesetzt hatte.

Er ging zu den Kommandos zurück und legte sich bereits in Gedanken zurecht, welche weiteren Befehle er ihnen geben würde.

# NEUNUNDDREISSIG

Behutsam, quälend langsam, betätigte Morton die Bremsklappen, indem er den Steuerknüppel millimeterweise nach hinten zog. Zuerst nur widerstrebend, dann, als reagierte sie gerne auf eine solche sanfte, aber energische Behandlung, gehorchte Air Force One den Kontrollen. Der Winkel ihres Sinkflugs flachte allmählich ab, und die Nase der Maschine stieg zentimeterweise hoch. Die Anzeige des Höhenmessers verlangsamte sich, während sie an Höhe verloren: siebzehntausend, sechzehntausend, fünfzehntausendfünfhundert … fünfzehntausend … vierzehntausendsiebenhundertfünfzig …

Im Osten begann sich der Himmel bereits aufzuhellen. Im Norden verblaßte der Polarstern, und mit ihm entfernte sich auch das Höhengewitter und zog nach Syrien ab.

In direkter Nähe, rechts und links von Air Force One, flog je ein Stealth-Bomber. Die Maschine an der Backbordseite legte sich in eine Kurve, und Morton folgte ihr.

Hinter ihm atmete Locke wieder einigermaßen normal. Er blickte auf die Instrumententafel, dann zu Morton. »Danke«, sagte der Co-Pilot. »Ich hätte niemals gedacht, daß ich mal für eine Ladung komprimierter Luft dankbar sein würde.« Er legte die Hände auf die Kontrollen und meinte über die Schulter zu Kerr: »Wo sind wir?«

Der Flugingenieur schaute von der Karte auf, die er gerade studierte. »Kurz vor der saudischen Grenze, wahrscheinlich nördlich von …«

Turner unterbrach ihn. »Unser Freund zur Rechten will uns offenbar etwas mitteilen.«

Der Bomber auf der Steuerbordseite wackelte mit den Tragflächen, dann sank er dem Erdboden entgegen.

»Wir sollen ihm folgen«, sagte Locke.

Unter ihnen schoben sich die langen violetten Schatten der Morgendämmerung über das Land.

»Dort. In der Zehn-Uhr-Position«, sagte Locke.

»Ich hab's«, gab Morton ihm Bescheid.

Vor ihnen, mitten in der unendlichen Weite der nördlichen Wüste Saudi-Arabiens, waren die Lichter einer Landebahn zu erkennen. Solche Rollbahnen waren nach dem Golfkrieg von den Amerikanern angelegt worden. Im zunehmenden Tageslicht konnte er dicht neben der Rollbahn Gebilde erkennen, die zu klein waren für Tragflächenflugzeuge. Dannys Apaches und Chinooks.

Von Süden kamen ziemlich tief die unverwechselbaren Umrisse zweier C-130 Transportflugzeuge herein. Sie steuerten die Landebahn an.

»Da kommt endlich Kavallerie«, sagte Locke, und seine Stimme klang zunehmend entspannter.

Morton wußte, daß Washington die Rettungsflugzeuge längst in Marsch gesetzt hatte. Eins befand sich schon in nächster Nähe. Das andere hatte zu kreisen begonnen, während die ersten Sonnenstrahlen sich auf seiner runden Nase brachen.

»Wir sollen ihn beobachten, während er landet, damit wir einen eventuellen Hinterhalt sofort erkennen können. Auf diese Art und Weise erleben der Präsident und seine Gäste keine unliebsame Überraschung. In ihrem Alter sind einige wahrscheinlich nicht mehr die widerstandsfähigsten.«

»Vielen Dank für Ihre Fürsorge, Major Locke«, erklang die vertraute sonore Stimme des Präsidenten aus dem hinteren Teil des Flugdecks.

Er war soeben erst ins Cockpit gekommen, nachdem er sich ein Bild von der Lage an Bord gemacht hatte.

Stürmer hatte ihm ein Atemgerät angeboten, aber er hatte es höflich abgelehnt und das benutzt, das Helen ihm gegeben hatte. Der Kanzler sowie alle anderen Gäste und die Kabinenmannschaft hatten sich nichts Schlimmeres als ein paar blaue Flecken geholt. Alle, denen eine schädliche Wirkung des Ozons anzumerken war, hatten sich schnell erholt, sobald Air Force One eine niedrigere Flughöhe erreicht hatte. Er hatte ihnen versichert, daß das Schlimmste vorüber wäre, wobei er allerdings niemandem etwas von seiner Vermutung, *was* den Sturzflug des Flugzeugs notwendig gemacht hatte, verraten hatte.

Das einzige tragische Opfer schien Carlo Marcello zu sein. Versuche, mit ihm in der hinteren Kabine Verbindung aufzunehmen, hatten bisher keinen Erfolg gehabt. Sutter hatte erklärt, es wäre wegen der fehlenden Frachtraumtür zu gefährlich, die Sicherheitsschotts herunterzulassen. Obgleich sie es nicht aussprachen, hatte der Präsident aus den Worten der Mannschaft geschlossen, daß Marcello durch die Frachtraumöffnung aus der Maschine gerissen worden war. Dieser Gedanke erzeugte bei ihm gemischte Gefühle. Einerseits war er tieftraurig über den Verlust auch nur eines einzigen Mitreisenden. Obgleich er kaum mit Marcello geredet hatte, hatte er versuchen wollen, ihn zu überzeugen, daß Meridian International seine gesamte Wirtschaftsmacht hinter Earth Saver stellen müßte. Aber nach dem, was geschehen war, erkannte er, daß -vorausgesetzt, Morton hätte recht – Meridian die Absicht gehabt hatte, praktisch jeden an Bord umzubringen.

Nur die Robustheit der Maschine und das Können der Crew, sagte sich der Präsident, als er zum Flugdeck ging, hatten die Katastrophe verhindert.

»Ich bitte Sie nur«, fuhr der Präsident fort, und seine Stimme klang amüsiert, »daß Sie weiterhin so gut auf unsere morschen alten Knochen aufpassen. Aber Sie alle haben hervorragende Arbeit geleistet. Dazu gratuliere ich Ihnen.«

»Das meiste wurde von Mr. Morton geleistet«, sagte Locke.

Der Präsident schaute zu Morton, wobei er seine Überraschung nicht ganz verbergen konnte. »Ich hatte nicht erwartet, Sie hier anzutreffen. Wo ist Colonel Patterson?«

Morton berichtete es ihm, und er berichtete auch alles, was geschehen war, während und nachdem die Druckwelle der Atomexplosion über sie hinweggefegt war. Der Präsident hörte aufmerksam zu, wobei sein Gesicht sich immer mehr verdüsterte. Als er wieder redete, klang seine Stimme ernst und entschlossen. »Auf all das werde ich später noch zurückkommen. Im Augenblick möchte ich nur eins sagen.« Er schaute sich im Cockpit um. »Was mich betrifft, so wird über das, was mit Colonel Patterson geschehen ist, nichts aus diesem Raum nach außen dringen. Ich werde dafür sorgen, daß die Luftwaffe ihn so sinnvoll wie möglich einsetzt. Hinter einem Schreibtisch zu sitzen ist natürlich nicht so aufregend wie dort zu sitzen, wo Sie jetzt gerade sind, Mr. Morton, aber er wird seine wertvollen Erfahrungen wenigstens an andere weitergeben können.«

Die Crew murmelte zustimmend.

»Wenn Sie mich jetzt entschuldigen würden, Gentlemen. Ich gehe mich wieder anschnallen. Machen Sie nur so weiter, Mr. Morton. Es könnte eine Weile dauern, bis Sie mal wieder in diesem Sessel sitzen«, sagte der Präsident.

»Ganz bestimmt«, pflichte Morton ihm murmelnd bei.

Während der Präsident das Cockpit verließ, sank Air Force One bis auf sechstausend Fuß.

Morton und Locke verfolgten, wie die zweite C-130 in den Landeanflug ging, aufsetzte und bis zum Ende der Landepiste rollte. Beide Bomber hatten sich vorher zu den Stealths gesellt und das Flugzeug des Präsidenten als Eskorte begleitet.

Die Sonne stand schon hoch genug, um den Rauhreif auf dem Erdboden aufzutauen. Nicht mehr lange, und der weiße Schimmer wäre verschwunden. An einigen Stellen waren dicke Bündel verrosteten Stacheldrahts zu erkennen. Sie kennzeichneten an dieser Stelle die irakische Grenze.

»Sind Sie bereit, sie runterzubringen?« fragte Morton.

Locke schüttelte den Kopf. »Ich assistiere Ihnen.« Es war das größte Geschenk, das er dem Mann auf dem Pilotensessel machen konnte.

Nach einigen Sekunden sagte Morton: »Beginne Landeanflug.«

Locke überwachte die Anzeigeninstrumente, während seine Hände leicht auf dem Steuerknüppel lagen. Die Art und Weise, wie die Maschine auf dieses neue Händepaar an den Kontrollen reagierte, war etwas völlig Neues. Morton führte dabei Manöver aus, an die der Colonel noch nicht einmal gedacht hätte. Aber Locke hatte an der Arbeit des Mannes auf dem Kommandantensessel nichts auszusetzen.

Morton wartete, bis die C-130 ausgerollt war, und beobachtete die hochgewirbelten Sandwolken, als die Triebwerke auf Gegenschub geschaltet wurden.

Aus den Sandwolken heraus stiegen zwei Apaches auf und kamen Air Force One zügig entgegen.

Locke griff nach dem Mikrofon der Kabinensprechanlage. »Wir landen in Kürze in Gott-weiß-wo. Bitte bleiben Sie sitzen, bis die Triebwerke ausgeschaltet sind.«

»Und vielen Dank, daß Sie mit Air Force One geflogen sind«, sagte Kerr.

»Nicht besonders lustig«, knurrte Turner.

Einige Leute zeigen verzögerte Stressreaktionen, dachte Morton. Aber er hätte Turner nicht dazu gezählt. Er verringerte den Schub und befahl, die Landeklappen auszufahren.

Die Apaches hatten zu beiden Seiten Position bezogen. Danny lenkte eine Maschine, hinter sich Sean Carberry, während Tommy die andere flog und Anna ihn begleitete.

Morton beantwortete ihr Winken.

»Dreitausend Fuß«, gab Locke bekannt.

Morton spürte das Luftpolster, das von der Thermik gebildet wurde, die die Tragflächen umfächelte. Er vertrieb die aufkommende Müdigkeit mit einem heftigen Kopfschütteln und konzentrierte sich wieder auf die Instrumente. Sie wirkten verschwommen. Er blickte aus dem Cockpitfenster. Die Sonne brannte ihm direkt in die Augen. Er rieb sie mit dem Handrücken.

Locke schaute hinaus und verengte die Augen zu Schlitzen, um Genaueres erkennen zu können. »Wir sind ungefähr acht Meilen von den äußeren Markierungslichtern entfernt. Aber ohne Radar ist das eine ziemlich ungenaue Schätzung.«

Zu beiden Seiten sackten beide Helikopter plötzlich weg, dann kamen sie wieder hoch und sackten erneut durch.

»Wir sind zu hoch«, meldete Morton. Aber ohne Radar ließ sich nicht feststellen, um wieviel.

»Mich laust der Affe«, stieß Locke bewundernd hervor.

Anna hielt ein großes Stück Pappe in ihre Fenster. Darauf war zu lesen: ›500 tiefer.‹

Morton nahm noch mehr Schub zurück. Der Lärm der Triebwerke veränderte sich, als Air Force One weitere fünfhundert Fuß sank.

Carberry hielt nun eine Tafel hoch. Darauf waren ein Pfeil aufgezeichnet, der nach vorne zeigte, sowie die Zahl ›6‹.

Morton winkte. Er hatte vollwertigen Ersatz für das ausgefallene Radar.

»Fahrwerk raus«, befahl er.

Locke betätigte den entsprechenden Hebel. »Verdammter Mist!« stieß er halblaut hervor. »Die Räder auf der rechten Seite hängen fest.«

Morton traf eine Entscheidung, ehe er bewußt darüber nachdachte. Er drückte die Schubkontrolle nach vorne, und Air Force One begann wieder zu steigen.

Beide Apaches waren unter ihm und inspizierten das Fahrwerk.

Air Force One überflog die Rollbahn, und Morton ging so sanft wie möglich in eine weite Kurve. Dabei stieg er bis auf dreitausend Fuß. In einer Hand hatte er den Steuerknüppel, und mit der anderen steuerte er den Schub der Triebwerke, während er die Linkskurve zu einem Kreis vollendete.

Die einzige andere Bewegung im Flugdeck kam von

Turner, als er sich den Angstschweiß von der Stirn wischte. »Kann man das Fahrwerk manuell ausfahren?« erkundigte er sich.

»Das Windenkabel hat sich offenbar verklemmt«, sagte Locke gepreßt.

»Und was tun wir jetzt?« fragte Turner.

»Wir warten«, entschied Morton. »Wir warten, bis wir wissen, was die Apaches gesehen haben.«

Angespanntes Schweigen herrschte im Flugdeck.

Es kam ihnen vor wie eine Ewigkeit, bis zuerst Dannys und dann Tommys Hubschrauber rechts und links neben Air Force One auftauchten.

Anna zeigte eine neue Tafel, auf die sie geschrieben hatte: ›Backbord zu 2/3 unten.‹

Morton winkte als Zeichen, daß er verstanden hatte. Neben ihm nahm Locke auf einem Notizblock einige schnelle Berechnungen vor.

Vor ihnen in der Wüste waren einige Kamele zu sehen, deren Reiter auf das große Flugzeug deuteten. Die Sonne warf den Schatten von Air Force One auf den Sand und die Beduinen. Die Kamele suchten mit ihrem schwankenden Gang schwerfällig das Weite, als sie über sie hinwegflogen.

Locke wandte sich an Morton. »Es könnte halten, zumindest lange genug, um den ersten Teil der Landung zu überstehen.«

»Dann los, versuchen wir's«, erwiderte Morton. Er gab Anna ein Zeichen, daß er landen würde.

Sekunden später hatte sie eine neue Tafel vorbereitet: ›Viel Glück!‹

Morton bereitete alles für den entscheidenden Landeanflug vor. Die Maschine erschauerte leicht, als die Sonne den Sand erhitzte und die Thermik erheblich verstärkte. Die aufsteigenden Luftmassen wären noch sein geringstes Problem.

»Zweitausend Fuß«, sang Locke.

Carberry hielt eine Pfeiltafel mit der Zahl ›3‹ hoch.

Eine Meile später drehten die Apaches ab. Sie konnten nichts mehr tun.

»Überfliegen äußere Markierung«, verkündete Locke. Die Lichterreihe glitt unter ihnen vorbei.

»Vierzig-Grad-Klappe«, befahl Morton.

Locke betätigte die Bedienungshebel der Landeklappen.

Die Maschine war schwanzlastig, weil der Verlust der Frachtklappe ihre Trimmung verändert hatte.

Air Force One begann zu rucken. Morton und Locke fixierten mühsam die Kontrollen. Das Flugzeug kam vom Kurs ab. Morton verstärke den Steuerbordschub minimal. Die Abweichbewegung stoppte.

»Wieder auf Kurs«, sagte er.

Air Force One befand sich nun genau über der Landebahn. Sie sah schrecklich kurz aus. Die ersten geparkten Chinooks und eine C-130 huschte vorbei.

Die Räder hatten Bodenberührung. Ein Zittern ergriff die Maschine. Sie begann nach rechts zu ziehen, als der defekte Satz Räder auf der Piste aufsetzte.

»Schubumkehr!« rief Morton.

Locke stieß den Schubhebel nach vorne und fuhr die Bremsklappen aus.

Air Force One hing weiter zu einer Seite durch wie ein besonders stolzes Lebewesen, das in die Knie gezwungen worden war, während es über die Landebahn jagte.

»Sie hält sich!« meldete Locke.

»Bremsen!« rief Morton.

Das Flugzeug erbebte, während Reifengummi zu weißem Qualm verbrannte. Eines der Zwillingsräder platzte mit explosiver Wucht und schleuderte brennende Gummifetzen über den Asphalt der Rollbahn.

Morton und Locke konnten jetzt nichts anderes tun, als ihre Steuerknüppel geradezuhalten. Und zu hoffen.

Das computergesteuerte Bremssystem übte in kurzen Abständen Druck auf die Bremsen aus. Zwei Reifen des nur teilweise ausgeklappten Fahrwerks platzten nun. Aber die Konstruktion hielt der Belastung stand.

Air Force One rollte aus. Das heftige Schwanken und Holpern nahm ab. Schließlich beendete sie aus eigener Kraft ihre Höllenfahrt ins Verderben und kam mit einem letzten heftigen Ruck zum Stehen.

»Gott sei Dank, es ist vorbei«, sagte Locke voller Inbrunst.

Morton lächelte. Vorbei war es noch lange nicht.

## VIERZIG

Eine Stunde nach der Landung von Air Force One war Morton wieder in der Luft und unterwegs zurück in den Irak. Er nahm nun Annas Platz in Tommys Apache ein. Ihm folgten Dannys Apache und die Chinooks.

Sie waren gestartet, sobald die letzte C-130 gestartet war, die den Präsidenten und seine Gäste nach Riad transportierte, wo der dortige König sie erwartete, um sie mit der traditionellen saudi-arabischen Gastfreundschaft zu empfangen. Patterson und die Mannschaft von Air Force One waren mit einer anderen Transportmaschine zur amerikanischen Basis südlich der saudischen Hauptstadt gebracht worden.

Air Force One wurde von einem Kommando saudischer Soldaten bewacht, die mit einer der C-130er eingeflogen worden waren. Sie würden dort bleiben, bis das Reparaturteam, das bereits unterwegs war, von der Andrews Air Force Base eintraf. Nach einer schnellen Inspektion der Schäden meinte Tommy Sutter, daß es sicherlich einige Wochen dauern würde, bis Air Force One wieder fliegen könnte. Die Entscheidung des Crew-Chiefs hatte zur Folge, daß Air Force One in der Operation Earth Saver nicht mehr eingesetzt werden konnte.

Vor seiner Abreise hatte Morton sich im Cockpit eines Chinook Thacker Stimpsons Bericht aus dem Weißen Haus über sein Gespräch mit Ignatius Bailey angehört.

»Der Kerl behauptet, einer ihrer Kommunikationssatelliten hätte einen Funkspruch von einer Einheit im Irak aufgefangen, die zum Euphrat unterwegs wäre. Er wäre in deutscher Sprache erfolgt. Die Einheit hätte die Absicht, Sie, Mr. President, anzugreifen. Weitere Einzelheiten wüßte Bailey nicht. Außer daß er zu seinem Schrecken – seine Worte – erfahren hätte, daß die Truppe von einem ehemaligen Angestellten angeführt würde, den er schon vor Monaten rausgeworfen hätte. Sein Name sei Johannes de Brug. Haben Sie schon mal von ihm gehört, Mr. Morton?« hatte der Stabschef gefragt.

»Aber klar doch«, meinte Morton. Danach hatte er erklärt, was in diesem Fall unternommen werden müßte. Anschließend hatte der Präsident lange geschwiegen.

»Na schön. Tun Sie, was Sie für nötig halten, Mr. Morton.«

Sie hatten sich voneinander verabschiedet, und der Präsident hatte den Helikopter verlassen.

Morton hatte sich danach noch einmal mit Hernandez in Verbindung gesetzt. Der Sergeant hatte bestätigt, daß die Kommandos und de Brug sich in einem alten Wüstenfort unweit des Euphrat versammelt hätten. Irgendwelchen Funkverkehr hätte der Halo nicht aufgefangen.

Jetzt, eine Stunde später, war eine Hubschrauberstaffel, die in Linienformation flog, zu dem Fort unterwegs. Die Staffel gelangte ohne Zwischenfälle in den irakischen Luftraum. Anderthalb Stunden später flog die Formation an der heiligen Stadt An Najat vorbei.

»Noch dreißig Minuten bis zum Ziel«, verkündete Tommy.

Von einem Laufgang der Festung aus suchte de Brug erneut mit seinem Fernglas den südlichen Himmel ab. Sie würden von dort kommen, mit der Sonne im Rücken. Er wußte nicht wann. Aber sie würden kommen. Das wäre Baileys Taktik. Er schickte stets seine Handlanger vor. Aber Bailey hatte ihn unterschätzt.

Ein Stunde vorher hatte er den Range Rover ein Stück vom Fort entfernt hinter einer Sanddüne geparkt. Dann hatte er eine Tonbandkassette besprochen und alle Fakten aufgezählt, die ihm bekannt waren. Die Kassette hatte er deutlich sichtbar auf den Fahrersitz des Rover gelegt und war dann zur Festung zurückgekehrt.

Der Anführer des Kommandos, ein Hauptmann der Staatssicherheit der ehemaligen DDR, hatte ihn kaum eines Blickes gewürdigt. Er interessierte sich nicht für diesen Zivilisten und schenkte auch seiner Versicherung keine Beachtung, daß die Mullahs, sobald sie bemerkt hätten, daß das Schiff umgekehrt wäre, ein zweites schicken würden. Er erwartete nichts anderes. Seine Auftraggeber wüßten genau, was sie zu tun hatten.

Der Hauptmann, der es sich für ein Nickerchen im Schatten einer Mauer gemütlich gemacht hatte, erhob sich und schlenderte über den Innenhof. De Brug kam die Treppe vom Laufgang herunter. »Ich gehe mal zum Fluß, um nachzusehen, ob dort schon ein Schiff liegt. Ich nehme einen der Lastwagen. Mein Rover hat keinen Sprit mehr«, sagte er.

So wenig den Hauptmann die Aktivitäten des Zivilisten interessierten, so sehr langweilte er sich auch. »Ich begleite Sie.«

Etwas flackerte in de Brugs Augen auf und verschwand gleich wieder. »Was ist los? Meinen Sie, ich komme nicht mehr zurück?« Sein Tonfall verriet leisen Spott.

»In diesem Fall suche und finde ich Sie. Und bringe Sie um«, erwiderte der Hauptmann ruhig.

Sie fuhren schweigend die drei Meilen bis zum Fluß. De Brug parkte in der Nähe eines Lehmwalls, der in den Euphrat hineinragte. Unterhalb ihres Standortes beschrieb der Fluß eine Biegung, durch die die Sicht flußabwärts verdeckt war.

»Wir haben vom Damm aus bessere Sicht«, sagte de Brug.

Zusammen gingen sie bis zum Ende des Damms. Staubwolken wehten von der anderen Flußseite herüber und behinderten die Sicht.

»Da, nehmen Sie mein Fernglas.« De Brug hielt ihm das Genannte einladend hin.

Der Hauptmann suchte den Fluß Stück für Stück ab. »Ich kann nichts sehen!« rief er.

»Das macht nichts«, entgegnete de Brug.

Der Hauptmann hatte sich noch nicht vollständig umgedreht, als ihn die erste Kugel in den Kopf traf. Die zweite traf ein kleines Stück nach rechts versetzt. De Brug steckte die Pistole in die Tasche und machte einen Schritt vorwärts. Er hob das Fernglas auf und schob die Leiche mit dem Fuß ins Wasser. Er beobachtete, wie sie davontrieb, im Schilf hängenblieb und langsam versank.

Dann verließ er den Damm und ging ein Stück am Flußufer entlang, wobei er das Schilf absuchte. Versteckt in einem Dickicht fand er die *gafa*, die an einem Holzpfahl befestigt war. Mit ihrer Form, die an einen Wäschekorb erinnerte, und aus Schilfrohr geflochten und mit Bitumen abgedichtet, erschien das Boot ziemlich unsicher. Aber die Fischer am Euphrat benutzten solche *gafas* schon seit Tausenden von Jahren.

Er stieg in den Korb, der sogleich ein Stück im Wasser versank. Dann richtete er sich auf, ergriff die Stange der *gafa* und stieß sich vom Ufer ab. Indem er den Stab als Steuerruder und Paddel benutzte, glitt er langsam flußabwärts.

Morton verfolgte, wie der Schatten des Apache über den Grund huschte. Die Hubschrauber hinter ihm flogen so niedrig wie möglich, um dem irakischen Radar zu entgehen. Die Piloten hatten kaum Zeit gehabt, sich mit dem Terrain vertraut zu machen, aber sie setzten absolutes Vertrauen in ihre Computer.

In Pfeilformation jagten sie dicht über dem Sand dahin wie große Raubvögel auf Beutesuche, und umflogen oder überhüpften Hindernisse auf ihrem Kurs. Dabei hinterließen sie eine Spur aus aufgewirbeltem Sand, der sich schnell wieder senkte. Vor ihnen tauchte eine hohe Sanddüne auf. An ihrem Fuß stand ein Fahrzeug.

»Ein Range Rover in dieser Gegend verheißt niemals etwas Gutes, Colonel«, sagte Tommy in sein Lippenmikrofon. »Soll ich ihn zerlegen?«

Auf beiden Seiten des Cockpits waren Batterien von Hellfire-Raketen installiert.

»Vergessen Sie's«, erwiderte Morton knapp. Manchmal war Tommy einfach zu eifrig.

Der Apache überflog den Range Rover. Direkt vor ihm befand sich nun das Wüstenfort.

Die Chinooks landeten, während die beiden Apaches ihren Angriff flogen. Die erste Salve laser-gelenkter Hellfire-Raketen traf die äußeren Befestigungen aus uralten Ziegeln und Lehm. Die Hubschrauber drehten ab, gingen erneut in Position und feuerten die zweite Salve ab. Jede Rakete verließ ihre Halterung, begleitet von einem dichten Funkenregen, und bohrte sich mit Schallgeschwindigkeit in die aufwallende Wolke aus Qualm und Feuer. Was von der Festung noch übrig war, verschwand in einer weiteren Explosionswolke. Körper wurden hochgeschleudert.

Big Mike und seine Männer waren aus den Chinooks herausgesprungen und rannten auf das Inferno zu.

»Ich glaube, sie werden nicht mehr gebraucht«, stellte Tommy fest.

Nichts rührte sich mehr außer den Flammen. Das war ein Kinderspiel, dachte Morton, wenngleich ein ziemlich grausames.

Die *gafa* trieb immer schneller, und de Brug hatte Schwierigkeiten beim Lenken. Immer wieder passierte es, daß die Stange nicht bis auf den Grund des Flusses reichte.

Kurz vorher hatte er den dumpfen Explosionslärm gehört. Nun stieg in der Richtung des Wüstenforts eine schwarze Qualmwolke in den Himmel.

Tommy setzte den Apache nur wenige Meter vom Range Rover entfernt in den Sand.

Morton ging hinüber und untersuchte das Fahrzeug, um sich zu vergewissern, daß es nicht mit einer Sprengladung präpariert worden war. Beruhigt öffnete er die Fahrertür. Er entdeckte die Kassette auf dem Fahrersitz und den Recorder unter dem Armaturenbrett. Er überlegte und verwarf die Möglichkeit, daß es sich um eine getarnte Bombe handelte. Es wäre zu offensichtlich gewesen. Er stieg in den Wagen, schloß die Tür, legte die Kassette in den Recorder und hörte sich für einige Minuten mit ausdrucksloser Miene das Band an. Als er genug erfahren hatte, schaltete er den Recorder aus und verstaute die Kassette in seiner Anoraktasche. Dann kehrte er schnell zum Apache zurück.

»Wir machen jetzt eine kleine Angeltour«, informierte er Tommy.

Die *gafa* tanzte und schwankte, und Wasser spülte über den Rand. Der Fluß verbreiterte sich stetig, und die Stange war als Steuerruder oder Paddel völlig nutzlos. Das Boot begann sich zu drehen wie ein Kreisel, so daß de Brug regelrecht seekrank wurde. Außerdem schien der Wind aufgefrischt zu haben, der sich offenbar zu einem richtigen Sturm steigerte.

Er schaute hoch.

Der Apache schwebte über ihm.

»Es ist aus, de Brug. Ich habe Ihr Tonband. Wir schieben Sie mit Hilfe unserer Rotoren ans Ufer«, rief Morton zu ihm hinunter.

In der *gafa* reagierte de Brug unerwartet schnell, holte eine Pistole hervor und schoß auf den Apache.

Tommy ließ den Hubschrauber außer Schußweite aufsteigen.

De Brug schoß, bis ein Klicken ihm verriet, daß das Magazin leer war. Während er schnellstens nachlud, sah er aus den Augenwinkeln, wie der Helikopter wieder auf ihn herabstieß. Er kauerte sich nieder, zielte und schoß.

Morton zögerte für den Bruchteil einer Sekunde, dann drückte er auf den Schalter, der die letzte Hellfire-Rakete auf die Reise schickte.

Ein greller Lichtblitz hüllte die *gafa* ein. Als der Qualm sich verzogen hatte, war auf der Wasseroberfläche nichts mehr zu sehen.

»Fliegen wir nach Hause«, meinte Tommy leise.

Noch nicht, dachte Morton.

Von seinem Bürofenster aus verfolgte Ignatius Bailey, wie der Helikopter auf dem Vorplatz landete. Der Schnee war getaut, und es war ein wunderschöner sonniger Tag.

Seine Stimmung entsprach beinahe dem Wetter, trotz der Tatsache, daß an diesem Morgen, zwei Tage nachdem er aus Saudi-Arabien zurückgekehrt war, der Präsident angekündigt hatte, auf Bitten der anderen Oberhäupter der Industrienationen die Operation Earth Saver fortsetzen zu wollen. Der englische Premierminister hätte ihm eine Concorde angeboten, damit er seine Mission zu Ende führen könne.

Der Helikopter hatte, wie Bailey sehen konnte, dicht neben dem Banyanbaum aufgesetzt. Eine einzelne Gestalt stieg aus und kam mit energischen Schritten auf das Gebäude zu.

Das war sicherlich der Gesandte des Präsidenten. Bailey wandte sich vom Fenster ab und ließ sich in seinen Schreibtischsessel sinken.

Vor einer Stunde hatte ihn der Schwachkopf im Weißen Haus angerufen, um ihm mitzuteilen, daß er einen persönlichen Gesandten auf die Reise geschickt hätte. Er hätte den Auftrag, sich mit ihm über die Information zu unterhalten, die er Stimpson übermittelt hätte, die, so erklärte der Präsident, die Iraker in die Lage versetzt hätte, eine Gruppe staatenloser Söldner unschädlich zu machen, die versucht hätten, einen Krieg mit dem Westen anzuzetteln. Während Bagdad sich noch immer nach Möglichkeit abschottete, war der Präsident fortgefahren, wäre es immerhin ein aussichtsreicher Anfang gewesen. Und angesichts der schnellen und entschlossenen Reaktion des Irak hätte Teheran seine feindselige Haltung gegenüber seinem Nachbarn erheblich gemildert. Auch das, so hatte der Präsident gemeint, wäre nur ein kleiner Schritt, allerdings führe er in die richtige Richtung.

Während er ihm zuhörte, hatte Bailey sich insgeheim beglückwünscht. Trotz allem, was passiert war, hatte er Meridian gerettet. Und früher oder später würde sich eine neue Möglichkeit ergeben, um diesen Narren und seine Freunde aus dem Weg zu schaffen. Davon war er überzeugt.

Es klopfte.

»Herein«, sagte Bailey und sammelte sich, um diesen Gesandten einzuschüchtern. Die Tür wurde geöffnet.

Morton stand auf der Schwelle.

»Hallo, Mr. Bailey«, sagte Morton freundlich und kam auf den Schreibtisch zu. Aus der Tasche holte er das belastende Tonband, das de Brug in der Wüste zurückgelassen hatte. »Ich habe hier etwas, das Sie sich anhören sollten. Und danach werden Sie den Rest Ihres Lebens dort verbringen, wo Ihnen ganz bestimmt niemand mehr zuhören wird.«

**ENDE**